JOHN MARTEL **Die Stellvertreterin**

JOHN MARTEL

Die Stellvertreterin

ROMAN ■ Aus dem Amerikanischen von
Brigitta Taroni mit *Irene Bisang* ■ DROEMER

Originaltitel: The Alternate
Originalverlag: Dutton, New York

Besuchen Sie uns im Internet:
www.droemer-weltbild.de

Die Folie des Schutzumschlags sowie die Einschweißfolie
sind PE-Folien und biologisch abbaubar.
Dieses Buch wurde auf chlor- und säurefreiem Papier gedruckt.

Umschlagggestaltung: ZERO Werbeagentur, München
Umschlagfoto: Mauritius, Mittenwald
Texterfassung: Brigitte Apel, Hannover
Umbruch: Ventura Publisher im Verlag
Druck und Bindung: Franz Spiegel Buch GmbH, Ulm
Printed in Germany
ISBN 3-426-19517-8

5 4 3 2 1

Ich glaube, nur die Menschen in unserer Umgebung machen das Leben lebenswert; alles andere spielt letztlich keine Rolle. Dieses Buch ist zwei Menschen gewidmet, deren bloße Existenz vielleicht die meine rechtfertigt:
Meinem Sohn Jay, einem liebenswerten Wesen, dessen Scharfsinn und Esprit als Schriftsteller mich oft dazu verführen, mich als das Scheit zu rühmen, von dem dieser Span abstammt;
meiner Tochter Melissa, deren Schönheit, Kraft und unbeugsamer Mut mich ständig stärken.

»Jede Frau trägt etwas an einer dünnen Kette aus Angst um den Hals – ein Amulett des Wahnsinns. Auf jede von uns lauert irgendwo ein Augenblick der Schmähung, so durchdringend, dass sie nach dem Amulett greift und es abreißt, selbst wenn ihr die Kette dabei ins Fleisch schneidet.«

R. Morgan,
»Goodbye to All That«,
in *»Going too Far«*,

Prolog

Lara Ashford, Miss Nebraska 1974, Dritte hinter Miss Amerika und nun die gelegentlich treue Ehefrau des Exkongressabgeordneten Elliot Ashford, steigt aus der Badewanne und hüllt sich in ein Badetuch. Dann dreht sie sich, aufgeschreckt durch das Zuknallen einer Tür im unteren Stockwerk, schlagartig um. Die Hausangestellte? Nein. Die ist vor einer Stunde weggegangen, ins Wochenende. Musik wird unten eingeschaltet und dringt oben aus den Lautsprechern im Schlafzimmer – Annie Lennox singt *»It's a Thin Line«*. Lara Ashford entspannt sich und ruft nach unten, er solle sich einen Drink nehmen.

Doch ihr Besucher stürzt bereits von der Badezimmertür her auf sie zu. Als Lara Ashford mit dem Gesicht auf dem Spiegel vor ihr mit enormer Wucht aufschlägt, verwandelt sich ihr anfänglich neckisches Tadeln in einen Schreckensschrei. *It's a thin line,* plärrt die Musik, *between love and hate …*

Während ihre Fingernägel die Haut der Hand aufreißen, die ihren Kopf zurückbiegt, fällt das Badetuch zu Boden, und nackt, wie sie plötzlich ist, wirkt sie zusätzlich – und hoffnungslos – verletzlich. Vom Blut abgesehen, das ihr über das Kinn läuft, ist ihr Gesicht im Spiegel nun so weiß wie der Marmor unter ihr. Einen schrecklichen Moment lang sieht sie beide Köpfe nebeneinander wie ein verschwommenes Porträt, aber dann prallt der Spiegel bereits wieder gegen ihr Gesicht, diesmal so heftig, dass er zersplittert.

Sie versucht zu schreien, doch der Laut erstickt im Blut. Sie versucht sich zu wehren, aber der Kampf ist aussichtslos. Der

Raum verdunkelt sich. Langsam ergibt sich ihr Bewusstsein der barmherzigen Lähmung des Schocks. Nur noch schwach nimmt sie wahr, dass die Hand, die noch immer fest um ihren Nacken liegt, ihren Kopf abermals gegen den zersplitterten Spiegel schlägt, und sie weiß, dass sie stirbt. Noch einmal reißt die Hand sie zurück. Zum letzten Mal schaut sie sich an; das Spiegelbild im zersprungenen Glas sieht aus, als blicke sie durch ein Kaleidoskop. Sie hört eine Stimme etwas schreien und zugleich knallt ihr Kopf ein letztes Mal gegen den Spiegel. Was von ihrem Gesicht noch übrig ist, verschmilzt mit dem gespenstisch reflektierten Bild. Glassplitter vermischen sich mit Fetzen von Knochen, Knorpel und Fleisch und setzen in ihrem Kopf eine explodierende Lichtwelle in Gang. Das Blut läuft in Rinnsalen zu ihrer linken Brust und breitet sich langsam über einem kleinen dort eintätowierten schwarzen Kreuz aus.

Endlich kann sie auf die Knie sinken, aber ihr Kopf wird noch einmal zurückgebogen, so dass die Kehle bloßliegt. Ein Lappen schlingt sich um eine schimmernde Glasscherbe und die spitze Klinge vorne stößt in ihren Hals. Während das Leben aus Lara Ashford strömt, senkt sich endlich gnädig Bewusstlosigkeit über sie. Gnädig deshalb, weil der Glasdolch, während das Ende naht, sein grässliches Werk erst beginnt.

Teil 1
Die Ermittlung

»Weder dem Tod noch der Sonne können wir unverwandt ins Auge blicken.«
La Rochefoucauld

1

Die zahlreichen, verborgenen Mittel und Wege, mit denen ein menschliches Wesen dem Leben eines anderen manchmal ein Ende bereitet, hatten Grace Harris, Chefin der für Mordprozesse zuständigen Abteilung im Büro des District Attorney, schon immer fasziniert. Aber das hier, dachte sie, setzt allem die Krone auf.

»Eine Glasscherbe?«, fragte sie, als der oberste Ermittler, Sam Quon, das etwa fußgroße Stück aus einem Leinenbeutel fischte. Man sah dem mittelgroßen Mann mit dem ergrauenden Haar und dem glatten, ausdruckslosen Gesicht nicht an, dass er an die sechzig war. Er war vor fast zwanzig Jahren von der Polizei in das Büro des D. A. übergetreten.

»Ja«, erwiderte er, während er den Lappen mit chirurgischer Präzision von der Scherbe entfernte. Dann präsentierte er ihr das knapp vierzig Zentimeter lange Beweisstück. Sie berührte die Spitze behutsam mit einem Finger und wiegte die Glasklinge dann in beiden Händen.

»Man könnte doch meinen«, bemerkte sie schließlich leise, »dass ein so reicher Mann wie Elliot Ashford etwas Eleganteres benutzt hätte.«

Sam Quon nickte. Sie befanden sich im geräumigen Büro von District Attorney Earl Field im dritten Stockwerk des Gerichtsgebäudes von San Francisco, um ihn mit den nötigen Informationen zu versorgen, denn sie wussten, dass er bei der anberaumten Pressekonferenz mitreden wollte. Die beiden standen vor eleganten Seidenbespannungen, an denen abstrakte Gemälde unbekannter afroamerikanischer Maler hingen – ein Wandschmuck nach Earl Fields Geschmack –, aber auch Urkunden seiner Vorgänger. Der District Attorney hatte mit seiner Privatkanzlei eine Menge Geld verdient, bevor er in den Staatsdienst eingetreten war, und er scheute sich nicht, dies auch zu demonstrieren.

»Wie ist der Spiegel kaputtgegangen?«, fragte Grace Harris.

»Von ihrem Gesicht.«

Sie gab ihm die Scherbe wieder zurück, nahm den Bericht des Coroners und fing an, die Seiten durchzublättern. Ihre Finger waren für eine so kleine Person lang und anmutig. Zeit ihres Lebens war sie zu ihrem Leidwesen stets kleiner gewesen als alle ihre Freundinnen. Nun, als Zweiundvierzigjährige, freute sie sich mit ihren ein Meter sechzig darüber, dass sie an den richtigen Stellen noch immer zierlich war: die Knöchel schlank und wohl geformt, der Bauch flach; er verriet nichts von der nun schon sechzehn Jahre zurückliegenden Schwangerschaft. Die Zeit und ein strenges Regiment von Arbeit und Pflichten hatten es ihrem Körper gut gemeint. Auch ihre Gesichtszüge waren zart, bis auf ihre großen haselnussbraunen Augen.

»Haben Sie sie je gesehen, Sam?«

»Einmal, früher, als ihr Mann im Polizeiausschuss saß. Nicht besonders intelligent, aber eine echte Schönheit. Ein bisschen verschroben vielleicht, hat aber immer gelächelt und viel jünger ausgesehen, als sie wirklich war. Ihr Mann hat ihr das Leben leicht gemacht.«

»Aber nicht den Tod«, bemerkte seine Gesprächspartnerin leise. Sie blätterte immer noch im Bericht des Coroners und ging nun zurück auf die Seite eins:

> Fall Nummer 97–5597, Lara Ashford: Es handelt sich um die Leiche einer 44-jährigen Weißen mit braunen Augen und schwarzem Haar, 163 cm groß, 50 kg schwer.

Sie überschlug den Text bis zur Todeszeit, die man, gestützt auf die bei ihrem Auffinden in Nacken und Kiefer einsetzende Totenstarre, auf acht Uhr abends schätzte. »Die Angestellte soll mitbekommen haben, wie sie so um sieben rum mit ihrem Mann stritt?«

»Ja, bevor sie ins Wochenende ging. Hörte einen ziemlichen Aufstand. Fünf Stunden später, behauptete Elliot Ashford, habe er die Leiche seiner Frau beim Heimkommen ›entdeckt‹. Dem gerichtsmedizinischen Befund zufolge war sie da schon mindestens drei Stunden tot.«

»Von wo heimgekommen?«

»Vom Kino. Allein. Gezeigt wurde eine Neu-Neu-Auflage von ›Ein Mann zu jeder Jahreszeit‹, die dritte Woche. Nicht viel los. Nur drei Angestellte im Kino, und keiner hat ihn gesehen. Er selbst konnte sich nicht mal mehr erinnern, wer die Rolle von Thomas Morus spielt. Toller Film. Schlechte Wahl.«

Sie zog die Augenbrauen hoch. »Die alte Phantom-Alibi-Leier?«

Sam Quon nickte. »Und doch ist es irgendwie seltsam, nicht? Ein reicher und cleverer Politiker mit Mafiaverbindungen macht seine Frau hin, hinterlässt Blut von sich an ihren Fingern und bringt es nicht einmal fertig, in über drei Stunden ein anständiges Alibi auf die Reihe zu kriegen.«

»Was spricht sonst noch gegen ihn?«

»Mehr, als Sie je brauchen werden«, meinte der Ermittler. »Sie wurde ermordet, kurz nachdem die Hausangestellte gehört hatte, wie ihr Mann sie anbrüllte. Dabei fiel der Name des Exgeliebten. Keine Anzeichen eines Einbruchs. Haustüren fest verschlossen. Lichter alle aus. Nicht vergewaltigt. Nichts gestohlen. Im Labor haben sie festgestellt, dass sich im Waschbecken und auf einem Handtuch Blut derselben Gruppe befand, wie sie ihr eifersüchtiger Mann hat. Da braucht man nur noch ein getürktes Alibi in die Runde zu werfen und das Urteil des Volkes ist gefallen.«

Sie gab ihm den Bericht zurück.

»Kapitalverbrechen«, fuhr er fort, »mit allem, was dazu gehört. Der Verdächtigte ist berühmt, das Opfer schön. Viel Kohle und toller Schauplatz: Pacific Heights. Besonders tückisches Verbrechen. Hier haben Sie genau das, worauf Sie schon lange gewartet haben, Grace.«

»Amazing Grace« Harris stand ihrer Abteilung seit vier Jahren vor. Sie war Chefin von sechs Spitzenstaatsanwälten und vertrat zwei bis drei schwere Mordfälle im Jahr vor Gericht persönlich. Ihre Gegner am Strafgericht zollten ihr höchsten Respekt und sie war derzeit Vorsitzende im Strafrechtsausschuss der Anwaltskammer. Sie hatte sich zudem Anerkennung für ihre Bemühungen verschafft, den Rechtsdienst seitens der Kammer auch Bedürftigen zugänglich zu machen, und half pro Monat immer noch an sechs Abenden persönlich dort aus. Aber sie wusste, dass Sam Recht hatte. Dieser Fall würde ihr auch öffentliche Anerkennung eintragen, was all die Ehrungen und all die Jahre an der Front nicht gebracht hatten. Es war kein Geheimnis, dass Earl Field den Blick fest auf den Gouverneurssitz ausgerichtet hielt und dass eine Gruppierung berufstätiger Frauen sie entschlossen unterstützen würde, sollte sie gegen Jack Klegg, Fields »rechtmäßigen Erben«, ins Feld ziehen. Sie stellte sich vor, wie ihr Vater daheim in New York lesen würde, dass sie zum District Attorney von San Francisco gewählt worden war, und fühlte, wie ihr ein wohliger Schauer über den Rücken fuhr.

»Hab' ich Recht?«, fragte Sam Quon. »Ein Spitzentreffer für die Guten?«

»Vermutlich schon. Bloß dass Elliot Ashford derart blöd sein soll, passt irgendwie nicht.«

»Es passt verdammt *doch*«, tönte eine Stimme von der Tür her. Grace und Sam wandten sich um und sahen Earl Field auf sich zukommen. Er versprühte sein »Zehn-Dollar-Lächeln«, wie er selbst es nannte, und sah in seinem Maßanzug für 1500

Dollar einfach umwerfend aus. Grace Harris sann darüber nach, dass Wähler, die mit einem solchen Betrag ihr Auto oder ihre erste und letzte Monatsmiete bezahlten – Leute, für die Earl Field zu Recht ein Held war –, seine Exzesse offenbar ebenso genossen wie seine Attacken gegen die Reichen.

Earl Field begrüßte die beiden herzlich und setzte sich dann in seinen hochlehnigen Drehsessel. »Elliot Ashford *ist* ein Blödmann, Grace«, verkündete er und klappte den Bericht auf, den Sam Quon ihm unterdessen auf den Schreibtisch gelegt hatte. »Um die Wahrheit zu sagen, er ist beinahe ebenso blöd wie eingebildet.«

»Eingebildet ja«, erwiderte Grace Harris und setzte sich ihm gegenüber. »Aber keiner hat ihn für blöd gehalten, als er im Kongress saß – als Hätscheljunge der Konservativen. Wenn er seine Frau zwischen sieben und acht Uhr umgebracht hat, sind ihm mindestens drei Stunden geblieben, um sich mit all den Mafiabeziehungen, die ihm nachgesagt werden, dem Grips und dem Geld ein besseres Alibi zurechtzuzimmern, als ausgerechnet alleine ins Kino zu gehen. Die Verteidigung wird schlichtweg argumentieren, er sei entweder unschuldig oder wäre sonst zu dumm, als dass er auch nur die Toilette im Kongressgebäude gefunden hätte.«

»Okay, Grace, Sie haben mich überzeugt. Er ist tatsächlich noch eingebildeter als blöd. Das Problem bei ihm ist, dass er mit Mord in dieser Stadt so lange davongekommen ist, dass er meint, er stehe über dem Gesetz.«

Grace hielt es für besser, sich zurückzuhalten. Zumindest im Augenblick. Sie spürte Earl Fields Hass auf Elliot Ashford und wollte es vermeiden, etwas davon auf sich selbst zu lenken. Seit Earl Field als einziges schwarzes Mitglied zunächst in die Aufsichtsbehörde, daraufhin als kämpferischer Abgeordneter und schließlich oberster Vollstreckungsbeamter der Stadt in die Politik gegangen war, hatte der konservative Ashford sein Geld und seine Medienkontakte missbraucht, um ihn zu schikanieren. Ein paar Insider wollten gar wissen, dass Field Ashford um seine Bekanntheit und seinen ungeheuren Reichtum beneide, während andere vermuteten, dass ihre gegenseitige Abneigung ebenso in ihren Ähnlichkeiten wie in ihren Unterschieden begründet lag. Beide waren clever, interessant und elegant, fuhren gern schnelle Wagen und trugen teure Anzüge. Beide liebten die Macht und hatten sie ohne jene Zugeständnisse errungen, die in der Regel mit Wahlämtern einhergehen. Und in einer Stadt, die für ihre stets offene und nachsichtige Haltung bekannt ist, wurden beide von ihrer Wählerschaft verehrt. Nicht zuletzt hatten sie auch beide eine schöne Frau geheiratet und teilten seit gestern den Status, als Junggeselle verfügbar zu sein.

Aber Grace wusste, dass die erbitterte Feindschaft zwischen Earl Field und dem Exkongressabgeordneten Elliot Ashford weit über die Politik hinausging. Sie wusste, dass Earl die unverzeihliche Sünde begangen hatte, sich mit Lara Lake zu treffen, bevor sie Lara Ashford wurde; und er hatte seiner ersten Beleidigung eine zweite hinzugesetzt, indem er sie ein paar Jahre später auf einem Eröffnungsball zum Tanzen aufgefordert hatte. Sie hatte sich erhoben – ein wenig zu bereitwillig, wie ein paar Leute rundum bemerkt haben wollten –, dann waren sie lächelnd zu einer langsamen Melodie aus der Reichweite von Elliots sengendem Blick getanzt und über das Parkett hinweg auf eine Säule zu geglitten, hinter der sich schließlich für einen Sensationsfotografen des *Sacramento Bee* alle Wünsche erfüllten.

Grace spürte Earls Blick, als lese er ihre Gedanken. »Er war ein Ganove, Grace, und jetzt ist er ein Frauenmörder. Klar war er ein Floh in meinem Pelz und die Leute werden schwatzen. Lass sie schwatzen. Ich hab' den Scheißkerl im sechsten Stock hinter Gitter gesteckt und dort wird er auch bleiben, bis die Zeit reif ist, ihn anzuschnallen, damit er sich den Arsch aus dem Leib tanzen kann.«

»Sie wollen die Todesstrafe beantragen?«, fragte Sam Quon.

»Klar doch, Sam. Der Typ hat sie bewusst gequält. ›Besondere Umstände!‹«

Sam schien nicht überzeugt. »Stimmt, Chef, sie wurde gequält, aber der Typ hat seine Fans da draußen.«

»Earl hat Recht«, meinte Grace. »Wir können keine Ausnahme machen.«

Er hätte Präsident werden können. Das sagten zumindest ein paar Leute in San Francisco von Elliot Ashford. Seit seiner Wahl 1978 hatte er immer die richtigen Züge gemacht, war einmal auf einem Nationalkonvent der Republikaner als Programmredner aufgetreten und dann dank seines dicht bevölkerten Heimatbundesstaates sogar als aussichtsreicher Kandidat für das Amt des Vizepräsidenten in Erwägung gezogen worden. Aber dann hatte ein Sensationsbericht in einem Boulevardblatt, den die *Washington Post* aufgriff und der schmuddelige Einzelheiten über eine Affäre Lara Ashfords mit einem Senator namens Dwight Clifton enthüllte – seinen Namen hatte die Hausangestellte während des Streits kurz vor dem Mord gehört –, zusammen mit einem unerwarteten finanziellen Engpass den öffentlich als Hahnrei gebrandmarkten Elliot zurück ins Privatleben nach San Francisco spediert.

Obwohl er in Schmach und Schande aus dem Kapitol gejagt wurde, blieb er im nationalen Rampenlicht, denn keine andere Stadt verfügte über einen Mann mit derart berüchtigten und widersprüchlichen Empfehlungen wie Elliot Ashford. Die für das organisierte Verbrechen und den Drogenhandel zuständigen Einheiten der Polizeibehörde von San Francisco hatten zwar den Verdacht, dass sein Bauunternehmen mittlerweile als Deckmantel für eine Geldwaschanlage der Mafia diente, aber er hatte auch einmal dem obersten Polizeiausschuss angehört. Während seiner Dienstjahre in Washington wurde er als Fiskal-Konservativer bekannt, der persönlich für die Finanzierung des zweitgrößten Obdachlosenheims der Stadt gesorgt hatte. Und obwohl seine Freunde behaupteten, er habe seiner umwerfenden Ehefrau ihre Treulosigkeit längst vergeben, saß er nun im städtischen Gefängnis unter Mordanklage.

Die Boulevardpresse war entzückt, denn das berühmte Paar wurde seit Jahren von Gerüchten um Ehebruch und andere einvernehmlich begangene Sünden verfolgt, die sich mit ihrem gesellschaftlichen Status nicht recht vertrugen. Auf Elliots Liste stand verbotenes Glücksspiel in Las Vegas und er galt als Schürzenjäger; es hieß, selbst Laras Schwester Shannon sei seinem berühmten Charme erlegen. Und Laras Verbindungen zu Kultfiguren der Szene von San Francisco hatten zusammen mit der plastischen Schilderung ihrer Affäre mit Dwight Clifton in Washington dazu beigetragen, dass ihr Mann auf einem politischen Friedhof gelandet war, aus dem ihn nicht einmal sein Ehrgeiz und sein Geld wieder befreien konnten.

Allerdings hatte das Interesse der Medien für die Lara-Dwight-Affäre nach ihrer Rückkehr in die Stadt San Francisco nachgelassen und Grace Harris war klar, dass sie ein besseres Motiv finden mussten. »Wie lange dauert es, bis wir eine DNS-Analyse von Elliot Ashfords Blut kriegen?«, wollte sie schließlich wissen.

»Sie sind gerade dabei, eine PCR-Analyse zu machen«, sagte Sam Quon. »Sie wird die Übereinstimmung mit der Blutgruppe vom Typ AB bestätigen, die wir bereits haben.«

»Beschäftigt Sie was, Grace?«, fragte Earl Field. »Sie sind ja ganz ungewöhnlich schweigsam heute.«

»Es sieht zu perfekt aus«, erwiderte sie. »Ich denke, ich halte schlicht nach dem Haken Ausschau. Also, wir haben jetzt August. Ich gehe mal davon aus, dass sie den Fall so lange hinziehen, dass es für ein barmherziges Weihnachts-Urteil reicht.«

»Kein Haken. Lassen wir nicht zu. Kein barmherziges Urteil. Es ist wasserdicht, Grace. Klarer Fall von häuslicher Gewalt mit Todesfolge. Überall Blut des Ehemannes. Hat uns angelogen, wo er war.«

»Dann wird er versuchen, mit einer inoffiziellen Absprache auf Beschränkung der Anklage durchzukommen.«

»Das lassen wir nicht zu. Hören Sie, Grace, Sie gelten doch in diesem Laden als diejenige, die sich den Hintern aufreißt, dass alles richtig läuft. Was wollen Sie denn noch?«

»Was ich wirklich will?«, erwiderte sie, während sie versuchte, ihrer aufsteigenden Ungeduld wegen Earls Macho-Optimismus Herr zu werden. »Zuerst mal eine Analyse der Hautproben unter den Fingernägeln des Opfers. Dann eine PCR-DNS-Bestätigung der Blutgruppe, gründliche Ermittlungen über sämtliche potenzielle andere Verdächtige, einschließlich Exgeliebter, Rivalen und Vereinigungen aus der Kultszene, dann die Aussagen ausnahmlos aller Nachbarn und Verwandter sowie Nachweise über Elliot Ashfords mögliche Verbindungen zur Mafia. Das alles will ich haben. Für den Anfang.«

»Sie haben gehört, was die Frau haben will«, bemerkte Earl zu Sam. »Nicht weniger als den perfekten Fall. Und der hier kommt einem solchen so nahe, wie ich's noch nie erlebt habe. Mit Ihrer Hilfe, Grace, werde ich den Kerl ans Kreuz nageln.«

»Mit meiner *Hilfe*?«

»Das wird super«, meinte Earl Field. »Wir haben noch nie einen Fall gemeinsam vertreten.«

»Gemeinsam«, murmelte sie, als ihr die Erkenntnis dämmerte. Sie warf einen Blick auf Sam Quon. Er schaute weg. Grace hatte den Haken gefunden.

2

Tags darauf schlüpften Grace Harris, Earl Field und Sam Quon unter dem gelben Absperrband am Eingang von Elliot Ashfords Prachthaus in Pacific Heights hindurch und betraten die Eingangsrotunde. Sechs Strebepfeiler wölbten sich zehn Meter über ihnen, um ganz oben zu einer spektakulären

Krone mit Blattgoldverzierung zusammenzulaufen. Zwischen den Säulen stahl sich das spätvormittägliche Sonnenlicht durch ein Gewirr von bleigefasstem Buntglas und warf einen rosa Schimmer über die Wände und den Marmorboden.

Sam Quon führte sie ins Wohnzimmer, in dessen Mitte ein riesiger offener Kamin prangte. Weiter fiel ihr Blick rechts auf einen Swimming-Pool unter einem Schrägdach. Und überall hing Kunst: ein Sisley und ein Caillebotte im Wohnzimmer, ein Calder-Paar im Esszimmer und ein Poussin im oberen Korridor. Die Aussicht auf die Bucht vom Schlafzimmer oben wurde nur durch eine großartige, kreisförmige Gartenanlage mit einer Henry-Moore-Plastik im Zentrum unterbrochen.

Das große Badezimmer sah aus wie ein Schlachthaus. Ein ungelenk mit Kreide nachgezeichneter Körper auf dem dunklen Marmorfußboden kennzeichnete die Position der Leiche. Der rostbraune Rückstand von getrocknetem Blut breitete sich auch außerhalb der Kreidezeichnung aus und bedeckte zudem fast zur Hälfte die Abdeckplatte der Ablage aus italienischem Granit.

Grace Harris schluckte hörbar bei der Vorstellung, was für ein Gewaltakt sich hier abgespielt haben musste. Die sichtbaren Auswirkungen der bestialischen Grausamkeit enthüllten scharlachrote Spritzer bis in die höchsten Ecken des Raumes. Hier hat sich Lara Ashford angekleidet, dachte sie bei sich, hier hat sie sich zurechtgemacht und hier ist sie gestorben.

Systematisch verfolgte Grace die letzte Abwärtsbewegung einer Hand des Opfers – offensichtlich der rechten. Sie holte weit aus und zog sich dann in dicken Fingerspuren auf eine Armatur aus Messing zu, die ebenfalls von einer gestockten rostbraunen Schicht überzogen war. Fünf deutliche, blutrote Striemen führten zu der Stelle am Boden, an der diese Hand schließlich zum Stillstand gekommen war. Der Boden war noch immer mit Splittern des zerbrochenen Spiegels übersät.

Grace Harris blickte auf und bemerkte, dass Earl Field und Sam Quon die Stelle musterten, an der im rotgesprenkelten Becken linker Hand das Abflussnetz fehlte.

»Es ist gekennzeichnet und im Labor, Chef«, meinte Sam Quon. »Ebenso die Handtücher.«

»Ein heftiger Kampf«, bemerkte Grace Harris beim Umhersehen. »Ich denke, dass wir unser Urteil unter ihren Fingernägeln finden werden.«

Sam Quon nickte. »Es dauert zwar eine Weile, bis wir die DNS-Resultate kriegen, aber die dürften uns zu einer endgültigen Schlussfolgerung führen.«

»Machen Sie Dampf, Sam«, sagte Earl Field schroff. »Ich will den Mistkerl drankriegen.«

»Sieht sich die Polizei nach anderen Verdächtigen um?«, fragte Grace Harris.

»Es *gibt* keine anderen Verdächtigen, Grace. Schauen Sie sich doch dieses Blutbad an. Es brüllt von häuslicher Gewalt!«

Sam Quon mischte sich ein: »Ich glaube, die Polizei ist so ziemlich derselben Ansicht, Grace.«

»Wenn die Verteidigung, und vielleicht auch die Presse, uns vorwirft, wir hätten ›überstürzt geurteilt‹, dann sagen wir also einfach: ›Nun, die Bullen waren derselben Ansicht‹, ja?«, schoss Grace Harris scharf zurück. »War Senator Clifton nicht hier, um Geld für ein Projekt zu beschaffen?«, fuhr sie fort. Sie hatte sich auf ein Knie niedergelassen und starrte auf den Boden. »Und gibt es nicht Gerüchte, dass die Dame einen Gespielen hatte? Und dann kann ich mich noch an eine vor Jahren erschienene Klatschspalte von Herb Caen erinnern, in der es hieß, Lara Ashfords Schwester – Shannon sowieso – habe mal mit Elliot was gehabt und hinterher hätten sich die beiden Frauen ganz gehörig in die Wolle gekriegt. Hat die Polizei mit ihr gesprochen? Oder wir vielleicht? Und hatte die Ashford nicht Kontakte zu so ominösen Kreisen?«

»Sind Sie fertig, Grace?«, unterbrach sie Earl Field.

»Nahezu«, antwortete sie. Dann stand sie auf und betrachtete eingehend eines der Becken. »Bis wir eine eindeutige DNS-Probe haben, zeigen wir den braven Bürgern besser, dass auch wir Leute – *auch* solche, die *Sie* nicht mögen, Earl – so lange für unschuldig halten, bis ihre Schuld erwiesen ist. Steht in der Verfassung. Prüfen Sie's nach.«

Earl Field sah Sam Quon mit einem gequälten Lächeln an. »Sam«, sagte er, »haben wir es hier mit derselben Rachegöttin zu tun, die am Anfang ihrer Karriere hinter einer Schwangeren wegen eines Diebstahls von Fertigmilch her war, die einen echten Blinden wegen Vergewaltigung hinter Gitter brachte, einen siebzigjährigen Straßenbettler wegen Körperverletzung bei einem misslungenen Handtaschenraub festnahm und dann, einige Jahre später, fünf Männer in die Todeszelle schickte, und zwar lauter Schwarze?«

Grace Harris' Augen verengten sich. Sie hatte die Litanei als einen der üblichen Späße über sich ergehen lassen – bis zu dieser rassistischen Anspielung. Das Problem mit Earl ist, so dachte sie, dass man bei ihm nie sicher weiß, wie man dran ist. Er kann einen mit seinem Strahlelächeln bezaubern, während seine Augen zugleich äußerst gefährlich blitzen.

»Diese fünf Männer haben sich ihre Opfer a-ausgesucht, Earl.« Sie versuchte ihre Irritation zu verbergen und ärgerte sich gleichzeitig über ihr Gestotter. »Aber ich habe sie mir nicht als Angeklagte ausgesucht.«

»Beruhigen Sie sich, Grace«, sagte Sam Quon. »Der Chef spielt bloß auf das Zeichen auf Ihrer Stirn an: *Verbrechen zahlt sich nicht aus.*«

Alle lachten, auch sie selbst, obwohl es sie kränkte, dass man sie allgemein als abgebrühte und unerbittliche Staatsanwältin einschätzte, die schon jemanden in den Knast steckte, wenn er nur den Anschein erweckte, als könnte es ihm einfallen, ein noch so kleines Verbot zu übertreten. So hatte sie selbst ihren Vater gesehen, einen ultraorthodoxen chassidischen Rabbi, der dachte, man brauche sich nur an die Gesetze zu halten, um nach Utopia, Arkadien und auch gleich noch ins Elysium zu gelangen. Diese Sturheit, diese legalistische Haltung, hatte sie an ihrem Vater stets kritisiert, mit der Zeit jedoch einsehen müssen, dass der Apfel wahrhaftig nie weit vom Stamm fällt.

Earl Fields Blick wurde milder. »Himmel, Grace, wir haben doch bereits genügend Beweise. Machen wir doch nächste Woche eine Voruntersuchung. Wir nageln ihn fest und er muss binnen zwei Stunden Rede und Antwort stehen.«

»Das wäre gefährlich, Earl. Wir würden damit der Verteidigung Einblick in den ganzen Fall geben, und zwar, lange bevor es unbedingt nötig ist. Schlimmer noch, unsere Zeugen werden ins Kreuzverhör genommen, wenn wir es zu einer Voruntersuchung kommen lassen.«

»Dann stellen Sie eben sicher, dass sie darauf entsprechend vorbereitet sind.«

»Das wird die Presse nicht davon abhalten, auf den Busch zu klopfen. Bringen wir die Sache lieber vor eine Anklagejury, Earl; weder Presseleute noch irgendwelche Verteidiger und auch kein Kreuzverhör.« Sie konnte förmlich hören, wie sein Hirn sämtliche Möglichkeiten durchspielte. War er so erpicht auf öffentliches Aufsehen, dass er den Fall aufs Spiel setzen würde, indem er der Verteidigung die eigenen Zeugen vorzeitig zum Fraß vorwarf?

»Also gut«, sagte er scharf, »dann bereiten Sie eben einen Antrag auf Einberufung einer Anklagejury vor. Und erstellen Sie eine Zeugenliste. Das absolute Minimum.«

»Erledigt. Soll ich die Leute von der Spurensicherung übernehmen?«

»Nicht nötig. Wenn von der Verteidigung keiner anwesend ist, werde ich allein mit ihnen fertig. Auf diese Weise können wir Sie eine Weile hinter den Kulissen in Bereitschaft halten, Grace, als unsere Geheimwaffe.«

Grace Harris und Sam Quon wechselten einen Blick. Der von Sam schien zu bedeuten: Die Sache mit der Anklagejury war Ihre Superidee, Kindchen. Satz und Spiel an den cleversten Typen hier im Saal.

»Und jetzt nichts wie raus hier«, setzte Earl Field hinzu und ging rasch an beiden vorbei.

»Richtig«, bemerkte Grace, ohne sich noch länger zu bemühen, ihre Verärgerung in der Stimme zu unterdrücken.

Ein strahlendes Lächeln glitt über Earl Fields Gesicht, als er eine Woche später allein am Konferenztisch im Westflügel seines geräumigen Büros saß und die Morgenzeitungen durchsah. Im *Chronicle* wurde sein Name auf der ersten Seite elfmal genannt. Dies würde Grace in ihrer Annahme bestätigen, dass er sich aus rein politischen Motiven derart in den Fall hineinhängte. Gut, sollte sie das nur denken. Die Zeitungen von Los Angeles, Chicago und New York lagen über eine fast vier Meter lange, makellose, auf einer Aluminiumkonsole montierten Glasplatte ausgebreitet – und sie alle verkündeten die Anklage des Exkongressabgeordneten. Elliot Ashfords Bekanntheitsgrad als ehemaliger Politiker erregte in Verbindung mit der Hinterhältigkeit des Verbrechens landesweit Aufmerksamkeit. Earl Field hatte noch Öl ins Feuer gegossen, indem er einem Lokalblatt gegenüber einige Informationen durchsickern ließ. Nun stand sein Kurs unter den Demokraten in Kalifornien höher als der aller anderen und das Aufsehen, das der Fall erregte, würde dafür sorgen, dass dies auch so blieb.

Erfahrene Prozessbeobachter sagten, der District Attorney verhandle den Fall bereits jetzt. Gegen Elliot Ashford war nach einer zweistündigen Vorverhandlung – mit Kurzauftritten der Hausangestellten, des leitenden Inspektors der Mordkommission, des Bezirks-Coroners und dessen Chefpathologen der Gerichtsmedizin – in Windeseile Anklage erhoben worden. Field hatte die Aussage des Coroners mit anspielungsreichen Gesten hinsichtlich der Mordwaffe begleitet, auf Elliot Ashfords seltene Blutgruppe AB hingewiesen, die an den Fingerspitzen des Opfers sowie auf einem Handtuch gesichert worden war, das der Mörder offensichtlich als provisorischen Griff für die Glasscherbe verwendet hatte, die Lara Ashford dann den Todesstoß versetzte. Zu seinem Glück hatte niemand von der Anklagejury nach den Hautproben unter den Fingernägeln des Opfers gefragt, die zuletzt in einer versiegelten Plastiktüte zwischen den beiden Marmorwaschbecken gesehen worden waren; Glück deshalb, weil niemand darüber Rechenschaft abgeben konnte, wo sich dieses entscheidende Beweisstück jetzt befand.

Er wandte sich wieder dem Artikel im *Chronicle* zu und darin dem Absatz, in dem von »neuem Beweismaterial aus gut unterrichteter Quelle« die Rede war, und las dann weiter, Coroner Thomas Yang, einer der führenden Gerichtsmediziner von Kalifornien, habe ausgesagt, dass das Opfer »durch Stichwunden in die Brüste und in die Genitalien gequält wurde, bevor ein Schnitt mit einer Glasscherbe in die Kehle seiner Pein gnädig ein Ende bereitete«. Doch der Artikel hörte damit nicht auf, und auch die Beweiskette, die Elliot Ashford mit dem gemeinen Verbrechen in Verbindung brachte, setzte sich fort. Ein Dr. Antonio Ferrero bezeichnete die Tötungsart als ein typisches Beispiel für die rasende Wut, wie sie oft in Fällen häuslicher Gewalt auftritt, und dann war da noch die frühere Misshandlung, die ein Nachbar bei der Polizei in Washington gemeldet hatte, wenngleich Lara Ashford die Anzeige tags darauf zurückgezogen hatte. Dazu kamen die Aussage der Hausangestellten, eine hieb- und stichfeste Blutprobe, der Versuch mit dem falschen Alibi und dass sich niemand gewaltsam Zutritt zum Haus verschafft hatte; Zufälle, gewiss, aber alles zusammen war doch schon eine ganze Menge.

Immer noch breit lächelnd lehnte sich Earl Field in seinem Sessel zurück. Doch seine Befriedigung über das willkommene

Aufsehen ließ umso mehr nach, je länger er über die Herausforderung nachsann, die ihm nun bevorstand. Er wusste, dass er – so eingerostet er auch war – den Fall mit Leichtigkeit gewinnen konnte, auch ohne Grace Harris. Jeder würde das hinkriegen. Die Kunst bestand darin zu verlieren, und zwar ohne dass er sich die Chance verbaute, zum Gouverneur gewählt zu werden.

3

Dass John G. Hernandez zum vorsitzenden Richter ernannt wurde, überraschte niemanden. Als jemand, der für seine Intelligenz ebenso geschätzt wurde wie für seine feste und zugleich unparteiische juristische Hand, stellte er die perfekte Wahl dar. Der Gerichtsvorsitzende wünschte sich keine Wiederholung des Simpson-Debakels. Als erste richterliche Handlung würde John Hernandez über einen Antrag der Verteidigung befinden müssen, den durch eine vorherige Richterin abgewiesenen Kautionsantrag noch einmal in Erwägung zu ziehen.

Grace Harris' Sekretärin legte die Akten auf den einzigen Fleck auf dem Schreibtisch ihrer Chefin, der noch nicht mit Unterlagen überhäuft war. »Hab' alles darüber gelesen«, bemerkte sie dazu; »hier ist die Vorladung für Ihren ersten Auftritt.«

Harris überflog den Antrag in zwanzig Sekunden. »Das haben sie schon einmal versucht. John Hernandez wird den Antrag als Vorsitzender ablehnen, ohne von mir auch nur irgendwas hören zu wollen.« Sie fand Earl Field in seinem Büro. »Wir haben Glück«, meinte sie.

»John Hernandez? Klar doch. Liberal, aber durch und durch für Recht und Ordnung. Genau wie Sie, Grace. Ich habe einen Fall vor ihm verhandelt, als ich noch privat tätig war. Kein Schnorrer. Haben Sie Ashfords Antrag gesehen?«

»Eine Farce«, erwiderte sie und wedelte mit den drei Seiten in der Hand herum. »Nichts Neues. Soll ich die Sache allein durchziehen?«

Earl Field ging die Antragsunterlagen durch, als sähe er sie zum ersten Mal, und legte dabei die Handflächen zu beiden Seiten des Dokuments auf die Tischplatte. »Allein«, meinte er schließlich abwesend.

»Ich finde, dass es etwas zu besorgt wirkt, wenn wir zu zweit auf der Bildfläche erscheinen.«

»Genau das dachte ich auch gerade, Grace«, erwiderte er und blickte auf. »Am besten, ich übernehme die Bestellung, und wir sparen Sie für die Überraschung nach dem Essen auf.«

Sie biss sich auf die Unterlippe. Ich hätte es gleich wissen müssen, sagte sie sich. Earl Field würde das Rampenlicht, das dieser Fall mit sich brachte, weder mit ihr noch mit irgendwem sonst teilen. Sie würde die Frau sein, die hinter dem Mann stand. »Ich mache mich nicht gut als die Puppe, die plötzlich aus der Riesentorte steigt, Earl«, bemerkte sie. »Ich schätze, es ist an der Zeit, darüber zu reden, ob ich in diesem Fall überhaupt in Erscheinung treten soll.«

Er ließ sein perfektes Lächeln aufblitzen. »Grace, Grace, Grace«, intonierte er in leichtem, verbindlichem Ton. »Ich erledige doch bloß einen überflüssigen Gang, der Ihrer vollendeten Intelligenz und Tüchtigkeit unwürdig ist. Eine Kautionsverhandlung kann nicht einmal *ich* verlieren.« Das Telefon klingelte und er hob ab. Dann zuckte er entschuldigend mit den Schultern. »Tut mir Leid, Grace, ich hab' da ein Problem in South City.«

»Sie haben ein Problem direkt hier, Earl, im dritten Stock. Sie sind nämlich dabei, den Kopf Ihrer für Mordprozesse zuständigen Abteilung zu verlieren.«

»Grace, nun seien Sie doch –«

»Realistisch?«, unterbrach sie ihn sarkastisch, während sie ihm den Hörer aus der Hand nahm und auflegte. »Ich werde diesen Fall mit Ihnen *gemeinsam* führen, Earl, ich habe mein Lehrgeld bezahlt und werde *nicht* mit dem *Beifahrersitz* vorlieb nehmen, nicht einmal neben Ihnen.«

»Ich hatte zu keinem Zeitpunkt den Beifahreresitz für Sie vorgesehen.«

»Ich auch nicht«, erwiderte sie und wandte sich zur Tür. »Ab morgen besteht entweder eine volle Partnerschaft oder Sie holen sich Jack Klegg, dann kann er für Sie die Akten zum Gericht schleppen.« Damit verließ sie das Büro.

Wie Grace Harris vorausgesehen hatte, machte der Richter mit dem Kautionsantrag kurzen Prozess, und zwar trotz des energischen Einsatzes von Elliot Ashfords Anwalt, einem gedrungenen Pitbull aus Los Angeles namens Al Menghetti, der für eine ganze Reihe von Freisprüchen in bedeutenden Fällen bekannt war. Während sie das Geschehen im Gerichtssaal verfolgte, ging ihr durch den Kopf, dass Al Menghetti in seinem Zweireiher mit Fischgrätmuster und seiner massigen Gestalt samt seinem regelrechten Quadratschädel und dem fleischigen pockennarbigen Gesicht doch einen augenfälligen Gegensatz zum gut aussehenden, alerten District Attorney darstellte.

Als die Auseinandersetzung schließlich in Gang gekommen war, musste sie zugeben, dass Menghetti seine Sache wirkungsvoll und mit der genau richtigen Portion Leidenschaft vertrat. Nach einem Rückblick auf Elliot Ashfords verdienstvolle Leistungen als guter Bürger und Verfechter von Recht und Ordnung, während »er unseren Verwaltungsbezirk im Kongress vertrat«, schwenkte er am Ende schwungvoll in sein Schlussplädoyer ein: »Niemand hat mehr für unser Strafgerichtswesen getan«, rief er aus, wobei er sich hinter seinen

Mandanten stellte und ihm theatralisch beide Hände auf die Schultern legte. »Und niemand hat daran weniger Ansprüche gestellt. Alles, worum er jetzt ersucht, ist die Freilassung gegen Kaution, damit er sich in seiner Trauer um seine geliebte Frau zu seinen Freunden gesellen kann.«

Earl Field wollte aufstehen und zur Gegenrede ansetzen, doch Richter Hernandez winkte ab. Der fünfundfünfzigjährige, noch jugendlich wirkende Mann, dessen Haar und Schnurrbart noch keinen Anflug von Grau aufwiesen, war dafür bekannt, dass er seine Urteile nach Gesetz und gesundem Menschenverstand fällte und nicht nach schlagfertiger Rhetorik. »Ich stimme mit Richterin Lucy McCabes früherer Auffassung überein«, bemerkte er. »Wir haben es mit einem Kapitalverbrechen einschließlich Peinigung zu tun. Außerdem ist bekannt, dass Ihr Mandant überaus wohlhabend ist und über ihm nützliche Beziehungen verfügt. Ich betrachte ihn daher als erheblich fluchtgefährdet.«

Durch die Galerie der Abteilung 26 ging ein leises Raunen. Dort saßen Presseleute, Familienangehörige und die üblichen Neugierigen, die einfach einmal einen Blick auf Elliot Ashford werfen wollten.

»Euer Ehren«, beharrte Al Menghetti. »Ein Foto von Mr. Ashford ist in den Zeitungen auf der ganzen Welt auf der Titelseite abgebildet! Ich frage Sie: Wo sollte er hingehen?«

»Nirgendwohin, Mr. Menghetti«, gab John Hernandez ruhig zurück. »Ihr Mandant wird absolut nirgendwohin gehen.«

4

Elliot Ashford wurde in eines der kleinen Besucherzimmer im sechsten Stock des Thomas-J.-Cahill-Gerichtsgebäudes geführt. Sie hatten ihn am Morgen von San Bruno hergebracht und in eine winzige Arrestzelle gesteckt. Das Geklirr der Metalltüren und die klamme Kühle seines schlecht sitzenden orangefarbenen Trainigsanzugs würde für immer in seinem Gedächtnis haften bleiben, sollte er überhaupt jemals lebend aus diesem Schlamassel herauskommen. Was zum Teufel ist mir da zugestoßen?, ging es ihm durch den Kopf.

»Hamse was gesagt, Elliot?«, fragte der Wachmann.

»Nein«, erwiderte Ashford. Die unangebrachte Vertraulichkeit des Mannes brachte ihn auf. »Aber ich möchte wissen, wer mich aufsuchen will. Ist es mein Anwalt? Mr. Menghetti?«

»Weiß nicht. 'n Typ von außerhalb.«

Tony!, hoffte Ashford. Meine Rettung. Und keinen Augenblick zu früh! Während er in dem trostlosen Raum – vier graue Wände, eine graue Decke, ein kleiner grauer Holztisch und zwei Stühle – wartete, dachte Elliot Ashford über das Schicksal nach, das ihn mit Leuten wie Carmine Rizzo und Tony zusammengebracht hatte, Carmines ältestem Sohn. Männer, die auf ihre Loyalität stets ungeheuer stolz waren, die ihn aber bis jetzt gnadenlos hatten hängen lassen. Don Carmine Rizzo hatte seinen Sohn Tony als Manager des Hotels Acropolis in Las Vegas abkommandiert. Tony Rizzo und Elliot Ashford freundeten sich bald an und letztlich war – welche Ironie des Schicksals – Tonys großzügige Gewährung von einem Kredit der Anlass von Elliots Untergang gewesen.

Angefangen hatten seine Scherereien mit dem Hochschnellen der Zinsen um fast zwanzig Prozent während der Rezession in den achtziger Jahren. Ausgerechnet in dem Moment, als die Bau- und Ingenieursfirma Resource International, die in der Bilanz der Familien-Holding den größten Brocken ausmachte, bereits fast in einem Berg von Schulden erstickte, ging 1984 auch noch ein Großprojekt für ein Wohn- und Geschäftszentrum baden, was beinahe zur Pleite der Firma führte. Kein guter Zeitpunkt für Elliot, um in Washington als Kongressabgeordneter zu arbeiten. Und ein noch schlechterer Zeitpunkt, um im Roulette fast vier Millionen Dollar in nicht einmal einem

Jahr zu verlieren – im Hotel Acropolis von Las Vegas, das sich im Besitz von Carmine Rizzo aus Chicago befand.

»Man kriegt immer alles wieder irgendwie geregelt«, hatte Don Carmine nach Tonys Schilderung der Lage zu Elliot gesagt. Und sie hatten die Sache durch einen Deal auf die Reihe gebracht, der nicht nur Elliots Schuldenberg verringerte, sondern auch seine Firma rettete. Und nun saß er in dieser Vier-mal-vier-Meter-Zelle und wartete darauf, dass ihm die Rizzos erneut zur Seite sprangen.

Die Tür ging auf. »Hallo, Elliot«, ertönte eine kratzige Stimme.

»Julian? Julian Gold!«, rief Ashford voller Widerwillen aus. »Jesus!«

»Der Erstgenannte«, gab Gold zurück. »Tut mir Leid, dass ich Sie enttäuschen muss.«

»Wo ist Tony?«, fragte Ashford kalt.

»Natürlich in Chicago«, gab ihm der Mafia-Chefstratege und *consigliere* zur Antwort, Anwalt und Kopf hinter dem Deal, der dazu geführt hatte, dass Elliot Ashfords Schulden beim Hotel Acropolis vergeben und vergessen worden waren: Don Rizzo hatte nicht nur den Betrag getilgt, sondern auch noch sechzig Millionen Dollar in die Resource International gepumpt. Dafür hatte er einen Anteil von vierunddreißig Prozent am Gesamtkapital der Familien-Holding eingeheimst und Elliot Ashford verpflichtet, als Kongressabgeordneter zurückzutreten und sich wieder aktiv dem Management der Holding zu widmen. Ashford hatte sich über die Vereinbarung damals ganz und gar nicht gefreut – der Wert der Firma war weit höher als die Summe auf dem Papier, aber er wusste, dass ihm keine andere Wahl blieb.

Als *bruglione* der Familie für Las Vegas musste Tony Rizzo auch die neue Familieninvestition Resource International im Auge behalten. Tony sah für einen Achtundvierzigjährigen gut aus. Er war fünf Jahre jünger als Elliot, etwas größer als dieser mit seinen eins achtzig, und sein Haaransatz verlief niedriger als der von Elliot – was auf seinen IQ allerdings noch mehr zutraf. Aber immerhin war er clever genug, um zu erkennen, dass Elliots beste Gabe darin bestand, sein blühendes Reich zu leiten – solange ihn weder die Politik noch Spielhöllen, noch eine Frau, die ihm Hörner aufsetzte, davon abhielten. Und Tonys Gabe bestand darin sicherzustellen, dass Elliott auch wirklich durch nichts abgelenkt wurde.

Was Elliot Ashford betraf, lag Tony Rizzo für ihn so ziemlich genau auf der gleichen Linie wie seine drei Rottweiler: Er sollte ihm gehorchen, ihn beschützen und keine Ansprüche stellen. Wenn er das Glücksspiel auch vermisste, das er als Teil des Deals mit Carmine gezwungenermaßen aufgegeben hatte, so fing er doch an, das Gefühl von Gefahr zu genießen, indem er seine Umgebung in dem Glauben ließ, er besitze »Verbindungen«. Außerdem ergriff er bereitwillig die Gelegenheit, seinen schlechten Ruf als Teil seiner interessanten Persönlichkeit zu akzeptieren.

»Wie behandelt man Sie, Elliot?«, fragte Julian Gold und schob seine Halbbrille auf der Adlernase etwas hinauf.

Während Elliot auf und ab ging, spürte er, wie die Augen des *consigliere* ihn belustigt musterten. »Ist irgendwas komisch, Julian? Finden Sie das etwa komisch?«

»Nein«, antwortete Gold. »Sie sehen bloß so gelehrtenhaft aus mit Ihrer Nickelbrille und dem dürftigen Trainingsanzug. Eher wie ein Junggeselle in einer Mönchszelle als wie einer, der im Gefängnis sitzt.«

»Ich sitze aber im Gefängnis, und zwar von Kopf bis Fuß, das kann ich Ihnen versichern«, sagte Elliot kalt. Zum ersten Mal schaute er den älteren Mann richtig an. Gold hatte als Junge Kinderlähmung gehabt und ging leicht krumm; außerdem hatte ihm die Krankheit einen Ausgleichschuh beschert. Er starrte völlig unbeeindruckt zurück. Sein blasses Gesicht war etwa so ausdrucksvoll wie eine Gipsmaske, nur dass die heruntergezogenen Mundwinkel, die nach oben gehenden Brauen und die markante Nase ihm das Aussehen eines verkrüppelten Raubvogels verliehen.

»Don Carmine macht sich über drei Dinge Sorgen. Erstens über diesen Leitartikel in der *Chicago Tribune* von gestern. Hören Sie zu: ›Der Mordprozess eines Exkongressabgeordneten aus San Francisco wird aller Wahrscheinlichkeit nach die Reichweite des Chicagoer Verbrechenssyndikats aufdecken. Es ist bekannt, dass die Familie Rizzo mit dem Angeklagten Elliot Ashford eine Geschäftsverbindung eingegangen ist, wobei es sich bei Carmine Rizzo um einen Mafiaboss von der Westküste handeln dürfte. Aber die Quelle des Übels liegt direkt hier, in Chicago, und es ist an der Zeit, dass das FBI und die Lokalbehörden sich ernsthaft damit befassen!‹«

»Mein Gott«, stieß Elliot hervor, »das ist ja lachhaft!«

»Allerdings«, schniefte Gold. »Entscheidend ist jedoch der Punkt, dass Carmine zwar weiß, dass Sie Ihre Frau nicht umgebracht haben, die traurige Berühmtheit, die den bedauerlichen Vorfall umgibt, jedoch bereits bis nach Chicago gedrungen ist und ihm erheblichen Ärger bereitet.«

Elliot Ashfords Augen wurden vor Wut glasig. »*Bedauerlicher Vorfall*? Ich habe verdammt noch mal meine Frau verloren, die ich geliebt habe. Ich werde möglicherweise für etwas zum Tod verurteilt, das ich nicht getan habe, und Sie erzählen mir was von Carmines *Ärger*!«

Gold schien Elliots Ausbruch gar nicht zur Kenntnis zu nehmen. Er faltete den Zeitungsausschnitt zusammen und steckte ihn weg. »Zweitens ist da diese Kleinigkeit mit den sechzig Millionen Dollar. Wir brauchen mehr Informationen über Ihr Personal in Schlüsselpositionen, Ihre Angestellten, die Carmines Investition schützen während der Zeit, in der Sie selbst nicht in der Lage dazu sind. Und drittens, das Wichtigste«, fuhr er fort: »Sie müssen zur Kenntnis nehmen, dass Tony Ihnen bei dieser Sache nicht behilflich sein kann.«

Elliot Ashford zog scharf die Luft ein. Er kämpfte sichtlich um Gelassenheit. »Tony kann mir nicht helfen?«, polterte er. »Verdammt noch mal, Julian, hab' ich *ihm* denn nicht geholfen? Hab' ich nicht bis dato seine Identität verschwiegen? Aber jetzt *muss* er herkommen. Er ist mein *Alibi*!«

»Carmine ist Ihnen für Ihre Verschwiegenheit sehr verbunden«, sagte Gold, »und Sie tun gut daran, sie auch zu wahren. Aber er kann Tony nicht erlauben zuzugeben, dass er in dieser Nacht die Bestimmungen des Strafvollzugs gebrochen hat. Das würde ihm mindestens fünfzehn bis dreißig Jahre in einem Staatsgefängnis eintragen.«

Elliot verlor an Haltung, je klarer ihm seine Lage in ihrer ungemütlichen Tragweite bewusst wurde. Er ließ sich auf einen der Stühle sinken. »Also gut«, keuchte er. »Sie wollen Ihre kostbare Investition schützen? Dann bringen Sie mich, verdammt noch mal, hier raus! Ich hab' schließlich mal dem *Polizeiausschuss* angehört, und ein paar der schweren Jungs hier können die Zeitung lesen. Die bringen mich um! Tony muss als Zeuge herkommen, Julian. Er muss die Wahrheit sagen!«

Julian Gold zuckte mit den Schultern. »Machen Sie mal halblang, Elliot«, begann er. »Versuchen Sie doch, die Lage zu erfassen. Sie sind hier draußen eine scharfe Lunte. Sie haben das Maul gegen den Staatsanwalt jahrelang aufgerissen. Es ist kein Geheimnis, dass Sie sein politisches Verhalten verabscheuen, und auch nicht, dass er mal mit Lara befreundet war.«

»Das ist ja absurd! Lara ist vielleicht ein-, zweimal mit ihm ausgegangen – bevor ich sie überhaupt kannte.«

»Ich versuche Ihnen bloß klar zu machen«, warf Gold ein, »dass ich Sie verstehe. Aber erwarten Sie wirklich, dass Carmine seinen einzigen Sohn für Sie opfert? Dass er Tony erlaubt, den Fehler, in jener Nacht hierher zu kommen, noch einmal zu machen? Oder auch nur zuzugeben, dass er überhaupt hier war? Es wäre beschämend. Tony wird nämlich langsam klar, was für ein blödsinniges Risiko er eingegangen ist, eine Strafvollzugsbestimmung zu übertreten und herzukommen, um mit Ihnen in jener Nacht zu arbeiten.«

»Mit mir zu arbeiten? Jetzt hören Sie mir mal gut zu, Julian: Ich habe Tony nicht gebeten, irgendwelche Vorschriften zu brechen und in dieser besagten Nacht nach Napa zu fliegen. Im Gegenteil, ich habe ihm erklärt, dass ich all seine Fragen über den Jahresabschluss am Telefon beantworten kann! Wir haben zwar damals miteinander gearbeitet, aber der wirkliche Grund, weshalb er herkam, war, dass er seine Mieze sehen wollte, so eine Tussi, die er irgendwo in Sonoma aufgegabelt hat.«

»Was bloß ein weiterer Aurutscher in Tonys Verhalten ist, von dem Carmine nicht besonders gerne hören wird. Wie dem auch sei, er will absolut nicht, dass im Moment auch nur das Geringste durchsickert. Also schlagen Sie sich Tony aus dem Kopf.«

Elliot Ashford sprang auf. »Mich soll der Teufel holen«, schnappte er wütend, »wenn ich es zulasse, dass Carmine mich den Wölfen zum Fraß vorwirft!«

Golds einzige Antwort bestand in einem kalten, stechenden Blick, doch sein Gegenüber war es nicht gewohnt, sich irgendwem zu beugen, geschweige denn diesem wandelnden Leichnam. »Sie haben mir nicht richtig zugehört, Elliot«, bemerkte Gold. »Eine Übertretung der Strafvollzugsbestimmungen gibt den Typen von der Drogenfahndung einen Vorwand, Tony endgültig aus dem Verkehr zu ziehen. Nie und nimmer wird Carmine das zulassen.«

»Und *Sie* hören *mir* nicht richtig zu, Julian! Muss ich Sie daran erinnern, wie die Bedingungen lauten, die mein Vater für seine Treuhandgesellschaft gestellt hat? Wenn ich den Vorsitz im Aufsichtsrat der Familien-Holding ein Jahr lang nicht wahrnehmen kann, fällt das gesamte Kapital der Resource mitsamt Carmines Zuschuss wieder an die Ashford-Stiftung.«

»Ich weiß das, Elliot, und Don Carmine hat dieses Risiko auch bereits einkalkuliert, als er den Deal mit Ihnen abgeschlossen hat.«

»Und begreift er auch, dass ich den Vorsitz nicht übernehmen kann, wenn ich verurteilt werde? Und dass ihm die Lebensversicherung, die er auf mich abgeschlossen hat, nicht ausbezahlt wird, wenn ich hingerichtet werde? Dass also seine sechzig Millionen mit mir ins Grab sinken?«

Gold nickte. »Das weiß er.«

Elliot Ashford brach zum ersten Mal seit Tagen in echtes Gelächter aus. »Dann müssen Sie's doch einsehen, Kumpel. Sie und Carmine haben keine andere Wahl, als mich aus dem Schlamassel hier rauszuholen!«

»Andersherum, Elliott, könnte man sagen: Sie haben keine andere Wahl, als uns schalten und walten zu lassen. Aber Tony können Sie vergessen. Der wird nicht mit von der Partie sein.«

»Sie haben es immer noch nicht kapiert, Julian«, polterte Elliot. »Wie Sie selbst eben so brillant gefolgert haben, hasst mich Field. Außerdem hat er ganze Wagenladungen von Indizien, die gegen mich sprechen. Wenn dieser Fall vor Gericht kommt, kann er sich äußerst unangenehm entwickeln. *Für uns alle!*«

Gold zuckte mit den Achseln. »Sie sind doch unschuldig, Elliot, oder etwa nicht?«, meinte er schließlich, »immer noch als der gütige Patriarch bekannt, für seine guten Taten und für seine großzügigen Beiträge zum Wohl der Allgemeinheit?«

Elliot Ashford kannte Julian Gold gut genug, um zu wissen, dass er nur selten ironisch wurde und humorvoll schon gleich gar nie. »Worauf wollen Sie hinaus?«, murmelte er.

»Vor allem«, fuhr der *consigliere* fort, »haben Sie ja ausgesagt, Sie hätten sich beim Rasieren geschnitten, richtig? Es ging um irgendwelche Spuren im Waschbecken, die mit dem Blut Ihrer Frau vermischt waren, oder?«

»*Natürlich* habe ich das ausgesagt!«, brüllte Ashford, »denn genau das ist tatsächlich passiert. Das Waschbecken, an dem ich mich rasiert habe, befindet sich direkt unter dem Spiegel, in den der Mörder sie reingestoßen hat.«

»Ausgezeichnet. Und das Handtuch – mit Ihrem und dem Blut Ihrer Frau drauf?«

»Ich muss nach dem Rasieren Blut auf das Handtuch geschmiert haben. Der Mörder muss Blut von Lara an seinen Handschuhen oder Händen gehabt und sie dann am Handtuch abgestreift haben, nachdem ich es benutzt hatte. Oder er hat es als Griff für die Waffe verwendet, und so hat sich mein Blut, das schon drauf war, mit dem von Lara vermischt!«

»Also«, bemerkte Gold, »wird die Anklage abgewiesen, Elliot. Sie brauchen Tony gar nicht; Sie brauchen sich bloß zu entspannen.«

»Ohne Tony wird Field irgendwas finden, um mich festzunageln.«

Gold schüttelte ungeduldig den Kopf, aber Elliot Ashford wusste, dass der *consigliere* solchen trivialen Gefühlen nie nachgab. »Es gibt Dinge, von denen Sie nichts wissen, Elliot. Dinge, von denen ich Ihnen nichts sagen darf. Aber wenn ich Ihnen rate, sich zu entspannen, tun Sie gut daran, diesen Rat auch zu befolgen.«

»Na schön, Julian, ich will es versuchen«, gab Ashford ihm schließlich zur Antwort. »Aber bringen Sie mich wenigstens auf Kaution hier raus. Ich halte es hier keinen Tag länger aus.«

»Uns liegt genau so viel dran, Sie hier rauszubekommen, wie Ihnen. Deshalb habe ich Ihren Anwalt angewiesen, noch einmal einen Kautionsantrag zu stellen, jetzt, da Richter Hernandez den Fall endgültig übernommen hat.«

Alle Hoffnung wich aus Ashfords Gesicht. »Wenn Sie mich damit beruhigen wollen, haut das nicht hin. Die andere Richterin hat Menghetti praktisch ausgelacht.«

»Das ist uns nicht entgangen. Wir sind der Ansicht, dass das

Problem zum Teil darin liegt, dass Mr. Menghetti aus Los Angeles kommt und zu wenig politisches Gewicht besitzt, um mit den Richtern hier richtig umzugehen. Aus diesem Grund verhandeln wir jetzt mit einer Topkanzlei in der Montgomery Street, um – falls nötig – für die nächste Kautionsverhandlung einen besonderen Auftritt einzufädeln.«

»Mit welcher Kanzlei?«

»Der besten in der Stadt überhaupt. Caldew & Shaw.«

»C&S? Aber das sind *Wirtschafts*rechtler, Julian. Was wissen denn die von Straf ...«

»Al Menghetti wird danach weiter die Knochenarbeit erledigen. Wir können später immer noch entscheiden, ob wir C&S im Spiel halten wollen.«

»Und wer ist bei Caldwell & Shaw für diesen Einsatz vorgesehen?«

»Er heißt Barrett Dickson.«

»Dickson«, murmelte Elliot Ashford. Der Name kam ihm irgendwie bekannt vor. »Und wie viele Fälle hat er, sagen wir, in den letzen drei Jahren gewonnen?«

»Sein aktueller Stand zählt hier nicht, Elliot. Menghetti hat sechzehn Freisprüche in Mordprozessen in den vergangenen drei Jahren auf der Liste stehen. Was Dickson betrifft, wenn Sie's unbedingt wissen wollen, der hat sich in den letzten acht Jahren gerade mal an einem Fall versucht, und es ist nicht viel dabei herausgekommen.«

»Das klingt ja erhebend«, meinte Ashford. »Sie liefern mich also ausgerechnet an so einen Rechtsfritzen aus, der noch nicht mal ein Verfahren wegen Falschparken vertreten könnte.«

»Das zählt einfach nicht, Elliot. Wir haben den Namen seiner Kanzlei auf den Schriftsätzen. Aber noch wichtiger ist, dass Dickson während des Studiums im selben Seminar saß wie der vorsitzende Richter und dick mit ihm befreundet war.«

»War?«

»Er genießt noch immer eine Menge Respekt, sowohl bei Richter Hernandez wie auch bei anderen, die ihn kannten, als er noch zu den Spitzenanwälten zählte.«

»Wird der Richter dann nicht sofort argwöhnen, dass Dickson auf sein freundschaftliches Entgegenkommen spekuliert?«

»Sicher nicht. Dickson hat einen derart makellos integren Ruf, dass der Leiter des American College of Trial Lawyers mir sagte, er würde mit ihm sogar am Telefon Poker spielen.«

»Weshalb übernimmt er die Sache dann?«

Gold zuckte mit den Schultern. »Einer der Chefs der Kanzlei will es ihm heute verklickern. Er nimmt offenbar an, dass er einsteigen wird. Er kommt uns bestimmt nicht in die Quere, Elliot. Und es heißt, er sei echt klug. Der Typ bei C&S, mit dem ich in Verhandlung stehe, geht übrigens davon aus, dass Dickson Sie sehen will, bevor er irgendwas entscheidet. Seien Sie also hübsch freundlich, Elliot, und vergessen Sie einmal Ihre Arroganz.«

Elliot Ashford sackte in seinem Stuhl förmlich zusammen. Seit dem Tod seines tyrannischen Vaters hatte niemand mehr so mit ihm gesprochen. Himmel Herrgott, wie sehnte er sich danach, diesen Schleimer von *consigliere* daran zu erinnern, dass das hier *seine* Stadt war. Dass er Tony Rizzo mit einem einzigen Wort in den Knast zurückbefördern konnte. Doch Golds eiskalter Gesichtsausdruck zwang ihn zu schweigen. Trotz all seiner Furcht und Frustration wusste Elliot Ashford, dass er Ärger bekommen würde, wenn er sich mit Carmine Rizzos rechter Hand überwarf – eine andere Art Ärger, eine, die sich nicht mit Hilfe eines cleveren Anwalts vor Gericht aus der Welt schaffen ließ. Es gab mehr als eine Möglichkeit, innerhalb von Gefängnismauern umzukommen.

5

Wer in der Rechtsszene bewandert war und am folgenden Morgen beim Frühstückskaffee die Zeitung aufschlug, las mit einiger Verblüffung, dass Barrett »Bär« Dickson gebeten worden sei, als Berater dem Verteidigungsteam im Fall Ashford beizutreten. Manche nahmen mit noch größerem Erstaunen zur Kenntnis, dass ausgerechnet Caldwell & Shaw, eine der Elitekanzleien für Wirtschaftsrecht in Amerika, sich auf die Verteidigung eines Verdächtigen in einem scheußlichen Mordfall einließ, und dazu noch eines Verdächtigen, dem Verbindungen zur Mafia nachgesagt wurden. Ein paar Insider wussten allerdings, dass Caldwell & Shaw wie so viele andere große Kanzleien zu rasch expandiert hatte und nun unter der Last aufgeblähter Gemeinkosten finanziell abzustürzen drohte.

In einem spöttischen Artikel auf der Seite mit dem Wetter wurde Barrett Dickson als »Pechvogel und Trinker« bezeichnet, der 1993 einen größeren Fall von Wertpapierschwindel verloren hatte – erst seine zweite Niederlage in über zwanzig Jahren Gerichtspraxis. Und als ihn der Richter hinterher fragte, ob er die Geschworenen zur Sache gehört haben wolle, soll er geantwortet haben: »Nein, Euer Ehren, gefesselt und ausgepeitscht.« Weiter hieß es, er sei am selben Abend wegen Trunkenheit am Steuer festgenommen worden und habe seitdem nie wieder einen bedeutenderen Fall übernommen. Auf der Seite siebzehn prangte ein Foto von ihm aus dem Jahr 1965, in Uniform, aufgenommen bei Saigon. Es zeigte einen groß gewachsenen Mann mit einer markanten Nase und einem breiten Mund, mit einem kräftigen Kiefer und vorstehenden Wangenknochen, insgesamt ein Durchschnittsgesicht, nicht einmal gut aussehend, umrahmt von kurz geschnittenem Haar, das ihm in die flächige Stirn fiel. An seiner linken Hand fehlte der Ringfinger – er hatte ihn in einem Gefecht bei Pleiku verloren. Die Augen unter den schweren Lidern blickten misstrauisch.

Die Abteilung für Verkehrsdelikte im Gerichtsgebäude von San Francisco, bei Verkehrssündern als »die Schlangengrube« bekannt, war die Arena, in der Jungjuristen sich an kleineren Vergehen die Zähne ausbissen und glücklose Altgediente ihre misslungene Laufbahn beendeten. Die Besuchergalerie dieses Gerichtssaals spiegelte zumeist dessen trostlose, undisziplinierte Atmosphäre wider: Meist saßen dort Obdachlose, die nach Schnaps und ungewaschenen Kleidern rochen und geräuschvoll die Wärme und die bescheidene Unterhaltung genossen.

»Das Volk gegen Vessey!«, brüllte die Gerichtsdienerin, eine Furcht einflößende Schwarze, und die Menge verstummte. Eine umwerfende Frau in einem maßgeschneiderten beigen Kostüm mit weißem Kragen und weißen Manschetten ging auf den Gerichtsstand zu. Sie schien hier nicht weniger fehl am Platz zu sein als in einem Boxring. Im Schlepptau folgte ihr ein Hüne im zerknitterten Anzug mit einer ramponierten Aktenmappe unter dem Arm. Dieses alte, rissige Ding mit Sicherheitsverschluss, dessen Riemen durch den Griff lief, bevor er eingehakt war, lieferte den einzigen Hinweis darauf, dass es sich bei dem Mann um einen Anwalt handeln könnte.

Ein eifriger Hilfsstaatsanwalt saß bereits hinter der Schranke. Emsig breitete er seine Akten aus und blickte der Angeklagten und ihrem Vertreter strahlend entgegen. Der Hüne trat nun ebenfalls durch die Schranke. Er beugte sich vor, um dem jungen Mann mit dem rosa Gesicht die Hand zu geben; dessen rötliches Haar war makellos auf eine Seite gekämmt und sein marineblauer Anzug passte zu seiner Augenfarbe.

»Guten Tag, Mr. Dickson«, stellte der Anklagevertreter sich vor, »ich bin Bill Hancock.«

Barrett Dickson brachte ein müdes Lächeln zu Stande, weil er bemerkte, dass der Junge nervös war. Er hat Angst vor mir, dachte er. Er weiß nicht, dass ich auch Angst habe. Er hat keine Ahnung, wie es ist, fünfzig zu sein und zum ersten Mal im Leben ein Verkehrsdelikt zu vertreten.

»Rufen Sie Fall Nummer 164227«, brüllte die Gerichtsdienerin.

»Bereit, Euer Ehren«, rief der Anklagevertreter. »William Hancock für das Volk.«

»Barrett Dickson von der Kanzlei Caldwell & Shaw, Vertreter der Angeklagten Monica Vessey.«

Der Richter bedachte Barrett Dickson mit einem Nicken, das diesem zugleich respektvoll und melancholisch erschien; er schätzte ihn als verwandte Seele ein – als jemand, der einen Flachmann in der Robe verbarg, um mit der Mischung aus Bangnis und Überdruss fertig zu werden, die dieses Kommunalgericht genannte Territorium unweigerlich mit sich brachte. Wenigstens gibt's keine Geschworenen, dachte Dickson.

Die Anwesenden wurden registriert, dann nahm das Verfahren wegen Trunkenheit am Steuer gegen Monica Vessey, Tochter von Sherman Vessey, Vorstand und Chef von MacroDynamics, einem der bedeutendsten Mandanten von C&S, seinen Lauf. William Hancock erhob sich, um seine Einführung zu halten, die Barrett Dickson ob ihrer Kürze und ihres Schwungs höchst bemerkenswert fand.

»Das Volk wird beweisen, dass Ms. Monica Vessey in der Nacht des 18. Juli 1997 in der Gegend von Taylor und Bush mit einem Alkoholspiegel von 0,8 Promille am Steuer eines Kraftfahrzeugs unterwegs war und mit besagtem Fahrzeug an besagter Stelle und zu besagter Zeit eine rote Ampel missachtete, unbefugt auf die Kreuzung geriet und dann einen Stahlpfosten rammte, an dem eine weitere rote Ampel angebracht war. Das Überfahren der roten Ampel sowie die Kollision dienen als eindeutiger Beweis, dass Ms. Vessey angetrunken war, Euer Ehren, und das Volk wird nach der Beweisaufnahme fordern, dass sie im Sinn der Anklage schuldig gesprochen werden soll.«

Der Richter nickte Dickson teilnahmsvoll zu, worauf sich dieser langsam erhob und mit rauer und zittriger Stimme die Unschuld seiner Mandantin zu beteuern begann: »Ihr Bluttest hat ein Resultat knapp unterhalb des Grenzwerts ergeben, Euer Ehren, nämlich 0,79 Promille. Sie wäre nie angeklagt worden, wenn sie nicht zufällig den Pfosten gerammt hätte. Die Anklage stützt sich daher notwendigerweise auf einen Umkehrschluss: Sie hat B getan, also muss sie des Vergehens A schuldig sein. Sie hat eine rote Ampel überfahren und einen Pfosten gerammt, also muss sie betrunken gewesen sein. Es gibt aber keinen Beweis, dass sie ein Rotlicht überfahren hat. Gäbe es einen solchen, würde ich einräumen, dass auch die Möglichkeit bestünde, dass sie betrunken war. Es lässt sich aber kein Beweis erbringen, Euer Ehren, und wir fordern daher Freispruch in allen drei Punkten.«

Barrett Dickson war sich bewusst, dass seine Konzession ein Risiko barg, aber auch als er sich noch ganz oben auf der Karriereleiter befunden hatte, pflegte er Tatsachen einzugestehen, anstatt gegen sie anzukämpfen. Auch war er darüber informiert, dass dieser Richter Milde über alles schätzte. Und schließlich wusste er aus vorgerichtlichen Untersuchungen, dass es bis auf Monica Vessey selbst keine Zeugen bei dem Zusammenprall gab. Der Richter würde somit ihr Wort gelten lassen, dass sie rechtmäßig auf die Kreuzung gefahren und durch einen Rowdy von links abgedrängt worden sei, der seinerseits eine rote Ampel überfahren hatte und ihr nur die Wahl ließ, entweder den Pfosten zu rammen oder über den Haufen gefahren zu werden. In seinem Schlussplädoyer würde er das Ganze als den einfachen Fall einer respektablen jungen Dame darstellen, die abends essen geht und ein, zwei Glas Wein trinkt. Das war's dann auch schon. Ein Opfer, keine Straffällige.

»Bitte Ihren ersten Zeugen, Mr. Hancock«, sagte der Richter.

»Rufen Sie Wachtmeister Jenkins, Euer Ehren«, bat Hancock.

Wachtmeister Jenkins sagte aus, er sei als Verbindungsmann zum Amt für öffentliches Bauwesen tätig und die neuen Ampeln in San Francisco hätten einen Glühfaden eingearbeitet, der jeweils die Farbe der Ampel zum Zeitpunkt festhalte, zu dem sie außer Betrieb gesetzt werde.

»Und was für eine Farbe hatte die Ampel, als die Angeklagte hineinfuhr, Herr Wachtmeister?«

»Sie war rot, Mr. Hancock.«

Barrett Dickson fühlte eine Hitzewelle durch seinen Körper laufen. Sein Herz klopfte ihm plötzlich bis zum Hals herauf, der ganz ausgetrocknet war. Wie damals in Vietnam, von Kopf bis Fuß gelähmt vor Angst und Verwirrung. Weshalb hatte er das mit den Verkehrsampeln nicht erfahren? Weshalb hatte er der Frau geglaubt? Was zum Teufel hatte er überhaupt in einem Gerichtssaal zu suchen?

»Kreuzverhör, Mr. Dickson?«, fragte der Richter.

»Einen Augenblick bitte, Euer Ehren.« Barrett Dickson beugte sich zu seiner Mandantin hinüber: »Wir haben ein Problem.«

»Mein ›Problem‹«, fuhr ihn Ms. Vessey mit zornigem Blick an, »besteht einzig und allein darin, dass ich Papas Laden erlaubt habe, diesen Fall zu übernehmen. Was zum Teufel gedenken Sie jetzt zu tun?«

»Ich verschaffe Ihnen schon eine weitere Chance«, erwiderte er. »Sie sind ein verwöhntes Gör, lügen wie gedruckt und könnten das nächste Mal einen Menschen umbringen, aber selbst dann haben Sie noch ein Anrecht auf faire Behandlung in unserem scheiß Rechtssystem.«

»So können Sie mit mir ...«

»Halten Sie den Mund und hören Sie mir zu. Wissen Sie, was ein Prozess mit Verfahrensfehlern ist?«

»Selbstverständlich weiß ich das«, fuhr sie ihn an.

»Gut. Dann ersuchen Sie darum.« Er erhob sich schwankend und räusperte sich, bevor er zum Sprechen ansetzte. »Euer Ehren. Ich begebe mich jetzt zum Mittagessen. Wünsche allerseits einen schönen Tag.« Damit verließ er den Gerichtssaal, beeilte sich, zu seinem Wagen zu kommen, und fuhr direkt zum »Mooses's Bar & Grill« in North Beach.

Zwei Stunden später blickte er von seinem Wodka mit Eis, den Brezeln und der Zeitung auf und sah, wie Mike Reasoner, sein langjähriger Freund und Partner bei C&S, sich auf den Stuhl neben ihm setzte.

»Gut gemacht, Bär. Dein Verschwinden hat uns 3000 Dollar wegen Missachtung des Gerichts und zwei Anrufe beim Richter gekostet, um den Haftbefehl gegen dich abzuwenden.«

»Danke«, meinte Dickson. »Das zahle ich natürlich zurück. Hat sie ihren Verfahrensfehler bekommen?«

»Klar hat sie. Was sollte der Richter sonst auch tun, wenn ihr der Anwalt eine Viertelstunde nach Prozessbeginn abhaut.«

»Hat C&S Papas Laden als Mandanten verloren?«

»Noch nicht, aber Steve Wilmer wetzt das Messer. Und du hast mit diesem Streich deinen Kopf auf die Guillotine gelegt.« Steve Wilmer war der kürzlich ernannte neue Boss des Exekutivausschusses bei C&S. Er laberte unaufhörlich von Kostensenkung und Verschlankung und dass er die Kanzlei von »morschem Holz« befreien wolle.

»Wer wird die Kleine jetzt vertreten?«, fragte Barrett.

»Doug Young, drüben im Mission District.«

»Gut. Er ist Spitze.«

»Das Zeug da wird dich eines Tages umbringen, Bär«, bemerkte Mike.

»Schon gut, ich höre ja schon auf damit«, antwortete Barrett und schob den Teller mit den Brezeln theatralisch von sich weg. »Dieser Morgen hatte es in sich. Normalerweise trinke ich höchstens ein, zwei Winzlinge vor dem Essen. Ich bin fit wie sonst wer, und jetzt hab' ich auch noch die Sache mit dem Gesetz auf der Reihe, und das alles dank dir.«

Mikes Drink kam, und er stieß mit Barrett an. »Wo zum Teufel hast du dich eigentlich in letzter Zeit herumgetrieben?«, fragte er.

»Mal hier, mal da. Ein paar Stunden auf Kosten von unserem Laden – oder was davon noch übrig ist. Klamotten, wie das Ding von heute Morgen. Klavierstunden nehmen.«

»Klavierstunden?«

»Wollte schon immer was mit Musik machen. Singen kann ich nicht besonders, wie du dich vielleicht noch erinnerst, also hab' ich ein Klavier gemietet. Ich übe ›*Stardust*‹. Wie hast du mich gefunden?«

»Du warst nicht zu Hause und auf einem Barhocker im ›Stars‹ oder im ›Bar & Grill‹ am Washington Square warst du auch nicht zu finden. Die Spur führte hierher. Was soll die weiße Pappschachtel? Hast du vor, die Reste des China-Menüs von gestern Abend hier an der Bar zu vertilgen?«

»Das ist Ginger II.«

»Wie ›Ginger und Fred‹?« Er spielte auf die einzigen Hausgenossen seines Freundes an, ein Goldfischpaar.

»Ginger ist hin, Fred der traurige Hinterbliebene. Kein Jahr alt und schon Witwer. War gerade in der Tierhandlung.«

»Du siehst müde aus, Barrett.«

Als Antwort kam ein kleines Knurren. »Ja, ich weiß. Kommt mir vor, als hätte ich eines Morgens in den Spiegel geschaut und festgestellt, dass in der Nacht ein Tattergreis in meine Haut geschlüpft ist.«

»Quatsch, du bist im besten Alter. Was du brauchst, sind eine Arbeit, die dich fordert, und eine gute Frau. Du hast es seit Jahren weder mit dem einen noch mit dem anderen versucht.«

Barrett zuckte die Achseln. Eine gute Frau. Bei Ellen hatte er gemeint, er hätte eine gefunden. Dann war sie 1985 mit einem Börsenmakler nach Provence verduftet und hatte alles, was irgendwie wertvoll war, mitgenommen – bis auf ihren neunjährigen Sohn Jared. Er wusste, was Mike dachte. Nämlich dass es an der Zeit sei, die Sache endlich als erledigt zu betrachten.

»Wie geht's Nancy?«, fragte er schließlich.

Mike und Nancy Livingston hatten ein halbes Jahr nach Barrett und Ellen geheiratet. Barrett wusste, dass sein bester Freund ebenfalls in Ellen vernarrt gewesen war, aber wegen Mikes Zuneigung zu ihm hatte sein Neid bald nachgelassen, und seine Ehe mit Nancy wurde bemerkenswert glücklich. Tatsächlich hatte sich die Silbermedaille, die Nancy in Mikes Rennen nach ehelichem Glück zunächst dargestellt hatte, mit der Zeit in Gold verwandelt, während die Alchimie sich für Barrett und Ellen negativ ausgewirkt hatte: 1986 kam es zur Scheidung, 1993 brachte Ellen sich um, und Jared, ihr einziges Kind, war mittlerweile erwachsen und gab seinem Vater an allem die Schuld.

»Nancy hält die Stellung«, bemerkte Mike. »Macht weiter ihre Chemo.«

»Sie ist tapfer, Michael. Gibt's was Neues?«

»Sie setzen im Stanford Medical alle Hebel in Bewegung. Wir sind optimistisch.«

Barrett nickte. Der Barkeeper kam mit neuen Drinks herüber. Wieder stießen sie an. »Also«, sagte Barrett, »was führt dich her?«

»Du weißt, warum ich hier bin«, antwortete Mike. »Die Kanzlei will, dass du Elliot Ashford vertrittst.«

»Einspruch, Mike. Die Kanzlei will, dass ich Al Menghetti die Bücher hinterhertrage und ihm den Bleistift spitze. Sie will, dass ich den Arm um Elliot Ashford lege, sobald Richter Hernandez hinschaut. Und sie will, dass ich mich hübsch ruhig verhalte und beobachte, wie *Menghetti* Ashford vertritt.«

»Es könnte für dich eine super Chance sein, für uns alle.«

Keiner von beiden sagte ein Wort. Keiner rührte sein Glas an. Schließlich brach Barrett das Schweigen. »Mike, halt dich da raus, ja? Rück jemand auf den Pelz. Reich Klage ein. Lass dich vollaufen. Aber mich lass einfach in Ruhe.«

Mike wandte sich seinem Freund zu und musterte ihn von der Seite: das kurz geschnittene, unordentliche Haar, das langsam ergraute, den ewig gleichen zerknitterten Anzug und die ausgeprägten Gesichtszüge. Er hatte beim Sprechen gelächelt, aber das hatte den Sarkasmus in seiner Miene nicht verbergen können. »Bär, C&S ist übel dran. Die Gesellschafter haben soeben einer rigorosen Personalreduzierung zugestimmt. Keiner ist sicher, und ganz bestimmt nicht Eure Majestät, besonders nach dem Debakel von heute. Steve Wilmer will ...«

»Bitte erzähl mir nichts von Steve Wilmer«, knurrte Barrett, »dieser Rotstift in Person.«

Barrett und Mike hatten – leider erfolglos – die Ansicht vertreten, dass die Wahl des cleveren dreiundvierzigjährigen Gesellschafters mit seinen konservativen Finanzvorstellungen der ohnehin schon schwindenden Tradition hinsichtlich Kollegialität und Professionalität in der Kanzlei den Todesstoß versetzen würde. Steve Wilmer hatte es ihnen nicht vergessen.

»Also gut«, sagte Mike, »lassen wir Wilmer sein. Aber der Fall Ashford ist für alle, die mitmischen, ein Gewinnspiel. Ehrlich gesagt, es war meine Idee ...«

»*Deine* Idee?«

»Du wirst so viel Publicity bekommen, dass es zur Bildung einer Kommission gegen Wirtschaftsverbrechen kommen könnte. C&S ist die einzige größere Kanzlei in ganz San Francisco, die sich nicht an Firmenangestellten mästet, denen man Unregelmäßigkeiten im Wertpapierhandel oder Steuerhinterziehung zur Last legt.«

»Und ich bin das einzige Kadermitglied, das nichts Wichtiges zu tun hat.«

»Du bist übrigens auch das einzige Kadermitglied mit Erfahrung im Strafrecht. Hast du den Fall TDA vergessen?«

»Nichts wäre mir lieber«, antwortete Barrett. »Das war mein Meisterstück.«

Er hatte damals den korrupten Kopf einer enormen Anlage- und Steuermauschelei verteidigt. Das war 1993 gewesen – und sein letztes Auftreten vor Gericht in einem ernsthaften Fall. Die Sache hatte sich für Caldwell & Shaw als lukrativ erwiesen, und der Mandant müsste, wäre er noch am Leben, weitere zehn Jahre im Gefängnis verbringen.

»Der Fall war von vorne herein zum Scheitern verurteilt, wer immer ihn übernommen hätte. Zudem hat man dich viel zu rasch da reingedrängt, nachdem Ellen gestorben war.«

»Ellen ist nicht einfach *gestorben*, Mike.«

»Um Himmels willen, Bär ...«

Barrett brachte ihn mit einem Blick zum Schweigen, der hieß: Darüber haben wir doch schon mehr als genug gesprochen. Mike bestand darauf, dass Barrett 1993 zu Recht seinen Grips und seinen Einfluss ins Spiel gebracht hatte, um das Sorgerecht für sein einziges Kind Jared wieder zu bekommen, und dass Ellen sich so oder so umgebracht hätte. Barrett hielt ihm jedes Mal entgegen, dass sie sich genau in der Nacht umgebracht hatte, in der ihr scheiß Exmann sie trotz der fürchterlichen Kälte aus seiner Wohnung ausgesperrt hatte, und zwar nur wenige Stunden nachdem er ihr das Einzige im Leben genommen hatte, was sie zu Recht als ihr Eigentum betrachtete.

»Also gut, Bär, ich halte ja schon den Mund, aber dass sie sich gerade in der Nacht umgebracht hat, zeugt doch davon, dass sie nicht in der Lage war, das Sorgerecht auszuüben.«

»Umgekehrt, Mike: Mein Nachweis, dass sie das Sorgerecht nicht ausüben kann, hat dazu geführt, dass sie sich umgebracht hat. Oder noch genauer: Ich habe unser verletzliches

Rechtssystem dazu benutzt, sie persönlich umzubringen. Wenn du mir nicht glaubst, dann frag Jared. Falls du ihn je finden solltest.«

»Hast du immer noch nichts von ihm gehört?«

Barrett schüttelte den Kopf. »Nicht seit der Beerdigung 1993.«

»Tut mir leid, dass ich darauf zu sprechen gekommen bin, aber es bleibt die Tatsache ...«

»Es bleibt die Tatsache, dass ich, selbst wenn ich auf deine großartige Idee einsteigen würde, gar nicht in der Lage wäre, einen Fall dieses Kalibers zu vertreten. Zum Beweis erinnere ich dich an heute Morgen.«

»Du hättest ja nur beratende Funktion. Es geht darum, dass du deine erlauchte Gegenwart einem Wiedererwägungsgesuch um Freilassung gegen Kaution angedeihen lässt.«

»Eine *Kautions*verhandlung?«

»Aber ja doch. Bloß ein Spezialauftritt. Ein bisschen Vorarbeit und eine Präsentation für Richter Hernandez.«

»John Hernandez. Hast *du* den Ashford-Leuten verklickert, dass wir zusammen studiert haben?« Mike Reasoner wandte den Blick ab. »Versteh ich das richtig, Mike? Du willst allen Ernstes, dass ich meine jahrelange Freundschaft mit John ausnutze, um einen exklusiven Mafiaboss rauszuhauen, der seiner Frau die Geschlechtsteile aufgeschlitzt hat? Und zwar, damit C&S all das Aufsehen, das der Fall erregt, darauf verwenden kann, um satte Honorare aus leitenden Angestellten herauszuholen, die ihre Aktionäre und den amerikanischen Staat nach allen Regeln der Kunst übers Ohr hauen?«

»Zu den zahllosen Dingen, die deinem Gedächtnis entfallen sind, zählt offenbar auch die Tatsache, dass der amerikanische Staat jemanden so lange für unschuldig hält, bis seine Schuld bewiesen ist. Außerdem hast du anscheinend auch vergessen, auf welche Pflichten du einst einen Eid als Verteidiger abgelegt hast.«

»Ein Anwalt hat auch dem Gericht zu dienen.«

»O ja, das ist der Kern der Sache. Du hast den Eid auf beides abgelegt. Nach meinem Vorschlag flösse ein Drittel unserer Einnahmen in einen Fonds für Dienste zum Wohl der Allgemeinheit bei C&S. Oder hast du etwa auch vergessen, für wie wichtig du das einmal gehalten hast?«

Lieber, gutherziger Mike, dachte Barrett. Wo nahm er nur diesen Elan her? Diesen unentwegten Optimismus? Er sah, wie Mike sich mit einer Hand über den kahl werdenden Kopf fuhr.

»Schau«, fügte Mike hinzu. »Uns steht hier keine Riesenauswahl zur Verfügung.«

»Ach so«, sagte Barrett. »Du meinst, wenn ich das großzügige Angebot ausschlage, hat Wilmer den nötigen Vorwand, mich endgültig zu feuern.«

»Er hat den Exekutivausschuss in der Hand. Sämtliche Anwälte müssen Fälle bis zum Gehtnichtmehr bearbeiten und den Mandanten mehr Stunden in Rechnung stellen. Schreibkräfte fliegen raus, Alter und Erfahrung sind ihm scheißegal, er entlässt Leute mit kleinen Kindern, die nicht wissen, wohin. Er hat es sogar auf den alten Winston Cray abgesehen.«

»Auf Winnie?«

»Auf Winnie, auf Billy Chase, auf dich und mich. Auf alle, die sich voriges Jahr gegen ihn gestellt haben. Aber du kannst das Steuer noch herumreißen, wenn du willst. Bis zu der Sache mit TDA hast du mehr Fälle gewonnen als irgendjemand sonst.«

Bis zur Sache mit TDA, dachte Barrett. Das war drei Jahre her und bis heute wusste er nicht, wie es passiert war. Von einem jungen Spund aus Bakersfield geschlagen, nein, nicht einfach geschlagen. In Grund und Boden gehauen. Dieser Fall hatte sein Selbstbewusstsein ausgepresst wie eine Boa constrictor, langsam, Tag für Tag, Atemzug für Atemzug, bis er sich schließlich halb erstickt freiwillig ergeben hatte. »Nein«, sagte er ruhig. »Geh und sag Wilmer, ich hätte deiner verbissenen Hartnäckigkeit irgendwie widerstanden.«

Nachdem beide einige Minuten geschwiegen hatten, griff Mike in die Tasche und holte einen Zwanziger heraus, erhob sich und wandte sich dann seinem Freund zu. »Das war's dann. Mach, was du willst. Also, was soll ich Wilmer jetzt genau sagen?«

»Sag ihm, du hättest mich halb verhungert vorgefunden, unter einer Autobahnbrücke. Sag ihm, ich sei dem Opium erlegen und den Reizen einer Albinofrau aus Sumatra.« Barrett stopfte Mike den Zwanziger wieder oben in die Westentasche, grinste und fügte hinzu: »Mach halblang, alter Junge. Steve Wilmer wird so oder so einen Weg finden, mich rauszuwerfen. Da kann ich machen, was ich will.«

»Nicht wenn du diesen Fall übernimmst. Du hast immer noch Freunde in der Firma. Schau, versuch's doch mal mit Ashfords Kaution. Damit schaffst du dir in der Kanzlei die Hunde von den Fersen. Al Menghetti erledigt die Drecksarbeit beim Prozess. Du spielst einen oder zwei Monate lang den Dummen und holst dafür drei- bis vierhunderttausend für C&S rein, dazu genug Publicity, um deinen Verein gegen Wirtschaftskriminalität zu gründen. Vielleicht gelingt es sogar, die Kanzlei wieder flott zu machen. Bis dahin bin ich der wahre Held, weil ich dich herumgekriegt habe. Sie drücken uns mit fünfundsechzig unsere goldene Uhr in die Hand und du bräuchtest nicht mal mehr …«

»Irgendwas Wichtiges tun?«

»Du hast noch neun Jahre bis zur Rente zu überstehen, mein Lieber. Ich glaube, ich kenne deine finanzielle Lage gut genug, um das wichtig zu finden.«

»Wichtig für dich, Mike?«

Mike setzte sich wieder und trank sein Glas aus. Zwischen den beiden Freunden herrschte betretenes Schweigen. Mike bestellte eine weitere Runde.

»Geht's nicht in Wirklichkeit um deine eigene finanzielle Situation, Mike?«, sagte Barrett schließlich. »Ich weiß, dass du eine hübsche Summe mit GreenLink verloren hast.«

GreenLink, Incorporated., einer der vielversprechendsten Mandanten von C&S, hatte nach den Sternen gegriffen, bis Mike den größten Teil seiner Ersparnisse reinsteckte – und dann bewiesen, dass, wer hoch steigt, meist auch wieder herunter kommt.

»Also, Michael, wie viele Jahre hast *du* bei der guten alten C&S zu überstehen, bis du in Rente gehen kannst? Außerdem bin ich ziemlich sicher, dass es einem Mann mit einer kranken Frau und einem doch ziemlich angeknacksten Ei im Nest momentan auch nicht besonders willkommen sein dürfte, aus der firmeneigenen Gesundheitsvorsorge rauszufliegen.«

Mike starrte in sein Glas.

»Warum hast's mir nicht denn ganz einfach so gesagt?«, fragte Barrett.

»Du hast genug Probleme, ohne dass ich dir in die Tasche heule, Bär. Klar stehe ich auch auf Wilmers Hitliste. Tatsache ist, dass unsere Unterhaltung hier mein letzter Auftrag ist – je nachdem, wie sie ausgeht.« Er schob sich vom Stuhl. »Scheiße, mein Lieber, vergiss es einfach. Ich bin bloß ...«

»Bleib sitzen, Michael«, knurrte Barrett schroff. »Ich habe Angst, dass ich das Ding vermassle, aber ich werde tun, was ich kann. Aber ich will Ashford vorher sehen. Um die Spielregeln festzulegen. Ein einziger Spezialauftritt, und zwar nur in der Kautionsverhandlung. Nichts weiter, ja? Schaff dir diese Hunde vom Arsch. Dann bin ich draußen und werde Immobilienmakler.«

»Du wirst *was*?«

»Du hast gehört, was ich gesagt habe, und sei kein solcher verfluchter Snob. Man kann davon ehrlich leben.«

»Ich weiß, dass du ehrlich bist und genau deshalb wirst du *nicht* davon leben können. Bürogebäude?«

»Nie und nimmer. Ich werde hübsche Häuschen an nette Leute verkaufen.«

Mike atmete hörbar aus. »C&S war dein Leben, Bär.«

»Die Zeiten ändern sich. Alles, was ich will, ist, dass man mich in Ruhe lässt. Und damit hat sich's, ja?«

»Mein Ehrenwort«, sagte Mike und streckte die Hand aus. »Ich gehe sogar noch einen Schritt weiter. Falls du nach dem Gespräch mit dem Typen immer noch glaubst, dass er lügt oder zur Mafia gehört, kannst du die Sache an den Nagel hängen. Meinen Segen hast du.«

Barrett grinste. »Aber nicht, wenn er bloß ein Mörder ist, nicht wahr?«

Mike wurde rot und schraubte sich aus dem Sessel. Dann schritt er auf die Tür zu, drehte sich noch einmal um und kam zurück. »Hör zu, Bär, mit deinem Sarkasmus und mit deinem Misstrauen in deine Fähigkeiten kann ich mich abfinden, aber das ist es nicht, was dich innerlich auffrisst, und es ist höchste Zeit, dass du dich der Sache stellst. Du bist auf der höchsten Stufe der Einbildung angelangt. Du hältst dich für so was wie einen Frankenstein der Rechtsprechung und das Gesetz ist dein Monster. Geh vor Gericht oder auch gleich ins Gefängnis. Du fürchtest dich nicht nur davor zu verlieren, mein Lieber.«

6

Wie ihre Kolleginnen und Kollegen bei Ward & Company verschlang auch Amanda Keller jedes noch so grässliche Detail, das sie in den Medien über den Mordfall Ashford fand. Tag für Tag schaute sie sich mit ihrer Mutter beim Frühstück die Morgennachrichten an, dann zog sie sich an und fuhr mit dem Bus zur Arbeit, wo sie auf ihrem Schreibtisch im Ablageraum ein kleines Radiogerät aufgestellt hatte, damit sie sämtliche neuen Entwicklungen verfolgen konnte.

Sie führte sogar Tagebuch, genauer gesagt ein Sammelalbum, in das sie ausgeschnittene Artikel und Fotos der wichtigsten Beteiligten einklebte. Ihre Dokumentation setzte mit Elliot Ashfords Festnahme am 9. August ein, zwei Tage nach dem Mord, die seine Anklage am 20. August nach sich zog. Sie hatte vor, die Zeitungsausschnitte und Fotos täglich mit eigenen Eindrücken zu ergänzen, sobald der Prozess begann. Es gab bereits Notizen zu Earl Field, Elliot Ashford, Grace Harris und Al Menghetti. Bei Prozessbeginn wollte sie diese ausarbeiten und jeweils unter die entsprechenden Bilder in der Zeitung kleben. Das Foto von Earl Field erregte sie regelrecht: so ansprechend, selbstbewusst, kraftvoll. Auch Elliot Ashford sah gut aus. Aber Amanda Keller stand nicht besonders auf Intellektuelle. Auch nicht auf Mörder. Aber es war nicht schlecht, jetzt, nach Rick Frames Abgang, etwas zu tun zu haben. Rick, das letzte Glied in einer Kette aus lauter Enttäuschungen, würde sich auf etwas gefasst machen müssen, falls es ihm einfallen sollte, sich wieder um ihre Gunst zu bewerben.

Um Punkt fünf Uhr trat sie aus dem Lift und nickte dem Wachmann auf sein lüsternes Grinsen hin zu. Sie wusste, dass sie mit ihren langen Beinen und ihrer Ähnlichkeit mit Marilyn Monroe die Aufmerksamkeit von Frauen wie auch von Männern auf sich zog, fühlte sich aber gleichzeitig immer etwas unwohl unter deren Blicken. Selbst Bewunderung erinnerte sie an jene Kinder-Schönheitswettbewerbe, die sie gehasst, wenngleich immer gewonnen hatte.

Nur während der kurzen glücklichen Zeit, als sie sich tagsüber als Fernsehstar in Los Angeles aufhielt, hatte sie sich der Lobhudelei würdig gefühlt. Erst in der Rolle der Sharon McPeak in »Hope's People« hatte sie sich *authentisch* gefühlt. Je länger sie Sharon spielte, desto besser war ihr als Amanda zumute; auch kam sie als solche plötzlich mit der Außenwelt in Kontakt. Sie musste jetzt immer lächeln, wenn ihr einfiel, wie Frauen aller Altersgruppen auf der Straße auf sie zugekommen waren und ihr begeistert erzählt hatten, wie sehr sie ihnen als Sharon McPeak gefalle, und dann versuchten, ein paar Geheimnisse aus ihr herauszulocken. Ob sie Henley heiraten werde. Ob Evan gefasst werde.

Doch das lag nun schon beinahe zehn Jahre zurück. Sie hatte, anstatt auf den Rat ihrer Mutter zu hören, ihren Agenten geheiratet, einen alten Hasen, der in Hollywood die Fäden in der Hand hielt und dessen starke Persönlichkeit sie vergessen ließ, dass sie eigentlich groß gewachsene, gut aussehende Männer mochte. Mit dieser Entscheidung hatte sie letztlich ihre Karriere als Seriendarstellerin zerstört, ein Fehler, den ihre Mutter ihr nie verzeihen konnte.

In den ersten acht Jahren nach ihrem Ausscheiden in Los Angeles hatte sie alle Hebel in Bewegung gesetzt, um wieder in der Unterhaltungsindustrie einzusteigen: Über ihre Agentur konnte sie für heiß umworbene Fernsehspots vorsprechen, aber auch für Rollen am Theater vor Ort oder beim Film, wo sie in der Regel jedoch als zu groß oder als zu alt abgewiesen wurde. Nichts wollte klappen.

Also nahm sie die üblichen Jobs an – Kassiererin im Supermarkt, Verkäuferin, Serviererin – alles Mögliche, nur um das Arbeitslosengeld zu behalten, das zwischendurch hereinkam, während sie fieberhaft versuchte, ihre Karriere wieder in Gang zu bringen. So rasch ihr Kopf auch arbeitete, ihr Temperament war fast immer noch schneller, und so behielt sie keine Stelle viel länger als ein paar Monate, bevor ihr der Geduldsfaden riss. Als besonders erniedrigend empfand sie ihre jetzige, weil feste Anstellung im Archiv von Ward & Company, einem großen Immobilienbüro, das Geschäftsräume vermietete. Sie hatte diese Tätigkeit zunächst nur als einen weiteren Job auf Zeit betrachtet, nachdem ihre Mutter sie zur Annahme gedrängt hatte, aber das war nun schon zwei Jahre her und sie war bereits zur Chefarchivarin aufgestiegen mit drei Green-Card-Latinos unter sich, die für sie die ganze Arbeit erledigten.

Noch immer hasste sie jede Minute, die sie in diesem Büro verbrachte.

Um Punkt fünf Uhr ging Amanda Keller wie jeden Werktag auf den Aufzug zu und befand sich schon bald auf dem Weg zu Dave's World Gym, der einzige Luxus, den sie sich leistete. Nach einem kurzen Konditionstraining nahm sie den Bus nach Noe Valley, wo sie eine Wohnung mit ihrer Mutter teilte. Als sie eintrat, konnte sie das Gesicht ihrer Mutter in dem dunkeln, stickigen und von blauen Rauchschwaden durchzogenen Raum kaum erkennen.

»Du kommst spät, Liebling«, bemerkte Lucinda Keller, ohne den Blick vom Fernseher zu wenden. »Sei ein braves Mädchen und hol deiner Mutter eine neue Packung Zigaretten aus der Schublade, ja?«

Ihre Augen gewöhnten sich allmählich an das Zwielicht, so dass sie die traurigen Überreste dessen ausmachen konnten, was einmal das schöne Gesicht ihrer Mutter gewesen war; Zeit und Verbitterung hatten tiefe Furchen hinterlassen. Die welke Haut unter dem Kinn wabbelte, während sie sprach. Sie trug einen knöchellangen Hausmantel aus Satin und darunter eine bis zum Hals hochgeschlossene Bluse mit langen Ärmeln und Spitzenmanschetten. An einer dünnen Goldkette baumelte ein in Elfenbein gefasster Amethyst von ihrem Hals.

»Können wir dann gleich essen, wenn du das erledigt hast, Schätzchen?«

»Ja, Mutter, lass mich bloß noch den Mantel ausziehen.«

»Vergiss bitte meinen Wein nicht.«

»Sicher nicht«, erwiderte Amanda, obwohl klar war, dass sie wahrhaftig kein weiteres Glas mehr nötig hatte. »Wie war dein Tag?«

Ohne eine Antwort zu erwarten, schüttelte sie den Augustregen aus ihrem Mantel, um ihn neben der Tür an einen Haken zu hängen. Dann öffnete sie ein Fenster, leise, damit ihre Mutter es nicht hörte. Wie zum ersten Mal nahm sie das unordentliche Wohnzimmer wahr: die zerkratzte Täfelung aus Walnussholz und das schäbige Sofa mit der Decke, aus dem ihre Mutter wie eine Pflanze hervorzuwachsen und wie auf einem Sumpf aus unzähligen bestickten Kissen in allen Formen und Größen zu schwimmen schien. Amanda hatte sich nach dem Training etwas frischer gefühlt, doch beim Betrachten der gerahmten Kaufhauskunst, des künstlichen Kamins – er war nicht größer als eine Schuhschachtel –, all der Nippfiguren und des grässlichen ovalen Teppichs, den sie in Verdacht hatte, dass er am Modergeruch schuld war, sank sie wieder in sich zusammen.

»Du hast Post von der Stadtverwaltung«, säuselte Lucinda. »Haben Sie denn etwas angestellt, junge Dame? Vielleicht zu schnell gefahren?«

»Nicht gut möglich, Mutter, ohne Auto«, bemerkte Amanda und reichte ihrer Mutter die neue Packung Pall Mall. »Sieht aus wie vom Gericht.«

Zum ersten Mal drehte Lucinda den Kopf. »Was wollen denn *die*?«, fragte sie, während sie sich eine Zigarette herausnahm und mit einem Wegwerf-Feuerzeug anzündete. Sie rauchte wie ein Schlot.

Amanda hatte schon immer gestaunt, wie ihre Mutter zugleich inhalieren und sprechen konnte. Nun starrte sie wie gebannt auf den Briefumschlag. Plötzlich fiel ihr das Horoskop von heute Morgen ein. *Bereiten Sie sich heute auf etwas Unerwartetes vor, das Ihr Leben verändern wird*, hatte es gelautet. Sie öffnete den Brief und ihr Herz begann schneller zu schlagen, als sie den Inhalt überflog. »Eine Vorladung als Geschworene, Mutter!«

»Ruf sie morgen an, Kind. Red dich raus.«

Als Sharon McPeak hatte sie in *»Hope's People«* eine Geschworene in einem dreiwöchigen Prozess gespielt – und Amanda war von dem Geschehen damals absolut fasziniert gewesen. Wie musste es erst sein, als echte Geschworene tätig sein und nicht nur eine zu mimen? Endlich über einen anderen Menschen so zu urteilen, wie alle immer über sie geurteilt hatten? Und das Schönste von allem: endlich bei Ward & Company auszubüchsen, wenn auch nur für ein paar Tage. »Ich möchte das annehmen, Mutter. Es hört sich irgendwie aufregend an. Außerdem könnte ich vielleicht zur Abwechslung mal was tun, das sich lohnt.«

»Lohnt? Bei den fünf Eiern, die diese Trottel am Tag löhnen? Du hast gehört, was ich gesagt habe, Kind. Red dich raus. Können wir jetzt essen, Liebling?«

Die Worte blieben im Raum hängen wie der Rauch. Amanda hoffte, dass sich die Enge in ihrem Hals nicht durch Worte Luft verschaffte, die sie später bereuen würde. Sie schloss die Augen und hielt an sich, wie immer. »Ja, Mutter«, sagte sie ruhig. »Ich werde mir was einfallen lassen.« Dann zog sie sich rasch in die Küche zurück, bereitete für ihre Mutter das Abendbrot zu und brachte es ihr. Sie aß ihren eigenen Teller rasch leer und kehrte mitsamt dem Wein in die Küche zurück, um die letzten Neuigkeiten über den Fall Ashford zu lesen. Den Leitartikel schnitt sie für ihr Album aus und fing dann mit dem Kreuzworträtsel an. Es half ihr, die Gedanken an das zu verdrängen, was Rick vor drei Nächten zu ihr gesagt hatte. Nicht dass es sie überrascht hätte. Er war attraktiv, aber zu jung für eine richtige Frau. Amanda wusste, dass er sie liebte; aber wie alle anderen, die sich davongemacht hatten, fühlte er sich ihrer ganz einfach nicht sicher genug. Dennoch hatte sie sein Rückzieher schmerzlich getroffen, allein schon weil er so unerwartet kam. Er hatte sie eines Tages im Büro angerufen und eine Kinoverabredung abgesagt. Doch als sie erwiderte: »Kein Problem«, und vorschlug, am nächsten Tag gemeinsam essen zu gehen, war ein viel sagendes Schweigen eingetreten. Das war's dann. Schweigen konnte Amanda Keller besser deuten als jeder Beichtvater.

»Was machst du da draußen, Liebes?«, rief ihre Mutter. »Komm und setz dich doch zu mir vor den Fernseher.«

Amanda ging das Schreiben nicht aus dem Kopf. Wenn es nun um das Ashford-Verfahren ging? Sie holte tief Luft und setzte sich dann neben ihre Mutter aufs Sofa.

»Schlimmer Tag, Süßes?«, bemerkte Lucinda scharfsinnig wie immer, drehte den Ton lauter und heftete ihre Augen auf den Vorspann des gerade beginnenden Spielfilms.

»Fürchterlich. Du bist mir doch nicht böse, wenn ich auf mein Zimmer gehe?«

Lucinda brummte etwas wie »Gott sei Dank« und griff nach ihrem Weinglas. Als sie es trank, schlug es ihr gegen die Zähne. »Geh nur gleich«, sagte sie, »lass deine alte Mutter ruhig den ganzen Tag allein hier hocken und gönne ihr dann noch nicht mal am Abend ein paar Minuten deiner kostbaren Zeit!«

»Es ist nicht meine Schuld, dass du den ganzen Tag hier allein bist«, antwortete Amanda ruhig. »Wenn du wolltest, könntest du jederzeit ausgehen.«

»Ausgehen?«, rief ihre Mutter und drückte die kaum angerauchte Zigarette aus. Dann nahm sie einen sauberen Aschenbecher aus Glas und schlug damit zweimal an ihr rechtes Bein. Es gab ein hohles Geräusch.

»Ich habe dich verdammt noch mal nicht gebeten, in dieser Nacht damals nach Hause zu kommen!«, rief Amanda. »Und ich habe weder dafür gesorgt, dass Daddy sich auf der Party betrinkt, noch habe ich ihn ans Steuer gelassen.«

»Das mag ja sein«, gab Lucinda zur Antwort, »aber was war mit dem Anfall, den du bekamst, als wir aus der Tür gingen? Wo ich doch ohnehin schon ganz krank vor Sorgen war, weil du Fieber hattest?«

»Ja, besonders, weil die Endausscheidung für den Southeastern-Umzug vor der Tür stand«, warf Amanda ein.

»Da wolltest du ebenso hin wie ich«, fuhr Lucinda sie an.

»Ich? Heiliger Himmel, ich wusste doch überhaupt nicht, was ich wollte! Ich war damals erst sechs!«

»Und weißt du, wie alt ich war, als ich mein Bein verlor, Amanda? Jünger als du jetzt. Kein Wunder, dass Paul sich umgebracht hat! Ich war dreißig Jahre alt und mein Leben war vorbei!«

»Du warst immer noch schön. Du hättest …«

»Hättest *was*? Wie viele Frauen kennst du, die mit dreißig nur noch ein Bein haben? Und dann mit vierunddreißig Witwe werden?«

»Daran bin ich wohl auch noch schuld, was?«, fragte Amanda. Als Kind hatte sie sich tatsächlich daran schuldig gefühlt. Vielleicht sogar jetzt noch. Sie erinnerte sich undeutlich, wie durchgedreht und übertrieben jämmerlich sie sich an dem Spätnachmittag aufgeführt hatte, als ihre Eltern sich fertig machten und sie eine Nacht mit einem ihr unsympathischen Babysitter allein lassen wollten. Sie erinnerte sich auch an ihren unverhohlenen Hass auf ihren Vater, ganz besonders nach dem Unfall. Und daran, wie sie ihn vier Jahre später mit blutgetränkten Haaren in seinem Doppelbett hatte liegen sehen, Schädelsplitter und Hautfetzen auf dem Kopfteil, die Flinte zwischen den Beinen; sie stand hoch, ganz wie dieses andere Ding, das sie dort so oft gesehen hatte. Alles ihre Schuld.

Amanda verließ das Zimmer im Bewusstsein, dass sie dieser Frau entkommen musste, bevor eine von beiden etwas tat, das man nicht mit einer Prothese reparieren konnte. Amanda Keller war bereit, ihr Leben zu ändern. *Irgendwie*.

7

Jetzt müssen wir aber loslegen, Chef«, rief Sam Quon aus, als er Earl Fields Büro betrat. »Ich habe soeben das Neueste gehört. Tag, Grace.«

Inzwischen waren zwei Wochen vergangen und das Neueste war, dass Al Menghetti das Recht seines Mandanten auf eine rasche Verhandlung in Anspruch genommen hatte, welches das Bundes- sowie das kalifornische Strafgesetzbuch jedem garantiert. In Kalifornien bedeutete dies, dass die Anklage in spätestens sechs Tagen stehen musste.

»Der hält sich wohl für besonders durchtrieben«, bemerkte Earl Field. »Das hat in L. A. geklappt, aber nicht hier, weil wir nämlich drauf gefasst sind. Stimmt's, Grace?«

»Ich hoffe«, meinte sie abwesend.

Ihre Gedanken drehten sich noch immer um den Anruf, den sie zehn Minuten zuvor von einer Reporterin beim *L. A. Eye* bekommen hatte: ob sie etwas wisse über ungesetzmäßige Wahlgelder, die District Attorney Earl Field angeblich entgegengenommen habe. Sie musste Earl sofort darüber in Kenntnis setzen, sobald Sam wieder weg war.

»Ich bin nicht ganz sicher. Es gibt in diesem Fall noch immer zu viel, das Sie mir noch nicht mitteilen konnten oder wollten. Kann ja sein, dass Ihnen beispielsweise bekannt ist, wie Elliot Ashford sich verteidigen will. Ich weiß nicht einmal, was mit den Hautproben unter den Fingernägeln des Opfers passiert ist.«

»Diese Idioten«, knurrte Field und knallte ein Buch auf seinen Schreibtisch.

Grace Harris wusste, dass er seit drei Jahren mit der Polizeibehörde von San Francisco auf Kriegsfuß stand. Nichts aus seiner Rede anlässlich seiner Vereidigung war so oft publiziert worden wie der Passus, in dem er den Polizeichef irischer Abstammung aufforderte, die Spitzenpositionen in der Truppe endlich mit Afroamerikanern zu besetzen.

»Gottverdammter Mistkerl!«, setzte er hinzu. »Das Hauptkriterium, wenn man bei der Polizei vorankommen will, ist eben immer noch, als Weißer geboren zu sein. Und ich meine als *weißer Mann.*«

»Das soll wohl heißen, dass diese Hautproben nicht aufgetaucht sind«, sagte Grace Harris.

»Immer noch keine Spur«, erwiderte Earl Field. »Verdammter Scheißidiot.«

Harris und Quon wechselten einen Blick. Obwohl bei weitem kein Heiliger, geriet Field eigentlich nie aus der Fassung und verwendete nur selten Kraftausdrücke. Das hier sah ihm ganz und gar nicht ähnlich.

»Ich habe versucht, eine Liste von Zeugen zu erstellen«, warf Harris ein, um die Spannung im Raum aufzuheben. »Klar, sie beruht auf lückenhaften Kenntnissen, aber irgendwo müssen wir ja anfangen.«

»Also gut. Reden wir über die Zeugen.«

»Ich nehme an, Sie möchten, dass Sam wie üblich vorgeht und sich die Polizeiaussagen von Freunden, Nachbarn, Finanzleuten und möglichen Feinden durchsieht und dann die Spreu vom Weizen trennt«, sagte Harris.

»Genau«, gab Field zurück. »Ich brauche Leute, die mir die nur allzu bekannten Streitereien der Ashfords bezeugen, Sam. Wenn die Hausangestellte den Wortwechsel gehört hat, dann haben andere das sicher auch. Und befassen Sie sich mit den Aufzeichnungen der Anrufe von der Polizei. Suchen Sie nach einem Gespräch, das Lara Ashford mit Senator Clifton geführt haben könnte, eintreffend oder abgehend. Eines, das Elliot Ashford vielleicht mitgehört hat.«

»Das hat die Polizei bereits überprüft«, erwiderte Quon. »Es gibt nichts dergleichen.«

»Ich wette mein Mittagessen, Sie haben bloß Cliftons Privat- und Büronummern in Washington und Oklahoma City überprüft«, warf Harris ein. »Verschaffen Sie sich seinen Reiseplan samt einer Liste der Hotels, wo er abgestiegen ist, und versuchen Sie herauszufinden, ob irgendein ankommendes oder abgehendes Gespräch der Ashfords mit einem Ort übereinstimmt, in dem er sich aufgehalten hat, Sam.«

»Und überprüfen Sie Elliot Ashfords Privat- und Geschäftskontakte. Alle, die vielleicht mitbekommen haben, dass bei unserem Mann die Sicherung durchbrennen könnte.«

»Sie haben doch die Polizeiunterlagen darüber gesehen, Chef, und ...«

»Natürlich hab' ich sie gesehen, Sam, aber ich will, dass Sie alles, was Whitey unternommen hat, noch einen Schritt weiter verfolgen.«

»Verstanden«, erwiderte Quon, aber Harris bemerkte einen ziemlich verwirrten Ausdruck auf seinem Gesicht.

»Dann gehen Sie und tun Sie was«, fuhr Field ihn an, »und wenn Sie schon dabei sind, misten Sie den Saustall der Gerichtsexperten aus und fangen Sie an, sie für ihre Aussage in der Woche vom 13. Oktober festzunageln.«

»Ich helfe Ihnen, Sam«, sagte Harris.

Field nickte. »Ich möchte, dass Sie, Grace, bei der Verhandlung sämtliche Zeugen übernehmen, die zur DNS-Analyse und anderen technischen Verfahren aussagen, und zwar sowohl die direkte Befragung als auch das Kreuzverhör. Ich werde das Eröffnungsplädoyer halten.«

Was die Sachverständigen betraf, so wunderte Grace sich nicht – Earl brachte für die technische Beweisführung keine Geduld auf –, aber sie hatte erwartet, dass sie das Eröffnungspläyoder zumindest untereinander aufteilen würden. »Ich darf also«, begann sie und zwang sich trotz ihrer Enttäuschung zu einem Lächeln, »die Geschworenen mit technischem Kram wieder einschläfern, nachdem Sie mit Ihrer Rhetorik die Gefühle angeheizt haben. Was ist mit Elliot Ashfords Kreuzverhör?«

»Stellen Sie einfach eine oberflächliche Zusammenfassung her, falls ich sie überhaupt brauchen sollte. Ashford wird den Zeugenstand nicht betreten.«

»Wahrscheinlich nicht. Aber weshalb sind Sie sich so sicher?«

»Der Computer hat eine Vorstrafe ausgespuckt«, warf Sam Quon ein.

»Sagen Sie bloß, es war was Wüstes«, meinte Harris.

»Könnte nicht besser passen«, sagte Field. »Strafgesetzbuch, Absatz 245(a)(1).«

»Also Angriff mit wahrscheinlicher schwerer Körperverletzung«, murmelte sie vor sich hin.

»Er war noch jung«, fuhr Quon fort, »aber er saß in der Klemme, und wäre er nicht der Sohn von Harlan Ashford gewesen, wäre die Sache nicht so glimpflich abgelaufen. Hat einen Typen krankenhausreif geschlagen, weil der angeblich seine Freundin anmachte.«

»Hervorragend«, sagte Harris. »Er hat nicht zufällig einen Scherben von einem Martini-Glas dazu benutzt?«

»Leider nicht«, gab Sam Quon zur Antwort. »War noch trocken damals, sozusagen in der Vor-Glas-Phase. Aber der Chef hat Recht. Er wird nicht als Zeuge aussagen.«

Earl Field strich sich über den Schnurrbart. »Erzählen Sie mir was über diesen Al Menghetti, Grace. Sie haben einmal einen Mordfall gegen ihn verhandelt. Ich habe gehört, er sei sowohl kompetent als auch selbstsicher, jemand, der es uns nicht leicht machen wird.«

»Selbstsicher? Mein Gott, Earl, der Mann ist überzeugt, dass die physikalischen Gesetze für ihn nicht gelten. Er hält sich immer hart an der ethischen Grenze, ohne sie jedoch zu übertreten, und hat in drei Jahren nicht ein einziges Mal verloren.«

»Diesmal wird er aber.«

Grace Harris nickte. »Haben Sie schon entschieden, wie wir im Schlussplädoyer vorgehen wollen?«

»Gut, dass Sie mich daran erinnern«, entgegnete er und griff nach dem Polizeibericht. »Würden Sie bitte einen Entwurf für die Eröffnung und für das Schlussplädoyer für mich vorbereiten, sagen wir, bis Mittwoch in einer Woche?«

Harris gab zunächst keine Antwort, sondern starrte ihn nur mit zusammengekniffenen Augen an. »Nein«, meinte sie endlich. »Das werde ich nicht tun.«

»Sam«, sagte Earl Field. »Lassen Sie uns ein paar Minuten allein, ja?« Sam Quon eilte zur Tür. »Also, Grace, was haben Sie da eben gesagt?«

»Ich sagte, dass ich den Entwurf nicht für Sie vorbereiten werde. Erstens bin ich froh, dass ich angesichts dessen, was Sie unter voller Partnerschaft in einem Fall verstehen, nicht bloß Ihre zweite Besetzung bin. Das führt zu meinem zweiten Grund: Ich weiß schlicht nicht einmal genug über diesen Fall, um einen Brief an meine Mutter darüber zu schreiben. Drittens haben wir alle unseren eigenen Vortragsstil und ich bin sicher, dass Sie sich mit meinem nicht wohl fühlen würden.«

»Verstehe«, antwortete Field und brachte seine Gesichtszüge durch ein angedeutetes Lächeln wieder in Ordnung. »Und gibt es vielleicht noch einen vierten Grund?«

Grace Harris lächelte zurück. »Ja. Es dürfte schwierig sein, Zeit für Ihren Teil zu finden, während ich mit der Arbeit an meinem beschäftigt bin.«

Er hob die Hände, als würde er sich ergeben. »Schon gut, schon gut. Wir teilen uns das Schlussplädoyer. Sie fangen an, ich höre auf. Aber skizzieren Sie mir meinen Teil wenigstens in groben Zügen.«

»Und noch etwas, als Letztes. Ich weiß nicht genau, wie ich mich ausdrücken soll, Earl. Manchmal kommt es mir vor, als wären Sie mehr darauf aus, die Polizei anzuschwärzen, als Elliot Ashford festzunageln.«

»Das ist ja lachhaft«, schnaubte er.

»Dann ist es ja gut«, fuhr sie fort. Ihre Enttäuschung wurde durch den müden Ausdruck besänftigt, der das Gesicht des D. A. mit einem Mal viel älter als fünfzig Jahre aussehen ließ. »Wenn Sie es sagen.«

»Sehen Sie, Grace. Ich möchte beides, ja? Ich habe im Moment bloß etwas arg viel am Hals. So wichtig dieser Fall auch ist, so ist er doch nur eines meiner Probleme.«

»Glauben Sie mir, Earl, ich möchte keines davon sein. Mir ist es am liebsten, wenn ich Ihnen Lösungen anbieten kann. Aber damit ich das kann, müssen Sie mich hinzuziehen. Ich will Ihnen bei diesem Fall weder die Schau stehlen noch das Amt. Zumindest nicht, bevor Sie hinüber ins Regierungsgebäude ziehen.«

»Grace«, erwiderte er. »Ich weiß doch, dass Sie es genauso darauf anlegen, der erste weibliche D. A. zu werden, wie ich der erste schwarze Gouverneur. Aber wir wollen schön der Reihe nach vorgehen, ja?«

»Natürlich. Aber da wir nun schon bei der Politik sind: Ich schulde einem Zeitungsmenschen aus L. A. einen Rückruf; es geht um irgendwelche Wahlzuwendungen von außerhalb.«

»Was haben Sie ihr gesagt?«

Er weiß, dass es sich um eine Frau handelt, dachte sie. »Ich habe nur gesagt, ich sei gerade in einer Sitzung und würde mich wieder melden. Ich musste schließlich zuerst mit Ihnen darüber reden.«

»Gut. Vergessen Sie es, Grace. Ich erledige das.«

»Erledigen?« Sie klang verdutzt. »Was gibt es denn da zu erledigen?«

»Lassen Sie die Sache einfach auf sich beruhen, ja?«

»Nicht wenn es mit dem Fall zu tun hat, an dem ich gerade arbeite«, erklärte sie bestimmt. »Ein Fall, an dem ich, wie Sie mir soeben zugesichert haben, jetzt voll und ganz beteiligt bin. Sagen Sie mir, Earl, worum es geht, oder ich muss es aus ihr herauskriegen.«

Sie sah, wie er seine Hände musterte. Dann blickte er auf und flüsterte heiser: »Also gut.« Mit einem tiefen Seufzer fuhr er fort: »Die gehen bei dem Blatt davon aus, dass ich schmutziges Geld angenommen habe.«

»Glauben Sie, dass sie was in der Hand haben?« Ihre Stimme klang nun etwas versöhnlicher.

»Seit wann brauchen die denn dergleichen?« Nach einem Krächzen, das ein sarkastischer Lacher sein sollte, fügte er hinzu: »Aber ich kann Ihnen sagen, was *ich* im Moment absolut *nicht* brauchen kann: nämlich ein Rudel Sensationsschnüffler, die mir ausgerechnet jetzt die Hölle heiß machen. Niemand, der hier je Politik gemacht hat, hat nicht dann und wann ein paar Scheine eingestrichen, ohne es später zu bereuen.« Er wandte sich ihr zu. »Das sage ich Ihnen im Vertrauen, Grace, ja? Betrachten Sie sich als Anwältin in dieser Unterredung.« Harris wollte gerade den Kopf schütteln, aber Field hob die Hand. »Lassen Sie mich ausreden. Vor mehreren Monaten, lange bevor unser Fall noch einer war, kamen einige Typen aus Chicago mit einem hirnverbrannten Plan anmarschiert und wollten aus Alcatraz ein Atlantic City der Westküste machen. Sie nannten es ihr Bingo-Projekt und gelangten – über Jack Klegg – an mich. Sie baten um eine juristische Stellungnahme, ob es sich nicht um eine Verletzung der Gleichheitsklausel in der Verfassung handle, wenn man Italo-Amerikaner zu Gunsten der amerikanischen Urbevölkerung benachteilige.«

Klegg war damals Fields Wahlkampfleiter und Vertrauensmann gewesen. Inzwischen war er sein Hauptmitarbeiter und fast jedermann sah in ihm den aussichtsreichsten Kandidaten für Fields Nachfolge, sobald dieser zurücktrat. Es gab aber auch einige – unter ihnen Harris und Quon –, die Jack Klegg als ausgewachsenes Arschloch betrachteten.

»Eine Stellungnahme zu Spielhöllen? *Sch-schriftlich*?«

Field schüttelte ungeduldig den Kopf. »Diese Typen sagten Klegg, eine mündliche Stellungnahme würde ihnen genügen. Und um Ihre nächste Frage auch gleich zu beantworten: Ja, es gab dafür eine fünfstellige ›Entschädigung‹.«

»Und diese Typen entpuppten sich als Mafiamitglieder, oder?«

»Wir reden hier über Spielhöllen, Grace, nicht über den Plan für ein Wildschutzgebiet für Seeottern.«

»Jetzt sagen Sie bloß nicht, dass es sich um die Rizzos handelte.«

»Das würde ich mir auch wünschen. Aber Sie können sich beruhigen, Grace. Es ist nie was dabei herausgekommen.«

»Hat die Schnüfflerin vom *Eye* die Verbindung zu Elliot Ashford erwähnt?«

»Brauchte sie nicht.«

Grace Harris verfiel in Schweigen. Sie sah, wie der Fall, von Skandalen untergraben, in sich zusammenfiel – und sie mitriss. Ein Bild ihres Vaters drängte sich in ihre Gedanken. Wie er die *New York Times* las. Aber keine tolle Geschichte, wie seine Tochter einen bedeutenden Sieg errungen hatte und aufstieg in ein hohes öffentliches Amt, sondern über einen Justizminister, der dem Verhalten der Ermittlungsbehörde an der Westküste nachging. »Ist Ihnen nicht klar, was Sie jetzt zu tun haben, Earl?«

»Nein«, schnappte er, »leider nicht. Ich weiß zwar, was die stets unfehlbare Grace Harris tun und sagen würde. Aber was ich von Ihnen jetzt erwarte, ist, dass Sie weiterhin genau das tun, was Sie vom ersten Tag an hier getan haben, seit ich dieses Amt übernommen habe.«

»Sie gut ins Bild rücken«, antwortete sie und ihr Gesicht rötete sich.

»Genau.« Er lächelte. »Es sei denn, Sie möchten, nach allem, was Sie soeben gehört haben – aussteigen.«

Sie starrte ihn an und versuchte sein Lächeln zu ergründen, die scheinbare Milde in seinen Augen. Er hielt ihrem Blick stand. Es ist ihm ernst, schoss es ihr durch den Kopf. Sie wollte diesen Fall, unbedingt. Wollte sie ihn zu sehr? Wie weit würde *sie* gehen, um im Spiel zu bleiben? »Ich werde darüber nachdenken«, sagte sie schließlich. »Aber zuerst müssen Sie jeden einzelnen Dollar zurückschicken, den Sie von diesen Kerlen bekommen haben.«

»Das habe ich doch gleich getan, schon als sich der Konflikt abzeichnete, also noch bevor wir wegen Ashford vor der Anklagejury angetreten sind. Ich bin schließlich der höchste Polizeibeamte in dieser Stadt, verdammt noch mal!«

»Gut«, bemerkte sie kurz. »Dann müssen Sie jetzt als Zweites einen Präventivschlag bei der Lokalpresse landen. So in der Art: ›Habe die Entschädigung in gutem Glauben angenommen – bla, bla, bla – und dann sofort zurückbezahlt, als ich erfuhr, dass es sich bei dem Exkunden um den Teilhaber einer Firma im Besitz eines Mannes handelt, der in eine strafrechtliche Untersuchung verwickelt ist.«

»Ich habe das Geld auch in gutem Glauben angenommen, Grace. Nur weil Elliot Ashford seine Frau umgebracht hat, erscheint es jetzt so untragbar. Aber das jetzt publik zu machen, könnte ins Auge gehen.«

»Ins Auge gehen oder nicht. Aus Erfahrung wissen wir, dass die meisten Krankheiten an Licht und Luft rascher verschwinden, als wenn sie im Verborgenen wuchern.«

»In diesem Fall«, konterte Earl Field, »ist eine Krankheit, die verborgen bleibt, so gut wie geheilt. Ich meine damit, dass ich nichts verbrochen habe, indem ich das Geld angenommen habe! Ich bin doch nicht schuld, dass der verdammte Ganove seine Frau umgebracht hat! Machen Sie also keine Staatsaffäre daraus, Grace!«

»Das bliebe dem Staatsanwalt überlassen, Earl«, sagte Harris. »Ich bin bloß die Stellvertreterin des District Attorney hier.«

»Aber nicht mehr lange.« Earl Fields ansteckendes Lächeln saß wieder richtig. »Bald werden *Sie* in diesem Büro sitzen. Aber Sie müssen sich bewusst sein, dass man mit Anstand nicht immer ans Ziel kommt.«

»Mit anderen Worten, der Zweck heiligt die Mittel?«

»Verdammt noch mal, ja! In der Politik ist das eben ab und

zu so. Sie müssen da ein wenig lockerer werden. Hätte ich nicht ein paar Dinger gedreht, die Sie als Sünde bezeichnen würden, säße ich nicht in diesem Büro und Sie nicht als Chefin der für Mordfälle zuständigen Abteilung in Ihrem – selbst wenn Sie noch so gute Arbeit machen! Die Leute draußen, sie *glauben* an mich!«

»Zu denen gehöre ich auch, Earl«, erwiderte Harris nach kurzem Schweigen. »Aber wenn das bedeutet, zu verschweigen, dass Sie von einer Mafiafamilie Geld angenommen haben, die unmittelbar mit einem Mann in Verbindung steht, gegen den wir gerade gerichtlich ermitteln ...«

»Halten Sie ihn für schuldig?«

»Natürlich ist er sch-schuldig, aber ...«

»In Ordnung. Und glauben Sie, wir haben eine Chance, ihn zu verurteilen, wenn ich jetzt mit der Sache an die Öffentlichkeit trete? Die Antwort lautet: Nein. Das Erste, was wir tun müssen, ist, uns darauf zu besinnen, dass wir das Volk dieses Staates vertreten; und dann müssen wir uns auf die Socken machen und den Mistkerl drankriegen!«

»Nein, Earl, das Erste, was wir – das heißt: Sie – tun müssen, ist, diesen Mühlstein am Hals loszuwerden!«

»Gut«, lenkte er unvermittelt ein, »dann sag' ich ihr eben die Wahrheit – falls sie noch mal anruft. Die ganze Wahrheit. Mein Ehrenwort.«

Grace Harris ging hinaus in dem Bewusstsein, dass dieser verrückte Fall sich für ihn wie auch für sie zu einer Schlinge um den Hals entwickeln konnte. Die verdammte Sache mit dem *Eye*, das fehlende Beweismaterial und dass sie für Earl während der Dauer des ganzen Prozesses das Kindermädchen würde spielen müssen. Na ja, sie würde das Beste daraus machen. Doch Gott sei Dank war in diesem Meer von Intrigen und Verwirrung wenigstens eines sonnenklar: Elliot Ashford war schuldig.

Field wählte Kleggs Nummer. »Earl hier. Das Problem weitet

sich aus. Du musst mir diese Nutte vom *Eye* vom Hals schaffen. Sie hat die Harris angerufen, und die hat sich erst wieder halbwegs abgeregt, als ich ihr sagte, ich hätte das Geld zurückgezahlt.«

»Ich kümmere mich darum«, versprach Klegg. »Ich rufe gleich Chicago an, um herauszukriegen, ob die wissen, dass diese Dame vom *Eye* uns Ärger machen könnte.«

»Sind Sie der Meinung, ich sollte das Geld zurückzahlen?«

»Machen Sie sich nicht lächerlich«, gab Jack Klegg zurück und hängte ein.

8

Barrett Dickson war noch nie im sechsten Stockwerk des städtischen Gefängnisses gewesen. Es kam ihm völlig unwirklich vor. Wie im falschen Film. Blendend helle Neonröhren verliefen im fensterlosen Besucherbereich an den Decken entlang und doch wirkte der Raum düster und verlassen. Es roch nach Angst, Wut und Resignation. Er ließ den Dienst habenden Beamten kurz seinen Anwaltsausweis sehen und wartete auf Einlass. Durch die Gitterstäbe erspähte er eine Reihe unfroher Gestalten, die per Telefon mit ihren Lieben auf der anderen Seite der kugelsicheren Scheibe redeten.

Dann erschien ein Wärter und führte ihn in einen separaten Gesprächsraum, in den auch Elliot Ashford eingelassen wurde. Er trug eine orangefarbene Hose, Socken und ein T-Shirt und hatte statt der englischen Schuhe Gefängnislatschen an den Füßen. Die beiden Männer setzten sich einander gegenüber an ein Holztischchen. Barrett zog eine Visitenkarte hervor. Keiner der beiden machte Anstalten zu einem Händedruck.

»Kriegen Sie mich hier raus oder nicht?«, stieß Elliot Ashford unvermittelt hervor.

Barrett zuckte die Achseln und brachte ein schwaches Lächeln zu Stande. Er fragte sich, ob hinter Elliot Ashfords Tünche aus vorwurfsvoller Arroganz wohl eine kindliche Furcht vor dem Unbekannten lauerte. Er hatte in seinen Glanzzeiten viele Leute verteidigt, die mit dem Silberlöffel im Mund zur Welt gekommen waren, aber nie jemanden, der von einem Tag auf den anderen in Handschellen aus seiner Villa mit sechzehn Zimmern geschleppt und in eine zwei mal drei Meter große Arrestzelle gesperrt worden war. »Einen schönen, guten Tag, Mr. Ashford«, sagte er schließlich. »Die Antwort auf Ihre Frage lautet, dass ich, selbst wenn ich den Auftrag annehme, nicht garantieren kann, dass dem Antrag auf Freilassung gegen Kaution stattgegeben wird, und sollte er wirklich durchkommen, wird die Summe enorm hoch sein.«

Das Licht funkelte in Ashfords Brillengläsern, als er den Rückzieher kurz bedachte. »Ihr Honorar wohl auch, nehme ich an. Dann kriegen Sie Ihren Antrag mal durch und schicken Sie mir eine Rechnung für die Kaution, dazu eine über 50 000 Dollar für die halbe Stunde, die Sie im Gerichtssaal sind – plus Spesen. Ist das fair genug?«

»Die Kanzlei will 75 000 – im voraus.«

»Wegelagerer«, schnaubte Ashford. »Aber ich bin ja wohl nicht in einer Lage, dass ich groß was tun könnte. Was ist, wenn Sie verlieren?«

»Die Kanzlei behält das Geld so oder so.«

»Herrgott«, rief Elliot Ashford, »Ihre Kanzlei ist ja wohl ein Ausbund an Gier. Wann fangen Sie an?«

»Ich habe mich noch gar nicht entschieden. Ich bin mit meinen Nachforschungen noch nicht am Ende.«

»Alles völlig unverbindlich«, brauste Ashford auf. »Ich mit den meinen übrigens auch nicht. Weitere Bedingungen?«

»Nur, dass es sich um einen so genannten Spezialauftritt handeln wird. Das heißt, dass wir zwar mit dem Kautionsantrag zur Verhandlung für Sie mit antreten, jedoch ohne dass die Kanzlei weitere Verpflichtungen eingeht, was unser künftiges Engagement betrifft.«

»Angesichts der geradezu exorbitanten Honorarforderung Ihrer Kanzlei kann ich mich darüber nur glücklich schätzen«, gab Ashford zurück, wenngleich ein Zucken an seinen Schläfen Barrett verriet, dass er sich selten so unglücklich gefühlt hatte. »Noch bin ich schließlich nicht Milliardär.«

Barrett musste lächeln, als er sah, wie der alte Patriarch mit der linken Hand in der nicht vorhandenen Brusttasche seines nicht vorhandenen Anzugs vergeblich nach einem ebenso wenig vorhandenen Seidentaschentuch suchte, um die Gläser seiner Brille zu putzen, die er mit der rechten Hand von seiner aristokratischen Nase genommen hatte. Frustriert zog er daraufhin den Zipfel seines T-Shirts aus der Trainingshose und begann, die Gläser abzureiben. Barrett war verblüfft über die Welle der Sympathie, die er für diesen stattlichen, arroganten Mann vor ihm empfand, der nun so ungeheuer bemitleidenswert und absurd wirkte, so vollkommen elend.

»Dann«, meinte Ashford schließlich, »fangen wir doch einfach damit an, dass Sie mir etwas über Ihre Erfahrung als Strafverteidiger erzählen.«

»Wird nicht lange dauern. Ein einziger Fall. Habe einen der Verantwortlichen einer Anlage- und Steuerhinterziehungssache verteidigt, auf den Caicos-Inseln in der Karibik. Er wurde verurteilt.«

»Und damit wollen Sie mich beruhigen?«

»Ich bin nicht hier, um Sie zu beruhigen, Mr. Ashford, obwohl Ihr Fall erheblich einfacher liegen dürfte. Er war schuldig.«

»Wie kommen Sie darauf, dass ich unschuldig bin?«

»Nach allem, was ich so höre, sind Sie zu klug, um etwas dermaßen Dämliches zu tun. Sie hätten keine Spuren hinterlassen und Sie hätten sich ein sicheres Alibi besorgt. Und jetzt lassen Sie mich Ihnen ein paar Fragen stellen. Genauer gesagt, zwei: Können Sie mir erklären, wo Sie sich in der Mordnacht aufgehalten haben?«

Elliot Ashford warf ihm einen spöttischen Blick zu. Dann sagte er: »Die Antwort lautet – auch auf die Gefahr hin, wie einer Ihrer Anwälte zu klingen – ja und nein. Al Menghetti weiß, dass ich in der Zeit, in der meine Frau ermordet wurde, mit einem wichtigen Mann zusammensaß, der zufällig ein verurteilter Schwerverbrecher ist und zur Zeit strafrechtlich verfolgt wird. Er wird nicht als Zeuge auftreten, ja nicht einmal zugeben, dass er sich in jener Nacht hier in Kalifornien aufgehalten hat. Mit dem Verlassen seines Heimatstaates hat er nämlich die für ihn geltenden Strafaussetzungsbestimmungen gebrochen und das würde ihn Kopf und Kragen kosten.«

»Wie heißt er?«

»Stellen Sie Ihre zweite Frage.«

»Haben Sie – oder hat jemand anders in Ihrem Auftrag – Ihre Frau ermordet?«

»Nein«, antwortete Ashford wegwerfend. »Noch was?«

Barrett musterte den ihm gegenüber sitzenden Häftling. Er fühlte sich in seiner professionellen Intuition betrogen, weil dieser den Gedanken nicht selbstgerecht aufbrausend von sich wies. Menghetti muss dieses abgebrühte Verhalten mit ihm absprechen, wenn er ihn in den Zeugenstand ruft, dachte er. Er wusste, dass fast alle Anwälte ihre Mandanten dazu ermuntern, im Zeugenstand einfach sie selbst zu sein, aber auch, dass man einen Mr. Hyde mit Hilfe eines Videogeräts und harter Arbeit in einen Mr. Jekyll verwandeln konnte. »Nein, im Augenblick nicht«, sagte er abrupt.

»Wann können Sie anfangen?«

»Diese Frage werde ich Ihnen innerhalb von achtundvierzig Stunden beantworten«, gab Barrett zurück und klopfte zweimal kräftig an die Tür.

»Sobald Sie Ihre Nachforschungen beendet haben?«

Mit Erleichterung nahm er zur Kenntnis, dass der Wärter die Tür öffnete. »So ist es«, bemerkte er und ging rasch hinaus.

9

Leviticus Heywood blickte sich verblüfft um, als er aus dem Aufzug in die Penthouse-Suite im fünfzigsten Stock des Imperial Building und damit in die Büroräumlichkeiten von Caldwell & Shaw trat. Welch ein Luxus! Welch auserlesene, vollkommene Verschwendung! Aus versenkten Quellen floss weiches Licht über eine makellose Koaholztäfelung. Im Empfangsraum vor ihm rahmte zu seinen Füßen ein Streifen dunklen italienischen Marmors einen Teppich ein, der mutmaßlich mehr gekostet hatte, als er in einem ganzen Jahr verdiente.

Seine Betrachtung wurde durch die wohlklingende Stimme einer elegant gekleideten Dame Mitte fünfzig unterbrochen, die auf einem Sessel aus viel Chrom und Leder thronte. »Kann ich Ihnen behilflich sein?«, fragte sie.

»Mein Name ist Heywood. Ich möchte zu Mr. Dickson«, erwiderte er und reichte ihr seine Visitenkarte. Sie verwies ihn mit einem Nicken auf einen der brokatbezogenen Besuchersessel. Doch er blieb stehen, um den Blick auf den Coit Tower und über die Bucht zu genießen, über Alcatraz, Angel Island und Belvedere. Er fragte sich, wie lange man diese ostentative Zurschaustellung von Reichtum und Leistung noch aufrechterhalten konnte. Er hatte gelesen, C&S sei angeschlagen. Er arbeitete zum ersten Mal für sie und hätte gern gewusst, warum sie in diesem Fall die Rassenschranke übersprangen. Er vermutete, dass es mit seiner Arbeit bei der TDA-Sache im Jahr 1993 zusammenhing; er hatte damals einem jungen Rechtsanwalt geholfen, Barrett Dickson eines auszuwischen. Vielleicht wollten sich die weißen Snobs hier aber auch einfach einen Hausneger zulegen.

Wie auch immer, er hatte beschlossen, Barrett Dickson seinen Bericht in die Hand zu drücken und dann die Fliege zu machen. Er fühlte sich unwohl bei dem Gedanken, sich auf einen derartigen Pomp einzulassen und einen Angeklagten vom rechten Flügel mit jeder Menge Kohle gegen einen afroamerikanischen Spitzenpolitiker der Westküste zu verteidigen. Und Leviticus Heywood handelte immer nach Gefühl.

Er war auch neugierig, warum ausgerechnet Dickson auf den Fall Ashford angesetzt wurde. Er hatte während des TDA-Prozesses zerstreut gewirkt und seine Abneigung gegen den offensichtlich schuldigen und korrupten Mandanten nur schlecht verhehlt. Lev Heywood hatte ihn danach vor Gericht nur noch mit miesen Fällen zum Wohle des Volkes gesehen, wo er Pächter und kleine Opfer des Systems vertreten hatte. Es war nicht ersichtlich, weshalb nun ausgerechnet er im hochrangigsten Fall in der Geschichte von San Francisco auftauchte.

Die Stimme der Empfangsdame, die jemandem am anderen Ende der Leitung verkündete, dass er eingetroffen sei, unterbrach seine Gedanken.

Barrett Dickson, der eine Minute später in den Empfangsraum trat, begrüßte ihn mit einem »Hallo, Mr. Heywood« und setzte dann hinzu: »Lange nicht gesehen.«

Heywood erwiderte Dicksons unbehagliches Lächeln. Sie waren beide ungefähr gleich groß und hatten früher unterschiedlichen Fußballclubs angehört – aber darauf würde jetzt niemand mehr kommen.

»Sie haben sich ja einen Bart zugelegt seit dem Fall TDA«, meinte Barrett, während er Lev Heywood den Korridor entlang in ein überraschend kleines Büro führte.

»Ich bin auch älter geworden«, antwortete Lev. »Mehr habe ich allerdings um die Mitte rum zugelegt.« Sein geübtes Auge erfasste sofort die spärliche Einrichtung. An den Wänden nichts als ein paar gerahmte Urkunden und auf einem Korpus hinter Dicksons Sessel das gerahmte Foto eines Jungen neben einem anderen, das einen sehr viel jüngeren Dickson an der Seite eines erheblich älteren Mannes zeigte. Keine Dokumentenmappen, kein Abfall, nur ein paar Briefe lagen herum.

»Nehmen Sie doch Platz, Mr. Heywood, und erzählen Sie mir, was für andere arme Schlucker Sie seit dem Fall TDA ins Verderben geschickt haben.«

Heywood schnaubte verächtlich. »Wenn Ihr Mandant im Fall TDA ein armer Schlucker war, dann möchte ich gerne mal eines Ihrer echt faulen Eier sehen.«

»Nun, Sir, darauf werden Sie nicht allzu lange warten müssen, wenn ich ein begrenztes Mandat für Elliot Ashford annehme; und Ihr Bericht hat eine Menge damit zu tun, ob es so weit kommt oder nicht.«

Heywood gab keine Antwort. Dickson war recht angenehm, aber das mit Elliot Ashford war eine unerfreuliche Nachricht. Und beide passten durchaus nicht zusammen. »Ihr Sohn«, fragte er mit einer Handbewegung in Richtung Foto auf dem Eichenkorpus.

»Ja.«

»Und das hier? Sie und Ihr Vater?«

»So ähnlich. Das ist Sam Caldwell, ein großartiger Jurist und Gentleman, der diese Kanzlei mitbegründet hat. Darf ich Ihnen etwas bringen lassen, Mr. Heywood? Kaffee?«

»Nein. Ich habe noch eine Frage vorher, Mr. Dickson, wenn es Ihnen nichts ausmacht. Ich frag' mich nämlich: Wieso ausgerechnet ich?«

Barrett goss sich eine Tasse Kaffee ein. »Warum *nicht* Sie?«, gab er zurück. »Sie und dieser verrückte Cowboy haben mir beim Fall TDA den Marsch geblasen. Ich dachte, es sei ratsamer, Sie in dieser Sache auf *meiner* Seite zu wissen; falls ich überhaupt annehme.«

»*Falls?* Alle, die in dieser Stadt in einer Kanzlei sitzen, würden sich den Finger abschneiden, um an so einen Fall heranzukommen.«

»Ich bin nicht alle, Mr. Heywood. Tatsache ist vielmehr, dass ich praktisch gar kein Anwalt mehr bin. Aber heikel bin ich immer noch und möchte deshalb wissen, was für einem mutmaßlichen Mörder ich wieder in die Freiheit verhelfe. Und überhaupt«, fügte er hinzu und hob die linke Hand, wobei statt des Ringfingers ein Stumpf sichtbar wurde, »verzichte ich ungern auf einen weiteren Finger, sonst gehen sie mir allmählich aus.«

Lev gab keine Antwort und krempelte innerlich die Ärmel hoch. Dickson schien seine Gedanken zu lesen. »Also, dann ran an die Arbeit. Ich habe Probleme mit diesem Fall, die mit dem Grund für die Klage nicht in Verbindung stehen. Ich bin mit dem Richter befreundet, deshalb wollen sie mich. Wenn ich das auf die Reihe kriege, komme ich an Bord und versuche die Kaution durchzuboxen – es sei denn, wir haben es mit einem der ganz schweren Jungs zu tun.«

»Der Mann steht unter Mordanklage. Ich nehme an, Sie wussten das, als Sie in Betracht zogen, den Fall anzunehmen.«

»Gewiss, aber ich würde jeden vertreten, der unter Mordanklage steht, vorausgesetzt, ich halte ihn für einen im Grunde anständigen Kerl.«

»Das heißt, Sie wollen wissen, ob an den Mafiagerüchten was dran ist?«

Barrett schüttelte den Kopf. »Auch darum geht es nicht. Ich würde ja einen Mafioso noch nicht mal als solchen erkennen, selbst wenn er mir die Kniescheiben wegpustet. Die Burschen, die ich total satt habe, sind diese Wirtschaftsbosse im Nadelstreifenanzug, die heute Amerika regieren; Typen ganz oben, die achtzig und neunzig Millionen an Gehalt und Bonus kassieren, während ihre Angestellten von acht bis fünf für dreißigtausend inklusive Überstunden schuften. Sie fügen dem Land viel größeren Schaden zu als die Mafia, weil sie völlig legal handeln und dabei dem System mehr Geld entziehen, als sie wahrscheinlich je ausgeben können.«

»Gehört Ashford nicht zu denen?«

»Genau das will ich ja wissen. Er ist stinkreich, aber nach dem, was ich so höre, verteilt er sein Geld wie weiland Robin Hood.«

»Eher wie ein Matrose auf Landurlaub«, bemerkte Heywood und blätterte in seinen Notizen. »Er gibt sein Vermögen aus, als gäbe es kein Morgen.«

»Mit Earl Field auf seinen Fall angesetzt«, meinte Dickson, »dürfte es in der Tat auch nicht mehr viele geben.«

Leviticus zuckte die Achseln. »Schreiben Sie ihn nicht zu rasch ab. Er hat jede Menge PR. Gibt sein Geld mit viel Getöse aus, sozusagen – wenn Sie wissen, was ich meine. Eine neue Stadtbibliothek, ein neues Museum für moderne Kunst, viel Knete für Ballett und Konzerte. Kommt jedesmal auf die zweite oder dritte Seite. Aber die meiste Presse, die er kriegt, seit er von Washington weg ist, stammt von der Unterstützung eines Obdachlosenheims in der Achten Straße; dazu hat er gerade ein neues Projekt gelandet: Arbeitstraining für Leute ohne Job. Eine ganze Horde von ihnen arbeitet bereits bei Resource International. Man kann also nicht sagen, dass er sein dickes Geld nicht sinnvoll unter die Leute bringt.«

»Also könnte er sehr wohl einer der Guten sein, nicht wahr?«, bemerkte Barrett. »Und was haben Sie sonst noch über unseren Elliot herausgefunden?«

Leviticus Heywood gab ihm eine Zusammenfassung seines schriftlichen Berichts und der Klage der Staatsanwaltschaft gegen Ashford. Abgesehen von den Gerüchten über verschwundenes Beweismaterial hatte die Polizei ihre Arbeit gründlich getan, dennoch hatte er beschlossen, Elliot Ashfords Alibi zu überprüfen. Niemand, der am Abend des Mordes im Kino Dienst tat, konnte sich erinnern, ihn gesehen zu haben. Auf der positiven Seite war zu verzeichnen, dass Heywood keine 911er Anrufe wegen häuslicher Gewalt in der Zeit vor dem Mord ausfindig gemacht hatte, bis auf einen aus der ehemaligen Nachbarschaft in Washington, und der hatte echt schon Moos angesetzt. Insgesamt hatten alle Befragten mehr oder weniger übereinstimmend ausgesagt, dass Elliot und Lara Ashford einigermaßen friedlich zusammenlebten, und zwar trotz der – aus Elliots Sicht – als einseitig offene Ehe konzipierten Beziehung. Elliot hatte Lara ihr buntes Leben und auch die vermeintliche Affäre mit Dwight Clifton offenbar vergeben und vergessen. Er freute sich sogar, wenn sie hin und wieder am Arm seines engen Freundes und Geschäftspartners Anthony Rizzo in der Oper oder im Konzert erschien, wenn er selbst gerade nicht in der Stadt war – natürlich bevor dieser wegen organisierter Erpressung verurteilt wurde und auf Grund einer Absprache auf Anklagebeschränkung seitdem praktisch Gefangener von Cook County, Illinois, war.

»Der District Attorney kann also Mittel und Wege vorweisen«, schloss Heywood, »aber das Motiv – ein simpler Fall von Mord im Affekt – klingt lahm.«

»Simpel vielleicht schon«, warf Barrett ein, »aber ziemlich dreckig.«

»Ich würde sagen, der Täter war reichlich durchgeknallt.«

»Was ist mit Elliots Mafiaverbindungen?«

»Gehört zu den Rollen, die er gerne spielt«, antwortete Lev. »Ich halte ihn für einen publicitygeilen Typen, der sich mit Kriminellen ebenso gern abgibt wie mit Bullen. Bloß hat er seine Nachbarn nicht überzeugt. Überzieht einfach alles. Immer einen Tick zu schicke Autos, etwas zu protzige Partys, eine Villa mit sechzehn Zimmern, ziemlich schauerlich eingerichtet. Dann hat er sich einen Schwung Morgan-Vollblüter gekauft, um die Woodside-Rennbahnschickeria zu beeindrucken; dabei bin ich mir sicher, dass er sogar gegen seine eigenen Gäule gesetzt hätte, wenn ihm sein Wettbüroheini dazu geraten hätte. Hat es sogar eine Saison lang mit Polo probiert, aber dann fiel er mal runter und jetzt zahlt er einen dafür, dass er ihm das Pferd reitet. Alle lachen hinter seinem Rücken über ihn, aber niemand schlägt eine Einladung aus.«

Barrett Dickson nickte. Allmählich gewann vor seinen Augen das Bild eines Mannes Kontur, der angestrengt versuchte, sich Achtung und Anerkennung zu erkaufen, und doch nur lächerliche Berühmtheit erntete – und jetzt vielleicht sogar das Todesurteil. Wieder fühlte er durch seine Abneigung hindurch Sympathie für Elliot Ashford in sich aufsteigen. »Weitere Verdächtige?«

»Sie hatte ein paar seltsame sektenlastige Bekannte und dann gibt es eine Schwester – Shannon Lake –, die mal in ihren Mann verliebt gewesen sein und sie gehasst haben soll. Außerdem ganz Las Vegas und Chicago natürlich und Senator Clifton, der sich zufällig an jenem Abend in der Stadt aufhielt, um Wahlgelder einzutreiben.«

»Wenn das mit der Mafia nicht zutrifft«, fragte Barrett, »was hat es dann mit der Rizzo-Connection auf sich?«

Leviticus wies ihn auf den Kapitalanteil von vierunddreißig Prozent an Elliot Ashfords Baugeschäft und deren Tochterfirmen hin.

Barrett griff unvermittelt nach einer verstaubten Ausgabe des Aktienrechts auf einem Regal und warf einen Blick hinein. »Da hat wohl einer in Chicago im Gesetzbuch von Kalifornien geblättert, bevor sie die Investition getätigt haben. Hier drin steht nämlich, dass jemand in der Aktienminderheit demjenigen, der die Mehrheit hat, praktisch ausgeliefert ist – es sei denn, er hält mindestens dreiunddreißig Prozent sowie ein Drittel des Gesamtbestands. Dann kann er mitreden. Darum wollte Rizzo vierunddreißig Prozent.«

Heywood warf einen Blick in seine Notizen. »Carmine Rizzos Gehirn wandert im Kopf eines Anwalts namens Julian Gold herum. Ein Schwachmatikus, gesundheitlich und psychisch voll daneben, aber früher ein ziemlich angesehener und echt cleverer Wirtschaftsrechtler in einer Kanzlei namens Katz, Cowan & Van Winkle. Das Feinste vom Feinen in Chicago. Büxte aus der Partnerschaft vor zwölf Jahren aus und wurde Rizzos *consigliere*.«

»Ich habe von ihm gehört. Was ist mit Earl Fields Fehde mit Elliot Ashford? Könnte es sich da um Futterneid handeln und Field benutzt jetzt sein Amt, um die Rechnung zu begleichen?«

Leviticus Heywood zuckte wieder die Achseln, diesmal verlegen. »Da fragen Sie wahrscheinlich den Falschen. Ich habe Field gewählt. Er ist mein Mann.«

»Verstehe. In diesem Fall frage ich wohl auch den Falschen, ob bei all dem Rauch, den die Leute so riechen, in seiner Amtsstelle tatsächlich ein Feuer lodert?«

»Tut mir Leid, da muss ich Sie enttäuschen. Die Amtsstelle des D. A. von San Francisco ist mit Ehrlichkeit nur so gepflastert.«

»Sei's drum. Was ist mit der Frau, die den Fall für Earl Field bearbeitet, und warum wird sie ›Amazing Grace‹ genannt?«

»Einmal weil sie nie verliert«, antwortete Heywood, froh, vom Thema Earl Field abzukommen, »sie ist eine knallharte Lady, ganz für Recht und Ordnung.«

»Wie kommt Field dazu, ihr den Sitz anzuwärmen?«

»Ich vermute, dass sie mitzieht, wenn das Spiel losgeht.«

»Hat Ashfords Anwalt einem Telefongespräch mit Tony Rizzo in Chicago zugestimmt?«

»Jawohl, und ich habe ihn angerufen. Vermute, dass Rizzo in der Mordnacht bei ihm war.«

»Dann halten Sie das Alibi also für echt?«

»Ja. Bloß wird Big Daddy *seinen* Liebling niemals ins Messer laufen lassen, indem er zugibt, dass der hier in der Mordnacht mit *Ihrem* Burschen herumgehangen hat.«

»Unterm Strich heißt das, Sie glauben nicht, dass Ashford seine Frau umgebracht hat?«

»Mann, an Ihrer Stelle würde ich aufhören, mir darüber Gedanken zu machen, wer es getan hat. Erstens, weil Sie, wie Sie ja selbst sagten, nur kurz mitmischen. Danach nehmen Sie die Beine in die Hand und verkrümeln sich, richtig? Zweitens, weil jedes Kind weiß, dass der D. A. Elliot Ashford hasst und nur auf eine Gelegenheit wartet, um ihm was anzuhängen – und wenn es nur darum geht, dass er auf den Gehweg gespuckt hat. Sie werden alle Hebel in Bewegung setzen.«

»Vollbesetzung.«

Lev nickte. »Der kommt dran.«

»Dann halten Sie ihn also für schuldig?«

Lev musterte Barrett belustigt. »Schwer zu sagen zum jetzigen Zeitpunkt. Kann sein, dass er sauber ist.«

»Warum dann eine Verurteilung? Wo bleiben die begründeten Zweifel?«

Lev grinste jetzt. »Meine Frau würde sagen, meine Zweifel in Bezug auf das Gesetz können unmöglich begründet sein, denn es sind deren zu viele.« Er stand auf. »Die Rechnung befindet sich hinter meinem Bericht. Viel Glück.«

Barrett erhob sich ebenfalls und trat so nah heran, dass Leviticus den stechenden Brandy-Geruch durch den Kaffeeduft riechen konnte. »Und wenn ich es vorzöge, nach der Kautionsverhandlung nicht die Beine in die Hand zu nehmen und mich zu verkrümeln? Könnte ich dann auf die Ermittlungsdienste von Leviticus Heywood zählen?«

Lev streckte die Hand aus und sagte: »Rufen Sie mich an.«

10

Grace Harris eilte die regennassen Treppenstufen zum Thomas-J.-Cahill-Gerichtsgebäude hinauf, neben ihr Sam Quon. Im Grau begannen oben die Kameras der Presseleute aufzublitzen, die sie fotografierten.

»Oh-ho«, rief Sam. »Ich hoffe, der Boss kriegt nicht raus,

dass jemand etwas von Ihrem streng geheimen Einsatz im Fall Ashford hat durchsickern lassen!«

Grace versuchte über Sams seltene Spitze gegen den District Attorney zu lächeln. Seine Loyalität Earl Field gegenüber war so fest und sicher wie einst die ihre. »Von heute an ist es bestimmt kein Geheimnis mehr, Sam«, sagte sie, während sie die Fragen überhörte, die ihr alle möglichen Presseleute mit vorgehaltenem Mikrofon zubrüllten. »Das hier ist mein Coming-out.«

Obwohl die Kameras jetzt hinter ihnen waren, wurden sie plötzlich von einem noch stärkeren Lichtstrahl geblendet, dem Sekunden später ein entferntes Krachen wie Kanonendonner folgte.

»So ein Sauwetter!«, rief sie über die Schulter.

Er nickte. »Und verdammt früh für die Jahreszeit«, brüllte er zurück. »Sollten El Niño verwarnen und wegen Tätlichkeit vor Gericht stellen.«

Kaum waren sie in der Eingangshalle in Sicherheit, ließ ein weiterer Blitz sie herumfahren, und sie erhaschten einen Blick auf eine schnatternde Menschenschar, die sich gegen den Wind stemmte. Einige blickten verdutzt auf ihren zerbeulten Schirm, andere hielten ihren Hut fest oder jagten hinter ihm her.

Die Autos krochen morgens um acht noch mit eingeschalteten Scheinwerfern durch den Verkehr und drängten sich von der Hundertersten und der Zweihundertachten in überflutete Seitenstraßen. Als Grace das stille Chaos ihres Büros erreichte, spannte sie den Schirm wieder auf und stellte ihn in eine Ecke; dann hängte sie ihren Mantel an einen Haken.

Sam erschien mit zwei Tassen Kaffee. »Nun aber raus mit der Sprache. Was meinen Sie mit ›Coming-out‹?«, fragte er.

»Schauen Sie sich mal das an«, erwiderte sie und reichte ihm zwei Schriftstücke zum Fall Ashford. Das eine trug den Briefkopf des Anwaltsverbands, das andere war ein neuer Antrag auf Kaution. Ich muss in zwanzig Minuten gegen diesen Antrag antanzen.«

»Wie kommt der Chef bloß dazu, durch Abwesenheit zu glänzen? Im Gericht wird es von Presseleuten nur so wimmeln.«

»Er muss heute in Sacramento zu einer neuen Drogengesetzgebung aussagen.«

»Haben Sie nicht genau darauf gewartet?«

»Jack Klegg hat mich zu Hause davon in Kenntnis gesetzt.« Sie versuchte, leichthin zu klingen. »Vor knapp einer Stunde. Die Unterlagen wurden eine halbe Stunde später nachgeliefert. Ich konnte mir nicht mal mehr ein Brötchen schmieren.«

»Oder sich auf die Verhandlung vorbereiten«, meinte Sam. »Ist das Kleggs Rache, weil Earl Sie mit dem Fall betraut hat und nicht ihn?«

Sie schüttelte den Kopf. »Nein. Er weiß genau, dass Earl hier eine Frau daransetzen musste. Außerdem ist er genauso eingerostet wie Earl.«

»Earl ist vielleicht eingerostet, aber Jack Klegg ist bereits durchgerostet.«

»Wie dem auch sei. Klegg hat gemeint, es sei eine reine Routinesache und das wird's wohl auch sein.«

Sam blickte auf das Antragsdokument. Unter Al Menghettis Namen stand: Caldwell & Shaw, Barrett Dickson.

»Barrett Dickson? Caldwell & Shaw?«, fragte Quon. »Dann ist es also wahr?«

»Ja. Er ist ein Kumpel des Richters. Und er hat einen neuen Eierkopf als Zeugen aufgetrieben.«

»Sie meinen, unser armer Angeklagter ist zu krank, als dass er festgehalten werden dürfte?«, fragte Quon.

Sie zuckte die Achseln. »So sieht es wohl aus.«

Zu ihrer Verblüffung pochte ihr Herz heftig, als sie mit Sam Quon die Abteilung 26 betrat. Sam setzte sich in eine Reihe ziemlich weit hinten. Barrett Dickson und Al Menghetti waren bereits anwesend und hatten zwanglos im Richterstand Platz genommen. Im Sitzen sahen die beiden fast gleich groß aus, doch Grace wusste, dass der Anwalt aus Los Angeles kurze Beine hatte und im Stehen gerade mal Durchschnittsgröße erreichte: Al Menghetti wirkte wie aus Rechtecken und Quadraten zusammengesetzt, wie eine unvollendete Plastik. Der Stiernacken auf breiten Schultern, dazu der kräftige Kiefer und die dünnen, strengen Lippen – all das verlieh ihm den Anschein von Stärke und Selbstbewusstsein.

Grace Harris trat durch die Schranke und begrüßte Al Menghetti mit einem Händedruck. Er stellte sie Barrett Dickson vor, dessen feuchte Handfläche ihr verriet, dass er den Antrag vermutlich persönlich vertreten würde. Dann entfernte sich Al Menghetti, sichtlich nicht besonders begeistert, dass man ihm einen Mitverteidiger aufgehalst hatte. Vielleicht konnte sie das im Verlauf des Verfahrens irgendwie nutzen.

Sie bemerkte, wie zerknittert der einst hervorragende Anwalt aussah, der sie am Anfang ihrer Karriere so beeindruckt hatte. Vor über zehn Jahren hatte sie einmal erfahren, dass er am Gericht sei, und sich in den Gerichtssaal geschlichen, wo er gerade einen glücklosen Buchprüfer im Kreuzverhör buchstäblich auseinander nahm. Es hatte sie ebenso belustigt wie deprimiert und sie hatte sich gefragt, ob sie jemals fertig bringen würde, was er mit solcher Leichtigkeit tat.

Jetzt aber schaute Barrett Dickson aus, als habe er gerade eine Nahtod-Erfahrung hinter sich. Verlegen lächelnd stand er in einem zwar sauberen, aber zerknitterten Anzug da, mit aufgedunsenem Gesicht, in dem rote Äderchen nur zu deutlich von seiner bekannten Vorliebe für harte Getränke zeugten. Doch so havariert er auch wirkte, lag doch eine anziehende Sanftmut in seinem Blick, was sie überraschte. Keine Spur von Selbstmitleid. Er sah einfach aus, als wäre es ihm mit seinen eins neunzig peinlich, auf kleiner gewachsene Leute hinunterschauen zu müssen. Nur die raue Baritonstimme stand im Einklang mit der Brillanz, mit der sie ihn damals hier im Gerichtssaal in voller Aktion erlebt hatte.

Aber Vorsicht, er ist gut Freund mit dem Richter, erinnerte sie sich, und deshalb könnte er heute bestens ankommen in den Saal hier. Sie beschloss, dem offensichtlichen Schachzug der Verteidigung offen entgegenzutreten: »Sind Sie heute nicht etwas weit von Ihrem Spezialgebiet entfernt, Mr. Dickson?«, fragte sie ihn. »Ich dachte immer, Sie sind Zivilrechtler?«

Barrett zuckte mit den Schultern. »Kann schon sein, dass ich heute ein bisschen in fremden Gewässern schwimme, Ms. Harris, aber George Bernard Shaw hat auch mal gesagt, er halte sich für berechtigt, über Medizin zu reden, denn schließlich sei sein Onkel Arzt gewesen.«

»Reden geht ja vielleicht noch, aber Sie sind schnurstracks in den Operationssaal marschiert, Herr Doktor.«

Er gab keine Antwort, sondern schaute sie nur auf seine unergründliche, sanfte Art an. Sie fand, dass seine Augen selbst mit roten Rändern und geschwollenen Lidern das Beste an ihm waren: groß und dunkelgrün und irgendwie verhangen. Ja, er sah interessant aus, wenn auch nicht im landläufigen Sinn klassisch schön. Vor allem strahlte er eine unschätzbare Präsenz aus, in erster Linie natürlich durch seine Größe, aber ebenso durch eine gefährliche Intensität, die hinter seinem melancholischen Blick lauerte. Sie wusste, dass er damit viele Leute im Zeugenstand zur Schnecke gemacht hatte. Sie würde sich vorsehen müssen bei diesem Mann.

»Sagen Sie Barrett zu mir, ja?«, meinte er plötzlich munterer. Dann blickte er über sie hinweg auf zwei Beamte, die Elliot Ashford aus einer Arrestzelle in den Saal führten. Er trug einen grauen Nadelstreifenanzug, ein weißes Hemd und eine konservative Krawatte. »Aufgepasst!«, rief Barrett, entschuldigte sich und verschwand.

Sie drehte sich um und fand, dass Ashford alles andere als krank wirkte, sondern im Gegenteil den Umständen entsprechend sogar ganz gesund aussah. Seine Augen blickten klar und es gab keine Anzeichen von Fieber. Seine Gesichtszüge und seine Kleidung waren so exakt wie jene von Barrett Dickson sorglos. Er lächelte ihr sogar zu. Grace hörte förmlich ein Warnsignal in ihrer rechten Hirnhälfte losgehen. *Hier stimmt was nicht!* Sie überlegte, ob Earl Field dieselbe Vorahnung hatte und zu dem Schluss gekommen war, dass es sicherer sei, in Sacramento vor einem gegen ihn eingenommenen Senatsausschuss auszusagen, als dieser »Routineangelegenheit« beizuwohnen. Sie schickte ein Stoßgebet zum Himmel, bloß nicht vor Barrett Dickson ins Stottern zu geraten.

Alle erhoben sich, als Richter John Hernandez eintrat und seinen Platz einnahm. »Nun, Mr. Dickson«, meinte er, nachdem sich alle wieder gesetzt hatten, »Sie tun sich also in dieser Sache mit uns zusammen.«

Barrett Dickson stand schwankend auf und erwiderte mit tiefer, aber leicht zittriger Stimme: »Zumindest was diesen Antrag betrifft, Euer Ehren. Ich habe einem Mann mit der Erfahrung von Mr. Menghetti wenig entgegenzusetzen, außer vielleicht den Blick auf den Wald – weil ich von den Bäumen nämlich weiter entfernt bin –, bestenfalls also ein zweifelhafter Beitrag.«

»Das Gericht weiß Perspektiven zu schätzen«, meinte der Richter lächelnd, »aber in Anbetracht der klaren Mordanklage mit besonderen Umständen würde es ein bisschen Recht noch höher werten.«

»Aber da liegt ja genau der Haken, Euer Ehren. Ich muss auch gestehen, dass ich von Strafrecht nicht allzu viel verstehe. Ich hoffe allerdings, das Gericht dennoch überzeugen zu können, dass die Beweise, die unseren Antrag stützen, meine diesbezügliche Unkenntnis ausgleichen.«

»Das Gericht erlaubt sich die Bemerkung, Mr. Dickson, dass die Gegenanwälte, immer wenn Sie auf ›Unkenntnis‹ plädierten, ihre Brieftasche besonders fest hielten.«

Unter den anwesenden Presseleuten erhob sich Gelächter, das unter dem strengen Blick des Gerichtsdieners im Keim erstarb.

»Sie schmeicheln mir, Euer Ehren. Ich habe Mr. Menghetti vor kurzem übrigens aus der Perspektive meiner Unkenntnis heraus gefragt, ob er das Gericht in der früheren Verhandlung über diesen Antrag erinnert hat, dass dieser Fall nicht *mutmaßlich* als einer ›mit besonderen Umständen‹ betrachtet werden sollte, bis die Wahrscheinlichkeit solcher Umstände bewiesen ist.«

Grace Harris beschloss, dem Geplänkel ein Ende zu bereiten. Sie stand auf und sagte: »Ich möchte nicht so impertinent sein und Mr. Dickson unterstellen, dass er mit seiner Selbsteinschätzung, was seine bodenlose Unkenntnis angeht, Recht hat, Euer Ehren, aber –«

»Ich glaube nicht, dass ich den Ausdruck ›bodenlos‹ verwendet habe, Ms. Harris«, warf Barrett lächelnd ein.

»Das war auch nicht unbedingt nötig«, antwortete Grace und lächelte ebenfalls. Trotz ihrer Anspannung stellte sie fest, dass dieser Mann wirklich wunderbar lächeln konnte. »Darf ich fortfahren, Euer Ehren? Mr. Dickson kennt offenbar Dr. Yangs Zeugenaussage bezüglich der Peinigung nicht.«

Barrett zuckte die Achseln: »Ich danke meiner Kollegin, dass sie der Versicherung meiner Unkenntnis Unterstützung verleiht, muss aber hinzufügen, dass zumindest in dieser einen Hinsicht, Euer Ehren, die ihre die meine gut und gern in den Schatten stellt. Wenn es dem Gericht beliebt, möchte ich Dr. Stuart Margolin rufen, der hier anwesend ist.«

Grace wandte sich um und musterte den Arzt – ein hagerer Mann mit Schnurrbart. Alles war dünn an ihm: sein Haar, das Handgelenk, das er zum Eid erhob, alles – bis auf seine Stimme, die jetzt zwischen den dünnen Lippen hervorschallte wie bei einem Opernsänger.

»Also, Dr. Margolin«, begann Barrett, nachdem er den Arzt

als Sachverständigen vorgestellt hatte, »haben Sie sich eine Meinung gebildet, ob in diesem Fall vorsätzliche Peinigung vorliegt?«

»Das habe ich in der Tat.«

»Und wie lautet Ihre Meinung?«

»Meiner Meinung nach hat der Mörder dem Opfer die Wunden erst zugefügt, *nachdem* er dessen Hauptschlagader durchtrennt hatte.«

»Und was bedeutet das?«

»Dass die Frau bereits tot war.«

»Und warum wissen Sie das so genau?«

»Es geht aus den Aufnahmen hervor. In erster Linie wegen des geringen Blutaustritts aus den Wunden in den Brüsten und in den Schamlippen.«

Grace bemerkte, dass Richter Hernandez etwas notierte. Ihr war sehr heiß. Diese Einladung nach Sacramento, Grace. Earl hat sie erst gestern Nacht erhalten, hatte Klegg zu ihr gesagt. Bei diesem Antrag kommt nichts heraus, aber immerhin können Sie Ihren Namen in der Zeitung lesen. Zumindest in dieser Beziehung würde Jack Klegg Recht behalten. Es waren nicht weniger als ein Dutzend Presseleute anwesend, um über das zu berichten, was sie nun zu hören bekamen.

Barrett fuhr fort: »Dr. Margolin, wollen Sie damit sagen, dass das Herz zu dem Zeitpunkt, als der Angreifer dem Opfer die Wunden an den Genitalien zufügte, bereits kein Blut mehr durch die Adern pumpte?«

»Genau.«

Barrett wandte sich an den Richter: »Also, wenn es dem Gericht beliebt, auch keine Peinigung.«

»Kreuzverhör, Ms. Harris?«, fragte der Richter.

Grace sank der Mut. Sie sah, dass John Hernandez angebissen hatte. Bei dem offensichtlich gut vorbereiteten Arzt würde sie nicht weit kommen. Da aber auch er im Prozess aussagen würde, musste sie bis dahin so viel wie möglich in Erfahrung bringen, um auf die nächste Begegnung vorbereitet zu sein. Sie begann also mit der Frage, ob ihm bekannt sei, dass Dr. Yang sich für Peinigung ausgesprochen habe.

»Ja. Auch unter relativ guten Medizinern gehen die Meinungen in diesen Dingen oft auseinander«, gab er zu. »Besonders was Geschwindigkeit und Dissipation des Blutflusses angeht.«

»Sie würden Dr. Yang demnach zu den ›relativ guten Medizinern‹ zählen?«

»Ich kenne Dr. Yang nicht, aber er ist bestimmt ein guter Allgemeinarzt. Nur bewegt er sich in diesem besonderen Fall etwas außerhalb seines Fachgebiets.«

»Ist Ihnen bekannt, dass er Gelegenheit hatte, die Leiche des Opfers im Rahmen der Autopsie zu untersuchen?«

»Ja, darüber bin ich unterrichtet.«

»Sie haben die Leiche nie gesehen, oder?«

»Nein.«

»Sie haben bloß die Fotos der Leiche angeschaut?«

»Mehr oder weniger, ja, aber ich habe sowohl sämtliche kriminologischen und medizinischen Fachberichte als auch die Autopsie-Aufnahmen gründlich studiert.«

»Zu welchem Zeitpunkt haben Sie das Material zum ersten Mal gesehen?«

»Mr. Dickson hat es mir erst vorige Woche zukommen lassen.«

»Erst vorige Woche«, wiederholte sie. »Würden Sie mir zustimmen, dass die Tatsache, dass Dr. Yang persönlich an der Autopsie teilgenommen hat, ihm eine bessere Ausgangsbasis für seine Meinungsbildung verschaffte als das Material, das Sie erhalten haben, und dass er möglicherweise m-mehr in seinem ›Element‹ war als Sie in dem Ihren?«

»Sie vertreten Ihren Standpunkt gut, Ms. Harris. Aber bedenken Sie, dass Dr. Yang lediglich einen kalten Leichnam auf einer Liege sah und dass das Blut lang zuvor zu fließen aufgehört hatte. Außerdem hatte Dr. Yang nicht wie ich den Vorteil, den größten Teil seines Berufslebens mit dem Unterricht über den Eintritt des Todes und Formen des Blutverlusts zu verbringen. Ich versichere Ihnen, Ms. Harris, dass die Frau tot war, als ihr die Stichwunden zugefügt wurden.«

Nach weiteren zehn Minuten hatte Grace alles erfahren, was ihr wichtig schien. Sie entließ Dr. Margolin aus dem Zeugenstand.

Dann erhob sich Barrett, um zu sprechen. Er zählte Elliot Ashfords zahlreiche Verbindungen zur Gemeinde und die verschiedenen Gründe auf, weshalb er dort benötigt würde. Er erinnerte das Gericht daran, dass sich Elliot Ashford als ehemaliges Mitglied im städtischen Polizeiausschuss und als militanter Anwalt für Recht und Ordnung in unmittelbarer Gefahr befinde, von anderen Gefängnisinsassen körperlich angegriffen zu werden, und schloss mit der nachdrücklichen Aufforderung an das Gericht, Fairness walten zu lassen und einer Kaution von 250 000 Dollar stattzugeben.

Als Grace wieder an der Reihe war, wies sie darauf hin, dass der Angeklagte in einer Einzelzelle genügend geschützt sei, aber Richter Hernandez stand so unter dem Eindruck der Aussage von Dr. Margolin, dass der Kaution schließlich bei 750 000 Dollar stattgegeben wurde. Grace wandte ein, dies sei für Elliot Ashford ein Klacks, aber ohne Erfolg. Sie starrte Barrett an und knallte ihre Aktenmappe zu, kaum dass der Richter seinen Sessel verließ.

»Ms. Harris«, meinte Barrett, »das ist doch kein Weltuntergang. Bei Mr. Ashford besteht weder ein Fluchtrisiko, noch haben wir es mit einem Serienmörder zu tun, der bereits seinem nächsten Opfer auflauert. Sie werden schon noch zu Ihrem gebührenden Auftritt vor Gericht kommen, mit zwölf Geschworenen.«

»Da haben Sie völlig Recht, Mr. Dickson, und falls Sie nicht zufällig mit allen zwölfen ebenfalls auf derselben Schule waren, wird Ihr Mandant zu seinem Auftritt im Todestrakt kommen.«

»Möchten Sie diesen Zusammenhang im Protokoll erwähnt haben, Frau Kollegin? Ich bin sicher, der Richter würde Ihnen diese Gefälligkeit erweisen.«

»Der Richter hat für den heutigen Tag bereits genug Gefälligkeiten erwiesen«, gab sie scharf zurück und schritt davon.

Barretts Blick folgte ihr und blieb anerkennend an ihrer schlanken Taille, dem festen Gang und dem dunklen Haar hängen. Grace winkte Sam Quon heran und verließ den Gerichtssaal. Etwas verärgert wurde ihr klar, wie gerne sie Barrett beeindruckt hätte, was ihre Enttäuschung, gegen ihn verloren zu haben, nur noch schlimmer machte.

»Pech gehabt«, meinte Sam. »Man hat Sie überrumpelt.«

»Aber nicht Dickson«, gab sie zurück und versuchte ihren Zorn zu bezähmen.

»Sie waren ganz schön in Fahrt da drin, Grace«, bemerkte Sam vorsichtig.

»Ich hätte das über den Richter nicht zu ihm sagen sollen.«

»Der wird es bestimmt nicht erfahren. Nach allem, was ich so höre, gehört Dickson nicht zu denen, die gleich alles weiter erzählen. Lassen Sie mich einen Kaffee für Sie holen. Das war doch erst die Runde eins, Grace.«

»Wir haben ganz schön was eingesteckt, Sam. Ein Frauenmörder, der wieder frei herumläuft.«

»Zumindest hat er im Moment keine mehr.«

Grace lächelte nicht einmal. »Eines kann ich nicht verstehen, Sam: Weshalb hat Klegg mir nicht mitgeteilt, dass Dickson als Trumpf ausspielt, der Mörder habe sein Opfer nicht gequält?«

»Wenn er es wusste, muss er entweder gewollt haben, dass Ashford auf Kaution raus kommt, oder, dass Sie verlieren.«

»Oder beides.«

»Glauben Sie, dass Klegg informiert war, wo Dickson ansetzen würde?«, fragte Sam.

»Ich weiß nicht recht. Die Unterlagen zeugen von cleverer Uneindeutigkeit. Aber ich habe vor, es herauszukriegen.«

Drinnen, im halb leeren Gerichtssaal, ergriff Elliot Ashford Barrett Dickson ungestüm am Arm. »Sie haben gezaubert. Ich stehe in Ihrer Schuld.»

»Die 75 000 Dollar machen sie vollständig wett, Mr. Ashford.«

»Klar«, meinte Ashford. »Das haben wir schließlich vereinbart. Aber jetzt müssen wir Sie überzeugen, dass Sie mit uns weitermachen. Auf Stundenbasis, dazu ein Bonus, wenn wir gewinnen. Klingt das fair? Das war phänomenal, nicht wahr, Al? Nur so, auf Grund von ein paar Fotos.«

»Gut gemacht, Dickson«, sagte Al Menghetti und streckte ihm großmütig, wenn auch nicht besonders begeistert, die Hand entgegen. »Ich hätte selbst auf den fehlenden Blutaustritt kommen sollen.«

»Sie hatten doch bereits alle Hände voll zu tun, Al«, gab Barrett zur Antwort. »Und außerdem hat der Arzt den Richter überzeugt.«

»Ich möchte, dass Sie an Bord bleiben, Dickson«, sagte Elliot Ashford.

Dieser musterte ihn belustigt. Alle hassen Anwälte, dachte er, aber nur so lange, bis sie selbst einen brauchen. Dann spürte er, dass das Angebot in seinen Eingeweiden ein verführerisches Ziehen hervorrief. Es war lange her, seit ihn jemand gewollt hatte.

»Ich habe nur die kleine Kreuzfahrt gebucht, Mr. Ashford«, gab er schließlich zur Antwort, während er durch die Schranke und auf den Ausgang zu ging. »Ich werde es mir überlegen, bin aber, ehrlich gesagt, geneigt, das Schiff hier zu verlassen.«

11

Barrett Dickson wurde am nächsten Morgen in seiner kleinen Wohnung in Telegraph Hill beim Coit Tower vom Klingeln des Telefons geweckt. Er tastete nach dem Hörer und blinzelte nach dem Wecker. Aus dem Hörer drang eine Frauenstimme, die er nicht identifizieren konnte. Es war zwar schon fast Mittag, aber ihm war nicht danach, sich halb bewusstlos, den dröhnenden Kopf auf einen Arm gestützt, mit einer Fremden zu unterhalten. Ihm lag viel näher, den Hügel hinunter in eine der Bars zu gehen und auch dort mit niemand Fremdem zu reden, vor allem nicht mit jemandem wie dieser Frau hier; sie ließ nicht ab, ihm ein Treffen mit den Herren Ashford und Gold für den folgenden Tag vorzuschlagen, um »den Umfang Ihrer Beteiligung an der Verhandlung abzustecken«.

Erst da erinnerte er sich. Innerhalb von zwei Stunden nach dem richterlichen Entscheid waren in seinem Büro zwei Barschecks eingetroffen: einer auf Caldwell & Shaw über 75 000 Dollar und ein zweiter über 350 000 Dollar mit dem Vermerk: »Vorschuss für den Einsatz in der Verhandlung«. Ansonsten lag nichts mit dabei.

Zu verschlafen und verkatert, brummte er nur: »Sagen Sie Mr. Ashford, ich werde ihn anrufen.« Dann hievte er die Füße auf den Boden und blieb eine Weile so sitzen. Schließlich wankte er in die Küche, angelte ein relativ sauberes Glas aus dem vollgestellten Spülbecken und schluckte vier Aspirin. Dann drehte er den Gashahn auf, um Kaffee zu kochen, musste ihn aber wieder ausmachen, weil er keine Streichhölzer fand. Ihm würde übel von dem Geruch. Erinnerungen an einen weißen Mercedes in einer dunklen Garage, der ähnlich furchtbar roch, stiegen in ihm auf und er fühlte wieder das tödliche Gewicht von Ellens Körper in den Armen.

Barrett und Ellen hatten einander 1971 in Esalen, bei Big

Sur in Kalifornien, kennen gelernt, der Heimat der *Human-Potential*-Bewegung. Barrett war damals einunddreißig und ledig. Er arbeitete bei C&S und nahm in Esalen an einem Wochenendseminar über gewaltlose Konfliktlösung teil, das ein buddhistischer Mönch und eine energische Veteranin der Bürgerrechtsdemonstrationen in Selma, Alabama, leiteten. Gezeichnet durch die Gewalt, der er in seiner Jugend ausgeliefert war, hatte er gehofft, der Gerichtssaal könnte sich als Katharsis für Wut und Hass erweisen, als Ort, an dem Menschen mit Groll im Herzen ihre gesetzlichen Vertreter mit verbalen Geschossen, anstatt echter Kugeln, aufeinander hetzen konnten. Nun lächelte er traurig über seine damaligen Vorstellungen und sann darüber nach, was aus dem idealistischen jungen Mann geworden war, dem einstigen Kind mit den wenn auch etwas gedämpft-optimistischen Zukunftsträumen.

Die Vorträge in Esalen waren ebenso brillant wie unklar gewesen. Am deutlichsten erinnerte er sich jedenfalls an Ellen Farr. Er hielt sie für nichts Geringeres denn eine Botin des heiligen Ämilianus, des Patrons der Waisen, die seinem Leben eine neue Richtung geben sollte. Ellen Farr besaß einen höheren Abschluss in differenzieller Psychologie. Und sie hatte wunderschöne Beine. Außerdem hatte sie am Samstag Morgen Barretts »Vertrauensgruppe« geleitet und dabei Gelassenheit, Klugheit und die richtige Portion Esalen-Gerissenheit unter Beweis gestellt. Er hatte die Übung allerdings geschmissen – er hatte sich die Augenbinde nämlich immer wieder abgenommen, weil er ständig die Horrorvorstellung hatte, von seiner »Vertrauenspartnerin« über irgendeinen Abgrund gestoßen zu werden; später hatte er sie jedoch mit großem Genuss betrachtet, als sie auf einer Klippe standen und über das Meer blickten. Eine steife Brise hatte ihr die Haare aus dem Gesicht geweht und den Blick auf ihre großen, blassblauen Augen und ein Lächeln freigegeben, das einem das gute Gefühl vermittelte, mit ihr am selben Ort zu sein. Wenn sie ihn nur beim Namen nannte oder bei der kleinsten Bemerkung, die man als Kompliment auffassen konnte, zog sich sein Herz in wohligem Schmerz zusammen, und wenn sie sich den anderen gegenüber ebenso herzlich verhielt, stieg ein unvernünftiger Ärger in ihm auf. Sie hatte ihm gesagt, er wäre glücklicher, wenn er mehr Vertrauen in die Menschen aufbrächte: »Gehen Sie ein etwas höheres Risiko ein.« Und als er gegen Abend in sein Zimmer zurückkehrte, wusste er, dass er sich hoffnungslos in diese faszinierende Frau verliebt hatte.

Nach dem Abendessen hatte er sich vorgedrängelt, um einen Sitz im schwach erleuchteten Saal neben ihr zu ergattern, wo ein Vortrag über gestaltpsychologische Traumdeutung stattfand. Sie fragte ihn, ob er gekommen sei, um sich von Fritz Perls seinen Vertrauenspegel anheben zu lassen. Dabei lächelte sie ihn so strahlend und gleichzeitig belustigt an, dass er sich wie ein frisch gebackener Student im ersten Semester nach einem Studienplatztausch vorkam.

»Ich habe beschlossen, meinem Glück zu vertrauen«, brachte er gerade noch heraus, »und frage Sie nun ganz direkt, ob Sie nächstes Wochenende mit mir ausgehen.«

Sie lächelte wieder und machte es sich auf ihrem Stuhl für den Vortrag bequem. Er rutschte nervös herum, bis Fritz Perls schloss, und fragte sie dann, ob sie mit ihm auf die Klippen hinausginge. Zu seiner Überraschung willigte sie sofort ein und eine Minute später standen sie draußen, nahe beieinander. Ihr Haar nahm im blassen Licht des Mondes, der gerade hinter den Bäumen aufging, die Farbe von Gerste an; ihre zarten Gesichtszüge hoben sich im Profil wunderbar ab, wie sie so dastand und auf das Meer weit unter ihnen blickte, in dem sich die Leuchtreklamen sanft kräuselnd spiegelten. Er fragte sie über ihr Leben aus, berührte ihren Arm und spürte, wie jede Berührung ihrer Haut einen Stromstoß durch seine Wirbelsäule schickte. Wieder rückte sie nicht von ihm ab, und sie entzog ihm auch ihre Hand nicht.

Sie erzählte ihm, wie sie in Bend in Oregon aufgewachsen war, am Deschutes River, dann in Eugene das College besucht hatte und schließlich mit der Familie nach Piedmont, Kalifornien, zog, weil ihr Vater einen Job als Bankdirektor in San Francisco bekommen hatte. Sie erzählte, wie sie gegen ihre Eltern rebellierte und mit einem Mann von zu Hause durchbrannte, den sie heiraten wollte, was sie dann aber doch unterließ; sie erzählte von ihrem Abstecher in die Model-Branche, der gut bezahlt war, aber nirgendwohin führte, über den Besuch der Abendschule, wo sie ihren Abschluss in Psychologie machte, und – mit rauem Unterton – wie sie sich aus dreißig Meter Entfernung Hals über Kopf in einen Mann im schwarzen T-Shirt verliebte, der bei einem Rockkonzert in Fillmore West in San Francisco für eine Gehörlosenvereinigung Unterschriften sammelte. Wie im Traum schilderte sie ihm die schwerelose Anmut, mit der sich der Mann im dumpfen Glühen einer einzigen Spotlampe bewegte, wie seine Hüften im Takt der Musik schwangen und seine Arme und Hände Wörter aus Klängen in die Luft malten wie ein Zauberer. Er fragte sich einen Moment, ob sie sich seiner Anwesenheit überhaupt noch bewusst war, und verspürte plötzlich eine schmerzhafte Eifersucht auf einen Mann in sich aufsteigen, der längst in der Vergangenheit einer Frau verschwunden war, von der er noch nicht einmal den Nachnamen kannte. Es stellte sich heraus, dass dieser charismatische Typ in Big Sur lebte und »Rolfer« war, Experte für Tiefgewebsmassage nach Ida Rolf. Er führte Ellen in Esalen ein und verschwand dann, wie es hieß, in Richtung Ostküste.

Sie schilderte ihre Lebensgeschichte weder mit Groll noch mit Trauer in der Stimme und begann dann ihrerseits ihn auszufragen. Er antwortete so ehrlich, wie er nur konnte. Er erzählte ihr, dass er als Kind ausgesetzt worden war und später auf eine katholische Jungenschule in Topeka kam, wo er aus der Highschool auf Grund seiner Größe und seiner Fähigkeit, einen Fußball zu kicken, entlassen wurde. Er gestand, dass er damals Purdue nicht von Stanford zu unterscheiden wusste, bis man ihm sagte, Stanford liege am Pazifik.

Als ihnen keine Fragen mehr einfielen und sie herausfanden, dass sie beide Rotwein, gute Bücher und Big Bands mochten, blieben sie schweigend im Mondlicht stehen und ließen den Blick über das Wasser schweifen.

»Waren Sie schon mal da draußen?«, fragte sie träumerisch. Sie meinte, über dem Meer, in Asien, Bali und so. Ja, so in der Richtung, hatte er geantwortet, aber dass es nicht eigentlich eine Vergnügungsfahrt gewesen sei. Darauf war ein seltsamer Ausdruck über ihr Gesicht geglitten und sie hatte mit einer plötzlichen Schärfe in der Stimme bemerkt, sie sei überhaupt noch nirgendwo gewesen.

Hätte er sich nicht in einer Art erotischen Trance befunden, wäre ihm vielleicht nicht entgangen, dass das Objekt seiner Begierde ihm gerade eine dunkle Seite enthüllte. Stattdessen legte er beschützend eine Hand auf ihre Taille und wisperte, er wäre glücklich, sein ganzes Leben genau dort zu verbringen, wo sie beide jetzt stünden. Da kehrte das Lächeln zurück, sie strich mit ihrer Hand über seine Wange und küsste ihn auf den Mund. Er legte die andere Hand ebenfalls auf ihre Taille und presste ihren Schoß drängend an sich. Er fühlte, wie sie mit der Zungenspitze seine Lippen erforschte, seine Zähne, seine Zunge.

Plötzlich überkam sie ein Lachanfall und sie zog sich von ihm zurück, dann neigte sie den Kopf zur Seite und sah ihn an, als wolle sie sagen, sie sei ein wenig überrascht über das, was hier vorging.

»Ich weiß nicht mal, wie du mit Nachnamen heißt«, flüsterte er, um die Spannung zu lockern.

»Farr«, flüsterte sie zurück, »Ellen Farr.«

Wie trunken sog er den frischen Duft ihrer Haare ein. Durch seinen Körper pulsierte eine neue Energie, zusammen mit der

Überzeugung, dass alles, was er im Leben erreicht und was immer aus ihm geworden war, allein deshalb geschehen war, um ihn auf diese Frau vorzubereiten. Ellen Farr. Er zog sie dichter an sich. Ihm graute davor, am nächsten Tag abreisen zu müssen, deshalb stellte er sich schon vor, wie sie am kommenden Wochenende miteinander zum Essen den Carmel hinauffuhren oder den nahen Nepenthe.

Als er spürte, dass ihr Atem stockte, löste er seinen Griff. Sie küsste ihn flüchtig auf die Wange, dann drehte sie sich um und ging auf den Tagungssaal zu. Sie wollte tatsächlich wieder hineingehen!

»Du hast meine Frage noch nicht beantwortet«, rief er ihr hastig nach, »ob wir uns am nächsten Wochenende sehen.«

Da warf sie einen Blick über die Schulter und streckte ihm die Hand entgegen. »Hab' ich doch, natürlich.«

Und mit einem erleichterten Lächeln ergriff er ihre Hand.

Es hatte zwei Jahre des Zusammenlebens und zusätzlich noch einmal zwei Jahre Ehe gedauert, bis er ihr voll vertraute. Es gab bis dahin nichts und niemanden, zu dem er wirklich Vertrauen hatte. Er ahnte, dass Vertrauen etwas ist, das Kinder von ihren Eltern lernen.

Dann hatte sie, nach zwölf weiteren Ehejahren, nur einen Tag gebraucht, um ihn zu betrügen und dieses Vertrauen für immer zu zerstören. Ohne Vorwarnung hatte sie ihn verlassen, ohne weitere Erklärung als die folgende Notiz:

> »Vergib mir, liebster Bär, aber ich ersticke. Ich flehe dich an, Jareds Vorstellung von mir nicht zu trüben, wenn du versuchst, ihm das Unerklärliche zu erklären. Ich liebe dich. Versuch zu verstehen, dass dies wirklich nichts mit dir zu tun hat. Ellen.«

Das war 1985 gewesen. Jared war neun und Barrett verhielt sich Ellen gegenüber in der Tat so redlich, wie er nur konnte, als er seinem Sohn möglichst rational beizubringen versuchte, dass seine Mutter ihn im Stich gelassen hatte. Er verzieh ihr nicht, dass sie sich davongestohlen hatte, ohne mit Jared zu reden. Wie konnte sie schon mich einfach so verlassen?, dachte er oft. Aber wie hat sie das erst bei Jared fertig gebracht? Erst ein halbes Jahr später erfuhr er, dass sie tatsächlich weniger seinetwegen als vielmehr eines jungen, hübschen Handelsreisenden wegen gegangen war, der anscheinend ihr Fernweh mit ihr teilte. Ellen würde endlich die Welt zu sehen bekommen.

Ein Jahr später hatte er die Ehe aufgelöst und das Sorgerecht für Jared erhalten. Doch 1987 kehrte Ellen nach San Francisco zurück – inzwischen mit dem Multimillionär Barry Van den Berg verheiratet – und bekam den Jungen wieder. Dann kam das Jahr 1993 und Barretts Sieg über seine erneut geschiedene und nun im Gerichtssaal in Ungnade gefallene Exfrau.

In der dem Urteil folgenden Nacht brachte Ellen sich um und Jared verschwand. Irgendwie gelang es Barrett, sich die ersten paar Monate danach über Wasser zu halten. Er harrte aus wie der gute Soldat, der er immer hatte sein wollen, und gab sich alle Mühe, der tüchtige Jurist zu bleiben, der aus ihm geworden war. Er versuchte zu vergessen, dass er Ellen in jener Nacht in den Abgrund der Verzweiflung getrieben hatte, nachdem er am selben Tag noch seine juristischen Kenntnisse benutzt hatte, um ihr Jared zu entwinden.

Aber dann wachte er eines Morgens auf und erkannte, dass alles, was er erreicht hatte, zerstört war. Er beneidete Ellen um ihren Mut der Verzweiflung und den Frieden, den sie sich damit errungen hatte. Ihr Tod hatte sein Gesicht ebenso mit einem brutalen, unversöhnlichen Spiegel zerschmettert wie ein paar Jahre später das von Lara Ashford. Was er darin erblickt hatte, zersetzte seinen Lebensmut ebenso sicher, als hätte ihn jemand mit einer Glasscherbe perforiert.

Barrett Dickson stand vor dem Herd und starrte abwesend auf ein Streichholz, das er irgendwo gefunden und angerissen hatte. Es gelang ihm gerade noch, die Gasflamme zu entzünden, bevor ihm das Streichholz zwischen den Fingern erlosch. Er schüttelte die Hand, um den Schmerz zu mildern, und öffnete nacheinander eine Dose Bier und dann die Rollos im Wohnzimmer.

Er war 1988 in diese Wohnung gezogen, ein Jahr nachdem man ihm das Sorgerecht für Jared wieder entzogen hatte. Es war nichts Besonderes, denn er hatte ebenfalls eine schöne Stange Geld mit der Investition bei GreenLink verloren, wenn auch nicht ganz so viel wie Mike Reasoner. Nun hatte er eine kleine Küche, ein vier mal fünf Meter großes Wohnzimmer mit einem offenen Kamin von der Größe eines Mikrowellenherds, dafür aber mit einem beachtlichen Blick über die Bucht, sowie zwei Schlafzimmer. Er hatte stets gehofft, Jared wieder zurückzugewinnen. Sein Bett hatte erst zweimal den Eindruck eines Frauenkörpers erlebt und nur eines dieser Experimente hatte sich als halbwegs brauchbar erwiesen. Das zweite Bett war noch nie benutzt worden. Er war doch lieber allein.

Barrett blieb eine Minute auf dem Sofa vor dem Kamin sitzen und ging dann zur Theke, die Küche und Wohnzimmer trennte. Dort sah er die Post von gestern durch – Rechnungen, Anzeigen, ein Heft mit Warengutscheinen und eine Notiz des Haussicherheitsdienstes, die besagte, dass er schon wieder aus dem Haus gegangen sei, ohne die Tür richtig hinter sich zu schließen.

Er drehte Ashfords Schecks in den Händen: 425 000 Dollar. Das war eine Menge Geld und er wusste, dass er im Fall eines Freispruchs zusätzlich einen erklecklichen Bonus zu erwarten hatte. Ein Lächeln flog über sein Gesicht, während er die Schecks studierte und zu dem Schluss kam, dass er tags zuvor im Gerichtssaal eine verdammt gute Figur abgegeben haben musste. Der Gedanke erzeugte ein weiteres Zucken in seinem leeren Magen, nicht direkt die alte Spitzenerfahrung elektrischer Brandung, die ihm die Wirbelsäule hinaufschoss, aber ein durchaus angenehmes Gefühl, das er beinahe vergessen hatte. Er fragte sich, ob es der unverhoffte Gedanke war, dass er es immer noch schaffte. Er hatte diese Empfindung immer wieder analysiert, damals, als sie noch so alltäglich gewesen war wie jetzt der kleine Schock, der ihn beim ersten Drink am Morgen durchfuhr.

Oder war es bloß das Schuldgefühl, weil er etwas umso mehr genoss, weil es ihm eigentlich gar nicht wirklich zustand? Grace Harris war sichtlich nicht auf sein Szenario »Keine Peinigung« vorbereitet gewesen, obwohl er Field zwei Tage vorher darüber informiert hatte. Zu schade. Sie war ihm sympathisch und es ging ihm gegen den Strich, sie zu verstimmen. Ja, sie war ihm sogar *sehr* sympathisch.

Er setzte sich ans Klavier und schlug die Noten zu *»Stardust«* auf. Dann begann er zu spielen. Mit zwei schweren Daumen und sieben ebenso bleiernen Fingern drückte er die Tasten, wobei er nicht selten statt nur der weißen auch noch eine schwarze mitnahm. Die erste Stimme konnte er bereits – zumindest im Kopf –, aber die Bassnoten bereiteten ihm einige Probleme. Schließlich begann er sogar zu singen, mit einer Stimme, die außer der guten Absicht absolut nichts zu bieten hatte.

Da klingelte das Telefon. Er ließ es klingeln. Aber als es etwas später noch einmal schrillte, hob er doch ab.

»Gratuliere!«, rief Mike Reasoner in den Hörer.

»Wozu? Der schwache Sieg hatte ja nicht mal das Niveau eines Taschenspielertricks. Den Antrag gestern hätte auch deine Enkelin gewonnen.«

»Und wie hat Mr. Ashford seine wieder gewonnene Freiheit aufgenommen?«

»Überschwänglich. Seine Assistentin hat mich heute aus seiner Suite im ›Ritz‹ angerufen. Nehme an, er will sein Haus im Moment lieber noch nicht sehen. Will übrigens, dass ich dran bleibe an seinem Fall.«

»Bravo! Bär, diese Sache könnte dich echt wieder an die Spitze bringen.«

»Ich werde ablehnen, Mike.«

»So.«

»Du hast unsere Vereinbarung doch nicht etwa vergessen?«

»Natürlich nicht«, antwortete Mike. »Du hast alles erledigt, worum ich dich gebeten hatte. Ich bin dank deiner Hilfe für den Rest des Jahres tatsächlich aus dem Schneider. Aber *du* bist es nicht, und wenn Wilmer rauskriegt, dass Ashford dich weiter engagieren will, du aber ablehnst ...«

»... dann hat er doch endlich das letzte noch fehlende Mosaikstück, das er schon immer haben wollte.«

»Eben«, meinte Mike ungerührt. »Und jetzt gib endlich zu, dass es gut tut, wieder richtig im Sattel zu sitzen.«

»Nicht so gut, wie aus dem Geschäft draußen zu sein und hinter Immobilien herzujagen.«

»Schon in Ordnung, Bär, ich muss deinen Entschluss respektieren. Aber stell dir wenigstens eine Minute lang vor, du würdest noch für C&S arbeiten. Wir beide stehen auf der Liste, die sich der Ausschuss heute vornimmt, um den Stand der Dinge bezüglich des Engagements der Kanzlei im Fall Ashford zu besprechen.«

»Gut so. Bringen wir's hinter uns. Um wie viel Uhr?«

»Um vier.«

»Ich bin dabei.«

»Gut. Aber falls Wilmer nicht herauskriegt, dass Ashford dich haben will, brauchst du es ihm ja nicht auf die Nase zu binden, oder? Dann kann ich sagen, dass du Ashfords Forderungen erfüllt hast. Nancy und ich sind fein raus und du bist ein Held, was wir bei C&S im Moment verdammt gut brauchen können. Also, sei schön brav heute, ja?«

»Süß wie eine Honigbiene, Mike. Wenn ich bedenke, was

Steve Wilmer in den letzten zwei Jahren so alles mit mir anzustellen versucht hat, finde ich, dass ich mich diesem Scheißkerl gegenüber geradezu verteufelt brav verhalten habe.«

12

Grace Harris zupfte an ihren Augenbrauen herum. Sie überlegte sich, ob sie sich die Haare färben sollte. Sie gefiel sich nicht. Sie sah in letzter Zeit immer müde aus, ausgelaugt. Der Spiegel unten in der Küche konnte gnadenlos sein, besonders wenn Nebel die Lichter von San Francisco an einem typischen Spätsommerabend in der Dämmerung filterte. Sie fand, dass ihr verwirrter, verwirrender sechzehnjähriger Sohn und mehr als dreihundert Verurteilungen zusammen mit ihren zweiundvierzig Jahren allmählich Spuren auf ihrem blassen, abgespannten Gesicht hinterließen, die ihr nicht gefielen – ausgerechnet jetzt, da der Fall Ashford, ihr wichtigster, vor ihr lag, der folgerichtige Schritt in einer makellosen Laufbahn, der nur noch die öffentliche Anerkennung fehlte, um vollkommen zu sein. Wenn das Urteil gesprochen ist, gibt es zwar vielleicht ein paar Silbersträhnen mehr in meinem Haar, dachte sie, aber möglicherweise auch einen Topf voller Gold.

District Attorney Grace Harris. Damit würde sie es diesen hochnäsigen Wall-Street-Typen zeigen, die sie als Kandidatin für die Arbeit vor Gericht verschmäht hatten, bloß weil sie ab und zu unter Stress ins Stottern geriet – bei Bewerbungsgesprächen etwa. Und bei ihrem Vater im Übrigen auch.

Aber man würde es ebenso als ihren Sieg betrachten müssen wie als einen von Earl Field, und sie würde gegen einen Mann um ihren Anteil kämpfen müssen, der zu den Medienlieblingen hier zählte und der die Presse ebenso spielerisch manipulieren konnte wie die Politik. Sie musste sich ihre Scheibe vom Erfolg eigenhändig abschneiden und durfte nicht darauf warten, dass er sie ihr überreichte. Dafür brauchte sie sich nicht zu schämen, denn so sehr sie diesen Fall auch benötigte – Earl benötigte *sie* noch mehr. Der Grund war recht einfach: Weil die Mehrzahl der Geschworenen bei einem so langwierigen Verfahren weiblich war. Weil sie, Grace, durch ihr Mitwirken aufkommende Zweifel zerstreute, die Anklage gegen Elliot Ashford könnte politisch motiviert oder auf Grund persönlicher Rachegelüste erfolgt sein. Weil sie den eins siebzig großen Earl Field mit ihren eins fünfundsechzig – in Schuhen mit halbhohen Absätzen – größer erscheinen lassen würde, was besonders wichtig war, falls das Fernsehen Zutritt zum Gerichtssaal bekam. Und nicht zuletzt weil sie die Dumme sein würde, falls etwas schief ging. Sie ließ einen Bagel in den Toaster fallen.

»Hallo, Mom«, mümmelte Aaron, als er in die Küche schlurfte. Er trug knielange, extra weite Hosen und hatte sich den Kopf kahl geschoren – bis auf einen kleinen Kreis auf dem Scheitel.

Amerikas Zukunft, dachte Grace und warf einen eingehenderen Blick auf seine schwarze Converse High Tops, das T-Shirt mit dem Aufdruck RASTA POWER! und die verdehnten roten Socken, die ihm um die Knöchel schlackerten. »Guten Morgen, Kleiner«, begrüßte sie ihn schließlich. »Hast du tatsächlich vor, dich in diesem Aufzug an die Arbeit zu machen? Wohl eher nicht.«

»Mensch, Mom, 'tschuldige, dass ich überhaupt auf der Welt bin. Donnerstags bist du am Morgen echt immer sauschlecht drauf.«

Sie ließ ihm die Bemerkung durchgehen. Sie *war* schlecht drauf und hatte nicht die geringste Lust, in eine Diskussion über ihre Aktivitäten am Mittwoch in der Nacht verwickelt zu werden, jene heimlichen anonymen Auftritte in einer Pianobar in Emeryville, wo sie, solange man sie ließ, ihrer Seele eine Stunde lang in leichtherzigen Liedchen Ausdruck verlieh, manchmal gefolgt von einer Stunde ebenso leichtherzigem, unkompliziertem Sex mit einem befreundeten Juristen von der East Bay, von dem sie sich vor vier Jahren getrennt hatte, weil er fand, Aaron sei ihm eine zu große Belastung. Es hatte ein bisschen wehgetan, aber keine Narbe hinterlassen. Er war ein umsichtiger Liebhaber. Das war nicht viel, aber es bewahrte sie immerhin davor, zur Trockenblume zu verdörren – so ähnlich, wie sie sich heute fühlte.

»Schon gut«, sagte sie deshalb. »Ich bin also schlecht drauf, aber mit diesem Haarschnitt siehst du nun wirklich aus, als hätten sie dich am Hirn operiert.«

Aaron grunzte, wie es seit einiger Zeit seine Art war, ein gutturaler Laut, der von irgendwo halb unten in seiner Kehle kam. Ihr fiel ein, dass er das ganze sechste Schuljahr praktisch nur mit der Stimme von Donald Duck mit ihr geredet hatte und dass sie das Gegrunze, so irritierend es auch klang, dann doch noch vorzog.

»Und was deine Kleidung betrifft«, fuhr sie fort, »nun, ich dachte, du bist immer noch an der High School und nicht bei der Baseball-Vereinigung.«

»Jetzt gewöhn dich doch endlich dran. Alle ziehen sich so an. Alle haben die Haare so.«

»Alle heißt für dich Skip Hodges und vielleicht noch ein zweites menschliches Wesen auf Gottes weiter Welt. Deshalb werde *ich* mich nicht daran gewöhnen, und *du* wirst dich gefälligst benehmen.«

Aaron zuckte die Achseln. »Wie du willst. Aber Skip sagt, seinem Vater ist es egal.« Bei Skips Vater ging Aaron den Sommer über arbeiten.

Der Geruch nach verbranntem Bagel stach ihr in die Nase.

»Und überhaupt ist das cool jetzt, Mom.«

Der Bagel sprang heraus und sie steckte einen neuen hinein, wobei sie ihren Sohn im Auge behielt, der sich bereits in die Autobeilage der Morgenzeitung vertiefte. Wie immer verblüffte es sie, wie ähnlich er seinem Vater sah, und ihre Gedanken schweiften zurück zu jenem Tag im Jahr 1979, als sie Abe Harris zum ersten Mal mit nach Hause gebracht hatte, zwei Wochen vor der Heirat: Es war an der Zeit gewesen, dem freudigen Ereignis ins Auge zu blicken.

»Dieser Mann ist kein Jude!«, hatte Rabbi Piakowski gebrüllt, sobald sie mit ihm allein im Wohnzimmer der kleinen Wohnung in Brooklyn saß, und war, die Arme auf dem Rücken verschränkt, erregt auf und ab gegangen. »Dieser Mann heißt Abraham Harris und ist *kein Jude*?«

»Leiser, Papa, er hört dich doch sonst. Er ist nach Abraham Lincoln benannt.« Sie konnte sich ein Lächeln nicht verkneifen.

Ihre Mutter, die während der Blütezeit der jüdischen Kultur in den Adirondacks bei »Grossinger« gesungen hatte, befand sich mit Abe in der Küche und versuchte, ihn zu einem Happen Essen zu überreden.

Ihr Vater schüttelte den Kopf. »Wenn du schon darauf bestehst, mit diesem *Goi* Kinder zu haben, so hoffe ich, dass du zumindest gedenkst, eine hingebungsvolle Mutter zu werden.«

Sie zog die Augenbrauen zusammen, weil sie genau wusste, was er damit meinte. Die Chassiden – von ihrem jüdischen Professor an der New Yorker Universität auch »städtische Puritaner« genannt – waren eine verschworene, isolierte und zutiefst religiöse Gemeinde, die von den Frauen erwartete, dass sie gute Mütter waren, und sonst gar nichts. Es war schon schlimm gewesen, dass sie aufs College gegangen war, dann fast noch schlimmer, dass sie darauf bestand, Jura zu studieren. Nicht einmal ein männliches Gemeindemitglied sollte sich derart dekadenten Einflüssen aussetzen. Und dann erst eine Frau – unmöglich!

»Papa, es hat sich einiges verändert«, warf sie ein. »Und wir befinden uns in Amerika, nicht in Polen.« Sie war enttäuscht, aber nicht überrascht, als ihr Vater verkündete, er werde an ihrer Hochzeit nicht teilnehmen, er habe seine Tochter an die Macht des Weltlichen verloren.

Später, nach dem Eheversprechen, als sie mit Abe unter dem Hochzeitsbaldachin stand, brauchte der frisch gebackene Ehemann drei Anläufe, um das Weinglas nach dem letzten gemeinsamen Schluck mit dem Fuß zu zerstampfen, wie es der Brauch war. Mitfühlendes Gelächter schlug rundum auf, doch die besonders Gläubigen aus der Verwandtschaft der Braut hatten es als böses Vorzeichen gedeutet.

Sie sollten Recht behalten. Sieben Monate nach Aarons Geburt packte Abe die Koffer und machte sich Richtung New York davon. Arbeitslos geworden, hatte er mehr und mehr zu Stimmungsschwankungen geneigt. Drei Monate später schrieb er ihr, er arbeite für eine internationale Transportfirma und werde ihr von Asien aus Geld schicken. Sie hörte nie mehr von ihm.

Es klingelte an der Tür. »Herein, Furz voran!«, brüllte Aaron und Skip Hodges, der in der Tat aussah wie »alle«, trat ein. »Tag, Mrs. Harris.«

»Guten Morgen, Skip.« Sie stellte mit Genugtuung fest, dass der Freund ihres Sohnes sich herabließ, die Baseball-Mütze vom Kopf zu nehmen, als er in die Küche kam.

»Skips Leute schmeißen morgen Abend eine kleine Geburtstagsfete für mich, Mom.«

»Sie sind auch eingeladen, Mrs. Harris«, beeilte sich Skip zu bemerken.

Sie runzelte die Stirn. »Aaron? Hatten wir nicht ausgemacht, dass wir beide morgen zu deinem Geburtstag ins ›Hard Rock Café‹ gehen?«

»Mann, das hab' ich total verschwitzt. Können wir da nicht ein andermal hin? Ich hab' schon 'ne Menge Leute zu den Hodges drüben eingeladen.«

Ein andermal. Das Wort klang verdächtig vertraut in ihren Ohren. Wie oft hatte sie Aaron damit abgespeist in all den Jahren, als sie die Stelle in der Kanzlei in der Innenstadt aufgegeben und sich langsam an die Spitze ihrer Abteilung hochgearbeitet hatte.

»Selbstverständlich, Liebling«, hörte sie sich sagen und küsste ihn auf den glatten Schädel, »ein andermal. Iss zu Ende. Ich mache mich fertig für die Arbeit.«

Nachdem Aaron und Skip auf ihren Skateboards zu Hodges PC-Laden in der Van Ness abgebraust waren und sie die Reste ihres Frühstücks weggeräumt hatte, warf sie einen letzten Blick in den Spiegel, klemmte sich die Handtasche unter den Arm und eilte die Treppe hinunter. Wenn sie sich etwas beeilte und der Verkehr mitspielte, schaffte sie es gerade noch rechtzeitig zur wöchentlichen Belegschaftssitzung.

Der kalte Morgenwind von der Bucht her biss in den Augen, als sie das Haus verließ. Nach Abes Verschwinden hatte sie das Glück gehabt, in San Francisco im ruhigen Russian Hill District eine erschwingliche Wohnung zu finden. Auf dem Weg ins Büro überlegte sie sich, wie sie mit Jack Klegg umgehen sollte, der sie schließlich tags zuvor hereingelegt hatte. Wie viel hatte Earl wohl von Barretts Strategie gewusst? Was hatte er Klegg alles erzählt? Würde er sich in dieser Sache hinter sie stellen? Tat er es nicht, bedeutete dies, dass er noch mehr Autorität an seinen Hauptmitarbeiter abgetreten hatte. Klegg würde sich fühlen wie ein Hund, der einen saftigen Knochen ausgebuddelt hat – und dieser Knochen war sie. Noch schlimmer: Je mehr Klegg den Fall dominierte, desto mehr würde es der Sache schaden.

Eine Stunde später sah sie durch die offene Bürotür, wie Jack Klegg zielstrebig den Flur hinuntereilte. Er war sichtlich verblüfft, sie in ihrem Büro vorzufinden, und beschleunigte seinen Schritt, als hätte er sie nicht bemerkt. Sie rannte hinter ihm her in sein Büro, wobei sie die Tür mit einem lauten Knall hinter sich ins Schloss warf.

»Grace!«, rief Klegg, den einen Arm noch im Mantel. »Was kann ich für Sie tun?«

Jack Klegg, mittelgroß, hager und drahtig, hielt sich gerade wie ein Hockey-Schläger. Der stets braun gebrannte Teint lag straff über den vorstehenden Wangenknochen. Ein dunkelrotes Muttermal zog sich auf einer Seite den Hals hinauf, noch über den hohen Kragen hinaus, den er deswegen immer trug. Er hatte kleine blaue Augen, die eng zusammenstanden. Seine Marine-Uniform hatte er zwar schon vor zwanzig Jahren an den Nagel gehängt, doch sah er noch immer danach aus.

»Das werde ich Ihnen gleich sagen, Jack. Sie hören jetzt sofort auf, mich an der Nase herumzuführen, besonders wenn es darum geht, einen Mörder herauszupauken!«

Er wieselte gelassen hinter seinen sicheren Schreibtisch aus Eichenholz, ließ sich dann im Drehsessel nieder und sprach, als hätte er sie nicht gehört. »Ich habe gestern unterwegs von der Kautionsverhandlung erfahren. Was ist denn da passiert?«

»Das, dachte ich, erklären *Sie* wohl besser *mir*«, schnappte Grace. »Wussten Sie, dass Dicksons Zeuge, dieser Arzt, sich über Art und Form des Blutaustritts auslassen und daraus schließen würde, dass von Peinigung keine Rede sein konnte?«

Jack Klegg zuckte die Achseln. »Also, so in etwa, ja. Zumindest glaube ich, dass Menghetti oder Dickson Earl so was in der Richtung mitgeteilt haben.«

»Warum haben Sie mich nicht informiert, worauf Dickson hinaus will, Jack? Dann hätte ich wenigstens in letzter Minute versuchen können, den Schaden zu begrenzen.«

»Aber ich *habe* Sie doch informiert«, sagte er. »Zumindest bin ich mir sicher, dass ein Arzt in Dicksons Unterlagen erwähnt wird.«

Grace stützte sich mit beiden Händen auf seinen Schreibtisch. »Keine Spielchen mit mir, Jack. Sie wussten genau, dass ich annehmen würde, Dicksons Onkel Doktor singt das übliche Lied und heult uns vor, der Häftling sei zu krank, um im Gefängnis zu verbleiben.«

»Kann sein, dass *Sie* davon ausgingen, Grace. Kann sein, dass Sie in dem Moment zu viel angenommen haben. Was in Ihrem Geschäft gefährlich ist.«

»Wann ist Earl von dem Termin in Sacramento zurückgekommen?«

»Die Sache wurde verschoben. Er hat stattdessen an einer anderen Sitzung hier teilgenommen.«

»Verschoben, ja? Dann gab es also gar keine F-Fahrt nach Sacramento. Alles scheiß erstunken und erlogen. Und Sie sind die Scheiße und versuchen, Earl darin zum Ausrutschen zu bringen!«

»Ach, darüber wird Earl sich bestimmt amüsieren, wenn ich's ihm erzähle, wobei er sich allerdings über Ihren Gossenjargon sehr wundern dürfte.«

Sie wünschte, sie könnte nur einmal so boshaft kalt sein wie dieser Mann, der als Favorit für die Nachfolge Earl Fields im Amt des District Attorney galt, nur für ganz kurze Zeit. »Sie haben mich ins offene Messer laufen lassen, Jack. Das mag sich für Sie politisch auszahlen, aber nicht für die Leute, die von uns erwarten, dass wir sie vertreten. Ihr Ehrgeiz hat dazu beigetragen, einen Mörder wieder auf freien Fuß zu setzen. Wenn Ashford noch eine Frau umbringt, dann sind Ihre Fingerabdrücke neben den seinen mit auf der Scherbe.«

»Das möchte ich überhört haben, Grace, im Augenblick wenigstens. Aber wenn Sie nicht willens sind, Ihren Preis als Mitspielerin im Team zu bezahlen – auch wenn das bedeutet, ab und zu etwas hart angefasst zu werden –, dann sind Sie bald ebenso auf freiem Fuß wie Ashford.«

»Sie werden mich nicht entlassen, Jack«, sagte sie und

spürte, wie ihr Herz schneller zu schlagen begann. »Das glaube ich nicht. Sie h-haben es vielleicht noch nicht mitgekriegt, aber ich bin hier für einen hochkarätigen Mordfall zuständig. Und Sie wissen, für welchen – genau den nämlich, den Sie selbst von Earl haben wollten.«

»Ich hatte kein Interesse …«

»Und wissen Sie, was das wirklich Komische bei dem Ganzen ist, Jack? Ich wurde an der Seitenlinie zurückgehalten, aber nun bin ich aus der Versenkung aufgetaucht, dank Ihnen. Bleiben Sie mir vom Leib, Jack! Jetzt, da ich mitten in diesem Fall drinstecke, werde ich sämtliche Hebel in Bewegung setzen, dass wir auch gewinnen. Und wenn Earl nach Sacramento umzieht, trete ich gegen Sie an und mache der ganzen Stadt klar, was für ein intriganter Scheißkerl Sie in Wirklichkeit sind!«

Sie merkte, dass Klegg nicht mehr sie anschaute, sondern über ihre Schulter hinweg auf die Tür blickte, die sich geöffnet hatte, jedoch bereits wieder zuging. Sie erspähte Earl, der sich heimlich über den Flur davonstahl.

»Earl!«, rief sie. »Kommen Sie herein. Wir haben gerade von Ihnen gesprochen.«

»Ach, Tag Grace, ehm, Jack. Tut mir Leid. Hab' die schlechte Nachricht gehört, Grace.«

»Hier ist noch eine, Earl«, sagte sie und ging direkt auf ihn zu. »Ihr Hauptmitarbeiter ist ein hinterhältiger Schleimer. Hätte er mir mitgeteilt, was ich weiß Gott hoffe, dass Sie angeordnet haben, mich wissen lassen, hätte ich Dr. Yang in den Gerichtssaal bestellen können und dann den Antrag vielleicht sogar gewonnen.«

»Da bin ich mir nicht so sicher, Grace«, gab Field zurück. »Aber ich werde gewiss herauskriegen …«

»Und was Sie angeht, Earl«, unterbrach sie ihn. »Wenn Sie das nächste Mal wollen, dass ich die Kastanien für Sie aus dem Feuer hole, dann fragen Sie mich gefälligst selbst.«

13

Am Nachmittag fegte wieder ein gewaltiges Gewitter über die Stadt hinweg und veranlasste Barrett Dickson und viele andere in San Francisco, die es völlig unvorbereitet traf, den Wetterdienst zum Teufel zu wünschen, der vorhergesagt hatte, es bilde sich »über dem Meer ein Hoch« aus. Kalifornien war mittlerweile ein Landstrich, in dem es zu viel oder zu wenig regnete, gefangen im Teufelskreis von Dürre und Überflutung und in ständiger Furcht vor einem Erdbeben. Und jetzt auch noch El Niño.

Während Barrett, das klitschnasse Kammgarnjackett wie eine Mönchskutte über den Kopf gezogen, seiner Konfrontation mit Steve Wilmer entgegen stapfte, sann er darüber nach, weshalb seine Mitbürger im Goldenen Staat unbeeindruckt weiterhin FCKW-Produkte benutzten – von Luftreinigern bis hin zu Aerosol-geschlagener Sahne. Bei dem Gedanken an seine letzte Auseinandersetzung mit Wilmer im vergangenen Jahr verzog er das Gesicht. Der hatte ihn aufgefordert, die Kanzlei bei einer Wohltätigkeitsveranstaltung zur Stärkung des Umweltbewusstseins zu vertreten und so ein bisschen Kundenwerbung zu betreiben, was er rundweg ablehnte. Er hatte an zu vielen Tu-was-Gutes-Schütz-die-Umwelt-Veranstaltungen teilgenommen und dort Steaks vorgesetzt bekommen, die von Rindern auf Weiden kamen, wo in Südamerika einst Regenwald wuchs. Auch waren immer viel zu viele haarspraysteife Häupter aus Acht- und Zwölf-Zylinder-Schlitten aufgetaucht. Seine damalige Weigerung hatte Wilmers Feldzug gegen ihn ausgelöst, der zum Ziel hatte, ihn als Partner aus der Kanzlei zu drängen. Später weitete Wilmer seine Schikane auch auf Mike Reasoner aus.

Unter den Augen von Mike betrat Barrett bis auf die Haut durchnässt das Sitzungszimmer. Er sah aus wie ein gestrandeter Wal. Mike versuchte den Gesichtsausdruck seines Freundes zu enträtseln, aber der altgediente Anwalt setzte sein Pokerface auf, als Steve Wilmer auf ihn zuging.

Der über siebzigjährige Winston Cray, Nachfolger des Firmengründers Sam Caldwell, der sich 1970 zur Ruhe gesetzt hatte, erhob sich, um Barrett zu seinem Sieg beim Kautionsantrag zu gratulieren. Cray, ein ehemaliger Spitzenanwalt, hatte C&S seiner Zeit »etwas demokratisiert« – wie er selbst sagte –, was so viel hieß, wie einen jüdischen Juristen einzustellen und den exklusiven Laden in ein Rechtsberatungs-Programm zum Wohl von Bedürftigen zu bugsieren. Nun saß er mit Wilmers stillschweigender Duldung im Exekutivausschuss, ein Zugeständnis an die älteren Mitarbeiter von C&S.

Steve Wilmer war brillant und wusste, wie man jemanden manipuliert, aber er war auch durchaus in der Lage, Leute mit Charme zu umgarnen, die ihm persönlich zu mehr Macht und Reichtum verhelfen konnten. Obwohl sein Haar sich bereits beträchtlich lichtete, wirkte er doch jünger als vierundvierzig.

»Mein Gott!«, rief er aus und streckte dem Neuankömmling etwas zögernd die Hand entgegen. »Wenn Dickson heute den Tatterich kriegt, saufen wir hier glatt alle ab.«

Barrett übersah die Hand und wrang stattdessen seine Krawatte aus. »Keine Sorge, Wilmer«, bemerkte er beiläufig, »ich habe mal gelesen, dass Haie nie absaufen.«

Schlechter Anfang. Mike spürte, wie ihm ganz heiß wurde, aber Wilmer blieb völlig gelassen, was Mike als Hinweis deutete, er könnte von Ashfords Angebot erfahren haben und auch, dass Barrett vorhatte, es abzulehnen. Dann würde Wilmer ihn zum Mittagessen verspeisen.

»Ihre etwas armselige Replik kann ich heute leicht verkraften, Barrett«, ließ er verlauten und winkte Todd Jamison, das dritte und jüngste Mitglied im Exekutivausschuss, herbei, »weil ich doch annehme, dass ein Scheck über 75 000 Dollar mit dabei ist.«

Barrett bedachte Wilmer mit einem doppeldeutigen Lächeln. Dann setzte er sich neben Mike und Todd Jamison sowie Winston Cray gegenüber an den langen Sitzungstisch.

Todd Jamison war Wirtschaftsanwalt und teilte die Hingabe des Vorsitzenden zur Herabsetzung der laufenden Unkosten – etwa solcher Luxusausgaben wie Wohltätigkeitszuwendungen, Beiträge zum Allgemeinwohl und Gehaltserhöhungen für Kanzleiangestellte –, um den »Saldo aufzupolieren«. Besonders bemerkenswert an ihm war – abgesehen von seiner anerkannten Begabung auf dem Gebiet von Fusionen und Übernahmen –, dass er ständig grinste. Mike hielt diese Angewohnheit für einen Trick, der verbergen sollte, dass ihm jeglicher Sinn für Humor fehlte. Er meinte wohl, niemand würde bemerken, dass er nicht einmal im Stande war, die Pointe eines Scherzes zu erfassen, wenn er sich dauernd über etwas zu amüsieren schien. Mike wurde auf einmal bewusst, dass die gleichzeitige Aufnahme von Wilmer und Jamison als Partner von C&S das Ende der bereits niedergehenden Tugenden von Geist und Professionalität in der Kanzlei eingeläutet hatte.

»Also, Barrett«, fuhr Wilmer gerade fort und faltete die Hände vor sich auf der Tischplatte, »bekommen wir die Früchte Ihres Glückstreffers zu sehen?«

Barrett griff in die Innentasche seines Jacketts und zog einen Briefumschlag heraus, übergab ihn jedoch nicht Wilmer, sondern dem ihm gegenüber sitzenden Winston Cray.

Wilmer verfolgte den Weg des Umschlags über den Tisch mit gierigem Blick. »Handelt es sich hierbei um den 75 000-Dollar-Scheck?«, fragte er schließlich.

Barrett nickte, während es Cray mit sichtlich zitternden Händen fertig brachte, den Umschlag zu öffnen und den Scheck herauszunehmen.

»Fahr das verdammte Ding rüber, Winnie«, schnarrte Wilmer. »Wir haben nicht den ganzen Tag Zeit!«

Cray wurde rot und tat, wie geheißen. Der Scheck wanderte aus seinen mit Leberflecken übersäten Händen zu Todd Jamison, und dieser reichte ihn an Wilmer weiter.

»Sind wir mit Punkt zwei durch?«, wollte Wilmer wissen. »Wenn ja, gehen wir gleich weiter zu Punkt acht, das berühmte Projekt Ashford.« Winston Cray hob die Hand. »Was ist, Winnie?«, fragte Wilmer sichtlich ungeduldig.

»Noch zu Punkt zwei. Können wir für die von Ihnen entlassenen Sekretärinnen nicht innerhalb der Firma eine andere Aufgabe finden, zumindest für jene, die bereits über zehn Jahre bei uns tätig sind?«

»Es ist nicht unser Job, Arbeit für Leute in der Firma zu finden, die wir nicht brauchen. Das ist ja schließlich der Grund, warum wir sie rausschmeißen. Machen wir endlich voran, ja?«

»Könnten sie nicht in das allgemeine Sekretariat übernommen werden?«, beharrte Winston Cray. »Wir wissen doch, dass auf das Sekretariat alsbald eine Menge Mehrarbeit zukommt, weil den einzelnen Sekretärinnen mehr Anwälte zugeteilt werden.«

»Ganz und gar nicht«, sagte Wilmer. »Dafür gibt's schließlich Computer. Um den Druck zu nehmen.«

»Den Menschen machen.« Mike konnte sich den Einwurf nicht verkneifen.

Wilmers Kopf flog herum, seine Augen blitzten. »Ihr Kommentar ist mehr als überflüssig, Mike. Sie sind hier nur als Gast zur Diskussion über Punkt acht anwesend.«

»Ich bin auch als ranghöherer Partner dieser Anwaltskanzlei hier anwesend«, erwiderte Mike scharf, »und als solcher am Wohlergehen der Angestellten interessiert.«

»Dieses Jahr jedenfalls«, knurrte Wilmer. »Gehen wir nun über zu Punkt acht, dem Fall Ashford. Also … im Protokoll … wird erwähnt … dass alle Mitglieder … des Ex-Ausschusses anwesend sind. Dazu stehen … die beiden Partner … Mike

Reasoner und Barrett Dickson … auf Einladung des Ausschusses hin … in Bereitschaft.«

Über Barretts Gesicht glitt ein strahlendes Lächeln. »Ganz wunderbar«, bemerkte er. »Das habe ich mir schon immer gewünscht: *in Bereitschaft zu stehen.*«

»Zumindest physisch«, sagte Wilmer, dem Barretts sarkastischer Unterton nicht entgangen war. »Bis die letzten verbliebenen Anzeichen von Leben aufgehört und der Leichenbeschauer den Totenschein unterschrieben hat, was übrigens der Grund ist, weshalb ich unsere Sitzung hier so rasch wie möglich durchziehen will.« Steve Wilmer, unerschütterlich wie immer. Fast ebenso groß wie Barrett, mit gemeißelten Zügen und ohne ein Gramm überflüssiges Körperfett, hatte bis zu seinem Abschluss in Yale weder geraucht noch getrunken, weil er es seinem Vater in die Hand versprochen hatte – Harrison Wilmer, Amtsrichter am Appellationsgericht im fünften Bezirk. Allein schon dies – Wilmer trug es wie ein disziplinarisches Rangabzeichen – hatte genügt, um Barrets Feindschaft von dem Tag an zu begründen, an dem sie einander kennen lernten.

Winston Cray räusperte sich. »Könnten wir uns hier nicht um etwas Höflichkeit bemühen, Steve? Barrett hat gestern immerhin etwas erreicht, das dem Spitzenstrafverteidiger an der Westküste zweimal misslungen ist.«

Steve Wilmer funkelte ihn an. »Möchten Sie die Sitzung leiten, Winnie?« Dieser senkte den Blick. »Tatsache ist doch wohl«, höhnte Wilmer, »dass er es in fast vier Jahren fertig gebracht hat, erst zum zweiten oder dritten Mal für einen *zahlenden* Klienten vor Gericht zu erscheinen, dort einem Richter, der zu seinen besten Kumpeln zählt, einen sich verständlich ausdrückenden Blutexperten zu präsentieren und dann noch irgendwie dreißig Minuten lang wach zu bleiben. Herrgott, Winnie, selbst Sie sollten das geschnallt haben!«

»Steve«, begann Mike, »was Barrett gestern vor Gericht gelungen ist, hat nichts mit seiner früheren Freundschaft mit

Richter Hernandez zu tun. Der Mandant war ebenso verblüfft wie Al Menghetti.«

»Verblüfft? Echt?«, rief Wilmer aus. »Darf ich also davon ausgehen, dass Mr. Ashford Sie als reguläres Mitglied in sein Verteidigungsteam aufzunehmen wünscht, Dickson? Und für ein nettes Sümmchen?«

Mike stöhnte innerlich auf über seine eigene Dummheit. Er hatte dem Scheißkerl praktisch Ashfords Angebot unter die Nase gerieben.

»Das trifft zu«, ließ Barrett auch schon hören.

»Und da Ihnen das höchste Wohl unserer Firma am Herzen liegt, haben Sie selbstverständlich zugesagt und als Vorschuss weitere 75 000 Dollar bekommen?«

»Das trifft nicht zu.«

»Steve«, stieß Mike, verblüfft über Barretts Antwort, hervor. »Ich glaube, Sie schätzen die Schwierigkeit nicht richtig ein, worum man Barrett gebeten …«

»Mike«, unterbrach ihn Wilmer barsch. »Ich wiederhole: Sie befinden sich als Gast hier und haben als solcher Bemerkungen nur dann an den Ausschuss zu richten, wenn Ihnen das Wort erteilt wird.«

»Diese Auffassung teile ich voll und ganz, Mike«, warf Barrett ein. »Versuch bloß nicht, diesem Erbsenzähler unser Handwerk zu verklickern. Er ist viel zu stark davon in Anspruch genommen, dieses Ungetüm, das wir einst als professionelle Kanzlei zu betrachten pflegten, ›abzuspecken‹.«

Wilmer lächelte liebenswürdig. »Die Hälfte davon haben wir bereits an dem Tag abgespeckt, wenn Sie nicht mehr zur Arbeit erscheinen, Dickson.«

Barrett zuckte nur die Achseln. »Ich verstehe, was Sie meinen, Stevie. Aber in der Ausgabe des *American Lawyer* vom vorigen Monat habe ich anteilmäßige Gewinnzahlen pro Kopf gesehen, die ein Verfahren zur Konkursabwendung auf den Plan rufen würden, wenn wir eine GmbH wären.«

»Umstrukturierungen dauern ihre Zeit, Dickson«, gab Wilmer in einem selten defensiven Ton zur Antwort. »Wir waren mit einer vorübergehenden Verzögerung konfrontiert.«

»Wilmer«, grinste Barrett, »diese Untertreibung stellt selbst die Botschaft Kaiser Hirohitos an seine Truppen am Vorabend der Kapitulation in den Schatten, als er sagte: ›Der Krieg verläuft in einer wenig günstigen Art und Weise.‹«

»Barrett, wollen Sie sich am Prozess gegen Ashford beteiligen oder nicht?«

Mike sah, wie sein Freund tief Luft holte. Inzwischen war er sich sicher, dass für sie beide alles aus war und er rein gar nichts mehr dagegen tun konnte.

Wilmer wartete schweigend – und genüsslich. »Nun, im Grunde haben Sie meine Frage ja bereits beantwortet«, meinte er schließlich. »Tja, ich nehme an, ich spreche im Namen der Mehrheit des Exekutivausschusses, wenn ich sage, dass Sie hier bei Caldwell & Shaw als ehemals geschätzter Mitarbeiter in Erinnerung bleiben werden. Ihre Kündigung wird …«

»Aufgeschoben«, unterbrach ihn Barrett. »Eine so günstige Gelegenheit würde ich mir nicht um alles in der Welt durch die Lappen gehen lassen.«

»Das ist *wunderbar*, Dickson.« Steve Wilmers Lächeln kehrte zurück. »Darf ich in diesem Fall fragen, ob Ihr Mandant über Ihr … Problem Bescheid weiß?«

»Mein einziges Problem sind im Augenblick Sie, Stevie-Boy, und das könnte sehr rasch zu *Ihrem* Problem werden, falls Sie die Absicht haben, das Thema weiter zu verfolgen.«

»Oho, haben Sie das mitbekommen, Todd«, antwortete Wilmer mit gespielter Furcht. »Der Mann droht mir.«

»Ich hab's mitbekommen«, meinte Jamison. »Ich schlage deshalb vor, wir vertagen die Sitzung. Das wird allmählich …«

»Echt?«, unterbrach ihn Barrett.

»Was hier *echt* ist, Dickson«, gab Wilmer scharf zurück, »ist die Tatsache, dass der – von ihrem Kumpel Reasoner ausgegangene – Vorschlag, Sie in irgendwas auch nur ansatzweise Produktives zu involvieren, von Anfang an völlig verrückt war. Ich gebe zwar zu«, fuhr Wilmer fort, »dass ich das Vorhaben im ersten Augenblick für machbar hielt …«

»Womit Sie sagen wollen, für finanziell gewinnbringend«, warf Barrett ein. »Denn das Einzige, was Sie interessiert, ist: *Geld*. Sie und Ihre kaltschnäuzigen Speichellecker haben unserer Firma aus lauter Respekt vor dem ›Saldo‹ zuerst das Herz aus dem Leib gerissen und dann sich selbst als Saldo eingesetzt. Reden Sie hier also gefälligst nicht davon, was machbar ist!«

Wilmer wandte sich an Jamison und sagte: »Wollten Sie was anderes sagen, Todd?«

»Ehm, na ja, ja. Also wie ich das sehe – und ich bin sicher, ich spreche für die große Mehrheit der Partner –, sollte C&S sich nicht mit einem mutmaßlichen Mafiaboss ins gleiche Bett legen, sei er nun schuldig oder unschuldig. Ich ändere hiermit meine Meinung über dieses Vorhaben.«

Wilmer nickte und sagte: »Ich pflichte dem Kollegen Jamison bei, und zwar aus zwei zusätzlichen Gründen: Erstens weil Sie, Dickson, ein aggressives, streitsüchtiges und absolut unzulängliches Großmaul sind. Und zweitens, weil ein komplizierter Fall wie der vorliegende ohne ein Zwölf-Punkte-Programm, das Sie wieder auf die Beine bringt, unweigerlich sowohl Sie wie auch die Firma in eine höchst peinliche Lage versetzen würde.«

»Ich schlage vor«, sagte Barrett, »Sie überlassen alles, was meinen Gesundheitszustand angeht, allein mir.«

»Sie liegen auch darin falsch«, schnarrte Wilmer. »Ihr Ruf wie auch Ihr Gesundheitszustand mögen Ihre Sache sein, aber der Ruf und der Gesundheitszustand der Firma sind meine!« Er griff nach seinem Stift und begann, noch während er sprach, zu schreiben. »Gestützt auf die hiermit dargelegten Gründe, beschließt der Exekutivausschuss einstimmig … der

Gesellschaft zu empfehlen, dass C&S vom Fall ... Volk gegen Elliott Ashford ... zurücktritt.«

»Komisch«, bemerkte Mike. »Ich höre eigentlich ausgezeichnet, aber mich soll der Teufel holen, wenn ich was von einem Antrag gehört oder etwas von einem einstimmigen Beschluss gesehen habe.«

Wilmer starrte ihn an, stellte dann aber, von Jamison rasch sekundiert, einen Antrag: »Alle, die dafür sind, dass wir dies so unterschreiben, sagen Ja. Nun, raus mit der Sprache, Winnie!«

»Ich ... enthalte mich der Stimme«, brachte Winston Cray fast unhörbar hervor. Wilmer schrieb einfach weiter in sein kleines Notizbuch. »Mit großer Mehrheit angenommen.« Dann wandte er sich an Barrett: »Ich bin felsenfest davon überzeugt, dass auch die Vollversammlung mit Ihnen nichts mehr zu tun haben will, wenn ich alle über Ihr beleidigendes Verhalten heute informiere. Ihre Anwesenheit hier ist nicht mehr zum höchsten Wohl unserer Kanzlei.«

»Jawohl, Stevie-Boy, schreiben Sie ruhig Ihr Protokoll«, gab Barrett bedächtig zur Antwort. »Aber teilen Sie dann der Vollversammlung bitte auch mit, dass die eigentliche Beleidigung von Ihrer Seite kam. Sie haben Mike und mich beleidigt, aber wir sind das ja gewohnt, es zählt also nicht besonders. Doch haben Sie mit Ihrem Benehmen heute auch einen der großen alten und höchst respektablen Chefs von C&S beleidigt. Und das ist unverzeihlich! Wilmer, Sie sind unwürdig, am selben Tisch mit Winston Cray zu sitzen, geschweige denn, sich sein Partner zu schimpfen. Das als Erstes. Zweitens werde ich, gestützt auf das, was Sie hier geäußert haben, von mir aus die Kanzlei verlassen, und zwar mit sofortiger Wirkung. Drittens werde ich mich persönlich und unabhängig mit Al Menghetti im Fall Elliot Ashford zusammentun. Und viertens verlange ich, dass im Protokoll vermerkt wird, dass ich Mr. Wilmer einen zweiten Scheck ausgehändigt habe, ausgestellt auf Caldwell & Shaw, und zwar in der Höhe von 350 000 Dollar als Honorarvorschuss. Ich werde Mr. Ashford anrufen und ihm mitteilen, dass Sie bedauern und den Scheck unverzüglich an ihn zurückschicken.«

Steve Wilmer ließ die Faust auf den Tisch donnern. »Sie haben gesagt, Sie hätten keinen Vorschuss erhalten!«

»Nicht über 75 000 Dollar. Danach haben Sie mich gefragt, Mr. Wilmer. Habe ich Ihnen versehentlich nicht mitgeteilt, dass sie mir einen viermal so hohen Betrag zugeschickt haben?«

Wilmers Augen weiteten sich vor Entsetzen, als sein Blick auf den Scheck fiel. Barrett stand geräuschvoll auf, strich seinen zerknitterten Anzug glatt, verabschiedete sich von Mike und Winston Cray und schritt auf die Tür zu. Bevor er sie öffnete, fügte er hinzu: »Ich werde im übrigen mit Mr. Ashford persönlich finanzielle Vereinbarungen treffen.«

Mike wandte sich um und sah, wie der bleiche Vorsitzende den beglaubigten Scheck anstierte. Auch Todd Jamison, der ihm dabei über die Schulter blickte, blieb vor Staunen der Mund offen stehen. Das Grinsen war ihm vergangen.

»Fünftens«, ertönte Barrett schließlich, »wollen die Gesellschafter sicher wissen, wie teuer es sie zu stehen kommt, wenn sie Ihnen das Vergnügen zugestehen, mich hier abzuservieren, und ich hoffe, dass ihnen dies jemand mitteilen wird.«

»Keine Sorge, Barrett«, warf Winston Cray ein. Er erhob sich, und seine Stimme klang auf einmal viel kräftiger. »Noch bin ich einer der Gesellschafter, und *ich* werde es ihnen mitteilen.«

Wilmer wurde leichenblass. Seine Augen schossen zwischen Cray und Barrett hin und her. Dann sprang er auf. »Wir sind … das Thema vielleicht alle ein wenig … ehm … emotional angegangen«, stieß er hervor. Auch Todd Jamison hatte sich inzwischen erhoben.

Barrett sagte: »*Wir?* Haben Sie ein Mäuschen in der Tasche,

Wilmer?« Dann fügte er mit einem Seitenblick auf Jamison hinzu: »Und spielt etwa gerade jemand die Nationalhymne ab, Todd?«

Aber Steve Wilmer hatte sich bereits zwischen Winston Cray und Jamison gehievt, die Arme beiden um die Schultern gelegt, als wäre er Mannschaftskapitän der Ivy League und bespreche mit ihnen das nächste Fußballspiel. Als er den Kopf hob, hatte Barrett schon die Tür geöffnet und stand bereits halb draußen.

»Warten Sie doch einen Moment«, stieß Wilmer hervor, »bitte! Wir haben jetzt noch einmal darüber geredet. Abgemacht. Wir geben Ihnen grünes Licht. Versuchen Sie im Gerichtssaal einfach mit Zurückhaltung über die Runden zu kommen. Mehr haben Ashford und Menghetti ja auch nicht von Ihnen verlangt.«

Barrett drehte sich um und blieb zu voller Größe aufgerichtet im Türrahmen stehen. »Ich weiß Ihr Entgegenkommen sehr zu schätzen, meine Herren. Aber jetzt habe *ich* ein Problem. Sehen Sie, zuerst hatten wir es mit Jamisons Bedenken wegen dieser hässlichen Mafiagerüchte zu tun. Darauf folgten Ihre Überlegungen, was meinen Gesundheitszustand angeht und so, Wilmer. Sie haben mich beide dazu gebracht, über das – wie haben Sie es genannt, Stevie? – höchste Wohl unserer Firma nachzudenken.«

»Also gut, Barrett«, gab Wilmer im Ton eines Bankangestellten zur Antwort, der in die Mündung einer Pistole blickt. »Wie lauten Ihre Forderungen?«

Barrett trat wieder einen Schritt ins Zimmer. »Lassen Sie mich mal nachdenken. Also, da fallen mir spontan zwei Dinge ein. Da wir, was das höchste Wohl unserer Firma betrifft, übereinstimmen, Wilmer, fangen wir mit dem Halbieren der Entlassungen an. Mir gefällt Winstons Vorstellung, dass wir für unsere guten Leute andere Aufgaben finden.«

Wilmer erstarrte. Aber er nickte fügsam.

»Das wäre somit in Ordnung«, fuhr Barrett fort. »Was meine zweite bescheidene Anregung betrifft – wo Mr. Cray sich doch zur Ruhe setzen will –, nun, ist es nicht eindeutig klar, wer seine Nachfolge im Exekutivausschuss übernehmen sollte?«

»Sie meinen …«, setzte Wilmer mit dünner Stimme an und folgte Barretts Blick, »Sie wollen, dass Mike Reasoner Winnies Platz einnimmt.«

»Beträgt die Amtsdauer immer noch fünf Jahre?«

»Allerdings«, schnappte Wilmer.

»Sind immer noch neunzig Prozent der Gesellschafterstimmen notwendig, um ein Ausschussmitglied abzuwählen?«

»Ja.«

»Gut«, meinte Barrett. »Dann ernenne ich Michael A. Reasoner offiziell zum Nachfolger von Winston R. Cray.«

»Bär«, stammelte Mike, »das geht zu …«

»Schweigen Sie, Kandidat Reasoner. Im Wahllokal sind keine Reden erlaubt. Ich fühle mich verpflichtet, Ihnen mitzuteilen, meine Herren, dass es bei diesem Punkt nichts zu verhandeln gibt.«

Winston Cray brach das folgende Schweigen, indem er auf den Vorsitzenden zuging, sich auf die Tischplatte aufstützte und so weit vorbeugte, bis er an Wilmers Gesicht auf fünf Zentimeter heranreichte. »Ich unterstütze diese Nominierung«, bellte er. Dann schritt er zu Barrett hinüber, um ihm die Hand zu schütteln. Schließlich setzte er sich auf derselben Seite wie dieser und Mike an den Sitzungstisch.

»Also dann, meine Herren«, fasste Barrett zusammen. »Hand heben genügt. Alle dafür?«

Crays Hand fuhr hoch. Jamison beobachtete Wilmer, die Hände noch unten, zu Fäusten geballt.

»Haben Sie uns auch *alles* über Ihre Honorarvereinbarungen mit Mr. Ashford mitgeteilt, Barrett?«, fragte Wilmer, nunmehr in recht versöhnlichem Ton. Die Frage war mehr als zulässig und Mike wusste, dass sein Freund sie beantworten musste. Er wusste auch, dass er sie nicht anlügen würde. Nicht einmal Wilmer.

»Auf Stundenbasis gegen diesen Scheck – plus 250 000 Dollar, wenn ihn die Geschworenen freisprechen oder der Fall vorher auf eine für den Mandanten befriedigende Art und Weise gelöst wird.«

Wilmer grinste. »Klingt vernünftig. In Ordnung, Todd und ich sind auch dafür. Momentan bleibt Winnie noch im Ausschuss und Sie und Mike gelten als voll gültige Gesellschafter. Wenn Sie den Prozess gewinnen, tritt Mike Winston Crays Nachfolge im Ausschuss an und bleibt bis zum festgelegten Rücktrittsalter von fünfundsechzig dabei.«

»Und wenn wir verlieren?«, fragte Barrett.

»Gilt diese ganze Abmachung nicht mehr. Ist das anständig?«

»Bis auf das mit den Entlassungen?«

»In Ordnung, bis auf das mit den Entlassungen.«

»Abgemacht. Schreiben Sie's ins klein Gedruckte. Und nun wollen wir mal die Hände in der Luft zählen.«

Wilmer hob die seine, rasch gefolgt von Jamison. Winston Cray ließ seine Hand ebenfalls wieder sehen.

»Sehr gut«, meinte Barrett in Beststimmung und zählte fröhlich ab. »Eins, zwei und … drei. Da wir dieses Problem nun aus der Welt geschafft haben, meine Herren, muss ich mich in die Schlacht stürzen. Einen schönen Tag wünsche ich.«

14

Grace Harris und Sam Quon betraten Earl Fields Büro für die montägliche Sitzung zum Stand der Dinge im Fall Ashford und zum weiteren Vorgehen. Der Prozess sollte in zwei Wochen beginnen. Field führte gerade ein Telefonat, winkte sie aber herein. Er bedeutete ihnen, sich zu setzen, wies dann auf den Hörer und formte mit den Lippen das Wort »Geld«. Die beiden taten, als hörten sie nicht mit, wie der D. A. einen wichtigen Wahlhelfer bezirzte. Grace sann darüber nach, dass Earl Field immer genau wusste, wo er seine Prioritäten zu setzen hatte, und fragte sich, wie er sich ihr gegenüber nach ihrem Ausbruch in Kleggs Büro gestern wohl verhalten würde.

Als er einhängte, sah er ihr direkt in die Augen: »Um es noch einmal zu sagen, Grace: Es tut mir Leid, dass meine Sekretärin es unterlassen hat, für Sie die Unterlagen zu kopieren.«

»Es war ziemlich unangenehm«, erwiderte sie und beschloss, der Sache nicht weiter nachzugehen.

»Säuft Dickson?«, fragte Field.

»Das weiß ich nicht«, antwortete sie. »Wenn ja, haben jedenfalls weder seine Fähigkeiten darunter gelitten noch seine Aufsässigkeit.«

»So gut wie er war keiner«, bemerkte Field. »Was ist damals bloß mit ihm passiert? Hatte er Ärger im Büro? Eine Midlife-Crisis? Oder kam das wegen einer Frau?«

»Vermutlich alles zusammen«, warf Quon ein und überflog seine Notizen. »Die Talfahrt begann, als seine Frau – ohne das Kind – 1985 mit einem Typen durchbrannte. Zwei Jahre später kam sie wieder, heiratete viel Geld und bekam das Sorgerecht für den inzwischen elfjährigen Jungen wieder zugesprochen. Da fing Dickson an zu trinken, drückte sich in der Kanzlei vor den Fällen und brachte ganz allgemein seine Partner zur Weißglut. Denen gelang es 1993 schließlich, ihn zu zwingen, einen Wirtschaftskriminellen zu vertreten.«

»Ich habe Sams Bericht gelesen«, bemerkte Grace. »Dicksons Exfrau hieß Ellen Farr. Ihr zweiter Mann überraschte sie 1989 mit einem seiner Piloten im Bett und setzte sie an die Luft. Barrett Dickson fand heraus, dass sie den gemeinsamen Sohn von da an in halb Europa herumschleppte und mit Hinz und Kunz was hatte. Da klagte er 1993 gegen sie um das Sorgerecht, und diesmal gewann er.«

»Und dann? Hat er aufgehört, Fälle zu übernehmen, weil er das Kind hüten musste, oder eher, weil er so ein großes Ding im selben Jahr versiebte?«

»Keines von beiden, Chef«, warf Sam ein. »Ellen Farr begab sich in der Nacht, nachdem ihr Ex das Sorgerecht zurückgewonnen hatte, in der ehemals gemeinsamen Garage freiwillig auf ihre letzte Reise.«

»Aber jetzt ist er wieder da«, warf Field ein, »und geht mit seiner Freundschaft mit John Hernandez hausieren. Also, dann wollen wir mal. Bei mir steht in zehn Minuten ein Treffen mit dem Bürgermeister an. Was soll ich ihm sagen?«

»Sagen Sie ihm, wir seien bereit«, meinte Grace.

»Ist unsere DNS-Analyse astrein?«

»Astrein schon, aber zum Einschlafen.«

»Wie stehen Dr. Janes' Chancen im Moment?«

»Die Möglichkeit, dass es sich beim Blut im Waschbecken, auf dem Handtuch und an den Fingerspitzen der Toten um das von jemand anderem als von Elliot Ashford handelt, steht bei eins zu vier Milliarden.«

Field stieß einen Seufzer aus. »Dann wird sich Menghetti an Ort und Stelle auf die Bullen und auf unser Labor stürzen. Die alte Leier von Verschwörung und Vetternwirtschaft. Wie sieht es im Labor aus?«

»Ungefähr wie im Zimmer meines Sohnes – an einem seiner besseren Tage«, grinste Grace. »Die Testverfahren sind aber offenbar verlässlich.«

Earl Field stand auf und machte sich zum Gehen bereit.

Grace gab sich einen Ruck. »Earl, da wäre noch was.«

»Raus damit!«

»Auch wenn wir sicher sind, dass Elliot Ashford nicht als Zeuge aussagen will … falls er dazu bereit ist, finde ich, dass ich ihn befragen sollte.«

District Attorney Field erstarrte, den einen Arm bereits in seinem eleganten Armani-Jackett. »Wie kommen Sie darauf, Grace?«

»Weil alle wissen, dass Sie und Ashford wie Hund und Katz sind. In der Presse wird der Fall bereits als Rachefeldzug dargestellt, was natürlich zu ihrer Verschwörungstheorie passt. Warum sollen wir es noch schlimmer machen? Aber es gibt auch noch andere Gründe.«

»Und die wären?«

»Alle Minderheiten – Asiaten, Schwarze –, aber auch die Frauen würden mich als Alibivertreterin, die bis zum letzten Gefecht bloß hinter der Schranke Däumchen dreht, sofort durchschauen und sich manipuliert fühlen.«

»Aber Sie werden doch alle wissenschaftlichen ...«

»Ich werde ein paar abgerichteten Seehunden mit Brillengläsern so dick wie Cola-Flaschen technische Fragen vorlesen. Und wenn ich damit einmal nicht beschäftigt bin, dann darf ich Ihnen Unterlagen reichen. Die riechen so was k-kilometerweit, Earl. Lassen Sie *mich* Ashford übernehmen.«

Sie sah, wie sich Earl Fields Gesichtsmuskulatur anspannte. »Sie wollen also über Alibivertreter reden, ja? Zufällig weiß ich ein wenig Bescheid, wie man sich als solcher fühlt. Ich war immer der Vorzeigeschwarze, im Golfteam der High School ebenso wie in irgendwelchen Ausschüssen. Und nun bin ich der Alibischwarze in der Regierung von San Francisco, und ein verdammt guter noch dazu. Aber ich weiß, wie die Leute hinter meinem Rücken über mich reden. Die sagen nicht etwa, ich hätte es geschafft, *obwohl* ich schwarz bin, sondern *weil* ich schwarz bin! Nicht dass ich mich einen Dreck darum schere, was einige da draußen denken, solange 50,1 Prozent von ihnen richtig wählen.« Plötzlich wich die Härte aus seinem Gesicht und er verzog es zu einem Lächeln. »Ihr beide kommt heute Abend um sechs zu mir ins Büro und dann bringen wir die Sache zu Ende, ja?«

»Wow!«, stöhnte Sam, nachdem er die Tür hinter dem D. A. leise zugemacht hatte. »Da haben Sie einen Nerv getroffen.«

»Sieht ganz so aus.«

»Es liegt nicht nur an Ihnen, Grace. Sein Hirn stellt Schecks aus, die sein Körper nicht einlösen kann. Er ist ausgebrannt. Und er macht in letzter Zeit manchmal ganz schön merkwürdige Sachen.«

Sie nickte. Sie hatte Sam Quon noch kein einziges Mal etwas sagen hören, das auch nur annähernd nach Kritik an Earl Field klang.

»Er hat mich nicht einmal aufgefordert nachzuforschen, durch welche Hände das fehlende Beweismateral gegangen ist«, fügte er stirnrunzelnd hinzu.

»Er geht wahrscheinlich davon aus, dass Sie das ohnehin schon getan haben.«

»Klar, hab' ich auch.«

»Gut. Und wer hat es zum letzten Mal gesehen?«

»Einer von Dr. Yangs besten Leuten hat die Rückstände unter den Fingernägeln des Opfers sichergestellt. Er hat sie in einen Plastikbeutel getan, diesen beschriftet und dann auf die Ablage zwischen den beiden Marmorbecken gelegt. Später hat er sämtliche Beweisstücke auf die Bahre getan – zumindest glaubt er das – in der Annahme, die Hautproben würden mit der Leiche rausgehen wie alles andere auch.«

»Aber sie sind doch nicht im Labor des Coroners aufgetaucht, wo die Autopsie vorgenommen wurde?«

»Genau. Sie wurden nicht einmal vermisst – bis es zu spät war.«

»Bleiben Sie dran, Sam. Gehen Sie die Fotos vom Tatort ganz genau durch. Vielleicht ist der Beutel ja irgendwo mit drauf.«

»Gute Idee. Die Fotos befinden sich unten in Earls Büro. Wir können sie uns um sechs Uhr vornehmen.«

»In Ordnung. Finden Sie bis dahin heraus, wer alles mit

dem Transport der Leiche befasst war, und schicken Sie mir morgen diese Leute alle her.«

»Noch etwas. Sie haben Earl den letzten – und eigentlich wichtigsten – Grund nicht genannt, warum Sie die Plackerei während der Verhandlung übernehmen sollten.«

»Und der wäre?«

Sams Stimme sank zu einem befangenen Flüstern ab: »Weil wir den Prozess nicht verlieren wollen! Der Chef ist doch eingerostet, Grace. Wer zum Teufel wäre das nicht, wenn er diesen Flohzirkus verwalten müsste. Aber wer das Angriffsspiel mit klarem Blick dirigiert, weiß, wann er den Ball abgeben muss.«

Außer, schoss es Grace durch den Kopf, er will das Spiel gar nicht unbedingt gewinnen. Sofort schob sie diesen beunruhigenden Gedanken wieder beiseite. Das machte einfach keinen Sinn. Zu verlieren wäre gleichbedeutend mit seinem Untergang bei der Gouverneurswahl. »Könnte Earl die Wahl zum Gouverneur noch schaffen, falls er den Fall Ashford verliert?«, fragte sie schließlich laut.

Er blickte sie verdutzt an. »Die Antwort lautet: Nur mit den größten Schwierigkeiten, es sei denn, er hat einen verdammt guten Schönredner in seiner Mannschaft, der dafür sorgt, dass die Presse jemand anderem die Schuld zuschiebt.«

Wenn Elliot Ashford hier rausspaziert, dachte Grace, gibt es in der ganzen Stadt keinen Schönredner, der besser geeignet wäre, die volle Schuld der Polizei aufzuhalsen, als Jack Klegg. Sowie, falls nötig, Earl Fields Mit-Anklägerin. Aber *warum*?

Grace Harris und Sam Quon trafen wie vereinbart um sechs Uhr abends in Fields Büro ein, um ihre Besprechung fortzusetzen. Field war nicht anwesend. Sie warf einen Blick auf seinen leeren Sessel.

»Sie haben wieder mal Ihren Waschbärenblick, Grace«, bemerkte Quon.

»Ich war gestern Nacht etwas lange auf. Wegen Aaron. Eines unserer netten, kleinen Gespräche, die bis nach Mitternacht dauern und bei denen nicht das Geringste herauskommt. Diesmal will er mit ein paar Leuten nach Mexiko und an einem Moto-Cross teilnehmen. Natürlich habe ich ihm das sofort ausgeredet. Hab' ihm versprochen, nächsten Sommer mitzufahren, falls er dann immer noch hin will.«

»Sie müssen dem Jungen schon ein bisschen Freiheit lassen, Grace. Er wird allmählich erwachsen.«

»Vielen Dank für den guten Rat, Sam, aber ich möchte ihn doch lieber aufwachsen als Kopf voran in einen Graben irgendwo bei Cuernavaca fliegen sehen. Im Übrigen, wenn schon jemand nach Mexiko fährt, dann bin ich es.«

Sam zog die Augenbrauen in die Höhe. »Also, *das* würde ich nun echt unterstützen. Sie müssen sich auch allmählich ein bisschen schonen. Dieser Prozess wird ein Marathon und sicher kein Sprint.«

Hatte sie nicht längst selbst gemerkt, dass sie in letzter Zeit müde aussah? Müde und von dem Gefühl belastet, dass sie trotz ihres enormen Einsatzes niemandem so richtig Freude machte, am wenigsten sich selbst? Im Büro war sie zu der Überzeugung gelangt, dass Earl Field sich in eine Sache verstrickt hatte, die viel gefährlicher war als Politik, und dass sie mit hineingezogen wurde, ohne überhaupt die Spielregeln zu kennen. Es musste mit dieser verdammten Wahlhilfe zusammenhängen.

Sam warf ihr die Standfotos vom Tatort in den Schoß. »Leider Fehlanzeige. Nicht das kleinste Anzeichen unseres fehlenden Plastikbeutels zu entdecken. Das hier ist Dr. Yangs knochiger Hintern hier auf diesem Bild, mit der Ablage im Badezimmer, wo sein Assistent die Kratzrückstände zum letzten Mal gesehen haben will.«

»Warum nimmt das Personal des Coroners solche Proben eigentlich am Tatort und nicht erst im Leichenschauhaus?«

»Das ist Yangs heißer Tipp. Schließt Behauptungen, die Leiche sei während des Transports mit etwas in Kontakt gekommen, praktisch aus. Ein einmaliger Versuch. Das hier gegenüber von Yang ist der Oberkörper seines Assistenten und hier sind Hände und Oberschenkel eines anderen Beamten. Aber auf diesem Bild hier sehen Sie die besagte Ablage in voller Länge. Nichts, obwohl die Bahre noch dasteht.«

»Haben Sie sich bei dem Gerichtsmediziner, der die Autopsie vorgenommen hat, erkundigt, ob im Leichenschauhaus eine zweite Probe der Kratzrückstände genommen wurde?«

»Yang hat ihnen mitgeteilt, dass er schon welche habe. Nach der Autopsie wurde der Leichnam eingeäschert, und zwar noch bevor sich herausstellte, dass der Beutel verschwunden ist.«

Grace schüttelte verzweifelt den Kopf. Ankläger suchten nach Schmauchspuren, um zu gewinnen, Verteidiger nach Beweislücken, und diesmal würden sie nicht enttäuscht werden. Sie blätterte die Fotos durch. Nirgends die Spur von einem Plastikbeutel. Aber irgendetwas kam ihr doch merkwürdig vor.

In diesem Moment stürmte Field herein, wie von neuem Schwung beseelt. »Halli-hallo, ihr zwei! Wo waren wir stehen geblieben?«, rief er aus. »Was ist mit den Probe-Verfahren der Verteidigung, Sam? Sagen Sie mir bloß, dass die jedes Mal verlieren.«

Sam schlug das Notizbuch auf. »Ich habe mit Testgeschworenen aus einer Schwerpunktgruppe zwei Scheinverfahren besprochen«, antwortete er. »Deren Sachverständiger hat natürlich ein unbegrenztes Budget, also hat er sich Leute ausgesucht, die am ehesten in das vorausgesagte demographische Schema passen, das für die tatsächliche Auswahl in Frage kommt. Die Bösen haben zuerst zweimal verloren. Aber beim letzten Mal sagte der Schauspieler, der die Rolle des Pathologen für die Verteidigung übernommen hatte, aus, die Kratzer auf Ashfords Gesicht entsprächen solchen, wie sie beim Rasieren vorkommen – zu regelmäßig, um von Fingernägeln zu stammen. Danach stand es sechs zu sechs.«

»Aber das ist ja wohl lachhaft!«

Sam hob beschwichtigend die Hände, um Field zu erinnern, dass er lediglich der Überbringer der schlechten Nachricht war. »Sieht so aus, als würden sie die Rasierer-Geschichte als Erklärung akzeptieren, dass Elliot Ashfords Blut am Tatort gefunden wurde. Zumindest reichte es für begründete Zweifel.«

Earl Field wandte sich an Grace. »Was wird unser Sachverständiger dazu sagen? Zu Elliot Ashfords Blut?«

»Der Kratzer am Hals könnte vom Rasierer oder von Fingernägeln stammen«, meinte sie. »Der auf seiner Wange sieht zu unregelmäßig aus, als dass er von einer Rasierklinge herrühren könnte. Allerdings waren zu dem Zeitpunkt, als Elliot Ashford in Haft genommen wurde, beide Schnitte nicht so frisch, dass sie ein sicheres Urteil zuließen. Das bedeutet, dass Ashford nicht als Zeuge aussagen muss.«

»*Exactamundo*«, sagte Sam. »Sein Sachverständiger wird behaupten, es handle sich eindeutig um Schnittwunden vom Rasieren und dass sein Blut beim Ausspülen des Waschbeckens an die Finger des Opfers geriet – und zwar nachdem er bereits gegangen war und bevor sie – von jemand anderem – umgebracht wurde.«

»Also haben wir keinen einzigen Pfeil, den wir im Kreuzverhör gegen ihn abschießen könnten«, schloss Grace.

»Und unsere hervorragende Polizei hat die fehlenden Hautproben immer noch nicht aufgetrieben.«

Grace zuckte etwas ratlos die Achseln.

Sam hob die Hand. »Es kommt noch schlimmer. Als sie sich, um auf begründete Zweifel zu plädieren, auf die Argumentation stützten, wie ›willkommen‹ es doch sei, dass diese Proben verschwunden sind, verschob sich das Verhältnis auf acht zu vier, und zwar für die Verteidigung.«

Field ließ sich in seinen Sessel fallen und sagte: »Was sind das denn für Scheingeschworene?«

»Der typische Eintopf von San Francisco«, antwortete Grace. »Der Verteidigung sind offenbar emotional reagierende Leute lieber, die eher voreilige Schlüsse ziehen – deduktive Typen, die sich das Bild, das die Verteidigung im Eröffnungsplädoyer entwirft, reinziehen und dann selektiv herausfiltern, was nicht in ihre Vorstellung passt. Das bedeutet, dass wir rationale Leute brauchen, die sich wirklich anhören, wie die Beweislage ist – die Aussage der Hausangestellten, die Sache mit dem Blut, das getürkte Alibi – und somit ermöglichen, dass ein Gesamtbild entsteht.«

»Die Verteidigung hat eine unbegrenzte Kriegskasse zur Verfügung«, bemerkte Earl Field. »Wollen sie eine Schattenjury aufstellen?«

Eine Schattenjury bestand aus bezahlten Nichtjuristen, deren demographische Zusammensetzung in etwa der des gewählten Geschworenenkollegiums entsprach; sie nahmen hinten im Gerichtssaal an der Verhandlung teil und hörten dadurch die gleiche Argumentation wie die echten Geschworenen. Ihre Aufgabe bestand darin, sich täglich mit der Verteidigung zusammenzusetzen und ihre Eindrücke darzulegen: Was ihnen klar war und was nicht, wie bestimmte Zeugen ankamen. So konnten sie am Ende der Verhandlung ihre Stimme abgeben, als wären sie echte Geschworene. Die Anwälte kamen auf diese Weise zu einem oft ziemlich zutreffenden Bild dessen, was sich im Beratungsraum der realen Geschworenen abspielte. Aufgrund dieses Einblicks konnten sie sich überlegen, ob sie einen Vergleich oder eine inoffizielle Absprache auf Beschränkung der Anklage anstreben sollten. All dies war völlig legal und machte sich oft schon fast beunruhigend bezahlt.

Sam schüttelte den Kopf. »Das habe ich bereits abgeklärt. Sie können keine Schattenjury einsetzen, weil hinten im Saal nicht genug Platz ist. Bis auf ein paar sind alle Sitze reserviert. Die Presse bekommt ein Dutzend, Anklage und Verteidigung jeweils weitere neun. Dazu kommen noch Familienangehörige, ein paar VIPs, zwei Schriftsteller und ein paar für das allgemeine Publikum.«

Wieder starrte Grace auf die vergrößerten Fotos vom Tatort. Was sie bloß daran irritierte? In diesem Augenblick fiel es ihr auf. Das Bild mit den beiden Marmorbecken und der Ablage zeigte Yangs Hintern, seinen Assistenten von vorne und eine Hand auf der Ablage – der Mantelärmel gab einen schmalen Streifen der Hemdmanschette frei. Und so einen goldenen Manschettenknopf hatte sie schon einmal gesehen. In den mehr als zehn Jahren, die sie bereits in der für Mordfälle zuständigen Abteilung arbeitete, war ihr weder jemals ein Polizist noch ein Mitarbeiter des Coroners begegnet, der Manschettenknöpfe trug. »Earl«, fragte sie leise. »Waren Sie an jenem Abend dort? Am Tatort?«

»Aber ja doch«, antwortete er mit unbewegter Miene. »Habe ich das nicht erwähnt?«

»Nein«, erwiderte sie, »das haben Sie nicht.«

»Aber das ist kein Geheimnis. Sämtliche Polizisten haben mich dort gesehen. Ich habe den Anruf auf dem Heimweg vom Konzert mit Terry entgegengenommen. Sie hat im Wagen gewartet und ich bin reingerannt, um zu sehen, ob alles Notwendige getan wird, und dann habe ich mich aus dem Staub gemacht.«

»Hatten sie die Leiche schon weggebracht, als Sie eintrafen?«

Sie wurden vom Telefon unterbrochen. Earl Field griff nach dem Hörer. Grace bemerkte, dass er besorgt aussah. Er starrte ihr direkt ins Gesicht. »Aaron ist dran. Er hat Ärger. In der Jugendberatungsstelle.«

15

Sam fuhr Grace zur heruntergekommenen Jugendberatungsstelle und schleuste sie durch den Papierkram. Sie hatten Aaron abends um zwanzig vor acht mit einer zerschlissenen Baseball-Mütze in der Hand hergebracht. Skip und ein anderer Bursche warteten in der Arrestzelle auf ihre Eltern. Aarons Mitleid erregender Anblick erschütterte ihren Vorsatz fest zu bleiben, aber es gelang Grace, den Impuls, ihn in die Arme zu schließen, zu unterdrücken.

»Erzähl mir, was passiert ist, Aaron.«

Als er aufblickte, sah sie Trotz in seinen Augen. »Skip und ich ... Also, sie haben uns mit einer Bierflasche unter der Jacke erwischt.«

»Wo ist es passiert?«

»Beim Ladenausgang in Height. Ein Angestellter hat uns gesehen und kam mit seinem üblichen ›Na, was habt ihr denn da, Jungs?‹, und wir sagten: ›Nichts, Mann.‹ Dann sind wir durchgedreht und losgerannt, aber die hatten zwei in Zivilkleidung am Eingang postiert.«

»Aber *warum*, Aaron?«, fragte sie. »Warum hast du das überhaupt getan?«

Er warf den Kopf mit einer kleinen Bewegung zur Seite, die sie irgendwie als ungeheuer arrogant empfand. »Weiß ich nicht«, meinte er schließlich. »Vermute, weil sie uns das Zeug nicht verkaufen wollten.«

»Der Grund, warum du das Gesetz gebrochen hast, ist also, dass *sie* es nicht brechen wollten, ja? Willst du mir das sagen?«

Aaron zuckte die Achseln. »Mensch, Mom, wir *hatten* das Geld dafür, ja? Ich hab' für meins schließlich zwei Kröten in die Kühltruhe gelegt. Also haben wir nicht wirklich *gestohlen*, oder? Mom, es tut mir Leid. Echt. Verdammt, so ein verfluchter Mist.«

Grace schloss die Augen. »Lass uns hier rausgehen.«

Sam murmelte etwas von »Anordnungen treffen« und verschwand. Aaron gab seinen Knarzlaut von sich und sagte in dem spöttischen Ton, bei dem sie jedesmal an die Decke ging: »Wirst du jetzt zu meiner Anklägerin bestellt?«

»Ich werde zu deinem schlimmsten Albtraum«, fuhr sie ihn an. »Möchtest du das?«

Aaron starrte seine Mutter an. Sie wusste, dass sich hinter seiner Arroganz Gekränktsein und auch Angst verbargen, aber sie konnte sich nicht dazu durchringen, sich mit solchen Feinheiten abzugeben. Sie fühlte sich innerlich taub.

»Zumindest würden wir dann ein bisschen Zeit miteinander verbringen«, brummte er schließlich.

Mein Gott, betete sie innerlich, es ist schon schlimm genug, dass er aussieht wie sein Vater. Bitte lass nicht zu, dass er mich auch so zu manipulieren versucht.

Laut sagte sie: »Reite darauf jetzt nicht herum, Aaron. Der Augenblick ist nicht günstig.«

»Wann ist er das je?«, antwortete er, doch seine Stimme klang weniger rau.

Eine Stunde später befanden sie sich auf der Heimfahrt. Beide schwiegen. Aaron saß allein auf dem Rücksitz. Sam fuhr sie bis vor das Haus.

»Danke, Sam«, sagte Grace. »Wir stehen in Ihrer Schuld.«

»'tschuldigung, Inspektor Quon«, fügte Aaron hinzu. »Ich meine, weil ich Ihnen den Abend verdorben habe und so. Und danke, dass Sie mich rausgepaukt haben.«

»Schon gut, mein Junge.«

Aaron stieg aus, schlurfte die Stufen hinauf und wartete oben auf seine Mutter. Sam beugte sich zu Grace hinüber und flüsterte: »Sie sind zu Hause, Grace, nicht im Gerichtssaal. Versuchen Sie, keine Staatsaffäre daraus zu machen. Es hätte sehr viel schlimmer kommen können. Jeder von uns hat mal was mitgehen lassen. Die meisten werden nie erwischt. Zumindest ist er hier und liegt nicht in einem Straßengraben in Mexiko.«

Grace seufzte und blickte verloren in die Richtung, in der ihr Sohn stand. »Ich hasse mich, wenn ich mich benehme wie mein Vater. Ich habe versucht, nicht allzu kühl zu sein. Wollte ihn sogar umarmen, als wir weggingen. Dieser Dämel hat nicht mal reagiert.«

»Lassen Sie ihm Zeit. Jetzt kommt er sich vor wie ein Idiot, hat Angst und ist wütend.«

»Wer nicht?«, sagte sie und setzte hinzu: »Noch mal danke, Sam.« Sie blickte auf ihren Sohn, der sich inzwischen auf der Treppe zur Wohnung niedergelassen hatte, die Arme um die Knie gelegt und den Kopf darauf. Da sitzt er, mein Sohn der Gesetzlose, dachte sie, und wartet auf sein Schicksal.

Sie schaute dem Wagen nach, als Sam losfuhr. Erst dann stieg sie ebenfalls die Treppe hinauf und schloss auf. Wortlos ging Aaron hinein und direkt über die Treppe in sein Zimmer.

16

Nein«, sagte Earl Field zu Jack Klegg, »vom *L. A. Eye* habe ich nichts mehr gehört. Gott sei Dank auch von sonst keinem mehr.«

»Gut. Hat die Berichterstatterin sich bei Grace noch einmal gerührt?«

»Sicher nicht. Sie wäre sonst sofort über mich hergefallen.«

»Dann ist das also schon mal erledigt. Und da der Prozess bald beginnt, ist die ganze Sache gegessen.«

»Wirklich?«, bemerkte Field, doch er wusste, dass Klegg die Frage als rhetorisch auffassen und ihm nie und nimmer mehr verraten würde, als er wissen durfte. Zu viel Wissen konnte sich als »unbequem« erweisen; so lautete einer von Kleggs Lieblingsausdrücken.

»Absolut«, bekräftigte Klegg nachdrücklich. »Nächster Halt Gouverneurssitz.«

Die beiden befanden sich in Kleggs Büro. Jack Klegg lümmelte weit zurückgelehnt in seinem Sessel und blickte an die Decke, die Hände hinter dem Kopf verschränkt – ein Bild selbstgefälliger Arroganz. Fields Augen wanderten über den Schreibtisch seines Hauptmitarbeiters, wo Stifte und alles Übrige peinlich gerade und ordentlich ausgerichtet lagen. Kein einziger Aktenordner war in Sicht und in seinem Papierkorb fand sich nicht das kleinste Fitzelchen Abfall.

»Behalten Sie aber Grace im Auge, Chef. Sie wird alles tun, um den Posten des D. A. zu bekommen. Sie ist ehrgeizig.«

»Nein, Jack.« Earl Field brach in Gelächter aus. »Wir, Sie und ich, sind ehrgeizig. Grace Harris ist eine Zelotin, eine wahre Eiferin. Aber wenn der Wahltag kommt, ist Sie Ihr Problem, nicht meines.«

Jack Klegg nickte. Earl Field hielt den Blick weiterhin auf ihn gerichtet und überlegte, ob sein Hauptmitarbeiter wohl wusste, wie sehr er ihn hasste, wie sehr ihm der ganze Dreh mit Chicago zuwider war. Klegg war ein abgebrühtes Schwein, aber er hielt die Dinge wie geschmiert am Laufen, und er hatte einem Schwarzen, der in ärmlichen Verhältnissen in Hunter's Point zur Welt gekommen war, einen entscheidenden Vorteil verschafft. Jack Klegg war seine Hebebühne, die Klinge, die er verflucht nötig hatte – leider –, um dorthin zu gelangen, wo das Volk des Bundesstaates Kalifornien ihn am nötigsten brauchte. Natürlich brachte es Klegg fast um, mit ansehen zu müssen, wie Elliot Ashford sich durchmogelte, aber man musste sich für das Gute einsetzen. Und war das nicht die beste Feuerprobe für einen Menschen? Willens zu sein, auf einen persönlichen Triumph zu Gunsten einer besseren Sache zu verzichten? Im übrigen würde Gouverneur Earl Field natürlich jede Menge Möglichkeiten finden, um jemandem das Leben so schwer wie möglich zu machen – wie Ashford. Ein bisschen Lynchjustiz, als

Rache dafür, dass das Rechtssystem versagt hatte. Grace mochte ja Recht haben. Vielleicht hätte er tatsächlich gleich am Anfang damit herausrücken sollen. Es wäre heikel gewesen, vielleicht sogar verheerend, aber letztendlich hätte, was übrig war, ihm gehört, frei und klar. Aber Graces Rat zählte zu denen, die besser nie als zu spät kamen. Denn nachdem er in jener Nacht auf dem Heimweg den Anruf von Chicago in seinem Wagen entgegengenommen hatte, war ihm keine Zeit geblieben, alles in Ruhe zu durchdenken. Und am Tatort anzuhalten und den Plastikbeutel einzustecken, hieß seine Zukunft aufs Spiel zu setzen. Und Jack Klegg hatte nun eine Art Pfandrecht.

»Ist das nicht schön«, unterbrach Klegg seine Gedanken, »wie die Presse die Bullen zur Schnecke macht?«

»O ja«, sagte Field rasch, »sie bringen den heiligen Patrick von der Polizei zur Strecke.«

»Und das ist erst der Anfang, Chef. Das dicke Ende kommt noch, falls Ashford freigelassen wird.«

Field nickte und erwiderte Kleggs Lächeln. Aber sein Körper ächzte förmlich unter dem Gewicht der wachsenden Verzweiflung. Ihm ging auf, dass er für Jack Klegg nur eine Puppe mehr war, die dieser nach seiner Pfeife tanzen ließ. »Das dicke Ende«, murmelte er. »Ja, Jack, so kann man es ausdrücken.«

Zur gleichen Zeit saß Ashfords Verteidigungsteam – Menghetti, Barrett Dickson, Leviticus Heywood, Gutachter Dr. Eric Tremaine sowie zwei Kanzleiangestellte – in Al Menghettis geräumigem Büro an einem sechs Meter langen Tisch. Elliot Ashford hörte über Lautsprecher mit, denn trotz des vor kurzem errungenen Erfolgs, freizukommen, war seine Bewegungsfreiheit auf den Bezirk San Francisco beschränkt.

»Immer noch wütend, Elliot?«, fragte Menghetti und blinzelte den anderen zu. Menghetti hatte die Kautionssumme zwar rasch aufgetrieben, nachdem Richter Hernandez Ashfords Freilassung angeordnet hatte, doch dann war ein

Einspruch des District Attorney aus dem Nachbarbezirk Almeda wegen noch ausstehender Verkehrsbußgelder eingetroffen, nämlich zwei Vorladungen wegen Geschwindigkeitsüberschreitung sowie sage und schreibe achtunddreißig Strafzettel wegen Falschparkens. So musste Elliot Ashford eine weitere Nacht im Gefängnis verbringen und Menghetti konnte erst tags darauf alles ins Lot rücken.

»Ich bin darüber hinweg«, ertönte die Stimme, »aber es genügt fast, dass ich wieder zur Polizei zurück will, bloß um mein Auto parken zu können, wo ich will, ohne deshalb gleich eine Nacht im Gefängnis verbringen zu müssen.«

Barrett Dickson musterte mit seinen rot geränderten Augen den riesigen Raum. Er stellte fest, dass die Sitzungszimmer, ebenso wie Menghettis Penthouse, generell stark im Stil eines Krankenhauses eingerichtet waren – wie um seine Übelkeit noch zu verstärken. Die Dalí-Originale richteten nicht viel zur Belebung der perlgrauen Wände aus. Selbst die Fenster- und Türfassungen waren grau, wenn auch in einem blasseren Ton und Hochglanz. Nicht ein einziges juristisches Werk war in Sicht. So tief diese Kanzlei auch gesunken ist, dachte Dickson, sie konnte noch tiefer sinken.

Durch die Rollos vor dem Fenster in Streifen geschnitten, begann die Morgensonne den Raum Zentimeter für Zentimeter zu erleuchten. Dass sie blendete und glänzte wie die Beleuchtung bei einer Hollywood-Premiere, trug nur noch mehr zu seiner Katerstimmung bei. Er sehnte sich nach seiner Sonnenbrille, die er höchstwahrscheinlich am Abend vorher im »Spago« liegen gelassen hatte. Vielleicht würde es ihm ja doch noch gelingen, die Sauferei einzuschränken. Er hatte es sich schon bei seiner Zusage, am Prozess mitzuwirken, vorgenommen, doch seine relativ untergeordnete Rolle hatte seine Entschlusskraft ins Wanken gebracht. Wozu das alles? Menghetti hatte ihm ziemlich klar gemacht, dass er – der Spitzenanwalt an der Westküste – keine Unterstützung von Seiten eines ehemaligen Prozessheinis für Handelsrecht benötigte, um einen Mordprozess zu gewinnen.

Al Menghetti stellte Elliot Ashford über die Leitung Dr. Eric Tremaine vor und erklärte ihm, dass dieser in San Francisco Fokusgruppen und Probeverhandlungen organisiere sowie bei der Erstellung der Argumentation und bei der Auswahl der Geschworenen mitarbeiten werde. Tremaine war Ende vierzig, rothaarig mit vielen grauen Strähnen und hatte einen noch schwach hörbaren britischen Akzent; er galt als ein Ass auf seinem Gebiet.

Nachdem er seine Einführung abgeschlossen hatte, begann Menghetti mit den Händen auf dem Rücken auf und ab zu gehen, während er Tremaine die Fakten vorlegte, als halte er eine Eröffnungsrede vor Geschworenen. Elliot Ashford schwieg am anderen Ende der Leitung, ganz untypisch für ihn.

Tremaine schien sich äußerst wohl zu fühlen. Er machte eifrig Notizen und nickte ständig voller Verständnis. Leviticus schrieb ebenfalls immer wieder etwas auf, doch Barrett ahnte, dass Levs Tage im Fall Ashford gezählt waren. Er würde den Marschbefehl von nun an von Menghetti bekommen und das sicher ganz und gar nicht schätzen. Barrett fühlte sich schwindlig und ging hinaus, um sich ein Mineralwasser zu holen und die Toilette aufzusuchen.

Als er eine Viertelstunde später zurückkam, lehnte er sich, um Halt zu gewinnen, an die leicht offen stehende Tür des Sitzungsraumes und hörte zu, wie Menghetti zu seiner Zusammenfassung ausholte.

»Sie werden zugeben, meine Herren«, begann er in singendem Tonfall, »dass Earl Field nur zwei Erklärungen anbieten kann, warum die Proben von den Kratzspuren unter den Fingernägeln des Opfers verschwunden sind. Entweder ist die Nachlässigkeit der Polizeibehörde von San Francisco daran schuld oder aber es besteht eine heimliche Absprache zwischen dieser und dem Büro des District Attorney, in der Absicht, einen Unschuldigen zu verurteilen, der allerdings ein Dorn in der Tatze des Löwen ist, der nun bekanntlich anstrebt, König von Kalifornien zu werden.«

Barrett wand sich förmlich unter Menghettis überspannter Rhetorik, doch war ihm klar, dass die Botschaft bei den anderen durchaus ankam, dass Menghetti ein tüchtiger Anwalt war, der die Fakten in diesem Fall durch und durch kannte und sie verdammt gut präsentieren konnte. Das Problem war nur, dass er vollkommen am Ziel vorbeischoss.

»In beiden Fällen«, schloss er gerade, »verlangt das Prinzip des begründeten Zweifels nach einem Freispruch. So, meine Freunde, sieht die Wirklichkeit hier also aus.«

Aus dem Lautsprecher ertönte Beifallklatschen.

»Sehr beeindruckend«, bemerkte auch Tremaine. »Genau so ist es.«

»Beschäftigt Sie was, Dickson?«, wandte Menghetti sich nun an ihn.

Barrett ging wieder in den Sitzungssaal und setzte sich schweigend an seinen Platz.

»Ja, Barrett«, rief Ashford, und sein Tonfall nahm Menghettis Herablassung auf, »Ihre Meinung hätten wir auch noch gerne gehört.«

»Also«, begann er mit ziemlich zittriger Stimme, »ich glaube, dass dieses Argument im Fall Simpson nur deshalb durchkam, weil alle anderen am Verfahren Beteiligten bis auf Marcia Clark und den Richter Afroamerikaner waren – auch die Geschworenen –, und dass fast alle von ihnen der Polizeibehörde und ihren Beamten gegenüber verständlicherweise starke Vorbehalte hegten. Unser Klient ist aber kein Afroamerikaner. Und die Mehrheit Ihrer Geschworenen in San Francisco ebenfalls nicht. Und da liegt der Hund begraben.«

»Wie, welcher Hund?«, fragte Menghetti.

Barrett räusperte sich. »Weiße aus der Gegend um San Francisco betrachten die Polizei mit ganz anderen Augen als

Afroamerikaner hier in Los Angeles. Eine Lektion aus dem Fall Simpson ist, dass es mehr schlechte Polizeibeamte gibt, als viele Weiße denken, aber weniger schlechte, als die Schwarzen annehmen. Das sollten wir im Auge behalten, wenn Sie davon sprechen, dass Sie die Verteidigung hauptsächlich auf einer Verschwörungstheorie aufbauen wollen.«

Al Menghetti funkelte Eric Tremaine an, als dieser zustimmend nickte.

»Ich will hier nicht als Kritiker auftreten, Al«, warf Barrett ein, dem der Blickwechsel nicht entgangen war. »Was ich sage, ist lediglich, dass die meisten Ihrer Geschworenen in San Francisco keinerlei Erfahrungen haben – weder aus erster noch aus zweiter Hand –, was es heißt, von bigotten Polizisten herumgeschubst zu werden; daher werden sie weder besonders begierig sein, das Schlimmste von der Polizei anzunehmen, noch von dem Wunsch beseelt sein, sich für vergangene Unbill zu rächen. Kein Vorwurf, Al. Im Norden herrschen einfach andere Verhältnisse.«

»Ist auch nicht so angekommen, Barrett«, meinte Menghetti schnell, doch seine Mundwinkel zeigten nach unten. »Aber wenn Sie damit andeuten wollen, ich sollte die fehlenden Hautproben weglassen, dann liegen Sie völlig falsch.«

»Ganz im Gegenteil«, fuhr Barrett mit sicherer Stimme fort. »Die fehlenden Proben sind das Kernstück unserer Verteidigung. Aber wir brauchen gar keine Verschwörungstheorie – wir sagen einfach, dass die wahre Identität des Täters irgendwo in einem verschwundenen kleinen Plastikbeutel herumliegt und dass Sie in Übereinstimmung mit der Verfassung einer Verurteilung zustimmen, sobald die Leute, auf deren Seite die Beweislast ja nun liegt, Ihnen diese Identität liefern. Aber keine Minute eher.«

»Ja!«, ertönte die Lautsprecherstimme.

»Ich dachte, das entspricht so ziemlich genau dem, was ich soeben ausgeführt habe«, warf Menghetti ein. »Das hier ist schließlich noch nicht die richtige Verhandlung, verdammt noch mal!«

»Ich bin überzeugt, dass Sie genau das sagen wollten«, gab Barrett freundlich zu. »Meine Ausführungen waren völlig unnötig.«

Lev grinste und prostete Barrett mit seiner Kaffeetasse zu.

»Ach ja«, knurrte Menghetti. »Dann brauchen wir uns hier ja wohl nicht im Detail zu verlieren. Eric? Was für Geschworene wollen wir denn überhaupt da oben haben?«

Als Soziologe und Psychologe war Tremaine offensichtlich froh, die Spannung im Raum abzubauen. Er begann besänftigend, die emotionale Befindlichkeit der perfekten Geschworenen für die Verteidigung darzulegen, wobei er sich auf seine bisherigen Arbeiten stützte: »Im Idealfall finden Sie unter ihnen einen ungebildeten, stiernackigen Weißen, am besten geschieden und nicht intelligent genug, um die Sache mit der DNS-Analyse zu durchblicken, der zudem der Regierung und ihren Institutionen gegenüber ein tief verankertes Misstrauen hegt.«

»Verzeihung«, warf Barrett ein. »Dann bin ich in diesem Fall bereits disqualifiziert.«

Alle in der Runde brachen in Gelächter aus – bis auf Al Menghetti. Barrett bemerkte auch, dass Tremaine seinem Gastgeber einen besorgten Blick zuwarf, als frage er sich, wie lange das Ass unter den Strafverteidigern seinen Bilderstürmer aus San Francisco wohl noch erdulden würde. Er hat herausgefunden, dass ich mit Menghetti nichts gemeinsam habe, dachte Barrett, bis auf das Interesse an diesem Fall.

»Schlafen Sie weiter, Barrett«, sagte Menghetti. »Wir wecken Sie dann zum Cocktail.«

Barrett überhörte die Bemerkung. Er fand, er habe für einen Vormittag schon für genug Ärger gesorgt. Merkwürdig war, dass er sich immer mehr für den Fall interessierte. Müsste er nicht hinter einem egoistischen Lackaffen im Seidenanzug herreiten, der mehr kostete, als eine ganze Familie im Kongo ein oder zwei Jahre zum Leben brauchte, wäre es im Grunde gar kein so übles Vergnügen.

»Al«, rief Ashford. »Ich möchte noch etwas mehr von unserem Sachverständigen hören, was wir uns für Geschworene suchen sollten.«

»Gibt es dazu noch was zu sagen, Eric?«, fragte Menghetti.

Tremaine nickte. »Was für Geschworene Sie brauchen, hängt zum Teil davon ab, wie stark Ihre Zeugen auftreten und was für eine Geschichte Sie konstruieren wollen. Wir werden einen Fragebogen ausarbeiten, um herauszufinden, ob es sich bei den einzelnen Leuten um Personen des kognitiven Typus handelt oder um solche, die affektiv denken. Ich glaube, dass der D. A. eher dem kognitiven Typus zuneigt – Geschäftsleute oder Techniker, die zufällige Beweismittel in Stücke hacken – und schlicht den Schluss ziehen wird, dass eins und eins zwei ist. Der affektive Typ, den wir brauchen, denkt deduktiv, das heißt, er geht von Anfang an davon aus, dass das Ergebnis zwei ist, und hält dann Ausschau nach allem, was diese Annahme stützt. Solche Leute neigen zu einer selektiven Wahrnehmung, was bedeutet, dass sie in erster Linie darauf achten, was ihnen ein gutes Gefühl für ihre Entscheidung gibt, die sie bereits getroffen haben.«

Elliot Ashfords Stimme unterbrach ihn: »Klingt wissenschaftlich nicht schlecht.«

Barrett fügte hinzu: »Es gibt Leute, die dasselbe von der Astrologie behaupten.«

»So, so!«, rief Tremaine aus, »wir haben einen Skeptiker unter uns. Haben Sie einen Schwurgerichtsgutachter um Rat gefragt, Mr. Dickson?«

»Tatsache ist, Dr. Tremaine«, erwiderte Barrett, »dass ich in letzter Zeit nicht einmal mit Geschworenen zu tun hatte. Ich befasse mich hier auch nicht mit Ihnen, sondern mit Anwälten, die die Kontrolle über ihre Fälle Ihnen überlassen.«

»Kein guter Schwurgerichtsgutachter will Kontrolle ausüben«, sagte Tremaine, »und mit Anwälten wie Ihnen und Al Menghetti hinter diesem Fall bin ich froh, wenn ich meine eigene Blase unter Kontrolle habe.«

Wieder brachen alle in Gelächter aus und Barrett und Tremaine wechselten einen Blick gegenseitigen Respekts.

»Was kommt als Nächstes, Al?«, ließ sich Ashford vernehmen. »Ich muss um drei im ›Olympic Club‹ sein.«

»Unser Gerichtspathologe müsste jeden Moment eintreffen«, antwortete Menghetti.

»Was ist mit der DNS?«, fragte Ashford. »Werden wir jemanden finden, der dem, was der DNS-Typ von der anderen Seite aussagt, etwas entgegenhalten kann?«

Menghetti stand auf und begann wieder hin und her zu gehen. »Bei Gerichtsverfahren gilt die Regel, Elliot, dass es für jeden Spezialisten jemanden gibt, der genau das Gegenteil vertritt. Bringen Sie mir einen mit Diplom, zwei Kindern im College und einer Hypothek, und ich biete Ihnen einen fachmännischen Zeugen, der genau das aussagt, was wir hören wollen.«

Ashford Lachen erschütterte den Lautsprecher. »Kein Problem also. Einverstanden, Barrett?«

»Zum Teil. Das Kunststück besteht darin, jemanden zu finden, der sich bestens in der Sache auskennt und zudem Autorität ausstrahlt, und zwar ohne dass es ihm in die Krone steigt! Al hat uns als Experten gerade eine Person beschrieben, die x-beliebig sein könnte, von außerhalb, mit einer Brieftasche, die ein paar Scheine nötig hat. Meiner Erfahrung nach zahlt es sich aber nicht aus, sich mit irgendwem zusammenzutun. Niemand kann einen Sieg, der bereits in Sicht ist, so rasch in eine Niederlage verwandeln wie ein schlechter Sachverständiger.«

Hier wurde die Diskussion unterbrochen, weil Dr. Seybring Lassiter eintrat, Menghettis Gerichtspathologe, der gerade ein Urlaubssemester von Standford genoss, wo er die medizinische Fakultät leitete. Während der halben Stunde, in welcher der umständliche Professor mit monotoner Stimme seine Vorlesung herunterleierte und dabei gelegentlich mit der rechten Hand eine widerspenstige Haarsträhne glatt strich, mit seiner Halbbrille herumfuchtelte oder sich über den abstehenden Kinnbart strich, atmete Barrett mehrmals hörbar ein und aus. Lassiters eindrucksvolle medizinische Ausführungen waren gespickt mit unverständlichen Fachausdrücken. Es gab keine Schnittwunden, sondern »evasive Verletzungen«, keinen plötzlichen Abfall des Blutdrucks, sondern eine »vasovagale Reaktion«, und nicht etwa winzige, punktförmige Hautblutungen auf dem Gesicht des Opfers, sondern sage und schreibe »Petechien«.

»Alles in allem«, schloss Lassiter jetzt, die Stirn vor lauter Konzentration ganz gefurcht, »wurde der Tod des Opfers in Bezug auf die Einstellung der neurogenen Tätigkeit ausgelöst, die ihrerseits als Folge der multiplen, invasiven Infraktionen der kardialen Arterie eintrat, wie ich soeben ausgeführt habe. Selbstverständlich machte sich die Leichenstarre bereits bemerkbar, als die Autopsie durchgeführt wurde – wobei die Zyanose schon lange vorher eingetreten war –, aber trotz derartiger Beeinträchtigungen kann ich besten Gewissens dafür halten, dass die Gültigkeit meiner Erkenntnisse gegeben ist.«

Al Menghetti stellte ihm noch einige Fragen, dann meinte er lächelnd: »Ich denke, das genügt für den Augenblick, es sei denn, Dr. Tremaine möchte noch etwas wissen.«

»Ich habe eine Frage«, warf Barrett ein. »Das heißt, eigentlich zwei. Erstens, worüber zum Teufel hat der Typ die letzten zwanzig Minuten eigentlich gesprochen? Und zweitens: Aus welchem Grund wollen Sie ihn auf Geschworene loslassen, die ganz normale und anständige Leute sind?«

Lassiters Kopf fuhr so schnell herum, dass ihm fast die Brille herunterfiel. Als er das Gleichgewicht wieder gefunden hatte, sammelte er seine Unterlagen ein und verstaute sie in einem schmalen Lederkoffer. »Es tut mir Leid, Mr. Menghetti, aber unter diesen Umständen wird es mir nicht möglich sein, Ihnen in diesem Fall weiter zur Verfügung zu stehen.«

»Seybring, bitte«, flehte Menghetti. »Mr. Dickson war doch bloß ...«

»Mr. Dickson eilt leider schon ein gewisser Ruf voraus«, unterbrach ihn Lassiter, »und ich möchte es lieber vermeiden, unfreiwillig in eines seiner Häufchen hineinzutreten.«

Dickson stieß ein bewunderndes Geräusch aus. »Prächtig, Doc. Vielleicht habe ich Sie ja unterschätzt.«

»Sie sind nicht in der Lage, einen Wettbewerb im Sackhüpfen zu beurteilen, Dickson«, sagte Menghetti, aber der Sachverständige war bereits durch die Tür verschwunden. Im Raum war es totenstill. In einem Ton, der nichts Gutes verhieß, bat Menghetti die beiden Kanzleiangestellten, den Raum zu verlassen. »Vielleicht haben Sie ihn ja unterschätzt, Dickson«, bemerkte Menghetti eisig. »Aber *Ihnen* dürfte er verdammt sicher den Rest gegeben haben.«

»Tut mir Leid, Al, aber je mehr Leute wie ihn ich kennen lerne, desto mehr schätze ich die Gesellschaft von meinem Goldfisch.«

»Ihr ›Tut mir Leid‹ trifft die Sache nicht ganz, Dickson. Sie haben soeben nicht ganz einen Monat vor dem größten Prozess in der Geschichte von San Francisco unseren Pathologie-Sachverständigen in die Flucht geschlagen. Sind Sie denn völlig übergeschnappt, oder was?«

»Normal genug, um zu wissen, dass es nicht in Ihrer Absicht liegen kann, dass ein akademischer Eierkopf wie er auf Ihre Geschworenen einlabert. Sie werden ihn nämlich widerlich finden und das dann Ihnen ankreiden.«

Im Lautsprecher rasselte es. »Verzeihung, Jungs, aber ich wäre Ihnen verdammt dankbar, wenn Sie bedenken würden, dass es hier um mein Leben geht. Ich will gewiss nicht Partei ergreifen, Al, aber ich muss ehrlich zugeben, dass ich ihn auch nicht verstanden habe.«

Wieder begann Menghetti auf und ab zu gehen. »Das haben wir nun davon, Dickson, dass wir die Sache so rasch vor Gericht bringen wollten. Jetzt brauchen wir Zeit, um einen Ersatz für Lassiter zu finden. Sie müssen Ihren Richter-Kumpel anrufen und erreichen, dass er den Termin verschiebt.«

»Das wäre mir überaus unangenehm, Al.«

»Sind Sie hier mit dabei, weil es ›angenehm‹ ist, oder um Ihre gottverdammte Arbeit zu tun?«

»Ich kann in meiner Stellenbeschreibung nichts davon finden, dass ich ganz offenkundig die Unabhängigkeit des Gerichts untergraben soll.«

»Warum zum Teufel glauben Sie dann, dass Sie engagiert worden sind?«

Barrett unterdrückte seinen plötzlichen Wunsch, dem Riesenkinn vor sich einen Schlag zu verpassen und die römische Nase zu bügeln. Menghetti kam ihm jetzt so nahe, dass der Geruch seines Rasierwassers Barretts Übelkeit noch verstärkte.

»Vielleicht hätten Sie über Ihre kostbare Stellenbeschreibung nachdenken sollen, *bevor* Sie unseren wichtigsten Sachverständigen zum Teufel geschickt haben.«

Wenn er ganz ehrlich war, wusste Barrett, dass Menghetti Recht hatte. »Also gut«, sagte er schließlich, »ich werde mit ihm reden.«

Zehn Minuten später stand er mit schweißnassem Hemd draußen und verfluchte weniger Menghetti als Mike Reasoner, weil er ihm mehr Loyalität abverlangte, als man billigerweise liefern kann, und sich selbst, weil er so eingebildet gewesen war zu glauben, er schaffe das. Mann, reg dich ab, versuchte er sich selbst zu beschwichtigen, aber schon blieben seine wirbelnden Gedanken bei einem Tag im Jahr 1952 hängen – als im Land die Verehrung für Ike Eisenhower und der Hass auf Nordkorea grassierte und der Exkongressabgeordnete Elliot

Ashford wahrscheinlich gerade in das zweite Schuljahr an der Menlo School oder so was in der Art eintrat und der kleine Barrett Dickson seine erste Lektion über den Wahnsinn von Gewalt lernte.

Er war damals elf gewesen und wuchs unter weniger glücklichen Umständen als Elliot im Knaben-Waisenhaus St. Antonius in Topeka, Kansas, auf. Kurz nach seiner Geburt hatte man ihn in einem Pappkarton bei der Feuerwehr abgegeben, mit nicht viel mehr als seinem Namen auf einem Zettel. Nach zwei verschiedenen Heimen war er schließlich ins St. Antonius gekommen. Seine Eltern hatte er nie kennen gelernt, aber das ging den anderen Jungen genauso. Alles in allem kam es ihm nicht besonders schlimm vor – bis zu der Nacht, in der er und sein bester Freund namens Harlow Flagg beschlossen abzuhauen. Sie hatten gehört, dass am Mittwochabend in einer Scheune irgendwo am Stadtrand ein Hahnenkampf stattfinden sollte. Schlimm wurde es schon, kurz nachdem sie über eine Leiter durch die Öffnung für die Heuausgabe auf der Rückseite der Scheune geklettert waren und Zeuge wurden, wie die Hähne unten in einer Explosion von Staub, Federn und Gekreisch aufeinander einhackten. Einer der Aufseher erwischte die Eindringlinge und winkte sie in einer kurzen Ruhepause herunter. Barrett hatte damals sein Herz hämmern gehört.

»Ihr beide wollt wohl Blut sehen, was?«, krächzte ein uralter Hahnenbesitzer mit runzligem, knallrotem Gesicht. Er packte den Hahn, der im vorigen Kampf gewonnen hatte, bei seinen mit Blut und Dreck verklebten Flügeln und stieß den Jungen das blutüberströmte Tier fast ins Gesicht. Barrett wich zurück, zunächst wegen des durchdringenden Geruchs, dann aber noch mehr beim Anblick der milchig-weißen, vor Schmerz erstarrten Augen des Kampfhahns. Blut spritzte ihm aufs Gesicht, sogar in die Augen und alle rundum grölten vor Lachen. Er versuchte die Tränen der Angst und der Wut zurückzudrängen und wurde fast ohnmächtig vom beißenden

Gestank, der von dem blutdurchtränkten Gefieder ausging und sich mit dem Geruch des Mannes vermischte, der ihn von hinten gepackt hielt.

»Na, reicht euch das Blut hier, Knirpse?«, schrie der Kampfhahnbesitzer. »Oder wollt ihr lieber Menschenblut sehen? Seid wohl deswegen hergekommen, was?«

Damit stießen die Grobiane die beiden schmutzigen, mit Blut besudelten Buben Kopf voran auf den Kampfplatz und brüllten ihnen zu, gegeneinander zu kämpfen. Barrett schaute vor Furcht und Verstörung starr in Harolds leichenblasses Gesicht, die Fäuste vorgestreckt. Beide versuchten zuerst nur so zu tun, als würden sie sich schlagen. Da fühlte Barrett einen scharfen Schmerz. Jemand hatte ihm von hinten etwas Scharfes in den Rücken gerammt.

»Wird's bald, ihr kleinen Dreckskerle, *kämpft*!«

Jegliches Zögern wurde sofort durch weitere scharfe Stöße in den Rücken bestraft und bald gingen sie richtig aufeinander los. Barrett landete einen harten Schlag auf Harolds Nase, aber die Fäuste des etwas größeren Jungen donnerten auf ihn herunter, als regne es Basebälle, und er ging zu Boden. Ein rohes Gelächter schlug auf. Ihm war klar, dass sie sich über ihn lustig machten.

»Los, steh auf und verteidige dich, du Hosenscheißer«, brüllte der Kampfhahnbesitzer.

Barrett krabbelte auf die Füße und begann mit den Fäusten auf seinen Freund einzuschlagen, blindlings, außer sich, wilde Schwinger, die nirgends landeten. Aber dann traf er ihn, erst einmal, dann noch einmal. Er hieb mit wirbelnden Fäusten wie ein Dreschflegel auf ihn ein. Die Männer rundum grölten und feuerten ihn an. Nichts mehr von einem Scheingefecht jetzt. Beide Jungen kämpften mit Klauen und Zähnen. Aus Harolds Nase troff Blut, aus seinen eigenen geplatzten Lippen ebenfalls.

»Ich bin nicht feige«, hörte er sich keuchen – und rannte ge-

radewegs in Harolds Rechte, die ihn außer Gefecht setzte, diesmal endgültig. Harold wurde zum Sieger erklärt, dann packten sie die beiden Jungen auf die Ladefläche eines Pick-up und lieferten sie vor der Hintertür des Waisenhauses ab. Eine Woche später waren ihre Wunden fast wieder verheilt und sie reichten einander verzeihend die Hand, doch Freunde waren sie keine mehr. Schlimmer noch: In Barrett fasste eine Saat der Unsicherheit Wurzeln, die eine lieblose Geburt gelegt hatte und die nur noch den Dienst in einem hoffnungslosen Krieg benötigte, um sich zu einem Dschungel auszuwachsen, der sein Herz mit Misstrauen erstickte.

Nicht, dass er unbedingt nach Vietnam wollte. Aber als sie ihn hinschickten, versuchte er ein guter Soldat zu sein. Nach der Entlassung war er entschlossen, nach gewaltlosen Lösungen für Meinungsverschiedenheiten zu suchen. Drei Jahre Rechtsstudium nährten einen Schössling Idealismus, der das moralische Chaos in Vietnam überlebt hatte. Er bestand sein Abschlussdiplom mit Auszeichnung und bekam eine Stelle bei Caldwell & Shaw in San Francisco, immer noch voller Hoffnung. Mehr als zwanzig Jahre lang führte er einen Prozess nach dem anderen und reihte Erfolg an Erfolg wie sonst keiner, aber aller Erfolg verschleierte doch nur seine wachsende Enttäuschung.

Jetzt, in der Erinnerung, kam ihm dieser aufgezwungene Kampf gegen Harlow Flagg vor wie eine geeignete Metapher für das, was aus seinem Beruf geworden war. Barrett hielt die Arbeit vor Gericht mittlerweile für nichts anderes als einen Hahnenkampf, der in einem dreiteiligen Anzug ausgetragen wurde.

Er holte tief Atem und schritt dann geradewegs auf die nächste Bar zu, wo er das Feuer, das in seiner Brust wütete, mit einem doppelten Martini-Wodka kühlte. Gegen drei Uhr fühlte er sich so weit beruhigt, dass er den Richter in seinem Büro anrufen konnte.

17

Dreiundzwanzig Jahre vor dem Mord an Lara Ashford lag ein zehnjähriges Mädchen auf einem harten, lederbezogenen Tisch und wusste, dass etwas Schreckliches mit ihr geschehen würde. Man hatte sie im Morgengrauen aus ihrem Bett im Schlafsaal geholt, den sie mit neun anderen weiblichen Personen teilte, die alle viel älter waren als sie, und ins Untergeschoss des staatlichen Heims gebracht, in dem sie nun zu Hause war. Selbst jetzt, mitten im feuchtheißen Sommer Georgias, war es dort unten kalt. An den grauen Betonmauern rundum gab es nicht ein einziges Bild, das sie hätte betrachten können. Nicht ein einziges Fenster, das die Eintönigkeit unterbrach.

Man hatte sie in den Raum gerollt, von dem es hieß, dass einem dort das Gehirn mit Strom gebraten werde. Es war kein Geheimnis, was dort unten geschah. Von Zeit zu Zeit ließen sie ein paar Insassinnen extra dabei zusehen, was sie mit anderen machten, ob zur Strafe oder zur Abschreckung, wusste keiner, aber es wirkte ohnehin für beides. Zwei Pfleger hatten sie von der Bahre auf einen Ledertisch gehoben, an dessen Seiten Lederbänder herabhingen. Zwei andere Personen befanden sich bereits im Raum: ein Pfleger, den sie schon vom Sehen kannte – ein großer Mann mit einem Pferdegesicht – sowie eine dicke Pflegerin mit einer großen Nase und rot angemalten Lippen, die immer so wirkte, als würde sie sich über sie ärgern. Das Mädchen lag da und harrte der Dinge, die da kommen sollten. Das Herz pochte ihr gegen die Rippen.

»Die Halterungen sind zu deinem Besten, Schätzchen«, schnurrte die Pflegerin, als sie die Lederbänder fest um Brust, Arme, Handgelenke und Knöchel zurrte. »Ohne die könntest du dir Arme und Beine brechen, wenn du bewusstlos bist.«

Der Mann mit dem Pferdegesicht kam näher, er roch nach Schweiß und Desinfektionsmittel. Ohne Vorwarnung goss er ihr warmes Wasser über den Kopf und sprühte so schaumiges Zeug auf, das ihr Vater immer zum Rasieren verwendet hatte, bis er vor ein paar Monaten gestorben war. Dann packte er mit der einen Hand ein glänzendes Rasiermesser und drückte ihr mit der anderen den Kopf zur Seite. Sie wollte protestieren, als die Klinge ihr über die Haut fuhr, aber es kam kein Laut aus ihrem Mund. Sie sah, wie blonde Haarsträhnen über die Tischkante hinunter zu Boden segelten. Zuerst auf der einen, dann auf der anderen Seite.

Dann brachte der große Mann auf beiden Seiten ihres Kopfes direkt über den Schläfen Metallplättchen an. Das Klebeband, das sie festhielt, zog an Haut und Haaren, wenn sie den Kopf bewegte. Er versuchte offenbar, ihr nicht weh zu tun, aber die Plättchen waren kalt, und sie wusste, dass sie bald sehr heiß werden würden.

»Wo steckt denn der Doktor?«, hörte sie den Mann die Pflegerin fragen, die gerade kontrollierte, ob er die Plättchen auch richtig angebracht hatte.

»Draußen, gießt seine verdammten Petunien«, brummte sie ärgerlich. »Warum zum Teufel soll ausgerechnet ich wissen, wo er steckt?«

»Die machen mich zur Schnecke, wenn wir zu spät dran sind«, sagte er. »Es kommen noch acht dran.«

»Dann machen wir eben voran«, erwiderte die Pflegerin. Sie packte etwas, das aussah wie ein Eispickel, und kam auf das Mädchen zu. Sie schloss in Panik die Augen. Das war nicht die Sache mit dem Strom, von der sie gehört hatte. Das hier war noch schlimmer.

Die Pflegerin stand nun ganz nahe bei ihr. Das Mädchen nahm ihren sauren Geruch wahr. Sie wagte nun doch, die Augen wieder zu öffnen, und sah, dass die Pflegerin das glänzende Ding, das aussah wie ein Eispickel, nur wenige Zentimeter von ihrer Brust entfernt hielt. Es *war* ein Eispickel – eine dünne, glänzende Stahlspitze an einem Holzgriff, genau wie bei dem, den sie zu Hause hatten, nur dass hier das Metallband an der Stelle, wo die Stahlspitze aus dem Griff herauskam, etwas rostig war; der Griff selbst war größtenteils in der plumpen Faust, die ihn gepackt hielt, verschwunden. Trotz ihrer Panik spürte sie deutlich, wie etwas Warmes zwischen ihren Beinen herunterlief. Sie hoffte, dass die Pflegerin sie nicht noch zusätzlich quälen würde, weil sie das Tuch beschmutzte, mit dem der Ledertisch abgedeckt war. Bevor sie sie umbrachte. Die Pflegerin lockerte das Lederband um ihre Brust und nun sah sie, dass sie den Eispickel benutzte, um ein weiteres Loch in den Gurt zu stanzen. Dann zurrte sie ihn so roh und eng zu, dass dem Mädchen der Atem stockte und ihr das Nachthemd zur Seite gezogen wurde.

Sie sah den Mann hinter der Pflegerin traurig auf sie herunterschauen. Er hatte feuchte, hervorstehende Augen und fuhr sich mit der Hand über den Mund, bevor er sie nach ihr ausstreckte. Aber die Pflegerin schrie ihn an und zerrte das verrutschte Nachthemd wieder auf der Brust des Mädchens zurecht.

Auch die anderen Gurte wurden verkürzt, der Mann legte sie enger um ihre dünnen Handgelenke und Knöchel. Dann gingen die beiden weg und das Mädchen versuchte sich zu befreien, doch die Lederbänder gaben nicht nach. Als nächstes hörte sie einen Stuhl über den Holzboden schrappen. Vor Schreck sperrte sie sich unwillkürlich gegen ihre Fesseln. Es tat zwar weh, wenn sie den Kopf bewegte, aber sie drehte ihn doch so viel, dass sie sehen konnte, wie die Frau etwas in ein Buch schrieb und der Mann umherging und irgendwelche Apparate verrückte. Noch einmal versuchte sie, einen Arm aus der Schlinge zu ziehen. Sie brauchte nur eine Hand freizubekommen, dann konnte sie die anderen Gurte lösen und weglaufen. Niemand beachtete sie.

Aber da standen plötzlich wieder beide neben ihr. Sie presste die Augen fest zu, um das helle Licht über sich nicht mehr zu sehen, denn sie wusste, jetzt geht es los. Ihr war übel, aber ihr war klar, dass es keinen Zweck hatte, wenn sie sich beklagte.

»Wir können nicht länger warten«, bemerkte die Pflegerin mit einem Blick auf eine große Wanduhr. »Die nächste ist in zehn Minuten dran. Ich mache es selbst.«

»Ich dachte, nur der Doktor macht die Antisepsie.«

»Anästhesie, du Idiot. Barbiturate und Muskelrelaxantien.« Als die Pflegerin mit Spritze und Kanüle auf sie zukam, begann ihr Herz förmlich zu rasen. Sie zerrte verzweifelt an den Gurten, obwohl sie wusste, dass nichts und niemand sie jetzt noch zu retten vermochte.

»Reg dich ab, Schönheitskönigin«, ertönte die raue Stimme der Pflegerin. »Nach dem hier spürst du praktisch überhaupt nichts mehr.«

Sie rammte dem Mädchen ein Gummiding in den Mund, nahm dann die Spritze und stach ihr in den Arm. Der Schmerz trieb ihr die Tränen in die Augen. Innerhalb von Sekunden verschwammen die beiden Stimmen ineinander. Immer noch stritten sie sich über irgendwas, aber sie benutzten Wörter, die sie nicht mehr verstand. Trotz ihrer Angst entspannte sich ihr Körper. Ihr war, als schwebe sie aus dem Raum.

»Zähl bis zehn«, befahl ihr die Pflegerin nun deutlich, doch sie antwortete nicht. »Sie ist weg, Georgo. Fang an.«

Das Mädchen hätte gerne gelächelt, denn sie hatte die beiden ausgetrickst. Sie war alles andere als bewusstlos. Da sagte der Mann okay, gefolgt von einem seltsamen Geräusch, das sie noch nie gehört hatte. Sie riss rasch die Augen auf und wollte ihnen zurufen, sie sollten aufhören, sei sei immer noch wach, aber da trieb ihr jemand von hinten ein Messer in den Scheitel und spaltete ihren Schädel wie eine Melone. Ein Stromstoß schoss ihr den Hals hinab bis in den Magen.

Lächelnd betrachtete sie der Arzt, als sie oben im Krankensaal wieder zu sich kam. Er stand da, so als hätte er sie schon lange so angesehen. »Hallo, Amanda«, tönte seine tiefe Stimme. Er stand zwischen ihr und einem schmutzigweißen Wandschirm, er war klein und fast kahlköpfig, das Gesicht kugelrund, sein Lächeln freundlich. Amanda traute diesem Lächeln nicht; es bedeutete gar nichts. Er trug es ebenso selbstverständlich wie die Hosenträger mit den silbern schimmernden Verstellklammern, die sie hinter der aufspringenden Schürze erkennen konnte. Heute hatte er einen lächerlichen Schlips an, der zu den Hosenträgern passte. Nur das Stethoskop um den Hals, seine klugen braunen Augen und seine beruhigend tiefe Stimme wiesen ihn als echten Arzt aus.

Er schaute sich die Hautschürfungen an ihren Handgelenken an. »Und wie geht's uns heute Morgen, Amanda?«, fragte er.

Sie antwortete, es gehe ihr gut. Das sagte sie allen, weil sie hoffte, sie würden dann aufhören, ihr das Gehirn zu verschmoren. Sie sagte es allen, obwohl es die Wahrheit war, obwohl sie sich tatsächlich so gut fühlte wie noch nie, seit ihr Vater gestorben war. Vor allem aber sagte sie allen, es gehe ihr gut, weil es die einzige Möglichkeit war, aus einem Haus wie dem hier zu entkommen.

»Tust du so was Schlimmes noch einmal?«, wollte sie wissen.

»Wir werden sehen, Amanda«, antwortete er und notierte etwas auf seinem Klemmblatt. »Falls ja, werde ich dabei sein, und ich wette mit dir, dass du nichts spürst. Das verspreche ich dir.«

Sie versuchte sich zu überlegen, was sie getan haben könnte, um zu verdienen, was sie hier mit ihr machten. Da kam sie auf die Idee, es müsse etwas damit zu tun haben, dass ihre Mutter ein Bein verloren hatte und ihr Vater gestorben war. Dass sie daran irgendwie schuld war. Ihre Mutter hatte zu ihr gesagt, hier zu leben sei zu ihrem Besten. Sie kaute an ihrer Unterlippe und fragte sich, wie viele schlimme Dinge noch zu ihrem Besten geschehen würden. Und dann kam sie zu dem Schluss, dass sie lieber schlecht sein wollte, wenn das alles zu ihrem Besten war.

18

Amanda Keller wachte vom Geräusch des Fernsehers im Wohnzimmer auf. Es hörte sich an wie die Morgennachrichten von CNN. Sie zog sich ein Kissen über den Kopf, obwohl ihr klar war, dass ohnehin jeden Moment der Wecker lospiepen würde. Sie dachte darüber nach, dass ihre Mutter hier in der gemeinsamen Wohnung in Noe Valley den ganzen Tag und die halbe Nacht vor dem Fernseher zubrachte und dann die Stirn hatte, ihren *San Francisco Chronicle* als »unnötigen Luxus« zu bezeichnen.

Sie schlüpfte in einen Morgenmantel und ging auf Zehenspitzen hinter ihrer Mutter vorbei in den Flur, um sich den »unnötigen Luxus« von heute Morgen zu holen, und warf einen Blick auf die Schlagzeile: MORGEN BEGINN DES ASHFORD-PROZESSES. Sie bebte vor Aufregung über die schriftliche Bestätigung dessen, was sie am Abend zuvor in den Zehn-Uhr-Nachrichton gehört hatte. Auch ihre Mutter hatte es gehört, aber sie wusste nicht, dass ihre Tochter – entgegen ihrer Anweisung, sich herauszuhalten – morgen vermutlich als Mitglied des Geschworenenkollegiums im Gerichtsgebäude erscheinen würde.

Amanda brühte Kaffee auf und brachte ihrer Mutter eine Tasse, und zwar auf der Zeitung, so dass ihre Mutter die Schlagzeile sehen musste. »Mutter?«, bemerkte sie. »Hast du die Schlagzeile gelesen?«

»Ich bin gehbehindert, Kind, nicht blind. Also fängt's endlich an, ja?«

»Ja, der größte Fall seit eh und je – und nun rate mal, wo deine Tochter morgen hingeht.«

»Zur Arbeit, wenn sie weiß, was gut für sie ist«, lautete die Antwort. »Und wenn du dort bist, kannst du gleich mal der Sache nachgehen, warum mir die von der Krankenversicherung dieses Jahr die Rezepte nicht erstattet haben.«

»Ich bin zum Ashford-Prozess bestellt, Mutter! Vielleicht trete ich sogar als Geschworene auf! Ich hab' in meinem Horoskop nachgesehen und der Mond steht im … Willst du die Konstellation sehen?«

»Von allen Dummheiten, die du in deinem Leben gemacht hast, Amanda Keller, ist das sicher die größte.«

»Was?«

»Habe ich dir nicht gesagt, du sollst dich da raushalten? Hörst du mir eigentlich überhaupt zu, wenn ich mit dir rede? Jetzt wirst du dort rumhocken und eine Woche Arbeit drangeben für nichts und wieder nichts. Wahrscheinlich kommst du nicht mal rein als Geschworene, und selbst wenn, werfen sie dich aus irgendeinem Grund bestimmt wieder raus.«

»Aber …«

»Glückwunsch, Amanda. In nicht mal zehn Jahren bist du von einem Fernsehstar mit 13 000 Dollar die Woche zu einer Null abgestiegen, die für eine Rolle vorspricht, die fünf Kröten am Tag bringt.«

»Ich dachte, du hättest mir verziehen, dass ich …«

»Uns um unsere Träume gebracht hast? Natürlich hab' ich das, mein Kind. Ich rede von hier und jetzt, nämlich dass wir hier in diesem Haus nicht mit fünf Kröten am Tag überleben können und du dir deshalb jetzt sofort eine Möglichkeit ausdenkst, um aus der Sache wieder rauszukommen.«

»Aber es bedeutet eine Chance …«

»Sich unter die Erwerbslosen zu begeben, und sonst gar nichts. Punktum.«

Amanda war völlig durcheinander. Warum sah ihre Mutter denn nicht, was sich ihr für Möglichkeiten auftaten? Warum hatte sie die Hoffnung auf einen zweiten Start in Hollywood aufgegeben? Es sah fast so aus, als *wollte* ihre Mutter diese Chancen nicht sehen.

Pünktlich um halb neun erschien sie zur Arbeit bei Ward & Company und ging an ihren Schreibtisch, der in der Ecke eines mit Neonröhren erleuchteten Raumes stand und von deckenhohen Aktenregalen mit Tausenden von Mietverträgen umstellt war. Verblüfft sah sie, dass eine kräftige Lateinamerikanerin von knapp dreißig mit widerborstigem Haar, das Frankensteins Braut wohl angestanden hätte, auf ihrem Bürostuhl saß. Ihr Frühstück lag über die ganze Tischplatte verstreut und sie las gerade ein Sensationsblättchen.

»Was kann ich für Sie tun?«, fragte sie mit schweren Lidern aufblickend.

»Ich heiße Amanda Keller. Ich bin hier Abteilungsleiterin und das hier ist mein Schreibtisch.«

»So'n Schwein, dass Sie überhaupt einen haben«, brummte die Frau und löffelte in aller Ruhe weiter ihren Fruchtjogurt aus einem Plastikbecher. »Bin gleich fertig.«

Amanda kam sich einigermaßen seltsam vor, wie sie da vor ihrem eigenen Schreibtisch stand, beschloss aber, keine Szene zu machen. »Wer sind Sie?«, fragte sie schließlich, um das erste Anzeichen von Asthma zu überspielen.

»Die neue Hilfskraft hier. Hat Ihnen das keiner gesagt? Als Ersatz für Nick.«

Nick war Amandas rechte Hand. »Klar haben sie mir das gesagt.« Sie spürte eine heiße Welle in ihrem Körper aufsteigen, drehte sich um und ging rasch in die Toilette. Dort besprengte sie das Gesicht mit Wasser und warf dann einen Blick in den

Spiegel. Warum haben sie mir das bloß nicht mitgeteilt, fragte sie sich. Ihr wurde schwindlig, sie brauchte etwas zum Sitzen. Also öffnete sie ein Toilettenabteil, klappte den Plastikdeckel herunter und setzte sich, den Kopf in die Hände gestützt, darauf. Ihr fiel ein, dass sie ihren Spray im Schränkchen draußen im Ablageraum gelassen hatte. Nick war ihr Retter gewesen. Ohne ihn war sie hier verloren.

Eine Minute später flog die Tür des Toilettenabteils auf. Sie blickte auf. Nein, da war sie schon wieder, die Neue, und starrte sie an. Amanda wurde rot.

»Du heiliger Strohsack!«, rief der weibliche Eindringling aus. »Hat Ihnen denn niemand beigebracht, wie man eine Klotür verschließt?«

Rasch hängte Amanda die Kette ein. Sie kam sich dämlich vor und war zugleich wütend. Geräuschvoll betrat die andere das Abteil gleich nebenan. Und da hörte Amanda sie kichern. Diese Frau lachte sie aus!

»Es ist übrigens auch sehr viel sauberer, wenn man sich zuerst die Hose runterzieht«, tönte die Stimme durch die Trennwand hindurch. »Hat man Ihnen das auch nicht beigebracht?«

Amanda ging hinaus und wusch sich die Hände. Dabei strich sie über die Narbe an ihrem linken Handgelenk. Erst neun Uhr, und sie fühlte sich schon völlig ausgelaugt und auf einen schwarzen Abgrund zudriften.

Sie ließ zuerst zwei Stunden Dampf ab, bevor sie den Mut fand, den Bürodienstleiter Harold Pierce anzusprechen, einen stämmigen Kahlkopf mit schriller Stimme. Für gewöhnlich trug er eine Fliege mit Blümchenmuster über einem gestreiften Hemd und hatte hinter dem Ohr stets einen Bleistift stecken. Zudem hielt er sich für unwiderstehlich und war wütend auf sie, weil sie ihn mit geflissentlichem Desinteresse übersah.

»Warum hat man mich nicht wenigstens … gefragt?«, brachte sie nach einigen höflichen Floskeln hervor. »Nick war immerhin länger bei uns als etwa George oder Amy.«

»Ich hatte meine Gründe«, erwiderte er, »außerdem wusste ich, dass Sie's ihm nicht gerne sagen würden. Seien Sie mir lieber dankbar. Marla ist eine Perle. Sie kriegt weniger als Nick, sie kifft nicht im Treppenhaus und sie ist, ehm, zufällig eine Freundin.«

Eine *Freundin*. Das war's also. Da konnte sie nichts machen. Er war ihr sowieso schon fast ins Gesicht gesprungen, als sie ihm die Vorladung für den nächsten Tag gezeigt hatte, gerade als würde sie frei nehmen, um zum Friseur zu gehen.

»Machen Sie dort so schnell einen Abgang, wie Sie nur können«, hatte er sie angefahren. »Wer soll denn Marla einarbeiten, wenn Sie nicht im Büro sind?«

»Ich werde sie heute einweisen und morgen in den Pausen mit ihr Kontakt aufnehmen.«

Sie hastete in ihr Büro zurück, wühlte in der Tasche nach dem Spray und sprühte sich zwei-, dreimal in den Mund.

Als sie wieder normal atmen konnte, war ihr klar, dass sie sich eine andere Stelle suchen musste. Doch der Wechsel in einen neuen Betrieb würde mit einer Gehaltseinbuße einhergehen und dadurch den geplanten Umzug in eine eigene Wohnung – um ihrer Mutter zu entkommen – noch länger verzögern. Sie fühlte sich wie eine Maus in der Falle und ertappte sich dabei, wie sie die Minuten bis fünf Uhr zählte. Wenigstens brauchte sie morgen nicht herzukommen.

19

Als es am folgenden Morgen endlich so weit war, staunte Amanda Keller nicht schlecht über den Aufruhr, der sie vor dem Gerichtsgebäude erwartete. Die zum Teil berittene Polizei versuchte die neun Stufen freizuhalten, die zum Eingang hinaufführten. Die Gehwege unten und gegenüber waren gesteckt voll mit Schaulustigen, Demonstranten und Leuten, die

Ansteckknöpfe und T-Shirts mit der Aufschrift DIE KLARE SACHE anboten; so nannten die Zeitungen in San Francisco den Fall Ashford, um kundzutun, dass »ihre Stadt« – im Unterschied zur arroganten Schwester im Süden – unter Beweis stellen würde, wie man Recht und Gesetz zum Durchbruch verhilft, und zwar effizient, kompetent und ohne Tamtam.

Die Leute, die ein Los für einen der wenigen dem allgemeinen Publikum vorbehaltenen Plätze ergattert hatten, stießen und schoben sich vorwärts, um auf die Treppe zu gelangen, und warteten dort mit Glotzaugen, ob ihre Nummer aufgerufen würde. Andere verfolgten das Geschehen vom Gehsteig gegenüber, einige hielten die Morgenzeitung in der Hand, auf der die Schlagzeile prangte: DER WAHRE JAHRHUNDERTPROZESS!

Amanda schob sich mit weiteren Auswahlgeschworenen durch das Gedränge und wies bei der Metallschranke dem Beamten ihre Vorladung vor. Er hieß sie, sich in den für die Geschworenen vorgesehenen Versammlungsraum im dritten Stock zu begeben, und von dort wurde sie an die Abteilung 26 verwiesen – in einen Gerichtssaal, der dem Versammlungsraum direkt gegenüber lag –, wo sie zu ihrer Verwunderung ebenfalls ein Tollhaus vorfand, wenn auch ein etwas übersichtlicheres. Über achtzig Personen, Leute, die einander unter normalen Umständen keines Blickes gewürdigt hätten, plauderten angeregt wie alte Bekannte, verbunden durch das gemeinsame Los und die Hoffnung, als Geschworene in einem hochkarätigen Schauprozess zu ihrer Viertelstunde Ruhm zu gelangen.

Sie richtete ihr Augenmerk auf die Bühne. Von ihrem Sitz in der zweiten Reihe hatte sie freien Blick auf die eine Anwältin und die drei Anwälte hinter der Schranke. Sie plauderten miteinander und gingen wie Schauspieler vor ihrem Auftritt auf und ab. Sie kannte das von ihrer Rolle als Sharon McPeak in *»Hope's People«* her und ahnte, dass sie nervöser waren, als sie sich gaben. Sie selbst hatte vor ihrem Abschied von Hollywood jahrelang Schauspielunterricht genommen, bevor ihrem Mann, einem einflussreichen Agenten, der zum Fernsehproduzenten aufgestiegen war, einfiel, eine Sechzehnjährige ins Team für »*Hope's People*« aufzunehmen. Sie hatte versucht zu übersehen, was da lief, bis die Kleine sie vor allen anderen buchstäblich mit der Nase darauf stieß. Da wusste sie, dass entweder sie oder Lolita aus der Serie ausscheiden musste, war aber am Boden zerstört – und mit ihr Tausende von treuen Fans –, als Sharon McPeak laut Drehbuch unverhofft einem Skiunfall in Squaw Valley erlag.

Amanda war klar, dass ihr Mann sie aus der Sendung befördert hatte, weil er vorhatte, sie auch aus seinem Leben zu befördern, und in der Tat zog seine junge Geliebte nach einem Monat in sein Siebzehn-Zimmer-Haus in Bel Air ein. Eine Woche vorher hatte er Amanda in ein Hotel in Beverly Hills ausquartiert und weder er noch irgendwelche Agenten und Produzentinnen in Hollywood nahmen ihre Anrufe entgegen. So weit reichte seine Macht. Nur sein Anwalt rief sie an – derjenige, der vor ihrer Heirat die kugelsichere Ehevereinbarung abgefasst hatte.

Ohne Arbeit und Hoffnung fand sie es an der Zeit, das Leben der Kunst anzupassen, und schnitt sich die Pulsadern auf. Aber selbst das hatte nicht funktioniert und nach ihrer Entlassung aus dem Krankenhaus war sie zu ihrer Mutter nach San Francisco zurückgekehrt. Obwohl sie weder praktische Erfahrung noch eine entsprechende Ausbildung vorweisen konnte, hatte ihr eine Frau, die sie als Sharon McPeak aus »*Hope's People*« wieder erkannte, eine Stelle bei Ward & Company angeboten.

Amanda kehrte in die Gegenwart zurück und wandte ihren Blick der Anklägerin zu, die sie einmal im Fernsehen gesehen hatte. Grace Harris hieß sie. Eine gute Figur hatte sie, wenn auch etwas zu bescheiden unter einem grauen Kostüm versteckt. Hübsch war sie eigentlich auch. Aber warum trug sie bloß diese breitrandige Brille, damit sah sie ja aus wie eine Eule. Diese Frau, dachte Amanda Keller, braucht eine Modeberaterin, aber ich beneide sie um ihre vollen Lippen; sie sollte allerdings einen etwas dunkleren Lippenstift verwenden.

Trotz einiger Unzulänglichkeiten befand sie, dass die Frau mit ihren zarten Zügen, ihrer aufrechten Haltung und dem vollen, von silbernen Strähnen dekorativ durchzogenen schwarzen Haar eine attraktive Erscheinung war, ganz bestimmt jedenfalls für den langen Verteidiger im zerknitterten Anzug, dessen Gesicht bestens zu diesem Anzug passte. Das muss Barrett Dickson sein, dachte sie, dieser glücklose Zivilrechtler, über den ich was gelesen habe. Er stand beim Verteidigerpult und hielt seine verquollenen Augen auf Harris' Hinterkopf geheftet.

Neben dem Langhans stand eine Bulldogge von Mann. Bestimmt Al Menghetti. Er hatte weit auseinanderstehende, dunkle Augen und war mit seinem höhnischen Blick, der grellen Krawatte, den übergroßen Aufschlägen und seinem unübersehbaren Riesenego in ihren Augen durch und durch unattraktiv.

Amanda stellte fest, dass die meisten angehenden Geschworenen verstohlene Blicke auf den Angeklagten warfen. Elliot Ashford gab sich unbeeindruckt und sah in seinem dunklen Zweireiher verdammt gut aus. Er saß mit dem Rücken zur Galerie und wirkte eher wie einer von den Anwälten als ein angeklagter Schwerverbrecher. Obwohl relativ durchtrainiert, machte er einen recht harmlosen Eindruck, etwas gelehrtenhaft, mit sauber frisiertem blondem Haar und blassblauen Augen hinter einer randlosen Halbbrille. Und doch spürte Amanda, wie ein heißer Blitz sie durchfuhr, als er sich einmal in Richtung Geräuschkulisse auf der Galerie umwandte und sie seinen seltsamen Gesichtsausdruck wahrnahm. War es, weil er wegen eines brutalen Mordes angeklagt war oder weil er sie vage an einen Mann erinnerte, dessen Bild sie nie mehr loslassen würde? An ihren Vater etwa?

Ihre höchste Aufmerksamkeit unter allen Mitwirkenden in diesem Drama erregte allerdings Earl Field. Sie sah alle anderen als Planeten, die um den District Attorney kreisten. Obwohl er kleiner als war die anderen, verfügte er über eine Ausstrahlung, die von Selbstbewusstsein ohne Großspurigkeit zeugte. Allein schon ihn zu betrachten, löste in ihr eine seltsame Erregung aus. Und als er der neben ihm stehenden Grace Harris ein perfektes, strahlendes Lächeln zuwarf, beneidete sie diese rückhaltlos.

Ihre Gedanken wurden unterbrochen, denn nun gingen die Türen zu beiden Seiten auf und das Gerichtspersonal kam herein – die Berichterstatterin zur einen und die Protokollführerin zur anderen Tür. Umgehend trat Ruhe ein. Der Gerichtsdiener schritt zu seinem Tisch mit Stuhl direkt neben der Zellentür, die Protokollführerin nahm ihren Platz hinter einem vollbelegten Tisch ebenfalls ein, und die Berichterstatterin richtete ihre Maschine. Dann öffnete sich an diesem 9. Oktober pünktlich wie geplant um Viertel nach zehn die Tür des Richterzimmers und John Hernandez rauschte herein. Der Gerichtsdiener rief: »Alle erheben sich bitte! Die Sitzung des höchsten Gerichts der Stadt und des Bezirks San Francisco unter dem Vorsitz von Richter John Hernandez ist hiermit eröffnet.«

Schon hatte Hernandez raschen, entschlossenen Schrittes den Richterstuhl erreicht. Seine Botschaft kam klar herüber, nicht nur für diejenigen auf der Galerie und die Parteien, sondern auch für die Presseleute der ganzen Nation: *Dieses* Verfahren würde zügig über die Bühne gehen und *dieser* Richter würde das Kommando über seinen Gerichtssaal nicht aufgeben. Hernandez schnurrte die üblichen Begrüßungsfloskeln und Ansprachen herunter, wobei er hin und wieder über seine Halbbrille hinweg einen Blick auf die angehenden Geschworenen warf. Anschließend schilderte er das Elliot Ashford vorgeworfene Verbrechen und erläuterte einige damit in Zusammenhang stehende gesetzliche Vorschriften.

Amanda Keller hatte irgendwo gelesen, John Hernandez sei eine richterliche Anomalie – er habe eine sanfte Art, besitze aber ein Auftreten, das Respekt einflöße. Obwohl dafür bekannt, dass er hart durchgreife, bringe er noch die strengste Strafe höflich vor, und er fordere zwar viel, keinem Anwalt aber mehr ab als sich selbst. Ein Schauer der Erregung überlief sie, als ihr bewusst wurde, was für ein bedeutendes Ereignis hier stattfand. Wenn doch nur ihre Mutter hier wäre. Sie würde ihr rasch verzeihen, dass sie sich gegen ihren Willen gemeldet hatte. Amanda schickte ein Stoßgebet zum Himmel, dass sie als Geschworene gewählt werden möge.

Als Nächstes bat Richter Hernandez mit fester Stimme und kaum hörbarem spanischem Akzent die Protokollführerin, die Trommel mit den Namen der zur Wahl stehenden Jurymitglieder zu drehen und die ersten angehenden Geschworenen auf den vorgesehenen Sitzen zu platzieren. In der Trommel befanden sich Unmengen Zettel und Amanda wusste, dass auf einem davon ihr Name stand. Mit zugepressten Augen versuchte sie kraft ihres Willens die Hand so zu lenken, dass sie genau den ergriff. Ein schwacher Asthmaanfall machte sie in Verbindung mit dem Schnurren, das die Trommel erzeugte, schwindlig. Sie suchte in der Handtasche nach dem Spray und umschloss ihn zur Beruhigung fest mit den Fingern.

Als die Trommel anhielt, öffnete sie die Augen. Die Frau langte hinein und zog einen Zettel heraus. »Geschworene Nummer 34, Andrea Jackson, J-a-c-k-s-o-n«, rief sie, worauf eine kräftige Schwarze mit unverhohlenem Stolz den Gang hinabeilte.

Der Gerichtsdiener verwies sie auf den ersten Sitzplatz, und die Protokollführerin setzte das Rad mit einer unter den Umständen geradezu beleidigenden Abgebrühtheit erneut in Bewegung. Kurz vor Mittag zeichnete sich ab, dass Amanda Keller nicht dabei sein würde. Der Geschworenenstand hatte sich gefüllt, das so genannte »Sechserpaket« der Ersatzgeschworenen saß auf seinen Plätzen und die Anwälte hatten bereits mit der Vorvernehmung begonnen. Am Mittag unterbrach Richter Hernandez die Sitzung zum Essen. Sie war so sicher gewesen. Warum war ihr Name nur nicht aufgerufen worden?

Nach der Mittagspause setzte sie sich auf einen Platz ganz hinten im Saal und verfolgte die systematische Befragung der angehenden Geschworenen im Stand durch die Anwälte.

»Sie sind Ms. Axelrod, ja?«, sagte Al Menghetti. »Fühlen Sie sich im Stande, Ihre politischen Ansichten beiseite zu lassen und Mr. Ashford gegenüber fair zu urteilen?«

»O ja, ganz bestimmt«, gab die Frau zur Antwort – etwas sehr prompt, fand Amanda. Ihr war klar, dass viele schwindelten, um an die Reihe zu kommen, während andere schwindelten, um ausgeschlossen zu werden. Einer der Geschworenen gab rundheraus zu, es sei ihm vergangen, nachdem er wisse, was die Geschworenen vor ein paar Jahren im Fall Simpson in Los Angeles hätten über sich ergehen lassen müssen.

Da unterbrach der Richter die Befragung. »Bitte machen Sie sich keine Sorgen, dass Sie abgesondert werden könnten, meine Damen und Herren«, sagte er. »Das Einzige, worauf wir bestehen, ist, dass Sie keinerlei Kontakt zu den Medien pflegen und mit niemandem über den Fall reden. Hier im Saal werden keine Fernsehkameras zugelassen, und die Anwälte sind durch eine so genannte Sperrverfügung gebunden, das heißt, sie dürfen nur über Vorkommnisse diskutieren, die sich hier im Saal abspielen – zugängliche Beweismittel. Mit anderen Worten: Ich werde die *Öffentlichkeit* ausgrenzen und nicht Sie. Ich will nicht, dass Sie nach Ihrem Urteilsspruch hier herausgehen und die Öffentlichkeit mehr über den Fall weiß – oder es zumindest meint – als Sie.«

Dann kam Earl Field mit der Vorvernehmung der Geschworenen an die Reihe, um seine möglichen Vorbehalte gegen all die Personen geltend zu machen, mit denen er nicht einverstanden war. Danach setzte die Protokollführerin das Rad erneut in Bewegung und Amandas Herz begann förmlich zu rasen. Wieder schickte sie flehentlich ein Stoßgebet gen Himmel.

Nun wandte sich der charismatische District Attorney an den Geschworenen auf Platz Nummer sechs. Er wies ihn ab, weil er einige Jahre zuvor im Haus von Elliot Ashford in Atherton als Vollzeitbeschäftigter gearbeitet hatte; dort hatte es zu seinen Pflichten gehört, den Fuhrpark in Ordnung zu halten und »die Ponys zu versorgen«, womit er das halbe Dutzend reinrassige Araberpferde meinte, die Ashford zum Polospielen und gelegentlich für die Jagd hielt. Amanda bemerkte, dass mehrere Geschworene von ihren Plätzen aus auf den Angeklagten starrten und Al Menghettis unbewegte Miene sich zu einem gequälten Ausdruck verzog. Sie ging davon aus, dass von den etwas mehr als sechzig noch anwesenden potenziellen Geschworenen höchstens einer jemals einem Polospiel beigewohnt hatte.

Ein weiterer Geschworener, ein kleiner, schmalgesichtiger Mann mit einem markanten Schnurrbart, der alles andere an ihm irgendwie zwergenhaft erscheinen ließ, brachte ganz offen Bedenken wegen der Gerüchte vor, dass der Angeklagte Verbindungen zur Mafia unterhalte, weshalb er Einschüchterungsversuche befürchte. Dies löste einen belustigten Blick zwischen Grace Harris und Earl Field aus und bewirkte, dass Al Menghetti aufsprang und das Gericht um Instruktion der Geschworenen ersuchte, diese Bemerkung zu ignorieren. Der Richter gab dem Einspruch statt.

»Es geht bei diesem Fall in keiner Weise um die Mafia«, sagte er. »Einschüchterung der Geschworenen gehört ins Reich der Kinofiktion – nicht in die Wirklichkeit. Ich weise Sie deshalb an, die Bemerkung des Geschworenen zu ignorieren.«

Aber sicher, Herr Richter, dachte Amanda grinsend. Sie

wusste, dass nicht mal John Hernandez diese Glocke ungehört verhallen lassen konnte.

Als sie abends nach einem leicht verkürzten Abstecher in ihrem Fitness-Club angeregt in Noe Valley die Wohnung betrat und ihre Mutter an ihrem angestammten Platz vor dem Fernseher fand, rief sie ihr zu: »Mutter! Rate mal, was geschehen ist!«

»Pst«, war die Antwort, und ihr war klar, dass ihre Mutter sich gerade eine ihrer Lieblingssendungen ansah. Sie hielt sich zurück und ging in die Küche, um das Abendessen zuzubereiten; es gab Parma-Hühnchen, das mochte ihre Mutter am liebsten. »Es ist wirklich der Fall Ashford, Mutter!«, rief sie begeistert und setzte sich neben Lucinda aufs Sofa. »Ich war den ganzen Tag dort!«

Aber ihre Mutter machte sich bereits über den Teller her und wandte nicht einmal den Blick vom Bildschirm. Da drückte Amanda auf den Schalter – und machte dadurch die einzige Lichtquelle im Raum aus.

»Was zum …«, rief Lucinda und tastete nach der Fernbedienung. Zugleich mit der Lampe, die Amanda anmachte, ging auch der Fernseher wieder an.

»Mutter!«, brüllte sie. »Hörst du mir endlich mal zu! Ich hab' immer noch eine Chance, als Geschworene im Ashford-Prozess aufzutreten!«

Doch ihre Mutter meinte nur: »Ach, reg dich ab. Der wird ja nicht mal im Fernsehen gezeigt.«

»Das bedeutet noch lange nicht, dass es ihn nicht gibt«, schrie Amanda. »Alle Welt wird diesen Prozess verfolgen. Ja siehst du denn nicht, was das für mich bedeuten könnte? Vielleicht krieg' ich eine Chance, etwas wirklich *Bedeutendes* zu tun – und vielleicht kann ich dadurch wieder zum Fernsehen zurück!«

Ihre Mutter grunzte verächtlich. »Da bist du etwas zu spät dran, außerdem hast du ein paar Dollars zu wenig für eine

Fernsehkarriere, Kindchen. Und hattest du nicht schon genug Nervenzusammenbrüche? Du bist jetzt vierunddreißig Jahre alt, falls du das Zählen vergessen hast. Ich kann mir echt nicht vorstellen, wer für dich das Denken übernimmt, wenn ich nicht mehr da bin.«

»Aber du hast doch immer davon geträumt, dass ich nach Hollywood komme. *Wir.*«

»Ja, ja, ja! Natürlich war das mein Traum – vor zehn, fünfzehn Jahren! Aber deine Mutter ist Gott sei Dank nicht blöd. Deine Stelle bringt zwar nicht viel ein, aber es reicht für das Notwendigste. Was diesen Prozess betrifft, Amanda, da bist du für nichts und wieder nichts zwei, drei Monate weg, und wenn du wieder kommst, hast du keine Stelle mehr. Schau doch den Tatsachen endlich ins Auge. Du taugst nicht zu viel und kannst dich glücklich schätzen, dass die bei Ward dich genommen haben.«

Amanda strich sich über die Narbe am Handgelenk. Sie spürte, wie ihr Atem flach wurde, aber es fiel ihr einfach nicht ein, wo sie ihre Handtasche hingetan hatte. Vielleicht hatte ihre Mutter ja Recht. »Man hat mich ja nicht als Geschworene gewählt, Mutter. Du brauchst dich also nicht aufzuregen.«

»Dann sieh zu, dass du dich drückst, falls sie dich doch noch aufrufen. Sag ihnen, du hättest dich schon entschieden. Und jetzt hol mal was von dem Erdbeereis, das du gestern mitgebracht hast.«

Die Atemnot erstickte Amandas Stimme und enthob sie einer Antwort. Rasch sammelte sie Lucindas Geschirr ein und floh in die Küche. Ihr Kopf fühlte sich an wie eine schmerzhaft geballte Faust und ihre Lungen schnappten nach Luft. Sie packte ihre Handtasche, stürzte in ihr Zimmer und schloss die Tür. Vom Wohnzimmer her ertönte Protestgemurmel und dann das Quietschen des Rollstuhls – ihre Mutter fuhr selbst in die Küche. Amanda pumpte sich das Spray dreimal in den Mund und bemühte sich, regelmäßig zu atmen. Dann schluckte sie eine Schmerztablette sowie drei Schlafpillen und griff nach der Morgenzeitung, fand sich aber in dem Durcheinander nicht zurecht. Schließlich hatte sie wieder die Artikel über den Fall Ashford vor sich. Sie verschlang gierig Wort für Wort, wobei sie mit dem Finger über das Foto von Earl Field fuhr.

Eine Stunde später fiel sie in einen unruhigen Schlaf voller Träume, darunter auch jener, der so oft wiederkehrte – ihr Grabtraum: Dicht neben ihr wird jemand, den sie nicht kennt, in einem Sarg langsam in die dunkle Erde hinabgelassen. Sie hört ein dumpfes Klopfen von innen, wagt aber nichts zu sagen aus Angst, dass man sie auslachen könnte.

20

Am zweiten Tag, nachdem der Morgen zur Hälfte vorbei war, kam es Amanda Keller vor, als hätten die Anwälte ihre Einwände ausgereizt. Sowohl Al Menghetti als auch Earl Field ließen sich viel mehr Zeit vor der Befragung. Die Kandidaten wurden von beiden richtiggehend ins Kreuzverhör genommen und beide hatten dickleibige Aktenordner, die aussahen, als enthielten sie entscheidende persönliche Angaben über die angehenden Geschworenen. Obwohl Amanda sich Sorgen machte, dass sie über ihre Krankengeschichte Bescheid wissen könnten, erregte sie doch der Gedanke, dass sich jemand womöglich die Mühe gemacht hatte, sich mit ihrem Leben bis ins Detail zu befassen.

Der Morgen verstrich und ihre Hoffnung schwand, als beide Seiten sich mit der letzten der zwölf regulären Geschworenen einverstanden erklärten. Knapp zwei Stunden später wurde auch ihre Aussicht auf einen Sitz unter den zwölf Ersatzleuten immer geringer; nur noch drei Plätze waren dort leer. Doch noch immer ging sie im Kopf ihre Antworten durch, die sie auf mögliche Fragen geben würde, fest entschlossen, gefasst zu sein, sollte sie eine Chance bekommen.

Und doch war sie, trotz all ihrer Vorbereitung, außerstande zu reagieren, als die Protokollführerin kurz vor Mittag laut »Amanda Keller!« rief. Wenn sie es sich bloß einbildete? Wenn sie nun aufstand – und alle lachten sie aus? Sie schaute sich verstohlen um. Niemand anders zeigte eine Reaktion.

»*Amanda Keller*! Bitte treten Sie vor!«

Sie zwang sich zum Aufstehen und ging mit unsicheren Schritten nach vorn. Dort wurde ihr Ersatzplatz Nummer vier zugewiesen und sie begann mit zitternder Stimme Fragen zu beantworten, zuerst die von Richter Hernandez und dann von Earl Field. Nach ein, zwei Minuten fand sie ihr Gleichgewicht wieder und reagierte mit der Unfehlbarkeit einer Schauspielerin, die ihre Rolle gelernt hat. Außerdem hatte sie in der Zwischenzeit durchschaut, mit welchen Antworten die anderen Geschworenen sich in Verlegenheit gebracht hatten.

»Haben Sie über den Fall gelesen, Ms. Keller?«, fragte der District Attorney.

»Ein- oder zweimal, ja«, antwortete sie. »Ich lese leider nicht besonders viel.«

»Am Fernsehen was darüber gesehen?«

»Ich sehe mir die Fernsehnachrichten praktisch nie an, tut mir Leid.«

»Haben Sie sich in irgendeiner Form schon eine Meinung darüber gebildet, ob der Angeklagte schuldig ist oder nicht?«

»Ach, nein, eigentlich nicht.«

So ging es weiter. Um vier Uhr hatten alle sechs Ersatzleute ihre Plätze eingenommen, eine Person war abgelehnt worden. Amanda saß immer noch an ihrem Platz. Sie hörte, wie Richter Hernandez beide Parteien darauf aufmerksam machte, dass ihnen nur noch zwei Einspruchsmöglichkeiten offen standen.

Al Menghetti war problemlos gewesen; sie hatte ihn mit ihrer Schönheit eindeutig beeindruckt, sein Ego war leicht zu bezirzen. Earl Field war sie ebenfalls sympathisch gewesen. Am meisten Gedanken machte sie sich wegen Grace Harris. Amanda hatte sich zu Frauen nie hingezogen gefühlt, vor allem nicht zu attraktiven, was die Vertreterin der Anklage zweifellos war, und sie hatte Angst, dass diese das intuitiv erfasst haben könnte. Harris hatte ebenfalls einige Geschworene befragt und war bei einem von ihnen ziemlich ins Stottern geraten. Anstatt verlegen zu werden, hatte sie aber einfach alle Geschworenen gefragt, ob ihre Sprechweise sie störe, und natürlich hatten alle sofort Nein gesagt. Amanda wusste, dass einige logen, und fragte sich, warum in aller Welt diese Frau ausgerechnet Staatsanwältin hatte werden wollen.

Um halb fünf vertagte der Richter die Sitzung, nachdem er den bis dahin gewählten Geschworenen und auch den Ersatzleuten den Waschzettel mit den Vorschriften überreicht hatte, die ihnen mittlerweile allerdings eh schon bekannt waren, so dass keiner sie auch nur eines Blickes würdigte. Amanda Keller saß immer noch im Geschworenenstand.

Etwas später trat – oder besser, schwebte – sie in das schwindende Tageslicht hinaus und wurde zu ihrer völligen Verblüffung von Blitzlichtern geblendet und von Presseleuten mit Fragen bestürmt.

»Sind Sie schon mal als Geschworene aufgetreten, Ms. Keller? Haben Sie die Untersuchung bis jetzt verfolgt? Lassen Sie sich in Ihrem Urteil beeinflussen, wenn Sie gewählt werden?«

Wie in Trance und nicht von dieser Welt drängte sie sich durch diese Phalanx von Presseleuten und Fernsehkameras, doch ihr Herz pochte wild vor Begeisterung. »Hier rüber, Ms. Keller«, hörte sie jemanden brüllen und die Kameras surrten, blitzten und klickten. Sie würde in den Fernsehnachrichten zu sehen sein!

Sie ließ die ihr sonst so kostbare Stunde im Fitness-Studio sausen. Sie konnte es kaum erwarten.

»Mutter!«, rief sie schon beim Hereinstürmen. »Hast du mich im Fernsehen gesehen?«

Lucinda Keller saß an ihrem üblichen Platz vor dem Bildschirm. »Ja, sicher habe ich dich gesehen«, gab sie ohne große Anteilnahme zur Antwort. »Aber selbst wenn du gewählt wirst, gehörst du ja doch nur zu den Ersatzleuten.«

»Schon – aber es ist doch wenigstens etwas!«

»Ja, eine Zeitverschwendung, das ist es. Und dann erst noch an vierter Stelle! Hat gerade einer vom Fernsehen alles erklärt. Ersatzgeschworene können nicht mal an den Beratungen am Schluss der Verhandlung teilnehmen, dürfen nicht mal mit den *echten* Geschworenen in den Saal. Also halt dich da raus, Kind. Erzähl ihnen einfach, dass du Asthma hast.«

»Der Richter hat gesagt, dass es eine lange Verhandlung gibt, Mutter«, sagte sie mit krächzender Stimme. »Da kann weiß Gott was geschehen. Darum wählen sie die Ersatzleute. Warum hätten die vom Fernsehen denn das ganze Tamtam veranstaltet, wenn sie die Sache nicht für wichtig halten würden?«

»Die Antwort auf diese Frage weißt du doch selbst. Du siehst noch immer gut aus und das ist alles, was für die beim Fernsehen zählt. Und jetzt hol deiner Mutter etwas zu essen. Ich will darüber kein Wort mehr hören.«

Sie aßen schweigend. Danach blieb Amanda noch eine Weile neben ihrer Mutter sitzen und sah sich mit ihr die Sendung *»Sybil«* an. Dann schluckte sie ihre Schlaftabletten, in der Hoffnung, dass sie keine Albträume bekam, und schlief ein.

Am nächsten Morgen erwachte Amanda nach zehnstündigem Schlaf. Ihre Mutter lag noch im Bett. Sie ging in die Küche und hielt Eiswürfel an ihre aufgeschwollenen Augen, während sie Kaffee und Toast zubereitete. Dann nahm sie eine Dusche und begann sich zu kämmen. Nach einer Stunde war sie mit dem, was sie im Spiegel sah, zufrieden: eine große blonde

Frau, kräftig, aber schlank, und sportlich. Eine Frau, die *Day TV* einmal als »Schönheit mit geheimnisvoller Ausstrahlung« bezeichnet hatte, »mit vollen Lippen über einem energischen Kinn, eingerahmt von markanten Wangenknochen, dazu dunkelblaue Augen, die wie glühende Kohlen in Kontrast zu ihrem blassen Gesicht leuchten können, wenn eine Szene verlangt, dass sie zornig wird«. Der Spiegel vor ihr versicherte ihr, dass sie diese Frau noch heute war.

Sie zog einen auffälligen, aber geschmackvollen Faltenrock an, der ihr bis über die Knie reichte, legte letzte Hand an ihr dezentes Make-up und fand, sie sei gut gerüstet, um der Sache die beste Seite abzugewinnen – und zwar trotz der deprimierenden Ansichten ihrer Mutter, was ihr mögliches Comeback in Hollywood betraf. Sie will nicht, dass ich weggehe, dachte sie. Es hat nicht damit zu tun, dass *ich* zu alt bin, nein, *sie* ist zu alt, um mich ziehen zu lassen. Sie ist in diesem Kerker gefangen und will, dass ich als ihre Zellengenossin hier mit ihr zusammen sterbe. Deshalb macht sie mich ständig herunter, damit sie mich unter Kontrolle behält.

Als sie vor dem Gerichtsgebäude eintraf, erkannte sie jemand von der Presse und fragte sie, ob sie nicht vor Jahren in der Sendung *»Hope's People«* mitgespielt habe.

»Sharon McPeak«, antwortete sie mit strahlendem Lächeln.

»Genau!«, rief der Reporter, »Sharon McPeak!« Rundum blitzten Kameras auf. Dann kamen Hilfskräfte, um sie mit zwei anderen gesetzten Geschworenen zum Aufzug zu bringen. Obwohl sie nur eine Ersatzfrau war – Aufsehen erregte sie schon.

Ihre Begeisterung erhielt weiter Aufschwung, als gegen zehn Uhr beiden Seiten nur noch je ein Einspruch gegen das Sechserpaket der Ersatzleute zustand. Sie versuchte, einen halbwegs intelligenten Eindruck zu machen, dabei aber völlig gelassen und objektiv zu wirken. Die wollen bestimmt keine starke, ihnen möglicherweise sogar überlegene Frau, dachte sie. Sie beobachtete, wie Earl Field und Grace Harris die zwischen ihnen liegende Sammelmappe studierten, und fühlte sich plötzlich ihrerseits von einem Augenpaar gemustert. Unwiderstehlich zog Elliot Ashfords durchdringender Blick ihre Aufmerksamkeit auf sich.

Verlegen senkte sie die Augen, hob sie aber sofort wieder. Dieser Mann schien sie nicht nur anzuschauen, sondern geradezu ihre Gedanken zu lesen. Allein sein Gesichtsausdruck bewirkte, dass sie sich wie ein kleines Kind fühlte, völlig hilflos und ausgeliefert. Sie spürte, dass ihr Atem schneller ging, und lächelte ihm kurz zu, um zu verbergen, wie ihr zumute war. Dann wandte sie den Blick rasch ab.

»Letzter Einspruch des Volkes«, unterbrach die Stimme von Richter Hernandez ihre Gedanken.

Grace Harris lehnte sich zu Earl Field hinüber und flüsterte ihm etwas zu. Sie mag mich nicht, dachte Amanda. Aber Field nickte, dann stand er auf und verkündete: »Das Volk ist mit der momentanen Zusammensetzung der Jury zufrieden.«

»Danke, Mr. Field«, erwiderte Richter Hernandez. »Letzter Einspruch des Angeklagten, Mr. Menghetti?«

»Einen Augenblick, Euer Ehren«, bat Menghetti und beugte sich zu seinem Mandanten.

Amanda fiel auf, dass weder der eine noch der andere Barrett Dickson auch nur die geringste Aufmerksamkeit schenkte. Dieser hielt den Blick auf sie und die anderen Ersatzleute gerichtet und bildete sich eindeutig eine eigene Meinung. Schließlich blickte Menghetti auf und musterte sie seinerseits alle unverblümt – jeden einzeln. Jetzt war sie dran. Auch Ashford schaute sie an. Sie schaute geradeaus, so ungezwungen wie möglich. Menghetti überflog noch einmal etwas in seinen Unterlagen. Dann sagte er: »Die Verteidigung bittet … Nummer sechs … zu ersetzen. Danke, Mr. Sanders.«

Mein Gott! Ich bin drin, dachte sie. Aber es blieb doch noch eine Formsache. Mr. Sanders wurde ausgetauscht und das bot der Staatsanwaltschaft noch einmal eine Gelegenheit zum Einspruch: Sie durfte nicht nur das Ersatzbegehren ablehnen, sondern zusätzlich noch jemand anderen im Sechserpaket auswechseln. Amandas Herz raste, als sie sah, wie Harris und Field sich miteinander berieten.

»Das Volk erklärt sich zufrieden«, gab der District Attorney schließlich bekannt und die Sache war gelaufen. Sie fiel fast in Ohnmacht vor Aufregung, als die Geschworenen gebeten wurden, sich zu erheben und den Eid abzulegen. Dann verkündete ihnen der Richter, sie hätten am folgenden Morgen um zehn Uhr wieder anzutreten.

Während sie auf den Aufzug zuging, gönnte sie sich zwei kurze Stöße aus der Spraydose, und als sie ins Freie trat, hatte sie keine Mühe, in die Kameras zu lächeln. Nicht alle Medienleute, die den Geschworenen Fragen über Fragen zuwarfen, wussten von Amandas Fernsehvergangenheit, aber sie wussten eine fotogene und wirkungsvolle Erscheinung zu erkennen, selbst wenn sie nur zu den Ersatzgeschworenen zählte. »Bitte lächeln, Ms. Keller! Hier rüber, Amanda!« Willig kam sie den Aufforderungen nach.

Auf dem Weg zum Training verspürte sie eine geradezu unbändige Lust. Jetzt musste sie mehr fit bleiben denn je. Sie platzte fast vor Energie und wahre Schauer liefen ihr über den Rücken. Sie lebte wieder!

Teil 2
Der Prozess

»Eine Jury sind zwölf Geschworene,
die entscheiden, wer über die
bessere Verteidigung verfügt.«

Robert Frost

21

Richter John Hernandez war ein bescheidener Mensch, aber zu Recht stolz auf seine Bibliothek juristischer Werke. Im Gegensatz zu der im Hightech-Zeitalter bereits üblichen Verbreitung von Urteilen und Gesetzeswerken in digitalisierter Form für den Computer gab er der gebundenen Fassung den Vorzug. Noch das kleinste Stück Wand war mit Eichenregalen vollgestellt, die er selbst finanziert hatte, um jeglichem Anschein von Unkorrektheit vorzubeugen, und sie alle platzten fast aus den Nähten: »West's Digest«, »Bancroft and Whitney« sowie eine Sammlung aller richterlichen Entscheide in Kalifornien standen neben unzähligen weniger bekannten juristischen Abhandlungen aus der Zeit, da er selbst noch als Anwalt tätig war. Zwei zusätzliche Regale standen frei im Raum und waren so unterschiedlichen Themen wie Weltgeschehen, Rassenbeziehungen, Sport und Innenpolitik vorbehalten. An wichtigen Werken fehlten lediglich eine Ausgabe der amerikanischen Verfassung sowie das Verfahrensrecht und das Strafgesetzbuch von Kalifornien, denn die hatte er stets griffbereit auf dem Schreibtisch. Im voll gestopften Richterzimmer blieb für Besucher wenig Platz, aber sein Amt ließ John Hernandez dafür ohnehin praktisch keine Zeit.

Er war Jahrgang 1942 und auf den Tag genau ein Jahr nach dem Überraschungsangriff auf Pearl Harbor im kalifornischen Watsonville als Kind einer Wanderarbeiterin zur Welt gekommen. Dann hatte er auf den Feldern der Großgrundbesitzer in der Region Central Coast gespielt und mit angesehen, wie seine Eltern und älteren Geschwister – weidenden Tieren gleich, die Nase fast am Boden – unendlich lange Reihen von Artischockenpflanzen entlangkrochen. Dafür bekamen sie pro Tag drei Dollar. Mit acht begann er in den Sommerferien neben seiner Schwester ebenfalls als Pflücker zu arbeiten. Kaum in der High School, schloss er sich einer Bande an und geriet immer wieder in Schwierigkeiten, auch was seine unregelmäßige Teilnahme am staatlichen Schulsystem betraf. Dann nahm sich ein mehrsprachiger Anwalt namens Donald Eggleston seiner an. Er half dem Jungen mexikanischer Abstammung, seine Enttäuschung und seine Wut in konstruktive Bahnen zu lenken, und ließ später seine Beziehungen spielen, um ihm zu Begabtenstipendien in Stanford zu verhelfen, zunächst für das Grundstudium und dann an der juristischen Fakultät. Dort lernte John einen jungen Exfußballer kennen, der ebenfalls mit einem Stipendium studierte und ihm, was Armut, Ehrgeiz und frühere Probleme betraf, in nichts nachstand. So wurden John Hernandez und Barrett Dickson Freunde.

Nun lag nach zwölf Jahren, in denen er schon als Richter tätig war, die Leitung der Verhandlung im »Jahrhundertprozess« von San Francisco vor ihm. Die Schwierigkeiten konnten nicht ausbleiben und sie nahmen schon bald ihren Lauf. Ein Beamter, den ein anderer Richter am ersten Tag als Aushilfe zu ihm geschickt hatte, verzählte sich bei den Sitzgelegenheiten im Gerichtssaal, und so musste mit den Leuten, die bereits meinten, einen Platz ergattert zu haben, aber dann doch nicht mehr hineinpassten, eine zweite Verlosung durchgeführt werden. Die fünf, die beim zweiten Durchgang in dieser »Reise nach Jerusalem« den Kürzeren zogen, schickten völlig verärgert eine Abgesandte zu Maggie, dem ehrwürdigen Gerichtsfaktotum von Abteilung 26, die alle nur unter ihrem Vornamen kannten, mit der Forderung, wenigstens Stehplätze im rückwärtigen Teil des Saales zugewiesen zu bekommen. Richter Hernandez saß aufgebracht in seinem Büro, nachdem er den

Geschworenen die Nachricht hatte übermitteln lassen, er bitte um Geduld, er habe noch »ein Problem zu lösen«.

»Vermutungen?«, sagte er gerade zu Maggie und Fred, dem jungen dunkelhäutigen Beamten.

»Sie wollen wenigstens zusehen, Herr Richter«, meinte Fred, »diese fünf Personen.«

»Die Fünferbande«, brummte Maggie trocken. »So werden die Presseleute sie über kurz oder lang nennen.«

»Die Presse«, murmelte John Hernandez und ging, die Hände in die Hüften gestemmt, auf und ab. Obwohl allgemein die Meinung herrschte, dieser Fall sei für den zurückhaltenden und die Öffentlichkeit scheuenden Hernandez eine glänzende Chance, kam er selbst sich vor, als säße er mit einem ausgehungerten Löwen im selben Käfig, mit nichts als einem Stuhl, den er den Blitzgewittern der versammelten Presseleute entgegenhalten konnte.

»Wer war für diese verdammten Lose überhaupt zuständig?«, knurrte Maggie. »Mich haben sie jedenfalls nicht gefragt.«

»Die Mitarbeiterin des Gerichtspräsidenten hat das veranlasst«, antwortete er.

»Das erklärt alles«, meinte Maggie verächtlich.

John Hernandez musste lachen, obgleich er wohl wusste, dass ein paar Erzkonservative und sogar einige ältere Demokraten unter seinen talargewandeten Kollegen und Kolleginnen ihn um seine wachsende Beliebtheit beneideten und sich freuen würden, ihn straucheln zu sehen. Einen solchen Fall zu verpatzen, würde ihm zweifellos den geplanten Aufstieg ans Appellationsgericht und von dort später vielleicht an den Obersten Gerichtshof verbauen.

Der belustigte Blickwechsel zwischen den Berichterstattern der beiden Zeitungen von Los Angeles, kaum dass das Problem der unzureichenden Sitzgelegenheiten offensichtlich wurde, hatte ihn verärgert. Die Presse hatte es satt, ständig zu hören, wie viel effizienter die Gerichte in San Francisco im Vergleich zu denen ihrer Erzrivalin L. A. seien, und nun gab es hier schon die erste Verzögerung – und dies noch, bevor das Ganze überhaupt richtig angefangen hatte. Fünf Klappstühle wurden hereingetragen und im Hauptgang seitlich aufgereiht.

Es wurde still im Gerichtssaal und John Hernandez befahl, die Geschworenen hereinzuholen. Er konnte seine Unzufriedenheit in der Stimme nicht verbergen. Ohne dass auch nur ein einziges Wort im Zeugenstand geäußert worden wäre, hatte ihn die Bitte der Fünferbande bereits wichtige Zeit gekostet und seine Verpflichtung den Geschworenen gegenüber verletzt – von den in San Francisco geltenden Feuerschutzbestimmungen ganz zu schweigen.

Die Anklagevertretung hatte ihre Plätze in unmittelbarer Nähe des Geschworenenstandes eingenommen, zuerst Earl Field, dann Grace Harris. Barrett Dickson saß am weitesten von ihnen entfernt, was angesichts seiner fortwährend erbarmungswürdigen Miene das Vernünftigste schien. Das Gericht hatte Al Menghettis Ersuchen, den Tisch der Verteidigung so zu drehen, dass er den Geschworenen direkt gegenüber stand, entsprochen. Elliot Ashford war zwischen Menghetti und Barrett platziert; er musterte in aller Ruhe die Geschworenen und machte sich, unterbrochen von gelegentlichem Flüstern mit Al Menghetti, Notizen.

Als die Geschworenen mit ernster Miene eintraten, dachte der Richter unwillkürlich: Die typische Mischung der Bevölkerung San Franciscos, genau so vielfältig wie die Restaurants – eine gerichtliche Bouillabaisse. Es waren drei Leute afroamerikanischer, zwei mexikanischer und drei asiatischer Herkunft, außerdem waren vier Weiße dabei, im Alter zwischen dreiundzwanzig und siebenundsechzig, sieben Frauen und fünf Männer. An Berufen war Hausfrau dreimal vertreten, Bauingenieur einmal, Sekretärin zweimal, es gab eine pensionierte Lehrerin, eine Flugbegleiterin, einen Buchhalter, zwei

Arbeitslose und den unvermeidlichen Postbeamten im Ruhestand. Bei den sechs Ersatzleuten handelte es sich mit einer Ausnahme – einem Busfahrer unklarer Herkunft – um lauter Frauen. Diese sechs saßen dicht gedrängt am Ende der Geschworenenbank in der Nähe des Waschbeckens.

Richter Hernandez bedankte sich bei den Geschworenen für ihre Geduld und erklärte ihnen die Verzögerung. Dann wandte er sich wieder den Anwälten zu. »Darf ich die Anwaltschaft bitten, ihr Erscheinen für den Gerichtsbericht zu bestätigen.«

Anschließend wurde die Anklageschrift verlesen.

»Mr. Field«, wandte sich der Richter an den District Attorney, »Ihre Eröffnung, bitte.«

»Danke, Euer Ehren«, erwiderte dieser. »Meine Damen und Herren Geschworenen, guten Morgen«, begann er. »Ich werde mich kurz fassen, denn wenn Sie die Übertreibungen und das Aufheben in der Öffentlichkeit einmal außer Acht lassen, handelt es sich hier um einen ganz gewöhnlichen Fall von häuslicher Gewalt. Brutaler, gewiss, als manche andere, aber dennoch einfach ein weiteres, leider allzu häufiges und trauriges Ereignis, bei dem eine warmherzige, loyale Ehefrau das hilflose Opfer des grausamen Wütens ihres Ehemannes wurde.«

Earl Field hielt sein Eröffnungsplädoyer in der Tat kurz. Nichts von Herunterleiern zahlloser verwirrender Einzelheiten, dem Juristen sonst in hochkarätigen Verfahren so schlecht widerstehen können. Er war früher ein hervorragender Rechtsanwalt gewesen und kannte die Studien, die nachwiesen, dass die Gedanken selbst des pflichtbewusstesten Geschworenen nach zwanzig, spätestens dreißig Minuten abschweiften. Gelangweilte Geschworene hörten jedoch nicht mehr richtig zu und konnten den Ausführungen bald nicht mehr folgen; das ärgerte sie, aus dem Ärger wurde Zorn, und schließlich wollten sie nur noch erfahren, was die andere Seite vorzubringen hatte.

Earl Field wusste auch, dass viele Ankläger einfältig um die

Gunst der Geschworenen buhlten, indem sie die Wände des Gerichtssaals mit obskurem Beweismaterial vollkleisterten, während die Verteidigung derweil deren Herzen mit redegewandten Bitten um Gnade und Appellen an den gesunden Menschenverstand gewann.

»Ein zweiter Grund, mich kurz zu fassen«, fuhr Field fort, und er ließ seinen Blick über jedes einzelne Jurymitglied schweifen, »ist die Tatsache, dass das Geschehen so eindeutig vor uns liegt. Meine Damen und Herren, ich habe weder die Absicht noch die Fähigkeit, Sie mit schönen Reden zu beeinflussen, noch will ich das Wesentliche an diesem Fall mit tage-, ja wochenlangen unverständlichen und haufenweisen Vernehmungen vernebeln. Im Gegenteil, die Anklagevertretung setzt ihr Vertrauen auf klare und unwiderlegbare Beweise – und nicht auf Witz, Tricks und große Töne.«

Ohne ein überflüssiges Wort lenkte Field die Aufmerksamkeit der Geschworenen auf die Nacht des 7. August in Lara Ashfords Badezimmer und es gelang ihm, allmählich eine Spannung aufzubauen, der sich niemand im Saal entziehen konnte. Reglos blickten ihn alle an, von seiner unmerklich lauter und eindringlicher werdenden Stimme wie gebannt, die sich vor Erregung überschlug, als er zu einer knallharten Schilderung der eigentlichen Mordtat ausholte. Er fuhr mit dem Arm durch die Luft, um die brutale Gewalt zu veranschaulichen, mit welcher der Täter das Opfer tödlich verletzte, es misshandelte und ihm schließlich die entscheidende tödliche Wunde zufügte. Zwei Geschworene in der ersten Reihe wichen, sichtlich schaudernd, auf ihren Plätzen zurück.

»Was mögen Lara Ashfords letzte Gedanken gewesen sein?«, fragte er eindringlich. »Was ging ihr durch den Kopf, als sie sah, wie der Mann, der versprochen hatte, sie zu lieben und ihr in guten und bösen Tagen beizustehen, die Hand hob? Nicht aus Liebe, sondern im Zorn; nicht um sie zärtlich zu streicheln, sondern um sie zu töten. In der Hand keine Liebesgabe, sondern eine Waffe, die ihr schrecklichen Schmerz zufügen und schließlich den Tod bringen würde?«

Von ihrem Platz in der Nähe der Geschworenen musterte Grace Harris einige von ihnen unauffällig und warf dann einen Blick hinter sich auf Sam Quon, der nicht minder gebannt zuhörte. Als er merkte, dass sie ihn anschaute, wurde er rot, weil sie ihn so völlig im Netz von Fields melodramatischer Rhetorik ertappt hatte. Grace hatte diese Rede zwar für Earl Field ausgearbeitet, aber nicht erwartet, dass er sie derart leidenschaftlich vortragen würde. Sie hatte ganz vergessen, dass er hier nicht nur als Staatsanwalt auftrat, sondern auch als Politiker. Auf alle Fälle wirkte seine hitzige Darstellung äußerst überzeugend.

Auf der anderen Seite der Geschworenen folgte Amanda Keller von ihrem Platz aus dem Vortrag völlig fasziniert. Mit leicht geöffneten Lippen blickte sie Field unverwandt an und spürte, wie sein Tonfall und die Autorität in seiner Stimme sie beinahe übermannten, ebenso die Anmut seiner Bewegungen, die Kraft, die in jeder einzelnen Geste zum Ausdruck kam. Sie konnte die sexuell aufgeladene, berauschende Wirkung kaum noch ertragen. Ihr wurde ganz schwindlig und schließlich musste sie sich aus seinem mentalen Griff befreien, indem sie den Blick abwandte. Ausgerechnet jetzt, wo sie endlich beschlossen hatte, sich von ihrer Mutter zu lösen, durfte sie sich nicht erlauben, einem dominierenden Mann zu verfallen.

Sie zwang sich, zu Al Menghetti hinüber zu schauen, dem im Augenblick nichts anderes übrig blieb, als abzuwarten. Earl Field war gerade dabei, Elliot Ashford durch eine Aufzählung von Fakten, die auf Mittel, Motiv und Gelegenheit hinwiesen, mit dem Verbrechen in Verbindung zu bringen: die vom Angeklagten geäußerte Eifersucht auf Senator Dwight Clifton und seine ohnmächtige Wut, als der Lebenswandel seiner Frau während ihres Aufenthalts in Washington in die Regenbogenpresse geriet; der von der Hausangestellten mitgehörte erbitterte Streit kurz vor dem Mord, in dem ebenfalls Cliftons Name fiel; die Blutspuren im Waschbecken – Lara Ashfords Blut, vermischt mit dem Blut des Angeklagten, laut einem praktisch eindeutigen DNS-Nachweis – sowie weitere Spuren seines Blutes auf einem Handtuch, mit dem der Griff der Mordwaffe umwickelt war, und ein erst vor kurzem verheilter Kratzer auf der Wange des Angeklagten, den ein Gerichtsmediziner als »zu unregelmäßig für einen Schnitt mit der Rasierklinge« einstufen würde. Dann folgten Dr. Yangs Feststellung, dass das Opfer brutal gepeinigt wurde, und zum Schluss, mit einem untertriebenen Achselzucken, das falsche Kinoalibi.

Dann kam Field nah an die Grenze der Voreingenommenheit heran, er bezeichnete das Familienunternehmen nämlich als Ashfords »Organisation«. Er weiß, überlegte Amanda, dass einige Geschworene unweigerlich von den Gerüchten gehört haben müssen, Elliot Ashford unterhalte Beziehungen zu führenden Mitgliedern des organisierten Verbrechens. Sie versuchte, sich an den Namen des Mafiabosses in Chicago zu erinnern, von dem es hieß, er sei Ashfords Geschäftspartner, und sah mit einem Seitenblick, wie der Angeklagte Menghetti etwas ins Ohr flüsterte. Aber dieser erhob keine Einwände und schien sich wie auch seinen Mandanten ganz unter Kontrolle zu haben.

Nach einer halben Stunde und drei Minuten schloss Earl Field, indem er seiner Hoffnung Ausdruck verlieh, dass die Geschworenen ihr Urteil aufgrund der Beweise fällen, sich an ihren Eid halten und den Angeklagten schuldig sprechen mögen.

Darauf ordnete der Richter eine Pause von zehn Minuten an und bat die Geschworenen in ihren Raum, wo sie während der Unterbrechung der Verhandlung vor den Medienleuten geschützt waren. Zwölf Minuten später saßen alle wieder im Gerichtssaal.

»Mr. Menghetti«, rief John Hernandez, »möchten Sie zum jetzigen Zeitpunkt Ihr Eröffnungsplädoyer halten?«

»Das möchte ich in der Tat, Euer Ehren.« Al Menghetti trat von Anfang an schneidend, großspurig und angriffslustig auf. Er stemmte sich mit seiner massigen Gestalt gegen die Last der gegen seinen Mandanten zusammengetragenen Beweismittel. Amanda missfiel, wie er bar jeder Selbstbescheidung herumstolzierte und tobte, ohne einen Versuch zu machen, die Geschworenen für sich zu gewinnen. Während Earl Field sie mit seiner Stimme liebkost hatte, ließ Al Menghetti eine Serie von linken Haken und rechten Querschlägen auf sie niederprasseln. Worüber, schnarrte er, der District Attorney denn hier gesprochen habe? Über einen brutalen, verdorbenen Irren etwa? »Nein!«, rief er aus. »Ohne einen einzigen Augenzeugen und aufgrund rein zu-fäl-li-ger Beweismittel hat dieser ehrgeizige, selbst ernannte Gouverneurskandidat« – hier wurde einem Einspruch stattgegeben –, »der allgemein als Gegner des Angeklagten bekannt ist, eines geachteten Philanthropen und ehemaligen Kongressmitglieds« – ein neuerlicher Einspruch, diesmal abgelehnt –, »ruchlos die Integrität eines hoch geachteten, großzügigen Bürgers unserer Stadt, eines ehemaligen Mitglieds unserer Polizei ... und, ganz besonders wichtig, eines ergebenen Ehemannes in den Schmutz gezogen.«

Amanda platzte beinahe laut heraus vor Lachen, aber ein Blick nach rechts enthüllte ihr nichts als einen Haufen hingerissen lauschender Geschworener, die Menghettis aggressive Rhetorik offenbar völlig gefangen nahm. Allmählich wurde ihr klar, dass sie auf diese naiven Leutchen ein bisschen Einfluss nehmen musste, wenn sie am Ende schon kein Stimmrecht bekam.

Auf Grace wirkte Al Menghettis Stil zwar eher abstoßend, aber sie konnte ihm ihre Bewunderung für seine Fähigkeit, wie er die typischen Themen der Verteidigung anging, nicht versagen. Die Polizei wie auch der District Attorney, so führte er aus, hätten ein überstürztes Urteil gefällt und dann versucht, dieses mit Hilfe zweifelhafter Wissenschaftlichkeit und unter Verheimlichung entlastenden Beweismaterials zu untermauern. Ein Blick auf die Geschworenen zeigte ihr, dass sie vom Wortschwall, der von den Lippen des indignierten Verteidigers auf sie herniederregnete, völlig absorbiert waren. Sie sah, worauf Menghetti aus war: Wie alle Spitzenanwälte wusste er, dass er den Geschworenen einen Grund liefern musste, damit sie an der Schuld des Angeklagten zweifeln *wollten*, weil er sie so nämlich am ehesten dazu bringen konnte, dass sich in ihren Köpfen ein begründeter Zweifel regte. Und mit seinen Worten wie mit seiner Art versprach er, ihnen diesen Grund zu geben, ja vielleicht sogar nicht nur einen, sondern zwei oder drei. Nachdem er den auf Indizien beruhenden Fall zerpflückt hatte – indem er mit dem Polizeilabor und dem toxikologischen Institut des amtlichen Leichenschauhauses von San Francisco besonders hart ins Gericht ging –, tat er einen Schritt auf den Geschworenenstand zu und senkte seine Stimme zu einem verschwörerischen Flüstern.

»Und schließlich, meine Damen und Herren, gibt es noch einen Grund, weshalb Sie Mr. Ashford nicht schuldig sprechen dürfen. Einen ganz einfachen sogar: Er konnte den Mord gar nicht begehen. Es *muss* also jemand anders gewesen sein. Weshalb? Das werde ich Ihnen sagen: weil eine Frau namens Renee Babcock bezeugen wird, dass der Angeklagte die Mordnacht mit ihr zusammen verbracht hat!«

Der Lärmpegel im Gerichtssaal explodierte, als Grace wie der Blitz aufsprang, um Einspruch zu erheben. Nach ihr erhob sich auch Earl Field und beide protestierten, dass sie nie von einer Alibizeugin gehört hätten, wie immer sie auch heiße. Während der Richter seinen Hammer niederdonnern ließ, warf Grace einen Blick auf Barrett. Sie hatte gesehen, wie sein Kopf emporgeschossen war und seine Augen aufmerksam aufleuchteten, als es im Saal ob der Überraschungsrufe laut geworden war.

John Hernandez hämmerte weiter, doch weder ihm noch dem Gerichtsdiener gelang es, dem Tumult ein Ende zu bereiten, und die Presseleute rannten hinaus. Als endlich wieder Ruhe eingekehrt war, rief Hernandez Staatsanwaltschaft und Verteidigung zusammen mit der Protokollführerin zur Seite. »Wer«, fragte er, »ist Renee Babcock?«

»Sie steht auf der Liste, Euer Ehren«, erwiderte Menghetti. »Ich habe sie Ihnen heute Morgen vor Beginn der Verhandlung gegeben.«

»Die hier?«, fuhr Grace ihn an und riss ihm die Unterlage mit den sechzehn Namen aus der Hand, um sie vor Hernandez hinzulegen. »Euer Ehren«, sagte sie, »das hier haben wir vor nicht einmal einer Stunde bekommen!«

»Bitte geben Sie eine Erklärung ab, Mr. Menghetti«, bat Hernandez ruhig.

»Selbstverständlich, Euer Ehren. Mr. Ashford hat die Dame mir gegenüber erst gestern Abend erwähnt. Er hoffte bis dahin, sie vor der Preisgabe ihrer Identität bewahren zu können.«

»Wie zuvorkommend«, warf Grace ein. Sie bemerkte, dass Barrett ebenso zornig schien wie sie, und als ihre Augen sich trafen, sah sie an seinem Blick, dass er genauso überrascht war.

John Hernandez schlug den Hammer noch einmal kräftig nieder, unterbrach die Verhandlung und hieß Staatsanwaltschaft und Verteidigung, ihre Plätze wieder einzunehmen. Kaum waren die Geschworenen draußen, richtete er einen erzürnten Blick auf Barretts gerötetes Gesicht. »Mr. Dickson!«

Dieser erhob sich und gab die ersten Worte im Prozess gegen Elliot Ashford von sich: »Euer Ehren, Sie und ich haben exakt zum selben Zeitpunkt von dieser Zeugin Kenntnis erhalten. Ich gebe Ihnen mein Wort.«

»Ich glaube Ihnen, Mr. Dickson«, erwiderte John Hernandez kühl, »aber *Sie* hätten *vor mir* informiert werden müssen.«

»Ja, Euer Ehren«, antwortete Barrett und warf Menghetti einen stechenden Blick zu.

»Ich beantrage, diese Z-Zeugenaussage auszuschließen«, fügte Grace hinzu.

»Ich behalte mir das Recht vor, darüber zu befinden«, sagte Hernandez. »Vorerst ersuche ich die Verteidigung, Ms. Babcock innerhalb von achtundvierzig Stunden zur Prüfung durch die Anklage zu präsentieren. Und Sie, Mr. Menghetti, sowie Sie, Mr. Dickson, werden mit einem Bußgeld von je 3000 Dollar belegt, weil Mr. Menghetti Renee Babcock in seinem Eröffnungsplädoyer erwähnt hat, ohne das Gericht und die Anklagevertretung zuvor angemessen in Kenntnis zu setzen. Ms. Babcock in einer Liste von sechzehn Namen zu verbergen, die der District Attorney unmittelbar vor Beginn der Verhandlung erhält, kommt unlauterer Prozessführung gleich. Und die Geschworenen darüber zu informieren, verletzt unsere Bestimmungen, was die Offenlegung von Dokumenten angeht, wie auch den ethischen Kodex und den Verhaltenskodex für Strafverteidiger.«

Barrett wollte noch etwas zu seiner Verteidigung sagen, doch er sah, dass John Hernandez noch nicht zum Ende gekommen war.

»Mr. Menghetti, Sie befinden sich hier in einem Gerichtssaal mit der Toleranzgrenze null«, fuhr er nun fort. »Auch nehmen Sie bitte zur Kenntnis, dass ich hier nicht als Schiedsrichter in einem Ringkampf tätig bin. Ich erwarte – und ich bewundere – engagierte Anwaltsarbeit, aber ich verlange *saubere* Arbeit. Drehen Sie nicht noch einmal ein solches Ding, Mr. Menghetti, sonst nehmen Sie lieber gleich Ihre Zahnbürste mit, denn Sie sehen Ihr Hotel dann die nächsten dreißig Tage nicht mehr.«

»Euer Ehren«, erwiderte Menghetti, »es tut mir überaus Leid. Ich habe diese ganze Verwirrung auf keinen Fall beabsichtigt.«

Richter Hernandez erhob sich. »Es besteht nicht die geringste Verwirrung hinsichtlich der Absicht, die Sie mit Ihrer Taktik verfolgt haben, Sir!« Er sprach mit zusammengepressten Zähnen. »Um sicher zu gehen, dass auch auf Ihrer Seite keine Verwirrung hinsichtlich meiner Entschlossenheit mehr besteht, erhöhe ich in Ihrem Fall das Bußgeld auf 5000 Dollar.«

»Euer Ehren«, bemerkte Grace, »dürfen wir die Geschworenen hinsichtlich dieser Sache aufklären?«

»Selbstverständlich, Ms. Harris. Ich werde die Geschworenen bei ihrem Wiedererscheinen dahingehend instruieren, der Erwähnung von Renee Babcock keinerlei Beachtung schenken, bis sie tatsächlich aussagt – *wenn* es überhaupt dazu kommt. Ich werde ihnen auch sagen, dass Mr. Menghetti das Gesetz gebrochen sowie die Bestimmungen verletzt hat, die für dieses Verfahren gelten.«

Al Menghetti war klug genug, daraufhin zu schweigen, und John Hernandez verließ den Richterstuhl. Barrett sank in seinen Sessel zurück und nahm kaum wahr, dass sein Studienfreund an der Tür innehielt und ihm einen Blick zuwarf, in dem sich Ärger und Enttäuschung spiegelten.

Im Geschworenenraum, einem trostlosen Loch ohne Fenster, dafür mit sonnengelb bemalten Wänden, in dem ein langer, verwitterter Eichentisch fast den ganzen spärlichen Platz einnahm, wandte sich Amanda zur selben Zeit an eine ältere Frau neben ihr, eine reguläre Geschworene namens Ruth Salverson. »Haben Sie bemerkt, wie zornig Richter Hernandez eben war?«, wisperte sie ihr zu. »Ich wette, Mr. Menghetti bezahlt gerade für diesen billigen Trick.«

»Also, das weiß ich nicht so recht«, antwortete die andere. Sie sah müde aus. »Im Übrigen sollten wir, glaube ich, uns nicht über den Fall austauschen, oder?«

»Wir dürfen nicht über die *Beweisführung* reden«, widersprach Amanda. »Der Richter hat extra gesagt, dass die Eröffnungsrede nicht zu den Beweismitteln zählt. Ich finde, es ist ziemlich klar, warum Menghetti zu solchen Mitteln greifen muss, Sie nicht auch, Ruth?«

Damit hatte Amanda Kellers persönliches Eingreifen in diesem Fall begonnen.

22

Wenige Minuten später drängte sich das Verteidigungsteam in einer L-förmigen Arrestzelle neben dem Gerichtssaal zusammen, die das Gericht ihm zur Benutzung während der Verhandlungspausen zugeteilt hatte. Sonst war dieser fensterlose Raum Straftätern vorbehalten, die auf ihren Aufruf für einen Einspruch, die Urteilsverkündung oder zur Vernehmung warten mussten. Es gab zwei Ausgänge: der eine in den Gerichtssaal und der andere auf einen Flur, der durch einen Aufzug mit den Zellen im sechsten und siebten Stock verbunden war. Eine fleckige, angeschlagene Toilette mit Waschbecken befand sich in der einen Ecke. Es roch nach Desinfektionsmittel.

Barrett saß auf einem Holzstuhl und blickte seinen Mandanten über den verkratzten, mit zahllosen dunklen Ringen gemusterten Eichentisch hinweg an. Die Wände waren hier ebenso schmucklos wie im Geschworenenraum. Al Menghetti stand mit verschränkten Armen vor der Tür, direkt hinter Elliot Ashford, der unbeteiligt auf seinem Stuhl hockte. Er hatte die Beine übergeschlagen und erwiderte Barretts anklagenden Blick ungerührt. Seine Augen besagten nicht nur, dass er sich völlig unschuldig fühlte, sie schauten vielmehr geradezu umwerfend heiter drein.

»Zuerst erzählen Sie der Polizei, Sie seien im Kino gewesen«, sagte Barrett mit vor Ärger bebender Stimme, »dann faseln Sie mir etwas von einem Kerl vor, dessen Identität Sie nicht preisgeben dürften, und jetzt haben wir es mit einer Frau zu tun, die Sie angeblich schützen wollten.«

Elliot Ashford lächelte. »Ich bin eben ein Gentleman, Barrett, wie Sie auch. Renee hat einen Verlobten, einen Brutalo, der nicht zögern würde, sie zu verprügeln – wenn nicht noch schlimmer. Ich hatte gehofft, meine ... Indiskretion nicht aufdecken zu müssen, aber Al hat mich gestern Abend dazu überredet.«

Barretts Augen flogen zu der Stelle, wo Menghetti stand. »*Gestern Abend?* Warum haben Sie ...«

»Ganz einfach: um Sie und Ihre Beziehung zu Richter Hernandez zu schützen, Barrett«, antwortete Menghetti. »Dazu kommt, dass Sie darauf bestanden hätten, dass wir die Anklage informieren, *bevor* Field reinrasselt und seine Glaubwürdigkeit verspielt, indem er den Geschworenen erzählt, Elliot habe kein Alibi.«

»Dafür haben *Sie* jetzt Ihre Glaubwürdigkeit beim Richter verspielt!«, rief Barrett.

»In unserem Job muss man ab und zu Prioritäten setzen, Dickson. Das Rechtssystem ist wie eine Wurst essen. Da fragen Sie auch nicht groß, wie sie entstanden ist.«

»Es hat nichts damit zu tun, wie das System aufgebaut ist, Menghetti. Es geht um die Typen, die es ausnutzen. Selbst ich kapiere das. Aber trotzdem danke, dass Sie mich außen vor gelassen haben.«

»Ach, bitte, keine Ursache, Dickson«, meinte Menghetti. »Und machen Sie sich bloß keine Sorgen um Ihren Kumpel Hernandez. Der beruhigt sich schon wieder. Im Übrigen sind es eh die Geschworenen, die unseren Mandanten freisprechen oder ans Kreuz liefern, und nicht der Richter. Ihr Problem besteht darin, dass Sie keine Ahnung haben, wie in der Strafverteidigung gespielt wird. Sobald Sie so weit sind, kann ich guten Gewissens offener mit Ihnen über alles reden.«

»Wie wär's denn damit, wenn schon von Offenheit die Rede

ist«, fauchte Barrett mit einem wütenden Blick auf den untersetzten Strafverteidiger: »Ficken Sie sich ins Knie, Menghetti! Und Sie sich gleich dazu, Ashford!«

Menghetti wich aus, als Barrett auf die Tür zu stürmte, doch Ashford sprang auf und stellte sich ihm in den Weg. »Mann, so warten Sie doch einen Moment! Es ist alles mein Fehler. Ich habe Al angefleht, jedes theoretisch legale Mittel anzuwenden, wenn es eins gibt, um Field aufs Kreuz zu legen ...«

Menghetti unterbrach ihn: »Barrett, was sind denn schon ein zorniger Richter und ein paar tausend Dollar Strafe im Vergleich zu dem, was wir heute Morgen erreicht haben? Wo liegt denn Ihr Problem?«

Barrett wusste, dass es reine Zeitverschwendung war, mit den beiden über ethische Fragen in der Rechtsprechung zu diskutieren. Ashford kämpfte um sein Leben und Menghetti gehörte zu den Kämpen alter Schule: gewinnen um jeden Preis. »Mein Problem, wie Sie es nennen«, antwortete er schließlich, »ist, dass Sie noch nicht einmal den *Anfang* des Zorns dieses Richters kennen gelernt haben.« Er wusste, es wäre das Beste, Ashford einfach zur Seite zu schieben und den Raum zu verlassen. Aber was hätte dies für Folgen für Mike und die andern bei C&S?

»Al kennt die Risiken!«, rief Ashford. »Und denken Sie doch an die Risiken, die uns die Statistik von Dr. Tremaire aufgezeigt hat. Siebzig bis achtzig Prozent der Geschworenen bilden sich ihre Meinung bereits während der Eröffnungsreden und weichen nicht mehr davon ab. Wir *mussten* also wirklich alles ins Feld führen, was wir irgendwie hatten, ja?«

»Und vielleicht auch etwas, was Sie nicht hatten, Elliot?«, sagte Barrett und seine Stimme strotzte vor Verachtung. »Wie viel haben Sie denn dieser Renee Babcock bezahlt?«

»Ich habe gestern mit ihr gesprochen«, warf Menghetti ein. »Sie ist anständig. Keine Leuchte, aber glaubwürdig.«

»Kommen Sie mir nicht mit so was, Menghetti. Selbst wenn

sie anständig ist – was ich bezweifle –, dann bleibt es immer noch bei unlauterer Prozessführung, wie der Richter es nannte.«

»Nein, Dickson, darum geht es nicht«, widersprach Menghetti mit spöttisch gekräuselten Lippen. »Es bleibt für uns bei der Verantwortung für das Leben *unseres* Mandanten, der eines Schwerverbrechens mit Todesfolge angeklagt ist. Wir kämpfen hier gegen die tödliche Giftspritze, gegen eine *Hinrichtung*! Und Sie, Sie predigen uns was vor über die Regeln der Gräfin von Queensberry! Kann ja sein, dass Ihr Kumpel Hernandez im Moment sauer auf uns ist, Dickson, aber wenigstens kann er ermessen, was für eine Verantwortung man als Verteidiger in einem Mordfall auf sich nimmt, und das ist verdammt sehr viel mehr, als wozu Sie in der Lage sind!«

Barrett hätte sich gerne hingesetzt. Menghetti fuhr mit seiner Tirade unvermindert fort, ja er erhob seine Stimme noch mehr: »Jeder rundum liegt mir in den Ohren, was für ein glänzender Anwalt Barrett Dickson einst war. Aber das *war* mal, mein Freund. Sie sind wie der Typ, dem der Sinn des Lebens aufging und der vergaß, darüber zu schreiben. Was ich hier zu erreichen versuche, hat nichts mit Blümchenpflücken zu tun, Sie Vollidiot; es geht hier um sehr viel mehr! Also halten Sie sich verflucht noch mal da raus!«

Barretts erster Impuls war, Ashford mitzuteilen, er solle sich einen Dümmeren suchen, aber dasselbe Gefühl, das ihn schon ein paar Minuten zuvor letztlich daran gehindert hatte, den Raum zu verlassen, hielt ihn auch jetzt ab. Schmerzhaft wurde ihm klar, weshalb: *Gott hilf mir,* dachte er, *ich will diesen Fall!*

Er hatte es satt, als Fossil herumzuhängen. Er wollte wieder an etwas Entscheidendem teilhaben. Weshalb? Um das Stigma von 1993 und den Fall TDA loszuwerden? Oder weil Leute vor Gericht zu vertreten das Einzige war, was er wirklich konnte – obwohl er Gerichtssäle mittlerweile regelrecht hasste? Barrett ließ sich auf den nächststehenden Stuhl sinken und schloss kurz die Augen. Da spürte er, wie sich eine Hand auf seine Schulter legte. Menghetti war hinter ihn getreten. »Lassen wir die Grabenkämpfe, Barrett«, sagte er in milderem Ton. Dann ließ er auch noch die andere Hand auf Barretts Schulter ruhen und fügte hinzu: »Elliot hat bloß versucht, Babcock so lange wie möglich zu schützen, und ich will Sie schützen. Lassen Sie also das Scheißgetue, ja? Und machen Sie sich keine Sorgen um die fünf Riesen. Ich zahle beide Bußgelder. Einverstanden?«

»Sie werden noch mehr tun als das, Menghetti«, sagte Barrett. »Als Erstes nehmen Sie jetzt *sofort* Ihre Hände von meinen Schultern.«

Barrett sah, wie Elliot Ashford seinem Verteidiger einen Blick zuwarf, und Menghetti entfernte sich.

»In Ordnung, Barrett«, meinte er dann trocken. »Quetschen Sie als Entschuldigung alles bis zum Geht-nicht-mehr aus mir raus.«

»Das werde ich auch. Zunächst möchte ich wissen, ob Sie noch weitere solcher Tricks auf Lager haben.«

Menghetti grinste. »Das war's, Barrett, ich schwör's. Sehen Sie, es tut mir echt Leid. Ich hab' da falsch gelegen. Aber Ihr Freund, der Richter, wird uns verzeihen. Uns!«

Barrett setzte sich auf seinem Stuhl gerade hin und warf ihm einen scharfen Blick zu. »Damit komme ich zum nächsten Punkt. Wir drei marschieren jetzt *subito* in den Gerichtssaal – Sie auf den Knien, Rambo – und Sie ebenfalls, Elliot. Und dort höre ich mir an, wie Sie diese Bußgelder in eine Entschuldigung verpacken, die mich auf der ganzen Linie entlastet. Einverstanden?«

Menghetti nickte.

»Und dann noch etwas. Ich lasse nicht zu, dass mich jemand einen Vollidioten heißt, Al; ganz besonders Sie nicht. Tun Sie das nicht noch mal. Wenn doch, werde ich Sie mir vorknöpfen. Und das war meine letzte Warnung.«

»In Ordnung, Dickson«, sagte Menghetti. »Und es tut mir Leid, was ich da vorher gesagt habe. Alles klar? Handschlag?«

Barrett versuchte, seine rasenden Gedanken zur Ruhe zu bringen. Er würde mit John Hernandez reden. Wenn sich die Aufregung gelegt hatte, würde er ihm die Wahrheit sagen und John würde ihm glauben. Dazu kam, dass Babcocks Aussage – falls es dazu kam – bedeutete, dass sie tatsächlich berechtigte Zweifel an Ashfords Schuld hervorrufen konnten und den Fall bestimmt gewinnen würden. Mike würde weiterhin im Exekutivausschuss bleiben und dadurch sich selbst und vielleicht auch die ganze Kanzlei retten. Er, Barrett, würde als Gewinner aus der Sache hervorgehen und jeder – außer ihm – das TDA-Debakel vergessen. Dazu würde er erst noch das Jahr bei C&S zu Ende machen und sich dann auf die Prüfung für den Immobilienhandel vorbereiten. Und schließlich: Sein Mandant *war* ja unschuldig.

»Kommen Sie, Barrett«, bemerkte Elliot Ashford. »Geben Sie ihm die Hand.«

Barrett blickte zuerst ihn an, dann Menghetti und spürte, wie sein Zorn abebbte. Er sah, wie sein Arm sich hob und Menghettis ausgestreckter Hand begegnete.

23

Grace Harris kochte vor Wut, als Earl Field als ersten Zeugen der Anklage Arnold Sun aufrief. Der eigentlich vorgesehene Sachverständige hatte tags zuvor aus Denver angerufen und abgesagt, weil er bei einem anderen Prozess länger als geplant festgehalten wurde. So rückte ein junger, nervöser Kriminalbeamter der Polizei von San Francisco an seine Stelle. Sie hatte ihn vorbereitet und sich darauf gefasst gemacht, ihn persönlich zu vernehmen, da hatte Earl in letzter Minute beschlossen, dies selbst zu tun, wohl um von Anfang an darzulegen, wie wichtig er diesen Fall nahm.

Die Geschworenen saßen erwartungsvoll da. Sie hatten nicht die geringste Ahnung, dass eine Spannung zwischen Ankläger und Anklägerin bestand. Außerdem waren sie viel zu sehr auf die Herausforderung konzentriert, der sie sich gestellt hatten. Auch das Publikum wartete nun aufmerksam und neugierig auf die erste Zeugenvernehmung. Aber Grace wusste, dass sich diese nervöse Energie in der zunehmenden Hitze des Gerichtssaals bald verflüchtigen würde, denn draußen hatte der unberechenbare El Niño für einen unerwarteten Temperaturanstieg auf rekordverdächtige Höhen gesorgt. Das Dach war fast am Bersten und die Meteorologen wie auch die ganze Stadt wirkten noch konfuser als je zuvor.

»Rufen Sie Ihren ersten Zeugen«, ordnete Richter Hernandez an, und Earl Field erhob sich, um Arnold Sun in den Zeugenstand holen zu lassen.

Der junge Kriminalbeamte fuhr sich mit der Zunge nervös über die Lippen und trat so wachsam auf den Stuhl zu, als vermute er darunter eine Falle. Er hatte ein rundes, völlig faltenloses Gesicht und glattes, kohlschwarzes Haar, das sich nicht recht bändigen ließ. Die Befragung verlief problemlos, da Field sich an das Schema von Grace hielt – bis zu der Stelle, wo sie geschrieben hatte: Bringen Sie die Rückstände unter den Nägeln zur Sprache.

Jeder erfahrene Anwalt weiß, dass eine mögliche Schwachstelle in einer Zeugenaussage bei der Befragung von der Partei, die den Zeugen benannt hat, offen gelegt werden muss, bevor die Person im Zeugenstand von der Gegenseite aufs Korn genommen wird. Zu Graces Entsetzen erwähnte Field das verloren gegangene Beweismaterial jedoch nicht einmal. Er dankte seinem Zeugen, entließ ihn und setzte sich.

Menghetti sah verdutzt aus. Sie schob Field einen Zettel hin, auf dem stand: Warum haben Sie den Zahn nicht gezogen?

Er beugte sich sichtlich gereizt zu ihr hinüber. »Man fängt eine Verhandlung nicht mit einer Entschuldigung an, Grace«, flüsterte er ihr zu. »Erweckt den Eindruck, als stünde man auf schwachen Füßen.«

Sie stöhnte unhörbar auf, weil sie ahnte, dass Arnold Sun bald nicht nur schwächer dastehen würde, sondern sogar wie ein Betrüger.

Menghetti stürzte sich wie ein hungriger Wolf auf die günstige Gelegenheit: »Wurden eventuelle Spuren unter den Fingernägeln des Opfers sichergestellt, Mr. Sun?«

»Ja.«

»Das ist in einem Mordfall von Bedeutung, nicht wahr?«

»Ja.«

»Warum stellen Sie solche Spuren im Allgemeinen sicher?«

Der Zeuge blickte sichtlich nervös zuerst Al Menghetti an und dann auf seine verschränkten Hände hinunter. »Wenn ein Kampf stattgefunden hat, können wir die Person, die angegriffen hat, mit Hilfe einer DNS-Analyse identifizieren.«

»Und, ehm, in diesem Fall hat ein heftiger Kampf stattgefunden, nicht wahr?«

»Ja.«

»Solche Proben können also im Grunde ebenso gut dazu dienen, einen Verdächtigen zu entlasten, wie einen Verbrecher zu überführen – ist das richtig?«

»Ja«, antwortete Sun. »Solches Beweismaterial kann auch dazu dienen, einen Verdächtigen zu entlasten.«

»Zum Beispiel wenn die DNS unter den Nägeln nicht mit der des Verdächtigen übereinstimmt?«

»Ja.«

»Und haben Sie dieses Verfahren in letzter Zeit angewandt? Ich meine, ist ein fälschlich Verdächtigter dadurch entlastet worden?«

»Ja, ein- oder zweimal.«

»Aber bei Mr. Ashford haben Sie es nicht angewandt, nicht wahr?«

»Nein. Das war nicht möglich.«

»Aber, Mr. Sun, der Angeklagte hat Ihnen doch nicht etwa eine Blutprobe verweigert?«

»Also … nein, aber …«

»Ich danke Ihnen, Mr. Sun«, schloss Menghetti und setzte sich. Die Vernichtung von Arnold Sun hatte gerade zwei Minuten in Anspruch genommen.

»Aber Mr. Sun«, begann Earl Field, und seine Stimme klang etwas weniger gefasst als zuvor, »*warum* haben Sie denn nicht versucht, den Angeklagten als Verdächtigen mittels eines DNS-Tests aus den Rückständen unter den Fingernägeln des Opfers zu entlasten?«

»Die Proben … ehm … sie wurden … verlegt, Mr. Field.«

Ein Raunen ging durch das Publikum. Der Hammer fiel. Grace sah, wie ein Lächeln Al Menghettis sonst so strenge Miene erhellte. Das Versäumnis des Polizeilabors war auf die schlimmstmögliche Weise an den Tag gekommen.

»Fahren Sie fort, Mr. Sun«, forderte Earl Field den Zeugen auf.

»Die Proben der Rückstände unter den Fingernägeln des Opfers sind irgendwo zwischen dem Tatort und unserem Labor oder dem toxikologischen Institut des Leichenschauhauses verschwunden. Wir haben überall nachgesehen.«

»Was wollten Sie Mr. Menghetti denn erklären, als er Sie gerade eben unterbrach?«

»Also, unserer Meinung nach haben wir die DNS des Angeklagten unter den Fingernägeln des Opfers deshalb nicht gefunden, weil wir die Proben verloren haben, nicht weil er den Mord nicht begangen hat. Die Verletzungen, die Mr. Ashford im Gesicht hatte, sahen nach Kratzern aus, die eine Person hinterlässt, wenn sie sich zur Wehr setzt.«

Menghetti hatte während Suns Zusammenfassung Einspruch erheben wollen, sich dann aber anderes besonnen. Field lächelte seinem Zeugen zu. »Ich danke Ihnen für Ihre Aussage, Mr. Sun. Das ist alles.«

Arnold Sun schickte sich an, den Zeugenstand zu verlassen.

»Bitte nicht so hastig, Mr. Sun«, rief ihm Menghetti zu. »Wir haben uns ja gerade erst ein wenig kennen gelernt.«

Ein paar der Geschworenen kicherten und Grace glaubte zu sehen, wie ihre auserwählte Sprecherin Lani Jefferson und die Ersatzgeschworene Nummer vier, eine Ms. Keller, sie vorwurfsvoll anstarrten.

Menghetti fuhr fort: »Ihre Dienststelle wurde in einem Bericht vom 6. Juni 1996 von der Zivilkammer gerügt. Trifft das zu?«

»Da war ich noch nicht dort, Sir.«

»Aber Sie wissen, dass es zutrifft.« Es war keine Frage, sondern eine Feststellung.

Field erhob sich mit einem korrekten, aber derart unangebrachten Einspruch, dass sich in Grace alles zusammenzog. »Das geht über das Ausmaß einer Gegenbefragung hinaus, Euer Ehren.«

»Aber nicht doch«, erwiderte Al Menghetti in selbstgerechter Erzürnung. »Mr. Field hat von diesem Zeugen bei der nochmaligen Befragung erfahren, dass sie wichtiges, ja entscheidendes Beweismaterial verloren haben, welches unseren Mandanten unserer Ansicht nach vollumfänglich entlastet hätte. Ich zeige nun lediglich auf, dass dies niemanden überraschen sollte, in Anbetracht der generell himmelschreienden Inkompetenz des Polizeilabors.«

Field stand noch immer. »Ich erhebe zudem Einspruch gegen Mr. Menghettis unbegründete Ausdrucksweise ›himmelschreiende Inkompetenz‹ und beantrage, diese zu streichen.«

»Ich bitte um Verzeihung«, entgegnete Menghetti und lächelte belustigt. »Ich nehme den Ausdruck ›himmelschreiende Inkompetenz‹ also zurück. Mr. Field zieht möglicherweise die einzige Alternative vor, die sich anbietet: vorsätzliche Vernichtung.«

Fields Protest erfolgte rasch, aber Richter Hernandez war noch schneller. »Das reicht, Mr. Menghetti«, fuhr er ihn an und wies die Geschworenen an, die polemische Bemerkung des Anwalts zu ignorieren. »Halten Sie sich zurück«, fügte er dann mit einem strengen Blick auf Menghetti hinzu, »oder ich werde dafür sorgen!«

»Danke, Euer Ehren«, gab Menghetti flüchtig zur Antwort. »Sie erinnern sich noch an die Frage, Mr. Sun?«

»Ja, Sir. Ich gebe zu, dass unsere Ausrüstung veraltet ist, aber die Untersuchung wurde nur wegen der Probleme damals mit Simpson in Los Angeles durchgeführt.«

»Und die Untersuchung hat ergeben, dass die Ausrüstung sowohl in San José wie in Oakland besser ist als die in San Francisco?«

»Ja.«

»Größerer Etat?«

»Jawohl.«

»Mehr Leute?«

»Ja, aber wir sind mittlerweile in neuen Räumlichkeiten.«

»Das ist beruhigend. Nun, Mr. Sun, um es nochmals festzuhalten: Sie sagen hier vor den Geschworenen also aus, dass Sie das absolut entscheidende Beweismaterial in diesem Fall *verloren* haben?«

»Einspruch, Euer Ehren!«, rief Earl Field.

»Stattgegeben«, bemerkte Richter Hernandez. »Und die Jury wird erneut angewiesen, diese Bemerkung zu ignorieren.«

»Tatsache ist somit«, fuhr Menghetti fort, »dass Ihnen das Beweismaterial willkommenerweise irgendwo zwischen dem Tatort und einem der beiden Labors abhanden gekommen ist. Sehe ich das richtig?«

»Einspruch!«, brüllte Field energisch. »Das ist argumentativ.«

»Stattgegeben«, sekundierte der Richter mit dem Zusatz: »Bitte die Anwaltschaft vorzutreten.«

Die vier begaben sich rasch vor das Richterpult. »Ich weise Sie darauf hin, Mr. Menghetti«, bemerkte Hernandez, »dass ich die Taktik, unangebrachte Fragen zu stellen, um den Einspruch der Anklage zu erzwingen und dadurch den Eindruck zu erwecken, diese scheue die Antwort, bei mir im Gerichtssaal nicht dulde. Haben Sie mich verstanden?«

»Ja, Euer Ehren. Ich bitte um Verzeihung.«

Die vier kehrten wieder an ihre Plätze zurück. Alle sahen aus, als hätten sie einen Sieg errungen, nur Barrett nicht. Er blickte genauso zornig drein wie der Richter.

»Mr. Sun«, setzte Menghetti erneut an. »Das Beweismaterial ist verschwunden, sagen Sie.«

»Ja … also«, meinte Sun zögernd, »nachdem der Mitarbeiter des Coroners die Proben entnommen hatte, half ich ihm, eine kleine Plastiktüte zu beschriften. Ich gehe davon aus, dass er sie danach an sich nahm. Wir konnten nicht lokalisieren …«

»Sie konnten *Beweismaterial* nicht lokalisieren, das Mr. Ashford als Verdächtigen möglicherweise entlastet hätte. Trifft das zu oder nicht?«

»Also, wir … konnten das Beweismaterial nicht lokalisieren.«

»Und deshalb konnten Sie Mr. Ashford als Verdächtigen nicht ausschließen. Richtig?«

»Einspruch!«, brüllte Field.

»Mr. Sun kann antworten«, sagte Hernandez.

»Also, wenn die Hautproben die DNS von jemand anders enthalten hätten …« Arnold Sun sah jetzt sehr verwirrt aus.

»Hätten Sie Mr. Ashford als in Frage kommenden Verdächtigen ausgeschlossen und nach einem anderen gesucht, nicht wahr?«

»Ich glaube schon.«

»Doch weil die Proben verschwunden sind, können Sie nun

nicht mit Bestimmtheit sagen, ob jemand anders – nicht Mr. Ashford – am Tatort anwesend war oder nicht. Ist das so?«

»Ja«, flüsterte Sun. »Zumindest können wir die Proben nicht finden.«

»Was bedeutet, dass Sie den wirklichen Mörder nicht finden können, richtig?«

»Einspruch!« Earl Field schrie jetzt.

»Stattgegeben!« Auch Richter Hernandez erhob die Stimme. Er wandte sich den Geschworenen zu und betonte: »Ich ersuche die Jury noch einmal, diesen Kommentar sowie die damit verbundene Implikation zu ignorieren. Ich bin überzeugt, in Mr. Menghettis Sinn zu sprechen, wenn ich sage, dass ich diese Instruktion hiermit zum absolut letzten Mal erteile.«

»Danke, Euer Ehren«, erwiderte Menghetti. »Also, Mr. Sun, sind Sie damit einverstanden, dass Mr. Ashford als Verdächtiger nicht mehr in Frage käme, wenn sich aus den Proben eine andere DNS als die von ihm ergeben hätte?«

»Nun, ich denke, ja, so könnte man es sehen.«

»Es ist genau die Art, wie ich es sehe, Mr. Sun.«

Grace hatte sich selten so frustriert gefühlt, denn Menghetti hatte genau das erreicht, was sich jeder erfahrene Anwalt im Kreuzverhör wünscht: totale Kontrolle über den Zeugen. Jetzt ging er zu den Geschworenen hinüber und fügte hinzu: »Und Sie als Geschworene könnten es auch so sehen, wie?«

»Einspr ...«

»Ich nehme es zurück, Euer Ehren. Vielen Dank, Mr. Sun«, sagte Menghetti mit bissiger Stimme. »Sie haben mir sehr geholfen.«

Arnold Sun entging der ironische Tonfall. Gehorsam erwiderte er »Bitte« und verließ den Zeugenstand.

Grace Harris war es schwer ums Herz, nicht nur auf Grund dessen, was in der Verhandlung soeben geschehen war, sondern auch, weil sie erkennen musste, dass ihr Verdacht hinsichtlich Earl Field sich erhärtete. Sie kritzelte auf ihren Block:

Journalistin beim *L. A. Eye* + E. F.s Auftritt + fehlendes Beweismaterial = Es ist nichts bewiesen! Sie kam zu dem Schluss, dass ihr nichts anderes übrig blieb, als zu warten, bis sie irgendwie die Möglichkeit bekam, Elliot Ashford trotz der beschränkten Rolle, die sie spielte, zu fassen zu kriegen. Keine einfache Aufgabe – umso weniger, als sie nun beide Parteien, die sonst auf zwei verschiedenen Seiten der Kampflinie standen, offenbar gegen sich hatte. Sie schauderte und fügte auf dem Block hinzu: E. F. zur Rede stellen? Doch wozu? Sie wusste, er würde einfach an seiner Version festhalten, dass man eine Verhandlung als Vertreter des Volkes nicht mit einer Entschuldigung begann. Hätte er zugegeben, dass die Proben verloren gegangen waren, so würde er argumentieren, dann hätten sich die Geschworenen überlegt, was er wohl sonst noch alles *nicht* zugegeben habe. Er würde auch behaupten, er habe deshalb darauf bestanden, die Vernehmung des ersten Zeugen selbst zu übernehmen, weil die Öffentlichkeit dies von ihm erwarte. Und wenn sie ihm Druck machte, würde er in die Defensive gehen. »Die dämliche Polizei ist schuld«, würde er sagen. »Die haben dort das Beweismaterial verschlampt und uns dann diesen Blödmann von Sun geschickt.« Wenn sie Druck machte, würde er ihr womöglich sogar vorschlagen, das Anklageteam zu verlassen.

Amanda Keller verzog auf ihrem Platz im Geschworenenstand das Gesicht, als Menghetti zu seinem Stuhl zurück stakste. Dieser verdammte Grobian, dem armen Mann derart zuzusetzen. Glaubt wohl, er kommt damit durch, dachte sie. Sie wusste, man erwartete von ihr, dass sie keine Partei ergriff. Aber sie glaubte sicherer denn je zu spüren, dass sich hinter Elliot Ashfords gelassener, wohlmeinender Fassade Böses verbarg. Ob dies aber auch alle anderen bemerkten?

Im Verlauf der folgenden paar Tage musterte sie unauffällig die beiden Reihen der Geschworenen und kam zu dem

Schluss, dass höchstens Martin Chin und Lani Jefferson mit Bestimmtheit zum Lager der Anklage zu zählen waren. Die übrigen Schwarzen, außer Jefferson, mochten Earl Field offenbar – wenn auch nicht so demonstrativ wie diese – und wussten einen weißen Rassisten zu erkennen, wenn sie einen sahen, ebenso die beiden Typen mexikanischer Herkunft. Das ergab zusammen acht, die mutmaßlich auf seiner Seite standen, doch dem Urteil mussten alle zwölf zustimmen. Und wie sich die Dinge zu Beginn entwickelten, stand es für die Anklage nicht gerade zum Besten.

Amandas Sympathie für Earl Field wuchs mit jedem Tag, an dem er einen Schlag nach dem anderen einstecken musste. Auch ihre Bewunderung nahm zu und sie war inzwischen sicher, dass dies auf Gegenseitigkeit beruhte. Sie hoffte, dass die anderen die Blicke nicht sahen, die sie gelegentlich wechselten. Das ging weit über einen Flirt hinaus, das war ein Vorspiel ohne Berührung oder Worte. Einmal spürte sie, als sich ihre Augen trafen, zu ihrem Schrecken, dass ihr Schoß feucht wurde. Sie hörte ihn sprechen, verstand jedoch kein Wort mehr. Worte spielten aber ohnehin keine Rolle für sie. Auf Einblicke zurückgreifend, die sie sich in ihrer Rolle als Geschworene in *»Hope's People«* angeeignet hatte, zog sie den Schluss, dass Ashford schuldig sei. Ihre Aufgabe sah sie darin, dem District Attorney trotz ihrer beschränkten Möglichkeiten als Ersatzgeschworene zu helfen. Sie nahm sich vor, eine Bestandsaufnahme zu machen und dann einen Weg zu finden, wie sie aktiver eingreifen konnte.

Unter den regulären Geschworenen hatten sich, hauptsächlich nach Geschlecht und Hautfarbe, bereits die vorhersehbaren Gruppierungen gebildet. Die drei Weißen ergaben eine geschlossene Gemeinschaft, zu der höchstens Martin Chin, der asiatischer Herkunft war, gelegentlich Zutritt bekam. Die älteste unter ihnen war Ruth Salverston. Dann gehörte ein aufgeweckter junger Bauingenieur mit hagerem Gesicht namens

Kevin Alston dazu, ein Einzelgänger, der oft allein in der Cafeteria essen ging; sie befand sich im Erdgeschoss und wurde von den Leuten, die hier arbeiteten, liebevoll »Toast-Haus« genannt. Dort saß er gewöhnlich mit einem Buch vor der Nase und warf ab und zu einen lüsternen Blick auf Amanda Keller oder Manon Barnes, die Dritte im Bunde, eine vorlaute, attraktive Flugbegleiterin bei American Airlines, die sich allein auf Grund ihrer Energie als Leiterin des weißen Teams etabliert hatte. Die Rolle hätte mir zugestanden, dachte Amanda. Die beiden älteren afroamerikanischen Geschworenen, ein pensionierter Postbeamter und eine Hausfrau, aßen in der Regel für sich oder zu zweit, schenkten aber offensichtlich ebenso wie die beiden jüngeren Schwarzen allem, was die untersetzte Lehrerin Lani Jefferson von sich gab, höchste Beachtung.

Amanda war froh, dass eine so offensichtliche Anführerin wie Jefferson klar auf der Seite von Earl Field stand, aber sie fand es widerlich, wie er ab und zu mit ihr herumplänkelte. Dazu kam, dass ihr Jeffersons arrogantes Auftreten auf die Nerven ging – und noch mehr ihr Parfüm: Sanskrit, das auch ihre Mutter benutzte. Den Zeitungen, die sie stets aufmerksam las, um ihr Album trotz der Instruktionen des Gerichts auf dem neuesten Stand zu halten, hatte sie entnommen, dass erfahrene Prozessbeobachter erwartet hatten, Jefferson werde von einem der Anwälte definitiv abgelehnt, weil sie vor ihrer Tätigkeit als Lehrerin in einer Kanzlei in San Francisco gearbeitet hatte. Aber Field hatte sie akzeptiert, vermutlich weil er darauf baute, dass sie andere Afroamerikaner einbinden würde, wie auch Grace Harris andere Frauen einzubinden vermochte. Im Bericht hieß es weiter, dass Menghetti sie wohl deshalb akzeptiert habe, weil er seine Einspruchsmöglichkeiten ausgeschöpft hatte und sie die Vorstellung einer skeptischen und ultraliberalen Geschworenen erfüllte, die strengster Beweise bedurfte, bevor sie irgendwen oder irgendetwas verurteilen würde.

Blieben zwei Geschworene mexikanischer Herkunft sowie ein LKW-Fahrer namens Barney Seagrave, langhaarig und ohne erkennbare Rassenzugehörigkeit – vermutlich indianischer Abstammung –, der aussah wie Mitte fünfzig. Er hatte bei den »weißen Regulären« keinen Zutritt und mischte sich deshalb gelegentlich unter die Ersatzleute.

Als nächstes Ziel suchte sich Amanda allerdings den schlaksigen bebrillten Kevin Alston aus. Sie gesellte sich während der morgendlichen Kaffeepause zu ihm, als er sich gerade einen koffeinfreien Instant-Kaffee aufgoss. Sie selbst nahm sich einen Beutel normalen Kaffee.

»Sahne?«, fragte er eher schüchtern und fügte dann hinzu: »Sagen Sie mir bloß nicht, dass Sie zu all der Aufregung hier auch noch Koffein brauchen.«

Das bisschen Konversationgeplänkel genügte ihr vollauf als Ermunterung. Sie bediente sich mit einem freundlichen »Danke, nett von Ihnen« von der Sahne und fuhr dann fort: »Falls Sie damit auf Mr. Menghettis Art anspielen, alles, was irgendwer sagt, sofort ins Gegenteil zu verkehren, finde ich das eher irreführend als aufregend.«

»Ach«, meinte er etwas verdutzt über ihre Direktheit. »Na ja, Mr. Menghetti ist schon ein komischer Kauz. Ich heiße übrigens Kevin Alston. Ich habe Sie ... schon bemerkt, ehm, hier. Fast unmöglich, sich in diesem winzigen Raum nicht ...«

Sie hatte den Eindruck, er würde gleich in Ohnmacht fallen, bloß weil er neben einer attraktiven Frau stand. Mit zitterndem Finger schob er seine Brille höher. Sie beobachtete ihn lächelnd dabei. Er war ungefähr in ihrem Alter, unauffällig und vermutlich mit einer Liebsten verheiratet, die er noch von der Schule her kannte. Sie tippte weiter auf zwei oder drei Kinder, eine Doppelgarage mit einem Volvo für ihn und einem Ford-Kombi für sie.

»Es ist tatsächlich nicht gerade weitläufig hier«, stimmte sie ihm zu. »Aber Sie sind doch Ingenieur, könnten Sie den Saal denn nicht ein bisschen umbauen?«

Er brachte ein schüchternes Lächeln zustande. »Das würden die hier wohl kaum schätzen«, meinte er schließlich, offenbar beeindruckt von der Tatsache, dass sie bei seiner Erstbefragung zugehört hatte. »Und Sie? Was machen Sie?«

»Ich betreue die Ablage einer Immobiliengesellschaft«, gab sie zur Antwort, »und arbeite für einen Boss, der beinahe ebenso verschlagen ist wie besagter Verteidiger.«

»Ja … also«, stotterte er herum, »ich glaube, Anwälte sind immer aggressiv.«

»O ja, da haben Sie Recht«, bemerkte sie und kräuselte ihre vollen Lippen zu einem verführerischen Lächeln. »Verstehen Sie mich nicht falsch. Ich halte Menghetti für ein *Genie*! Ich würde ihn wahrhaftig auch gern auf meiner Seite wissen, wenn ich jemals als Mordverdächtige mit Mafiaverbindungen vor Gericht käme.«

Alston hustete nervös. »Ich habe von keinem Beweismaterial gehört …«

»O Gott«, unterbrach sie ihn. »Ich bin vielleicht *blöd*! Ich habe total vergessen, dass wir keine Fakten von außen in unsere Gespräche einbringen dürfen. Sprechen wir lieber von Ihnen, ja? Was für ein Ingenieur sind Sie denn? Bestimmt ein guter.«

Alston errötete. »Na ja, danke. Ich bin Bauingenieur.«

»Wie interessant.«

24

Am Ende des dritten glanzlosen Verhandlungstages für die Anklage rief Grace Harris Sam Quon zu sich ins Büro. »Was haben Sie über Renee Babcock ausgegraben? Earl lässt mich sie ins Kreuzverhör nehmen.«

»Nichts Ungewöhnliches«, gab er zur Antwort. »Geschieden. Zwei Kinder. Solide Nachbarschaft, nichts Auffälliges. Gilt als recht eigenwillig, trinkt gern einen. Elliot Ashford hat man kommen und gehen sehen, aber auch viele andere. Die Nachbarin gleich nebenan meint, Babcock behaupte, mit einem von ihnen verlobt zu sein. Ob in der Mordnacht wer dort war, konnte mir niemand sagen.«

»Was arbeitet sie?«

»Sie bezeichnet sich selbst als Model, aber sie gibt kein Einkommen an. Sie lebt vom Geld ihres Verlobten, Alimenten ihres Ex und so was.«

»So was heißt Ashford und andere?«

»Vermute ich, ja. Sie hilft auch in der Nachbarschaft aus. Im Grunde ist sie eine anständige Frau und die Kinder sind wie aus dem Ei gepellt.«

»Hervorragend, Sam. Ich werde sie zu Fall bringen, indem ich ihr nachweise, dass sie zwischen der Nachbarschaftshilfe und ihrer Rolle als Vorzeigealleinerziehende ein oder zwei Cocktails kippt. Geben Sie mir ihre Adresse.«

»Setzen Sie sich doch«, forderte Renee Babcock sie unerwartet herzlich und gastfreundlich im Wohnzimmer ihrer Wohnung in Cow Hollow auf. Grace war von ihrer Gelassenheit überrascht, sowohl in Anbetracht ihres Besuchs als auch angesichts der Tatsache, dass sie von einem fünf- oder sechsjährigen Jungen und seiner noch kleineren Schwester belagert wurde. Zu alledem tobte auch noch ein Hund herum und trug das Seine zum friedlichen Durcheinander bei.

Sams Beschreibung, Renee Babcock sei zweiunddreißig, habe kurzes, kastanienbraunes Haar und sei »attraktiv«, kam nicht annähernd an ihre auffällige Erscheinung und strahlende Persönlichkeit heran. Grace mochte sie auf den ersten Blick, ob sie wollte oder nicht. Aber nach etwas Konversation kam sie dann doch auf ihre eigentliche Absicht zurück. »Würden Sie mir ein wenig über Elliot erzählen?«, fragte sie. »Wie ist er so?«

»Sie wollen mich festnageln, stimmt's?«, bekam sie zur Antwort.

»So in etwa, ja«, hörte Grace sich sagen. »Wie stehen meine Chancen?«

»Tut mir Leid, Gracie.« Renee nahm beide Kinder in die Arme. »Sie sind hier fehl am Platze.«

Grace griff nach ihrer Tasche. »Dann lasse ich Sie wohl besser Ihren Abend genießen.«

»Tut mir Leid«, wiederholte Renee und fuhr dann fort: »Sehen Sie, Elliot ist kein Heiliger. Aber er hat bestimmt niemanden umgebracht. Und es macht mich nicht verlegen, dass er … nun … gelegentlich mein Freund ist.«

»Elliot ist ein *netter* Mann«, bekräftigte der Junge und seine Schwester stimmte ihm eifrig nickend zu.

»Lieben Sie ihn, Renee?«

Sie schüttelte lachend den Kopf. »Um Gottes willen, nein. Ich liebe nur diese Gören hier und sonst niemanden.«

»Warum sind Sie sich so sicher, dass Elliot in der Nacht des 7. August hier war?«

»Eine solche Nacht vergisst man nicht.«

»Sie meinen wohl Morgen? Oder hat er sie angerufen, nachdem er die Leiche seiner Frau gefunden hatte?«

»Morgen, natürlich. Muss ja Morgen gewesen sein, als ich davon hörte. In den Nachrichten nämlich …«

»Sie wissen, dass ich Sie ins Kreuzverhör nehmen werde?«

»Ja, selbstverständlich.«

»Und dass Sie unter Eid stehen, wenn ich Sie morgen Früh um Ihre Aussage bitte?«

»Ja.«

»Dann ist es ja gut. Nur noch eine letzte Frage. Wer hatte die Idee, ins Kino zu gehen?«

Renees Gesichtsausdruck flackerte eine Sekunde verwirrt.

»Ich glaube«, bemerkte sie dann, ohne jede Herzlichkeit, »jetzt ist die Fütterung dieser kleinen Raubtiere hier angesagt.«

Grace sprang auf. »Gewiss. Entschuldigen Sie.«

»Brauchen Sie nicht«, war die Antwort. »Das ist Ihr Job und Sie sind gut. Und ich wette, auch knallhart.«

»Ich bin länger geblieben, als ich vorhatte«, bemerkte Grace. »Das tut mir wirklich Leid.« Sie war sich bewusst, dass sie Renee Babcock mehr mochte, als sie wollte, und das ganz gegen ihren zunehmenden Verdacht, dass diese Frau kurz davor stand, für einen Mann einen Meineid zu schwören, der das nicht im Mindesten verdiente.

Als der Tag der Präsentation des Falles seitens der Verteidigung näher rückte, trafen sich Barrett und Menghetti mit Elliot Ashford in Menghettis Suite im »Ritz-Carlton«. Als Hauptpunkt stand auf der Tagesordnung, ob sie mit ihrem Sachverständigengutachten über den DNS-Test anfangen oder gleich auf Renee Babcock setzen sollten.

Menghetti saß hinter seinem Schreibtisch, Barrett lümmelte in einem Sessel und ihr Mandant schritt in dem weiträumigen Zimmer mit der erzwungenen Beherrschung eines Tigers hinter unsichtbaren Gitterstäben auf und ab. Barrett verfolgte ihn mit zunehmendem Abscheu, dann fiel ihm ein, dass er für ihn ja nur ein Fall war, es für Elliot Ashford selbst jedoch um Leben und Tod ging.

»Wir haben Glück, dass wir Martin Chin loswerden. Der verdammte Chinese hätte mich zum Verzweifeln gebracht!«

Chin, der Geschworene Nummer fünf, ein vierundvierzigjähriger Buchhalter, hatte sich in der ersten Verhandlungswoche als befangen erwiesen: Er stand klar auf Seiten der Anklage. Der Richter hatte ihn nach Privatgesprächen mit zwei anderen Geschworenen ohne Erklärung entlassen.

»Gott sei Dank war er leicht durchschaubar«, meinte Menghetti, »aber unser größtes Glück verdanken wir der Polizei. Dass die diese Proben verloren haben! Ein Geschenk Gottes!«

»Sind Sie verrückt? Sie vergessen wohl, dass ich es wirklich nicht getan habe. Anhand dieser Proben hätte sich vielleicht herausgestellt, dass eine dritte Partei anwesend war – zum Beispiel der Mörder!«

»Sie treffen den Nagel auf den Kopf, Elliot«, rief Menghetti. »Das könnte erklären, warum sie das Material überhaupt verschlampt haben. Und reden wir mal über die Zeugen. Ich bin der Meinung, wir sollten mit Renee Babcock loslegen. Hat jemand etwas dagegen?«

»Zuerst trete *ich* als Zeuge auf«, beharrte Elliot Ashford. »Die Geschworenen wollen den Tatbestand von mir hören, und zwar höchstpersönlich. Und legen Sie mir ja nicht diesen Quark von mutmaßlicher Unschuld vor«, fügte er hinzu.

»Sich auf mutmaßlich zu verlassen ist der beste Trick«, sagte Menghetti.

»Tricks, mein Lieber, haben mich in diese Sache reingezogen«, gab Ashford zurück. »Und vergessen Sie nicht: All diese Typen, die Sie probeweise angeheuert haben, hielten mich für einen hervorragenden Zeugen.«

»Richtig, Elliot. Aber denken Sie an Simpson?«, warf Al Menghetti ein. »Er war Schauspieler und jeder *wusste*, dass er einen hervorragenden Zeugen abgeben würde, aber er hat seinen Vorteil erkannt – und heute ist er frei.«

»Das nennen Sie frei? Frei wozu? Um mit Farbigen rumzuhängen, denen er sein Leben lang entwischen wollte?«

»Die Tatsache bleibt aber bestehen, Elliot. Simpson hat auf den Rat seiner Anwälte gehört, ist nicht als Zeuge aufgetreten und damit durchgekommen.«

»Zum Teufel, Al«, brüllte Ashford. »Hören Sie auf, mich mit Simpson zu vergleichen! Ich habe Lara nicht umgebracht!«

Menghetti rührte keinen Muskel, doch er schwieg. Ashford richtete seinen Blick auf Barrett. »Und, was ist mit Ihnen, Dickson? Los, machen Sie den Mund auf, damit Ihre Anwesenheit gerechtfertigt ist! Sie haben die Ergebnisse dieser Testgruppe doch auch gesehen. Sie müssen doch wenigstens eine Meinung haben für den Haufen Geld, das Sie von mir kriegen.«

»Klar habe ich eine Meinung«, erwiderte Barrett. »Ich glaube bloß nicht, dass sie Ihnen gefällt.«

Ashford drehte sich wieder in Richtung Menghetti um. »Geben Sie doch zu, Al, dass ich bei den Testgeschworenen gut abgeschnitten habe, und ich habe mich noch nicht einmal bemüht. Die echten Geschworenen werden mich *lieben*!«

»Eine Gerichtsverhandlung hat nichts mit einem Persönlichkeitswettbewerb zu tun, Elliot«, merkte Menghetti an.

»So oder so, es ist abgemacht«, sagte Ashford. »Ich fange an. Und dann?«

Barrett fiel plötzlich auf, dass er die unterkühlte Kompetenz des Verteidigers zu bewundern anfing. Ashford geriet immer mehr außer Kontrolle und Menghetti sah immer noch aus, als ginge ihn das alles nichts an.

»Elliot«, antwortete er nun, »Sie vergessen, dass wir diesen Fall schon fast gewonnen haben, ohne auch nur einen einzigen Zeugen aufzurufen. Was wir brauchen, ist einzig Renee, und dann ein paar gut gewählte Worte im Hinblick auf das fehlende Beweismaterial. Dann haben wir's geschafft. Die Geschworenen sind für die Verteidigung, der ganze Gerichtssaal ersäuft in berechtigten Zweifeln. Die einzige Möglichkeit, dass wir überhaupt noch verlieren können, Elliot, besteht darin, dass die Geschworenen von gewissen Dingen erfahren – frühere Konflikte mit dem Gesetz, unangebrachte Geschäftsverbindungen, kleine Indiskretionen. Und das sind alles Sachen, die nur dann herauskommen, wenn Sie als Zeuge aussagen.«

»Schon möglich«, antwortete Elliot Ashford, »aber diese zwölf Holzköpfe erwarten doch, dass ich ihnen persönlich sage: Ich bin unschuldig! Und ob Sie zwei Winkeladvokaten es nun glauben oder nicht, ich bin es wirklich!«

»Es geht nicht darum, was ich glaube, Elliot«, erwiderte Menghetti, nun doch etwas aus der Ruhe gebracht. »Meine Aufgabe besteht darin, den *Geschworenen* beizubringen, was sie glauben sollen. Es ist mir absolut scheißegal, ob Sie schuldig sind oder nicht.«

Ashford wandte sich an Barrett. »Bitte bringen Sie diesem Tölpel bei, dass ein Unschuldiger das Recht haben sollte, diese Tatsache auch öffentlich zu verkünden.«

»Ich glaube, Al hat Recht, wenn er sagt, dass man keine Risiken eingehen sollte, wenn man sowieso ziemlich sicher gewinnt.

Ich muss ihm allerdings widersprechen, wenn er behauptet, eine Verhandlung sei kein Persönlichkeitswettbewerb. Bei einer Gerichtsverhandlung ist das ganz sicher der Fall. Und dies ist der allererste Grund, weshalb Sie nicht als Zeuge auftreten sollten, trotz der Testgruppe.«

Elliot Ashford errötete. »Würden Sie mir diese Bemerkung bitte erklären, Dickson?«

»Aber ja doch. Sie sind nicht der Mann, der von Selbstzweifeln geplagt wird, Elliot, und das können Sie nur schlecht verbergen. Genau das mögen die Leute aber an einem potenziellen Mörder nicht besonders.«

Ashford rang sichtlich um Fassung. »Sie haben Eric Tremaines Bericht offensichtlich nicht verstanden, die Stelle, die besagt, dass ich ...«

»Was *Sie* nicht verstehen, Elliot, ist, dass wir vom heutigen Tag an bis zum Ende des Prozesses nichts anderes mehr tun müssen, als zu versuchen, die Geschworenen, die ohnehin schon auf Ihrer Seite stehen, mit Munition zu versorgen, mit Beweismaterial, das sie benutzen können, um die unentschlossenen Geschworenen und die Anhänger der Anklage für Sie einzunehmen.«

»Herzlichen Dank, genau das ist der Grund, warum ich als Zeuge auftreten möchte.«

»Und genau deshalb sollten Sie es nicht tun. Sie geben Ihren Verteidigern nichts, aber auch rein gar nichts in die Hand, indem Sie laut verkünden, dass Sie es nicht waren, denn sämtliche Geschworenen würden sich an Ihrer Stelle die Seele aus dem Leib lügen, um ihren Arsch zu retten, und daher wissen sie, dass Sie das ebenfalls tun. Was hätten Sie damit erreicht, außer dass Sie Ihr früheres Delikt aufdecken? Nein, wir sollten vielmehr so vorgehen«, fuhr er fort und freute sich zu sehen, dass die Aufmerksamkeit im Raum auf ihn allein gerichtet war. »Falls Renee Babcock bei ihrer Aussage bleibt, haben wir gewonnen, und selbst Sie werden mir beipflichten, dass Sie dann besser nicht als Zeuge auftreten. Also rufen wir *sie* als erste auf, ja? Um zu sehen, wie sie sich macht.«

Menghettis Lächeln war verschwunden. »Mit anderen Worten«, folgerte Barrett, »es handelt sich nicht um eine Entscheidung, die einem von uns heute Nacht den Schlaf rauben müsste.« Damit ergriff er seinen Mantel und fügte hinzu: »Schlafenszeit für mich. Wünsche allseits einen netten Abend.«

»He, warten Sie, Dickson«, rief Ashford. »Ich bin ganz Ihrer Meinung. Wir fangen mit Renee Babcock an.«

»Ich dachte doch«, bemerkte Menghetti säuerlich, »das hätte ich bereits vor zehn Minuten gesagt.« Er war eindeutig zornig und stand jetzt auf. »Da unser Mandant offenbar lieber auf Sie hört als auf mich, Dickson, schlage ich vor, Sie machen weiter und vernehmen Babcock gleich selbst. Dann halten *Sie* diesmal den Kopf hin und *ich* darf hinterher den Kommentar dazu abgeben. Überhaupt, übernehmen Sie doch zum Teufel alle drei Zeugen!«

Barrett fühlte, wie ihm die Röte ins Gesicht schoss. Er wusste, das war eine Herausforderung und kein Angebot. Elliot Ashford grinste, dann setzte er ein ernstes Gesicht auf und spielte mit: »Das ist mir mehr als recht, Dickson.«

Menghetti strahlte. »Sehen Sie? Der Mandant ist einverstanden. Sie gehören Ihnen. Alle!« Dann blinzelte er Ashford zu.

Barrett sah es – sollte es sehen – und versuchte seine Fassung wiederzugewinnen. »Mit Babcock will ich nichts zu tun haben, Al«, sagte er schließlich. »Aber die anderen. Klar übernehme ich die. Lassen Sie Ihre Aufzeichnungen tippen, damit ich sie lesen kann. Und was das Schlussplädoyer betrifft, ich bin mir sicher, dass Sie das gerne mit mir teilen. Die Details können wir später noch ausarbeiten. Schlafen Sie gut, meine Herren.« Er winkte den beiden sprachlos dastehenden Männern zu und trat in die Nacht hinaus.

25

Immer wieder neue Zusammenstöße zwischen der Staatsanwaltschaft und der Verteidigung stellten Richter Hernandez während der folgenden paar Tage auf eine harte Probe. Amanda mochte ihn. Zumindest *er* schien sich von Menghettis Taktik nicht täuschen zu lassen. Kummer machte ihr daher nicht der Richter, sondern das Geschworenenkollegium, allen voran die »weißen Regulären«, welche die Täuschungsmanöver der Verteidigung offenbar nicht durchschauen wollten oder konnten. Deshalb betrat Amanda den Aufenthaltsraum der Geschworenen nach einem der hinterhältigen Spielchen der Verteidigung immer völlig frustriert, während die anderen dastanden und einander bedeutungsvoll zulächelten und so einsichtige Lobhudeleien wie: »Interessant, nicht?« (Manon Barnes) oder: »Du meine Güte, die regen sich aber auf, wie?« (Ruth Salverston) von sich gaben.

Waren sie eigentlich alle mit Blindheit geschlagen? Oder an einer Verschwörung gegen Earl Field beteiligt? Waren einige oder gar alle Regulären womöglich von Ashfords Mafialeuten eingeschüchtert oder bestochen worden? Bei ihr, Amanda Keller, hätten es die Typen natürlich gar nicht erst versucht, denn sie gehörte ja nur zu den Ersatzleuten.

Und wie es aussah, lief ihr die Zeit davon. Der Richter hatte angekündigt, dass die beiden DNS-Sachverständigen die Klage seitens der Statsanwaltschaft abschließen würden und die Verteidigung nicht mehr als zwei bis drei Tage benötigen werde. Dazu kam, dass die Ersatzleute am Ende nur noch »auf Abruf« aufgeboten wurden, falls jemand von den regulären Geschworenen während den Beratungen krank werden sollte. Sollte dieses ohnehin unwahrscheinliche Ereignis eintreten, würde die Nummer eins der Ersatzleute aufgeboten und die veränderte Jury mit ihren Beratungen noch einmal von vorne anfangen. Aber bisher war nur einer der ursprünglich gewählten zwölf Geschworenen ersetzt worden, nämlich Martin Chin, was hieß, dass immer noch zwei vor ihr drankommen würden. Aber wie konnte sie Earl Field helfen, wenn sie von den Beratungen ausgeschlossen war? Und wie konnte sie dann wieder so bekannt werden, dass sie zurück nach Hollywood kam?

Plötzliches Gelächter vom Kaffeetisch her unterbrach sie in ihren Gedanken. Manon Barnes hatte Kevin Alston und Barney Seagrave gegenüber eine komische Bemerkung vom Stapel gelassen. Amanda sah, wie sie sich mit wiegenden Hüften von den beiden entfernte. Die Augenpaare der beiden Männer folgten ihr wie doppelt gemoppelte lechzende Hunde. Gott, wie sie sie alle hasste! Der beißende Geruch dessen, was sie »Knastkaffee« nannten, rief eine Welle der Übelkeit in ihr hervor. Tags zuvor hatte das Ohrensausen eingesetzt und heute waren ihre Kopfschmerzen schlimmer geworden.

Sie putzte sich die Nase und versuchte ihre Gedanken auf die Reihe zu bringen. Sie *musste* Earl helfen. Aber wie? Als reguläre Geschworene bräuchte sie bloß durchhalten und einen Prozess mit Verfahrensfehlern erzwingen, dann würde er eine zweite Chance bekommen. Das wäre geradezu perfekt, denn die Medien stürzten sich für gewöhnlich auf Hinhalte-

Geschworene, und sie würde entsprechend viel Aufmerksamkeit ernten. Doch jetzt, da der Prozess zu Ende ging, musste sie sich eine andere Strategie einfallen lassen.

Sie sah zu Barney Seagrave hinüber, auch er ein Einzelgänger. Der ungeschlachte, schwielige LKW-Fahrer mit Pferdeschwanz und Ohrring schien von Menghetti weniger beeindruckt als die Übrigen. Kevin Alston war da schon gefährlicher, aber er fühlte sich eindeutig von ihr angezogen. Amanda zwang sich zum Aufstehen und schlenderte hinüber.

»Na, ihr beiden«, bemerkte sie beiläufig, »sieht aus, als wäre die Sache gelaufen.«

»Wird auch Zeit«, brummte Barney Seagrave, während sein Blick unverblümt auf ihrem Busen haften blieb. »Ich hab' 'nen Job, der auf mich wartet, wenn ich Ende der Woche endlich hier weg bin.«

Alstons Selbstsicherheit war offenbar im Laufe der Zeit etwas erstarkt. »Sieht aus, als säßen wir einige Zeit ganz schön fest.«

»Ach, ich glaube nicht, dass es lange dauern wird«, antwortete Amanda. »Von Babcock – also, Ashfords neuester Alibi-Version – mal abgesehen, hat die Verteidigung wahrscheinlich nichts auf Lager, und Ashford selbst sagt bestimmt nicht aus. Also, erst behauptet der Typ, er sei im Kino gewesen, in einem Film, den er schon mal gesehen hat, ja? Das Alibi kauft ihm keiner ab, und jetzt behauptet er, er sei mit 'ner Frau zusammen gewesen. Das ist ja wohl etwas zu viel des Guten, was?«

Alston erblasste und warf einen Blick über die Schulter, und Seagraves Adamsapfel hüpfte zweimal auf und nieder. Amanda wusste, warum, ohne dass sie sich umdrehen musste, denn es gab außer ihrer Mutter nur eine Person, die dieses stinkige Parfüm namens Sanskrit benutzte.

»Habe ich richtig gehört, Ms. Keller?«, fragte Lani Jefferson im Tonfall einer Lehrerin, die eine aufsässige Schülerin tadelt.

Sie maß samt ihren Schulmamsellabsätzen nicht mehr als eins dreiundsechzig, und dennoch wirkte sie ebenso einschüchternd wie beherrschend. Amanda hasste allein schon den Anblick ihrer baumelnden Ohrringe und ihrer kurzen Haare.

Jeffersons kalte Augen wanderten hinüber zu Kevin Alston und Barney Seagrave. »Sie hat das schon mal gemacht«, gestand Alston nervös und verlegen.

»Man kann sie nicht abdrehen«, warf ein anderes Jurymitglied ein, das auf die Konfrontation aufmerksam wurde.

»Oh, *ich* schon«, meinte Jefferson, den Blick wieder auf Amanda gerichtet. »Schließlich habe ich auch Martin Chin ›abgedreht‹, oder etwa nicht?«

Amanda wurde blass. So war das also mit Martin Chin gelaufen. »Ich ... ich habe gerade versucht, sie davon zu überzeugen, dass ...«

»Hören Sie zu, Keller, ich kriege von meinen Schulgören tagtäglich irgendwelche Ausreden aufgetischt. Von Ihnen brauche ich nicht auch noch welche. Wir versuchen hier fair zu sein. Unseren Job zu erledigen, verstehen Sie? Dann kommen Leute wie Sie oder dieser Chin angetrabt, die sich einfach nicht zu benehmen wissen.«

Amanda Keller hasste diese Frau, vor allem die Art, wie sie ihr eine Lektion erteilte, als wäre sie noch ein Kind. Jefferson trat auf wie ihre Mutter und sie roch sogar wie sie. Amanda musste regelrecht dagegen ankämpfen, ihr nicht spontan und heftig eine Ohrfeige zu verpassen. Krampfhaft suchte sie nach etwas Versöhnlichem, aber sie war völlig konfus. Dann bemerkte sie vage die schemenhaften Umrisse einer Frauengestalt, die hinter Jefferson getreten war – Geschworene Nummer zwei, die verwitwete Ruth Salverson.

Ratlos schaute Amanda Barney Seagrave an. Warum sagte er denn nichts? Er mochte sie doch. Sie wusste es. »Habe ich was Falsches gesagt, Mr. Seagrave?«, fragte sie ihn geradeheraus. »Wenn ja, dann tut es mir Leid.«

»Lani, ich glaube, sie wollte mich bloß ein bisschen trösten, dass ich bald an meine Arbeit zurück kann und so. Dabei ist sie vielleicht ein wenig zu weit gegangen. Wir haben doch alle unsere Ansichten über das, was in der Mordnacht vorgefallen ist – klar, wir sollten nicht drüber reden und so – aber ... na ja ... machen wir doch mal halblang, ja?«

Etwas ermutigt, fand auch Amanda Worte. »Bitte ... Lani, er hat Recht. Ich habe mich vertan. Sie haben ebenfalls Recht, völlig Recht, ich bin im Unrecht. *Bitte* melden Sie's nicht. Ich bin sowieso nicht mehr lange hier.«

»Was hat sie denn getan?«, fragte Salverson.

»Sie hat einen Kommentar über die Beweislage der Verteidigung abgegeben. Das verstößt gegen die Anordnungen des Richters«, entgegnete Jefferson. »Genauso wie Martin Chin. Es soll ihr nicht anders ergehen als ihm.«

»Chin war ein regulärer Geschworener«, warf Seagrave ein. »Sie ist doch bloß Ersatzfrau. Was schadet das schon? Seien Sie nicht so streng.«

»Sie hört sich die gleichen Instruktionen an wie wir alle, Mr. Seagrave. Ihre Ansicht dazu wird vermerkt.«

Was denkt sich die Frau bloß, wer sie ist, fragte sich Amanda. Und als hätte er ihre Gedanken gelesen, bemerkte Barney spitz: »Sieht ganz so aus, als hätten wir bereits eine Sprecherin, und erst noch eine selbst ernannte. Oder hab' ich etwa die Wahl verpasst, Lani?«

Amanda wäre ihm am liebsten um den Hals gefallen.

»Ganz und gar nicht«, brummte Jefferson, »aber wenn wir gerade dabei sind, können wir die Sache ja als Versuch einer Gruppenentscheidung betrachten. Wo Sie stehen, wissen wir, Barney. Was ist mit Ihnen, Kevin?«

Kevin Alston sah unglücklich aus. »Na ja, Lani, ich denke, man kann sich darüber streiten, theoretisch zumindest, dass ... also, ich meine, sie hat nicht direkt einen Kommentar zur Beweislage der Verteidigung abgegeben.«

Jefferson verschränkte die Arme wie einen Schutzschild. »Was wollen Sie mir denn da einreden?«

Kevin Alston grinste verlegen. »Also, Lani, ich weiß nicht, aber wir haben ja schließlich noch gar kein Beweismaterial der Verteidigung zu Gesicht bekommen. Wie hätte sie denn da was zur Beweislage sagen können?«

Lani Jefferson wandte sich an Ruth Salverson. »Ruth?«

Nach Ruth Salversons Meinung hatte sich in den vergangenen dreißig Jahren offenbar kein Mensch mehr erkundigt, schon gar nicht eine selbstbewusste Geschlechtsgenossin. »Ich war nicht dort, also dabei, meine ich. Aber es war offenbar etwas, das einem immer mal wieder passiert.«

Jefferson blickte Keller noch einmal funkelnd an und sagte: »Also gut, Keller, die mitfühlende Mehrheit hat gesprochen. Aber sehen Sie sich vor, denn ich werde Sie im Auge behalten.«

Ein lautes Klopfen an der Tür kündigte das Ende der Pause an und die Geschworenen begaben sich wieder in den Saal. Lani Jefferson ergriff Amanda am Arm, zog sie zur Seite und sagte ruhig, aber bestimmt: »Diesmal sind sie davongekommen, Keller, aber nie mehr wieder. Ich kenne genügend Frauen wie Sie, die auf Arsch und Titten setzen, um voranzukommen.«

»Ich weiß nicht, was Sie meinen, Lani«, flüsterte Amanda. »Wir stehen doch eindeutig auf der gleichen Seite. Sie wissen doch auch, dass Ashford ein Rassist und schuldig wie die Sünde ist! Ich sehe doch den Hass in Ihren Augen, wenn Sie ihn anschauen.«

»Darum geht es nicht. Sie hören mich nicht über den Fall reden und es ist sehr viel besser für Sie, wenn ich Sie auch nicht mehr darüber reden höre.«

Du *Nutte*, dachte Amanda Keller – und lächelte ihr versöhnlich zu.

Kaum hatte sie am selben Abend die Reste des Mikrowellen-Essens weggeräumt, zog sie sich in ihr Zimmer zurück, fuhr den Katzen übers Fell und blätterte dann ihre Zeitungsausschnitte über den Fall Ashford durch. Doch sie brachte nicht genügend Energie auf, um sie noch auf den neuesten Stand zu bringen.

Vielleicht kam sie ja nach dem Prozess irgendwie an Earl Field heran. Das wäre wenigstens etwas. Er war offenbar verlobt, aber nicht verheiratet, und ihre Bemühungen, seinen Fall zu retten, schufen doch ein Band zwischen ihnen. Er sieht in letzter Zeit müde aus, dachte sie, auch besorgt. Kein Wunder, denn einen Prozess gegen einen offensichtlich schuldigen Mörder zu verlieren, würde ihn gewiss die Karriere kosten. Vielleicht ging es überhaupt darum: um eine weiße Verschwörung gegen Earl Field! Amanda fühlte sich furchtbar allein und der Sache nicht gewachsen, aber sie durfte das nicht einfach zulassen. Sie durfte sich jetzt nicht drücken, selbst wenn sie ihre Stelle, ihren Ruf, ja sogar ihr Leben aufs Spiel setzte.

26

Das Restaurant »Brazen Head« beim Jachthafen war relativ unbekannt, aber in der näheren Umgebung sehr geschätzt und legte Wert darauf, auch beides zu bleiben. Beharrlich wurde deshalb auf ein Schild verzichtet. Drinnen standen ein Dutzend Tischchen mit der passenden Anzahl Stühle dicht gedrängt um die Bartheke und an einem davon saß Abend für Abend zwischen sechs und sieben Renee Babcock. Über diese Gewohnheit hatte Sam seine Chefin informiert, der am Tag nach Grace' Besuch bei ihr Babcock zu überwachen begonnen hatte.

»Verzeihung«, bemerkte Grace von ihrem Platz gleich bei der Tür aus, als die Zeugin eintrat. »Sind Sie nicht Renee? Renee Babcock?«

»Mein Gott«, antwortete diese in gespieltem Schrecken. »Vor dem Langen Arm gibt's offenbar kein Entrinnen.«

Grace lachte. »Ich bin nicht im Dienst.«

»Ich wohne gleich um die Ecke, in der Greenwich«, sagte Babcock, »und hüpfe hier nur rasch auf ein bis drei Drinks rein, sobald ich die Raubtiere gefüttert habe.«

»Setzen Sie sich doch. Ich darf Ihnen zwar nichts anbieten, aber Gesellschaft zu haben wäre nett.«

»Warum nicht?«, meinte Babcock. Der Barmann begrüßte sie mit Namen und stellte das Gewohnte vor sie hin: einen Martini mit drei Oliven.

Während der folgenden Dreiviertelstunde vertilgte Renee drei Martinis und neun Oliven, während Grace sich mit zwei Gläsern Chardonnay herumschlug. Sie unterhielten sich über neutrale Themen: Kinder, Mode, die hohen Lebenshaltungskosten in San Francisco und so weiter. Dann blickte Babcock auf die Uhr, packte ihre Handtasche und glitt vom Stuhl. »Das war nett, Grace, echt. Ich wünschte, es wäre alles etwas ... entspannter.«

Grace berührte sie flüchtig am Arm. »Ich muss Ihnen etwas sagen, Renee. Ich habe das Treffen geplant.«

»Sie sind wenigstens ehrlich. Ich glaube, mir schwante so was. Und was wollten Sie mir sagen?«

»Bloß ... dass ich meine Arbeit gut mache. Wenn Sie wegen der Mordnacht lügen, dann krieg' ich Sie. Das könnte bedeuten, dass Sie wegen Meineids angeklagt werden. Sie könnten ins Gefängnis kommen!«

»Ich dachte«, unterbrach sie Babcock merklich kühler, »das hätten wir alles schon besprochen, als Sie das letzte Mal in meine Privatsphäre eingedrungen sind.«

»Tut mir Leid, aber lassen Sie mich ausreden. Ich weiß nicht, was Sie glauben diesem Kerl schuldig zu sein, aber er bittet Sie um etwas zu viel.«

»Sie auch, Grace, und Ihnen schulde ich gar nichts.«

»Das weiß ich, verdammt noch mal, aber ich weiß auch, wie viel Ihnen Ihre kleinen Raubtiere bedeuten.«

»Lassen Sie meine Kinder aus dem Spiel, Ms. District Attorney. Ich gehe jetzt nach Hause.«

»Gerade das ist der springende Punkt, Renee«, sagte Grace und nahm sie beim Arm. »Zu Hause ist da, wo Ihre Kinder Sie brauchen. Es macht mir echt Sorgen, wie Elliot Ashford Sie benutzt. Renee, ich *mag* Sie! Ich versuche Ihnen beizubringen, dass Sie nicht wissen, worauf Sie sich einlassen!«

Grace sah, wie sie zusammenzuckte. Dann verließ sie das »Brazen Head« mit etwas unsicheren Schritten.

Barrett hörte mit ungewöhnlicher Aufmerksamkeit zu, als John Hernandez tags darauf mit dem Hammer Ordnung im Gerichtssaal einkehren ließ und Al Menghetti aufforderte, den ersten Zeugen aufzurufen. Ein fremdartiges Gefühl hatte sich in sein Bewusstsein geschlichen. Optimismus? Hoffnung? Er hatte sich kurz mit den Zeugen unterhalten, die er befragen würde, sobald Menghetti mit Renee Babcock durch war, und wusste, dass sie ihre Sache gut machen würden.

Er beobachtete Menghetti. Der hatte natürlich nicht vorgehabt, die Schlagzeilen mit ihm zu teilen, vor allem jetzt nicht, wo der Sieg schon winkte, aber schließlich hatte er ja den Vorschlag gemacht. Und Elliot Ashford hatte gedacht, es wäre gar nicht so schlecht, einen Anwalt aus San Francisco zu haben, der auch tatsächlich was zur Sache beitrug und bewies, dass er nicht nur des Lokalkolorits wegen mit dabei saß.

Als Menghetti den Namen Renee Babcock aussprach, drehten sich sämtliche Köpfe im Saal nach der Frau um, die hinten durch die Doppeltür eintrat. Barrett konnte nicht umhin, als Erstes zu bemerken, dass sie äußerst schöne Beine hatte. Und als sie näher kam, fand er, dass sie allen landläufigen Kriterien zufolge von Kopf bis Fuß eine vollkommene Schönheit war. Sie besaß sogar eine Aura von Unschuld, die sie leider unter einem perfekten Make-up verborgen hatte, so dass die Mehrheit der Geschworenen sie nicht erkennen würden, aber alles in allem schien sie ganz in Ordnung.

Als sie den Eid ablegte, riefen ihre hin und her irrenden Augen und ihre versagende, gepresste Stimme in Barretts Eingeweiden eine Beklemmung hervor – früher ein instinktives Warnzeichen, so verlässlich wie ein batteriebetriebener Trommler. Sie blickte nervös zu Ashford hinüber und nannte dann mit einer Stimme, als wäre sie nicht ganz sicher, ihren Namen. Das war nicht die übliche Aufgeregtheit einer Zeugin. Barrett flüsterte Menghetti zu: »Da stimmt was nicht.«

»Blödsinn«, hörte er Ashford zu Menghetti sagen, »sie hat bloß Angst. Sie liebt mich.«

»Sie ist eine komische Type, Dickson«, flüsterte Al Menghetti seinerseits. »Aber bei der Vorbereitung kam sie mir absolut verlässlich vor. Das geht schon in Ordnung.« Damit erhob er sich, um mit der Befragung zu beginnen.

»Wie lange kennen Sie Mr. Ashford schon, Ms. Babcock?«

»Wir sind seit vier oder fünf Jahren befreundet.«

»Waren Sie während dieser Zeit mit ihm intim?«

»O ja, natürlich, ich erzähle ihm so allerhand.«

»Ich meine, haben Sie miteinander geschlafen oder nicht?«

»Nein«, sagte sie entschieden und legte ihre langen Beine übereinander. »Nur Sex. Ich lasse ihn nie schlafen.«

Von der Galerie ertönte Gelächter, das der Richter sofort mit einem scharfen Blick unterdrückte. Barrett verging das Lachen. Da stimmte tatsächlich etwas nicht. Sie wirkte nicht im Geringsten schelmisch und die witzigen Antworten kamen von zitternden Lippen.

»Elliot sagte einmal zu mir, ich sei eine Nymphomanin«, fuhr sie nun, durch das Gelächter ermuntert, fort. »Ich sagte, das stimmt nicht, mir hat jede Minute Spaß gemacht.«

Hart fiel der Hammer auf das Richterpult. Aber man hörte es kaum durch das brüllende Gelächter des Publikums. »Wir sind hier nicht in einem Kabarett, Ms. Babcock«, rügte sie Richter Hernandez. »Bitte halten Sie an sich.«

»Das tue ich ja, Euer Ehren«, antwortete sie.

Nun grinsten selbst einige der Geschworenen. Barrett wusste genau, dass sie ihrer Aussage keinen großen Glauben schenken würden. Er sah Menghetti an, dass er das sich anbahnende Problem nun ebenfalls erkannt hatte und nachdachte, wie er darum herumkam. Dann warf er einen Blick auf Grace Harris. Deren Lippen umspielte ein verräterisches Lächeln. Du hast sie umgedreht, Grace, dachte er, und versuchte vergebens, ihren Blick zu erhaschen. Als er die Augen wieder auf die Zeugin richtete, ging ihm ein Licht auf: Renee Babcock spielte bewusst die Dumme, damit die Geschworenen ihre Aussage nicht ernst nahmen.

»Richten Sie Ihre Aufmerksamkeit nun bitte auf den Abend des 7. August 1997. Haben Sie diese Nacht mit Mr. Elliot Ashford verbracht?«

»Nein«, gab sie zur Antwort. Jede Spur von Humor war aus ihrem Gesicht gewichen und ihre Stimme klang erneut unsicher und brüchig. »Ich glaube nicht, dass ich damals mit Elliot zusammen war. Ich war … zwei oder drei Monate … nicht mehr mit ihm zusammen.«

»Nun, wir haben heute den 30. Oktober, Ms. Babcock«, bemerkte Menghetti leutselig. »Der 7. August liegt also sehr wohl noch innerhalb von drei Monaten.«

Sie zuckte die Achseln, als wollte sie sagen: Na und?

»Sie räumen also ein, dass Sie zahlreiche sexuelle Kontakte mit Mr. Ashford hatten?«, sagte Menghetti.

»So viele, wie er in der Lage war«, lautete die Antwort.

Barrett warf einen Blick auf Ashford und sah, dass sein Gesicht rot war vor Zorn. Er versuchte Babcocks Aufmerksamkeit auf sich zu ziehen. Menghetti wandte sich so beiläufig an das Gericht, als bitte er um ein Beweisstück. »Ich ersuche um Erlaubnis, die Zeugin als Gegenzeugin zu behandeln, Euer Ehren.«

Field wollte aufspringen, aber der Richter winkte ihn zurück. »Stattgegeben«, sagte er entschieden.

Menghetti ging zum Anwaltstisch hinüber, schnappte sich ein Dokument und stürzte förmlich auf die Zeugin los. Einen Schritt vor ihr hielt er an. Sein Gesicht hatte sich völlig verändert. Er starrte sie so unverwandt an, bis sie die Augen abwandte. Dann verzog er die Oberlippe zu einer drohenden Gebärde und präsentierte ihr die von ihr beschworene Aussage, die Leviticus Heywood ihr abgenommen hatte. »Ist das Ihre Unterschrift – oder nicht, Ms. Babcock?«

»Jawohl, das ist meine Unterschrift«, gab sie zur Antwort, nun noch nervöser als zuvor. »Und wie Sie wissen, wurde ich dafür reichlich bezahlt und stand nicht unter Eid. Aber jetzt stehe ich unter Eid.«

»Ich beantrage, alles nach dem Wort Unterschrift zu streichen, Euer Ehren.«

»Stattgegeben«, erwiderte Hernandez, der seine Fassung sichtlich nur mit Mühe bewahrte.

»Richtig, Ms. Babcock, Sie stehen unter Eid, und Meineid ist strafbar …«

»Einspruch, Euer Ehren«, rief Grace.

»Stattgegeben. Kommen Sie zur Sache«, wies Hernandez Menghetti an.

»Haben Sie gelogen, als Sie Mr. Heywood gegenüber diese Aussage machten, Ms. Babcock?«

»Natürlich habe ich gelogen. Elliot hat mir auch gesagt, Sie seien über die ganze Vereinbarung orientiert …«

»Einspruch«, brüllte Menghetti, »und ich beantrage, alles nach ihrem Eingeständnis zu streichen.«

»Stattgegeben«, schnappte Hernandez, nun eindeutig außer sich über das, was in seinem Gerichtssaal an den Tag kam. Er wusste, dass die Presse von solchen Vorfällen lebte. »Beantworten Sie bitte nur die Fragen, Ms. Babcock.«

»Was hat Ihnen Mr. Field versprochen, wenn Sie hier eine andere Geschichte erzählen, Ms. Babcock?«

»Nichts.«

»Hat das Büro des District Attorney Sie in irgendeiner Weise bedroht?«

»Na ja, in gewissem Sinn schon.«

Menghetti verzog das Gesicht zu einem Lächeln. »Dann erzählen Sie doch bitte den Geschworenen, womit man Ihnen von dieser Seite gedroht hat.«

Seinem Lächeln war ein kurzes Leben beschieden. »Ms. Harris sagte mir dasselbe wie Sie gerade. Dass Lügen im Gerichtssaal ein Verbrechen ist. Sehen Sie, ich glaube echt nicht, dass Elliot es getan hat, falls Ihnen das weiterhilft. Wenn ich glauben würde, er sei schuldig, hätte ich sowieso nie gemacht, worum Sie mich gebeten haben! Und Gott weiß, wie nötig ich das Geld brauche.«

Im nachfolgenden Schweigen widerstand Barrett dem Drang, einen Blick zu den Geschworenen hinüber zu werfen. Das war auch nicht nötig. Diese Frau war die perfekte Spielverderberin: herausfordernd offen, ungekünstelt und ungeheuer plausibel.

»Ich verstehe«, erwiderte Menghetti mit scheinbar belustigter Neugier, als würde er die Fertigkeit eines sprechenden Hundes prüfen. Aber Barrett wusste, dass dieser Hund Menghetti bereits an der Kehle saß. Das Spiel war gelaufen, just da der Sieg in Sichtweite lag. Er schaute hinüber zur Staatsanwaltschaft und bemerkte, wie Grace Renee Babcock mit feuchten Augen ansah. Auch Field hielt den Blick auf sie gerichtet, aber er wirkte nicht im Geringsten erleichtert, was Barrett noch mehr verwirrte. Sein Blick ging zurück zu Menghetti und zum ersten Mal empfand er etwas wie Sympathie und Respekt für seinen kämpferischen Mitverteidiger. Dessen einzige Hoffnung bestand nun darin, Babcock völlig zu diskreditieren, bevor er das Wort an Field übergab, dessen »Kreuzverhör« wohl eher einem perfekten Duett gleichkommen würde.

»Wollen Sie unterstellen, *ich* hätte Ihnen Geld angeboten, wenn Sie lügen, Ms. Babcock?«, fragte er nun.

»Nein, Sir. Ich weiß nur, dass Elliot zu mir sagte, was Sie betreffe, so habe niemand niemandem irgendwas angeboten und Sie wollten auf gar keinen Fall in die Sache mit reingezogen werden.«

Menghetti warf einen deutlichen Blick auf die Uhr, und obwohl es zehn Minuten vor der Zeit für die übliche Nachmittagspause war, verstand Richter Hernandez den Wink und gestand dem Verteidiger zu, was dieser als letzte mitfühlende Geste gerade noch erwarten konnte: »Wir unterbrechen die Verhandlung bis morgen früh, meine Damen und Herren«, verkündete er, und während er den Geschworenen noch die üblichen Anweisungen gab, waren die Presseleute bereits ins Treppenhaus gestürzt und die Telefonapparate klickten. Barrett sah bereits die Schlagzeilen von morgen vor sich: Geheimnisvolle Zeugin wirft Verteidiger abstrusen Bestechungsversuch vor.

Obwohl er selbst – dank seiner bekannten Rolle als nutzloser Überzähliger in diesem Fall – nicht mit einer direkten Anklage wegen Anstiftung zum Meineid rechnen musste, würde der damit einhergehende Wirbel ihn bei Caldwell & Shaw außer Gefecht setzen. Und schlimmer noch: Ein paar gute Leute würden mit ihm zusammen untergehen. Nicht nur Mike und Winston Cray, sondern auch viele, die im Sekretariat und anderen Abteilungen arbeiteten, ja ohne Mike Reasoner in einer leitenden Stellung vielleicht sogar die Kanzlei selbst.

»Ich erwarte Staatsanwaltschaft und Verteidigung in einer Viertelstunde in meinem Büro«, ordnete Richter Hernandez an und verließ mit zornigen Schritten seinen Platz.

Barrett blickte auf Menghetti. Er saß mit gesenktem Kopf da, die Augen geschlossen, und hatte beide Arme um sich gelegt. Wie weggeblasen seine großspurige Arroganz, seine Herrschermiene. Barrett Dickson hob zögernd die Hand – und ließ sie dann sanft auf seine Schulter sinken. Er glaubte ein Flattern der Lider zu bemerken, aber das war auch alles.

27

Elliot Ashford war aufreizend ruhig, als er ein paar Minuten später hinter Menghetti und Barrett die Arrestzelle betrat. Barrett hielt direkt bei der Tür inne und besprengte sich das Gesicht mit kaltem Wasser aus dem Waschbecken. Das betrifft in erster Linie die beiden, dachte er. Ihn hatte es zwar auch erwischt, aber Menghetti war erledigt. Also stand ihm auch das Recht auf den ersten Schlag zu.

Doch Ashford ging in die Offensive. »Der Schuss ist also nach hinten losgegangen. Dumm von mir, ihr zu vertrauen. Aber die Sache an sich ist völlig legal. Ich habe bloß den echten Zeugen durch eine falsche Alibizeugin ersetzt, weil der echte nicht abkömmlich war. Ich hatte nicht die Absicht …«

»Halten Sie den Mund, Sie unterbelichteter Vollidiot!« Menghetti tobte. »Glauben Sie, wir haben es hier mit einer verfluchten Theateraufführung zu tun? Die Rolle von Tony Rizzo spielte heute Abend Renee Babcock, ja? Dafür kriegen Sie die Spritze, Sie eingebildetes Arschloch. Ich wünschte, ich wäre noch hier und könnte Ihr Gesicht sehen, wenn die Geschworenen mit dem Urteilsspruch reinkommen.«

»Na na, immer mit der Ruhe«, sagte Ashford mit einem zugleich versöhnlichen und resoluten Ausdruck in der Stimme. »Ich habe ja gerade zugegeben, dass ich Mist gebaut habe, aber …«

»Sie brauchen nicht zuzugeben, dass Sie ein Vollidiot sind«, herrschte ihn Menghetti an. »Das steht jetzt bereits in den Akten. Ich will bloß noch hören, warum Sie ihr gesagt haben, dass ich wusste, was da lief.«

»Sie hat das aus freien Stücken ausgesagt. *Sie* haben sie dazu getrieben. Wahrscheinlich wollte sie gerade sagen, Sie hätten nichts damit zu tun, und hat sich dann verheddert. Sie war doch vor Angst völlig außer sich. Vielleicht braucht sie eine Lektion, was es heißt, wirklich Angst zu haben.«

Menghetti ließ sich auf eine der eingebauten Holzbänke fallen und begrub das Gesicht in den Händen. »Mein Gott«, flüsterte er.

»Ich werde nach einer solchen Lektion Ausschau halten«, mischte sich Barrett mit stahlharter Stimme ein. »Und ich werde nicht vergessen, was Sie soeben gesagt haben.«

»Ihre Lippen sind versiegelt, Dickson. Sie sind Anwalt. Oder haben Sie das vergessen?«

»Nicht, wenn ich Sie verpfeife«, antwortete Barrett. »Sollte Renee Babcock jemals irgendetwas zustoßen, mache ich dasselbe mit Ihnen, nur langsamer.«

»Dickson«, bat Menghetti nun, wobei er sich erhob, »ich möchte, dass Sie das, was ich jetzt sage, bezeugen.«

Barrett nickte, doch bevor Menghetti weiterreden konnte, ging Ashford einen Schritt auf ihn zu, hob die Hand und schnippte eine Fussel von seinem Revers. Dabei herrschte er ihn an: »Reißen Sie sich zusammen, Kumpel. Ich betrachte Sie hier immer noch als meinen Anwalt.«

Von der Selbstbeherrschung, die Menghetti wochenlang über alle Enttäuschungen hinweggeholfen hatte, war nichts mehr geblieben. Wie gebrochen trat er einen Schritt zurück: »Ashford, ich werde bald nicht mehr Ihr Anwalt sein. Nachdem die Kammer mich in die Mangel genommen hat, bin ich vielleicht sogar überhaupt kein Rechtsanwalt mehr. Das Gericht wird Ihnen einen Aufschub bewilligen, damit Sie sich ein nächstes Opfer aussuchen können.«

»Jetzt machen Sie doch mal halblang …«

»Halten Sie den Mund und hören Sie mir zu. In Kürze werden wir mit der Gerichtsberichterstatterin ins Richterzimmer gehen. Dort werde ich mein Mandat als Ihr Rechtsvertreter niederlegen und Sie werden meinen Rücktritt annehmen.«

Ashford lachte spöttisch. »Und warum sollte ich mir selbst die Gurgel durchschneiden?«

»Aus einem ganz einfachen Grund, alter Kumpel«, flüsterte Menghetti, nun aschfahl im Gesicht. »Wenn Sie mich weiter mit Ihrem Fall betrauen, garantiere ich Ihnen, dass Sie ihn mit Pauken und Trompeten verlieren werden. Dann, zu gegebener Zeit, nämlich nach unzähligen misslungenen Berufungsversuchen, werde ich persönlich mit Ihnen in die Todeszelle marschieren. Und wenn wir erst dort sind, schnalle ich Sie auf die Liege. Und dann werde ich, und zwar eigenhändig, Ihnen die verfluchte Spritze in Ihre Scheißvenen reinjagen!« Al Menghetti drehte sich zu Barrett um und sagte: »Ihnen viel Glück, Dickson.« Sprach's und verließ den Raum, nicht ohne sich vorher noch in die Brust zu werfen.

Ashford wandte sich nach Barrett um und bemerkte mit einem sehr dünnen Lächeln: »Heiliger Himmel, was ist denn mit Al los?«

Barrett starrte den Angeklagten völlig verblüfft an. »Was mit ihm los ist, fragen Sie?«

»Sie haben richtig verstanden, Sie Trottel. Los, gehen Sie ihm nach und holen Sie ihn zurück …«

Barretts Linke schoss vor und traf seinen Mandanten hart am Kinn. Schon holte er mit der Rechten zum entscheidenden Schlag aus, da wurden sie vom Gerichtsdiener unterbrochen. Um Fassung ringend, knurrte Barrett: »Al Menghetti hat Ihretwegen soeben seine berufliche Stellung eingebüßt, deren Aufbau ihn zwanzig Jahre gekostet hat. Auch hat er gerade den letzten Mandanten gefeuert, den er vermutlich je noch haben wird. Und Sie haben die Frechheit …«

»Menghetti kann mir das doch nicht antun«, stöhnte Ashford und hielt sich den schmerzenden Kiefer.

»Und ob er das kann«, bemerkte Barrett schneidend und ging zur Tür. »Und ich auch!«

Im Flur stürzte er zu einem Telefon und rief Mike Reasoner an. Dieser verdaute die Botschaft, dass Renee Babcock abgesprungen war und Al Menghetti den Fall niedergelegt hatte, schweigend. »Es tut mir Leid, Mike«, sagte Barrett, »aber ich bin ebenfalls draußen. Ashford kann Menghetti gehen lassen oder nicht, aber mich wird er auf jeden Fall rausschmeißen.«

»Warum?«

»Er ist mit dem Kiefer in meine Faust gerannt. Dachte, das solltest du wissen.«

Auf die Bemerkung folgte ein langes Schweigen. »Barrett Dickson«, stieß Mike Reasoner schließlich hervor, »Immobilienmakler auf Kommissionsbasis.«

»Ich schlage mich schon durch. Aber für dich und die Kanzlei tut es mir Leid, Mike.«

»Du hast dein Bestes getan, Kumpel. Das weiß ich zu schätzen.«

John Hernandez knallte den Verfahrenscode auf den Schreibtisch vor sich. »Also, in den Aufzeichnungen wird festgehalten, dass der Angeklagte sowie die Vertretung beider Seiten vollzählig anwesend sind. Und nun will ich wissen, was zum Teufel hier eigentlich vorgeht!«

»Die Suche nach der Wahrheit«, bemerkte Earl Field mit einem scharfen Blick auf Menghetti, »zumindest von unserer Seite. Es scheint klar, Euer Ehren, dass Ms. Babcock ein Angebot von 50 000 Dollar erhielt für ihre Bereitschaft, einen Meineid zu leisten, und dass Mr. Menghetti genug über die Vereinbarung wusste, um nicht mehr wissen zu wollen.«

»Mr. Menghetti?«, fragte Hernandez.

Menghetti forderte ihn auf, die Gerichtsprotokollantin zu rufen. John Hernandez nickte dem Gerichtsdiener zu. »Darf ich fragen, was Sie vorhaben?«

»Ich habe die Absicht, meinen Rücktritt als Vertreter für Mr. Ashford zu beantragen. Mein Mandant wird seine schriftliche Zustimmung zu den Akten geben und wir werden die betreffenden Unterlagen umgeh ...«

»Moment, Mr. Menghetti«, unterbrach ihn Richter Hernandez. »Sie gelten in dieser Sache als unschuldig, bevor das Gegenteil erwiesen ist.«

»Ihr Vertrauen in Ehren, Euer Ehren, aber mein Ersuchen steht fest.«

Der Richter wandte sich an den Angeklagten. »Mr. Ashford? Ich nehme an, Sie werden sich Mr. Menghettis Rücktrittsersuchen widersetzen?«

Doch Elliot Ashford erhob sich und stimmte zur Verblüffung des Richters und der Staatsanwaltschaft dem Rücktrittsersuchen in aller Ruhe zu. Barrett bemerkte allerdings, dass John Hernandez nicht nur verdutzt, sondern auch verärgert war. Dem besten und intelligentesten Richter in ganz San Francisco entglitt die Herrschaft über seinen Fall. »Ich bitte Sie dringend, Ihre Entscheidung noch einmal zu überdenken, Mr. Ashford«, meinte er abschließend.

»Das werde ich nicht tun«, erwiderte Ashford. »Bei allem Respekt, Euer Ehren, meine Entscheidung ist unwiderruflich und ich bitte um zwei Monate Vertagung, damit ich mir einen neuen Rechtsbeistand suchen kann.«

Noch nie hatte Barrett Hernandez in einem derart kalten Zorn erlebt. »Mr. Ashford, ich lehne Ihr Ersuchen ab. Sie haben immer noch ausreichend Rechtsbeistand, Sir.« Damit drehte er sich zu Barrett um und fügte hinzu: »Die Verhandlung wird morgen fortgesetzt. Soviel ich weiß, haben Sie nur noch zwei Zeugen.«

»Euer Ehren«, rief Ashford. »Mr. Dickson ist nur als ... Rückhalt hier dabei.«

»Was immer auch Ihre erste Absicht war, Mr. Dickson in diesem Fall zu engagieren«, lautete die Antwort, »er ist ein erfahrener Rechtsanwalt und mit sämtlichen Akten bis in alle Einzelheiten vertraut. Sie befinden sich in kundigen Händen.«

»Ich weiß nur zu gut, wie kundig seine Hände sind, Richter«, höhnte Ashford und hielt sich den Kiefer. »Er hat sie soeben benutzt, um mich anzugreifen. Aus diesem Grund habe ich ihn vor die Tür gesetzt und außerdem auch die Absicht, ihn zu verklagen, sobald ich einen richtigen Anwalt gefunden habe, der mich vertritt.«

»Machen Sie, was Sie wollen, Mr. Ashford«, entgegnete Richter Hernandez und stand auf, um kundzutun, dass die Besprechung zu Ende war. »Diese Verhandlung wird morgen fortgesetzt.«

28

Später am Abend saß Barrett mit Leviticus Heywood in dessen Büro und überlegte, weshalb ausgerechnet Julian Gold Ashford dazu hatte überreden können, den einzigen ihm noch verbleibenden Anwalt wieder zu akzeptieren.

Lev warf ihm einen fragenden Seitenblick zu. »Ich hab' darüber nachgedacht, wie er Ashford dazu gebracht hat, Sie weiter zu beschäftigen.«

Barrett stöpselte die Kaffeemaschine ein. »Wenn's nur das ist. Es war eine Kombination aus der Überredungskunst von Gold und Johns Drohung, dass er dreißig Tage wegen Missbilligung meiner Person in den Knast muss.«

»Es war keines von beiden, glauben Sie mir. Und wie fühlen Sie sich denn nun so, wieder am Drücker, und diesmal auf einsamem Posten?«

»Mir geht es gut. Meine letzten zwei Zeugen sind Aufwind: Lara Ashfords Schwester Shannon Lake und Menghettis DNS-

Typ. Ich halte ihnen den Joker unter die Nase und sie selbst so lange am Reden, bis Babcocks kleine Bombe verraucht ist. Shannon Lake ist großartig für uns.«

»Wie wär's, wenn Ashford als Zeuge auftreten und Babcocks Aussage entkräften würde?«

»Das möchte er gerne, aber Gold lässt ihn nicht. Gold ist der Meinung, dass wir es, trotz Renee Babcock, immer noch mit einer nicht entscheidungsfähigen Jury zu tun haben, sofern die Geschworenen von Ashfords früherer Tätlichkeit und von seinen zwielichtigen Verbindungen nichts erfahren – und darauf stellen sie sich ein. Ich bete nur zu Gott, dass die Anklage keinen Belastungszeugen bringt.«

»Weil Sie dann jemanden ins Kreuzverhör nehmen müssten?«

Barrett nickte. Lev lachte. »Regen Sie sich ab. Wie sollten die denn in der kurzen Zeit noch jemanden auftreiben?«

Armand Ligretti, genannt das »Wiesel«, hatte seinen Spitznamen weg, schon lange bevor er der Mafia abtrünnig wurde, um als Wendehals seine einstigen Kumpel zu bespitzeln; Wiesel hieß er einfach deshalb, weil er aussah wie eines und auch so kämpfte. Er war klein, schmalschultrig und flink und einmal hatte er eine Auseinandersetzung zwischen rivalisierenden Gangstern mit zwei Kugeln in der Brust durchgestanden. Armand Ligretti, der Überlebenskünstler. Als Killer verurteilt, war ihm von der Staatsanwaltschaft für diesen Mord sowie für drei weitere an der Ostküste Immunität zugesichert worden; dazu hatte man ihm im Zuge des bundesstaatlichen Zeugenschutzprogramms eine neue Identität verpasst. Statt der Gaskammer hatte er ein Leben wie ein König im Exil gewählt, in staatlich geschützter Abgeschiedenheit, in die nicht einmal die Mafia vorzudringen vermochte. Von Zeit zu Zeit tauchte er aus der Versenkung auf, gerade lange genug, um wenn nötig als Zeuge aufzutreten und dadurch seinen Unterhalt zu finanzieren. Armand Ligretti war ein gedungener Mörder gewesen. Nun war er ein gedungener Spitzel.

Und er stellte für Grace Harris auch die letzte Hoffnung dar, die Bekehrung der Geschworenen zu vollenden, die Renee Babcock bereits in die Nähe des Möglichen gerückt hatte. Grace wusste, dass Babcock für die Staatsanwaltschaft ein Geschenk Gottes gewesen war. Dennoch nahm auch eine Zeugin der Verteidigung, die sich zum Schaden des Angeklagten auswirkt, der Anklage in der Regel die Last der Beweisführung nicht ab. Grace wusste, dass sie mehr vorweisen mussten, um alle zwölf Geschworenen für sich zu gewinnen und Ashford verurteilen zu können.

Armand Ligretti begann ihr Interesse zu wecken, als Sam Quon gerüchteweise hörte, er habe ein oder zwei Zusammenkünften beigewohnt, an denen auch Carmine Rizzo und Elliot Ashford teilgenommen hatten. Diese Nachricht hatte interessante Fragen aufgeworfen. Hatte es sich um rein geschäftliche Routinetreffen gehandelt? Vermutlich nicht, wenn ein Gangster vom Schlag Armand Ligrettis dabei war. Und hatte er nicht vor einem Jahr vor einem Gericht in Florida *gegen* die Mafia ausgesagt? Weshalb würde sich Carmine Rizzo dann mit ihm treffen? War Ligretti in eine verdeckte Aktion verwickelt?

Und wenn Elliot Ashford nichts mit der Mafia zu tun hatte: Was brachte ihn dann in die Gesellschaft eines ehemaligen Killers und des Mafiabosses der Bande von Chicago? Das interessierte Grace am allermeisten.

Auf ein Gefühl hin rief sie einen ehemaligen Klassenkameraden im Justizministerium an, der sich einverstanden erklärte, ihre Büronummer wie auch ihre Privatnummer durch die Vollzugsbehörde an Ligrettis geheimen Aufenthaltsort weiterzuleiten. Es war ebenso vage wie riskant, aber sie hatte ein paar Fragen, die nur er beantworten konnte. Erstens natürlich, ob das Gerücht überhaupt zutraf. Und wenn ja, ob Ashford bei einer dieser Zusammenkünfte irgendetwas gesagt hatte, auf Grund dessen sie ihm zumindest seine Verbindungen zur Mafia würde nachweisen können. Sie wusste, dass die Geschworenen alles, was in der Verhandlung vorgebracht wurde, in einem ganz anderen Licht sehen würden, wenn sie seinen Ruf als ehemaligen Wohltäter ankratzen konnte, indem sie ihn mit anrüchigen Gestalten wie Ligretti und den Rizzos in Verbindung brachte. Sie wusste, dass viele Geschworene einen Fall als Geschichte betrachten und nicht als eine Serie von Fakten und Beweisen, die es zusammenzufügen galt, wie sie es als Juristin tat. Zeigte man ihnen einen Helden auf der einen und einen Verbrecher auf der anderen Seite, neigten sie nicht nur dazu, die Einzelteile so zu kombinieren, dass sie ihrer Vorstellung von der Story entgegenkamen, sondern sie ignorierten sogar schlichtweg Beweise, wenn sie in dieses Bild nicht hineinpassten.

Der Klassenkamerad versprach ihr, die Sache in die Wege zu leiten, aber Grace legte den Hörer dennoch mit gerunzelter Stirn auf. Selbst wenn Ligretti etwas Entscheidendes zu sagen hätte, blieb die Frage, ob die Geschworenen einem nachweislichen Mörder glauben würden, der seine Freunde über den Jordan geschickt hatte, um nicht selbst diesen Weg zu gehen. Und wie würde *sie* vor ihnen dastehen, wenn sie sich auf einen Mafia-Überläufer verließ, der von seinem Verrat lebte? Die Erfahrung hatte sie gelehrt, dass das Vertrauen der Geschworenen zum wertvollsten Gut auf Seiten der Anwälte zählte, aber auch wie rasch es sich unter ihrem strengen, forschenden Blick zu trüben vermochte.

Und selbst wenn sie alle diese Hürden überwinden konnte: Würde Ligretti überhaupt willens sein, aus seinem Versteck zu kommen und auszusagen? Würde er überhaupt je zurückrufen? Lauter Fragen und keine einzige Antwort.

Zur selben Zeit saß Barrett in Levs kleinem Büro in der Market Street Lara Ashfords Schwester Shannon Lake gegenüber. Sie hatte kurz geschnittenes schwarzes Haar mit einem Pony im Stil der Zwanzigerjahre und grüne Katzenaugen, war mit ihren hohen Stöckelschuhen fast so groß wie Lev, hatte eine gut proportionierte Figur und strahlte eine ganz eigene Anziehungskraft aus.

»Erzählen Sie mir ein wenig von Elliot Ashford«, bat Barrett und Lev reichte ihr eine Tasse Kaffee.

»Was könnte ich Ihnen erzählen, das Sie nicht bereits wüssten?«, antwortete sie. »Er ist natürlich hochintelligent und ziemlich wohlhabend. Er war Lara und mir gegenüber überaus zuvorkommend, vor allem seit dem Tod unserer Eltern. Er ist ein anständiger, guter Mensch. Aber ich bin mir sicher, Sie wissen auch, dass er Feinde hat«, fuhr sie fort. »Einer von ihnen verfolgt ihn im Moment strafrechtlich.«

»Politische Feinde.«

»Mr. Field ist mehr als ein politischer Gegner, Mr. Dickson. Er ist ein schmutziger kleiner Mistkerl, der Lara kurz vor ihrem Tod belästigt hat. Es wurde mehr als eine Zudringlichkeit daraus.«

»Wie viel mehr?«, fragte Barrett. »Ist es zu was Ernstem gekommen?«

»Ich glaube, sie hat mit ihm geschlafen. Alle gehen davon aus.«

»Und Sie meinen, Elliot hat das herausgefunden?«

»Er hat es natürlich gewusst.«

»Ihre Schwester war nicht besonders diskret, oder?«

Sie lachte amüsiert. »Die Indiskretion meiner Schwester hat ein gut Teil von Elliots Geduld beansprucht. Lesen Sie eigentlich keine Zeitungen?«

Diese Shannon Lake strahlt eine latente Stärke aus, dachte Barrett. Körperliche Stärke. Nicht einmal nebeneinander würde man sie und Lara Ashford auf den ersten Blick für Schwestern halten, denn sie hat nichts von deren Zerbrechlichkeit. Es geht sogar etwas Drohendes von ihr aus. So kam es ihm zumindest vor, als er sie insgeheim musterte. Dennoch würde ihr Gesicht ausreichend Ähnlichkeit mit den Fotos der Leiche aufweisen, um bei den Geschworenen die Präsenz des Opfers zu evozieren. Sie würden sie als die von den Toten auferstandene Lara Ashford sehen, die erklärte, ihre kleinen Streitereien mit Elliot hätten keinerlei Gewicht, verglichen mit der Intensität ihrer gegenseitigen Liebe. Ja, die Schwester des Opfers zu Gunsten des Angeklagten im Zeugenstand zu haben würde sich als Sprengstoff erweisen.

»Sie scheinen Mr. Ashford sehr zu bewundern«, sagte Barrett schließlich.

»Die Leute verstehen ihn falsch«, gab sie zur Antwort. »Sie konzentrieren sich auf seine negativen Eigenheiten und dabei übersehen sie seine vielen Vorzüge.«

»Und ich nehme an, dass die Liebe zu seiner Frau zu den letztgenannten zählt?«

Sie schlug ihre langen Beine übereinander. »Er war unerhört nachsichtig«, bemerkte sie dann. »Eine Eigenschaft, die für alle, die mit meiner Schwester zu tun hatten, unerlässlich war.«

»Glauben Sie, dass er Ihre Schwester geliebt hat?«

»Geliebt hat? Elliot ist der geborene Politiker. Ein Politiker liebt alle und niemanden.«

»Nun gut. Aber kamen sie miteinander aus?«

»Ihre Beziehung war symbiotisch, einzigartig. Ich bin durchaus bereit, sie als … sagen wir, durch und durch freundschaftlich zu charakterisieren.«

»Freundschaftlich?«

»Ich werde Sie nicht enttäuschen, Mr. Dickson. Ich werde alles Nötige tun.«

Barrett klappte den Notizblock zu. »Wir werden die Befragung kurz halten, Ms. Lake«, bemerkte er. »Aber im Kreuzverhör wird man Sie nach den Gerüchten fragen, ob …«

»Und ich werde sie kategorisch bestreiten«, unterbrach sie

ihn schroff. »Elliot und ich sind befreundet, Punkt. Ich hätte gegen diese Klatschmagazine Klage einreichen sollen.«

»Haben Sie sich mit Mr. Ashford seit dem Tod Ihrer Schwester getroffen?«

»Wir haben ein paar Mal zusammen gegessen.«

»Wo?«

Nach einer kleinen Pause erwiderte sie leise: »Bei ihm zu Hause.«

»War sonst noch irgendwer dabei?«

»Sie meinen, ob es Zeugen gibt? Nein.«

»Haben Sie mit ihm irgendwas gemeinsam unternommen, als Ihre Schwester noch lebte?«

Sie überlegte. »Sie brauchen sich wegen nichts zu sorgen, Mr. Dickson.«

Dann ist es also wahr, dachte Barrett. Shannon Lake liegt mit Elliot zwischen den Laken, bevor die Leiche ihrer Schwester noch kalt ist. »Geschenke? Schmuck? Kleider?«

»Elliot ist überaus großzügig, aber was uns betrifft, lautet die Antwort: nein.«

Barrett nickte. »Ich werde Sie morgen früh um halb neun als Erste aufrufen lassen. Ist das in Ordnung?«

Sie nickte und erhob sich. Er sah, wie sie nach ihrer Tasche griff und dann zögerte, als benötige sie noch etwas von ihm. Er kannte das. Viele Zeugen hielten plötzlich nach einem Halt Ausschau, den weder er noch sonst jemand bieten konnte – besonders solche, die sich hart am Rand der Wahrheit bewegten.

»Ich hole Sie um halb acht Uhr ab, Ms. Lake«, sagte Leviticus. Dann brachte Barrett sie die Treppe hinunter und zu ihrem Wagen.

»Um acht können wir uns wieder unterhalten«, sagte er. »Danke, dass Sie gekommen sind.«

»Ich bin froh, wenn ich nützlich sein kann.« Das Fenster glitt nach oben und der Wagen rollte die Market Street hinunter.

»Sie wird ihre Sache gut machen«, meinte Lev, als Barrett wieder eintrat.

»Das wird sie bestimmt«, gab dieser zur Antwort, »zumindest so lange, bis sich herausstellt, dass sie ihre Schwester hasst und ihren Schwager liebt.«

Hilflos musste Grace am anderen Morgen mit ansehen, wie sich die Geschworenen von der stockend vorgebrachten Zeugenaussage der dunkel gekleideten Schwester des Opfers faszinieren ließen. Ein paar waren zu Tränen gerührt, als Lake das liebevolle Eheleben schilderte, Elliots Zuneigung zu seiner Lara und seine schreckliche Verzweiflung über ihren Tod. Earl Field hatte beschlossen, sie ins Kreuzverhör zu nehmen, doch das führte zu gar nichts.

Als Grace dann abends das Kreuzverhör von Barretts DNS-Sachverständigem vorbereitete, betete sie im Stillen, dass Armand Ligretti sich meldete. Es waren jetzt schon über vierundzwanzig Stunden vergangen seit ihrem Anruf und Barrett hatte angekündigt, er sei in ein bis zwei Tagen durch. So wie es im Augenblick stand, hatte sie ihm als Volksvertreterin nichts anderes entgegenzusetzen als ein weiteres einschläferndes DNS-Gutachten.

Ihre Hoffnung, von Ligretti zu hören, schwand zusehends und schließlich fiel sie in einen unruhigen Schlaf. Da klingelte das Telefon. Es war wenige Minuten nach Mitternacht. Eine Stimme wie Schleifpapier ertönte aus dem Hörer. »Sie wollten mich sprechen, Lady?«

Er sagte nicht, wer dran war, und sie brauchte auch nicht zu fragen. Sie schnellte hoch und saß mit rasendem Herzklopfen auf der Bettkante. Bereitwillig beantwortete Ligretti all ihre Fragen. Ja, er habe an einem Treffen teilgenommen, bei dem sowohl Carmine Rizzo wie Elliot Ashford anwesend waren.

»War das vor dem Tod seiner Frau oder danach?«

»Sowohl als auch. Es gab zwei Treffen.«

»Was war der Zweck dieser Treffen?«

»Es hieß, das gehe Sie nichts an. Die Staatsanwaltschaft muss außen vor bleiben.«

»Na gut. Hat Ashford in einem dieser Treffen s-seine Frau erwähnt?«

»Nein.«

»Gesagt, er sei unglücklich? Erwähnt, er wolle sich scheiden lassen?«

»Nein.«

»Fiel Senator Cliftons Name?«

»Nein.«

»Hat Carmine Rizzo an beiden Treffen teilgenommen?«

»'türlich.«

»Sind Sie sicher, dass Ashford seine Frau niemals erwähnt hat? Selbst nach ihrem Tod nicht?«

»Nein. Das heißt, doch. Indirekt, beim zweiten Treffen. Er hatte eine Frau dabei. Umwerfend. Eine Super-Mieze. Carmine hat in seiner Suite nach dem Treffen eine kleine Party steigen lassen und sie war mit Ashford dort. Nach 'n paar Drinks hab' ich gehört, wie er seine Mieze Tony Rizzo als die ›künftige Mrs. Ashford‹ vorstellte.«

»Wen m-meinen Sie mit ›er‹?«

»Ich rede von Elliot Ashford.«

»Das wäre dann kurz nach dem Tod seiner F-Frau gew ...«

»Vertreten Sie die Staatsanwaltschaft in diesem Fall, Miss? Hab' ich die richtige Person am Draht?«

Sie merkte, dass sie furchtbar zu stottern anfing. »J-ja, i-ich bin Mitglied der A-anklagebehörde.«

Ligretti machte eine Pause und sie bekam Angst, er könnte seine Meinung ändern. Dann hörte sie, wie ein Streichholz anriss, und wusste, dass er sich nur eine Zigarette anzündete. »Richtig. Das war, direkt nachdem sie ermordet wurde. Sogar mir kam's etwas unschön vor.«

»Wie hat er sich allgemein verhalten? Wie war seine Stimmung?«

»Wie die Made im Speck. Irgend so 'n Schönredner hatte ihn gerade auf Kaution losgeeist und er schwebte auf Wolke neun. Na ja, war ihm nicht zu verübeln. So wie die aussah.«

Mein Gott, dachte sie, das fehlende Motiv! »Hat er erwähnt, wie die Frau heißt?«

»Ja, mehrmals. Ich glaube, Sophia? Sophy vielleicht? Irgend so was.«

Grace fühlte neue Hoffnung aufsteigen. Falls Ligretti als Zeuge auftreten würde. Und wenn er bei seiner Version blieb ...

Am folgenden Morgen wartete sie bereits in Earl Fields Büro, als er um halb acht Uhr eintraf. Überrascht schaute er sie an. »Ach, Sie, Grace, die sprichwörtliche Morgenstund' hat Gold im Mund?« Er bat seine Sekretärin um Kaffee, setzte sich an den Schreibtisch und sah sie erwartungsvoll an. »Was kann ich für Sie tun?«

»Ich glaube, wir haben was in der Hand, Earl«, sagte sie und erzählte ihm, was sie erfahren hatte. Dabei bemerkte sie, wie seine verquollenen Augen sich einmal verblüfft weiteten, einmal misstrauisch zusammenzogen, um sich gegen das Ende hin mit kaum verhohlener Wut zu verhärten. Außerdem fiel ihr auf, dass er ganz untypisch ungepflegt aussah. Die Krawatte war verrutscht und er brauchte dringend einen Haarschnitt.

»Einsatz eines Maulwurfs in letzter Minute?« Er schüttelte den Kopf. »Sie hätten mir mitteilen sollen, was Sie vorhaben, Grace.«

»Ich habe die Chance, dass etwas dabei herauskommt, für relativ gering gehalten. Und nun hat es doch was gebracht. Im Übrigen bin ich gar nicht mehr an Sie herangekommen, seit unserer ...«

»Kürzlichen Unannehmlichkeit?«, warf er ein und verzog das Gesicht zu einem boshaften Grinsen.

Sie grinste ebenfalls. »Earl, ich weiß nicht, was ich denken soll. Diese Kautionsverhandlung, die Klegg arrangiert hat, die Reporterin von *L. A. Eye*, die verschwundenen Hautproben, all das verwirrt mich ein bisschen. Aber vielleicht gewinnen wir ja doch noch. Geben wir Ligretti eine Chance.«

»Vergessen Sie's, Grace. Ich habe von ihm gehört. Es ist zu riskant. Er hat ein Strafregister, so lang, wie Ihr Ehrgeiz groß ist.«

»Uns bleibt nichts anderes übrig, als Risiken einzugehen! Ligretti kann Ashfords Verbindungen zur Mafia aufdecken *und* uns das fehlende Motiv liefern. Es könnte der entscheidende Lauf sein, um das Spiel doch noch zu gewinnen.«

Wieder schüttelte Earl Field den Kopf. »Es ist mir irgendwie zu gefährlich.«

»Im Vergleich zu *was*?«, bohrte sie weiter. »Haben Sie sich die Geschworenen angesehen? Die haben Shannon Lake förmlich verschlungen und uns wieder ausgebootet. Mit Babcock war das Pendel umgeschwungen, aber jetzt sehen die Geschworenen wieder ganz ehern aus. Wenn wir alle zwölf vereinnahmen und *gewinnen* wollen, müssen wir ihnen ein stärkeres Motiv liefern. Ligretti kann das.«

»Die von der Bundesregierung würden ihn gar nicht aussagen lassen.«

»Ich habe heute Morgen mit der Vollzugsbehörde in Washington gesprochen. Sie bringen ihn her.«

»Wenn Sie Ihre nächste Superidee haben, Grace, halten Sie bitte zuerst Rücksprache mit mir, bevor Sie gleich die gottverdammte Bundeshauptstadt anrufen. Sagen Sie ab, verflucht. Wir setzen auf unsere Karten. Sie haben bei Ihrem DNS-Sachverständigen ein paar gute Argumente eingebracht und nun, da Menghetti draußen ist, schlagen wir sie in der Schlussargumentation.«

Sie stand auf und blickte auf ihn hinab. Auf seiner glatten schwarzen Haut, die im Licht der einzigen Schreibtischlampe glänzte, entdeckte sie ein paar untypische Bartstoppeln. Als sie sprach, zitterte ihre Stimme, aber sie wählte ihre Worte sorgfältig. »Sie wollen uns n-nicht gewinnen lassen, Earl, nicht wahr?«

»Machen Sie sich nicht lächerlich!«

Sie hielt seinem Blick stand. »Earl, ich werde Armand Ligretti morgen in den Zeugenstand rufen. Und versuchen Sie nicht, mich daran zu hindern.« Dann verließ sie sein Büro.

Eine Minute später durchbrach das Klingeln des Telefons die Stille im Schlafzimmer einer Wohnanlage in Nob Hill. Eine Frau atmete hörbar auf und drehte sich um. Ihr Mann griff nach dem Hörer und meldete sich dann mit einer Stimme, als hätte er seit Stunden wach gelegen. »Reden Sie.« Dann stützte er sich auf den Ellbogen und hörte zwei Minuten ununterbrochen zu, worauf er sich aus dem Bett schwang, nach Papier und Stift griff und einen Namen notierte. Danach sagte er: »Regen Sie sich ab, Earl. Ich bringe das in Ordnung«, und hängte ein.

»Wer war das, Jack?«, fragte seine Frau.

»Schlaf ruhig weiter.«

Barretts Herz schlug höher, als er eine Stunde später Grace Harris' Stimme am Telefon hörte. »Wie geht es Ihnen, Barrett?«, fragte sie.

Sein Magen machte einen kleinen Überschlag und seine Hoffnungen schalteten auf Hochstimmung. Rief sie ihn etwa an, um ...? Nein, keine Chance. Grace Harris war aus rein geschäftlichen Gründen dran und er ihr Feind. Also rief sie an, um eine Absprache zu treffen, um ihn vor dem bitteren Kelch eines Lebens mit Elliot Ashford zu bewahren. So oder so kam ihm ihre Stimme vor wie kühles Wasser in der Wüste. »Es könnte nicht besser sein«, erwiderte er. »Und Ihnen?«

»Mir könnte es durchaus besser gehen.« Dann ließ sie die

Bombe platzen. Die schlimmste aller Möglichkeiten. Sie hatten einen Gegenzeugen aufgetrieben und sie meldete es ihm – wie erforderlich. Er dankte ihr und weg war sie. Rasch wählte er Levs Nummer.

»Armand Ligretti?«, sagte dieser mit ungläubiger Stimme. »Dieser Maulwurf, der in Florida ausgesagt hat?«

»Ja, dieser Maulwurf. Ich brauche was über ihn.«

»Wann kommt er?«

»Morgen früh.«

»Tut mir Leid, da kann ich Ihnen nicht weiterhelfen. Dieser Bursche steckt im Zeugenschutzprogramm. Das heißt: Niemand weiß, wo er sich im Moment aufhält, und niemand kann ihn finden – nicht mal die Mafia.«

29

Verdammt noch mal, Jack«, rief Earl Field gerade, »Sie haben doch gesagt, Sie bringen das in Ordnung!«

Klegg saß vor Fields Schreibtisch und seufzte tief. Er war genauso unzufrieden. Das Einzige, was er noch mehr hasste als Misserfolg, war, wenn ihn auch noch jemand daran erinnerte. »Ich habe getan, was ich konnte«, erwiderte er gepresst. »Diese Idioten im Justizministerium *wollen*, dass Ligretti aussagt.«

»Jetzt, da sie John Gotti erledigt haben, verlegen sie sich vermutlich auf Chicago, und das heißt auf Carmine Rizzo. Wenn sie Ashford dran kriegen, haben sie den ersten Schuss auf Rizzos Bogen abgefeuert.«

»Bingo.«

»Bingo? Das ist nicht zum Witzereißen, Jack. Wenn Ligretti Ashford dran kriegt, kriegt die Mafia mich.«

»Ich sagte doch, ich hab's versucht, Earl. Und überhaupt geht deshalb die Welt noch nicht unter. Befragen Sie Ligretti im Zeugenstand doch einfach selbst. Schadensbegrenzung. Schrauben Sie seine Angriffslust herunter. Der Typ ist faul. Sie brauchen bloß hinzukriegen, dass man es merkt.«

Earl Field hatte für Kleggs herrischen Ton noch weniger übrig als für seine Idee. Außerdem mochte er den Blick nicht, mit dem er ihn musterte. »Haben Sie noch etwas anderes im Sinn, Jack?«

»Earl, entschuldigen Sie, wenn ich Ihnen zu nahe trete, aber Sie sehen in letzter Zeit etwas … unsorgfältig aus.«

»Unsorgfältig? Was zum Teufel meinen Sie damit?«

»Zum einen trinken Sie für gewöhnlich nicht und jetzt haben Sie plötzlich damit angefangen.«

»Ab und zu ein Glas Wein.«

»Ich kann aus einem Meter Entfernung riechen, wenn einer Wodka intus hat. Denken Sie also nicht, dass es anderen nicht ebenso geht. Außerdem ist Ihre berühmte Haute Couture zu einer Art Freizeitkleidung verkommen, die an Verlotterung grenzt. Haben Sie vergessen, dass die Presse Sie landesweit keine Minute aus den Augen lässt? Ich weiß, was Sie plagt, Earl. Sie dürfen es bloß nicht aller Welt zeigen.«

Grace war angenehm überrascht, als Earl Field zehn Minuten später in ihr Büro trat, um ihr mitzuteilen, dass er seine Meinung über Armand Ligretti geändert habe; doch das Lächeln erstarb ihr auf den Lippen, als er hinzufügte: »Ich werde ihn persönlich befragen, Grace. Der Typ ist gefährlich, und wenn er völlig ausflippt, kann ich den Schlag abfangen.«

»Ich war der Meinung, Schläge abzufangen sei in diesem Team mein Job.«

»Sie haben Ihren Anteil erledigt und dann kommt erst noch das Kreuzverhör des DNS-Sachverständigen. Dickson wird den Beweisvortrag abschließen, sobald Sie damit fertig sind, und dann müssen wir gefasst sein. Ich treffe mich heute Abend mit Ligretti und dem Bundesvollzugsbeamten und rufe ihn morgen in den Zeugenstand, sobald Sie Ihr Kreuzverhör beendet haben.«

»Klar, Sie sind dran«, meinte sie schließlich und zog zögernd eine Akte aus einem Stapel auf seinem Schreibtisch. »Hier drin ist sein Strafregister und das dürfte alles sein, was Dickson hat. Dazu ein Entwurf meiner Fragen. Ich wollte Sam losschicken, um die Geschichte zu verifizieren, aber wir haben, ehrlich gesagt, nicht mehr allzu viel Zeit.«

»Das weiß niemand besser als ich.«

Als die Verhandlung um halb zehn wieder begann, hieß es, der geschworene Nummer zehn, ein Afroamerikaner, liege mit einer Lungenentzündung im Krankenhaus. Amanda bemerkte misstrauische und besorgte Blicke bei den regulären Geschworenen, die sich bereits über das geheimnisvolle und bislang ohne Erklärung gebliebene Verschwinden des Geschworenen Nummer vier, eines jungen Latino, Gedanken machten. Sowohl er wie auch Nummer zehn hatten sich ebenso klar über die Schuld des Angeklagten geäußert wie Martin Chin ein paar Wochen zuvor, besonders nach dem Debakel mit Renee Babcock. Diese freimütigen Kommentare hatten Amandas Furcht vor einem Komplott gegen Earl Field zeitweilig gemildert. Jetzt, mit dem Ausscheiden gleich beider Geschworenen der Anklage, kam sie umso stärker wieder.

»Clem Bell sagte, es könnte sein, dass uns Ashfords ›Freunde‹ eine Botschaft schicken«, hatte Ruth Salverston ihr auf dem Weg in den Gerichtssaal am Morgen zugeflüstert und war dann vor Verlegenheit ganz rot geworden.

Amanda versuchte die positive Seite des Ausgleichs zu sehen. Zunächst einmal war immer noch Jefferson da, die offensichtliche Anführerin der Geschworenen, und sie sah viel zu dickköpfig aus, als dass sie sich kaufen oder unter Druck setzen ließe. Zweitens würden die Regulären, die sich noch nicht hatten einwickeln lassen, angesichts dieser Gerüchte erkennen, was für ein Typ Elliot Ashford wirklich war. Und schließlich das Wichtigste: Amanda Keller war nun die Nummer eins der Ersatzgeschworenen. Es bestand vielleicht doch noch Hoffnung, für sie wie für Earl Field.

»Ist damit der Beweisvortrag der Verteidigung abgeschlossen, Mr. Dickson?«

»Ja, Euer Ehren.«

»Dann können Sie den ersten Gegenzeugen aufrufen, Mr. Field«, bemerkte Richter Hernandez.

»Jawohl, Euer Ehren«, erwiderte Field. »Armand Ligretti!«

Ein ersticktes Raunen ging durch die Reihen der Presseleute und eine Minute später hefteten sich aller Augen auf den kleinen Mafioso. Er schritt mit wieselflinken Blicken aus kleinen Augen, die über hohlen Wangen tief in ihren Höhlen lagen, auf den Zeugenstand zu. Nur wenige unter den Anwesenden bemerkten die beiden Vollzugsbeamten in Zivil, von denen der eine wie zufällig vor ihm eintrat und der andere hinter ihm her schritt.

Amanda sah es und fragte sich, was da wohl vorging. Sie musterte auch Earl Field. Er sah besorgt aus. Obwohl er in seiner Abgespanntheit noch heroischer wirkte als zuvor, hatte er doch den kühlen, lebhaften Blick verloren, für den er so bekannt war. Sein Schnurrbart war stoppelig und sein Anzug sah aus, als hätte er darin geschlafen. Sie machen ihn kaputt, diese Schweine, dachte sie. Sie fühlte sich etwas erleichtert, als sie sah, dass er sich anschickte, den letzten Zeugen der Anklage selbst zu befragen, und flehte ihn innerlich an, etwas zu unternehmen, was die regulären Geschworenen so beschämen würde, dass sie wieder wussten, was sie zu tun hatten.

Earl Field stürzte sich sogleich auf Ligrettis Negativliste. Er schilderte dessen finstere Vergangenheit in solchen Details und mit solcher Intensität, dass Ligretti innerhalb weniger Minuten vor Wut rot anlief. »Trifft es zu, Mr. Ligretti, dass Sie mit dem Justizministerium vor zwei Jahren einen Deal gemacht haben?«

»Ja.«

»Sie waren des gedungenen Mordes angeklagt? Als Mörder, der für Geld kaltblütig Menschen umbringt?«

»Das ist richtig.«

»Man nannte Sie Ihrer hinterhältigen Gewalttätigkeit wegen allgemein ›Wiesel‹?«

»Freunde nannten mich manchmal so«, zischte Ligretti.

Danach ging Field zum eigentlichen Gegenstand von Ligrettis Aussage über: Elliot Ashfords Verbindungen zu Tony Rizzo sowie die zwei Treffen mit Mafiabossen – einschließlich Carmine Rizzo und einem seiner obersten Häuptlinge – in Las Vegas und San Francisco zu enthüllen. »Waren Sie während dieser Zeit im Zeugenschutzprogramm?«

»Ja. Ich bin seit fünf Jahren dabei.«

»Wie kommt es dann, dass Sie an diesen Zusammenkünften teilnehmen konnten?«

»Ich war für die Polizei dort – mein letzter Auftritt. Das hatte nichts mit Ashford zu tun.«

»Warum hat Sie niemand erkannt?«

»Von den Jungs in Chicago kennt mich keiner, und als ich von der Organisation in Florida wegging und in das Programm eintrat, hat mir die Regierung eine Gesichtsoperation verpasst. Ich hab' fünfunddreißig Pfund zugenommen und mir einen Bart stehen lassen. Meine eigene Mutter würde mich nicht mehr wiedererkennen.«

»Wer ist Carmine Rizzo?«

»Don Carmine ist das Oberhaupt einer Familie in Chicago. Ihm gehört das ›Acropolis‹ und ein paar legale Unternehmen – wie eine dicke Scheibe des Ashford-Familienunternehmens.«

»Einspruch. Ich beantrage, den Hinweis auf Mr. Ashford zu streichen«, rief Barrett.

»Stattgegeben. Das kann raus.«

Barrett blieb stehen. »Da ich gerade das Wort habe, Euer Ehren, möchte ich darauf hinweisen, dass wir – zumindest als ich das letzte Mal nachgesehen habe – dabei waren, einen Mordfall in San Francisco zu verhandeln, und nicht die Familie Rizzo aus Chicago.«

»Erheben Sie Einspruch?«, fragte der Richter.

»Irrelevant und voreingenommen, Euer Ehren.«

»Stattgegeben. Bitte befassen Sie sich mit dem engeren Thema, das wir besprochen haben, Mr. Field.«

Ligretti schilderte nun das frühere Treffen, bei dem er Ashford zum ersten Mal mit mehreren Mitgliedern der Familie Rizzo gesehen hatte.

»Nahmen Sie an einem zweiten Treffen mit Mitgliedern der Familie Rizzo teil, bei dem Mr. Ashford ebenfalls anwesend war?«

»Ja. In San Francisco.«

»War das *nach* dem Mord an Mrs. Ashford?«

»Ja. Am 1. September. Elliot Ashford war gerade auf Kaution freigekommen.«

»War Mr. Ashford diesmal allein?«

»Nein. Es war eine Frau bei ihm, echt scharf. Sah verdammt gut aus, blondes Ding, klebte an ihm wie Flüssigleim.«

»Haben Sie gehört, wie Mr. Ashford sie nannte?«

»Klar doch. Er hat sie Carmine als ›künftige Mrs. Ashford‹ vorgestellt.«

Amanda hörte, wie der Saal anfing zu toben.

»War das, kurz nachdem Mrs. Ashford ermordet aufgefunden wurde?«

»Ja. Aber ich hab' noch nie einen Typen gesehen, der vor Freude derart aus der Hose platzte. Wolke neun.«

»Bemühen Sie sich nicht extra, Mr. Dickson«, warf Richter Hernandez ein und richtete den Blick wieder auf den Zeugen. »Beschränken Sie Ihre Antworten auf das, was Sie gefragt werden.«

»Das ist alles, Euer Ehren«, schloss Earl Field und setzte sich.

Amandas Blick wanderte von Ligretti zu Elliot Ashford, der düster auf seine Fingernägel starrte, und dann zu Grace Harris. Eine Sekunde lang sah sie ein Lächeln auf deren Gesicht und rang sich ebenfalls eines ab. Da ist es, dachte sie, das *Motiv.* Aber schon wenige Minuten später schwand ihre optimistische Stimmung, denn sie sah, wie Barretts schwarzer Detektiv ihm Unterlagen in die Hand drückte, worauf sich dessen sonst unbewegte Miene zu etwas verzog, das annähernd einem Lächeln gleichkam. Er schob die Mappe unter seinen Notizblock.

Richter John Hernandez schaute zu ihm hin. »Kreuzverhör, Mr. Dickson?«

Dieser hatte sich bereits erhoben. »Ich werde Ihre Geschichte nicht als die eines Lockvogels der Regierung behandeln, Mr. Ligretti«, begann er. »Das Einzige, was ich wissen möchte, ist, ob Sie einzig und allein für Behörden aussagen.«

»Mehr oder weniger.«

»Sie verdienen sich damit im Grunde Ihren Lebensunterhalt, ja? Ein bequemes Leben auf Kosten der Steuerzahler?«

Amanda wunderte sich, dass Earl Field nicht eingriff.

»Darf ich zusätzlich fragen, ob Sie lügen würden, wenn Sie das müssten? Um Ihren Lebensstil auf Kosten der Steuerzahler aufrecht zu erhalten?«

»Ich würde auf keinen Fall lügen«, gab Ligretti zur Antwort.

»Dann«, lächelte Barrett, »erklären Sie mir bitte, warum Sie so sicher sind, dass das zweite Treffen, von dem Sie behaupten, dass es im ›Chinatown Holiday Inn‹ in San Francisco stattfand, am 1. September 1997 war.«

Auf Armand Ligrettis Gesicht flammte ein arrogantes Lächeln auf. »Weil es der erste Tag des Monats und ein Werktag war. An diesem Tag erhalte ich immer meine monatliche … Zuwendung vom Bundesvollzugsamt. Ich kann mich zudem daran erinnern, dass ich mit dem Scheck schriftliche Instruktionen für den Anlass bekam, wohin ich zu gehen hatte und worauf ich hören sollte. Ich fuhr in derselben Nacht hin, am 1. September – einem Montag.«

»Hatten Sie bei einem der beiden Treffen ein Aufnahmegerät dabei?«

»Ich? Du lieber Himmel, nein. Zu riskant.«

»Wir haben also nur Ihr Wort, dass diese beiden Treffen wirklich stattgefunden haben.«

»Warum sollte ich lügen?«

»Hatten wir das nicht schon?«, bemerkte Barrett.

»Einspruch«, rief Grace und erntete dafür einen verblüfften Blick von Earl Field. »Argumentativ.«

»Stattgegeben«, sagte Richter Hernandez.

Barrett ließ sich nicht aus der Ruhe bringen. »Da liegt mein Problem, Mr. Ligretti: Sehen Sie, Sie haben uns sehr genau mitgeteilt, wann das Treffen stattfand und wie *Sie* hingekommen sind. Was mich nun verwirrt, ist die Frage, wie Mr. Ashford hingekommen ist, angesichts der Tatsache, meine ich, dass er erst am Dienstag, dem zweiten, auf Kaution aus dem Gefängnis entlassen wurde!«

»Einspruch, Euer Ehren«, rief Earl Field, mit einem Mal sehr wach. »Mr. Ashford wurde am ersten auf Kaution entlassen. Das steht auch so in den Akten.«

»Sie haben Mr. Ashford in der Tat am Montag, dem ersten, frei gelassen, Euer Ehren«, bemerkte Barrett, indem er sich nun ausschließlich an den Richter wandte. »Es wurden im Bezirk Alameda im Computer jedoch ein paar Strafzettel entdeckt, worauf eine Faxmitteilung rausging, ihn noch zu behalten. So verbrachte er eine zusätzliche Nacht in Haft. Wir konnten Mr. Ashford erst am 2. September abholen, am Tag *nach* dem Treffen, das Mr. Ligretti soeben erfunden hat.«

Amanda spürte, wie ein scharfer Kopfschmerz sie durchfuhr, als Barrett Dickson sich lächelnd nach seinem schwarzen

Detektiv umsah. Dann folgte das gleiche Klicken in den Ohren wie vor kurzem, als sie bemerkt hatte, wie Earl Field den Kopf vor ihrem Blick senkte.

»Ich habe«, schloss Barrett und ging an seinen Platz, »keine weiteren Fragen mehr.«

»Keine Fragen, Euer Ehren«, sagte auch Field.

Amanda entfuhr beinahe ein lautes Stöhnen. Sie wunderte sich, warum Earl nichts unternahm. Es ging doch nur um einen Tag! Doch als sie sich nach den Geschworenen umsah, erkannte sie, dass keine weiteren Beweise nötig waren, um das Wiesel in ihren Augen ebenso als Lügner erscheinen zu lassen, wie er ein Lockvogel und ein gedungener Mörder war. Der Richter teilte ihnen mit, dass sie am nächsten Tag neue Instruktionen bekämen, und entließ sie für heute. Nun gab es nichts mehr, was sie tun konnte, um Earl zu retten. Es war alles vorbei.

Grace war gleichzeitig wütend und niedergeschlagen, als sie hinter dem District Attorney den Gerichtssaal verließ und in das Richterzimmer hinüberging. Wütend auf Ligretti, auf Earl Field und auf sich selbst. Jetzt war der Fall Ashford für die Staatsanwaltschaft so gut wie verloren, ebenso für Earl Field, den ehrgeizigen District Attorney, der soeben den letzten Nagel in seinen politischen Sarg getrieben hatte, um mitsamt dem Star-Prozess begraben zu werden. Und sie hatte ihm dabei geholfen. Grace war weiterhin überzeugt, dass Ligretti in der Regel die Wahrheit sagte, wusste aber zugleich, wie leicht es war, einen arroganten, unsympathischen Zeugen wie ihn bei den Geschworenen in Misskredit zu bringen, wenn man ihn nur beim kleinsten Fehler erwischte.

Es wäre für Earl riskant – allerdings nicht unmöglich – gewesen, ihn ohne Vertagung wieder aufzubauen. Aber er hatte vermutlich, was er wollte, wenn es auch nicht so, wie von ihm beabsichtigt, gekommen war. Trotz ihrer Enttäuschung fühlte sie auch eine gewisse Trauer angesichts der Tatsache, dass sie einen Beitrag geleistet hatte, einen Mann zu zerstören, der vielleicht etwas in der Welt hätte verändern können. Vielleicht hätten sie den Prozess ohnehin verloren, aber vor Ligrettis Auftreten wäre der Fehler der Polizei in die Schuhe geschoben worden. Durch ihre Einmischung hatte sich das geändert. Nun konnte er sich hinter niemandem mehr verbergen. Schon sah sie die Schlagzeilen vor sich: D. A. mit falschem Zeugen baden gegangen. Aus für Fields politischen Traum!

An diesem Abend versuchte Amanda ihrer Niedergeschlagenheit und den bohrenden Fragen ihrer Mutter zu entgehen, indem sie sich mit ihrem Prozessalbum in ihr Zimmer zurückzog. Es hatte keinen Sinn, mit ihrer Mutter zu reden. Sie würde sie höchstens daran erinnern, dass sie selbst schuld sei, so viel Zeit verschwendet zu haben. Und hätte sogar Recht damit. Schließlich hatte sie weder ihre Fernsehkarriere wieder in Fahrt gebracht noch Earl Field helfen können.

Energisch schnitt sie aus und klebte ein, bis sie sich mit der Schere in den Finger zwickte. »Scheiße!«, rief sie aus und schleuderte das Album in die Ecke. Dann stürzte sie ins Bad und erbrach das wenige, das sie zum Abendbrot gegessen hatte. Hinterher schleppte sie sich ins Bett. Da sie nicht lesen wollte, stand sie noch einmal auf und machte den kleinen Schwarzweißfernseher an. Aber sie konnte sich auf keine Sendung konzentrieren und schaltete ihn wieder aus. Die Fernsehgeräusche gingen jedoch weiter, wenn auch in unterdrücktem Ton – aus dem Wohnzimmer. Sie nahm eine hohe Dosis Schlafmittel ein, löschte das Licht und flehte um Erlösung, die ihr allein der Schlaf bieten konnte.

Doch in dieser Nacht bot der zweifelhafte Trost eines durch Schlafmittel ausgelösten Schlummers kein Entkommen, denn dort erwartete sie der immer wiederkehrende Traum, in dem ein ihr nahe stehender Mensch gestorben ist und begraben wird. Ihr Vater? Ihre Mutter? Die Person sah mehr nach einem Mann als nach einer Frau aus. Und immer hing dieselbe Puppe halb aus dem Sarg heraus.

Wieder wach, wurde ihr bewusst, dass die Ekel erregenden Einzelheiten trügerisch und schrecklich bleiben würden, ganz ähnlich wie ihr Leben.

30

Am anderen Ende der Stadt, in Postrio beim Union Square, stießen Mike und Barrett an. »Gut gemacht, Bär, verdammt gut gemacht!«, brüllte Mike. »Wie zum Teufel hast du das bloß hingekriegt?«

»Lev Heywood hat's geschafft«, erwiderte Barrett. »Wieselchen hat aber mitgeholfen. Der hat nämlich übersehen, dass der 1. September ein Feiertag war: Labor Day. Den Scheck und die Anweisungen hat er vermutlich am Dienstag bekommen, am Tag, an dem Ashford tatsächlich entlassen wurde.« Barrett versuchte, die Aufmerksamkeit des Barkeepers auf sich zu lenken. Jetzt, mittags, war es hier gedrängt voll mit Anwälten und Brokern sowie reichen Öltypen aus dem Nahen Osten, die ihre Geschäfte besprachen. Barrett ertappte sich bei der Überlegung, dass die paar Frauen an der Theke gar nicht so übel waren – besonders jene, die nicht gekommen waren, um sich mit jemandem zu treffen, sondern um zu essen: Nicht so übel – aber nicht dieselbe Klasse wie Grace Harris.

»Wilmer ist total am durchdrehen«, fuhr Mike fort. »Er versucht auf die Reihe zu kriegen, wie er mit deinem plötzlichen Ruhm umgehen soll. Weiß nicht, ob er ihn runterspielen oder das Verdienst für sich in Anspruch nehmen soll. Er hat für morgen eine Teilhabersitzung einberufen. Er will dich übrigens sehen.«

»Nein, danke.«

»Bär, du solltest schon kommen. Die Leute sind ganz aus dem Häuschen wegen dir.«

»Ich darf mich im Moment auf keinen Fall ablenken lassen. Ich muss über mein weiteres Vorgehen nachdenken. Außerdem will Ashford immer noch aussagen und allen seine spannende Lebensgeschichte aufbinden.«

Endlich kam der Barkeeper mit den Getränken.

»Was soll ich Wilmer sagen?«

»Du bist doch Anwalt, Mike. Zitiere ihm was von Louis Brandeis über Intimsphäre. Nichts schätzt der zivilisierte Mensch mehr als sein Recht auf Alleinsein!«

Mike brummte. »›Zivilisiert‹ schließt dich aus.«

»In Ordnung, ich melde mich für das Zeugenschutzprogramm. Dort tue ich mich mit Wiesel zusammen und nicht einmal Wilmer wird mich finden.«

Im Gerichtsgebäude zehn Häuserblocks weiter herrschte eine andere Stimmung. Sam schlurfte völlig entmutigt in Grace Harris' Büro.

»Hallo, Sam. Was steht an?«

»Zum einen meine Stelle. Ich meine: zur Verfügung. Ich habe dem Boss angeboten, er kann die Sache mit Ligretti mir anhängen, wenn er will – als Ermittlungsfehler sozusagen – und er hat angenommen. Dann meinte er, er müsse mich vielleicht vom Dienst suspendieren, damit es echter aussieht.«

Grace sah ihren Kollegen an. Es wurde ihr bewusst, dass aus diesem Debakel niemand heil herauskommen würde. Beide schwiegen eine Weile. »Haben Sie was herausgekriegt, Sam?«, fragte sie endlich. »Mir ist klar, dass Sie dachten, es geht was vor.«

»Ich bin ganz Ohr.«

»Earl geht wegen Ashford den Bach runter, so fängt es schon mal an.«

Er ließ sich in einen Sessel vor ihrem Schreibtisch sinken. »Hätte nie gedacht, dass Sie auf die Verschwörungstheorie abfahren, Grace.«

»Er hat von der Mafia einen sechsstelligen Betrag entgegengenommen, Sam. Und die haben jetzt die Schuld bei ihm eingefordert.«

»Tun Sie sich was Gutes, Grace. Schlafen Sie sich aus. Aber hören Sie auf mit dem Zeug, das Sie immer nehmen. Belassen Sie es bei Valium.«

Sie spürte das Misstrauen hinter seinen Worten. Aber sie konnte nicht mehr zurück. »Ich habe einen Anruf von einer Vertreterin der Regenbogenpresse entgegengenommen. Damit fing alles an. Dann …«

»Worauf sind Sie aus, Grace? Wollen Sie den besten Mann fertig machen, der jemals das Amt hier geführt hat, und einen Frauenmörder davonkommen lassen?«

»Hören Sie mir doch zu …«

»Verdammt, nein! Ich will nicht zuhören. Ich mache mich an die Arbeit.«

Ihr drängte sich die absurde Vorstellung auf, er könnte etwas mit der Sache zu tun haben. Aber nein, nicht Sam Quon. »Schon gut. Aber lassen Sie mich wenigstens Ihre Frage beantworten. Ich bin auf rein gar nichts aus. Zumindest nicht im Augenblick. Wenn ich das Spiel jetzt abpfeife, könnte Ashford durch die Ritze fallen, die sich mit Earls Bruch der Moral geöffnet hat. Dank Renee Babcock haben wir immer noch die Chance auf eine nicht entscheidungsfähige Jury. Aber danach muss ich die Sache dem Oberstaatsanwalt vorlegen und dazu brauche ich Ihre Hilfe.«

»Hilfe werden Sie allerdings brauchen, Grace«, erwiderte Sam kalt, »aber von mir werden Sie sie nicht bekommen.«

»Sam, warten Sie!« Aber er war bereits draußen. Und Grace stand allein da.

Barrett ließ Mike in Postrio zurück und schlenderte zum »Ritz-Carlton«, um sich dort mit Ashford und Gold zu treffen, der von Chicago eingeflogen war.

Er nahm vom *consigliere* einen Gratulationshandschlag entgegen. »Gut gemacht, Mr. Dickson«, bemerkte Gold und brachte ein annähernd aufrichtiges Lächeln zustande. »Aber es gibt ein Problem. Unser Mr. Ashford ist immer noch drauf aus, seine Schuld am Babcock-Debakel zu tilgen, indem er als Zeuge auftritt und ›die Wahrheit sagt‹. Ich habe Sie herbestellt, damit Sie ihm klar machen, wie außerordentlich töricht das wäre.«

Die pfirsichfarbene Suite war in mattes Abendlicht getaucht. Elliot Ashford hatte es sich mit einem nassen Tuch auf der Stirn auf einem Sofa bequem gemacht. Barrett ließ sich in einen Sessel daneben fallen. »Die Wahrheit erledigt in der Regel die Arbeit für mich, Mr. Gold, und es befindet sich *sein* Arsch in der Schusslinie, nicht Ihrer.«

Gold erstarrte. »Ich konnte Ihrer Art nie viel abgewinnen, Dickson.«

»Und ich bin noch nie gerne ›herbestellt‹ worden«, erwiderte dieser. »Oder genauer gesagt, hätte ich gewusst, dass Sie mich herbestellt haben, wäre ich gar nicht erst gekommen.«

»Sie enttäuschen mich, Dickson. Nach Ihrem gestrigen Erfolg kam mir der Gedanke, es könnte was in Ihnen vorhanden sein, das der Rettung wert ist.«

»Aber jetzt«, warf Barrett trocken ein, »werde ich nie mehr in dieser Stadt arbeiten, richtig?«

»Sehen Sie, Elliot?«, bemerkte Gold. »Ihnen vergeht auch in prekären Momenten der Humor nicht. O ja, Dickson, es gibt vieles, was ich an Ihnen langsam bewundere, und ich habe meine Hausaufgaben gemacht: Waisenkind, entbehrungsreiche Kindheit, Fußballstar, Spitzenstudent, verwundeter Kriegsheld, ehemals Spitzenanwalt der renommiertesten Kanzlei an der Westküste, jetzt darauf aus, seinen Lorbeer wiederzugewinnen. Der unverwüstliche Rechtskrieger, der sich vor keinem Kampf drückt.«

»Richtig. Neuerdings bin ich am Rennen, aus voller Kraft. Besonders wenn ich einen fantasievollen Psychopathen vertreten soll, der, neben seinen harmloseren Freizeitbeschäftigungen, Zeugen kauft.«

Eine schlaffe Hand bewegte sich auf dem Sofa, aber nur um das verrutschte Tuch auf der Stirn zurechtzurücken. Dann sank sie wieder herab.

»Diesmal brauchen Sie aber nicht zu rennen«, sagte Gold. »Das schlimmstmögliche Szenario ist eine nicht entscheidungsfähige Jury. Und danach wird Field den Fall ganz einfach aufgeben, das kann ich Ihnen versichern. Mit den üblichen Ausreden, wie Etatprobleme, Unfähigkeit der Polizei, Arbeitsbelastung und so fort und so fort. Es wird zu keiner zweiten Verhandlung kommen.«

»Da können Sie nicht sicher sein, Gold. Niemand kann das.«

»Sollte ich mich in diesem Punkt irren, werden Mr. Ashford und ich mit anderen Anwälten antreten, und Sie können mit einer halben Million Dollar extra – für Sie persönlich natürlich – ohne Gewissensbisse frohgemut Ihres Weges ziehen. Aber Elliot *darf nicht* in den Zeugenstand.«

»Nach dem Babcock-Debakel bekommen Sie vielleicht Ihre nicht entscheidungsfähige Jury gar nicht erst«, bemerkte Barrett. »Elliot hat sich mit seiner Renee in die Scheiße gesetzt und er ist der Einzige, der sich da wieder rauskatapultieren kann. Was wollen Sie schon dagegen tun, wenn er unbedingt aussagen und sein Wort gegen das ihre setzen will? Dazu kommt das Überraschungsmoment. Niemand wird jemals erwarten, dass Elliot Ashford als Zeuge aussagt.«

»Niemand kann ihn für *so* dumm halten«, warf Gold im Tonfall kalter Verachtung ein.

»Gerade deshalb werde ich ihn morgen früh als ersten Zeugen aufrufen«, erwiderte Barrett, der sich allmählich für die

Idee zu erwärmen begann. »Er wird den Geschworenen – und mir – erzählen, dass er Lara Ashford nicht umgebracht hat.«

»*Ihnen* erzählen?«, rief Julian Gold aus. »Wer zum Teufel sind *Sie* denn? Ob Elliot schuldig ist oder nicht, haben die zwölf Geschworenen zu entscheiden und sonst gar niemand. Das ist ja wohl das Allerletzte, worum sich ein Strafverteidiger kümmern sollte!«

»Ich *bin* kein Strafverteidiger. Ich bin praktisch überhaupt kein Verteidiger mehr. Aber das wussten Sie ja, als Sie mich angeheuert haben.«

»Wir haben Sie nicht angeheuert, Mr. Dickson, wir haben Sie höchstens angemietet. Diese Mietdauer ist in drei Tagen zu Ende, aber bis dahin tun Sie, was ich Ihnen sage.«

Barrett wandte sich an seinen Mandanten auf dem Sofa. »Wollen Sie, dass die Geschworenen am Ende nicht entscheidungsfähig sind, Elliot?«

Elliot Ashford stützte sich auf die Ellbogen und das Tuch fiel ihm auf die Brust. »Verdammt noch mal, nein!«, brüllte er. »Ich will meine *Freiheit*! Ich will in den Zeugenstand und den ganzen verfluchten Mist hinter mich bringen!«

Barrett drehte sich zu Julian Gold um und zuckte die Achseln. »Da hören Sie es direkt von Mr. Blödian selbst, Gold. Er will als Zeuge aussagen und sein Anwalt findet ebenfalls, dass er das tun sollte.«

Julian Gold demonstrierte, dass er aufgab, indem er das Zimmer verließ. Elliot Ashford streckte einen Arm aus und drückte Barrett herzlich die Hand.

31

Am folgenden Morgen saß Amanda Keller um halb zehn Uhr allein im Aufenthaltsraum der Geschworenen und überlegte, was Earl Field wohl als Nächstes von ihr erwarten würde. Er hatte ihr etwas zu signalisieren versucht, da war sie sich sicher. Sie wusste auch, dass er sehr vorsichtig vorgehen musste; niemand konnte ahnen, wie weit das Netz der Verschwörung sich schon ausgebreitet hatte. Er wollte sie keiner Gefahr aussetzen. Nicht einmal der Richter war für sie inzwischen über jeden Verdacht erhaben. Hatte er nicht Martin Chin aus der Jury entlassen? Und der junge Latino, die Nummer vier, war auch er einer, der sich offen auf die Seite der Anklage gestellt hatte? Befand sich Nummer zehn wirklich irgendwo im Krankenhaus? Und dann Grace Harris, die ihre Feindseligkeit dem tapferen District Attorney gegenüber kaum verhehlen konnte. Hatten sie auch sie gekrallt?

Bald würde der Richter sie alle wieder in den Saal rufen, für das Schlussplädoyer und die Rechtsbelehrung. Danach würden die regulären Geschworenen ihre Beratungen aufnehmen und der Zeitpunkt war gekommen, da sie und die übrigen Ersatzgeschworenen von den anderen getrennt wurden. Erbittert musterte sie den Raum, der für sie drei Wochen lang ein Zuhause gewesen war. Was konnte sie bloß sagen, um diese Leute so aufzuschrecken, dass sie ihre Angst, ihre Gier oder was sie sonst noch beherrschte, überwanden?

Die Antwort auf diese Frage fiel ihr wie ein Geschenk des Himmels zu. Klar, es war gelogen, aber wie anders ließ sich einem Lügengespinst, auf dem ja jede Verschwörung beruht, denn begegnen, wenn nicht ebenfalls mit Lügen? Eine Lüge – um eine höhere Wahrheit zu enthüllen. Es würde schwierig, ja sogar gefährlich sein. Aber es handelte sich um eine Eingebung, die sie nicht außer Acht lassen durfte. Jetzt blieb ihr gar keine andere Wahl, als zu handeln und ihre Bestimmung hier zu erfüllen.

Amanda holte tief Atem und ging dann auf das Grüppchen der weißen Regulären zu, die sich gerade um Manon Barnes scharten: Ruth Salverson, Barney Seagrave sowie der zweiundsechzigjährige pensionierte Postbeamte namens

Clement Bell, der als Ersatz für Martin Chin dazugekommen war. Sie lächelte Ruth Salverson zu, die sie freundlich wie immer grüßte. Barney Seagrave warf ihr, ebenfalls wie immer, einen lüsternen Blick zu. Die andern beachteten sie nicht weiter.

»Für mich ist die Sache wohl gelaufen«, warf sie ein, als die Unterhaltung einmal etwas abflaute. »Ihr seid allerdings auch nicht zu beneiden, Leute.«

»Wir haben eine schreckliche Verantwortung, Amanda«, sagte Salverson.

»Und eine Zeit raubende«, fügte Seagrave hinzu. »Ich zumindest bin verdammt froh, wenn ich hier endlich wieder rauskomme.«

»Ich nicht«, meinte Bell. »Das hier ist bei weitem spannender als Fernsehen.«

»Und Sie, Manon?«, fragte Amanda. »Froh, dass es bald vorbei ist?«

»Nicht im Geringsten. Hab' eine Menge gelernt. In Staatskunde bin ich damals beinahe durchgerasselt, aber hier kann man echt was über unser System erfahren.«

»Aber das System funktioniert eben nicht immer«, warf Amanda ein und versuchte, das Zittern in ihrer Stimme zu unterdrücken. »Das bedrückt mich irgendwie. Wenn man sich nur überlegt, was die Geschworenen im Simpson-Prozess alles gar nicht zu wissen bekamen. Oder in unserem Fall, dass Ashford seiner Frau schon früher mal gedroht hat, er wolle sie umbringen.«

»*Was?*«, riefen Manon Barnes und Barney Seagrave wie aus einem Mund.

»Das habe ich heute Morgen im Fernsehen gehört«, erläuterte Amanda Keller. »Aus Versehen, als ich meiner Mutter half, einen Kanal zu suchen. Tut mir Leid, das hätte ich wohl nicht erwähnen dürfen.«

»Bisschen spät fürs Leidtun, Amanda«, fuhr Manon Barnes

sie mit schmalen, blitzenden Augen an. »Lani Jefferson hat wohl Recht mit ihrer Meinung über Sie!«

Amanda sah gekränkt aus. »Manon, entschuldigen Sie. Vergessen Sie's einfach, ja?«

»Diesmal nicht. Ich melde es dem Richter und ich gehe gleich jetzt zu ihm, bevor Sie noch mehr Schaden anrichten können!«

»Manon, bitte!«, flehte Amanda. »Ich könnte furchtbaren Ärger kriegen, weil ich so was Blödes getan habe. *Bitte*!«

Doch Barnes ließ sich nicht erweichen, und selbst Barney Seagrave wich Amandas Augen diesmal aus.

Da bemerkte Ruth Salverson: »Manon, wenn ich recht gehört habe, sagte der Richter, Amanda und die andern Ersatzleute würden heute nach der Rechtsbelehrung von uns getrennt. Dann kann sie doch ohnehin keinen Schaden mehr anrichten, nicht wahr?«

Am Ende der Pause hatte Barnes nachgegeben, allerdings erst, nachdem Amanda fest versprochen hatte, sich von allen Geschworenen fern zu halten, bis die Regulären mit ihren Beratungen begannen. »Kein Wort mehr zu irgendeinem von uns!«, forderte sie streng.

»Ich sage kein Wort mehr, Manon, ich schwör's.« Herrgott, wie sie diese kraushaarige Scheißziege hasste! Wie gern sie ihr die kräftigen Finger um den hübschen Hals legen würde! Und doch konnte sie sich beim Gehen ein Lächeln nicht verkneifen. Sie würde ihr Schweigegelübde halten – aber nur weil kein weiteres Wort mehr notwendig war. Ihre Lüge würde sich in ihren Köpfen einnisten, unausrottbar, unbarmherzig.

Kaum hatten die Geschworenen ihre Plätze im Gerichtssaal wieder eingenommen, teilte Richter Hernandez mit, in seinem Terminplan sei ein Problem aufgetaucht, er werde sich aber bemühen, es im Rahmen einer möglichst kurzen Unterbrechung zu lösen. Während sie den Saal im Gänsemarsch wieder verließen, versuchte Amanda Earl Field einen beruhigenden

Blick zuzuwerfen, doch er saß nur da und starrte grimmig auf seine Hände. Wieder im Aufenthaltsraum, fühlte sie sich unwohl. Mit einer so raschen Pause hatte sie nicht gerechnet: dass sie so bald abgesondert würde sitzen müssen, während sich die anderen rundum flüsternd über sie unterhielten. Sie verbarg sich hinter einer Ausgabe von *Better Homes and Gardens*, aber die Freude über ihre heroische Tat schwand allmählich bei der Vorstellung, dass die Interviews, der Ruhm, ein Fernsehauftritt und die Buchverträge der kichernden Manon Barnes, der rechthaberischen Lani Jefferson oder vielleicht sogar Kevin Alston oder Barney Seagrave zufallen würden.

Der Gerichtsdiener klopfte an die Tür, um sie wieder in den Saal zu rufen. Dort entschuldigte sich Richter Hernandez und sagte, leider lasse sich das Terminproblem nicht lösen. »Wir werden die verlorene Zeit einholen, indem wir die Verhandlung morgen um halb acht Uhr mit der Vernehmung des letzten Zeugen der Verteidigung wieder aufnehmen. Danach erhalten Sie Ihre Rechtsbelehrung. Wahrscheinlich können Sie mit den Beratungen am Spätnachmittag anfangen. Sie sind entlassen.«

Amanda spürte, dass Barnes sie anschaute, aber es kümmerte sie nicht mehr. Sie hatte nur gemacht, was recht und billig war, auch wenn ihr Opfer nie an den Tag kommen würde – sie hatte mit der Kühnheit, mit der sie die Verschwörung gegen Earl Field unterbunden hatte, der Gerechtigkeit Genüge getan und seine Karriere gerettet. Earl, dachte sie, und trotz der sich verstärkenden Kopfschmerzen umspielte ein tröstliches Lächeln ihre Lippen. Earl würde erfahren, was sie für ihn getan hatte, denn sie würde es ihm sagen.

Als sie zu Hause eintraf, ging es ihr besser, und sie beschloss, ihrer Mutter von ihrer kühnen Tat zu erzählen. Lucinda Keller saß mit verkniffenem Gesicht, den Mund nach unten verzogen, vor dem Fernseher. Amanda schaute sie an. Nur ihre blassgrünen Augen ließen noch etwas von ihrer einstigen Schöheit erkennen. Und nun schienen selbst diese Augen kleiner, als würden sie sich immer tiefer in ihre Höhlen zurückziehen, während wucherndes Gewebe sich darum schloss. Sie versuchte sich zu erinnern, wann ihre Mutter derart zugenommen hatte, dass ihre einst so perfekten Proportionen völlig aus den Fugen gerieten. Angefangen hatte es wohl, als sie hier eingezogen war und Lucinda sich den Rollstuhl gekauft hatte. Das war's, dachte sie. Jeder Anschein von Unabhängigkeit hat aufgehört, kaum dass sie ihren Arsch in dieses verfluchte Gefängnis auf Rädern gesetzt hat. *Auch mein Gefängnis.*

»Mach uns was zum Abendbrot«, forderte ihre Mutter sie auf. »Ich sterbe vor Hunger.«

Sie beschloss, sich die Nachricht ihres Triumphs für später aufzuheben, wenn ihre Mutter ihr die volle Aufmerksamkeit widmen würde. In der Küche holte sie zwei Packungen Diät-Hühnchen-Lasagne aus dem Tiefkühler, stieß ein paar Löcher oben in die Plastikdeckel und stellte die Mikrowelle auf zehn Minuten ein. Mit einem Mal wurde ihr klar, dass das Summen, das sie seit einer Weile hörte, aus ihrem Kopf kam. Als das Essen gar war, ging sie damit ins Wohnzimmer, stellte die Teller auf dem Kaffeetisch neben dem Weinglas ihrer Mutter ab und setzte sich ebenfalls hin. Ohne die Augen vom Bildschirm zu wenden, machte sich Lucinda über ihre Lasagne her.

»Ich kann dir was echt Aufregendes erzählen, Mutter.«

»Ach wirklich? Ich dir auch. Sie haben heute zwei von euren Leuten im Archiv rausgeschmissen. Amy und George. Mr. Pierce hat hier angerufen, weil er wissen wollte, wann du wiederkommst. Sagte, er habe eine Frau namens Marla als Vertretung für dich eingesetzt, bis du wieder da bist. Er meinte, jemand müsste das Durcheinander in den Griff kriegen, das durch deine Abwesenheit entstanden ist.«

»Das kann er nicht machen! Erst Nick, und jetzt Amy und George? Ich kann die Abteilung ohne sie nicht führen. Und ausgerechnet Marla! Das ist diese blöde Kuh, von der ich dir erzählt habe!«

Ihre Mutter lächelte. »Hat dir deine Mutter nicht gesagt, was passiert, wenn du dich auf dieser Verhandlung rumtreibst? Lass dir das eine Lehre sein, junge Dame!«

Erschlagen und verwirrt zugleich vergrub sich Amanda in der Sofaecke. Das Summen in ihren Ohren nahm zu und nun kam auch das Klicken wieder.

»Und?«, fragte ihre Mutter. »Wie lauten *deine* Neuigkeiten?«

»Ach lass nur.« Sie stand auf. »Ich gehe jetzt schlafen. Mir ist nicht gut.« Sie brachte das Geschirr in die Küche. Dann verschwand sie mit ihren Katzen im Schlafzimmer und zog die Tür fest hinter sich ins Schloss. Sie fühlte sich wie kurz vor einer Explosion, jeder Nerv wie eine Lunte. Rasch ergriff sie einige Tabletten ihres Schlafmittels und spülte sie mit Wasser direkt aus dem Hahn ihres Waschbeckens hinunter. Dann sank sie mit einem Buch aufs Bett. Sie versuchte zu lesen, aber die Buchstaben tanzten bei jedem Herzschlag über die Seiten hinweg. Sie würde für diese Marla arbeiten müssen, wenn sie zu Ward zurückging. Das hatte Pierce von Anfang an geplant. Dieser Scheißkerl. Diese Nutte.

Ihre Haut brannte und sie streifte die Kleider ab. Prüfend musterte sie sich im Spiegel über der Kommode. Schon fast eine ganze Woche ohne Training im Studio. Ging sie nicht bereits aus den Fugen wie ihre Mutter?

In Amandas Leben hatten Phantasien schon immer einen zentralen Platz eingenommen, aber jetzt konnte sie nicht einmal mehr zu dieser Zuflucht greifen. Warum hatte Pierce das getan? Ob ihm etwa jemand verraten hatte, dass sie den Geschworenen eine Lüge aufgetischt hatte? Oder breitete sich die Verschwörung gegen Earl nun bis an ihren Arbeitsplatz aus?

Sie nahm das Buch wieder auf und kämpfte sich noch durch drei Seiten, aber ihre Augen brannten vor Erschöpfung und sie legte es beiseite. Auch an Schlaf war nicht zu denken, nicht zuletzt wegen der andauernden, gurgelnden Geräusche vom Fernseher und dem Summen in ihrem Kopf. Nicht einmal die Tabletten brachten noch Linderung. In ihrem Kopf herrschte ein einziger Mahlstrom aus Panik und Enttäuschung.

32

Es kam für Grace Harris nicht überraschend, als Earl Field ihr mitteilte, *sie* solle Elliot Ashford ins Kreuzverhör nehmen. Nun, da fast alle Hoffnung auf eine Verurteilung geschwunden war, würde er sich vom Fall Ashford so weit wie nur möglich distanzieren. Klegg würde dies als »politisch ratsam« bezeichnen. Sie hatte verstanden. Es war von Anfang ein Fall gewesen, den er gewann oder sie verlor.

Nun saß sie spät abends am Küchentisch, starrte bedrückt auf ihre Aufzeichnungen über Elliot Ashford und den letzten Entwurf über den Verlauf der Beweisführung. Es funktionierte einfach nichts. Konzentrier dich! Am Anfang hatte alles so eindeutig ausgesehen – Elliot Ashford hatte seine Frau offensichtlich in einem Anfall heftigster Eifersucht umgebracht. Aber nun war dieser Ashford bloß Teil eines viel größeren Problems. Wenn das Urteil gesprochen war, würde ihr eigentlicher Prozess erst anfangen. Davor konnte sie sich nicht drücken. Und Earl würde – unter Mitwirkung von Jack Klegg – ebenfalls kämpfen. Und wenn sich der Skandal gelegt hatte, war es auch mit dem öffentlichen Leben aus, für sie alle drei. Einige würden sie als Komplizin betrachten, andere als illoyal.

Sie stand auf und goss sich aus der Kanne auf dem Küchenbord eine Tasse Kaffee ein. Es war an ihr, gleich zu Beginn den richtigen emotionalen Ton für die Geschworenen anzuschlagen, um das Pendel ihrer Kollektivmeinung so weit wie möglich auf die Seite der Anklage ausschlagen zu lassen, bevor

Barrett Dickson die Chance bekam, aufzustehen und seine Sache vorzutragen – immer vorausgesetzt, er war in der Lage zu stehen, wenn seine Stunde gekommen war. Trotz allem ertappte sich Grace bei einem Lächeln, wenn sie an Barrett dachte. Sie wusste genau, dass er sie mochte. Und sie hätte gerne gewusst, wie er außerhalb des Gerichtssaals war.

Amanda Keller und Manon Barnes traten am folgenden Morgen zur selben Zeit durch den Eingang in das Gerichtsgebäude ein. Barnes lächelte und reagierte auf Fragen der Presseleute. Von Amanda wollte niemand etwas wissen. Auch die Kameras nicht.

Im Beratungsraum der Geschworenen herrschte seltsame Stille und Amanda spürte eine greifbare Spannung bei den Regulären, die wohl über die schwer wiegende Verantwortung nachdachten, die bald auf ihnen lasten würde: die Macht über Leben und Tod eines Menschen.

Niemand erschien, wie von Richter Hernandez angekündigt, um Punkt halb neun, um sie zu holen. Es wurde neun Uhr und noch später. Immer noch nichts aus dem Richterzimmer. Die Spannung wich der Ungeduld und diese der Verärgerung.

»Wenigstens haben sie uns nicht isoliert und stundenlang hier eingesperrt, ohne dass wir wissen, was vorgeht«, meinte Kevin Alston.

»Darüber, was vorgeht, brauchen wir uns den Kopf ohnehin nicht zu zerbrechen«, bemerkte Barnes. »Lani ist noch nicht da und sie weiß bestimmt, was vorgefallen ist.«

Nach zweimaligem lautem Klopfen trat der Gerichtsdiener ein, entschuldigte sich im Namen des Gerichts für die Verzögerung und winkte sie alle in den Saal.

»Ich bedauere diese Verzögerung, meine Damen und Herren«, erklärte Richter Hernandez, als alle ihre Plätze eingenommen hatten. »Sie haben gewiss bemerkt, dass jemand aus Ihren Reihen fehlt. Es ist meine traurige Pflicht, Ihnen mitzuteilen, dass Ms. Lani Jefferson gestern Nacht verstorben ist.«

Die Geschworenen sahen einander wie gelähmt an. Selbst die Anwaltschaft schien erschüttert.

»Ich habe mich mit der Anwaltschaft abgesprochen«, fuhr der Richter nun fort. »Wir werden die Verhandlung nach einer Gedenkminute für Ms. Jefferson ohne weiteren Aufschub fortsetzen.«

In den Zeitungen stand am folgenden Tag, dass die Nächste in der Reihe der Ersatzgeschworenen fast zusammenbrach, als sie gebeten wurde, Platz Nummer drei einzunehmen. Der Richter musste sie zweimal aufrufen, bis sie überhaupt reagierte.

33

Als Amanda Keller ihren Platz Nummer drei eingenommen hatte und wieder zu Kräften gekommen war, die sie für die vorliegende Aufgabe dringend brauchte, bemerkte sie, dass die Anwälte etwas mit dem Richter besprachen. Als sie sich wieder an ihre Plätze begaben, sah Field ihr nicht nur direkt in die Augen, nein, er *lächelte* ihr sogar *zu* – ein Augenblick, den sie hüten würde wie ihren Augapfel. Die Sympathie und die verhaltene Freude in seinem Gesicht gab den Gefühlen dahinter auch ohne Worte Ausdruck: Ja, Amanda, endlich bist du dort, wo ich dich brauche.

Sie hätte sein Lächeln gerne erwidert, befürchtete jedoch, dass Barrett Dickson, Elliot Ashford oder sogar jemand von den Geschworenen den Gefühlsaustausch bemerken könnte. Ihr wurde klar, dass der eigentliche Fluch bei einer Verschwörung darin bestand, dass man nicht mehr erkennen konnte, wie weit sie reichte und wem man noch trauen konnte. Deshalb ließ sie ihren Blick hinüber zum Tisch der Verteidigung schweifen und sah, dass auch Ashford ihr zulächelte, wenn auch nicht mit den Augen. Dieser Scheißkerl, dachte sie. Glaubt wohl, ich hätte Angst vor ihm. Sie wusste, dass sie bis zur Verurteilung durchhalten würde, was immer sie auch mit ihr anstellen mochten.

Der Richter entließ die Geschworenen in die Morgenpause und Amanda drehte sich beim Aufstehen um, denn sie wollte die Galerie erkunden. Jetzt ruhten viele Augen auf ihr, vor allem bei den Presseleuten. Sie spürte etwas wie einen Stromstoß durch ihre Wirbelsäule fahren.

Während die Geschworenen den Saal verließen, ließ sich Barrett von gemischten Gefühlen überwältigt auf seinen Stuhl fallen: von Trauer über Lani Jeffersons Tod, Erleichterung, dass sie nicht mehr in der Jury saß, und einem scharfen Schmerz im fünften Lendenwirbel. Er kritzelte zwei Bemerkungen auf seinen Block: Lev nach Infos über A. Keller losschicken. Chiropraktiker A. Cheng anrufen, Termin möglichst mittags.

Da spürte er eine Hand auf der Schulter. Es war Lev Heywood. Er hielt ihm den am Nachmittag erschienenen *Examiner* mit der Schlagzeile GESCHWORENE IM FALL ASHFORD ERMORDET unter die Nase. Barrett überflog den Artikel darunter, in dem es hieß, Lani Jefferson sei auf die gleiche Art umgebracht worden wie Lara Ashford – man habe ihr die Schlagader mit einem scharfen, dolchähnlichen Gegenstand durchtrennt. Jemand war in ihre Wohnung eingedrungen und hatte sie auf ihrem Trainingsfahrrad von hinten erstochen. Aus »informierten Kreisen« hieß es, das Opfer habe ebenfalls zahlreiche Stichwunden an Brüsten und Genitalien aufgewiesen. Der Bezirkscoroner stellte in aller Offenheit Vermutungen an, dass es sich bei der Waffe um eine Glasscherbe handeln könnte. Der Pathologe bekräftigte, die Wunden müssten eingehend auf das Vorhandensein winziger Glaspartikel geprüft werden.

Barrett durchfuhr es siedend heiß. Er sah zu Lev auf. »Ein Nachahmungstäter, nicht wahr?«

»Nein«, erwiderte der kopfschüttelnd. »Ich fürchte, wir haben uns einen Chancengleichheits-Killer als Mandanten angelacht. Es war für alle ersichtlich, dass Jefferson auf der Seite der Anklage stand und vermutlich als Sprecherin der Jury auftreten würde.«

»So blöd kann er einfach nicht sein«, antwortete Barrett. Ein scharfer Schmerz fuhr ihm durch die Eingeweide.

»Vielleicht haben Sie ja Recht«, entgegnete Lev, doch seine klugen braunen Augen blickten wenig überzeugt drein, »obwohl es seinem Charakter nicht schaden würde, wenn er ein bisschen an sich arbeiten würde.«

»Sie glauben wirklich, er hat's getan?«

Lev nickte und Barrett begann auf und ab zu gehen. War es möglich, dass sein Mandant nach dem Debakel mit Renee Babcock durchgedreht war und eine der Geschworenen umgebracht hatte, praktisch als Warnung für die anderen? Nein, dachte Barrett, das ist einfach zu verquer.

Lev trat neben ihn an den Tisch der Anwaltschaft. »Man nennt so was ›Versicherung‹, Barrett«, sagte er.

Der Gerichtsdiener kam herein. »Tut mir Leid, Leute, ich muss hier abschließen. Der Richter hat mir gerade mitgeteilt, dass die Geschworenen heute zu einem frühen Mittagessen kommen.«

»Fred«, bat Barrett. »Lass uns hinten raus, ja?«

»Natürlich«, erwiderte dieser. »Und nur keine Eile.«

Barrett überflog den Artikel noch einmal. »Ich glaube doch, dass es ein Nachahmungstäter war. Es muss ein Nachahmungstäter gewesen sein!«

»Haben Sie Ihren Mandanten denn nicht beobachtet? Klar versucht er, die meisten Geschworenen für sich einzunehmen, aber ich hab' auch gesehen, dass er einigen von ihnen ganz schön finstere Blicke zugeworfen hat. Zu den meisten scheint er zwar zu sagen: ›Ich bin ein viel zu netter Kerl, um so was Grausliches zu tun‹, aber ein, zwei anderen gegenüber hört es sich eher an wie: ›Sprechen Sie mich lieber nicht schuldig oder Sie wachen mit einer Glasscherbe im Hintern auf‹.«

»Ist das die Grundlage für Ihre Versicherungsthese?« Barrett versuchte belustigt auszusehen.

»Genau. Der Typ ist auf eine nicht entscheidungsfähige Jury aus, falls er sie nicht mit seinem Charme bezwingt.«

Barrett runzelte die Stirn. »Mir will das nicht in den Schädel. Wir standen doch kurz vor dem Gewinnen.«

»Kann ja sein, dass seine Mafiaverbindung das nicht so gesehen hat und deshalb einsprang.«

»Elliot Ashford hat mit der Mafia geschäftlich zu tun. Man weiß nichts von ›Verbindungen‹.«

»Wenn man mit der Mafia geschäftlich zu tun hat«, bemerkte Lev mit nachsichtigem Lächeln, »hat man automatisch auch Verbindungen. Vielleicht hat sich Carmine ja Vorwürfe gemacht, weil er Tony aus der Sache rausgehalten hat, und beschlossen, den anderen Geschworenen eine Warnung zukommen zu lassen, damit sie klug sind und die Sache so sehen wie Sie.«

»Selbst wenn das zutrifft, heißt es noch lange nicht, dass Ashford wusste, was vorgeht. Wenn Rizzo Jefferson tatsächlich umbringen ließ, dann höchstens in seinem eigenen finanziellen Interesse.«

»So könnte es auch gewesen sein«, erwiderte Lev. »Wenn Sie der Ansicht sind, Ashford habe nichts damit zu tun, gehen Sie der Geldspur nach. Aber den Nachahmungstäter können Sie glatt vergessen.«

»Auch Rizzo kann nicht so dumm sein«, warf Barrett ein. »Nicht wenn Gold ihm verklickert hat, wie gut alles läuft.«

»Damit wären wir wieder bei unserem Knaben und dass er die Jefferson selbst umgebracht hat. Kann ja sein, dass Armand sich nicht an landesweite Feiertage hält, aber seine Geschichte, wie sich Ashford vor den anderen Jungs aufgespielt hat, glaube ich ihm. Mittel, Gelegenheit – und nun auch noch das Motiv.«

»Auf welcher Seite stehen Sie eigentlich, Lev?«

Leviticus Heywood grinste. »Ich stehe auf Seiten der Wahrheit, Gerechtigkeit und Schönheit, wie schon immer. Machen Sie die Augen auf. Ashford, oder wer auch immer in seinem Auftrag, hat Ihnen Geschworene mit Schiss in der Hose geliefert, die ihn entweder rausholen oder sich nicht einigen können. Im zweiten Fall kriegt er eine Wiederaufnahme und kann mit Renee Babcock von vorne anfangen.«

»Und er bekommt Zeit, sich einen richtigen Anwalt zu suchen«, setzte Barrett bitter hinzu. Er fragte sich ernsthaft, ob Lani Jefferson vielleicht noch am Leben wäre, wenn nicht so ein Idiot eingegriffen und Elliot Ashford auf Kaution rausgepaukt hätte.

Nach dem Mittagessen ordnete Richter Hernandez angesichts der Gerüchte, die durch das Gebäude schwirrten, eine Sitzungspause für den Rest des Nachmittags an, »aus Rücksicht auf unsere verstorbene Geschworene und den verständlichen Kummer, den wir alle teilen«. Dann fügte er noch hinzu: »Mir ist zu Ohren gekommen, dass einige unter Ihnen die volle Aufklärung der Gerüchte fordern, die hier im Haus über die Umstände des Ablebens von Ms. Jefferson kursieren. Ich gehe davon aus, dass Sie alles getan haben, um diesbezüglichen Informationen gemäß meinen Anweisungen aus dem Weg zu gehen, aber ich weiß, dass die Schlange vor unserem Kaffeeautomaten sowohl Tatsachen als auch Gerüchten zuträglich ist. Ich weise Sie noch einmal darauf hin, dass Sie sich keinerlei Nachrichten in den Medien anschauen dürfen, und verspreche Ihnen dafür, dass Sie von mir alle Informationen bezüglich der Todesumstände bekommen, sobald die Polizei die zur Zeit kursierenden Geschichten entweder bestätigt oder widerlegt.«

»Werden wir abgesondert?«, entfuhr es Barney Seagrave, obwohl sie die klare Weisung hatten, mit dem Richter nur schriftlich zu verkehren.

John Hernandez lächelte geduldig. »Ich habe mich eingehend mit dem Gedanken befasst, mich aber dagegen entschieden – zumindest vorläufig.«

Die Geschworenen atmeten vor Erleichterung auf. Dennoch wirkten alle beim Hinausgehen bedrückt, bis auf Clem Bell, der mit einem Blick auf Elliot Ashford unterdrückt etwas murmelte, das sich wie »verfluchter Mörder« anhörte. Amanda lächelte darüber und merkte es sich, während sie mit den anderen Geschworenen ihre Sachen holte und zum Aufzug ging. Sie verließ das Gebäude mit Vorbedacht so, dass niemand von ihnen in ihrer Nähe war, denn sie wollte den Kameras ein gutes Foto ermöglichen. »Bitte lächeln, Ms. Keller!« Ihr schulterlanges Haar flog dem Objektiv entgegen. Und ihre blauen Augen glänzten vor heller Begeisterung.

Noch am selben Nachmittag saß Barrett in Levs Büro vor einer Tasse abgestandenem Kaffee und sah verärgert aus. Die beiden Männer warteten auf seinen Mandanten, um ihn ein letztes Mal auf seinen Auftritt im Zeugenstand am folgenden Morgen vorzubereiten. Lev stand auf und knipste die Neonleuchten an. »Verdammt, hier wird's auch immer lauter«, bemerkte er und schloss das Fenster.

Barrett nickte nur. Ein grimmiger Wind über dem Ozean hatte einen Vorhang vor das schwindende Tageslicht gezogen und das Viertel in fünfzehn Minuten um ebenso viele Grad abgekühlt. Die Pendler hasteten zu ihren Wagen, Autobussen und Vorortzügen.

Auch Barrett fühlte einen kalten Schauer. Er wusste, wo Lev seinen Jack-Daniels-Vorrat aufbewahrte, und bediente sich, ohne um Erlaubnis zu fragen.

»Was macht Sie eigentlich so fertig, Barrett?«

»Mein Mandant – sowie die entfernte Möglichkeit, dass Sie mit Ihrer Meinung über ihn Recht haben könnten.«

Die Tür flog auf und Elliot Ashford trat ein. »Ich bin spät dran, meine Herren, also fangen wir am besten gleich an, ja?«

Es entstand eine kleine Pause, dann meinte Barrett: »Weshalb also nicht gleich mit der Frage, ob Sie wissen, wer Lani Jefferson ermordet hat. Haben *Sie* sie umbringen lassen?«

Elliot Ashford brach in erheitertes Gelächter aus. »Hören Sie zu, Sie Spinner«, sagte er dann, »ich bin nicht hergekommen, um mir irgendwelche absurden Fragen anzuhören und von meinem eigenen Anwalt des Mordes bezichtigt zu werden. Bringen wir das hinter uns. Ich muss nach Atherton hinunter.«

Barrett stellte seinen Becher ab und stand mit einem funkelnden Blick auf seinen Mandanten auf. »Beantworten Sie meine Frage. Ein einfaches Ja oder Nein genügt.«

Ashford nahm einen tiefen Zug an seiner Zigarette, schnippte die Asche auf den Fußboden, griff nach seinem Kaschmir-Jackett und sagte, indem er sich zur Tür begab: »Der Teufel soll mich holen, aber diese Frage würdige ich keiner Antwort. Von mir aus können Sie samt Ihrem Gartenzwerg zur Hölle gehen.«

Er war wohl nicht darauf gefasst, dass ein Mensch von Barretts Statur sich so flink bewegen kann. Bevor er noch die Tür öffnen konnte, hatte dieser den Abstand zwischen ihnen zurückgelegt, hob Ashford an den Jackettaufschlägen hoch und drückte ihn gegen die Wand. Dort hielt er ihn mit einer Hand fest, riss ihm mit der anderen die Zigarette aus dem Mund und hielt die brennende Spitze zwei Zentimeter von Ashfords Wange entfernt. »Rauchen kann Ihre Gesundheit gefährden, Elliot«, knirschte er, »und sich Ihrem Anwalt gegenüber als Klugscheißer aufzuspielen ebenfalls. Wissen Sie, wer diese Geschworene umgebracht hat?«

»Nein!«, brüllte Ashford, »natürlich weiß ich das nicht. Und jetzt lassen Sie mich runter!«

»Seien Sie brav und stellen Sie Ihren Mandanten wieder hin, Barrett«, mahnte Leviticus.

Barrett stieß Ashford murrend in Heywoods Sessel.

Elliot Ashford fasste sich rasch. »Kein Zweifel«, sagte er zu Leviticus, während er seinen Anzug zurechtzog, »dieser Mann ist übergeschnappt.«

»Ich glaube, er mag es einfach nicht, wenn Leute so nah bei ihm rauchen«, erwiderte Lev leichthin und reichte Ashford die Brille. »Er versucht nämlich gerade aufzuhören.«

Barrett goss sich noch einen J. D. und Kaffee ein und setzte sich dann auf einen Platz Ashford direkt gegenüber. Dieser sagte: »Also echt, Dickson, für so dumm können Sie mich doch nicht halten. Ja sehen Sie denn nicht, dass mich damit jemand reinreiten will?«

Barrett schlürfte seinen Kaffee und überlegte, was er als Nächstes tun sollte. Hatte er denn je etwas anderes als ein Nein erwartet? Und hatte er gehofft, dass ein Nein von einem notorischen Lügner wie Ashford ihn beruhigen würde? »Machen wir uns an die Arbeit«, meinte er schließlich.

Nach zwei Stunden waren sie mit allem durch und Ashford stand eifrig auf. »Lassen Sie sich wegen mir keine grauen Haare wachsen, Dickson. Ich werde meinen Part morgen schon schaukeln. Seien Sie bloß sicher, dass Sie das auch so halten.«

»Ich werde mein Bestes tun«, erwiderte Barrett in harschem Ton. »Aber ich will, dass Sie ab sofort dieses ganze Getue von oben herab lassen und genau das machen, was ich sage.«

»Ich zahle Sie nicht, damit …«

»Es liegt nicht genug Geld in Fort Knox. Also lassen Sie diesen Herr-Knecht-Scheiß, solange sie Sie noch am Wickel haben. Sind wir uns einig?«

Elliot Ashford nickte.

34

Noch ganz benommen von der neuerlichen Aufmerksamkeit der Fotografen, Reporterinnen und Prozessbeobachter strebte Amanda Keller vom Fitness-Studio in bester Laune heimwärts. Dass eine Frau im Bus sie zu erkennen schien, steigerte ihre Erregung noch. Sie stieg zwei Haltestellen zu früh aus und nahm bei einem Chinesen etwas zu essen mit. Auf dem Weg um den letzten Block spürte sie die Wärme der Essbehälter an ihrer Hüfte, was sie noch mehr in ihrer Absicht bestärkte, diesen Abend wirklich zu genießen. Das chinesische Essen war für ihre Mutter – eine Art Feier, denn sie mochte es besonders gern.

Amanda konnte es sich jetzt leisten, entgegenkommend zu sein. Sie sah ihre Zukunft klar vor sich. Zum ersten würde das Urteil jetzt mit Sicherheit nicht zu Gunsten der Verteidigung ausfallen. Die konnten beratschlagen, drohen und foltern, wie sie wollten: Sie würde nicht nachgeben. Amanda Keller konnte man mit keinem Geld der Welt kaufen. Und sobald das alles vorbei war, würde der Heldenmut, mit dem sie die Verschwörung vereitelt hatte, sie wieder nach Hollywood bringen ... es sei denn, Earl bat sie zu bleiben. Es würden schwierige Entscheidungen auf sie zukommen, aber zumindest hatte sie jetzt die Wahl. Und vielleicht bekam sie ja beides, Earl *und* eine neue Karriere. Gab es nicht täglich mehrere Flüge zwischen SFO und Burbank?

Als sie das Haus betrag, verfiel sie unwillkürlich in einen etwas befangenen Tanzschritt. Das Leben war schön.

»Du weißt doch, dass ich nicht chinesisch essen soll«, zankte ihre Mutter und musterte mit verkniffenen Lippen gierig den Inhalt der Schüsselchen. »Es macht einfach zu dick und du findest sowieso, dass ich schon zu fett bin. Und was tust du? Bringst mir ausgerechnet was Chinesisches mit.«

Amanda trug zwei Teller ins Wohnzimmer und schaute zu, wie ihre Mutter die Häppchen schaufelte. Ich sollte auswärts feiern, dachte sie, mit Champagner, und meine Werbestrategie planen. Doch wen sollte sie anrufen? Egal. Bald würde sie mehr als genug Bekannte haben.

»Ich habe gute und schlechte Nachrichten, Mutter«, sagte sie, obwohl sie gar nicht erwartete, dass sie ihr zuhören würde. »Die gute Nachricht ist, dass wir bald wieder Geld haben werden. Die schlechte ist, dass ich wieder zurück nach L. A. gehe.«

»Ein Star ist geboren«, lautete der trockene Kommentar ihrer Mutter dazu.

Amanda gab keine Antwort, sondern nahm ihren Teller, stellte alles ins Spülbecken und verzog sich in ihr Zimmer. Dort begann sie ihr Prozessalbum durchzublättern. Morgen würde ein Foto von ihr in der Zeitung erscheinen, vielleicht sogar ein ganzer Artikel. Sie strich über eine leere Albumseite; dort würde ihr Bild samt Geschichte hinkommen. Dann fand sie ein Bild von Earl und fuhr mit dem Finger zärtlich über sein Gesicht und die breiten Schultern. Der Gedanke zu masturbieren kam und verging wieder. Sie war zu müde.

Es war erst halb zehn. Aber sie wusste, dass sie in dieser Nacht würde schlafen können, sogar ohne Tabletten. Sie fühlte sich lebendiger denn je.

Auch Barrett hatte seinen Optimismus wiedergefunden. Er saß zu Hause und arbeitete sein Schlussplädoyer aus. Ashford würde mit seiner gekünstelt aufrichtigen und gewinnenden Art Babcocks Possen zum größten Teil wieder wettmachen und den Geschworenen nicht viel mehr gegen ihn in der Hand lassen als ein fehlgeschlagenes Strafverfahren, das Ligretti-Debakel und die Tatsache, dass das entscheidende Beweismaterial verloren oder vernichtet worden war. Das ergab einen klaren Fall begründeter Zweifel, was immer die Geschworenen sonst auch meinen mochten. Himmel, dachte er, ich werde damit zum Ziel kommen!

Dann fiel ihm, wie so oft in letzter Zeit, Grace Harris ein. So intelligent, so attraktiv. Eine anständige Person, welche die gesamte Last des für die Staatsanwaltschaft verlorenen Falles würde auf sich nehmen müssen. Dafür würde Field schon sorgen. Er wollte versuchen, das Ganze irgendwann wieder gutzumachen – falls sie ihn ließ.

Am anderen Ende von San Francisco trafen sich Grace Harris und Earl Field, um ihrerseits ihr Schlussplädoyer zu koordinieren.

»Wir dürfen die Jefferson darin nicht einmal streifen«, meinte Grace. »Ein eindeutiger Grund für eine Berufung.«

Earl Field saß an seinem Schreibtisch. »Ja«, sagte er still. »Eindeutig.«

»Wir werden nicht gewinnen, Earl«, erklärte sie verbittert. »Das ist die gute Nachricht für Ihre Freunde in Chicago, wenn auch eine schlechte für den Rest der Gesellschaft, besonders für das Volk von Kalifornien, das wir vertreten. Aber ich schätze, wir werden auch nicht verlieren. Der schlimmstmögliche Ausgang nach meinem Kreuzverhör ist eine nicht entscheidungsfähige Jury.«

»Sind Sie so sicher, dass es dazu kommt?«

»Jetzt ja.«

»Sie spielen auf diese neue Geschworene an, die wir gerade bekommen haben.«

»Als hätten Sie nicht längst bemerkt, wie diese Ersatzfrau Sie immer anstarrt.«

»Ich *habe* es bemerkt«, gab er zu und setzte sie dann total in Erstaunen, als er hinzufügte: »Aber ich will keine Jury, die kein Urteil fällt, Grace. Ich will, dass er schuldig gesprochen wird. Er – sie – haben Lani Jefferson auf dem Gewissen. Da bin ich mir sicher.«

»Als Warnung für die anderen?«

Field nickte. »Aber Lani Jefferson wurde vermutlich nicht nur umgebracht, um die anderen Geschworenen zu warnen, sondern auch mich. Sie streiten es natürlich ab, aber das ist ja eigentlich klar.« Er lachte ironisch, Mitleid erregend. »Schließlich bin ich der District Attorney von San Francisco.«

Grace nickte. Sie wusste nicht, was sie sagen sollte.

»Ich muss ihn kriegen, Grace. Dafür muss ich mich stark machen. Nicht nur für Lani Jefferson, sondern auch für den Mann, der ich mal war – oder dachte, dass ich war. Ich darf nicht zulassen, dass diese Geschworene für nichts und wieder nichts gestorben ist. Wir müssen die anderen so weit bringen, dass sie sich ebenfalls einsetzen. Sie hatten Recht, Grace. In allem. Und ich bin mir im Klaren, dass Sie über das verlorene Beweismaterial Bescheid wussten, auch über die Mafia, über den ganzen Krempel. Danke, dass Sie nicht locker gelassen haben.«

Grace zuckte die Achseln, um ihre Rührung zu verbergen. »Am Anfang war ich mir nicht sicher«, erwiderte sie. »Und als ich es war, dachte ich, das Wichtigste sei zu versuchen, den Fall zu retten. Danach wollte ich ...«

»Ich weiß«, unterbrach er sie. »Etwas anderes hätte ich von Ihnen auch gar nicht erwartet. Aber jetzt erwarte ich von Ihnen mehr als je zuvor. Als Erstes müssen wir herausfinden, wie wir das Beste aus dem herausholen, was die Geschworenen zur Zeit denken.«

»Ich schlage vor, wir beantragen morgen früh als Erstes, dass sie abgesondert werden. Das wird sie in ihrer Meinung bestärken, dass jemand versucht, sie einzuschüchtern, und dass wir die Guten sind, die sie schützen wollen.«

Field nickte. »Das gefällt mir. Wenngleich wir damit auch Ashfords Spiel unterstützen, indem wir bestätigen, dass ein Risiko für sie besteht.«

»Aber wir stechen sein Ass durch Absondern der Geschworenen aus.«

»Einverstanden, Grace. Schauen wir, dass wir einen Weg finden, um die Karre wieder aus dem Dreck zu ziehen, auch wenn ich sie mindestens zur Hälfte selbst reingestoßen habe.«

35

Amanda wachte am folgenden Morgen zeitig auf und zählte die Minuten bis zur Fortsetzung der Verhandlung. Sie fühlte sich gelassen, obwohl ihr Gehirn vor lauter Vorfreude förmlich rotierte. Sie stellte sich die Kameraleute vor, die sie erwarteten und Tag für Tag bitten würden, in ihre Richtung zu schauen, wenn sie den Gerichtssaal betrat, bis das Urteil »schuldig« verkündet wurde, das sie den anderen abgetrotzt hatte. Sie war sich vage ihrer Vorliebe für Phantasievorstellungen bewusst, aber diesmal schienen ihre Träume wahrhaftig auf Fels gebaut.

Um sieben hörte sie ihre Mutter in der Küche rumoren und Kaffee zubereiten. Sie lächelte. Dass sie etwas selber tat, war ein erstes Anzeichen dafür, dass Lucinda ihre Ankündigung, sie werde weggehen, ernst genommen hatte. Sie beschloss, das Fitness-Training sausen zu lassen und mit den Vorbereitungen zu beginnen. Das Haar musste heute perfekt sitzen. Und was sollte sie anziehen? Sie griff nach dem besten Donna-Karan-Fummel. Das Oberteil war zwar tief ausgeschnitten, aber nicht aufreizend, und der Rock ließ ihre schönen Knie und Schenkel sehen.

Als sie zwei Stunden später das Gerichtsgebäude betrat, war alles genau so, wie sie es sich erträumt hatte: Die Kameras blitzten und surrten, die Nachrichtenleute buhlten förmlich um ihre Aufmerksamkeit und ihr Name war in aller Munde. Doch wieder wurden die Geschworenen im Aufenthaltsraum zurückgehalten und als man sie schließlich in den Saal rief, stand Amandas Intuition auf Alarmstufe eins. Als sie mit den anderen Geschworenen den Saal betrat, bebte die Luft vor Spannung. Richter Hernandez saß bereits an seinem Platz, was relativ ungewöhnlich war. Barrett Dickson sah ärgerlich aus und Elliot Ashford ebenfalls. Was ging hier vor?

»Meine Damen und Herren Geschworene«, begann John Hernandez, »seit ich Sie gestern Vormittag entlassen habe, stand ich fast ununterbrochen in beratendem Kontakt mit der Polizei und dem Bezirkscoroner. Die Gründe dafür dürften Sie sich ausrechnen können. Außerdem habe ich von einigen unter Ihnen vertrauliche Mitteilungen erhalten und ich versichere Ihnen, dass diese auch vertraulich bleiben werden. Nachdem dies gesagt ist, muss ich Sie zu meinem großen persönlichen Bedauern informieren, dass ich es aus einer Vielzahl von guten Gründen für notwendig erachte, die Verhandlung ›Das Volk gegen Elliot Ashford‹ für gescheitert und damit ungültig zu erklären.«

Die Galerie explodierte in einem einzigen entsetzten Aufschrei der Ablehnung. Machtlos donnerte der Hammer des Richters nieder und Ashford trommelte mit den Fäusten auf die Tischplatte vor sich, was ihm wachsame Blicke von Fred und einem weiteren Beamten eintrug, den Richter Hernandez aufgeboten hatte. Die Presseleute stürzten in den Flur. Weder aus der Miene Grace Harris' noch aus der von Earl Field ließ sich etwas schließen. Die Geschworenen schauten einander an wie soeben aus Seenot gerettete Schiffspassagiere – bis auf Amanda Keller. Sie blickte stur vor sich hin, die Augen wie erstarrt im Schock, und weigerte sich schlicht zur Kenntnis zu nehmen, was sie soeben vernommen hatte. Selbst als Richter Hernandez – nachdem er die Geschworenen dankend entlassen hatte – die Anwaltschaft ins Richterzimmer beorderte, saß sie immer noch wie angewurzelt an ihrem Platz. Hier musste ein Irrtum vorliegen.

Im Richterzimmer setzte Ashford seinen Wutausbruch fort, bis Hernandez die Geduld verlor und ihm drohte, dass er ihn abführen lasse. Da erst vermochte er sich, schweratmend und hochrot im Gesicht, zu fassen. Barrett saß blass und mit ausdrucksloser Miene da, während das soeben aufgebaute Gerüst neuer Hoffnungen um ihn herum zusammenbrach. Schließlich schaffte er es, noch einmal seine Anträge für den Gerichtsbericht einzubringen, indem er den Richter ersuchte, das Geschworenenkollegium wieder einzuberufen und abzusondern, statt es zu entlassen. Dann probierte er es mit einem schwachen Antrag wegen Gefahr einer wiederholten Strafverfolgung für das gleiche Vergehen, um die Möglichkeit einer Berufung abzusichern.

»Danke, Mr. Dickson«, erwiderte Richter Hernandez. »Auch dieser Antrag wird abgelehnt. Ich werde jetzt die Mitteilungen von fünf Geschworenen abzeichnen und als Beweisstücke zu den Akten geben, in denen diese ihren Unwillen kundtun, in diesem Fall weiterhin als Geschworene tätig zu sein. Einige haben sich mit der verstorbenen Lani Jefferson angefreundet und fühlen sich nicht mehr im Stande fortzufahren. In den Akten ist zudem auch festgehalten, dass uns nur noch zwei Ersatzgeschworene zur Verfügung stehen, abgesehen von Ms. Keller, die gestern als Reguläre nachgerückt ist. Ich muss hinzufügen, Mr. Dickson, dass der Ton dieser Mitteilungen so geartet ist, dass ich Ihrem Mandanten einen überaus schlechten Dienst erweisen würde, wenn ich Ihrem Antrag stattgeben und die Verhandlung bis zum Urteilsspruch der Geschworenen ihren Lauf nehmen lassen würde, selbst wenn wir über genügend willige und fähige Geschworene verfügten.«

»Die glauben also«, flüsterte Ashford, wie aus einer Trance erwacht, »die glauben, ich habe …«

»Es tut mir Leid, ihnen das mitteilen zu müssen, und ich bitte Sie dafür um Verzeihung, Mr. Ashford, aber die gegenwärtigen Geschworenen sind, bedingt durch ihre Gefühle für

Ms. Jefferson, ernstlich voreingenommen«, erklärte Richter Hernandez und wandte sich dann an die Anwaltschaft: »Meine Damen und Herren, nicht vorhersehbare weitere Anträge ausgeschlossen, erfolgt die Wiederaufnahme der Verhandlung in zwei Wochen.«

Zwei Wochen, durchfuhr es Barrett. Keine Zeit, einen neuen Verteidiger aufzutreiben, und auch keine Begründung, um selbst den Kopf aus der Schlinge zu ziehen. Über dem plötzlichen, kalten Griff der Bedrohung in seinen Eingeweiden vergaß er seinen schmerzenden Rücken, aber nicht nur diesen, sondern überhaupt alles, außer der Tatsache, dass er mit einem Fall fest saß, der ihm bald etwas abverlangen würde, das er nicht mehr zu bieten hatte. Er warf einen Blick hinüber zu Grace Harris. Sie schien seine Niedergeschlagenheit zu spüren. Wenn sie auch nichts sagte, so lag doch etwas in dem stummen Blick, den sie ihm zuwarf. Etwas Wichtiges. Trotz seiner Verzweiflung begann sein Herz schneller zu schlagen.

Eine halbe Stunde später betrat der schlaksige Gerichtsdiener den Gerichtssaal, um abzuschließen, und bemerkte, dass eine Frau noch immer im Geschworenenstand saß, sehr aufrecht, die Hände auf den Knien, die Augen nach vorn gerichtet. Die Geschworene Nummer drei. »Verzeihung«, sagte er, »Sie müssen den Saal jetzt verlassen.«

Sie schien ihn nicht zu hören. Er wusste nicht, dass sie als einziges Geräusch das Summen in ihrem Kopf, das Gebrumm der Elektrowicklung, die sich immer enger um ihren Schädel schloss, wahrnahm. Er wiederholte seine Aufforderung und berührte sie dann sanft am Arm. Da zuckte sie heftig zusammen, fuhr ihn an, er solle sie gefälligst in Ruhe lassen, sprühte sich etwas in den Mund und ließ den leeren Behälter zu Boden fallen.

»Ich muss abschließen. Alle anderen sind bereits weg. Also, der Richter hat den Fall ...«

»Der Richter wird seine Meinung ändern. Er *muss* seine Meinung ändern!«

»Er wird seine Meinung gewiss nicht ändern. Die Verhandlung ist geschlossen.«

Doch Amanda hörte ihm schon nicht mehr zu. »Ich muss bereit sein«, flüsterte sie und richtete ihren Blick auf die Tür zum Richterzimmer.

Der Gerichtsdiener ging zum Telefon und wählte die Nummer des Richterzimmers. »Ich fürchte, es gibt ein Problem hier, Euer Ehren«, wisperte er. »Die Geschworene Nummer drei will ihren Platz nicht räumen. Ich glaube, sie gehört in die Klapsmühle.«

»Für solche Fälle sind Sie zuständig, Ben. Also tun Sie was.«

Ben rief Verstärkung und nach einigem Widerstand ging Amanda auf die hartnäckigen Überredungskünste einer mütterlichen Beamtin ein. Diese konnte sie schließlich wie betäubt aus dem Saal führen.

»Gibt es eine Verhandlungspause?«, fragte Amanda.

»Genau. Eine Verhandlungspause.«

Als sie draußen allein im Flur stand, blickte sie ratlos nach rechts und nach links, aber sie entdeckte keine Menschenseele. Weder Presseleute noch Schaulustige. Da drehte sie sich um und wollte wieder hineingehen. Aber die Tür war zu. Abgesperrt. Sie hämmerte fünf Minuten lang mit beiden Fäusten dagegen, doch nichts rührte sich.

Völlig betäubt verließ sie schließlich das Gebäude. Irgendwie gelang es ihr, den richtigen Bus zu erwischen, aber dann fuhr sie über ihre Umsteigehaltestelle hinaus bis ans Ende der Linie und wieder zurück. Der Fahrer musterte sie, sagte jedoch nichts. Krampfhaft versuchte sie zu verstehen, was vorgefallen war, aber sie konnte nicht klar denken. Jemand musste das Chaos im Gerichtssaal und in ihrem Kopf auf die Reihe bringen, wo es summte wie in einem Bienenstock. Inzwischen spürte sie es bis hinunter in den Nacken. *Aufhören*!, rief sie sich zu und mehrere Leute drehten sich verdutzt um, wandten sich dann aber rasch wieder ab.

An diesem Abend saß Barrett allein in seiner Wohnung. Er hatte den Telefonhörer ausgehängt und genoss als einzige Gesellschaft eine Flasche Wodka. Er war beinahe davon losgekommen, aber Lani Jeffersons gewaltsamer Tod würde Folgen haben, die weit über ihre eigene Familie hinausgingen: Es war vorbei mit Mikes Aufstieg in den Exekutivausschuss und somit war auch jegliche Hoffnung zunichte, die Kanzlei zu retten. Vorbei war es auch mit der aufkeimenden Hoffnung, seinen angeschlagenen Ruf als Strafverteidiger wiederherzustellen. Vorbei mit Ashfords klarer Chance auf ein positives Urteil, das er trotz Barretts Antipathie seiner Ansicht nach verdiente. Lev hatte diesmal Unrecht. Elliot Ashford hatte das weder getan noch angeordnet. Er und seine Gefolgsleute hätten niemals so kurz vor dem Sieg einen möglichen Verhandlungsabbruch riskiert. Sie hätten es aussehen lassen wie einen misslungenen Einbruchsversuch. Der oder die wirklichen Mörder *wollten*, dass Elliot Ashford sowohl der Mord an seiner Frau als auch der an Jefferson zugeschoben wurde. Genau deshalb hatten sie auch eine Geschworene gewählt, die klar den Ansichten der Anklage zuneigte.

Aber wer *hatte* Lara Ashford umgebracht? Einer aus dem Kreis ihrer romantischen Liebeleien? Senator Dwight Clifton? Jemand, der auf sie eifersüchtig war? Die Polizei hatte zwar nicht sonderlich eifrig ermittelt, aber immerhin wirklich keine offensichtlichen Feindschaften zu Tage gefördert. Ebenso wenig bei Lani Jefferson, die aber vielleicht einfach Opfer eines Nachahmungstäters geworden war. Er füllte sein Glas wieder auf, obwohl alles Eis darin längst geschmolzen war. Er wollte nichts anderes mehr, als dass diese Nacht zu Ende ging und damit auch seine Qualen.

Doch so viel er auch in sich hineinschüttete, er konnte nicht einschlafen. Gegen Mitternacht klopfte es an die Tür. Mikes Stimme. Barrett rührte sich nicht. Dann – endlich – Schritte, die sich rasch entfernten.

Um halb drei hatte sich das Elend in Verwirrung verwandelt und er stolperte ins Bett. Aber auch dort erwartete ihn keine Linderung, so dass er nach unbestimmter Zeit aufgab und wieder aufstand. Er stellte fest, dass er immer noch angezogen war, ging in die Küche und entdeckte nur noch einen müden Rest in der Flasche. Dann musste er eben auf Tequila ausweichen, wenn er den Schlaf nicht auf dem Grund der Wodka-Flasche fand. Er fand ihn nicht, nur Übelkeit, und übergab sich. Unter den Handflächen spürte er die kalten Fliesen. Er kroch aus dem Badezimmer, stemmte sich an der Spüle in der Küche hoch und hielt den Kopf unter den Hahn, um direkt aus der Leitung zu trinken.

»Ich hätte gewonnen!«, hörte er sich laut lallen. Aus irgend einem Grund fiel ihm der Begriff DNS ein und der Gedanke traf ihn mitten ins Herz. Was wusste er schon über DNS? Absolut gar nichts. Wie sollte er ohne Menghetti klarkommen?

Um vier Uhr morgens fiel ihm ein halb volles Glas Tequila aus der Hand. Er saß immer noch in seinem einzigen bequemen Sessel. Doch endlich senkte sich der Vorhang über die zweitschlimmste Nacht seines Lebens.

Teil 3
Die Zeugin

»Wir sind alle Gefangene
unserer Kindheit ...«
Alice Miller

»Jeder kann jeden töten.«
Lynette (»Squeaky«) Fromme

36

Die am gescheiterten Prozess Beteiligten hatten zwar nur wenig gemeinsam, aber sie alle stellten sich nach der Ermordung von Lani Jefferson die gleiche Frage.

»Verdammt, Julian«, wetterte Elliot Ashford und schob gereizt seinen Teller zur Seite, »was zum Teufel sollen wir denn jetzt tun?«

Der Lunch im berühmten »President's Club« in San Francisco ging zwar bereits seinem Ende zu, aber Julian Gold, der geschäftliche Dinge niemals beim Essen besprach, ließ sich nicht hetzen. »Ich würde einen 1967er Darroze Armagnac empfehlen, Elliot«, meinte er und tupfte sich die Lippen mit der Serviette ab, »es sei denn, Sie möchten vorher noch einen Nachtisch.«

Ashford warf ihm einen finsteren Blick zu. Er war wütend auf sich, dass er den hässlichen, eiskalten *consigliere* überhaupt mit in den Club genommen hatte. Er liebte seinen Club hier im Stadtzentrum: das auserlesene Interieur, den wunderbaren Blick über die Stadt, die männliche Bedienung, sogar den hochnäsigen Oberkellner. Und er hatte sich versprochen, diese leidige Sache für ein, zwei Stunden zu vergessen und sich durch nichts vom Vergnügen abbringen zu lassen, wieder hier zu sein. Aber seine Geduld war am Ende.

»Ihr Humor ist völlig fehl am Platz angesichts der Tatsache, dass ich in ein paar Tagen wieder in einem Prozess um mein Leben kämpfen muss, dass ich keinen fähigen Rechtsbeistand habe und dass mich wahrscheinlich das halbe Land für einen Doppelmörder hält. Ich habe das alles bis oben satt, Julian: die

Vorstellung, noch einmal einen Prozess durchstehen zu müssen, die Art, wie die Leute mich angaffen …«

Gold warf ihm einen undefinierbaren Blick zu, der sowohl Mitleid als auch Abscheu hätte ausdrücken können. Dann schob er den Teller zur Seite und ließ sich vom Kellner einen Kaffee bringen.

»Könnten wir nicht einen anderen Austragungsort für den Prozess beantragen? Einer der Kommentatoren vom CNN hat gestern Abend irgend so was erwähnt«, fragte Ashford.

»Falls Sie überhaupt noch irgendeine Machtbasis haben, Elliot, dann hier in San Francisco. Die Sache ist jetzt international bekannt und Sie können der Presse nicht ausweichen, indem Sie den Prozess in irgendein kalifornisches Kuhdorf verlegen lassen. Und vergessen Sie nicht, dass Mr. Field seinen Anteil an schlechter Publicity ebenfalls weg hat, weil er den ersten Prozess verpfuscht hat.«

»Na gut. Aber wie kommen wir zu einem Anwalt?«

»Sie haben einen Anwalt.«

»Was ich habe, ist eine wandelnde Katastrophe!«

»Aber Ihnen bleibt keine Wahl. Die guten Anwälte sind alle viel zu beschäftigt oder wollen den Fall bei einer so kurzen Vorbereitungszeit nicht übernehmen. Und die schlechten bringen Ihnen eh nichts, glauben Sie mir. Trotz all seiner Fehler ist Dickson noch immer cleverer als jeder andere Strafverteidiger in dieser Stadt. Zudem kennt er den Fall und ist mit dem Richter befreundet, trotz der Probleme mit Mr. Menghetti. Und was noch wichtiger ist: Ich habe die Geschworenen beobachtet und die mögen ihn. Entscheidend ist wohl, dass dieser Mann eine moralische Grundhaltung ausstrahlt, die all seine Fehler in den Schatten stellt. Und wie gesagt, Ihnen bleibt ganz einfach keine andere Wahl, Elliot. Sie werden den Scheißkerl schlichtweg nicht los!«

Ashord drehte das leere Glas in den Händen und fühlte, wie ihn eine zunehmende Hoffnungslosigkeit überkam.

Dann seufzte er resigniert: »Wird er's tun? Wird er weitermachen?«

Gold schnitt eine Grimasse: »Ich habe ihm einen persönlichen Bonus von einer Million Dollar angeboten, wenn er gewinnt, und eine Viertelmillion schon allein für den Versuch. Und das zusätzlich zu dem, was wir seiner Kanzlei bezahlen.«

Ashford schüttelte den Kopf. »Ich glaube nicht, dass Geld bei Barrett Dickson zieht.«

»Wie einfühlsam von Ihnen, Elliot. Ich habe ihn deshalb auch noch daran erinnert, dass Tony Rizzo Sie im Stich gelassen hat, und ich habe beteuert, dass Sie unschuldig sind. Das Einzige, was Sie wollen, sei Gerechtigkeit.«

»Und? Hat er angenommen?«

»Ich denke doch«, antwortete Gold. »Seine genauen Worte lauteten: Offenbar werde ich den Scheißkerl schlichtweg nicht los.«

Amanda hatte das ganze Wochenende zusammen mit ihren Katzen auf dem Sofa in der Wohnung verbracht, ferngesehen und versucht, die ausgefransten Fäden ihres Verstandes irgendwie zusammenzufassen. Ständig fragte sie sich, weshalb man ihr das angetan hatte. Manchmal hörte der elektrische Strom, der durch ihren Körper raste, auf und sie konnte etwas schlafen. Oft aber wurden auch diese kurzen Schlummerphasen durch den Traum vom Mann und der Puppe im Sarg gestört. Ihr Herz kam ihr dann vor wie ein Generator, der ihr stromgeladenes Blut durch die Adern pumpt.

Warum war bloß alles schief gegangen? Sie hatte ihre Berufung als Geschworene als Zeichen gedeutet und sich in dieser Sache so sicher gefühlt. Sie überprüfte noch einmal ihr Horoskop, aber da war alles in Ordnung. Wer war dafür verantwortlich? Die Mafia? Ashford? Was hatte sie ihnen denn getan?

Am dritten Morgen – am Montag – zog sie sich zwar an,

fühlte sich aber zu wackelig auf den Beinen, um die Wohnung zu verlassen. Ihre Mutter rief Harold Pierce an und teilte ihm mit, ihre Tochter sei wieder krank und müsse zum Arzt. »Er klang nicht sehr glücklich, Amanda. Und ich bin es auch nicht, wenn ich für dich lügen muss.«

»Der kann mich mal – und du auch, Mutter!« Wieder in ihrem Zimmer, überlegte sie kurz, ob sie wegen ihrer Qualen vielleicht doch einen Arzt aufsuchen sollte. Die Notfallstation vielleicht? Aber was, wenn sie sie nicht mehr rausließen? Wie schon einmal …

Sie versuchte sich zu beruhigen. Bestimmt würde es ihr besser gehen, wenn sie sich ein bisschen ausruhte. Sie wusste, dass sie keinen Alkohol trinken sollte, doch Bourbon schien das Summen in den Adern zu dämpfen. Wenn sie nur etwas tun könnte, um die engen Drähte im Kopf zu lockern, die einen Stromstoß nach dem anderen durch ihr Gehirn jagten. Schließlich nahm sie eine Zigarette aus dem Vorrat ihrer Mutter und rauchte zum ersten Mal wieder seit vier Jahren. Doch das verschlimmerte nur ihr Asthma.

Am Mittag rief Harold Pierce an und sie machte den Fehler, an den Apparat zu gehen. Sie sagte ihm, sie müsse Medikamente nehmen, könne aber wahrscheinlich bald wieder zur Arbeit kommen. Er ließ sich jedoch nicht so einfach abspeisen und versuchte sie auszuhorchen – das Allerletzte, was Amanda jetzt gebrauchen konnte.

Eine Stunde später klingelte es erneut. Es war das Büro des District Attorney. Es ging um einen Termin für eine abschließende Besprechung mit den Geschworenen. Einen Moment schien dieser Anruf die Mauern zu durchbrechen, die sich immer höher um sie erhoben, aber dann zögerte sie: Nie und nimmer durfte sie zulassen, dass Earl sie so sah, unattraktiv, wie sie war. »Lassen Sie mich in Ruhe!«, schrie sie, knallte den Hörer nieder und schmiss den Apparat quer durch das Zimmer.

»Mein Gott!«, kreischte Lucinda. »Bist du jetzt völlig verrückt geworden?«

Amanda gab keine Antwort und Lucinda machte einen weiten Bogen um ihre Tochter. Sie begann sogar, sich ihre Mahlzeiten selbst zuzubereiten. Amanda aß kaum etwas und kümmerte sich nur um ihre Katzen.

Am Montag gegen Abend stand sie im Slip an der Küchenspüle. Als Lucinda sich ihr vorsichtig näherte, sah sie sichtlich schockiert, wie ihre Tochter Wasser direkt aus der Leitung trank und sich Gesicht, Nacken und Brust bespritzte.

»Du musst wieder zur Arbeit, Amanda«, meinte sie. »Sie haben schon wieder angerufen, als du noch geschlafen hast.«

Amanda überlegte kurz. Dann verbot sie Lucinda, weitere Anrufe anzunehmen, und verschwand wieder in ihr Zimmer.

Vier Tage nach dem Scheitern der Verhandlung wachte Amanda um sechs Uhr morgens mit pochendem Schädel auf. Es war inzwischen Dienstag. Sie hatte am Abend zuvor die Flasche Early Times ihrer Mutter geleert und ihr Gesicht war rot und verquollen. Sie hörte, wie der Zeitungsausträger den *Chronicle* vor die Tür warf, und wartete, bis er wieder gegangen war. Dann öffnete sie und hob die Zeitung auf. Als sie sich wieder aufrichten wollte, wurde ihr schwindlig. Mühsam torkelte sie nach drinnen und ließ sich auf den nächsten Stuhl sinken.

Nachdem sie sich etwas erholt hatte, durchforstete sie die Zeitung nach weiteren Neuigkeiten zum Fall Ashford. Auf Seite drei las sie, dass der neue Prozess nach Thanksgiving beginnen sollte. Und im letzten Abschnitt des Artikels stand, dass Earl Field um fünf Uhr an diesem Nachmittag im Hotel Hyatt an einer Veranstaltung der Demokraten zur Beschaffung von Finanzmitteln teilnehmen werde.

Earl Field. Weshalb hatte er sie nicht selbst angerufen? Ging er ihr aus dem Weg? Versuchte er sie zu schützen? Ihr fiel ein, wie er sie während der Verhandlung angeschaut hatte, wie heil und ganz sie sich in seiner Gegenwart gefühlt hatte. Vielleicht konnte er ihr aus diesem Chaos heraushelfen, aus ihrem Zustand der Verwirrung und der Qual. Vielleicht konnte er sie bei ihrem Kampf unterstützen. Amanda Keller beschloss, die Veranstaltung zu besuchen.

»Was zum Teufel sollen wir denn jetzt tun?«, fragte Earl Field, kaum war Grace Harris in sein Büro getreten.

»Ganz einfach«, sagte Grace, »wir verhandeln den Fall gegen ihn noch einmal.« Sie bemerkte, dass der D. A. ungewohnt mitgenommen aussah. Was war nur aus seiner flammenden Entschlossenheit geworden?

»Natürlich«, stimmte Field zu. »Aber werden wir gewinnen?«

»Sie werden hier in der Stadt kaum jemanden finden, der gegen uns eine Wette eingeht, Earl. Laut einer Umfrage des *Examiner* sind die meisten Leute der Überzeugung, dass dieser Mann nun zwei Menschen auf dem Gewissen hat.«

»Glauben Sie das auch, Grace?«

»Ich weiß nicht, aber es sah ganz eindeutig danach aus, als ob jemand den anderen Geschworenen damit eine Botschaft übermitteln wollte.«

»Oder uns.«

»So oder so«, meinte Grace, »was sollen wir Ihrer Meinung nach nun tun?«

»Ich weiß allmählich nicht mehr, was ich soll.« Seine Stimme klang müde. »Vielleicht über einen Deal nachdenken.«

»Wir sind den Menschen dieser Stadt mehr als das schuldig, Earl!«

Während Barrett Dickson über den Doyle Drive zur Golden-Gate-Bridge fuhr, fragte er sich laut: »Was zum Teufel soll ich denn jetzt tun?« Er hatte – wenn auch ohne große Überzeugung – zu hoffen gewagt, dass der Fluch, der über ihm lag, sich in Luft aufgelöst habe oder ganz einfach auf jemand anders übergegangen sei – wie die Erkältung, die momentan kursierte. Aber eine Frau war tot, und wenn Ashford es getan hatte, war der teuflische Fluch noch quicklebendig.

Er zwang sich, an seine Reise nach Neuseeland zu denken, die er nach dem Prozess und nach der Prüfung zum Immobilienmakler unternehmen wollte. Er stellte sich vor, wie er Grace Harris nach seiner Rückkehr ins Kino einladen und sie näher kennen lernen würde. Und er machte sich im Geist eine Notiz, dass er seinen Klavierlehrer anrufen musste. Er versuchte, sich von der Schönheit der Bucht zu seiner Rechten überwältigen zu lassen, vom grenzenlosen Ozean zu seiner Linken. Aber all das änderte nichts daran, dass eine Frau tot war.

Einmal mehr versuchte er sich davon zu überzeugen, dass durch das Scheitern des ersten Prozesses niemand mehr zu verlieren hatte als sein Mandant. Dann fiel ihm ein, dass er Lev und Mike in rund einer Stunde im Mill Valley treffen würde, um mit ihnen zu essen und sich zu amüsieren. Einfach mal rauskommen, wenn auch nur kurze Zeit.

Es war zwar erst halb fünf, aber er hatte beschlossen, schon jetzt loszufahren und sich in Ruhe einen oder zwei Drinks zu genehmigen, bevor seine Freunde eintrafen. Er blickte nach vorne, wo sich Gewitterwolken über der Halbinsel auftürmten. Sie wurden von einem kräftigen Wind von den Farallones-Inseln herangeweht, der den Verkehr zwang, im Schneckentempo in nördlicher Richtung über die Brücke zu kriechen. Das Wetter entsprach ganz Barretts Stimmung.

Im Marin County angekommen, ließ er seinen Blick nach Westen schweifen, wo noch immer kilometerlang unberührte Eichenwälder die Küste rund um die Halbinsel säumten. Doch wenige Kilometer nördlich des Tunnels zergliederten Blocks mit Eigentumswohnungen die Landschaft; sie nahmen sich auf dem Hügelkamm aus wie Wundstellen – Eigentumswohnungen, die er bald verkaufen würde.

Frisch geteerte Asphaltstraßen und fleckenweise noch stehen gebliebene Baumgruppen, umgeben von Buchweizen und Ginster, trennten einen architektonischen Schandfleck vom anderen. Angrenzendes, noch unberührtes Land wartete auf gierige Bauunternehmen, während weiter im Norden der Mount Tamalpais, an dessen Abhängen die Nebelschwaden wie Wasserfälle hinuntersegelten, königlich außerhalb jeder Reichweite thronte.

Nach der Hochzeit waren Barrett und Ellen an einem Frühlingstag einmal den Mount Tam hinaufgewandert und hatten sich nicht weit vom Gipfel ohne Decke auf trockenem, goldfarbenem Gras geliebt. Er erinnerte sich an die ungeschliffene Vollkommenheit ihres Körpers und eine neckische Sinnlichkeit, die er bei keiner Frau sonst jemals wieder gefunden hatte. Noch immer sah er ihr sonnengebräuntes Gesicht vor sich, die langen, glänzenden blonden Haare, die auf ihre kleinen Brüste herabfielen und über seine Hände strichen.

Dann aber drängte sich das Bild einer anderen Frau in seine Erinnerung: das Gesicht, das sein Denken während der letzten zweiundsiebzig Stunden beherrscht hatte. Das der Geschworenen Nummer drei, Lani Jefferson. Zwei tote Frauen, die nichts gemeinsam hatten, bis auf den Bezug zu seiner Person.

Das Herz begann ihm gegen die Rippen zu pochen, als er seinen betagten Ford Mustang vor dem Gasthaus parkte. Er stellte den Motor ab und schaute in den Rückspiegel. Schweißperlen standen ihm auf der Stirn.

Er betrat das »Piatti« um fünf Uhr und setzte sich unter einen Schirm im Garten im rückwärtigen Teil des Restaurants, wo er allein für sich zusah, wie es in der Richardson Bay regnete. Als Mike Reasoner um halb sechs auftauchte, hatte sich bereits eine trübselige Dämmerung ausgebreitet und Barrett war von tiefer Melancholie erfüllt.

»Du siehst nicht besonders gut aus, Bär«, meinte Mike, während sie sich hinein zur Bar begaben.

»Mir fehlt nichts«, erwiderte Barrett, »bin bloß ein wenig von der Realität gezeichnet.«

»Wohl eher vom Wodka ...«

»Das auch, ja. Habe mir einen oder auch zwei gegönnt, bevor's losgeht.« Barrett zündete sich eine Zigarette an.

Mike schob den Aschenbecher so weit wie möglich von sich weg. »Wann hast du denn wieder zu rauchen angefangen?«

»Dir entgeht da was Gutes.« Barrett grinste ihn an, doch er wusste, dass Mike das Elend in seinen Augen bemerkte.

»Schön, dich zu sehen, Bär«, sagte dieser schließlich. »Tut mir Leid, die Sache mit dem Prozess. Du hattest den Sieg schon in der Tasche.«

»Auch schön, dich zu sehen, Mike.« Barrett versuchte, seine depressive Stimmung abzuschütteln.

Der Barkeeper servierte die Drinks und eine Weile nippten die beiden Freunde schweigend daran.

»Was kann ich tun, um dich aufzuheitern?«, fragte Mike.

Barrett wechselte das Thema: »Wie geht's Nancy?«

Mike zuckte die Achseln. »Unverändert. Nicht so gut.«

»Tut mir Leid.« Totenstille senkte sich über die beiden und Barrett wäre Lev am liebsten um den Hals gefallen, als dieser lächelnd die Bar betrat. Sie begrüßten einander herzlich und er bestellte Lev eine Flasche von dessen Lieblingsbier.

Sie unterhielten sich über Football und machten sich über Levs Probleme mit seiner Schwägerin lustig. Barrett spürte, wie sich seine Stimmung allmählich hob.

»Sprechen wir über den Prozess, Bär«, sagte Mike, als sie am Tisch Platz genommen hatten. »Wo liegen deiner Meinung nach die größten Probleme und wie kann ich dir helfen?«

»Das größte Problem ist Ashfords Anwalt, aber gegen gewisse Dinge kann man nichts tun«, erwiderte Barrett. »Hinzu kommt die Aufgabe, eine unvoreingenommene Jury zu finden, und das in einer Stadt, in der praktisch jeder vermutet, mein Mandant unterhalte Verbindungen zur Mafia und habe vielleicht soeben ein weiteres Opfer auserkoren.«

»Das vermutet man nicht nur, das weiß man«, sagte Leviticus. »Und das würden Sie auch, wenn Sie bloß die Augen aufmachen würden.«

»Mr. Optimist hier ist überzeugt, dass unser Freund Ashford – oder jemand in seinem Auftrag – eine der Geschworenen getötet hat, um allen anderen eine Warnung zukommen zu lassen«, erklärte Barrett.

»Das wissen Sie nicht mit Bestimmtheit, Lev«, protestierte Mike. »Und, verdammt noch mal, keiner von uns sollte einen solchen Gedanken überhaupt in Erwägung ziehen. Das ist nicht unsere Aufgabe!«

»Das ist keine Erwägung, Mike«, widersprach Lev. »Der Typ ist ein Killer. Jedes Mal, wenn ich glaube, etwas, das für ihn spricht, gefunden zu haben, stellt es sich als Lüge heraus. Ich habe die Polizeiakten gesehen. Ich habe ihn im Gerichtssaal beobachtet. Der Typ ist schuldig.«

»Barrett ist Anwalt, Lev, und als solcher seinem Mandanten verpflichtet!«

»Ich aber nicht«, entgegnete Lev. »Ich bin bloß Detektiv und ich werde für das bezahlt, was sich in Wirklichkeit abspielt.«

»Das ist kompletter Humbug, Lev«, warf Barrett ein, der die Drinks allmählich zu spüren begann. »Sie wollten von Anfang an nicht gegen Earl Field antreten und jetzt, da er ziemlich schief dasteht, haben Sie Schuldgefühle.«

Lev warf Barrett einen eisigen Blick zu. »Wir sollten hier nicht über die unbewussten Motivationen des anderen spekulieren. Sie haben Ihre ganz eigenen Gründe, weshalb Ihr Mandant in diesem Fall ganz einfach unschuldig sein muss.«

»Was mich betrifft, so mögen Sie vielleicht Recht haben, Lev. Aber bei Elliot Ashford liegen Sie falsch. Natürlich ist er ein

Arschloch, aber Sie haben es Tony Rizzo doch abgekauft, als er Ihnen sagte, er sei mit ihm in der Zeit zusammen gewesen, in der seine Frau umgebracht wurde, oder nicht? Und was den Mord an Jefferson betrifft, dürfen Sie mir eines glauben: Elliot Ashford wusste, dass er mit diesen Geschworenen gewinnen würde. Wer immer Jefferson ermordet hat, hat auch Elliot Ashfords Chancen auf ein sicheres Urteil zu Gunsten der Verteidigung zerstört.«

»Seine Chancen sind nicht zerstört«, warf Mike ein, »bloß aufgeschoben. Du kannst diesen Prozess gewinnen!«

Barrett schüttelte den Kopf. »Ich habe schlicht und ergreifend von Al Menghettis Vorarbeit profitiert, Mike, indem ich sorgfältig vorbereiteten Zeugen ebenso sorgfältig vorbereitete Fragen vorlas.«

»Und was ist mit Ashfords Blut?«, wollte Lev wissen. »Machen Sie mir jetzt bloß nicht weis, dass Sie Menghettis Rasier-Geschichte glauben.«

»In Ordnung, Lev. Klären wir diese Blut-Angelegenheit ein für alle Mal und dann wird sich herausstellen, ob wir beide auf derselben Seite stehen. Ich kann es nicht gleichzeitig mit Ihnen und mit Grace Harris aufnehmen.«

»In Ordnung«, erwiderte Lev. »Und wie machen wir das?«

»Versuchen wir diese Nobelpreis-Verdächtige zu engagieren, die Menghetti beim ersten Mal nicht bekommen konnte.«

»Sandra Weiß?«

Barrett nickte. »Sie ist doch *die* Molekulargenetikerin schlechthin in der Branche. Wir beauftragen sie, eine qualitative *und* eine quantitative DNS-Analyse durchzuführen. Damit wir diesen Mist ein für alle Mal begraben können.«

»Klingt gut«, meinte Lev.

»Findest du das auch sinnvoll, Mike?«, fragte Barrett.

»Sicher«, antwortete dieser. »Solange du es für den Fall tust und nicht, um einen Streit beizulegen, der völlig irrelevant wäre, wenn ihr beide echte Profis wärt.«

»Der Professor kann's einfach nicht lassen«, sagte Barrett zu Lev und Lev lächelte ihm mit einem Ausdruck zu, der besagte, dass sie noch immer ein Team waren.

37

Der Spiegel hatte Amanda ihr zerquältes Gesicht erbarmungslos vor Augen gehalten, aber Amanda hatte ihr Bestes getan und eine Extraschicht Make-up aufgelegt. Jetzt verbarg sie sich ganz hinten im Festsaal des »Hyatt«, wo Earl sie nicht sehen konnte. Die Fahrt zum Hotel hatte sie erschöpft und trotz ihrer Aufregung und der Hitze unter ihrer Haut war sie während der kurzen Eröffnungsreden fast eingeschlafen. Als Earl Field schließlich angekündigt wurde, ließ sich zu ihrem Bedauern nur spärlicher Höflichkeitsapplaus vernehmen. Der Prozess hatte seiner Popularität eindeutig geschadet.

Seinem guten Aussehen und seiner Dynamik allerdings nicht. Amanda war wie zuvor ganz aufgewühlt und wartete bis zum Schluss, um noch einen genaueren Blick auf ihn zu werfen, als er den Festsaal verließ. Aber da kam er ja direkt auf sie zu und schaute genau in ihre Richtung! Sie schützte einen Hustenanfall vor und vergrub das Gesicht in einem Taschentuch. Dann hörte sie seine Stimme und merkte, dass er mit jemandem in der Reihe vor ihr sprach. Sie wagte zwar nicht, ihm einen Blick zuzuwerfen, aber schon seine Stimme zu hören reichte aus, um in ihr Optimismus aufkeimen zu lassen.

Vielleicht war ihre Berufung als Geschworene letztlich doch kein falsches Zeichen gewesen; vielleicht hatte sie es nur nicht richtig gedeutet. Die Sterne hatten ihr doch gesagt, dass sich ihr Leben in Kürze dramatisch verändern würde, und sie hatte voreilig angenommen, dass damit eine Rückkehr nach Hollywood gemeint sei. War der Grund für ihre Berufung womöglich weniger ein Schritt zurück zum Fernsehen als einer nach vorn, in die Arme dieses großen Mannes? Vielleicht würde sich allein durch die Tatsache, dass sie seine Liebe annahm, ihr Schicksal erfüllen.

Seine Stimme wurde leiser und als Amanda einen Blick über die Schulter warf, sah sie, wie eine hellhäutige Afroamerikanerin ihn in der Tür am Arm nahm. Sie kannte die Frau aus dem Fernsehen: Terry Morgan, Earls Verlobte. Sie ist zwar attraktiv, dachte Amanda, aber bei weitem keine Schönheit. Ihr Gesicht verhärtete sich, als sie sah, wie Terry sich streckte, Earl die Krawatte gerade zog und ihm dann mit dem Finger zärtlich über die Lippen strich. Sie folgte ihnen mit den Augen, als die beiden auf eine wartende Limousine zugingen, musterte die dünnen Beine, den aufreizend engen Rock. *»Was glaubst du denn, wer du bist?«,* ertönte die Stimme in ihrem Kopf.

Amanda verließ das Hotel und machte einen langen Spaziergang. Es war Zeit, sich zusammenzureißen und wieder etwas für ihr Aussehen zu tun. Am nächsten Tag stürzte sie sich mit einem geradezu masochistischen Eifer auf die Maschinen und Gewichte im Fitness-Studio. Nach nur wenigen Tagen – sie war bei Ward & Company noch immer krankgemeldet – fühlte sie sich wieder stark und die Schwellungen im Gesicht gingen langsam zurück. Sie sah zwar noch immer nicht gut genug aus, um Earl Field unter die Augen zu treten, aber sie fand Gefallen daran, ihn zumindest aus der Entfernung zu beobachten. Das war ganz einfach, denn sein Tagesablauf war allgemein bekannt. Schon bald wurde Amanda mit seiner täglichen Routine, seinen engen Freunden und bevorzugten Restaurants vertraut.

Daneben trainierte sie weiterhin hart, und als der Spiegel ihr sagte, dass es Zeit für den nächsten Schritt sei, vereinbarte sie einen Termin in Fields Büro. Es gab keine Probleme, denn sie gehörte zu den Geschworenen aus der ersten Verhandlung und sagte, sie verfüge über »Informationen, die für das

Wiederaufnahmeverfahren nützlich sein könnten«. Amanda wählte ihre Worte mit Bedacht. Sie konnte niemandem mehr trauen außer Earl.

Bei ihren Vorbereitungen überließ sie nichts dem Zufall. Einen Großteil ihrer Ersparnisse gab sie für ein neues Kleid und einen Besuch bei der Kosmetikerin aus. Sie ließ sich die Zähne bleichen, die Nägel manikürieren, die Beine epilieren und das Haar frisieren. Dann war sie bereit und das keinen Tag zu früh, denn der Krankheitsurlaub war zu Ende, und morgen musste sie wieder zur Arbeit.

Amanda betrat den Empfang für das Büro des District Attorney im dritten Stock des Thomas-J.-Cahill-Gerichtsgebäudes in San Francisco. Empfangsdamen musterten sie hinter doppelter Sicherheitsverglasung hervor und sprachen durch die Perforierung mit Metall-Lamellen in der Scheibe. Amanda setzte sich und nur wenige Minuten später winkte sie eine Sekretärin durch eine Tür in einen weiteren Flur und dann vorbei an einem Labyrinth von engen Büros. An einer der Türen zu den wenigen Räumen, in denen nur ein einziger Schreibtisch stand, las sie den Namen GRACE HARRIS. Das große Büro des District Attorney befand sich am Ende des Korridors. Der Kontrast zwischen Earls luxuriösem Büro und den andern war beeindruckend.

»Guten Tag, Ms. Keller«, begrüßte er sie mit einem herzlichen Lächeln und streckte ihr die Hand entgegen: »Ich freue mich, dass Sie gekommen sind.«

Amanda hielt den Atem an, als er ihre Hand in die seine nahm. Er sah noch besser aus, als sie es in Erinnerung hatte. Sie bedankte sich und lächelte ebenfalls. Sie bemerkte, dass seine Hand warm war und er ihre offenbar nicht loslassen wollte. Kein Zweifel, er verspürte die gleiche Anziehungskraft wie sie.

Ihre Strategie sah vor, als Erstes zu bemerken, dass der Fall in einer Sackgasse stecke und es ein Segen sei, dass der erste

Prozess gescheitert war. Earl Field nickte zustimmend, sagte selbst aber nichts. Sie redete weiter, doch er schien auf etwas mehr zu warten. Also erzählte sie ihm, welchen Eindruck sie von den anderen Anwälten gewonnen habe. Dann kommentierte sie die Persönlichkeit einiger Geschworener, was auf sie eine Wirkung ausgeübt hatte und was nicht, und wiederholte, dass die meisten von ihnen dazu tendierten, begründete Zweifel geltend zu machen.

»Ja«, erwiderte Field, als ihr der Gesprächsstoff ausgegangen war. »Detektiv Quons Gespräche mit den anderen Geschworenen bestätigen grundsätzlich, was Sie sagen, Ms. Keller. Wir stecken ganz klar in Schwierigkeiten. Ich befürchte, dass der überaus bedauerliche Tod von Ms. Jefferson doch seinen Sinn hatte.«

»Aber Sie haben so viel Erfahrung«, gurrte Amanda. »Auch wenn der Prozess nicht abgebrochen worden wäre, hätten Sie das Segel bestimmt noch irgendwie herumreißen können.«

»Vielleicht, ja.« Field zuckte die Achsel. »Vielleicht auch nicht.«

So kam sie offenbar nicht weiter. Strategiewechsel. »Ich habe Sie bei dieser Veranstaltung zur Beschaffung von Finanzmitteln im vergangenen Monat gesehen. Ihre Rede war einfach hinreißend.«

»Danke, Ms. Keller«, kam die Antwort. Dann fügte Earl Field hinzu: »Meine Sekretärin meinte, Sie hätten einige wirklich neue Vorschläge für den zweiten Prozess.«

Amanda errötete. Es war eigentlich vorgesehen, dass er das Verfahren in dieser Szene bereits vergessen hatte. Weshalb verhielt er sich so distanziert? Wurden sie beobachtet? Ihre Gedanken rasten. »Also«, sagte sie zögernd, »ich denke, Sie sollten das nächste Mal all diese Kreuzverhöre selbst führen. Ms. Harris ist zwar eine gute Anwältin, aber, na ja, sie ist eben nicht Sie.«

Er nickte, schien aber nicht besonders überzeugt. Er wartete ab.

»Und … also, da ist noch etwas. Sie sollten diese verwirrende DNS-Geschichte straffen.«

Er nickte flüchtig.

Nichts, was sie sagte, schien ihn wirklich zu interessieren. Sie merkte, wie sie immer schneller redete. Ihre kehlige Stimme rutschte eine halbe Oktave nach oben. Earl Field sah auf die Uhr. Sie begann irgendetwas zu erfinden; Dinge, welche die anderen Geschworenen niemals erwähnt hätten, weil sie gar nicht der Wahrheit entsprachen.

»Die meisten Geschworenen würden es sicher niemals zugeben, aber wir haben Armand Ligretti geglaubt. Und Mr. Menghetti haben wir alle verabscheut. Niemand hat ihm getraut.«

Earl Field nickte weiterhin höflich, während sie irgendwelches erfundenes Zeug vor sich hin plapperte und ihre eigenen Reaktionen auf die Mehrheit der anderen Geschworenen übertrug. Aber er nahm nicht einmal auch nur einen Bleistift zur Hand. Irgendwie schien sie keine Verbindung mit ihm aufnehmen zu können, ganz egal, wie oft sie ihr strahlendstes Lächeln aufsetzte, die Lippen befeuchtete oder den Rock weit über die Knie hochrutschen ließ, wenn sie ihre schlanken Beine übereinander schlug.

Schließlich blickte er noch einmal auf die Uhr. »Ms. Keller«, sagte er, »ich danke Ihnen herzlich, dass Sie sich die Mühe gemacht haben, zu uns zu kommen. Ich versichere Ihnen, dass ich Ihre Vorschläge sehr genau prüfen werde.«

Wollte er das Gespräch etwa beenden? Amanda fühlte, dass ihr die Konzentration abhanden kam, gerade jetzt, da sie sie am dringendsten brauchte. »Wann wird der neue Prozess beginnen?«, fragte sie, obwohl sie dies in der Nachmittagsausgabe des *Examiner* bereits gelesen hatte.

»Unmittelbar nach Thanksgiving«, antwortete Field, »und

ich glaube, das nächste Mal werden wir dank der guten Bürgerinnen und Bürger, wie Sie selbst eine sind, etwas erreichen, wofür wir wirklich dankbar sein können.«

Bürgerinnen, wie Sie selbst eine sind! Er klang, als würde er eine politische Rede halten. Amanda wurde immer irritierter. War ihm überhaupt klar, welche Risiken sie für ihn eingegangen war? Ihr Gesicht war heiß und sie fragte sich, ob wohl ihre Stirn glänzte.

»Ms. Keller«, unterbrach er schließlich die eingetretene kurze Stille. »Ich danke Ihnen wirklich für Ihren Besuch.«

Mein Gott, er stand auf! Ihre Nervosität wich heller Wut, aber sie wusste, dass sie ihre Gefühle verbergen musste. »Bitte«, flüsterte sie und unterdrückte ihre Enttäuschung, »nennen Sie mich doch Amanda.«

»Amanda«, wiederholte er einfach und streckte die Hand aus.

Es war vorbei. Er warf sie aus dem Büro. *Was glaubst du denn eigentlich, wer du bist?* Als sie durch die Tür stürmte, wartete Grace Harris im Flur. »Was ist denn hier los?«, wollte sie wissen.

Field zuckte die Achseln. »Das war die Ersatzgeschworene«, antwortete er und schüttelte den Kopf. »Keller heißt sie, glaube ich.«

38

Amanda, die Zurückweisungen noch nie leicht verkraftet hatte, war diesmal über sich selbst überrascht. Statt sich mit Beruhigungsmitteln, Alkohol oder Drogen zu betäuben oder einen Selbstmordversuch zu unternehmen, ging sie einfach wieder zur Arbeit. Durch ihre Teilnahme am Prozess einschließlich der Woche Krankheitsurlaub war sie über einen Monat nicht bei Ward gewesen.

Die Stimmung dort hatte einen historischen Tiefpunkt erreicht und Marla, die Neue, verhielt sich unmöglicher denn je. Das Einzige, was Amanda aufrecht hielt, war ihre veränderte Strategie. Sie hatte sich eingeredet, sie sei selbst schuld am misslungenen Treffen mit Earl, und hatte deshalb beschlossen, das nächste Mal direkter vorzugehen. Sie würde ihm nichts mehr mitteilen, das er bereits wusste. Sie würde ihm enthüllen, was sie bei den regulären Geschworenen alles unternommen hatte, um ihm zu helfen; sie würde ihm von den unglaublichen Risiken erzählen, die sie für ihn eingegangen war. Aber sie würde auch verständnisvoll auf seine Unsicherheit reagieren: Hatte sie nicht einmal im *Cosmopolitan* oder in irgendeiner anderen Zeitschrift etwas über die Beziehung von schwarzen Männern zu schönen weißen Frauen gelesen? Sie wollte ihm sagen, dass er weder Angst zu haben noch wütend zu sein brauchte, dass sie ihn verstand und seine Gefühle völlig akzeptierte.

Die Minuten erschienen ihr wie Stunden, bis es endlich fünf war und sie aus dem verhassten Büro in Dave's World Gym gehen konnte. Die Mitglieder des Fitness-Studios hatten sie immer bewundert, aber jetzt löste ihre körperliche Kraft schier Staunen aus. Die früher scheue Amanda brauchte nicht länger zu fragen, ob sie mit jemandem an einer Maschine trainieren durfte – jetzt traf sie die Auswahl. Männer mit Stiernacken und Frauen mit Giraffenhälsen schauten ehrfürchtig zu, wie sie ihren Frust über ihr Zuhause und das Büro ungebremst auf die Stahlgeräte losließ und sich so kurzzeitig aus der Depression löste, der sie nicht entfliehen konnte. Bei ihrem nächsten Treffen mit Earl würde sie noch viel besser aussehen, das schwor sie sich. Diesmal würde sie nichts überstürzen.

In der Morgenzeitung stand, dass Richter Hernandez nachgegeben und der Verteidigung einen Aufschub von drei Wochen für den Prozessbeginn gewährt hatte. Das bedeutete, dass Earl bis Mitte Dezember nicht im Gerichtssaal erscheinen würde. Amanda wollte beim nächsten Mal richtig vorbereitet sein – und an Weihnachten würde *sie*, und nicht Terry Morgan, einen Ring von ihm am Finger tragen.

Am Dienstag, dem 18. November, weniger als drei Wochen vor dem voraussichtlichen Prozessbeginn, fuhr Grace Harris zum ersten Mal seit Wochen gut gelaunt nach Hause. Sie hatte soeben eine Vereinbarung mit Earl durchgeboxt, die ihr die gleichen Rechte im neuen Verfahren einräumte.

Gerichtsverhandlungen sind wie Mannschaftsportarten: sich von der Bank aus ins Geschehen einzumischen ist schwierig. Wie andere Spitzenanwälte bevorzugte es daher auch Grace, ihren eigenen Rhythmus im Gerichtssaal aufzubauen, und zwar von dem Moment an, da die ausgewählten möglichen Geschworenen im rückwärtigen Teil des Gerichtssaals ihre Plätze einnahmen. Diesmal würden Earl und sie also die Auswahl der Geschworenen wie auch die Eröffnungsrede untereinander aufteilen und dann die Befragung der Zeugen der Anklage abwechselnd vornehmen. Natürlich würde diese langweilige Blutsache wieder einmal an ihr hängen bleiben, aber diesmal wollte sie das Verfahren noch mehr straffen. Und falls Elliot Ashford dumm genug war, in den Zeugenstand zu treten, würde sie das Kreuzverhör führen.

Earl schien wieder er selbst zu sein und zusammen würden sie ein ausgezeichnetes Team gegen einen Anwalt abgeben, der noch nie einen Strafprozess gewonnen hatte und zudem einen Mann vertrat, den alle Welt für schuldig hielt. Es gab nur ein einziges Problem. »Jefferson wurde umgebracht, um *mich* zu warnen«, hatte Earl zu ihr gesagt, »und nicht die andern Geschworenen.« Das einzige Problem bestand somit darin, dass einer von ihnen, oder auch beide, ermordet werden könnten.

Grace stellte erstaunt fest, dass Aaron nicht zu Hause war. Gewöhnlich verbrachten sie den Montagabend gemeinsam und gingen bei »Spenger's« am andern Ende der Bucht zum Essen. Aaron genehmigte sich dann immer einen Schluck Bier aus ihrer Flasche, wenn die Kellnerin gerade nicht hersah, und sie hatten ihren Spaß miteinander.

Kein Zettel, keine Nachricht auf dem Anrufbeantworter. Langsam fühlte sie, wie Panik in ihr aufstieg. Um zwanzig nach acht klingelte das Telefon. Es war Otis Gordon, ein Inspektor des Rauschgiftdezernats, der in verschiedenen Fällen bereits für sie ausgesagt hatte. »Ihr Sohn ist inhaftiert worden, Ms. Harris. Wollen Sie ihn sprechen?«

»Wie viel?«, fragte sie mit schwacher Stimme, halb erleichtert und halb wütend.

»Ein Viertelgramm Kokain, verschnitten mit Babypuder und gewürzt mit Speed. Die Patrouille fand es im Handschuhfach eines Wagens, den ein Junge namens Benson fuhr. Ist auf den Namen seines Vaters zugelassen.«

»Ryan Benson? Mist, Otis, sein Vater ist Jugendrichter Lowell Benson!« Ihr wurde schwindlig. »Was sagt Aaron dazu?«

»Er gibt zu, dass er wusste, dass der Stoff dort war, behauptet aber, dass er nichts genommen hat. Sagte, wir könnten sein Blut testen, wenn wir ihm nicht glauben. Spricht für ihn, dass er zugegeben hat, davon gewusst zu haben. Ryan hat zuerst gelogen und gefaselt, ein Geist müsse den Stoff wohl dort hingelegt haben.«

»Wird mein Sohn angeklagt werden?«

»Wir sind hier in einer etwas diffizilen Lage, Ms. Harris. Wenn beide behauptet hätten, nichts davon zu wissen, hätten wir den registrierten Eigentümer des Wagens vorladen müssen. Und Sie wissen, wer das ist … Das wäre ein gefundenes Fressen für die Presse gewesen und deshalb ist Richter Benson Aaron aufrichtig dankbar für seine Ehrlichkeit, die schließlich dazu geführt hat, dass Ryan ebenfalls geständig war. Richter Benson ist hierher gefahren, hat mit beiden Jungen gesprochen und ist zu dem Schluss gekommen, dass Aaron kein Kokain genommen hat. Er hat mir bedeutet, ich solle versuchen, ihn so schnell wie möglich loszuwerden.«

»Und sein Sohn?«

»Er sagte mir, ich solle ihn mir vorknöpfen. Also habe ich das auch getan.«

»Ich bin sofort da.«

Später fuhren Grace Harris und Aaron schweigend über die Bay Bridge zu »Spenger's«, wo bereits die Weihnachtsdekoration leuchtete. Alle sechs Fahrspuren waren mit späten Pendlern und frühen Einkäufern verstopft, was beiden die Fahrt endlos erscheinen ließ. Vielleicht ist es ja dumm, einfach so zu tun, als sei nichts geschehen, dachte Grace, aber sie war fest entschlossen, sich durch nichts von ihren Gewohnheiten abbringen zu lassen.

Sie hatte Aaron die obligaten Fragen gestellt und noch ein oder zwei eingeflochten, die ihrer Meinung nach ein Vater an ihn gerichtet hätte. Seine Antworten waren platt und bezeichnenderweise ehrlich ausgefallen: Ja, er wusste, dass Kokain im Handschuhfach war. Nein, er hatte es nicht selbst gekauft. Ja, er hatte vorige Woche ein wenig probiert, um zu sehen, wie es ist, und nein, das hat er Inspektor Gordon nicht verraten.

Als sie auf Yerba Buena Island ankamen, war Grace vor Zorn den Tränen nahe und versuchte eine Lösung zu finden, wie sie mit alldem am besten umgehen sollte. Sie merkte, wie Aaron ihr im vorbeihuschenden Neonlicht auf dem unteren Deck der Brücke hin und wieder einen Blick zuwarf, aber keiner von beiden sagte ein Wort. Auch nicht, als sie im Wartebereich des Restaurants standen.

Als sie an einem Tisch Platz genommen hatten und sie an einem für sie untypischen Martini nippte, brach Aaron endlich das Schweigen. »Du hättest heute nicht mit mir hierher fahren müssen«, meinte er.

»Macht der Gewohnheit.«

»Ich bin kein Junkie, falls du das glaubst.«

»Um so besser.«

»Und ich stelle nicht absichtlich etwas an, um dich zu ärgern. Scheiße passiert nun mal eben.«

»Nein, Aaron, Scheiße passiert nicht einfach so. Menschen sorgen gedankenlos dafür, dass sie passiert, und finden dann eine Ausrede, weshalb sie ihnen passiert ist. Meine Ausbildung und mein Beruf haben den Zweck, Menschen für ihre Verbrechen hinter Gitter zu bringen. Ich habe keine Ahnung, wie ich Jugendliche wie dich davon abhalten kann, überhaupt erst etwas Kriminelles zu tun, aber mich soll der Teufel holen, wenn ich hier sitze und zuhöre, wie du versuchst, dich mit was rauszureden, das du auf irgendeinem Aufkleber mal gelesen hast!«

»Uff, du redest, als wäre ich ein Serienmörder. Ich bin bloß ein Bursche, der zur falschen Zeit am falschen Ort war.«

»Und ich bin bloß eine Mutter, die versucht, beide Elternteile auf einmal zu sein. Du machst es mir nicht einfacher, wenn du mit illegalen Drogen herumexperimentierst und dann dem Schicksal die Schuld gibst!«

Aaron ließ sein tiefkehliges Grunzen hören. »Ich war einfach neugierig. Ich nehme kein Crack oder Heroin, nur einen Joint hin und wieder und manchmal ein Bier.«

»Das du stiehlst, wenn es sein muss«, ergänzte sie und warf ihm einen strengen Blick zu. »Das war das letzte Mal. Jetzt sind es Drogen. Das nächste Mal, mein Lieber, bist du allein auf dich gestellt!«

Aaron sah sie mit den harten Augen seines Vaters an. »Das bin ich doch jetzt schon fast immer«, erwiderte er.

Sie atmete tief durch und schob das halb leere Martini-Glas zur Seite. »Ich werde dich nicht im Stich lassen, Aaron«, sagte sie schließlich nach einer vollen Minute des Schweigens. »Und wenn der Prozess vorbei ist, fangen wir von vorne an.«

»Das sagst du immer, Mom. Tut mir Leid, aber ich glaube dir nicht mehr.«

Amanda Keller war mit ihrem Make-up fertig und musterte sich kritisch im Spiegel aus allen möglichen Blickwinkeln. Ihre kobaltblauen Augen suchten nach dem kleinsten Makel. Was sollte sie anziehen? Sie war praktisch pleite. Also musste herhalten, was in ihrem Kleiderschrank hing. Ihr Kaufrausch vor dem ersten Treffen mit Earl hatte ihre Ersparnisse auf elfhundert Dollar schmelzen lassen – kaum genug, um die Miete für den nächsten Monat zu bezahlen. Ihre Visa-Karte gab noch einmal tausend Dollar für Essen, Fitness-Studio und Unvorhergesehenes her. Aber darüber würde sie sich morgen Gedanken machen, nach ihrem Treffen mit Earl. Wenn alles gut lief, musste sie ohnehin nie mehr zur Arbeit gehen.

Amanda zog sich einen Bademantel über und rief im Büro des D. A. an. Earl war gerade in einer »Sitzung«, aber die Sekretärin notierte sich gewissenhaft ihren Namen und die Telefonnummer und versicherte ihr, er werde zurückrufen. Stunden vergingen und kein Rückruf kam. Als Amanda nicht länger warten konnte, rief sie noch einmal an.

»Tut mir Leid, Ms. Keller. Mr. Field ist noch immer in einer Sitzung.«

Sie bot ihre süßeste Telefonstimme auf: »Vielleicht können Sie mir ja helfen. Ich war Geschworene im ...«

»Ja, Ms. Keller, ich weiß, wer Sie sind.«

»Ich habe etwas erfahren, das für das Wiederaufnahmeverfahren überaus wichtig ist. Könnten Sie mir einen Termin geben? Wenn möglich heute, am Spätnachmittag?«

»Tut mir Leid, Ms. Keller. Mr. Field ist völlig ausgebucht, jetzt, da der neue Ashford-Prozess bald beginnt. Aber ich werde ihm selbstverständlich noch einmal sagen, dass Sie angerufen haben.«

»Danke«, erwiderte Amanda, »das wäre nett.« Sie rieb sich die Schläfen und versuchte sich zu entspannen. In ihren Ohren klickte es. Sie beschloss, ein Valium zu nehmen, bevor dieser verdammte elektrische Summton wieder einsetzte. Eine

Stunde verging, dann noch eine. Amanda tigerte im Haus herum und zog irritierte Blicke und Bemerkungen ihrer Mutter auf sich.

»Du scheinst echt entschlossen, den Teppich heute zugrunde zu richten, was, Amanda? Warum gehst du nicht und kochst uns eine Tasse Tee?«

»Koch sie dir selbst«, entgegnete Amanda. »Ich muss mich mit Earl Field treffen.«

»Earl Field? Was will denn der von dir?«

»Tatsache ist, Mutter, dass ich mit Earl zusammen bin.«

»Du bist *was*?«

Aber Amanda war bereits in ihrem Schlafzimmer. Schnell zog sie Rock und Jacke an, die sie auf das Bett gelegt hatte, warf sich im Spiegel einen letzten prüfenden Blick zu und nahm ein Taxi zum Gerichtsgebäude.

Keine halbe Stunde später wurden Grace Harris, Sam Quon und Earl Field mitten in einer Vorbereitungssitzung von Earls Sekretärin unterbrochen.

»Tut mir Leid, Chef«, ertönte ihre Stimme über Intercom. »Es ist schon wieder diese Keller, Sir. Uns fallen hier allmählich keine neuen Ausreden mehr ein.«

»Dann fangen Sie wieder mit den alten an. Und sagen Sie ihr, sie soll nicht mehr anrufen.«

»Aber sie ist hier, Mr. Field. In der Lobby.«

»Sie soll mit jemand anderem reden.«

Grace verdeckte ihr Grinsen hinter der Hand. Earl drehte ihr den Rücken zu.

»Das hat sie abgelehnt.«

»Dann lassen Sie sie eben dort sitzen«, bemerkte er kalt und brach die Verbindung ab. »Ms. Keller braucht eine Zwangsjacke.«

»Also, Punkt eins auf der Tagesordnung kommt von mir. Mein Sohn ist gestern Abend verhaftet worden«, sagte Grace. Sie erzählte Earl und Sam ihren Albtraum und fügte hinzu, sie habe ihre Eltern angerufen. Sie hätten sich bereit erklärt, Aaron ein paar Wochen bei sich aufzunehmen.

»Florida?«, meinte Sam. »Und was ist mit der Schule?«

»Ich habe organisiert, dass er von zu Hause aus lernen kann«, antwortete sie. »Wir brauchen ein wenig Abstand voneinander.«

»Er ist immer noch in seiner Sitzung, Ms. Keller«, sagte die Empfangsdame. »Es tut mir Leid, aber sind Sie sicher, dass Ihnen keiner unserer Ermittler behilflich sein kann?«

»Danke, nein, nein. Ich werde warten. Bitte richten Sie seiner Sekretärin aus, dass es wirklich sehr dringend ist.«

Die Empfangsdame zuckte die Achseln. Amanda setzte sich und bemühte sich, entspannt auszusehen. Sie suchte den Raum nach verborgenen Überwachungskameras ab. Die Adern unter ihrer Haut hatten wieder zu summen begonnen. Um halb vier unternahm die Empfangsdame einen letzten Versuch, ihre Mahnwache zu beenden, aber Amanda ließ sich nicht beirren. Schließlich tauchte von weit hinten eine matronenhafte Sekretärin aus einem der größeren Büros auf.

»Es tut mir Leid, Ms. Keller, aber Mr. Field musste außer Haus. Es gab einen Notfall im Amt für Familienhilfe und er musste mit seinem Sicherheitsteam ausrücken. Er hat mich gebeten, ihn zu entschuldigen und Ihre Informationen aufzunehmen.«

»Er ist *weggegangen*? Wie ist denn das möglich? Ich habe mich doch hier nicht von der Stelle gerührt!«

»Es tut mir Leid, aber …«

Die Frau sprach weiter, doch ihre Worte schwebten wie Schneeflocken auf Amanda zu und verloren sich dann. Sie versuchte aufzustehen, aber ihr war schwindlig. Sie merkte, dass ihr Oberkörper nach vorne gesackt war und ihr Kopf zwischen den Beinen hing. Plötzlich war ihr kalt. Sie konnte auch erkennen, dass die Frau sie besorgt ansah und wahrscheinlich etwas sagte, was sie beruhigen sollte, doch ihre Worte drangen nicht bis zu ihr durch. Ihr war übel und ein quälender Schmerz schoss ihr in den Kopf. Sie wollte aufstehen, aber es ging nicht. Schwindel übermannte sie. Dann raste der Boden auf sie zu, grelles Licht glomm auf, gefolgt von Dunkelheit.

Sie hörte Stimmengewirr. Lag sie am Boden? Jemand hatte ihr einen Mantel unter den Kopf geschoben. »Wie lange … Was ist denn passiert?«

»Sollen wir jemanden anrufen, Ms. Keller? Haben Sie einen Hausarzt? Jemanden von Ihrer Familie?«

»Treten Sie doch zurück«, rief eine Männerstimme. »Lasst ihr doch etwas Luft!«

Amanda stützte sich auf die Ellbogen und fühlte sich durch und durch erniedrigt. Sie schüttelte den Kopf: »Nein, danke … Ein Taxi, bitte.« Earl Field stand im Korridor, wo ihn niemand sehen konnte, und beobachtete, wie Amanda Keller zum Aufzug begleitet wurde.

39

Amanda schleppte sich am nächsten Tag zur Arbeit, aber trotz des ständigen Summens im Kopf schaffte sie es kaum, wach zu bleiben. Sie trank eine Tasse Kaffee nach der anderen und versuchte sich zu konzentrieren, doch eine Frage beherrschte all ihre Gedanken. Weshalb wurde sie von Earl fern gehalten? Hatten sie Angst, seine Liebe zu ihr könnte ihm politisch irgendwie schaden?

Mittags ging sie wieder zum Gerichtsgebäude und brachte sich beim Haupteingang in Position. Sie hoffte, Earl zu erwischen, wenn er zum Lunch ging. Doch es führte zu nichts und nach über einer Stunde Warterei war sie sich sicher, dass jemand sie beobachtete. Sie musste sich also etwas einfallen lassen.

Sie meldete sich wieder krank, obwohl sie wusste, dass diesmal ihr Lohn gekürzt wurde. Egal. Dann mietete sie ein Auto und begann während der nächsten paar Tage den D. A. heimlich zu beobachten. Sie kannte seine Gewohnheiten. Morgens um sieben folgte sie ihm von seinem Haus in Pacific Heights ins Büro und dann erneut, wenn er seine Runde bei den Außendienststellen drehte. Es gab Fahrten zum Gemüsehändler, zu Kleidergeschäften, zur Bibliothek, zu einem Golfplatz, zur British-Motors-Werkstatt an der Van Ness, wo er sein Jaguar-V-8-Kabrio zur Wartung hinbrachte, zum Mittagessen mit verschiedenen Freunden und zu einem Zahnarzttermin.

Sie sehnte sich danach, seine Arme um ihren Körper zu spüren. Manchmal tat sie so, als ob sie aus der Entfernung mit ihm sprechen würde: über ihre Gefühle für ihn, über ihre gemeinsamen Pläne. Sie versuchte, ihm telepathisch Nachrichten zu übermitteln, und einmal während so einer Rede brachte sie ihn allein durch ihre Willenskraft dazu, dass er in ihre Richtung blickte. Ihr Einfluss wurde stärker, aber auch das Klicken und Summen in ihrem Kopf.

Eines Nachts kam sie spät nach Hause. Sie war ihm zu einer Veranstaltung gefolgt, hatte dort zu viel getrunken und fühlte sich erschöpft. Deshalb wollte sie sofort auf ihr Zimmer gehen. Lucinda, die gebannt eine Wiederholung von *»Equalizer«* anschaute, merkte kaum, dass sie da war. Amanda ging ohne Umschweife zum Medikamentenschränkchen. Sie wusste zwar, dass die Kombination von Schlaftabletten und Alkohol gefährlich sein konnte, aber gefährlich war schließlich auch der Schmerz.

Das Quietschen des Rollstuhls näherte sich der Tür. »Ahmaaan-dahh«, sang ihre Mutter. »Du hast doch nicht etwa Earl Field da bei dir drin, oder?«

»Halt's Maul, du vertrocknete alte Hexe!«

»Ach du meine Güte, bitte entschuldigen Sie die Sprache meiner Tochter, Mr. Field.«

Amanda fühlte, wie ihre Nackensehnen vor Wut und Beherrschung schmerzten. Wie sie diese Frau hasste! Sie stand vom Bett auf und schluckte ein Demerol. Der Schlaf kam nicht, aber bis halb zwölf hatte wenigstens der Schmerz etwas nachgelassen. Sie zog ihr Album hervor und betrachtete sehnsüchtig die Fotos von Earl, streichelte über sein Gesicht und war sich seiner Liebe immer noch sicher. Es musste einen guten Grund geben, weshalb er seine Gefühle für sie momentan verbarg. Doch weshalb hatte er sie nicht wenigstens angerufen? Gewiss wurde sie überwacht. Sie musste ganz einfach Verständnis aufbringen, bis es an der Zeit war, dass ihr die endgültige Wahrheit – das Schicksal, das ihr Leben verändern würde – offenbart wurde.

Sie bekam Durst, schlich aus dem Zimmer und ging verstohlen in die Küche. So leise sie gewesen war, ihre Mutter sprach sie an, ohne die Augen von Jay Leno im Fernsehen abzuwenden. Ihre Stimme triefte vor Sarkasmus: »Amanda, warum führst du Earl nicht ins Wohnzimmer und ihr sitzt eine Weile gemütlich hier bei mir?«

Amanda sah ihren Kopf von hinten, das dünne, gefärbte Haar. Der Kopf wackelte hin und her vor Lachen, und zwar nicht über Jay Leno, sondern über sie.

»Tatsache ist, Mutter«, sagte sie und trat ins Wohnzimmer, »dass Earl mich von Herzen liebt. Es gibt Gründe, weshalb wir noch nicht zusammen sind, aber rechne nicht mit einer Einladung, bei uns zu wohnen, wenn es einmal so weit ist.«

Lucinda lacht laute, bissig. »Das möchte ich auch gar nicht. Das gäbe ein zu großes Gedränge mit dir und seiner neuen Frau, Terry Morgan, und den drei Kindern. Schau dir doch mal die Zehn-Uhr-Nachrichten an, Amanda. Earl Field wird bald heiraten – und zwar nicht so eine wie dich!«

Amanda fühlte, wie sich ihr der Hals zusammenschnürte. Sie rannte nach ihrem Spray. Wieder in ihrem Zimmer, sah sie kurz in den Spiegel und erschrak: Zwei glühende schwarze

Kohlen in dunklen Höhlen, umgeben von aschgrauer, eng um den Schädel gespannter Haut, stierten ihr entgegen.

Sie stand da wie angewurzelt, völlig entsetzt. Mein Gott, dachte sie, jemand anders ist in mir drin! Aber als sie den Arm hob, hob sich auch der Arm im Spiegel. Und als sie nickte, sah sie mit Erleichterung, dass sich der Kopf im Spiegel ebenfalls bewegte. Aber vielleicht hatte jemand anders ihren Arm zum Heben gebracht … Amanda fand ein kleines Messer und nach zwanzig Minuten hatte sie es geschafft, den großen Spiegel loszuschrauben. Dahinter war nichts. Nimm dich zusammen, schimpfte sie sich aus, du bist nicht verrückt. Nein, das bist du nicht!

Sie nahm ein Buch zur Hand, war aber zu aufgewühlt, um sich darauf zu konzentrieren. Dann glaubte sie, an der Wohnungstür etwas gehört zu haben. Hatte sie den Riegel vorgeschoben? Durst und Furcht trieben sie aus ihrem Zimmer. Sie warf einen Blick um die Ecke, den kurzen Flur hinunter zur Eingangstür, und ging darauf zu. Sie war verschlossen, Riegel und Kette an ihrem Platz. Alles war so, wie es sein musste. Schnell ging sie zum Kühlschrank und trank direkt aus der Plastikflasche. Lucinda lag endlich in ihrem Bett, und so durchsuchte Amanda die ganze Küche nach Zigaretten. Sie packte die Wasserflasche und hastete in ihr Zimmer zurück.

Dort fühlte sie sich sicherer, aber das Wasser half nur wenig, um das Blut zu kühlen, das direkt unter der Haut heiß brannte. Amanda duschte kalt, schluckte noch ein Demerol und dazu zwei weitere Schlaftabletten. Sie schaute auf die lethargische Uhr und sah, dass es endlich fast vier war. In drei Stunden würde die Sonne aufgehen. Das half immer. Also legte sie sich hin und stellte sich vor, wie sie am Arm von Earl Field das »Stars« betrat.

Als sie aufwachte, war es halb zwei Uhr am Nachmittag. Lucinda rief nach ihr und klopfte an die Tür. »Amanda? Mr. Pierce ist dran. Er will dich sprechen.«

»Sag ihm, ich sei zu krank, um aufzustehen«, stöhnte sie. »Sag ihm, ich komme morgen zur Arbeit.«

Amanda lag im Morgenmantel auf dem Bett. Es war Freitag, der Tag, an dem Earl Field immer mit Freunden bei »Dino's« zu Abend aß. Ihr Kopf fühlte sich seltsam klar an, und ihr Körper war ruhig, abgesehen von einem leisen Summen in den Adern, an das sie sich schon gewöhnt hatte. Sie wandte ihre Gedanken dem neuen Angriffsplan zu. Erst ein Eisbeutel auf die verschwollenen Augen, dann etwas Saft und einen Bagel.

»Mr. Pierce klang verärgert, Amanda. Du solltest besser gleich hingehen. Wir müssen schließlich von was leben.«

»Sei still, Mutter.«

Hatte sie eigentlich den Mietwagen noch? Ja, da auf dem Nachttisch lagen die Schlüssel. Rasch zog sie sich an und fuhr zu einem kurzen Training in ihr Fitness-Studio. Diesmal würde sie nicht versagen.

Um fünf Uhr war sie so weit. Sie stellte ihren Wagen auf einem gebührenpflichtigen Parkplatz ab, kaum zwölf Meter von Earls Auto entfernt, das in dem für ihn reservierten Bereich stand. Um zwanzig nach fünf stieg er ein und fuhr zu »Dino's« am Südende der Embarcadero. Amanda parkte ihren Wagen, zählte bis hundert und betrat das Restaurant ebenfalls. Sie stellte sich so hin, dass sie das Lokal überblicken konnte, ohne von Earl gesehen zu werden. Um sich Mut zu machen, genehmigte sie sich zwei Martinis. Dann ging sie zu den Telefonkabinen beim Eingang, rief das Restaurant an und bat, zur Bar durchgestellt zu werden.

»Sir«, sagte der Barmann zu Earl Field, »ein Anruf für Sie, in der ersten Kabine, draußen.«

Er stöhnte missmutig. »Muss wohl meine Sekretärin sein«, sagte er zum Bürgermeister. »Keine ruhige Minute mehr, jetzt, da der Ashford-Prozess am Montag wieder aufgenommen wird.«

Er betrat die erste Telefonkabine und kam eine Minute später mit verwirrter Miene wieder heraus. Amanda Keller, die soeben an derselben Telefonkabine vorbeiging, blickte ebenso verwirrt drein.

»Earl Field!«, rief sie. »Was für ein Zufall!«

Sein Gesichtsausdruck wechselte innerhalb von Sekunden von Verwirrtheit zu Überraschung und dann Misstrauen. »Guten Tag, Ms. Keller«, sagte er schroff. »Und auf Wiedersehen, Ms. Keller.«

»Warten Sie, Earl, nur eine Minute. Ich muss mit Ihnen reden.«

Er trat einen Schritt zurück. »Tut mir Leid, Ms. Keller, aber ich bin verabredet.«

Sie lächelte ihm so verführerisch zu, wie sie nur konnte. »Es dauert doch bloß eine Min ...«

»Auf Wiedersehen, Ms. Keller«, unterbrach er sie entschieden, bereits wieder auf dem Weg zurück in die Bar. Nicht schnell genug allerdings, um Amanda abzuschütteln, die sich wie eine Klette an ihn hängte.

Als er sie an seiner Seite sah, hielt er am Eingang zur Bar inne und fügte hinzu: »Es handelt sich um ein geschäftliches Treffen, Ms. Keller. Ich kann Sie deshalb nicht bitten, sich zu uns zu gesellen.«

Als er weitergehen wollte, nahm Amanda ihn beim Arm. »Mach dir keine Sorgen, Earl. Hier sieht uns niemand. Sag mir einfach, weshalb du mich ignorierst.«

»Ms. Keller, ich ...«

»Du brauchst mir nichts vorzuspielen, Earl. Und bitte nenn mich Amanda, wenn wir allein sind.«

»Ms. Keller – Amanda –, ich weiß wirklich nicht, was ich Ihnen sagen soll. Ich bin mitten in einer wichtigen ...«

»Ist doch in Ordnung«, flüsterte sie und drückte ihm sanft den Arm. »Komm mit mir gerade mal zwei Minuten um die Ecke hier. Sonst muss ich mit dir gehen und mich zu dir und deinen spießigen Freunden setzen.«

Er seufzte und folgte ihr schließlich widerstrebend durch den Vorraum nach draußen. Amanda hielt auf der Treppe direkt neben dem Seiteneingang inne, um sich zu vergewissern, dass er ihr folgte. Dann bog sie um die Ecke des Gebäudes, wo sie relativ geschützt waren.

»Okay, Amanda«, sagte er barsch, »ich höre.«

Sie hatte nicht mit dieser Kälte gerechnet, nun, da sie allein waren, aber sie schaffte es, sich nicht aus der Ruhe bringen zu lassen. »Ich wollte dir nur sagen, dass ich mein Bestes getan habe. Sie haben sich gegen uns gestellt, Earl. Ich bin unglaubliche Risiken eingegangen, um sie rumzukriegen, damit du wenigstens eine uneinige Jury bekommen hättest.«

»Und deshalb verfolgen Sie mich? Um mir zu sagen, dass Sie als Geschworene Ihr Bestes gegeben haben?«

Amanda trat näher an ihn heran. Ihre Lippen waren nur Zentimeter von seinen entfernt und sie presste die Brüste gegen ihn. »Bedeutet es dir denn gar nichts, was ich getan habe? Bedeute *ich* dir denn gar nichts, Earl?«

Plötzlich trat Zorn in seine Augen.

»Das ist es also!«, stieß er zwischen zusammengebissenen Zähnen hervor. Er packte sie an den Schultern und schüttelte sie. »Für wie dumm hält man mich eigentlich? Okay, Ms. Keller, in welches Hotelzimmer sollen Sie mich schleppen?«

»Es ist nicht, wie du denkst, Earl. Ich stehe auf deiner Seite! Sie sind gegen uns beide. Deshalb müssen wir zusammenarbei …«

»Jetzt hören Sie mir mal gut zu, Ms. Keller«, herrschte er sie an und drückte sie gegen die Mauer. »Sagen Sie denen, die Sie bezahlen, dass der hochnäsige Nigger aus Hunter's Point cleverer ist als ihr alle zusammen und ihn nichts, aber auch rein gar nichts von Sacramento fernhalten kann!«

»Es ist nicht so, wie du denkst, Earl. Ich … ich liebe dich und weiß, dass du das Gleiche für mich empfindest! Wie könnte ich an einer Verschwörung teilnehmen? Ich war doch Geschworene, Earl!«

»Das lässt sich alles arrangieren«, erwiderte er kalt und stürzte davon.

Amanda rang um Fassung, um sich trotz der Qual, die durch ihren Körper schoss, wieder konzentrieren zu können. Sie holte ihn ein und packte ihn ihrerseits an der Schulter.

Er schüttelte sie ab: »Ich gehe jetzt wieder in die Bar. Und wenn Sie mir folgen, rufe ich die Polizei.«

»Die *Polizei*?« Sie schnappte nach Luft. »Mein Gott, verstehst du nicht, was ich getan habe? Was hättest du denn sonst noch von mir verlangen können?«

»Alles, was ich von Ihnen verlange, Ms. Keller, ist, dass Sie mich verdammt noch mal in Ruhe lassen!« Damit stieg er die Betonstufen zum Seiteneingang hinauf.

Amanda wankte wie von Sinnen hinter ihm her und schrie ihn an. »Was zum Teufel glaubst du denn, wer du bist? Du wartest gefälligst, wenn ich mit dir rede!«

Er sah sich nicht um. »Du verdammter Scheißkerl! Du kannst mich nicht wochenlang an der Nase herumführen und mich dann auf diese Weise demütigen!«

Nun wandte er sich doch um – und blickte in die Augen eines hysterischen, ja gefährlichen Menschen. Unvermittelt trat ein Anflug von Angst in seine Miene. So etwas konnte eskalieren, in die Zeitungen kommen, ihn bei den Wahlen zum Scheitern bringen. Er schaute durch das Fenster nach draußen. Jetzt war er fast beim Haupteingang. Ein Page, der ihnen vom Parkplatz her entgegenkam, befand sich etwa in fünfzehn Meter Entfernung und weitere knapp zehn Meter weiter hinten stand ein Paar, das gerade geparkt hatte. Irgendwie musste er diese Sache beenden. Er drehte sich um und zwang sich, ruhig zu bleiben: »Ich habe Sie nicht an der Nase herumgeführt, Ms. Keller. Ich kenne Sie nicht einmal!«

»Du streitest also ab, dass du … mich angeschaut hast, mich angelächelt hast?«

»Ich lächle die Geschworenen immer an, verflucht noch mal. Alle!«

»Du hast mich aber auf eine bestimmte Weise angeschaut, ich hab's gesehen!«

»Ich habe alle Geschworenen auf eine bestimmte Weise angeschaut, Ms. Keller! Das hat auch Menghetti getan. Wir sind Prozessanwälte. Glauben Sie etwa, Urteile basieren einzig und allein auf Beweisen?«

Sie packte ihn ohne Vorwarnung und brachte ihn dadurch aus dem Gleichgewicht. »Willst du damit etwa sagen, du hast mich nur benutzt?«, fuhr sie ihn an.

»Hören Sie, Lady. Ich weiß im Moment nicht, was ich von Ihnen denken soll, aber wenn Sie sich nicht von mir fern halten, werde ich die Polizei rufen!«

»Du Mistkerl!«, schrie sie ihn wieder an und ging mit fünf perfekt manikürierten Nägeln auf sein Gesicht los. Er duckte sich gerade noch rechtzeitig, dann trat er den Rückzug an und flüchtete Richtung Vorraum. Sie rannte ihm hinterher. Er war schon an den Telefonkabinen vorbei, da sah er, wie der Page ihm von der anderen Seite her entgegenkam. Er hatte keine andere Wahl, als sich noch einmal umzudrehen und zu versuchen, seine Verfolgerin zum Schweigen zu bringen. Doch die Person, die er da sah, war eine Fremde: eine zerzauste Verrückte. Vor allem aber erkannte er die Gefahr.

Wieder packte sie seinen Mantel, die Finger wie aus Stahl. »Ich habe deine Karriere gerettet, du undankbarer schwarzer Scheißkerl! Und du willst die Polizei auf mich hetzen?«

Da hob er die Hand und verpasste ihr eine Ohrfeige. Dieser Gewaltausbruch erschreckte beide und sie standen einander in plötzlicher Stille gegenüber. Ein roter Striemen begann sich auf ihrer linken Wange abzuzeichnen.

»Das … das wollte ich nicht«, stammelte er. »Ach, Scheiße!«

Sie wollte etwas sagen, bekam aber plötzlich keine Luft mehr. Entsetzt sah er, wie alle Farbe aus ihrem Gesicht wich und sich ihre Augen nach oben drehten. Der Oberkellner, der eben um die Ecke kam, eilte herbei und fing sie mit auf, als sie vor Fields Füßen zusammenbrach. Die beiden Männer schauten einander an, und Field sah den fragenden Ausdruck im Gesicht des Mannes.

»Diese Frau ist nicht bei sich«, bemerkte er mit Bestimmtheit, als ob er vor Gericht stände. »Vielleicht Drogen. Sie scheint zu halluzinieren.«

»Ich kümmere mich um sie, Mr. Field. Der Bürgermeister hat mich geschickt, um nachzusehen, wo Sie bleiben.«

In dem Moment kam der Page die Eingangstreppe herauf. Als er den D. A. erkannte, schaltete er sich ein. »Ich hole ihren Wagen, Sir. Wir werden uns um sie kümmern. Machen Sie sich nur keine Sorgen.«

Earl Field griff in die Hosentasche, drückte den beiden einen Hundert-Dollar-Schein in die Hand und bereitete sie darauf vor, dass die »arme Seele« ihnen vermutlich Lügengeschichten auftischen werde. Dann kehrte er in die Bar zurück.

An diesem Abend lag Amanda Keller voll angezogen auf ihrem Bett. »Dieser Scheißkerl«, murmelte sie immer wieder. »Dieser paranoide Scheißkerl.« Sie war nach wie vor überzeugt, dass Earl sie liebte, aber seine verrückten Verdächtigungen hatten sie ins Verderben gestürzt. Die Polizei! Also hatten die auch mit der ganzen Sache zu tun. Wer sonst noch? Jetzt gab es für sie keine Hoffnung mehr. Earl sollte sie doch beschützen. Ja, war ihm denn nicht klar, dass sie ihn letztlich auch kriegen würden?

Lucinda bemühte sich vergeblich herauszufinden, was geschehen war. Sie gab aber nicht auf, sondern blieb mit ihrem Rollstuhl an der Tür zu Amandas Zimmer stehen und zeterte unablässig. »Mach nur so weiter, lieg da wie eine kranke Katze und murmle vor dich hin, während deine arme Mutter vor Hunger stirbt. Hat Mr. Pierce etwas über meine Gesundheitsvorsorge gesagt? Du bist doch heute wieder zur Arbeit gegangen, oder?«

Statt einer Antwort stand Amanda auf und knallte die Tür zu. Dann schob sie zusätzlich einen Stuhl unter den Türgriff und schloss beide Fenster im Zimmer, so dass man sie nicht sehen konnte und die schmuddeligen Vorhänge nicht über ihr Grab tanzen würden, wenn sie mit ihr fertig waren. Denn nichts anderes war nun ihr Bett – oder würde es bald sein: ein Grab. Und die Laken waren das Totenhemd, das man ihr anziehen würde, nachdem man sie mit Stromschlägen getötet und alle Flüssigkeit aus ihrem Körper gesaugt hatte.

Eine Stunde lang lag sie mit ihren Katzen auf dem Bett, dann hörte sie Stimmen im Wohnzimmer. Klar, die sprachen über sie. Versuchten wie Stimmen aus dem Fernsehen zu klingen, sogar Hintergrundmusik war da und Gelächter aus der Dose, wie in einem ganz normalen Programm.

Die Katzen würden sie mit ihr einbalsamieren. Sie würden das so wollen. Wie in Ägypten. Amanda tötete eine der beiden – rasch und schmerzlos – und auch fast geräuschlos, weil es so überraschend kam. Kaum der Anflug eines Krächzens, dann ein Knacken der Wirbelsäule, nicht lauter, als wenn man im Restaurant einen Hummer knackt. Bloß am zarten Hals gepackt, kurz herumgedreht – und aus ist es mit der Katze. Hat mich am Arm erwischt, ist aber nicht so schlimm. Amanda hoffte, dass sie sie ebenso kurz und schmerzlos umbringen würden, wenn sie sie holen kamen. Sie versuchte auch die andere noch zu erwischen, gab dann aber bald auf. Siamkatzen sind schlau.

Schließlich schlief sie ein, wurde jedoch von einer neuen Version ihres Albtraums heimgesucht. Aus dem Sarg, in dem diesmal nur ihr Vater und die Puppe lagen, floss an allen vier Ecken Blut. Als der Sarg in die Erde hinabgelassen wurde, langte Lucinda hinüber und schnitt der Puppe ein Bein ab, ohne dass jemand sie dabei sah. Amanda versuchte zu schreien, als der Sarg in der Grube verschwand, doch kein Ton war zu hören. Sie war ja bloß eine Puppe.

Am Freitagmorgen erwachte sie um halb sechs nach zehn Stunden unruhigem Schlaf und stolperte auf dem Weg ins Badezimmer über den steifen Körper der toten Katze. Als sie sich erinnerte, was sie getan hatte, wickelte sie das Tier rasch in einen Kissenbezug und schlüpfte aus der Wohnungstür zur Hintertreppe. Sie befürchtete, der Hauswart könnte sie bemerken, wenn sie die knarrenden Stufen an seinem Zimmer vorbei nach unten ging. Also zog sie die Schuhe aus und stellte sie fein säuberlich nebeneinander auf die oberste Stufe, bevor sie sich auf Zehenspitzen in den dunklen Keller schlich. Der Betonboden unter ihren Füßen war kalt und Amanda fröstelte, als sie mit den Fingern ihrer freien Hand nach dem Lichtschalter tastete. Da, gegenüber von den Vorratsabteilen und dem Putzmaterial, war der Brenner. Es gelang ihr, den störrischen Griff zu drehen. Sie zog fest daran und die schwere Tür schwenkte auf. Amanda wich vor den Flammen des gigantischen Heizofens zurück, schickte ein Stoßgebet an die höheren Mächte, trat wieder näher heran und äscherte ihre Katze schließlich liebevoll ein.

Dann kehrte sie in ihr Zimmer zurück, zog sich rasch an und schlich auf die Straße hinaus. Sie nahm den üblichen Bus in die Stadt, stieg aber unvermittelt bei Market & Stockton aus und ging zu Fuß weiter. In der Bush Street wandte sie sich nach Osten in Richtung Finanzdistrikt. Abgase verpesteten die Luft und sie hielt an, um einen Zug aus dem Inhalierer zu nehmen. Die schwache Brise von der Bucht her vermochte kaum ihre Haare zu bewegen. Amanda überquerte die Sansome Street und schritt dann immer noch ostwärts zum Markt hinauf, wo sie nördlich des Ferry Building an einem kupferfarbenen Horizont ein weißes Licht aufsteigen sah. Als sie das Stuyvesant Building – den Sitz von Ward & Company – erreichte, war es neun Uhr. Sie schaute zu den Stockwerken hinauf, welche die Firma belegte. Irgendwo dort oben war Harold Pierce oder würde es bald sein. Sie brauchte diesen verhassten Job mehr als je zuvor, aber sie brauchte auch etwas, um einen klaren Kopf zu bekommen. Also ging sie in ein Café, um sich erst einen doppelten Espresso zu genehmigen. Schließlich schüttete sie gleich mehrere in sich hinein.

Um zwanzig nach neun betrat Amanda Keller das Büro und eilte zu ihrem Schreibtisch. Ein Zettel von Harold Pierce lag darauf.

> Ich bedaure, Ihnen mitteilen zu müssen, dass wir ab sofort auf Ihre Dienste verzichten. Sie erhalten noch zwei weitere Wochen Ihr Gehalt. Wir bitten Sie jedoch, Ihren Schreibtisch sofort zu räumen und die Räumlichkeiten zu verlassen.

Der Zettel trug das Datum vom Mittwoch, also vor zwei Tagen.

Amandas Blicke schossen wie verrückt im Büro hin und her und das Summen in ihrem Kopf wurde ohrenbetäubend. Sie wühlte verzweifelt in der Handtasche, aber das Spray musste herausgefallen sein. Dann las sie die Notiz noch einmal. »Nein!«, schrie sie, stand auf und stürmte ins Hauptsekretariat. Alle drehten sich nach ihr um, doch sie merkte es nicht. Sie rannte wutentbrannt in Harolds Büro und erwischte den unglücklichen Verwalter gerade dabei, wie er an seinem Schreibtisch einen Bagel verdrückte.

»Ist Ihnen ernst damit?«, wollte sie wissen und schwenkte den Zettel vor seinem Gesicht.

Pierce hielt mitten im Kauen inne. Ohne ein Wort nahm er den Telefonhörer und wählte die Nummer des Sicherheitsdienstes: »Pierce, zweiter Stock. Sieht aus, als hätten wir hier ein Problem.«

»Sie verfluchter Mistkerl! Ich brauche diese Stelle. Ich habe mich hier zu Tode geschuftet, ohne je ein Wort des Dankes zu hören, und zwar für verdammt wenig Geld!«

Als sie auf ihn zu kam, sprang Pierce zutiefst erschrocken auf und streckte ihr abwehrend beide Hände entgegen. »Amanda, so beruhigen Sie sich doch. Ich war es nicht, das waren die Partner. Sie halten Sie momentan nicht für in der Lage, eine Abteilung zu führen. Dieser Prozess scheint Sie verändert zu haben. Und dann Ihr ständiges Fehlen. Eine Abteilungsleiterin muss als gutes Beispiel vorangehen.«

»Und jetzt wollen Sie an mir ein Exempel statuieren.«

»Sie haben mir die Sache aus der Hand genommen, Amanda. Ich habe versucht, Sie zu schützen ...«

Er konnte den Satz nicht zu Ende führen. Amanda stürzte sich auf ihn und überwältigte ihn. Wütend zerkratzte sie ihm das Gesicht und schlug auf ihn ein. Als sich der Wachmann in den Kampf einmischte, erging es ihm nicht viel besser. Er musste mehrere Verletzungen einstecken, bevor es den beiden Männern schließlich mit vereinten Kräften gelang, die um sich schlagende Frau zu überwältigen.

Auf der Nachhausefahrt in einem neutralen grauen Auto des Sicherheitsdienstes wurde ihr schmerzlich bewusst, was in den letzten vierundzwanzig Stunden alles geschehen war. Earl, ihre Katze, Harold Pierce. Ihre Lage war prekär: Sie war beinahe pleite, hatte keine Arbeit und Harold würde dafür sorgen, dass dies auch so blieb. Als sie schließlich zu Hause ankam, hatte sie zerrissene Strümpfe, ein Blusenärmel war vom Kampf mit dem Gorilla vom Sicherheitsdienst zerfetzt und die Haare standen ihr vom Kopf ab. Und zu allem Übel hatte sie auch noch ihre Handtasche im Auto liegen gelassen.

Lucindas Kopf schwang herum. »Was in aller Welt hast du getan, Kind? Weshalb bist du nicht in der Arbeit?«

»Ich bin gefeuert worden.«

Lucinda schaute ihre Tochter verständnislos an. »Du bist *was?*«

Amanda blickte in den Spiegel über dem Fernseher und versuchte die Fassung wiederzugewinnen. »Du hast mich schon verstanden, Mutter.«

Lucinda hämmerte gegen die Armstützen des Rollstuhls. »Habe ich dir nicht gesagt, was passieren wird, wenn du nicht zur Arbeit gehst und stattdessen in dieser undankbaren Jury sitzt?«

Amanda gab keine Antwort.

»Was sollen wir denn jetzt bloß tun?«

Schmutziges Geschirr, überall verteilt. Amanda stellte alles ins Spülbecken. Ein Teller ging entzwei. Sie packte den, der noch ganz war, und zerbrach ihn ebenfalls. Dann wischte sie mit dem Arm über die Theke und schob alles, was sich noch dort befand – Tassen, Untertassen und Gläser –, scheppernd in den Trog. Erschöpft von ihrem Wüten und durch den Sauerstoffmangel fiel sie gegen die Theke und schnappte nach Luft. Der Druck in ihrem Kopf wurde immer größer und sie hielt sich den Schädel mit beiden Händen, als müsste sie ihn vor dem Explodieren bewahren.

Dann erinnerte sie sich an das Reserve-Spray, das sie im Schrank bei den Vitaminen aufbewahrte. Wie eine Epileptikerin stolperte sie darauf zu, packte die Dose und versuchte sich zu entspannen, während sie sich Luft in den Mund pumpte. Einmal, zweimal, dreimal. Sie sackte auf einem Küchenstuhl zusammen, atmete tief ein und rührte fünf Minuten lang keinen Muskel. Dann pumpte sie noch einmal und ging in ihr Schlafzimmer. Ob Earl wohl schon die Polizei informiert hatte?

40

Am nächsten Abend brachte Earl Field Terry Morgan nach einer triumphalen Rede vor der Vereinigung der Wirtschaftsanwälte im Sheraton Palace zum internationalen Flughafen von San Francisco. Während der Frage-und-Antwort-Runde hatte er einen eindeutigen Sieg im bevorstehenden Prozess prophezeit. Terry hatte am vordersten Tisch neben ihm gesessen. Dann hatte er sie für ihre Zehn-Uhr-Nachrichten-Sendung zum KPIX gefahren und jetzt nahm sie den letzten Flug an die Ostküste.

Es war eine wunderbare Nacht, mit rund fünfzehn Grad Celsius ungewöhnlich warm für die Jahreszeit, und in einem Anflug von wiedergewonnenem jugendlichem Übermut fuhren sie mit offenem Verdeck und einer offenen Flasche Champagner zum Flughafen. Anlass dafür war ihre offizielle Verlobung. Sie hatten beschlossen, am ersten Samstag im kommenden Februar zu heiraten.

Das Flugzeug hatte etwas Verspätung. Nachdem Earl Terry beim Gate zum Abschied geküsst hatte, hüpfte er förmlich zurück zu seinem Wagen auf dem verwaisten fünften Geschoss der Parkgarage. Gott, welch eine wunderbare Frau! Eine Weile, wenn auch nur kurz, ließ sie ihn die schwierigen Tage vergessen, die vor ihm lagen. Morgen würde er das verdammte Geld an die Rizzos zurückschicken, ganz egal, was Klegg dazu meinte. Danach würde er mit Julian Gold reden. Sie würden die Sache schon irgendwie hinkriegen. Mit etwas Glück im Wiederaufnahmeverfahren gegen Elliot Ashford und mit Terry an seiner Seite konnte ihn dann nichts mehr vom Gouverneurssitz fernhalten.

Er sah seinen Wagen da stehen, wo er ihn geparkt hatte. Doch als er auf ihn zuging, fühlte er sich mit einem Mal unwohl. Es war die Stille: kein Flugzeug, das abhob, kein Automotor, gar nichts. Er lachte über sich selbst, als er seinen Jaguar erreichte und einstieg. Entschieden schlug er die Tür zu und steckte den Schlüssel in den Anlasser. Das Autoradio ging an und Terrys Lieblingsblues erklang.

Earl lächelte, drückte den Knopf, um das Verdeck zu schließen, und lächelte noch immer, als die rasiermesserscharfe Scherbe mit der Genauigkeit eines Skalpells seine Halsschlagader durchtrennte. Der einzige Schmerz, den er fühlte, kam von der Hand, die seinen Kopf an den Haaren nach hinten zog, so dass seine Kehle dem tödlichen Angriff völlig ungeschützt ausgesetzt war. Blut spritzte über das Armaturenbrett und über die Windschutzscheibe. Blut überall. Noch als das letzte gurgelnde Stöhnen über seine rotschäumenden Lippen kam, wurde sein sterbender Körper unsanft über den Vordersitz gestoßen, sein Hemd nach oben geschoben und die Hose nach unten gezogen. Dann bohrte sich die Scherbe immer wieder in seine Brust und seine Genitalien. Aus den kleinen Wunden quoll nur wenig Blut, denn Earls Herz schlug nur noch schwach.

Amanda Keller machte mit ihren behandschuhten Fingern flink das Radio aus. Dann öffnete sie eine große schwarze Tasche und legte das Glas-Skalpell vorsichtig hinein – dieselbe Scherbe, mit der sie auch Lani Jefferson umgebracht hatte.

41

Earl Field wurde von der trauernden Bevölkerung der Stadt San Francisco wie ein Held verabschiedet: Sowohl seine politischen Feinde wie auch Kritiker seiner Leistung im gescheiterten Ashford-Prozess behandelten ihn im Tod mit einer respektvollen Zurückhaltung, die er im Leben kaum je genossen hatte. Grace Harris hüllte sich ebenfalls in Schweigen, obwohl es für sie von politischem Nutzen gewesen wäre, Jack

Klegg für seine Vermittlung im »Bingo«-Deal mit der Mafia bloßzustellen. Sie beschloss jedoch, zumindest für den Augenblick, Stillschweigen über Earl Fields Verbindungen mit Chicago zu bewahren.

Eine lange Menschenschlange strömte in die Kathedrale. Die konservativeren Kirchgänger verfolgten betreten, wie sich Trauergäste aller Rassen durch alle Türen hereindrängten und eine bizarre Kakophonie ertönte, während sie abwechselnd sangen und seufzten, jubilierten und einander in die Arme sanken.

Terry Morgan hatte in der zweiten Reihe in einem Seitenschiff Platz genommen. Sie vermochte die Haltung, die sie sonst als Nachrichtenmoderatorin an den Tag legte, nicht aufrechtzuerhalten und schluchzte, völlig gebrochen, vor sich hin. Auf der anderen Seite, direkt hinter der Familie des Verstorbenen – zwei Söhnen und einer Tochter aus der Ehe mit der ersten Mrs. Field –, saß eine groß gewachsene Frau, ganz in Schwarz und mit verschleiertem Gesicht. Den Schleier trug Amanda aber nicht aus Angst, dass man sie entdecken könnte: Sie fand, sie habe das Recht dazu. Großartigkeit, nicht Ängstlichkeit erfüllte sie jetzt, denn war es nicht so, dass er sie geliebt hatte – trotz seiner dummen Verdächtigungen und offensichtlichen Bemühungen, es zu vertuschen? Hatte sie ihn am Ende nicht an die Brust gedrückt, ihn in ihren Armen getröstet? War sie nicht die Letzte, die in seine verblüfften Augen geblickt hatte, während sie brachen und das Licht langsam aus ihnen wich? Wer also hätte mehr Recht, den schwarzen Trauerschleier zu tragen und das Leben dieses Mannes zu ehren als sie, die durch die Beendigung dieses Lebens auch jeder Hoffnung auf ein eigenes Glück ein Ende gesetzt hatte? Sie verfluchte die Dummheit, die seinen Tod notwendig gemacht hatte. Wenn sie nur irgendwie ihre törichten Worte des letzten Tages hätte zurücknehmen können, die sie in einem Wirrwarr von Angst und Wut ausgestoßen hatte. Verrückte, unzusammenhängende Prahlereien, was sie alles getan hatte, um seinen Fall und seine Karriere zu retten. Hatte sie Jefferson erwähnt? Sie konnte sich nicht mehr erinnern. Doch Earl war ohnehin viel zu genial, um nicht zu dem Schluss gekommen zu sein, dass sie es war und nicht Elliot Ashford, die Lani Jefferson ermordet hatte, um den Fall Ashford und seine Karriere zu retten. Der Mord an Jefferson und Field war für sie wie eine Erleuchtung gewesen: Ihre Bedürfnisse waren von nun an das höchste Gesetz und nichts anderes stand über ihnen. Jetzt, endlich war sie heil und ganz.

Auf der andern Seite der Kirche, zwei Reihen hinter Terry Morgan, saß Grace Harris mit Aaron, den sie für das Begräbnis aus Florida hatte einfliegen lassen. Von ihrem Platz aus konnte sie Jack Klegg sehen, der bei den wenigen Auserwählten saß, die den Toten würdigen würden. Dazu gehörten auch der Bürgermeister und der Vize-Gouverneur. Immer wieder drehte Klegg seinen geschorenen Kopf und wandte sich nach links und rechts, um Bekannte zu grüßen.

Hinten in der Kathedrale rutschten unbeachtet zwei kräftig gebaute Männer unruhig hin und her und versuchten, mit dem begrenzten Platz auszukommen, den die enge Bestuhlung gewährte. Barrett Dickson hatte erst gar nicht kommen wollen, aber Leviticus Heywood hatte darauf bestanden. Nun fühlte er dessen besorgten Blick auf sich ruhen, während er dem Drang widerstand, nach draußen zu laufen. So weit weg wie möglich.

Jenseits der geheiligten Fenster und der schmucken Mauern der Kathedrale wurde noch mehrere Tage lang über die Identität von Earls Mörder spekuliert und die Medien verdächtigten einmal mehr ganz unverhohlen Elliot Ashford.

Dr. Yang heizte die Gerüchteküche noch an, indem er verlauten ließ, die gezackten Wunden an Fields Hals seien identisch mit denen, die Jefferson aufwies, und zudem offenbar durch eine ähnliche Waffe verursacht worden wie jene, die Lara Ashford getötet hatte. Als er zudem bekannt gab, dass dem letzten Opfer ebenso wie den beiden zuvor ritualartige, sexuell motivierte Verletzungen zugefügt worden waren, zeigten Umfragen von Zeitungen und Talk-Shows, dass achtzig Prozent der Befragten Elliot Ashford für schuldig hielten. Nach ihrer Meinung hatte dieser den Gegenspieler umgebracht, der ihn am Abend des Eröffnungsballs gedemütigt und wiederholt einen weißen Rassisten genannt hatte, der sich für etwas Besseres hielt, und der es schließlich gewagt hatte, ihn vor Gericht zu bringen.

Die Zeitungen von San Francisco forderten lautstark Ashfords Verhaftung und Regionalblätter wie der *Independent* in Marin, die *San Jose Mercury News* und die *Tribune* in Oakland prangerten die Unfähigkeit der Polizei an, die offenbar nicht einmal in der Lage war, ihre höchsten Vertreter von Recht und Ordnung zu schützen. Und zu alledem lauerten unter der wachsenden Unruhe auch Rassenkonflikte – denn schließlich war dies Amerika.

42

Nachdem sich der stellvertretende District Attorney Jack Klegg in Earl Fields ehemaligem Büro bequem eingerichtet hatte, bestand seine erste Amtshandlung darin, eine Pressekonferenz einzuberufen. Zuerst erläuterte er fünf Minuten lang, wie er »die Vision seines Vorgängers realisieren« wolle, und danach zwanzig Minuten lang, wie er Ordnung in das Durcheinander zu bringen plane, das er vorgefunden habe. Seine Euphorie dauerte nicht länger als bis zur Frage- und Antwortrunde: Da zeigte sich nämlich die versammelte Presse viel interessierter daran, was Grace Harris im Fall Ashford zu unternehmen gedachte, als an Jack Kleggs Absicht, strengere Auswahlkriterien bei Einstellungen einzuführen und die Kosten für Möbel und Einrichtungen im Büro des D. A. zu senken.

Ausgepumpt kehrte Klegg danach in sein Eckbüro im dritten Stock des Gerichtsgebäudes zurück, um sich alle Möglichkeiten durch den Kopf gehen zu lassen. Er musste vorsichtig sein; jetzt ging es schließlich um seine Karriere, und nicht mehr um die von Earl, und er durfte sich keinen Fehler leisten.

Zehn Minuten später schrumpften seine Möglichkeiten allerdings massiv durch einen Anruf, den er schon befürchtet hatte. »Ja … ja, natürlich, kein Problem«, sagte er in den Apparat. »Ich werde das sofort erledigen, Julian.« Er rieb sich die Augen und zitierte Grace Harris zu einer Sitzung, um »das Vorgehen im Fall Ashford zu besprechen«.

Auch Grace Harris ließ sich ihre Möglichkeiten durch den Kopf gehen, als sie den Korridor hinunter zu Kleggs Büro schritt. Sie erwartete, dass er entweder Earls Platz im Anklage-Team einnehmen oder – was schlimmer wäre – die Anklage selbst übernehmen wollte. Wer die Sache durchschaute, würde dies zwar als reine Wichtigtuerei betrachten, aber bei der Öffentlichkeit würde es als heroische Geste ankommen. »Das bin ich Earl ganz einfach schuldig«, würde Klegg bescheiden sagen und dann stillschweigend dem ersten Anklage-Team die Schuld für die unvermeidliche Niederlage in die Schuhe schieben.

Beim Eintreten sah sie die täglichen Prozess-Transkripte fein säuberlich auf seinem Schreibtisch gestapelt, daneben eine Kopie des dicken Bandes mit den Geschworenen-Gesprächen nach dem Prozess.

»Ich habe das erste Verfahren sowie die nachträglichen Erörterungen mit den Geschworenen durchgearbeitet«, erklärte Klegg. »Obwohl einige von ihnen glaubten, Ashford sei schuldig, wollten sie ihn auf Grund begründeter Zweifel laufen lassen – noch bevor Jefferson ermordet wurde.«

Ohne Aufforderung setzte sich Grace und fragte sich, wie viel Besserwisserei und hirnlose Kritik sie wohl über sich ergehen lassen musste, bevor er die Bombe platzen ließ und ihr eröffnen würde, was sein hinterhältiges Gehirn ausgeheckt hatte. »Das weiß ich alles, Jack. Was wollen Sie von mir? Ich bin im Moment bis über beide Ohren mit den Vorbereitungen für den zweiten Prozess beschäftigt.«

Er zog die Augenbrauen hoch, lehnte sich dann aber in seinem Sessel zurück. »Die Sache ist ganz schlicht und einfach so, Grace, dass dieser Fall nicht zu gewinnen ist. Wir können es gegenüber der Stadt und dem Bezirk nicht rechtfertigen, ihnen die Kosten für einen weiteren sinnlosen Versuch aufzubürden.«

»Sie wollen die Klage *fallen lassen*?«

»Nein, Grace. *Sie* werden die Klage fallen lassen.«

Sie schüttelte ebenso überrascht wie bestürzt den Kopf. »Das glaube ich kaum, Jack, und ich denke, Sie sind klug genug, um zu wissen, dass der Schwarze Peter für eine solche Entscheidung nicht an mir hängen bleiben wird. Wenn die Presse mit Ihnen fertig ist, sind Sie nur noch ein Haufen Knochen. Glauben Sie mir, man würde Sie nicht mehr wiedererkennen, geschweige denn wählen.«

Er schnaubte höhnisch. »Ich übernehme schließlich nur die Verantwortung für Fehler, die andere vor mir begangen haben, Grace. Ich schätze, die Presseleute werden verstehen, dass Earl seine Macht missbraucht hat, um einen persönlichen Rachefeldzug gegen seinen verhassten persönlichen und politischen Feind zu führen.«

»Sie würden also Earls Ruf zu Gunsten Ihrer eigenen kleinlichen Ambitionen zerstören? Das kann ich nicht glauben, Jack, nicht einmal von Ihnen.«

»Kommen Sie schon, Ms. Rechtschaffen«, sagte Klegg ungerührt. »Ihr Beschützer ist nur mehr Staub im Wind und jetzt habe ich das Sagen. Dafür sollten Sie mir dankbar sein. Ich versuche, Ihren Job und Ihr Leben zu retten. Sagt Ihnen Earls Ermordung denn gar nichts? Sie oder ich könnten die Nächsten auf der Liste sein, verdammt noch mal!«

»Es geht nicht um u-uns, Jack. Es geht darum, wer in diesem Land die Kontrolle über das Rechtssystem ausübt.«

»Und was ist mit Ihrem Sohn? Sind Sie bereit, ihn einem Risiko auszusetzen?«

Graces Stimme wurde nur eine Spur lauter. »Ich gehe davon aus, dass Ihre Freunde als Nächsten Sie aussuchen, Jack. Schließlich haben Sie den Handel mit ihnen abgeschlossen und Sie kommen in der Reihenfolge direkt nach Earl. Außerdem habe ich Aaron weggeschickt. Er ist in Sicherheit.«

Er starrte sie unverhohlen frustriert an und wusste einen Moment lang nichts zu sagen. »Verflucht, Grace«, bellte er schließlich, »jetzt bin *ich* hier Boss und ich befehle Ihnen, diese verdammte Anklage fallen zu lassen!«

»Vergessen Sie's, Jack, ich werd' das nicht tun, und Sie auch nicht.«

»Dann werde ich Sie eben rausschmeißen. Was hiermit getan ist, schlicht und ergreifend. Und jetzt verschwinden Sie aus meinem Büro.«

Sie blieb stocksteif stehen. »Das wird nicht mehr lange Ihr Büro sein, wenn die Presse von Ihren Geschäften mit der Mafia erfährt.«

»Wird sie aber nicht. Das werden Sie Earl nicht antun, Grace, dafür kenne ich Sie zu gut.«

»Ich tue vieles, was ich nicht gern tue. Ich werde diesen Prozess noch einmal führen, Jack, und ich werde ihn gewinnen. Und das können Sie als gegebene Tatsache betrachten.« Mit diesen Worten drehte sie sich um und ging.

Tags darauf warteten Julian Gold und Elliot Ashford in Golds Zimmer im »Ritz-Carlton« auf Barrett. Der Raum knisterte vor Spannung, denn Gold hatte Elliot soeben die Hiobsbotschaft überbracht, dass Grace Harris sich weigere, die Anklage fallen zu lassen. »Regen Sie sich ab, Elliot«, redete er ihm zu. »Vielleicht gelingt es Klegg ja später, die Sache zu bereinigen. Und ich habe so oder so eine Notfallstrategie.«

»Da bin ich ja mal gespannt …«

»Ich werde dafür sorgen, dass Sie auch des Mordes an Jefferson und Field angeklagt werden.«

»Für solche Späße fehlt mir im Moment der Humor, Julian. Und was diese beiden Morde angeht, so können Sie Ihren Freunden in Chicago ausrichten, dass sie mir damit nur noch mehr Probleme aufgehalst haben. Sagen Sie ihnen, dass ich diesen Schwarzarsch zwar von Herzen gehasst habe, dass es aber völlig verrückt war, ihn umzubringen.«

»Machen Sie sich nicht lächerlich, Elliot. Ich musste Carmine davon überzeugen, dass nicht *Sie* diese Leute umgebracht haben. Weshalb hätte er denn so was anordnen sollen, wo Ihr Sieg schon in Reichweite lag?«

»Was weiß ich, jemand hat es aber offensichtlich getan.«

»Wer auch immer es war, wir werden ihn finden und uns vornehmen. In der Zwischenzeit müssen wir uns aber Gedanken um Grace Harris und das Wiederaufnahmeverfahren machen.«

Ashford ging zur Bar hinüber und mixte sich einen schwachen Scotch mit Soda. »Okay, dann erklären Sie mir jetzt Ihre Strategie.«

»Klegg wird Grace Harris dazu bringen, Ihnen auch die beiden neuen Morde zur Last zu legen, obwohl es nicht die Spur eines Beweises gibt, dass Sie etwas damit zu tun haben – bis auf die Ähnlichkeit mit dem ersten Mord. Kurz nach Beginn des zweiten Verfahrens wird er dann ›realisieren‹, dass Harris sich damit übernommen hat, sie öffentlich beschuldigen, auf irrationale Weise zu versuchen, Earl Fields Vendetta weiterzuführen, und ihr befehlen, die neuen Anklagen fallen zu lassen. Harris wird lächerlich gemacht und die Geschworenen werden erkennen, dass eine übereifrige Staatsanwaltschaft total über die Stränge schlägt.«

»Klegg konnte sie ja noch nicht einmal dazu bringen, die laufende Anklage fallen zu lassen. Wie soll ihm denn das bei den neuen gelingen?«

»Gute Frage. Er hat seine Gründe, Sie nicht bereits jetzt laufen zu lassen, aber wenn die Presse rauskriegt, dass Harris keine Beweise hat, gerät sie unter Druck und muss es selbst tun. Und wenn sie es nicht tut, werden die neuen – haltlosen – Anschuldigungen ihre Anklage im Mord an Lara Ashford schwächen. Sie gewinnen so oder so, wenn Harris Sie für die neuen Morde unter Anklage stellt.«

»Klingt zu gut, um wahr zu sein.«

»Es ist perfekt, aber ich muss zugeben, dass es für eine Weile gewisse ... na ja ... Unannehmlichkeiten zur Folge haben wird.«

Ein Klopfen an der Tür zeigte an, dass Barrett eingetroffen war. »Kein Wort davon zu Dickson«, warnte Gold und ging zur Tür.

»Hallo, Mr. Gold.« Barrett ließ seinen Blick über die unendlich große Suite schweifen.

»Kommen Sie doch herein, Mr. Dickson.« Gold versuchte, ein Lächeln aufzusetzen.

Aus der Nähe und im Morgenlicht wirkte er noch geisterhafter auf Barrett als sonst. Bis auf die Lippen war sein ganzes Gesicht völlig farblos, sogar die Augen. Die Gesichtshaut wirkte welk.

»Setzen Sie sich«, sagte Gold.

»Welchem Anlass verdanken wir die Ehre, Barrett?«, fragte ihn Ashford. »Doch nicht etwa weiteren Anschuldigungen, hoffe ich.«

Barrett schüttelte den Kopf. »Ich kann Ihnen nicht verübeln, dass Sie aufgebracht sind, Elliot. Wie Sie wissen, war ich noch nicht an vielen Strafverfahren beteiligt.«

»Wir wollen nicht, dass Sie beteiligt sind, Dickson«, mischte sich Gold ein. »Wir wollen, dass Sie engagiert sind.«

»Na schön«, erwiderte Barrett. »Und ich glaube sogar, ich habe eine Möglichkeit gefunden, wie ich das sein kann.«

»Was haben Sie im Sinn?«

»Ich will, dass Elliot einen Lügendetektor-Test macht.«

Ashford wirbelte herum. »Mein Gott, Julian, bringen Sie diesen Mann zur Vernunft!«

Gold zuckte nur die Achseln. »So ein Test wäre vor Gericht gar nicht zulässig, Elliot, selbst wenn Sie ihn nicht bestehen würden. Was kann er also schaden? Und Sie *sind* ja unschuldig, nicht wahr?«

»Also gut, Sie Schweinehund«, herrschte Ashford Barrett an. »Ich werd's tun.«

»Gut. Ich habe bereits bei Astin Testing in Marin einen Termin vereinbart. Clay Astin ist unabhängig, ein ehemaliger FBI-Mann, angesehen bei jeder Behörde in diesem Staat. Hier haben Sie seine Karte. Morgen um halb elf Uhr. Seien Sie pünktlich.« Damit ging Barrett hinaus.

Tags darauf um zwanzig nach elf rief Clayton Astin Barrett an. »Ihr Mr. Ashford ist soeben gegangen. Ich habe den ganzen Ablauf mit ihm durchgespielt, Barrett. Sogar zweimal. Er ist sauber.«

»Sind Sie sicher?«

»Hin und wieder werden wir übers Ohr gehauen, Barrett, aber ich glaube, dieser Typ sagt die Wahrheit.«

»Bei allen drei Opfern?«

»Ein wenig wackelig bei seiner Frau, was aber angesichts der emotionalen Komponente nicht sonderlich ungewöhnlich ist.«

»Und wie steht es mit einem Auftrag an jemanden, der Jefferson und Field für ihn umlegen sollte?«

»Dasselbe Ergebnis, mit den gleichen minimalen Vorbehalten. Und als Antwort auf Ihre nächste Frage: Ich wette mit Ihnen um ein Dinner bei ›Wendy's‹, dass er diese Leute nicht nur nicht ermordet hat, sondern außerdem auch keine blasse Ahnung hat, wer es getan hat. Ich hoffe, Ihr Mandant fühlt sich jetzt besser.«

»Keine Ahnung, was ihn angeht«, erwiderte Barrett, und über sein Gesicht breitete sich ein Lächeln aus, »aber meinen Tag haben Sie zweifellos gerettet.« Er legte auf und schwebte wie auf Wolken – ein Gefühl, das er schon beinahe vergessen hatte. »Er ist unschuldig!«, verkündete er Fred und Ginger II. »Dieser Scheißkerl ist doch tatsächlich *unschuldig*!«

43

Was hör' ich da?« Mike betrat Levs Büro in der Market Street. »Euer Knabe hat den Test mit Bravour bestanden?«

Barrett drehte sich vom Fenster weg, lächelte breit und hielt den Daumen nach oben. Lev saß hinter seinem Schreibtisch und runzelte skeptisch die Stirn.

»Lev?«, fragte Mike. »Wo liegt das Problem?«

»Gute Nachrichten können ihm den Tag verderben«, sagte Barrett. »Vor allem, wenn sie ihm vor Augen halten, dass er ein sturer Zyniker ist.«

Leviticus Heywood schaute Mike an und deutete mit dem Kopf auf Barrett. »Sollen wir den unverbesserlichen Optimisten darüber aufklären, dass Lügendetektoren exakt aus dem Grund vor Gericht nicht zugelassen sind, weil sie bei einer wissenschaftlichen Prüfung ihrer Zuverlässigkeit durchfallen? Weil sie manchmal lügen?«

»Ach kommen Sie schon, Lev.« Barrett legte ihm freundlich die Hand auf die Schulter. »Wir reden hier nicht vom Handlesen. Sie wissen doch selbst, dass Clay der Beste in seiner Branche ist.«

Mike grinste: »So ist es, Lev. Seien Sie kein Spielverderber.

Lassen Sie ihn seinen Fall gewinnen. Und dabei vielleicht sogar für etwas Gerechtigkeit sorgen.«

»›Vielleicht‹ ist hier das entscheidende Wort«, bemerkte Lev nur.

Mike schüttelte den Kopf. »Clay Astin wird praktisch nie übers Ohr gehauen. Was brauchen Sie denn, damit Sie auf die Seite der Guten überwechseln?«

Lev schob einen zehnseitigen Lebenslauf über den Tisch. »Diese Dame hier.«

»Sie haben Sandra Weiß bekommen?«

»Sie macht mit und bei ihr geht es ausschließlich um wissenschaftliche Zuverlässigkeit.«

»Hoffen wir also, dass uns ihre Antworten gefallen.«

»Da wir gerade von Antworten sprechen, Mike«, warf Barrett ein. »Hast du ein paar gefunden?«

»Einige wenige.« Mike öffnete die Aktentasche und reichte Barrett ein Memo. »Es sieht gut aus für dich, außer was die DNS-Beweise der Anklage angeht. Und die werden wohl kaum ausgeschlossen.«

Barrett überflog die Ergebnisse. »Echt gut gemacht, Mike. Sag Wilmer lieber nicht, dass du mir hierbei hilfst. Aber wenn wir schon nicht um den DNS-Nachweis herumkommen, müssen wir es eben diesmal besser machen.«

»Und hier kommt Sandra Weiß ins Spiel«, fügte Mike hinzu.

Barrett schaute auf die Uhr. »Lev und ich treffen uns in einer Stunde mit ihr.«

Dr. Sandra Weiß, Leiterin des Nationalen Forschungsinstituts für Genetik im kalifornischen Palm Desert und eine der führenden Molekulargenetikerinnen der Welt, betrat Levs Büro fünfundfünfzig Minuten später. Barrett gefiel, was er sah. Ihre volltönende Stimme und der feste Händedruck bewiesen ihr Selbstvertrauen und ein Helm aus pfeffer- und salzfarbenem, kurzem Haar verlieh ihr eine Aura von Autorität, die weit über ihre achtundvierzig Jahre hinausging. Sie war groß und drahtig und strahlte die Energie einer Marathonläuferin aus. Hinter ihren klaren, durchdringend blauen Augen lag eine nicht zu verleugnende Intelligenz. Obwohl äußerlich nicht auffallend attraktiv – ja sogar eher unscheinbar –, erhellte sie mit dem Lächeln, mit dem sie Barrett begrüßte, unversehens Levs Büro. Er machte sich eine geistige Notiz, ihr dieses Lächeln im Zeugenstand auf alle Fälle zu entlocken. Erfolg erzielten gerichtsmedizinische Gutachter nämlich nicht nur durch Klugheit und wenn sie eine beeindruckende Karriere vorzuweisen hatten, sondern wenn sie zudem sympathisch wirkten.

Nach einem nur einstündigen Gespräch war sich Barrett sicher, dass Dr. Weiß unbezwingbar all die Pannen würde darlegen können, die der Polizei beim Umgang mit dem Beweismaterial unterlaufen waren, dazu auch den fragwürdigen Ruf der Labors der Polizei und des Coroners, was den Vergleich von DNS-Proben im Allgemeinen wie auch in diesem speziellen Fall betraf. In den folgenden zwei Stunden vermittelte Dr. Weiß ihm das Grundwissen, um verstehen zu können, was DNS überhaupt war, und skizzierte grob, wie er den DNS-Sachverständigen der Anklage ins Kreuzverhör nehmen sollte. Am Ende vereinbarten sie ein weiteres Treffen für den kommenden Abend, um die ersten Ergebnisse der Proben zu besprechen, die er ihr übergeben hatte.

»Diese Frau ist Dynamit«, bemerkte Lev, als sie gegangen war.

»Nitro«, verbesserte Barrett.

»Weshalb dann dieser Blick?«

Barrett war müde, aber seine Intuition ließ ihm keine Ruhe. Er erklärte Lev, er habe bei Dr. Weiß hin und wieder eine gewisse Reserviertheit gespürt, als würde sie etwas zurückhalten. Lev meinte, vielleicht sei sie zu lange im Elfenteinturm gefangen gewesen und könne daher nicht mehr normal mit anderen Menschen umgehen, und Barrett war bereit, seine Unruhe der üblichen Paranoia vor einem Prozess zuzuschreiben – bis Sandra Weiß ihn zwei Stunden später zu Hause anrief.

»Ich hoffe, ich habe Sie nicht geweckt, Mr. Dickson.«

»Anwälte schlafen so kurz vor der Verhandlung nicht viel. Was beschäftigt Sie?«

»Na ja, im Grunde genommen ein moralisches Problem. Es lässt mir einfach keine Ruhe. Ich wollte vorhin vor Mr. Heywood nicht darüber reden, aber da gibt es etwas, das Sie wissen sollten.«

Barrett traf Dr. Weiß in der Bar des Hotels »Stanford Court«, wo sie an einem Glas Portwein nippte und auf ihn wartete. »Danke, dass Sie gekommen sind«, begrüßte sie ihn. »Ich weiß, dass Sie gerade jetzt nicht noch ein neues Problem gebrauchen können, aber mir blieb keine andere Wahl.«

Er bestellte ein Calistoga-Wasser mit Zitrone und bat sie um Aufklärung. Sie kam direkt zur Sache: »Ich habe in den Blutproben von Mr. Ashford noch etwas gefunden, was mir zuerst nicht aufgefallen war – eine Besonderheit in seinem Genmuster. Er leidet an Chorea Huntington im Anfangsstadium – einer Form von Veitstanz also. Das bedeutet, dass das Gehirn schrumpft. Die Gehirnrinde, um genau zu sein.«

»Schön und gut, Doc«, erwiderte Barrett müde. »Aber was hat das mit unserem Fall zu tun?«

Die Genetikerin erklärte es ihm: Die defekten Gene, die Chorea Huntington auslösen, können zwar bereits bei der Geburt anhand einer einzigen Zellprobe festgestellt werden, aber die ersten Symptome der Krankheit treten in der Regel erst gegen Fünfzig auf. »Wie alt ist Ihr Mandant?«, wollte sie wissen.

»Zweiundfünfzig«, antwortete Barrett. »Wie sehen die Symptome aus?«

»Rascher und vollständiger geistiger Zerfall, dann folgt, im Gegensatz zu Alzheimer, gnädigerweise recht schnell der Tod. Wenn er jetzt zweiundfünfzig ist, gebe ich ihm nicht mehr viele Jahre. Ich werde Ihnen einen Überblick über die medizinischen Aspekte des Problems vermitteln«, fuhr sie fort, »und dann können Sie Fragen stellen.«

»Ich hab' jetzt schon eine«, unterbrach Barrett. »Warum zum Teufel erzählen Sie mir das alles?«

»Dazu werde ich gleich kommen. Zuerst müssen Sie wissen, dass Medizin und Ethik unauflöslich miteinander verbunden sind, vor allem jetzt, wo wir dabei sind, Gen für Gen des menschlichen Körpers wie auf einer Landkarte aufzuzeichnen. Eine einzige mikroskopisch kleine Zelle kann uns Dinge über die Zukunft eines Patienten sagen, die er oder sie vielleicht niemals wissen will. Ist Ihnen zum Beispiel bekannt, dass mindestens zehn Prozent aller männlichen Elternteile nicht die wahren Väter ihrer Kinder sind und keine Ahnung davon haben?«

»Wie gehen Sie normalerweise mit solchen Informationen um?«, erkundigte sich Barrett.

»Ein Genetiker, der über eine solche Information stolpert, gibt sie selten preis. Bei Chorea Huntington ist die Sache etwas komplizierter. Die Kenntnis davon, dass man nur eine begrenzte, klar eingeschränkte Lebenszeit vor sich hat, kann einen Menschen zwar erschüttern, aber wenigstens hat er dann die Chance, das Beste aus den Jahren – oder Monaten – zu machen, die ihm noch bleiben.«

»Die ethische Frage ist also, ob man es ihm sagt oder nicht.«

Einen Moment herrschte Schweigen.

»Genauer gesagt lautet die Frage, ob *Sie* es ihm sagen wollen, Mr. Dickson.«

Barrett rieb sich die Augen, während sich sein müder Geist im Kreis drehte.

»Ich kämpfe schon seit Tagen mit mir«, fuhr sie fort. »Ich bin für diesen Mann eine völlig Fremde und nach dem Treffen mit Ihnen heute habe ich beschlossen, dass Sie, als Rechtsvertreter von Mr. Ashford …«

»… dass ich die geeignetste Person bin, um ihm zu sagen,

dass er ein Todesurteil bekommen hat, gegen das er keine Berufung einlegen kann. Frau Doktor Weiß, ich muss Ihnen in diesem Zusammenhang eine Frage stellen, die ernsthafte rechtliche Auswirkungen hat. Ist eine Person mit Chorea Huntington fähig, Art und Wesen ihrer Taten zu erkennen? Kann sie zwischen richtig und falsch unterscheiden?«

»Ich weiß, worauf Sie hinauswollen, Mr. Dickson«, erwiderte Dr. Weiß. »Aber das ist ein Spiel für Anwälte und Psychiater. Wenn ich raten müsste – und vorausgesetzt, er ist ein typischer Fall –, würde ich sagen, dass Ihr Mandant bis jetzt zahlreiche Ausfälle hatte und geistig unzuverlässig ist.«

»Kann ich davon ausgehen, dass Sie das bezeugen würden?«

»Ja, das könnte ich bezeugen, obwohl ich ihn in diesem Fall zuerst noch untersuchen und seine Krankengeschichte aufnehmen möchte.«

Barrett stellte das Glas ab und fuhr sich mit der Zunge über die trockenen Lippen.

»Ich nehme an, Sie überlegen sich, auf Unzurechnungsfähigkeit zu plädieren«, meinte sie.

»Verstehen Sie mich nicht falsch«, erklärte Barrett, »mein Mandant ist unschuldig, aber wenn er bei den Geschworenen noch zusätzlich auf Nummer sicher gehen will, werde ich eine Untersuchung veranlassen. Jedenfalls danke ich Ihnen. Morgen werden wir dann also über Ihre Resultate hinsichtlich der Blutproben am Tatort sprechen?«

»Ja, und es tut mir wirklich Leid, dass ich Ihnen das auch noch aufbürden musste.«

Sie schüttelten einander verlegen die Hand und wünschten sich gute Nacht. Auf der Heimfahrt löste sich Barretts gute Laune in der feuchten Luft auf und er sann über seine Lage nach. Könnte Elliot Lara umgebracht haben und sich einfach nicht mehr daran erinnern? Und die anderen auch? War ihm bekannt, dass er an Chorea Huntington litt? Wusste es Carmine Rizzo? Könnte Rizzo es als unklug betrachten, einen geistig nicht zuverlässigen Verrückten mit Insider-Kenntnissen, wie sie Elliot Ashford besaß, frei herumlaufen zu lassen? Und würde Ashford das nicht ahnen und es seinerseits für unklug halten, einen geistig nicht immer zuverlässigen Anwalt, der um seinen Zustand wusste, frei herumlaufen zu lassen?

Elliot Ashford mag ein Mörder sein oder nicht, dachte Barrett, aber er weiß mit Sicherheit verdammt genau, wo er einen auftreiben konnte. Und er würde auch keine Sekunde zögern, das nötige Kleingeld springen zu lassen, um seine Haut zu retten. Barrett packte das Steuer fester, als ihm klar wurde, dass Dr. Weiß mit ihrer Entdeckung nicht nur das Todesurteil für Elliot Ashford unterschrieben hatte, sondern – falls er, Barrett, sich nicht vorsichtig verhielt – vielleicht auch das seine.

Seine Wut auf Dr. Weiß wurde immer größer. Wenn eine Ärztin nicht wusste, wie man mit so was umging, wie zum Teufel sollte er es dann wissen? Was soll ich bloß tun, dachte er. Hingehen und sagen: »Sorry, Elliot, eine gute Nachricht! Verlieren spielt keine Rolle mehr. Sie sind nämlich sowieso in ein, zwei Jahren tot.« Ob er ihm überhaupt glauben würde? Und wenn er ihm glaubte, oder es schon wusste, was dann? Ein Anruf an einen Ganoven mit Schalldämpfer, der Erfahrung hatte, wie man jemanden ruhig stellt?

Vielleicht war es an der Zeit, bei der Staatsanwaltschaft wegen einer Absprache anzuklopfen. Er fürchtete, dass es keinen Grund zu der Hoffnung gab, Grace würde eine solche akzeptieren oder Ashford darauf eingehen, sollte sie es dennoch tun. Aber vielleicht konnte er dabei etwas herauskriegen. Wenn Grace einen Vergleich nicht völlig von sich wies, hieße dies, dass sie sich ihrer Sache weniger sicher fühlte, als er geglaubt hatte. Und wenn Elliot dafür offen war, dann war klar, dass sein Mandant nicht so unschuldig war, wie er hoffte. Wie auch immer: Das Spiel lief nun nach anderen Regeln und er musste einen Ausweg finden.

Tags darauf erschienen Grace und Barrett bei John Hernandez im Gerichtssaal, um vorab zwei Anträge der Verteidigung zu verhandeln: Die Anklagevertretung sollte verpflichtet werden, in Anwesenheit der Geschworenen weder die Mafia noch Renee Babcock zu erwähnen. Wie vorauszusehen war, verlor Grace die erste Runde und gewann die zweite. Sie würde den Geschworenen also Teile von Babcocks Zeugenaussage vorlesen dürfen. Nach der Besprechung zeigte sie sich angenehm überrascht, als Barrett zu ihr hinüberkam und sich auf die Kante ihres Tisches setzte. Noch mehr überraschte sie, dass er ihr die Möglichkeit einer Absprache vorschlug.

Es gelang ihr, eine undurchdringliche Miene zu bewahren. »Was schwebt Ihnen vor, Barrett?«

»Ich habe mit meinem Mandanten noch nicht darüber gesprochen, aber ich denke an vorsätzliche Tötung, und Sie streichen das ›vorsätzlich‹, Ausgangsbasis drei Jahre.«

Sie schaute ihn fragend an und meinte dann: »In der Hitze der Leidenschaft?«

»Was auch immer«, antwortete er. »Vielleicht auch misslungene Selbstverteidigung.«

»Womit hat sie ihn denn bedroht? Mit ihrer Kehle?«

»Sie brauchen mir nicht mit so einen Mist zu kommen, Grace. Sie wissen, dass ich nicht glaube, dass mein Mandant jemanden umgebracht hat.«

»Für diesen Glauben werden Sie ja auch mit großen Scheinen bezahlt, Herr Rechtsanwalt, selbst wenn Sie sich irren sollten. Hören Sie, ich weiß, dass Sie einen Vorsprung hatten, als die Lichter im Gerichtssaal ausgingen, aber diesmal wird alles ganz anders laufen.«

»Sie meinen, weil die Qualität Ihres Gegenübers so sehr abgesackt ist?«

Sie fühlte, wie ihr die Röte in die Wangen stieg. »Keineswegs. Wenn Sie es genau wissen wollen, hätte ich es viel lieber mit Menghetti zu tun. Aber Sie werden Renee Babcock nicht mehr ins Feld führen, und ich werde Armand Ligretti nicht mehr aufrufen. Sie werden verlieren, Barrett.«

»Hören Sie zu, Grace. Auch ich hatte meine Zweifel an Ashford. Deshalb habe ich ihn zu Clay Astin geschickt und er hat ihm einen Persilschein ausgestellt, und zwar nicht nur was Lara betrifft, sondern auch für die beiden anderen. Hier ist sein Bericht.«

Grace überflog rasch die Seiten.

»Lassen Sie uns diese Sache beenden, Grace«, hörte sie ihn sagen.

»Ich werde mit Jack Klegg darüber reden, Barrett. Allerdings verhehle ich Ihnen nicht, dass ich ihm das Gegenteil empfehlen werde.«

»Immerhin etwas. Hängen Sie jetzt allein in dieser Sache drin, Grace?«

»Sieht ganz so aus. Und Sie?«

»Sieht ganz so aus«, grinste Barrett. »Auf dass gewinne, wer besser ist!«

Grace grinste abwesend zurück. »Mit so einem Mist brauchen Sie mir nicht zu kommen …«

Am gleichen Nachmittag traf sich Grace etwas später mit Jack Klegg und Sam, der ebenso wie sie aussah, als sei er nämlich seit Earl Fields Tod schlagartig um fünf Jahre gealtert. Grace, die neben Sam Jack Klegg hinter seinem Schreibtisch direkt gegenüber saß, schlug vor, Dicksons lächerlichen Vorschlag von vorsätzlicher Tötung zu kontern, und zwar hart: mit Mord und fünfzehn Jahren Knast bis lebenslänglich.

»Was ist denn unserer Ms. Unbestechlich widerfahren?« Klegg genoss die neueste Entwicklung sichtlich. »Der Amazone mit dem eisernen Herzen? Ich dachte immer, das hier sei ein Kampf auf Leben oder Tod für Sie, Grace, in dem kein Pardon gewährt wird?«

Es ärgerte Grace maßlos, sich Kleggs Verhöhnung aussetzen zu müssen, vor allem weil sie wusste, wie dringend er diesen

Fall los sein wollte. Aber sie zwang sich, ruhig zu bleiben, und ließ ihn seinen Spaß haben.

»Darf ich fragen, was Sie schließlich doch noch zu der Einsicht gebracht hat, wie unsinnig es ist, der Öffentlichkeit nochmals die Kosten eines Verfahrens aufzubürden?«

»Clay Astin. Er hat Ashford einen Persilschein ausgestellt«, erwiderte Grace. Klegg riss die Augen auf. Sie wusste, dass er sich selbst oft auf Clays Urteil verlassen hatte. »Ich habe den Bericht gesehen«, fügte sie hinzu.

Klegg schwieg.

»Sie haben es ja selbst auf den Punkt gebracht, Jack«, fuhr sie fort. »Wir hätten den ersten Prozess verloren. Es ist sogar entfernt möglich, dass der Kerl unschuldig ist. Astin ist der Beste seiner Zunft.«

»Was halten Sie davon, Sam?«, wollte Klegg wissen.

»Diesmal irrt sich Astin.«

»Glaub' ich auch«, sagte Klegg. »Lügendetektoren gehören nicht zur hieb- und stichfesten Wissenschaft und sogar Clay unterläuft hin und wieder ein Fehler.«

»Angesichts dieser Tatsachen finde ich, wir sollten Barrett was anbieten«, schlug Grace vor.

»Damit wäre ich einverstanden, wenn immer noch Menghetti auf der anderen Seite stehen würde«, erwiderte Klegg.

»Das tut er aber nicht«, fuhr Sam fort, »und Sie werden diese Niete schlicht über den Haufen rennen, Grace.«

»Diese ›Niete‹ hat fast jeden Antrag gewonnen, den er vor dem Prozess eingereicht hat, Sam. Er sieht jetzt sogar anders aus und zudem hilft ihm Mike Reasoner beim Zusammentragen der Unterlagen.«

»Aber vor den Geschworenen wird er auf sich allein gestellt sein«, warf Klegg ein, »und unter dem Druck zusammenklappen. Er hat Angst, diesen Fall zu vertreten, und wird auf jeden Handel eingehen, den er seinem Mandanten schmackhaft machen kann. Wir müssen ihn nur noch ein wenig weich klopfen.

Tatsache ist schlicht und einfach, dass er zuletzt den Schwanz einziehen wird und eine Verurteilung wegen Mordes samt lebenslänglich hinnehmen muss. Und damit werde ich mich auch zufrieden geben. Lassen Sie ihn ruhig lospreschen, Grace.«

Obwohl Klegg ihr widersprach, war Grace angenehm überrascht, dass er eine harte Linie vertrat. War er bereit, gegen die Mafia anzutreten, wie Earl zuletzt? Eher unwahrscheinlich. Oder hatte er sich mit Rizzo abgesprochen? Das schon eher. »In Ordnung, Jack«, bemerkte sie schließlich. »Ich werde mit ihm reden.«

»Teilen Sie ihm auch mit, dass Sie die Anklagejury einberufen und seinen Mandanten auch der Morde an Earl und Jefferson anklagen werden.«

»Ist Ihnen das ernst, Jack?«

»Todernst, verdammt noch mal. Wenn wir ihm auch die anderen Morde zur Last legen, wird seine Kaution widerrufen. Besondere Umstände, ganz einfach. Dann sehen die Presseleute, dass wir alles unternehmen, um zu verhindern, dass er es noch einmal tut – und so vielleicht ein Leben retten.«

»Ich bin ja voll und ganz fürs Lebenretten, aber was haben wir an Beweisen?«

»Darum muss sich Sam zusammen mit der Polizei kümmern. Meine Aufgabe ist, der Öffentlichkeit zu geben, was sie haben will, und die Öffentlichkeit will, dass wir diesen Kerl hart anfassen. Laut sämtlicher Meinungsumfragen in diesem Land hat Ashford alle drei umgebracht und es werden schon Stimmen laut, die sagen, wir würden die Sache schleifen lassen.«

»Demnach richten wir unsere Anklagen also neuerdings am Ergebnis von Meinungsumfragen aus?«

»Es ist nun mal so, dass Meinungsumfragen die Haltung des Volkes widerspiegeln. Und es ist auch so, dass wir das Volk vertreten.«

Sie gab nicht auf. »Wenn wir Ashford für die zwei anderen Morde unter Anklage stellen, nur weil der Täter dabei ähnlich vorgegangen ist, werden wir den Fall Lara Ashford gefährden, für den wir zumindest glaubhafte Beweise haben! Die Geschworenen werden dann zu dem Schluss kommen, dass wir uns mit allen drei Morden übernommen haben.«

»Wollen Sie damit andeuten, dass Sie Elliot Ashford für unschuldig halten?«

»Hören Sie, Jack, wahrscheinlich hat er seine Frau ermordet, trotz Clay Astin, aber er ist ganz einfach zu gerissen, um die beiden anderen auf die gleiche Art und Weise umzubringen. Was Mrs. Lara Ashford betrifft, will ich nur sagen, dass wir den Tatsachen ins Auge blicken müssen. Ich bin nicht einmal sicher, ob ich in diesem Fall ein Urteil erreichen kann, angesichts dessen, was im ersten Prozess geschehen ist.«

»Lassen Sie mich eines klarstellen«, entgegnete Klegg eisig. »Sie glauben, dass er es war, aber Sie wollen eine Garantie, dass Sie den Fall gewinnen. Beim Mord an Lara stehen wir auf wackligen Beinen da – umso mehr müssen wir also die beiden anderen Fälle ins Spiel bringen, um unsere Position bei den Geschworenen zu stärken.«

»Brillant, Jack, einfach brillant. Wir stärken eine schwache Anklagebasis, indem wir uns zusätzlich zwei weitere Morde aufbürden, bei denen die Beweislage noch dürftiger ist.« Sie durchschaute nun, weshalb Klegg nicht auf eine Absprache eingehen wollte: Er hatte einen Weg gefunden, das Chicago-Problem aus der Welt zu schaffen und zugleich seine politischen Aussichten zu verbessern. Die Anklage der Staatsanwaltschaft würde sich in nichts auflösen, Elliot Ashford freikommen und eine von Kleggs potenziellen Gegnerinnen bei der Wahl im Juni wie eine Idiotin dastehen. »Sie sind ein Schwein, Jack«, fügte sie hinzu. »San Francisco verdient was Besseres.«

Kleggs gerötete Haut spannte sich über den Wangenknochen. »Ersatzleute für Sie stehen vor meinem Büro Schlange«, sagte er ruhig, »und warten alle auf ihre Chance im zweiten Prozess. Sie brauchen es nur zu sagen und Sie sind den Fall auf der Stelle los.«

Sie blickte in seine funkelnden Augen. Er will, dass ich den Fall niederlege, dachte sie. Dann hat er all seine Probleme gelöst. »Ich mache mich wieder an die Arbeit«, meinte sie und ging zur Tür.

»Und Grace, bitte legen Sie den Entwurf für die Anklageschrift bis heute Abend auf meinen Schreibtisch.«

Sie gab keine Antwort und knallte die Tür hinter sich zu.

Drei Tage später vernahm Barrett ein hartnäckiges Klingeln, das sich ganz nach Telefon anhörte. Er öffnete ein Auge und drehte den Kopf in Richtung Ton. Es stammte tatsächlich vom Telefon. Daneben stand eine Uhr; sie zeigte 6 Uhr 26 an. »Dickson«, brummte er.

»Barrett, um Himmels willen, sie haben mich *verhaftet*! Kommen Sie sofort her.«

Auf der Fahrt zum Gerichtsgebäude dachte Barrett über den Verrat von Grace und seine eigene Naivität nach, ihr zu vertrauen. Er fuhr direkt in den siebten Stock des Gebäudes, wo Häftlinge ohne Kaution festgesetzt waren, und fand seinen Mandanten am Rande eines Nervenzusammenbruchs vor. Er erklärte ihm, es sei unmöglich, jetzt eine Freilassung auf Kaution zu beantragen, weil ihm mehrfacher Mord vorgeworfen werde. Dann begann er die Minuten zu zählen, bis er dem Wachmann mitteilen konnte, dass er gehen wolle.

Er kehrte in seine Wohnung zurück und erwischte Grace Harris telefonisch, als sie gerade ins Büro aufbrach. »Hier Dickson. Ich wollte Ihnen nur zu Ihrer überwältigenden Hinterlist gratulieren. Nur achtundvierzig Stunden nach meinem Vorschlag auf Tötung ohne Vorsatz haben Sie meinen Mandanten zusätzlich für zwei vorsätzliche Morde unter Anklage gestellt.«

»Hören Sie zu, Barrett …«

»Nie wieder. Mir war schon zu Ohren gekommen, dass Sie hart sind, Grace, aber dennoch vertrauenswürdig. Jetzt weiß ich's besser.«

»Wenn Sie damit andeuten wollen, dass ich etwas Unmoralisches getan habe, Barrett …«

»Ich habe auch mal gehört, Strafrechtler seien ziviler als Zivilrechtler«, unterbrach er sie, »aber ich nehme an, das war auch nur wieder einer dieser Juristenwitze, und dazu noch ein schlechter!«

Als er aufgelegt hatte, stand er einen Augenblick starr da und stierte auf den stummen Apparat, dann goss er sich eine Tasse Kaffee ein, die er eigentlich gar nicht wollte. Offensichtlich hatte er sich sogar in den ganz wenigen Dingen geirrt, die er über Frauen zu wissen glaubte. Er hatte sich in Grace Harris einfach getäuscht. Weshalb hatte er bloß angefangen, ihr zu vertrauen?

Er fütterte Fred und Ginger II und kämpfte sich dann auf dem Klavier durch eine Fünf-Finger-Etüde. Dann stand er auf und kippte den Kaffee ins Spülbecken. Was in aller Welt ist nur mit ihr los, fragte er sich. Es irritierte ihn, dass es ihn derart irritierte. Sie hatte offenbar mit ihm Katz und Maus gespielt und ihn aus dem Gleichgewicht gebracht, wie dies Verteidigung und Staatsanwaltschaft immer versuchen. Aber sie war nicht bloß irgendeine Staatsanwältin – sie war ihm wichtig geworden. Ach, zum Teufel mit ihr.

Als er in das Spülbecken voller Geschirr starrte, dämmerte ihm noch eine andere Tatsache. Es würde keine Absprache geben und er würde Elliot Ashford alles beichten müssen, was er wusste. Er beschloss, sich ein Glas Wein zu genehmigen. Wieder stand ihm ein langer Tag und eine lange Nacht bevor.

44

Am nächsten Morgen zwang sich Barrett, um sieben Uhr aufzustehen. Sein Schädel brummte vom Sich-Herumwälzen im Bett, während er versuchte, sich auszudenken, wie man jemandem möglichst schonend beibringt, dass er bald sterben wird.

»Verdammte Scheiße, was erzählen Sie mir da?«, schrie Ashford eine Stunde später und schlug mit der Hand auf den zerkratzten Holztisch. »Mit meinem Kopf ist alles in Ordnung!«

Barrett setzte ihm geduldig auseinander, was Dr. Weiß ihm über Chorea Huntington mitgeteilt hatte, und suchte im Gesicht seines Mandanten nach Anzeichen, dass er bereits von seiner Krankheit gewusst hatte. Aber Ashford wütete immer noch und schüttelte den Kopf.

»Hören Sie zu, Dickson. Lara war vor acht Jahren schwanger, aber mein Sohn starb bei der Geburt. Jetzt ist sie tot und ich habe keinen Erben!«

»Das tut mir Leid«, erwiderte Barrett, der das Gefühl hatte, etwas sagen zu müssen.

»Ich habe jemanden kennen gelernt«, fuhr Ashford leise fort, aber Barrett bemerkte, dass seine Finger zitterten, als er die Zigarette zum Mund führte. »Und ich werde diese Frau heiraten, sobald ich hier raus bin. Sie wird mir einen Erben verschaffen, Barrett. Aber nicht, wenn ich ein mutierendes Monster bin. Ich *kann nicht* auf Unzurechnungsfähigkeit plädieren!«

»Jetzt hören Sie mir mal zu, Elliot. Ich habe an Ihre Unschuld geglaubt. Jetzt weiß ich nicht mehr, was ich denken soll, aber eines weiß ich gewiss: dass Ihnen keine Wahl bleibt. Sie haben sich mit diesen falschen Alibis selbst eine Falle gestellt.«

»Ich kann das alles erklären ...«

»Den Teufel können Sie. Sobald Sie in den Zeugenstand treten, haben die Sie am Wickel. Man wird Ihnen die frühere Verurteilung wegen gewalttätigen Angriffs vorhalten, Ihren Hass auf Earl Field und weiß der Teufel was sonst noch. Sie werden mehr verlieren als gewinnen!«

»Was ist mit dem Lügendetektor?«

»Der ist vor Gericht nicht zugelassen. Schauen Sie, Elliot, ob Sie Dr. Weiß nun glauben oder nicht, ihre Zeugenaussage zusammen mit der eines Gerichtspsychiaters könnte Sie nicht nur vor der Todeszelle bewahren, sondern Ihnen zudem vielleicht sogar das Gefängnis ersparen.«

»Wie denn das?«

»Falls die Geschworenen Sie für schuldig befinden, werden Sie für ein paar Monate – vielleicht für ein Jahr – in ein nettes Sanatorium verfrachtet, bis Sie Ihre geistige Gesundheit wiedererlangt haben, wie es so schön heißt, und dann als freier Mann ...«

Aber Elliot Ashford unterbrach ihn. »Weder Sanatorium noch vorübergehende Unzurechnungsfähigkeit. Ich könnte alles verlieren.«

»Elliot, Sie könnten Ihr *Leben* verlieren! Haben Sie mir denn überhaupt zugehört?«

»Ich habe zugehört. Ich habe jedes Wort gehört. Ich habe meine Gründe. Und jetzt will ich allein sein.«

Barrett sah, dass ihm Tränen über die Wangen liefen. Schweigend schaute er zu, wie Häftling Elliot Ashford langsam aufstand und seine Wange an das Drahtglasfenster presste. Seine Finger lagen dabei flach auf den kalten Mauern neben der Tür zum rückwärtigen Korridor.

»In Ordnung«, sagte Barrett leise. »Ich werde in ein, zwei Tagen wieder kommen. Denken Sie darüber nach.«

Ashford gab keine Antwort.

»Sie sehen müde aus, Grace«, meinte Sam eine Woche nach ihrer Sitzung bei Klegg in ihrem Büro.

»Ich war letzte Nacht mit dem Notdienst dran.«

»Das sollten Sie besser eine Weile lassen. Geben Sie ein paar anderen die Chance, die Welt zu retten. Zum Glück wurde der Prozess durch die neuen Anklagen bis zum Januar verschoben. Ashford wird kein mildes Weihnachtsurteil bekommen und Sie können sich etwas erholen.«

»Und Sie haben mehr Zeit, um Beweise zu finden, die Ashford mit Jefferson und Field in Verbindung bringen«, warf Grace ein.

»Das habe ich mir wohl verdient.« Sam lächelte. »Schauen Sie, Grace, ich weiß, dass Sie glauben, Jack und ich hätten uns gegen Sie verbündet. Ich will aber, dass Sie wissen, dass ich mir trotz Clay Astins Ruf immer noch sicher bin, dass Ashford sie alle drei auf dem Gewissen hat. Ich möchte mich entschuldigen. Ich nehme an, Sie haben den heutigen *Chronicle* noch nicht gesehen?«

Grace nahm die angebotene Zeitung, und ihr Herz klopfte schneller. Nachdem der *Chronicle* zehn Tage lang lautstark Elliot Ashfords Verhaftung gefordert hatte, hieß es nun, mit den beiden neuen Anklagen hätten die Ambitionen von »Amazing Grace« wohl doch über ihren gesunden Menschenverstand gesiegt. Bei einer Umfrage hätten drei Top-Strafverteidiger sowie ein stellvertretender D. A. aus Los Angeles übereinstimmend erklärt, indem sie die beiden anderen Morde ins Spiel bringe, gefährde sie den ursprünglichen Fall. Zudem wurde bedauert, dass sich »Ms. Harris geweigert hat, ihren Entscheid auch nur durch die Spur eines Beweises zu rechtfertigen, die sie der Anklage-Jury bald beim Prozess vorlegen muss«.

»Ich sage jetzt nicht, was ich denke«, bemerkte sie.

»Dass Sie es uns vorher gesagt haben? Dass Sie jetzt diejenige sind, die die Prügel einstecken muss? Dass das alles keine gute Idee war?«

Grace überflog den Artikel. »Sie haben eindeutig mich als

Urheberin dieser Strategie dargestellt. Da bleibt nur eines, was ich tun kann.«

Sam blickte alarmiert drein. »Sie werden doch jetzt nichts Dramatisches unternehmen?«

»Ich fürchte doch, Sam, wenn ich an meinen Kontostand denke«, erwiderte sie und nahm ihren Mantel. »Ich stürze mich in die Weihnachtseinkäufe.«

Um ein Uhr nachmittags setzten sich Barrett und Mike im »Stars« an die Bar. Barrett bestellte ein Perrier. »Ich bin beeindruckt«, kommentierte Mike.

»Ich bin mit Maßen neugierig, wie es ist, einen Fall mit einem funktionierenden Gehirn zu vertreten.«

»Darauf trinke ich einen ...«

Als sie im Club-Raum zum Mittagessen Platz genommen hatten, sah Mike auf der anderen Seite des Raumes Grace Harris zusammen mit einer Freundin sitzen.

»Sie sieht verdammt gut aus in Zivil«, meinte Barrett. »Zu schade, dass ihr Herz kälter ist als der Arsch eines Eskimos.«

»Ich dachte, du hättest eine Schwäche für sie? Aber was die eiserne Jungfrau betrifft, hast du Recht. Fälle vorsätzlichen Mordes gewinnt man nun mal leider nicht, ohne dass die Milch der frommen Denkart sauer wird.«

»Ganz zu schweigen von der Sahne der Integrität«, fügte Barrett hinzu. »Aber trotzdem gefällt sie mir und sie ist klug. Und witzig obendrein.«

»Du magst sie, das ist eben das Problem. Nur weil sie klug und attraktiv ist, meinst du, sie könnte dich vor dem Ertrinken im Meer des Lebens retten.«

»Mich vor dem Ertrinken retten? Zum Teufel, sie ist diejenige, die mir den Kopf unters Wasser drückt!«

Als sich Grace plötzlich umdrehte, ihn erkannte und freundlich anschaute, spürte er ein Gefühl, das er schon fast vergessen hatte. Leicht befangen hob er die Hand. Sie winkte zurück und spontan stand er auf und ging mit weichen Knien auf sie zu. Er konnte einfach nicht anders, als hinüberzugehen und sie unsicher anzulächeln.

»Hallo, Barrett«, begrüßte sie ihn, legte die Brille ab und streckte ihm die Hand entgegen. »Schön, Sie zu sehen. Das ist meine Freundin Jillian Jacobs.«

»Freut mich, Madam.«

»Wollen Sie sich nicht zu uns setzen?«, fragte Grace.

»Das würde ich sehr gerne tun«, erwiderte Barrett, »aber mir ist gerade eingefallen, dass wir ja nicht miteinander reden ...«

»Ach du meine Güte«, unterbrach ihn Grace. »Jillian, bitte sag Mr. Dickson, dass ich ›ach du meine Güte‹ gesagt habe.«

»Ach du meine Güte«, wiederholte Jillian und blickte Barrett mit gespielter Traurigkeit an.

»Jillian, würden Sie Ms. Harris sagen, dass die Inhaftierung meines Mandanten als Antwort auf meinen in Treu und Glauben vorgeschlagenen Handel ein interessanter Versuch war, eine Vertrauensbasis aufzubauen.«

»Jillian, würdest du Mr. Dickson erklären, dass nicht ich dem Büro des D. A. vorstehe, obwohl ich nun diejenige bin, die wegen der neuen Anklagen wie ein Trottel dasteht.«

Barrett lächelte und kam zum Schluss, dass es weniger peinlich für ihn war, sich kurz zu den beiden Frauen zu setzen, als quasi weiterhin über ihnen zu stehen. Ein Kellner stellte ihm sein halb volles Glas auf den Tisch zu seiner Rechten.

»Jillian, bitte teilen Sie Ihrer Freundin mit, dass ich nicht nachtragend bin, und wenn das eine Entschuldigung war, dann nehme ich sie an.«

Ms. Jacobs, die zwischen ihnen saß, fragte: »Wer kommuniziert vor Gericht zwischen euch? Der Richter?«

»Vor Gericht reden Anwälte entweder mit dem Richter oder

mit den Zeugen, aber kaum einmal miteinander, außer um einander ins Wort zu fallen. Aber da wir jetzt nicht vor Gericht sind, Jillian: Würdest du Mr. Dickson fragen, ob wir nicht einen Präzedenzfall schaffen wollen?«

Barrett griff nach seinem Glas, um auf eine witzige Antwort anzustoßen, aber stattdessen stieß er es um. Etwas davon ergoss sich über den Ärmel seiner Jacke, der Rest auf den Tisch. Krebsrot griff er nach einer Serviette.

»Das geht mit etwas Perrier leicht wieder raus«, meinte Grace mitfühlend. Jillian lachte, während Barrett ein bemühtes Lächeln zustande brachte.

»War schön, Sie kennen zu lernen, Jillian.« Barrett versuchte aufzustehen. »Und ich entschuldige mich bei Ihnen beiden. Ich bin eigentlich nur rüber gekommen, um meine Praxis, wie man Gespräche unterbricht, noch etwas auszufeilen.«

Jillian genoss das Spektakel offensichtlich: »Um ehrlich zu sein, wir haben uns reichlich gelangweilt, bis Sie uns unterbrochen haben. Bleiben Sie doch noch.«

»Das ist sehr freundlich von Ihnen, Jillian.« Barrett war zu verlegen, um Grace anzuschauen. »Aber nachdem ich schon Ihren Tisch ruiniert habe, werde ich jetzt zu meinem Hocker zurückkehren und auch noch die Bar in Brand stecken.« Er gesellte sich wieder zu Mike und bat Ken um Drinks und um ein Handtuch.

Am anderen Tisch beugte sich Jillian verschwörerisch zu Grace hinüber. »Er mag dich, Grace«, meinte sie fröhlich. »Und in seiner rauen Art ist er sehr attraktiv. Ist er eigentlich verheiratet?«

Grace schaute ihre Freundin von der Seite an. »Verwitwet. Und erzähl mir bloß nicht, du bist an ihm interessiert! Du bist verheiratet, denk dran.«

»Wie könnte ich das je vergessen.« Jillian runzelte die Stirn. »Aber du bist es schließlich nicht.«

45

Earl Fields Tod hatte das Leben vieler Menschen dramatisch verändert, aber niemand war mehr davon betroffen als Amanda Keller. Das Summen und Klicken in ihren Ohren war vorbei. Schon über zwei Wochen lang, seit Earl Field am 16. November gestorben war, herrschte himmlische Ruhe. Es war wie ein Exorzismus. Nun sah ein Tag fast so aus wie der andere. Sie wachte auf und fühlte sich seltsam losgelöst von allem, was geschehen war. Jedes Gefühl für Zeit und Raum schien sie in diesen ersten Momenten des Wachseins verlassen zu haben. Danach ging es eigentlich weniger darum, sich an das zu erinnern, was sie getan hatte, als vielmehr zu realisieren, dass diese Erinnerung kein Traum, sondern Wirklichkeit war. Mein Gott, dachte sie dann jeweils voller Stolz und Bedauern, ich hab' das tatsächlich getan!

Sie las jeden Bericht über den Mord, den sie auftreiben konnte, mehrmals durch und wurde höchstens vom Gejammere ihrer Mutter unterbrochen – dem einzigen noch vorhandenen Ärgernis in ihrem neuen Leben. »Ruhe!«, befahl Amanda dann mit ihrer neuen, autoritären Stimme, und Lucinda hielt zumindest für ein paar Stunden tatsächlich den Mund. Sie hatte offenkundig keine Ahnung, wie sie mit dem abgeklärten und zugleich aggressiven Verhalten ihrer Tochter anders umgehen sollte, als ihr ganz einfach möglichst nicht in die Quere zu kommen. Die neue Amanda kam und ging, wie es ihr gerade passte, und ignorierte schlichtweg die meisten Fragen ihrer Mutter. Auf jene, wie sie denn überleben sollten, hatte sie allerdings geantwortet: Sie bekomme nun wieder Arbeitslosengeld. Sie war höflich, manchmal sogar freundlich, aber stets distanziert. Sie bezahlte die Miete, ging zum Einkaufen und gestand ihrer Mutter sogar einen bescheidenen Betrag für Wein und Zigaretten zu.

Amanda genoss die Verwirrung in Lucindas Augen, während diese darauf wartete, dass alles wieder wurde, wie es zwischen ihnen die Regel gewesen war. Aber Amanda wusste, dass sie nie mehr in die Haut dieser anderen leblosen, verängstigten Person schlüpfen, nie mehr jenes sklavische Häufchen Elend werden würde, das sie einmal gewesen war. Obwohl sie sich immer noch nach Earl Field sehnte, fühlte sie zum ersten Mal in ihrem Leben festen Boden unter den Füßen und freute sich an Dingen, die sie bisher nie bemerkt hatte: an der Schönheit der ihr noch verbliebenen Katze, an einem Cappuccino in der Union Street, an einer Blume, die sich gegen den Dezemberwind stemmte, oder an der Brise, die von der Bucht herüberwehte.

Sie hielt ihre Alben auf dem neuesten Stand, schnitt manchmal Bilder des verstorbenen District Attorney aus und klebte sie neben Schnappschüssen von sich ein. Ihr Lieblingsbild war eine Fotografie von ihrem ersten Tag als reguläre Geschworene, auf der alle zwölf Jury-Mitglieder zusammen die Treppe des Gerichtsgebäudes herunterkamen und Earl im Hintergrund eine spontane Pressekonferenz abhielt, während sie über die Schulter zu ihm hinüberblickte. Niemand hätte vermutet, dass er schon damals in sie verliebt gewesen war und leider Gottes würde es auch niemand je erfahren.

Amanda ging wieder in ihr Fitness-Studio, aber jetzt trainierte sie weniger mit Gewichten als mit Ausdauer, ein Vorgehen, durch das sich weniger Muskelmasse, dafür aber Spannkraft entwickeln sollte – eine passende Metapher für ihr neues Leben. Sie war zwar zufrieden mit ihrer neuen Persönlichkeit, aber während die Tage vorüberflogen, wurde ihr klar, dass sie noch immer ein Star werden wollte und sich nach dem damit verbundenen Ruhm und Reichtum sehnte. Am meisten wünschte sie sich, dass die Leute sie wieder ansahen, dass sie sie auf der Straße wiedererkennen würden. Doch nun gab es einen wichtigen Unterschied: Zum ersten Mal in ihrem Leben kam sie damit nicht Wünschen und Bedürfnissen ihrer Mutter, ihres Arbeitgebers, ihres Produzenten, ihres Exmannes oder von sonst wem entgegen. Jetzt wollte sie es selbst.

Und an einem klaren, aber frischen Morgen, als sie gerade bei »Starbuck's« in der Union Street an einem Cappuccino nippte, hatte sie plötzlich eine Idee, wie sie ihr Ziel erreichen konnte.

Barrett Dickson kam im siebten Stock an und fand einen völlig veränderten Elliot Ashford vor – kein Vergleich zu dem weinenden, verwirrten Mann von vor zwei Tagen. Dieser Elliot war cool und arrogant wie zuvor und wusste genau, was er wollte.

»Es gibt keine Verteidigung auf der Basis von vorübergehender Unzurechnungsfähigkeit, Dickson, und zwar zuerst mal, weil ich Lara nicht umgebracht habe!«

»Ich sage ja nicht, dass Sie sie umgebracht haben; das ist bloß eine mögliche Verteidigungsstrategie.«

»Juristengeschwafel! Sie verlangen von mir, ein Verbrechen zu gestehen, das ich nicht begangen habe, und dann bringen Sie eine Entschuldigung dafür vor. Julian darf im Übrigen von der ganzen Sache kein Wort erfahren, Barrett! Verstanden?«

Barrett nickte.

»Und eines sage ich Ihnen: Wenn diese abstruse Geschichte, dass ich verrückt werde, jemals an die Öffentlichkeit kommt, weiß ich, wer geplaudert hat. Und ich garantiere Ihnen, dass ich Sie erwische, bevor die mich kriegen!«

»Sie brauchen mir nicht zu drohen, Ashford. Ich könnte es gar niemandem verraten, selbst wenn ich es wollte. Das ist eine vertrauliche Information.«

»Um so besser. Dann werden wir beide das Vergnügen haben, noch lange zu leben – vorausgesetzt, Ihre Frau Doktor liegt falsch und Sie sind so gut vor Gericht, wie Sie früher gewesen sein sollen.«

Das Telefon klingelte gerade zum fünften Mal, als Grace Harris zur Tür hereinkam und sich den Hörer schnappte. Es war Aaron, aus Florida. »Wie geht's, Kleiner?«

Zu ihrer Überraschung genoss er seinen Aufenthalt in Florida. Er unterhielt sich sogar so gut, dass sie einen unbegründeten Anflug von Neid verspürte. Natürlich vermisste er sie und auch seine Freunde – ganz im Gegensatz zur Schule. Er war zu sehr damit beschäftigt, mit ihrem Vater historische Stätten zu besuchen.

»Und kommst du auch mit dem Lernstoff voran?«

»Sicher, Großvater hilft mir. Er hat mir jede Menge über das Gelobte Land und über unsere Wurzeln beigebracht, wovon ich noch nie etwas gehört hatte. Wieso hast du mir nie davon erzählt?«

Wieder ein Minuspunkt für mich, dachte sie. »Ich wusste nicht, dass dich das interessiert.«

»Ich werde mich gebessert haben, wenn ich zurückkomme, Mom. Ich bereite mich jetzt auf die Bar-Mizwa vor und lerne sogar ein bisschen Hebräisch!«

Grace überlegte sich besorgt, ob ihr Sohn nicht vielleicht zu sehr unter den Einfluss ihres Vaters geraten könnte, aber dann tat sie diese Befürchtung als besitzergreifendes mütterliches Denken ab. Sie sprachen über den Fall Ashford und dann fragte Aaron sie, ob sie mittwochs immer noch zum Abendessen nach Emeryville fahre.

»In letzter Zeit hatte ich zu viel zu tun«, antwortete sie ausweichend.

»Vielleicht ist es ja gut so«, entgegnete er. Und dann kam die ganze Geschichte heraus. Aaron hatte sie auf der Bühne sehen wollen, aber sie sang immer nur mittwochs, und weil er tags darauf zur Schule musste, hatte sie es ihm nicht erlaubt. Also brachte er Skip Hodges dazu, sich eines Abends das Auto seines Bruders auszuleihen, und die beiden waren ihr nach Emeryville gefolgt. »Wir mussten es einfach tun, Mom. Wir fühlten uns wie Detektive und Skip hatte dich überhaupt noch nie singen hören. Ich wollte es dir gar nie erzählen, aber Großvater hat mir beigebracht, dass Verschweigen im Grunde das Gleiche ist wie eine Lüge.«

»Mein Gott«, Grace klammerte sich am Hörer fest, »ha-haben sie euch in die Bar reingelassen?«

»Wir sind direkt in die Cocktail Lounge gegangen und einfach dort stehen geblieben. Alle haben nur auf dich geachtet, Mom, und so haben sie uns gar nicht bemerkt. Du warst großartig, Mom.«

Einen unguten Moment lang herrschte Stille. Sie hatte Angst, ihn zu fragen, was er sonst noch mitbekommen hatte. War er geblieben? Hatte er sie gehen sehen? »Also, ich finde, Aaron, dass du und Skip irgendwie m-meine Privatsphäre verletzt habt. Ich bin darüber n-nicht gerade glücklich.«

»Mir geht es auch so und wie ich schon gesagt habe, vielleicht ist es besser, wenn du im Moment zu viel zu tun hast, um noch dorthin zu gehen.«

Mein Gott, dachte sie, er *hatte* sie gesehen – sie beide –, wie sie über den Parkplatz gegangen waren. Zu ihrem Techtelmechtel im benachbarten Motel.

»Mach dir mal keine Sorgen«, sagte Aaron und bestätigte ihre schlimmste Vermutung, »ich brauche Großvater den Rest ja nicht zu erzählen. Er regt sich jetzt schon genug über dich auf.«

Sie ließ sich völlig frustriert auf einen Küchenstuhl fallen. In Aarons Stimme hörte sie das Urteil ihres Vaters. Enttäuscht und traurig hängte sie ein und fragte sich, ob sie ihren Sohn zurückholen sollte, bevor ihr Vater ihn in einen Ritter der Rechtschaffenheit verwandelt hatte.

Zuerst Barrett, dann Klegg, und jetzt auch noch Aaron: Alle hackten auf ihr herum. Möglich, dass sie diesen Prozess gewann und vielleicht auch die Wahl, aber zu welchem Preis? Wie lautete dieses Gleichnis gleich wieder, bei dem darum geht, die Welt auf Kosten der Seele zu gewinnen? Sie konnte sich nicht erinnern, ob es aus dem Alten oder dem Neuen Testament stammte. Aber spielte das überhaupt eine Rolle? Und konnte ihrem Sohn nicht Schlimmeres zustoßen, als religiös zu werden? Zum Beispiel ums Leben zu kommen? Also würde sie ihn nicht nach Hause holen. Sie würde diesen Fall so schnell wie möglich abschließen, Aaron dann für eine Woche mit nach Maui nehmen und ihn dann wieder zur Schule schicken. Sie würde ihren Sohn mit ihren eigenen Waffen wieder umprogrammieren: gemeinsame Strandspaziergänge, Schnorcheln, Filme, die große Wasserrutschbahn im »Hyatt«, Abendessen bei Sonnenuntergang.

Sie stand auf und schaute sich um. Gut, dass Aaron wenigstens das Chaos nicht zu sehen bekam, das während seiner Abwesenheit entstanden war. Sie begann, alles Mögliche vom Boden aufzuheben, fühlte sich aber zu müde, um noch etwas anderes zu tun, als nur ins Bett zu fallen. Schließlich wollte sie sich die Zeit nehmen, um sich einmal richtig auszuweinen.

Am nächsten Morgen stand Grace ohne die erhoffte neue Energie auf, aber wenigstens mit der festen Entschlossenheit, alles einzustecken, was man ihr vorwerfen würde, und mit aller Kraft und allem Können, das sie aufbieten konnte, zurückzuschlagen. Weil sie verschlafen hatte, ließ sie das Frühstück ausfallen und hastete stattdessen sofort zum Gerichtsgebäude, um die wöchentliche »Planungskonferenz« mit Jack Klegg nicht zu verpassen, die immer um acht Uhr begann. Sie hatte diese erniedrigenden Sitzungen als Zeitverschwendung zu fürchten gelernt.

Heute würde es allerdings keine Zeitverschwendung werden, denn Klegg war nicht allein: »Barrett Dickson kennen Sie ja schon, Grace.«

Grace nickte und spürte, dass sie errötete. Barrett nickte ebenfalls. Warum hatte Klegg sie nicht vorgewarnt?

»Wie Sie sich denken können, Grace, haben Mr. Dickson und ich über die Ashford-Sache diskutiert. Die Presse macht uns die Hölle heiß wegen der neuen Anklagen, die Sie wegen der Morde an Jefferson und Field eingereicht haben. Ich habe Mr. Dickson hierher gebeten, damit er uns ehrlich sagt, ob er abgesehen vom ähnlichen Modus operandi von irgendwelchen Beweisen weiß, die Elliot Ashford mit diesen Verbrechen in Verbindung bringen. Und ich glaube ihm, wenn er sagt, ihm seien keine bekannt. Da wir ebenfalls keine Beweise gefunden haben, möchte ich, dass Sie die Anklagen fallen lassen.«

Die Ungeheuerlichkeit von Kleggs Erklärung verschlug Grace schier die Sprache. Von allen Demütigungen, die er inszeniert hatte, und von allen schmutzigen Tricks, zu denen er in den zehn Jahren, die sie ihn kannte, schon gegriffen hatte, war dies der Gipfel, der Grand Slam, die Krönung eines schamlosen Doppelspiels. Schlimmer kann es nicht mehr kommen, dachte sie, als sie den Interims-D. A. ungläubig anstarrte. Aber es *kam* noch schlimmer.

»Mr. Dickson und ich«, fuhr Klegg in seiner perfektionierten Kriecherstimme fort, »haben außerdem über die ursprüngliche Anklage gegen seinen Mandanten gesprochen.«

»Entweder ist meine Uhr stehen geblieben, Jack«, warf Grace endlich trocken ein, »oder meine Einladung zu Ihrer vorigen Sitzung ist in der Post verloren gegangen.«

»Mr. Dickson ist es gelungen, mich mit seinen Argumenten davon zu überzeugen, dass der zweite Prozess bloß eine Neuauflage des ersten sein wird. Es ist schlicht und einfach Tatsache, dass wir im besten Fall auf eine nicht entscheidungsfähige Jury und damit einen weiteren gescheiterten Prozess hoffen dürfen.«

Grace konnte es nicht mehr ertragen. Sie wusste, dass ihr Gesicht Wut und Demütigung verriet. »Jack, ich bin der Meinung, diese Sache sollten wir unter uns besprechen.«

Barrett reagierte sofort, indem er sich aus einem von Kleggs großen Ledersesseln schälte. »Kein Problem, Grace«, sagte er, aber bevor er noch richtig stand, war Klegg schon aufgesprungen.

»Es ist so, dass unsere Besprechungen mit den Geschworenen nach dem Prozess das Gleiche ergeben haben wie die der Verteidigung. Wir werden verlieren. Lassen Sie uns im Übrigen den Tatsachen ins Auge blicken: Es gab durchaus begründete Zweifel.«

Grace erhob sich ebenfalls. »Aber das war, weil …«

»Grace«, unterbrach sie Klegg, »lassen Sie mich ausreden.«

»Nein, ich lasse S-Sie nicht ausreden. Und ich bitte Sie noch einmal dringend, kein weiteres Wort …«

»Bitte, Mr. Klegg«, warf Barrett ein. »Ich würde lieber einen Moment draußen warten.«

»Sie bleiben, wo Sie sind, Sir«, befahl Klegg. »Und nun setzen wir uns wieder hin und regeln die Sache wie Profis.«

Barrett zuckte die Achseln und ließ sich in den Ledersessel zurücksinken. Da stürmte Grace auf Jack Klegg zu, als wolle sie geradewegs über seinen Schreibtisch springen. Sie pflanzte sich direkt vor ihm auf. »Lassen Sie es mich so schlicht und einfach formulieren, wie es nur geht, Jack. Ich werde mich nicht an diesem Komplott beteiligen, das Sie mit Mr. Dickson ausgeheckt haben. Und ich werde den Fall Lara Ashford nicht einstellen.«

Klegg schwieg und wartete ab.

»O nein, das darf doch nicht wahr sein«, murmelte Grace, denn ihr war schlagartig bewusst geworden, dass die beiden sich bereits auf einen Handel geeinigt hatten. »Also, ich werde es nicht tun, Jack«, sagte sie und wandte sich in Richtung Tür. »Das können Sie schon selbst erledigen.«

Klegg schoss um seinen Schreibtisch herum und stellte sich ihr in den Weg. »Sehen Sie eigentlich nicht, was hier vor sich geht, Grace? Earl trägt die Schuld an all dem. Wir hatten *nie* einen hieb- und stichfesten Beweis gegen Elliot Ashford. Earls

Ehrgeiz hat ihn blind gemacht für das, was alle Geschworenen klar erkennen konnten. Sicher, vielleicht war er es ja wirklich, aber wir waren nie in der Lage, ihm das zu beweisen, und wir werden es auch nie sein!«

»Und wo waren Sie, Jack, als damals die Entscheidung getroffen wurde, Elliot Ashford vor Gericht zu stellen? Sie standen neben Earl, wenn ich mich recht erinnere!«

»Grace, wir sind hier nicht allein.«

Sie konnte sich ein Lächeln ob dieser Ironie nicht verkneifen. »Sie werden es aber bald sein, Jack. Verlassen Sie sich darauf.« Und damit ging sie zur Tür.

Klegg erhob die Stimme: »Sie sollten vielleicht einmal an Ihre Zukunft hier denken, Grace! Eine Anklage zu führen ist ein schwerer Job, der schwere Entscheidungen verlangt. Nicht für jedermann geeignet.«

»Danke, Jack, dass Sie nicht gesagt haben, eine Anklage zu führen, sei Männersache!« Sie stürmte den Korridor hinunter in ihr Büro und stellte den Computer an. Allerdings nicht, um die Anklagen zurückzuziehen.

> Memorandum
> An: Jack M. Klegg, Interims-D. A.
> Von: Grace Harris, stellvertretende D. A.
> Datum: 12. Juli 1997
>
> Mit diesem Schreiben gebe ich mein sofortiges Ausscheiden aus der Amtsstelle des District Attorney der Stadt und des Bezirks San Francisco bekannt.

Grace drückte Shift F7, ging zum Drucker hinüber und nahm das Blatt heraus. Dann unterschrieb sie es, faltete es dreimal, steckte es in einen Umschlag, versiegelte diesen und schrieb Kleggs Namen darauf. Zwei Kopien machte sie für sich selbst und dann begann sie ihren Schreibtisch auszuräumen.

Schließlich gab sie Bertha, der Sekretärin der Schreibzentrale, Kleggs Exemplar ihres Rücktrittschreibens und ging ihren Mantel holen. Ihr Telefon klingelte, aber sie ignorierte es und marschierte den Flur hinunter zu den Fahrstühlen.

»So ein Glück, Grace, da sind Sie ja!« Pam, ihre persönliche Sekretärin, sprach zwar leise, aber in einem fast hysterischen Ton. »Ich habe Sie überall zu erreichen versucht. Am Empfang steht eine Person, die darauf besteht, Sie zu sehen. Sie sagt, es habe etwas mit dem Fall Ashford zu tun.«

Grace schüttelte nur den Kopf und ging weiter den Korridor hinunter.

»Grace! Diese Zeugin hat gehört, wie Ashford persönlich Lani Jefferson bedroht hat … an dem Tag, an dem sie ermordet wurde!«

Grace drehte abrupt den Kopf. »Was?«

»Wirklich! Und sie hat auch Beweise, die Ashford mit Earls Tod in Verbindung bringen!«

Grace hastete zum Empfang. Und dort stand, mit einem Ausdruck völliger Unschuld auf dem Gesicht, die Ersatzgeschworene Amanda Keller.

46

Grace ließ Sam Quon kommen und geleitete Amanda in ihr Büro. Als er eingetroffen war, bot Grace ihr einen Kaffee an und hörte atemlos zu, während sie ihre Geschichte erzählte. Am Ende rief Grace eine Stenografin herein und ging mit Amanda noch einmal jede Einzelheit durch. Sie bombardierte sie mit allen möglichen Fragen, um zu überprüfen, ob ihre Behauptungen auch wirklich hieb- und stichfest waren – denn in dem Fall würde ihr diese Geschichte die Munition liefern, um Elliot Ashford in die Todeszelle und Kleggs neueste Intrige zum Scheitern zu bringen.

»Es war am Tag, als Lani Jefferson ermordet wurde«, erzählte Amanda. »Ich hatte den Gerichtssaal nach den andern verlassen und Lani wartete noch beim Aufzug.«

»War sonst noch jemand da?«

»Eine Frau, die offenbar bei der Stadt arbeitet.«

»Kam Ihnen Ms. Jefferson besonders nervös vor an dem Tag damals?«

»O nein. Lani war immer gefasst, immer bestens gepflegt. Ich habe sie beneidet, aber noch viel mehr bewundert. Sie war ein wunderbarer Mensch.«

Grace studierte die Frau vor ihr und erinnerte sich an den Tag, als sie völlig aufgelöst aus Earl Fields Büro gestürmt war. Was war damals geschehen?

»Ms. Keller, können Sie mir für die Akten noch einmal genau schildern, was Ms. Jefferson damals anhatte?«

»Ja. Sie trug eine mauvefarbene Bluse mit großen schwarzen Knöpfen unter einem grauen Jackett und dazu einen cremefarbenen Rock.«

»Bitte fahren Sie fort.«

»Na ja, die andere Dame – die hier wohl arbeitet – stieg im zweiten Stock aus und gerade als die Aufzugstür zuging … kam *er* herein!«

»Er?«

»Elliot Ashford. Und da standen wir nun, in einem Aufzug mit einem mutmaßlichen Mörder. Ich war total verängstigt wegen all dem, was er vorher zu mir gesagt hatte, aber Lani schien ganz ruhig. Mr. Ashford lächelte uns beiden zu und sagte: ›Meine Damen?‹ – einfach so – und dann ging er an uns vorbei, so dass er hinter uns stand.«

»Können Sie die andere Frau beschreiben? Die, die ausstieg, bevor er eintrat?«

Amanda zog kurz die Augenbrauen zusammen. »Mittelgroß, dunkles Haar, so um die vierzig, würde ich sagen. Sobald die Tür sich geschlossen hatte, begann Mr. Ashford mit leiser, monotoner Stimme zu sprechen, als würde er mit jemandem ein Gespräch führen. Dabei war gar niemand außer uns da.«

»Was hat er denn gesagt? Die genauen Worte, falls Sie sich erinnern können.«

»Ich werde sie nie vergessen. Er sagte: ›Ms.Keller, Sie sind nur Ersatzgeschworene und werden bald entlassen. Betrachten Sie das als Ihren Glückstag. Ms. Jefferson dagegen wird für einen Freispruch stimmen – oder das hier war ihr letzter Einsatz als Geschworene.«

»Hat eine von Ihnen darauf reagiert?«

»Ich nicht, ich war wie versteinert. Aber Lani drehte sich um und sagte: ›Wir sehen uns morgen früh im Richterzimmer, Mr. Ashford.‹«

»Was wollte sie Ihrer Meinung nach damit ausdrücken?«

»Dass Sie den Richter über die Drohung informieren würde.«

»Was hat er dann gesagt?«

Amanda schien den Tränen nahe. »Er … sagte zu ihr … dass er sie vorher in der Hölle sehen werde.«

»Was ist dann geschehen?«

»Nichts. Als wir im Erdgeschoss ankamen, versuchten wir, ganz ungezwungen zu tun, aber wir gingen so schnell hinaus, wie wir nur konnten. Das war das letzte Mal, dass ich Lani gesehen habe.«

»Und die zweite Drohung betraf Mr. Field?«

»Ja, das war, nachdem der Prozess geplatzt war. Ich holte in der Mittagspause für meine Mutter ein paar Formulare im Stadthaus und bin dann in das kleine Restaurant gegangen, ›Pat's Seafood Grill‹ heißt es, glaube ich. Ich habe ihn zuerst gar nicht bemerkt und er hat mich auch nicht gesehen, denn ich saß an einem Tisch bei der Tür mit meinem Rücken zu seinem Rücken. Doch dann habe ich seine Stimme erkannt. Ich konnte es zuerst gar nicht glauben und ich versuchte nicht zu lauschen, aber ich war mir sicher, dass es Mr. Ashford war.«

»Was machte Sie so sicher?«

»Zwei Dinge. Erstens hörte ich ihn seinem Bekannten gegenüber sagen, dass er ein für alle Mal abrechnen werde mit diesem – ich wiederhole jetzt nicht, welches Wort er gebraucht hat.«

»Ist schon gut. Erzählen Sie mir genau, was er gesagt hat.«

»Er sagte … ›mit diesem Nigger-D. A.‹«

»Und das Zweite?

»Das passierte, als sein Bekannter ein paar Minuten später ging. Mr. Ashford stand auf, um sich von ihm zu verabschieden, und da konnte ich ihn mir genau ansehen. Ich beschloss, lieber auch zu gehen, aber dummerweise schaute er sich beim Hinsetzen um und erkannte mich ebenfalls.«

»Weshalb wissen Sie das?«

»Weil er sich danach zu mir herunterbeugte und sagte: ›Schau einer an, wenn das mal nicht die Ersatzgeschworene ist‹ oder so was in der Art.«

»Und was geschah dann?«

»Er setzte sich wieder an seinen Tisch. Ich habe die Rechnung verlangt und gehört, wie er das ebenfalls tat. Nachdem die Kellnerin beide Rechnungen gebracht hatte, stand er auf, nahm meine, ging zur Kasse und bezahlte beide. Ich wusste nicht, was ich sagen sollte. Dann kam er zurück und warf zwei Dollar auf meinen Tisch. ›Das Trinkgeld für Ihre Kellnerin‹, bemerkte er und fügte noch hinzu: ›Und für Sie ebenfalls noch eines: Halten Sie bloß Ihren hübschen Mund, wenn Sie nicht enden wollen wie Ihre Freundin.‹«

»Lani Jefferson?«

»Er muss sie gemeint haben. Zum Schluss sagte er: ›Schönen Tag noch‹, schaute mich mit so einem boshaften Lächeln an und ging hinaus, als wäre nichts passiert. Danach habe ich ihn nie wieder gesehen.«

Grace quetschte ihre Zeugin noch eine weitere halbe Stunde aus, ließ sie ihre Geschichte ein drittes Mal erzählen und achtete auf die kleinsten Unstimmigkeiten. Doch es gab keine. Dann stellte sie ihr eine letzte Frage. Konnte sie darauf eine glaubhafte Antwort geben, würde niemand von den Geschworenen an ihr Zweifel hegen können. »Und weshalb kommen Sie erst jetzt mit diesen Informationen zu uns?«

»Ich hatte Angst, Ms. Harris. Ich wusste, dass Mr. Ashford Lani umgebracht hatte und dass er mich ebenfalls leicht beseitigen konnte!«

Perfekt, dachte Grace, damit lässt sich was machen. Sie wusste, dass Barrett im Kreuzverhör darauf kommen musste, falls sie die Frage nicht selbst stellte. Er würde diese Antwort natürlich streichen lassen, aber die Geschworenen würden sie keinesfalls vergessen. »Haben Sie irgendwem davon erzählt?«

»Ich versuchte es Mr. Field mitzuteilen, aber er hielt es für eine Lüge. Er hat mich praktisch rausgeworfen!«

Das war es also, dachte Grace und die letzte Spur Skepsis wich von ihr.

»Ich bin sogar noch einmal gekommen«, fuhr Amanda mit einem verletzten Ausdruck fort, »aber er hat sich geweigert, mich zu empfangen.«

»Haben Sie je daran gedacht, zur Polizei zu gehen? Wussten Sie nicht, dass man Sie geschützt hätte?«

Amanda zog scharf die Luft ein und Grace sah, wie sich ihr Gesicht schmerzhaft verzog.

»Glauben Sie mir, ich *wollte* hingehen«, flüsterte sie dann mit brechender Stimme und bat um ein Glas Wasser.

Grace goss ein Glas aus der Calistoga-Flasche für sie ein, die stets auf dem Beistelltisch hinter ihrem Schreibtisch stand. »Möchten Sie eine Pause machen?«

Amanda trank in großen Schlucken. »Nein, es geht schon … Es ist nur … Mr. Field wäre vielleicht heute noch am Leben, wenn ich nicht so feige gewesen wäre. Ich habe mir eingeredet, wenn er mir nicht glaubt, wird mir die Polizei auch nicht glauben. Jetzt wünschte ich, ich hätte es zumindest versucht.«

Grace Harris musterte sie noch immer mit ihrem durchdringenden Juristinnen-Blick. Keine Bewegung von Amandas Händen entging ihr, kein Flackern in ihren blauen Augen, kein Beben ihrer Lippen. Sie studierte jeden Millimeter ihres Gesichtsausdrucks und suchte nach Spuren von Täuschung oder Übertreibung. Aber sie sah nichts als Angst und Schuldgefühle. »Möchten Sie eine Tasse Kaffee, Ms. Keller?«

Amanda biss sich auf die Lippen und schien schon wieder den Tränen nahe, aber sie schüttelte den Kopf. »Ich hatte panische Angst. Und jetzt, da ich es gesagt habe, habe ich noch viel größere Angst!«

Perfekt, dachte Grace. Sie hat Angst vor Elliot Ashford und den Geschworenen wird das nicht entgehen.

»Sie haben das Richtige getan, Ms. Keller«, beruhigte sie Grace. »Ich denke, das reicht für heute. Wohnen Sie noch immer an derselben Adresse?«

»Ja.«

»Ich werde mich bei Ihnen melden. Herzlichen Dank, dass Sie gekommen sind, Ms. Keller.«

»Ich bin froh, dass ich's getan habe. Ich fühle mich wirklich erleichtert. Bitte nennen Sie mich doch Amanda. Darf ich Grace zu Ihnen sagen?«

»Aber natürlich.« Grace schaute auf die Uhr und nickte der Stenografin zu. »Zeit: 3 Uhr 47. Ende des Protokolls.«

Kaum hatte sie Amanda zum Empfang begleitet, suchte sie noch einmal die Schreibzentrale auf. Erleichtert sah sie, dass der Umschlag mit ihrem Rücktrittsschreiben noch da lag. Sie nahm ihn rasch an sich, ging in ihr eigenes Büro zurück und zerriss ihn.

In der Sitzung mit Jack Klegg am folgenden Morgen kündigte sie an, sie werde den Fall Ashford allein vertreten und Klegg fiel kein stichhaltiger Grund ein, es ihr zu verbieten. Barrett hatte dem Gericht bereits bekannt gegeben, dass er den Fall allein übernehmen würde, und Grace wusste, dass sie seine Rolle als armer Einzelkämpfer – »den unbegrenzten Ressourcen der Regierung hoffnungslos unterlegen« – mit einer zweiten Kraft an ihrer Seite nur noch stärken würde. Verlieren wird er, dachte sie, aber wenigstens nur gegen mich.

Als sie eine Kopie von Amanda Kellers Aussage in ihre Aktenmappe legte, wurde ihr plötzlich bewusst, dass Earl vielleicht noch immer von der Mafia bedrängt worden war, als Amanda versucht hatte, mit ihm zu sprechen. Entweder das – oder er hatte einfach nicht die Geduld aufgebracht, sich Informationen anzuhören, die ihm womöglich das Leben gerettet hätten. Wie auch immer: Grace verstand nun, warum ihre Zeugin damals so außer sich gewesen war, als sie sein Büro verließ, und weshalb sie mit dieser Hartnäckigkeit reagiert hatte, als er sich weigerte, sie zu empfangen.

Armer Earl. Er war dickköpfig und großspurig, egoistisch und intrigant gewesen – und trotzdem vermisste sie ihn. Seinen Elan und seinen Humor. Was hatte sie bei seinem Begräbnis so oft gehört: Dieser Mann hatte einfach Stil.

Grace nahm eine Tasse Kaffee mit ins Büro und warf einen Blick auf die Morgenausgabe des *Chronicle*. Als sie die reißerische Schlagzeile auf der Titelseite sah, ließ sie beinahe die Tasse fallen und plumpste auf den Stuhl: MYSTERIÖSE ZEUGIN HÖRT MORDDROHUNG GEGEN D.A. Es fuhr ihr siedend heiß durch den Körper. Sie hatte nur Klegg und Sam von Amanda Keller erzählt. Wem hatten sie das weitererzählt?

Nichts und niemand war mehr sicher, wenn Elliot Ashford den Artikel zu Gesicht bekam, vor allem Amanda Keller nicht. Würde sie noch immer zu einer Aussage bereit sein, jetzt, da ihre Deckung so schnell aufgeflogen war? Sie wusste bestimmt, dass Ashfords Verbindungen weit über die Gefängnismauern hinaus reichten.

Grace beschloss, sie anzurufen und ihr Polizeischutz anzubieten, sobald sie mit Jack Klegg gesprochen hatte. Sie war so nervös, dass sie sich zweimal verwählte, bevor sie ihn in der Leitung hatte.

»Ich hab keiner Seele was weitergesagt«, versicherte ihr Klegg. »Ich schwör's. Sie wissen doch, hier gibt es mehr Lecks als im Büro des Präsidenten. Wer hat stenografiert?«

Grace hängte ein. Sie glaubte nicht, dass es die Stenografin gewesen war – und nie wäre ihr eingefallen, dass Amanda Keller einen PR-Berater engagiert haben könnte, der gerade den ersten Schritt unternommen hatte, um seine Klientin im Triumphzug zurück nach Hollywood zu führen.

47

Eine Woche später zupfte Amanda noch einmal ihre Frisur zurecht und überprüfte ein letztes Mal ihr Make-up, während sie etwas besorgt auf ihre dritte Sitzung mit Grace wartete. Sie wusste, dass es diesmal schwierig werden könnte.

Um acht Uhr erschien eine Sekretärin in der Empfangshalle und führte sie schweigend ins Büro von Grace Harris. Sobald Amanda eingetreten war, gab Grace sich distanziert. Amanda war sich nun sicher, dass Grace auch den Artikel im Magazin *California Confidential* gesehen hatte, der fünf Tage nach der *Chronicle*-Geschichte erschienen war.

Die Zeitschriften waren Schlange gestanden für ein Interview mit der »mysteriösen Zeugin«, ebenso sämtliche Boulevardzeitungen im Land. Amanda und ihr neuer PR-Berater hatten sich bewusst für *California Confidential* entschieden, denn dieses Magazin enthielt die ausgewogene Mischung von schlüpfrigem Klatsch, gewürzt mit einem Hauch Realität, nach der die Öffentlichkeit gierte und die ihm momentan seine führende Stellung einbrachte. Überdies schien die *Confidential* die besten Verbindungen zur Star-Maschinerie in Hollywood zu haben.

Die ausgehandelten Bedingungen waren einfach: Amanda erhielt als Gegenleistung für ein Exklusiv-Interview ein bescheidenes – aber dringend benötigtes – Entgelt von 20 000 Dollar und hatte überdies das letzte Wort bei der Fotoauswahl sowie beim Nachdruck ausgewählter, wohl wollender Kritiken über ihre Rolle in *»Hope's People«*.

Sie hatte sich Sorgen gemacht, wie Grace wohl darauf reagieren würde, doch ihr Berater hatte ihr erklärt, dank ihres Status als Kronzeugin der Anklage könne sie praktisch tun und lassen, was ihr gerade in den Sinn kam – wie der sprichwörtliche Gorilla, der sich überall hinsetzen konnte, wo er wollte. Aber ihr Berater musste sich ja auch nicht der zierlichen Grace Harris stellen, die Amanda nun so intensiv anstarrte, dass selbst ein Gorilla irritiert ins Zwinkern gekommen wäre.

»Ich kann einfach nicht glauben, dass S-Sie das getan haben!« Grace richtete die gefaltete Zeitung wie eine Pistole auf Amanda. »Und was ist mit der *Chronicle*-Geschichte, die direkt nach unserer ersten Sitzung publiziert wurde? Kam die auch von Ihnen?«

Amanda Keller blickte zu Boden. Sie hatte beschlossen, ihre Glaubwürdigkeit bei der Staatsanwältin zu stärken, indem sie ihr bei nebensächlichen Dingen die Wahrheit sagte. »Es tut mir Leid, Grace. Ich habe einfach …«

»Hatten wir nicht vereinbart, dass Sie mit niemandem darüber sprechen? Verstehen Sie nicht, dass Sie Ihre Glaubwürdigkeit als Z-Zeugin bei den Geschworenen damit völlig untergraben haben?«

Amanda war alarmiert. War sie zu weit gegangen? Wurde sie etwa verabschiedet? »Es … es tut mir so Leid, Ms. Harris. Es war nur, weil … na ja, ich habe keine Arbeit, und … ich brauchte das Geld für meine Mutter. Sie ist schwer behindert, wissen Sie. Die haben mir versprochen, dass ich den Artikel noch einmal lesen könne, bevor er publiziert wird, und ich wollte ihn Ihnen zeigen, aber dann …«

»… haben die von der Zeitung getan, was sie wollten«, unterbrach Grace sie.

»Nun, ja.« Sie tupfte ihre trockenen Augen mit einem Kleenex ab. »Ich komme mir ja so dumm vor.« Sie bemerkte, wie Graces Gesicht weicher wurde, und sprayte sich zweimal in den Mund. »Asthma«, hauchte sie.

»Ach je«, Graces Zorn verrauchte. »Was wollen Sie sagen, wenn Mr. Dickson Sie beschuldigt, Sie hätten diese ganze Geschichte nur erfunden, um sie verkaufen können?«

»Ich werde ihm und den Geschworenen die volle Wahrheit sagen, genau wie Ihnen«, versicherte Amanda. Sie wusste, dass ihr Gegenüber klug genug war, auch das Ungesagte zu verstehen: Und ich werde für sie zusammenbrechen, wie ich jetzt für Sie zusammenbreche.

»Sie verstehen, dass Sie sich zwei Probleme geschaffen haben, Amanda. Dickson hat jetzt nicht als Motiv das Geld, sondern im Voraus auch schon so etwas wie eine Abschrift Ihrer Aussage. Er wird sich also gut auf Sie vorbereiten können.«

»Aber ich habe Ihnen doch versichert, dass ich viele dieser Dinge gar nie gesagt habe!«

»Das macht es nur noch schlimmer. Er kann den *Confidential*-Reporter unter Strafandrohung vorladen, um Ihrer Version zu widersprechen. Wie auch immer: Sie befinden sich von Anfang an in Verteidigungsposition, Sie streiten alles ab und entschuldigen sich. Und genau das führt dann dazu, dass Prozesse auf Seitenwege abdriften.«

»Wären Sie ohne mich besser dran, Grace? Ich will nichts tun, was Ihren Fall gegen diesen furchtbaren Menschen gefährden könnte.«

Dieses Angebot schien die stellvertretende D. A. nur noch mehr zu verärgern. »Natürlich nicht«, schnauzte sie Amanda an, »es wird jetzt einfach schwieriger.«

Amanda trat einen Schritt auf Grace zu, die aufgehört hatte, hin und her zu gehen, und berührte sie leicht am Arm. »Dann werde ich Ihre Hilfe brauchen. Ich bin so unerfahren mit so was. Aber mit Ihnen an meiner Seite stehe ich es schon durch. Ich sage Ihnen die Wahrheit, Grace, und die Geschworenen werden das erkennen.«

Grace blickte in das reuige Gesicht der groß gewachsenen Frau und fixierte sie mit einem prüfenden Blick, den Amanda kaum ertragen konnte: Diese Frau ist knallhart, dachte sie. »Ich werde einen Schutz für Sie organisieren. Setzen wir uns und machen wir uns an die Arbeit. Es bleibt uns nicht mehr viel Zeit.«

»Was ist nun mit dieser Amanda Keller, Leute?« Mike Reasoner hielt ein Exemplar der *California Confidential* in der Hand. »Was sagt Ashford zu ihren Behauptungen?«

»Er kennt die Frau nicht«, antwortete Barrett, »außer dass er sich schwach erinnert, dass sie Ersatzgeschworene war.«

Mike, Barrett und Lev saßen in Levs Büro. »Okay«, meinte Mike, »aber das bedeutet, dass Ashford in den Zeugenstand muss. Haben Sie Keller kontaktiert, Lev?«

»Sie will nicht mit mir reden. Mit uns. Sie müssen Hilfe beim Richter holen, Barrett.«

»Oder ein Revolverblatt herausgeben«, warf Mike ein.

»Ich werde mit dem Richter reden, aber bis dahin müssen wir etwas über sie herausfinden.«

»Ich bin dran«, warf Lev ein. »Habe einen Typen engagiert, der Hollywood unter die Lupe nimmt.«

»Was ist mit dem *Confidential*-Reporter?«, wollte Mike wissen. »Haben Sie nicht gesagt, sie hätte ihm irgendeinen Scheiß über eine intime Beziehung mit Field erzählt? Da müsste doch was herauszuholen sein.«

»Das hat meine Kontaktperson im Süden munkeln gehört«, meinte Lev. »Ich treffe mich übermorgen persönlich mit dem Reporter, und ich werde schon was in Erfahrung bringen.«

Barrett seufzte und füllte seine Kaffeetasse wieder auf. »Das hoffe ich, Lev. Der Prozess beginnt in drei Tagen und ich sitze hier rum und frage mich, wie ich eine attraktive Frau ins Kreuzverhör nehmen soll, die fast zehn Jahre lang immer in der gleichen Firma gearbeitet hat, ihre schwer behinderte Mutter unterstützt und deren Engagement für die Gerechtigkeit sie dazu getrieben hat, ihr Leben aufs Spiel zu setzen.«

Die drei Männer saßen eine Minute lang schweigend da.

»Das Motiv«, bemerkte Barrett schließlich. »Vielleicht ist das ja ein Anhaltspunkt für uns. Das Motiv von der Keller. Weshalb ist sie damit herausgerückt? Und weshalb jetzt?«

»Vielleicht ist sie religiös«, sagte Mike in gespieltem Ernst. »Sehnsucht nach Wahrheit, Gerechtigkeit – und Sofortruhm.«

»Vielleicht haben wir es auch bloß mit einem weiteren miesen Trick von Ashford zu tun«, meinte Barrett.

»Mieser Trick?«, fragte Lev.

»Ja. Vielleicht hat sich unser Freund Elliot Ashford einfach einen neuen Renee-Babcock-Plan ausgedacht, diesmal in der Version ›Zeugin der Anklage‹. Diese Keller sagt aus, sie habe ihn alle möglichen Leute bedrohen gehört, dann bricht sie bei meinem unerbittlichen Kreuzverhör zusammen und gibt sich als Bienenkönigin von einem anderen Stern zu erkennen. Die Geschworenen haben bis dahin die Nase gestrichen voll von der Staatsanwaltschaft und Ashford marschiert als freier Mann zur Tür raus.«

»Vielleicht habe ich ja was verpasst«, meinte Leviticus, »aber wäre das nicht gut für uns, vorausgesetzt natürlich, es funktioniert?«

»Diese Art Spielchen ist für niemanden gut, *vor allem* wenn es funktioniert«, predigte Mike. »Es erniedrigt nicht nur unser Rechtssystem, sondern macht obendrein uns alle auch noch zum Gespött.«

»Also, das ist ja nun vielleicht etwas frömmlerisch, Mike«, beschwichtigte Barrett, »aber nach Babcock bin ich echt auf der Hut. Wie heißt es doch so schön: Wer einmal reinfällt, hat Pech; wer zweimal reinfällt, ist selber schuld.«

Teil 4

Das Wiederaufnahme-verfahren

»Was dir das erste Mal nicht gelingt ...«
Anonym

»Streb auf das Ende zu und bleibe
nie im Zweifel stehn,
Nichts ist so gut verborgen, dass es
nicht findet, wer sucht.«
Richard Lovelace, »*Seek and Find*«

48

Die zweite Verhandlung kam rasch in Gang und verlief zügig. Alle kannten ihre Aufgabe und beherrschten ihre Rolle. Die Presseleute wussten, wo ihre Plätze waren, und die Leute, die verloste Sitzplätze ergattert hatten, verhielten sich dank einer entschiedenen Lektion seitens des Gerichtsdieners, wie es sich gehörte. Richter Hernandez musste nur die Hand nach seinem Hammer ausstrecken und schon versank der ganze Saal in tiefes Schweigen.

Barrett Dickson spürte, wie alle andern vor einem Auftritt, die typische Panik des ersten Tages, weil er wusste, wie leicht man eine entscheidende Tatsache oder einen wichtigen Zeugen übersah und dass jeden Augenblick etwas schief gehen konnte – und wohl auch würde. Es blieb einem nie genug Zeit, um bei einem bedeutenden Fall für alle Unwägbarkeiten gerüstet zu sein.

Er warf einen Blick auf Elliot Ashford. Er wirkte wie üblich unerschütterlich, aber die Sonnenbräune, die er sich sonst an den Wochenenden in Palm Desert oder beim Skifahren in Aspen zulegte, war verschwunden. Dennoch hatte die Gefängnisblässe die selbstgerechte Empörung nicht zu tilgen vermocht, die sich in seinen blassblauen Augen spiegelte und in seinem markanten Kinn zum Ausdruck kam.

Barrett blickte nach rechts. Dort saß Grace Harris, effizient, klug und Furcht einflößend. Besonders Furcht einflößend, weil sie zu zart war, als dass er sie zur Schnecke machen konnte, und zu klug, als dass sie auf seine Tricks hereinfallen würde. Dann wanderte sein Blick noch etwas weiter und er lächelte vage in die Richtung der Gruppe, aus der er bald die Geschworenen würde auswählen müssen. Mike Reasoner befand sich wegen eines Falls, den er bei C&S vertrat, gerade in einer anderen Stadt, und obwohl seine Recherchen inzwischen abgeschlossen waren, wäre es beruhigend gewesen, ihn im Gerichtssaal zu sehen. Lev Heywood war da, Gott sei Dank, direkt hinter ihm. Er schaute so heiter drein wie ein Buddha, wenngleich Barrett wusste, wie es an ihm nagte, dass es ihm nicht gelungen war, etwas Negatives über die neue Kronzeugin der Anklage auszugraben. Drei Reihen hinter Lev saß Julian Gold, und zwar vollkommen unbeweglich bis auf gelegentliche Hustenanfälle, die seinen ausgemergelten Körper bisweilen erschütterten.

Hinten in der fünften Reihe auf der Seite, die der Jury am nächsten war, hatte Dr. Eric Tremaine Platz genommen und blickte so unauffällig wie möglich drein. Tremaine setzte sich während der Geschworenenauswahl sonst direkt neben den Anwaltstisch, doch da Barrett allein arbeitete, hatten sie einen einfachen Plan vereinbart. Tremaine würde sich an das rechte Ohr fassen, wenn er eine getroffene Wahl billigte, und an die Nase, wenn nicht. Ein Husten bedeutete, dass er keine ausgeprägte Meinung hatte, und in diesem Fall würde Barrett sich auf seine Intuition sowie auf die Informationen verlassen, die Tremaine bereits über sämtliche zur Auswahl stehenden Geschworenen für ihn zusammengetragen hatte. Zog er ein weißes Taschentuch heraus, hieß dies, dass Barrett alle bis dahin ausgewählten Geschworenen akzeptieren solle, selbst wenn noch Einspruchsmöglichkeiten vorhanden waren. Diese weiße Fahne signalisierte, dass die auf der Seite noch wartenden Leute nicht besser oder möglicherweise sogar schlechter waren als die bereits gewählten.

Die Auswahl der Geschworenen dauerte drei Stunden und ging damit bedeutend rascher vonstatten als bei der ersten Verhandlung, wohl nicht zuletzt deshalb, weil Tremaine das weiße Taschentuch schon aus der Jackentasche gezogen hatte, als Barrett erst vier Einspruchsmöglichkeiten wahrgenommen hatte. Er hatte auf reiche Country-Club-Mitglieder gehofft oder regierungsfeindlich eingestellte Linke, Stützen des kulturellen Fortbestands, deren »präexistierenden kognitiven Konstrukte«, wie Tremaine dies genannt hatte, sie für den Angeklagten hätten einnehmen können. Es gab auch wirklich ein paar dieser Kumpane, aber Grace Harris schickte sie gleich in die Wüste.

»Wir sind mit der Geschworenenauswahl, so wie sie sich jetzt präsentiert, vollkommen einverstanden, Euer Ehren«, bemerkte Barrett und verbarg seine Enttäuschung.

Grace nahm seine Kapitulation an und war schon bald auf den Beinen, um mit einer Beweisführung zu beginnen, mit der sie Barrett nach zwanzig Minuten ins Schwitzen brachte, während Ashford sich Notizen machte und die Geschworenen ihn mit unverhohlener Verachtung musterten.

»Wir kommen nun zum dritten Opfer des Angeklagten«, sagte Grace gerade mit einem ungeheuchelten Stocken in der Stimme. »Earl Field. Bei diesem brutalen Mord tritt die Arroganz des Angeklagten besonders deutlich zutage. Ja, meine Damen und Herren Geschworene, *Arroganz*«, fuhr sie mit einem Schritt nach hinten auf Elliot Ashford zu fort. »Es genügte ihm nicht, seine F-Frau umzubringen, er hat sie auch noch auf das Schrecklichste gequält. Und es genügte ihm nicht, den Geschworenen zu drohen, er hat eine aus ihren Reihen ermordet, und zwar auf die gleiche Weise, wie er seine Frau abgeschlachtet hat. Und selbst das hat seine Rachegelüste und seinen Zorn, wie ein gewöhnlicher Verbrecher vor G-Gericht geladen zu werden, nicht besänftigen können. Er musste auch noch den Mann töten, der es gewagt hatte, ihn des Mordes anzuklagen.«

Anstelle von Barretts sonst undurchdringlicher Miene machte sich Fassungslosigkeit breit, als er sah, wie Grace sich breitbeinig vor den Angeklagten hinstellte und ihm direkt ins Gesicht schaute. »Ja, meine Damen und Herren, Arroganz: Bei Elliot Ashford haben wir es nicht mit einem geistig gestörten Mehrfachmörder zu tun, der seine Opfer irgendwo vergräbt oder von einem Turm aus Leute abknallt. Es handelt sich bei Elliot Ashford nicht um einen frustrierten Exangestellten, der eines Tages durchdreht und an unbeteiligten Bürgerinnen und Bürgern Rache übt. Nein, er ist ein gebildeter Mann, von Geburt an sehr reich, ein mächtiger Mann, dessen Brutalität, mit der er diese Taten begangen hat, nur noch durch seine teuflische Durchtriebenheit übertroffen wird, mit der er versuchte, den Verdacht von sich abzulenken.« Hier machte sie ein Pause und wandte sich wieder den Geschworenen zu. »Und wie ging er dabei vor? Mit Mitteln, so simpel und gleichzeitig brillant, dass er beinahe damit Erfolg hatte. Die Beweisführung wird zeigen, dass Elliot Ashford den Tod seiner beiden letzten Opfer mit Vorsatz auf dieselbe Weise in Szene setzte wie seinen ersten Mord. Er rechnete sich mit diesem Vorgehen aus, wie unwahrscheinlich es aussehen musste, dass ein so kluger, reicher und mächtiger Mann wie er etwas derart Dummes und Simples tun würde, so dass man die beiden letzten Morde für das Werk eines Nachahmungstäters halten oder annehmen würde, dass sie ihm jemand in die Schuhe schieben will.«

Während sie die Stimme senkte und einen normalen Umgangston anschlug, trat sie näher an die Geschworenen heran und blickte beim Weitersprechen jedem einzelnen in die Augen.

»Aber die P-Polizei, meine Damen und Herren, hat sich nicht täuschen lassen. Die Anklage hat sich nicht täuschen lassen. Und ich bin mir ganz sicher, dass auch Sie sich angesichts der Beweislage nicht täuschen lassen werden.«

Barrett erhob sich fast entschuldigend. »Euer Ehren, ich wollte die aufwühlende Argumentation nicht unterbrechen, aber ...«

»Sie brauchen nicht weiterzureden«, unterbrach ihn John Hernandez. »Ich hatte auch ohne Ihren Einwand eingegriffen. Bitte schalten Sie ein, zwei Stufen herunter, Ms. Harris. Das Schlussplädoyer kommt, wie Sie sehr wohl wissen, erst am Ende der Verhandlung.«

Barretts Zurückhaltung hatte sich ausgezahlt. Indem er Grace hatte reden lassen, bis sie die Grenze zur Beweisführung überschritt, hatte er das erste Geplänkel dieser Verhandlung für sich entschieden.

»Danke, Euer Ehren«, bemerkte Grace und fuhr danach mit ihren systematischen Ausführungen fort, indem sie ihre Beweise zu jedem Opfer kurz darlegte, sowie auf das Motiv, die Mittel und die Gelegenheiten einging. Nur ganz selten kam sie ins Stottern, etwa als sie genüsslich Elliot Ashfords anfängliche Lüge ausschlachtete, er sei am Abend des Mordes an seiner Frau im Kino gewesen. Sodann stellte sie seinen zweiten Versuch dar, ein falsches Alibi vorzulegen, indem er im ersten Verfahren mit Renee Babcock antanzte, nicht zu vergessen das wütende Geschrei, mit dem er kurz vor dem Mord erwiesenermaßen über Lara Ashford hergefallen war, die Tatsache, dass sein Blut, mit dem seiner Frau vermischt, am ersten Tatort gefunden wurde, sowie dass nur er allein ein Motiv für alle drei Morde hatte. »Meine Damen und Herren Geschworene, bei dieser Person handelt es sich um Elliot Winston Ashford.«

Erst ganz zum Schluss ließ sie jedoch die eigentliche Bombe platzen. »Doch können Sie dessen tatsächlich sicher sein?«, fragte sie rhetorisch, »jenseits aller Zweifel, dass die Morde an Ms. Jefferson und Mr. Field ebenfalls von der Hand des Angeklagten ausgeführt wurden? Ja, meine Damen und Herren, das können Sie! Denn die Volksvertretung wird Ihnen eine Zeugin präsentieren, die im ersten Verfahren als Ersatzgeschworene anwesend war und den Mut aufbrachte, offen zu reden. Sie wird Ihnen mitteilen, was sie vom Angeklagten höchstpersönlich gehört hat. Wie er den beiden letzten Opfern mit dem Tod drohte! Wie er ihnen genau das androhte, was er später dann auch wirklich tat!«

Darauf hatten sämtliche Anwesenden im Saal gewartet: auf den Trumpf – die Kronzeugin.

49

Ihr Eröffnungsplädoyer war phänomenal«, sagte Lev Heywood zu Barrett, als sie am selben Tag spätabends in seinem Büro ihr Fertiggericht verspeisten. »Echt.«

Barrett wusste, dass sein Freund in Wirklichkeit nichts als die simple Tatsache anerkannte, dass er in der Lage gewesen war, auf sein Stichwort hin aufzustehen, ein paar ganze Sätze zu formulieren und sich auf diese Weise in der Anklageflut über Wasser zu halten, ohne abzusaufen.

»Phänomenal ja wohl nicht gerade«, erwiderte er, »aber immerhin hat niemand lauthals gelacht.«

»Und ich habe höchstens zwei oder drei gesehen, die Ihnen am Ende den Stinkefinger gezeigt haben«, bemerkte Lev.

»War eine davon Grace Harris?«

»Nö«, erwiderte Lev, »die hatten Sie längst eingeschläfert, samt den meisten Zuschauern.«

»Danke für Ihre Unterstützung. Ich habe im Moment gerade ein Problem mit meiner Selbstüberschätzung.« Barrett trank einen Schluck Eistee und schwieg ein paar Minuten. Dann stand er auf und streckte sich. Er wusste, dass seine Eröffnung langweilig und ohne Schwung gewesen war. Seine rückhaltlosen Anspielungen, dass die Kronzeugin der Anklage weniger vom heldenmütigen Streben nach Wahrheit, sondern eher nach Ruhm und Reichtum getrieben sei, hatten sich hohl und gekünstelt angehört, und zwar sogar für seine Ohren. Er versuchte sich vorzustellen, wie er es hätte besser machen können. Die Dinge beim Namen nennen? Laut sagen, dass niemand anders derartige Drohungen gehört hatte?

»Warum haben Sie den Schreiberling von *Confidential* nicht erwähnt?«, fragte Lev. »Ich habe Ihnen doch gesagt, dass es in seinen Bemerkungen nur so hagelt von Earl-hat-das und Earl-hat-jenes und wie sehr er sie angeblich geliebt hat und lauter so Zeug.«

Barrett brummte. »Sie haben mir mitgeteilt, dass er nicht herkommt und aussagt. Um seine Quelle zu schützen.«

»Vielleicht besinnt er sich anders.«

»Vielleicht aber auch nicht.«

»Tremaine behauptet, achtzig Prozent der Geschworenen bilden sich ihre Meinung auf Grund der Eröffnungsplädoyers und weichen nicht mehr davon ab. Ernsthaft, Barrett, ich glaube, Ihre Eröffnung hat sie wieder dazu gebracht, Keller zumindest genauer unter die Lupe zu nehmen. Tut mir Leid, dass ich bis jetzt nichts über sie in Erfahrung bringen konnte.«

»Es muss etwas geben«, sagte Barrett gereizt. Wenn über Amanda Keller geredet wurde, spürte er immer eine Welle der Furcht in sich aufsteigen. »Sie war in *Hollywood*, Mann.«

Lev zuckte die Achseln. »Es gibt nichts, Barrett. Ich habe mit ihrem Exmann gesprochen, einem Typen, sag' ich Ihnen, da ist Kotze nichts dagegen. Nach fünf Minuten hatte ich Mitleid mit der Frau. Das Schlimmste, was jemals über Amanda Keller gesagt wird, ist, dass sie ein bisschen spinnt, so wie die Hälfte der Geschworenen, die wir jetzt haben.«

Barrett rieb sich die rotumrandeten Augen. »Was ist mit früheren Verbindungen zu Ashford?«

»Keine. Tatsache ist, dass sie vermutlich die Wahrheit über das Schwein sagt.«

»Wir müssen da dranbleiben, ja? Also halten Sie weiterhin die Augen offen.«

»Ich hab' schon überall hingeschaut, Barrett.«

»Dann tun Sie es noch ein Mal. Ich brauche Schmutz über sie und Schmutziges über die Bullen, über das Gerichtslabor, den Pathologen, den D. A., der jetzt die Amtsgeschäfte übernommen hat, den Hausdienst des D. A. Ich brauche Schmutz über alle und jeden, die sie uns zum Fraß vorwerfen!«

Lev nickte grinsend. »Endlich hören Sie sich wieder wie ein Strafverteidiger an. Was das Büro des D. A. angeht, das können wir vergessen. Ich habe es mit mehreren Juristen noch einmal überprüft, die mit ihm auch noch eine Rechnung zu begleichen haben.«

»Schon gut. Aber geben Sie es noch nicht auf, ja? Vor allem, was die Keller betrifft.«

»Ich fahre heute noch nach L. A.«

»Tut mir leid, aber es ist nötig.« Lächelnd zog Barrett das dunkelblaue Jackett an, ein Teil von dem, was er »den guten Anzug« nannte und zum Eröffnungs- und zum Schlussplädoyer immer trug. Von der Tür her ließ er seinen Blick auf seinem Freund ruhen. »Wenn wir nichts gegen Amanda Keller finden, Lev, geht Ashford baden.«

Am anderen Ende der Stadt saß Grace Harris in ihrer Wohnung am Russian Hill mit Amanda Keller und Sam Quon am Küchentisch über dem Rest einer zweiten Kanne Kaffee. »Gehen wir das Ganze noch einmal durch«, schlug sie vor.

Amanda schüttelte den Kopf. »Ich bin völlig erschöpft, Grace. Ich sehe morgen aus wie sonst was, wenn ich nicht ein paar Stunden schlafen kann.«

Sam nickte zustimmend. Grace wusste, dass sie allmählich wie besessen war, noch mehr als sonst, und beschloss, Schluss zu machen. »Versprechen Sie mir nur eines, Amanda: dass Sie auf den Köder nicht anbeißen, wenn er Sie mit der *Confidential*-Geschichte konfrontiert. Sagen Sie alles frei heraus, so wie uns heute Abend. Und erwarten Sie nicht, dass ich Einspruch erhebe, und wenn er Sie noch so hart rannimmt. Ich will auf keinen Fall, dass Sie in dieser Sache angreifbar wirken, also werden Sie solo fliegen. Bloß keine Panik.«

»Ich glaube, so hart wie Sie *kann* mich Dickson gar nicht rannehmen.«

»Sie sind tatsächlich mit allem klar gekommen, was ich Ihnen an den Kopf geworfen habe. Aber wenn Sie *irgendwas* finden, das die Verteidigung in der Hand haben könnte – rufen Sie mich an. Vergessen Sie nie, dass es nichts gibt, mit dem wir hier nicht fertig werden – sofern wir uns als Erste damit befassen können. Sam wird Sie jetzt nach Hause bringen und morgen um Punkt halb acht abholen. Und kein Aufsehen mit Luxuslimousinen mehr, ja?«

Nachdem Amanda und Sam die Wohnung verlassen hatten, kam es ihr unheimlich ruhig vor, und am liebsten hätte sie Aaron angerufen, um seine Stimme zu hören und ihm zu sagen, wie lieb sie ihn hatte. Aber an der Ostküste war es erst zwei Uhr früh. Ihr war bis jetzt nicht wirklich klar gewesen, wie gern sie ihn um sich hatte. Nie hatte sie sich derart einsam gefühlt.

Schließlich griff sie nach ihrer Fragenliste für Amanda, wobei sie sich unwillkürlich überlegte, warum sie sich so unwohl dabei fühlte. Die Eröffnungsaussagen waren besser gelaufen, als sie je gehofft hatte, und ihre Kronzeugin wirkte unangreifbar. Was nagte bloß an ihr? Ihr fiel ein, was Earl dazu gesagt hätte: Die Braut ist viel zu schön!

»Ihre erste Zeugin, Ms. Harris«, rief Richter Hernandez tags darauf um Punkt neun Uhr.

»Bitten Sie Amanda Keller herein, Euer Ehren.«

Der Gerichtsdiener nickte seinem Kollegen an der Tür zu und dieser verschwand eilig im Flur. Zeugen waren vom Gerichtssaal ausgeschlossen; deshalb wartete Amanda draußen. Als die Tür hinten im Saal wieder aufging, drehten sich alle um. Strahlend schön schritt Amanda Keller den Gang entlang, mit einem entspannten Gesicht, das vor Gesundheit strotzte, mit der Figur einer durchtrainierten Athletin und langen, wohl geformten Beinen, die durch halbhohe Absätze und dunkle Strümpfe noch besser zur Geltung kamen. Sie rief bei ihrem Erscheinen denn auch ein allgemeines bewunderndes Gemurmel hervor. Selbst John Hernandez schien einen Augenblick von ihr ganz gebannt.

Nach nicht einmal einer Stunde war alles gelaufen. Graces stringente Befragung verlief problemlos, denn die Zeugin gab die Drohungen des Angeklagten mit verblüffender Genauigkeit wieder. Barrett seufzte, als er bemerkte, wie zwei Geschworene drohend in Elliot Ashfords Richtung blickten, ohne sich dessen überhaupt bewusst zu sein. Im Kreuzverhör versetzte Amanda Barrett sogleich in Wut durch ihre makellose Wiedergabe ihrer früheren Aussagen und indem sie sogar freiwillig einiges hinzufügte, das sie während der Direktbefragung gar nicht erwähnt hatte – für einen Anwalt während der Verhandlung der absolute Albtraum. Obwohl er die simpelsten Ja-oder-Nein-Fragen stellte, holte sie unweigerlich weit aus und beschrieb Ashfords drohende Blicke und Gebärden noch ausführlicher. Lass sie doch reden, sagte er sich, und doch hatte er eine Zeugin vor sich, der er irgendwie Einhalt gebieten musste. Er durfte nicht aufgeben. »Sie haben dem Richter gegenüber während der ersten Verhandlung nichts von alldem erwähnt, nicht wahr?«

»Nein. Ich sagte doch, ich war zu Tode erschrocken.«

»Wenn Sie derart zu Tode erschrocken waren – was Sie uns, wenn ich richtig mitgezählt habe, inzwischen vierzehn Mal gesagt haben –, warum haben Sie dann nicht um Schutz ersucht, beim Richter, beim Sheriff oder auch bei der Polizei?«

»Ich habe daran gedacht«, antwortete sie zaghaft und mit einem Zittern in der Stimme. »Aber wie hätte ich sicher sein können, dass sie mich vor der Mafia schützen?«

Ein Raunen ging durch die Galerie. Der Gerichtsdiener erhob sich.

»Beantrage Streichung, Euer Ehren«, rief Barrett dazwischen. Er fühlte sich auf einmal schwach und zittrig, als wäre plötzlich sein Blutzuckerspiegel abgesackt. Und plötzlich hörte man im Saal kein anderes Geräusch mehr als sein Atmen. Er spürte, dass ihn sämtliche Geschworenen anstarrten.

»Die Antwort wird gestrichen«, bemerkte der Richter, »und die Geschworenen werden gebten, sie zu ignorieren.«

Und wie sie das werden, dachte Barrett. »Ms. Keller, trifft es zu«, fragte er laut, »dass Sie von alledem zu keinem Zeitpunkt niemandem je erzählt haben bis vor ein paar Tagen?«

»Mr. Dickson«, erwiderte Amanda geduldig. »Ich habe mich nicht einmal getraut, meiner kranken Mutter davon zu erzählen, mit der ich zusammen wohne.«

Mein Gott, dachte er, die nächste Landmine. Jeder Schuss ging nach hinten los. Er stolperte trotzdem weiter. »Wie war das mit diesem Zwischenfall im Aufzug? Gibt es irgendwelche Zeugen dafür?«

»Nur die Dame, die ich bei der Direktbefragung beschrieben habe.«

»Die durchschnittlich große Frau mit dem durchschnittlich dunklen Haar, die ganz durchschnittlich aussah?«

»Ja«, erwiderte Amanda, ohne auf seinen Sarkasmus einzugehen. »Und natürlich Lani.«

»Und in dem Lokal? Als Sie hörten, wie er einem Mann erzählte, dass er mit Mr. Field ein Hühnchen zu rupfen habe? Hat das jemand gehört?«

»Ich glaube nicht.«

Barrett warf einen Blick auf seine Notizen. »Und Sie sagten, der Mann, mit dem er dort aß, war um die Vierzig, mittelgroß, hatte eine durchschnittliche Figur und dunkles Haar?«

»Richtig.«

»Klingt wie der Zwillingsbruder der Dame im Aufzug sowie

der Hälfte der amerikanischen Bevölkerung. Könnten Sie sich etwas genauer ausdrücken?«

»Einspruch, argumentativ.«

»Stattgegeben.«

»Also, dieser Durchschnittsmann saß am Tisch und war Ihnen zugewandt, ja?«

»Nein. Er schaute auf meinen Rücken. Als ich glaubte, Mr. Ashfords Stimme zu hören, habe ich mich umgedreht und Mr. Ashfords Kopf von hinten gesehen. Dabei bemerkte ich den anderen Mann.«

»Er saß Mr. Ashford also gegenüber.«

»Ja.«

»Können Sie den Geschworenen dann erklären, woher Sie wissen, dass er mittelgroß war, wo er doch saß?«

»Ich habe noch einmal hingeschaut, als er aufstand, um die Rechnung zu bezahlen und zu gehen.«

»Aha. Da haben Sie also gesehen, dass es sich tatsächlich um einen Mann mit normalem Taillenumfang, normaler Größe, normal aussehendem Haar und …«

»Einspruch!«

»Stattgegeben! Bitte lassen Sie künftig diese Mätzchen, Mr. Dickson.«

»Ja, Euer Ehren. Dann erzählen Sie uns doch noch einmal, was genau Mr. Ashford zu Ihnen sagte, als der andere Mann hinaus gegangen war.«

»In dem Moment drehte er sich um und erkannte mich. Er fragte mich, ob ich etwas mitgehört hätte, und ich sagte, nein, ich hätte nichts gehört.«

»Das war gelogen, nicht wahr?«

»Ja, das war gelogen, aber was hätten Sie denn unter diesen Umständen getan?«

Barrett zuckte die Achseln. »Vermutlich gehofft, dass ich ebenso gut lügen kann wie Sie.«

»Euer Ehren!«, rief Grace.

»Die nächste Frage, Mr. Dickson.«

»Jawohl, Euer Ehren. Bitte fahren Sie fort, Ms. Keller. Was hat er zu Ihnen gesagt?«

»Da hat er zu mir gesagt, es sei besser, ich vergäße, dass ich ihm je begegnet bin, wenn ich nicht auf einem LifeSpin sterben wolle wie Lani Jefferson.«

»Sollte damit das Trainingsfahrrad gemeint sein, auf dem Ms. Jefferson in ihrem Wohnzimmer trainierte, als sie ermordet wurde?«

»Ja.«

»Damit das klargestellt ist, Ms. Keller: Aufgrund der Tatsache, dass Ms. Jefferson tot ist und Sie weder den Mann, der in diesem Lokal saß, noch die Frau, die sich mit Ihnen und Lani Jefferson im Aufzug befand, identifizieren können, haben wir nichts als Ihr Wort, dass all dies überhaupt je passiert ist, nicht wahr?«

Er sah, wie sie Grace Harris einen Blick zuwarf und sich dann fasste. »Also, es könnte vielleicht doch jemanden geben … die Kellnerin vielleicht. Ich sage die Wahrheit, Mr. Dickson, wirklich.«

»Und falls die Kellnerin tatsächlich etwas gehört hat, Ms. Keller, welchen Abschnitt dann, den Teil über Mr. Field oder die Drohung gegen Sie?«

»Einspruch! Hypothetisch, argumentativ und auf unerwiesenen Tatsachen beruhend.«

»Wir sind im Kreuzverhör, Euer Ehren«, bemerkte Barrett, etwas verwirrt, dass eine erprobte Anwältin wie Grace Harris es mit einem derart technischen und von vornherein erfolglosen Einspruch versuchte.

»Abgelehnt. Beantworten Sie die Frage, Ms. Keller.«

Wie um nachzudenken, hielt die Zeugin einen Augenblick inne. »Am ehesten wäre es wohl möglich gewesen, als sie an meinen Tisch kam, um mir die Rechnung zu geben, nachdem der andere Mann gegangen war.«

»Können Sie die Kellnerin beschreiben, die die Drohung gehört haben könnte?«

»Tut mir Leid, Mr. Dickson. Ich war völlig außer mir über das, was Mr. Ashford zu mir gesagt hatte. Kann sein, dass sie blond war, aber ich bin mir ja nicht einmal sicher, ob sie überhaupt etwas mitbekommen hat.«

Barrett legte eine Pause ein. Amanda Keller kam ihm nun etwas verunsichert vor, bei den Geschworenen jedoch, das wusste er, hatte er sich bloß als Leuteschinder profiliert, was sie umso mehr für die Zeugin einnahm. »Haben Sie nicht 20 000 Dollar für die Geschichte bekommen, die Sie der Zeitschrift *Confidential* verkauften, Ms. Keller?«

»Nein, Sir.«

»*Confidential* hat Sie nicht dafür bezahlt?«

»Doch. Aber es waren 20 575 Dollar. Sie wollten, dass ich für Aufnahmen nach Los Angeles fahre, und ich bat sie, die Kosten für meine Mutter zu übernehmen, damit sie nicht allein zu Hause bleiben musste. Das dort ist meine Mutter, im Rollstuhl.«

Barrett konnte lediglich hilflos zusehen, wie die Köpfe aller Geschworenen herumfuhren, um einen Blick auf Lucinda Keller zu erhaschen, die hinten im Gerichtssaal ein Mitleid erregendes Bild bot. »Tatsache aber ist, Ms. Keller, dass Sie geflogen sind und den Leuten eine andere Geschichte erzählten als hier. Ist das richtig?«

»Kann sein, einige Einzelheiten vielleicht. Die haben ein paar Sachen dazu erfunden. Ich glaube, das ist nun mal so. Sie müssen wissen, Sir, dass ich für meine Mutter alles tun würde – und Gott weiß, wie nötig wir das Geld gebraucht haben, das ich von dieser schrecklichen Zeitschrift bekommen habe –, aber unter Eid lügen würde ich nie. Nicht einmal für sie. Für überhaupt niemanden.«

Schon wieder ein Schuss in den Ofen. »Das ist alles, Euer Ehren«, bemerkte er so selbstbewusst, wie er nur konnte, und setzte sich. Dabei spürte er das kaltfeuchte Hemd auf seinem Körper. Er brachte es nicht fertig, dem zürnenden Blick seines Mandanten zu begegnen.

»Vernehmen Sie die Zeugin noch einmal, Ms. Harris?«, fragte Richter Hernandez.

Grace erwiderte gelassen, sie habe keine weiteren Fragen mehr – eine vernichtende Beleidigung für Barretts Kreuzverhör –, und ließ den nächsten Zeugen aufrufen, einen DNS-Sachverständigen, dessen spannungsloser, belehrender Vortrag die Geschworenen eingelullt hatte, noch bevor Amanda in der marmorgefliesten Halle im ersten Stock ihre Pressekonferenz beenden konnte.

In der Mittagspause schoss Sam auf Grace zu, packte ihre Hand und schüttelte sie begeistert. »Wir haben ihn, Grace! Sie könnten Ihre Beweisaufnahme ebenso gut gleich abschließen und die Geschworenen an die Arbeit schicken. Sie *lieben* Amanda. Sie war sagenhaft!«

Sie sah ihn bedrückt an. »Genau das macht mir Sorgen, Sam.«

50

An diesem Abend bereitete Grace, noch immer im Büro, ihren DNS-Sachverständigen zum letzten Mal auf das Kreuzverhör vor, das tags darauf für neun Uhr angesetzt war. Danach ging sie hinüber in das Sitzungszimmer, wo Sam ihre Kronzeugin Amanda hingebracht hatte. Sam schaute betreten drein und Grace fiel auf, dass Amanda nicht gut drauf war.

»Hallo, Amanda«, rief sie ihr zu. »Vielen Dank, dass Sie noch gekommen sind.«

»Ich hatte keine andere Wahl, Grace. Wo dieses Schlitzauge unangemeldet bei mir zu Hause aufkreuzte und mich beinahe verhaftet hat. Würden Sie mir bitte mitteilen, warum ich hier bin? Ich dachte, für mich sei die Sache gelaufen. Ich hatte heute Abend einige wichtige Termine.«

»Das glaube ich Ihnen gern, Ms. Keller, aber das hier ist ebenfalls wichtig. Fangen wir gleich mit einer Entschuldigung Mr. Quon gegenüber an. Ich dulde in meinem Büro keine rassistischen Anspielungen.«

Amanda errötete und blickte Sam an. »Aber selbstverständlich. Meine Bemerkung war dumm und unbedacht, Sam. Ich wollte damit wohl nur meinen Ärger über die Art abreagieren, wie Sie auf mich zugekommen sind. Ich kam mir wie eine Verbrecherin vor.«

»Ist akzeptiert«, erwiderte Sam. »Und sobald Sie und Grace Ihre Unterredung beendet haben, bringe ich Sie dorthin, wo immer Sie jetzt eigentlich sein wollten.«

»Danke. Also, Grace, was kann ich für Sie tun?«

»Erklären Sie mir bitte als Erstes, weshalb Sie heute Ihre Aussage im Zeugenstand geändert haben. Wie kommt es, dass Sie die Dame im Aufzug nun in der Umgebung des Gerichtsgebäudes gesehen haben wollen und annehmen, sie gehöre zum Personal? Wir haben darüber mehrmals gesprochen und Sie haben immer gesagt, Sie hätten sie noch nie gesehen.«

»Hab' ich das wirklich gesagt? Also, ich war nervös da oben, Grace. Es ist doch nicht so wichtig, oder?«

»Wichtig ist, dass Sie uns die Wahrheit sagen, Amanda, und die Wahrheit bleibt sich immer gleich. Sie verändert sich nicht von Tag zu Tag, auch wenn Sie noch so nervös sind. Also, wer war diese Frau?«

Amanda zog die Brauen zusammen. »Ich habe nicht die leiseste Ahnung, Grace. Vielleicht habe ich sie tatsächlich mal irgendwo hier gesehen. Ich weiß es einfach nicht mehr.«

»Und was sollte das alles mit dieser Kellnerin, die vielleicht etwas von Ashfords Drohung gegen Sie in diesem Lokal gehört haben könnte? Warum haben Sie bloß vergessen, uns darüber zu informieren?«

Amanda hustete. »Darf die Angeklagte ein Glas Wasser haben?«, fragte sie.

Grace langte nach der Mineralwasserflasche, goss einen Becher aus Styropor halb voll und reichte ihn ihr. Sie nippte daran. »Er hat mich wie eine Dumme hingestellt«, sagte sie schließlich. »Er hätte mir genauso gut gleich vorwerfen können, ich sei eine Lügnerin.«

»Heißt das, Sie sind eine geworden?«

»Es *war* eine Kellnerin da und sie *könnte* auch etwas gehört haben. Ich habe nicht bezeugt, dass ich mir sicher bin. Und überhaupt glaube ich, dass ich Ihnen das mit der Kellnerin gesagt habe. Sehen Sie sich mal Ihre Notizen an. Habe ich's nicht gesagt, Sam?«

»Wenn Sie es wirklich gesagt hätten, dann wäre ich losgerannt und hätte sämtliche Kellnerinnen dort ausgefragt«, erwiderte Sam Quon.

»Na ja, so wie Dickson mich beleidigt hat, habe ich mich doch bei dieser Frage sehr gut geschlagen.«

»Sie schlagen sich immer gut, Amanda«, meinte Grace. »Kann sein, dass gerade das mir Sorgen macht. Es kommt mir allmählich vor, als wären Sie mir immer einen Schritt voraus.«

»Dann kann ich Ihnen ja sagen, was mich bedrückt, Ms. District Attorney«, fuhr Amanda Keller sie nun in einem Ton an, den sie von der sonst leise sprechenden Frau noch nie gehört hatte. »Ich bin wie das Paradebeispiel einer guten Bürgerin hierher gekommen und habe mich in Gefahr gebracht, bin Ihnen stundenlang zur Verfügung gestanden, damit Sie sich vorbereiten konnten, habe die schlimmsten sechzig Minuten meines Lebens im Zeugenstand verbracht, um für Sie Ihren verdammten Prozess zu gewinnen – und das ist nun Ihre Art, mir dafür zu danken.« Sie packte ihre Handtasche und setzte noch hinzu: »Dieses Treffen ist gelaufen, Ms. Harris. Seien Sie so gut, Sam, und rufen Sie mir ein Taxi. Ich warte vor dem Gerichtsgebäude.«

»Warten Sie eine Minute, Amanda«, rief Grace. »Sehen Sie, ich bin verpflichtet …«

Aber die Tür knallte bereits hinter der Kronzeugin der Anklage ins Schloss – und weg war sie.

Grace und Sam blieben eine Weile schweigend sitzen, dann sagte Grace: »Gabeln Sie sie draußen auf, Sam, und bringen Sie sie zu ihrer verdammten Party oder wohin auch immer.«

»Klar«, erwiderte Sam. »Ich nehme an, Ihnen ist bewusst, dass Sie sie ziemlich hart angefasst haben, Grace.«

»Ich mache mir Sorgen, Sam. Ich habe ernsthafte Zweifel an ihrer Aufrichtigkeit. Ich fürchte, unsere gute Ms. Keller ist ein bisschen zu gut, um echt zu sein. Amanda Keller stellt das einzige Beweismittel zwischen Ashford und Jefferson sowie Earl dar und den einzigen Grund, dass ich immer noch diesem Büro angehöre und diesen Fall weiter betreue.«

Sam zuckte die Achseln. »Was geschehen ist, ist nun mal geschehen, und wir brauchen uns für nichts zu schämen. Übrigens glaube ich, dass sie die Wahrheit sagt. Sie war einfach nervös und etwas durcheinander, wie sie ja selbst sagt. Wer wäre das nicht?«

»Ich hoffe, Sie haben Recht, Sam. Aber wie kann eine Zeugin im Verlauf von drei langen Vorbereitungsbesprechungen etwas derart Entscheidendes vergessen wie die Tatsache, dass eine Drittpartei eine Todesdrohung gegen sie möglicherweise mitgehört haben könnte?«

»Richtig. Aber warum sollte Sie sich für einen Fall einsetzen, bei dem die Leute wie die Fliegen sterben?«

»Weiß ich nicht. Um Aufsehen zu erregen?«

»Ich weiß es auch nicht, Grace. Aber ob sie glaubwürdig ist oder nicht, müssen ohnehin die Geschworenen beurteilen und nicht wir.«

»Unsere Aufgabe ist, die Wahrheit zu präsentieren, Sam. Das wissen Sie sehr wohl. Wir haben eine andere Bürde zu tragen als die Verteidigung. Und ich bin moralisch in einer Zwangslage, wenn ich annehmen muss, dass sie lügt.«

Sam runzelte die Stirn und sie sah ihm an, dass er allmählich die Geduld verlor. »Ich hoffe sehr, dass Sie einen Weg finden werden, um mit Ihrer persönlichen Zwangslage auch persönlich fertig zu werden.«

Grace lief rot an. »Als Dienerin der Öffentlichkeit kann ich mir den Luxus einer persönlichen Zwangslage gar nicht erlauben, Sam.«

»Genau das habe ich gemeint«, erwiderte er. »Sie haben einen Riesentrumpf bei den Geschworenen in der Hand, Grace, und bei der Wählerschaft bei den Sonderwahlen im Juni ebenfalls. Also hören Sie auf, sich derart zu sorgen. Und jetzt müssen Sie mich entschuldigen. Ich will versuchen, unsere Kronzeugin zu retten.«

Der Luftzug der zufallenden Tür ließ die Seiten ihres Blocks mit den Notizen aus der Verhandlung hochflattern, während das Objekt ihrer Auseinandersetzung draußen vor dem Thomas-J.-Cahill-Gerichtsgebäude auf das Zivilfahrzeug wartete, das Grace, wie sie sehr wohl wusste, vorbeischicken würde, um sie aufzugabeln.

An Schlaf war für Barrett Dickson in dieser Nacht noch weniger zu denken als je zuvor. Der Geist war zwar willig, das Fleisch jedoch schwach, und in seinem Kopf raste ein Teilchenbeschleuniger. War er zuvor von der Unschuld seines Mandanten überzeugt gewesen, hatte Amanda Kellers Aussage doch angefangen, diese Überzeugung ins Wanken zu bringen. Und nun hatte ihn Weiß mit ihrer Entdeckung in eine Falle gelockt. Wer hat bloß mal gesagt, Wissen ist Macht, dachte er. Zu viel Wissen kann jemanden umbringen.

Ob schuldig oder unschuldig, Elliot Ashford würde so oder so an seiner Chorea Huntington sterben. Aber er, Barrett Dickson, war Anwalt, nicht Arzt, und er wusste, dass er mit zeitweiligem geistigem Ausfall eine Verteidigungsstrategie in der Hand hatte, mit der er für Ashford ein positives Urteil herausholen konnte. Ihm war klar, dass er ihm wenigstens das schuldete, besonders nach seinem kläglichen Auftritt gegen die Keller. Nicht einmal sein durch Schlafmangel bedingter Zustand der Lähmung vermochte die Qual über seine misslungene Begegnung mit der Kronzeugin der Staatsanwaltschaft zu mildern. Schon als Kind hatte er sich nach einem dummen Fehler immer schuldig gefühlt, eine unbestimmte Furcht, die anhielt, selbst wenn die besonderen Umstände seines Versagens längst vergessen waren. Als Erwachsener hatte er derlei Ängste unter Kontrolle gehalten, indem er bis zum Umfallen arbeitete, um derart dumme Fehler möglichst aus seinem Leben zu verbannen. Bis auf Ellen natürlich. Nachdem sie ihn verlassen hatte, war er vom Workaholic beinahe zum echten Alkoholiker geworden.

Er wälzte sich ächzend auf die rechte Seite. Er stand auf. Ging ins Badezimmer. Wieder zurück ins Bett. Wollte es mit der linken Seite probieren.

Von Dr. Weiß bis zu den Zähnen bewaffnet, würde er sich mit dem DNS-Sachverständigen morgen besser schlagen und danach Grace Harris vielleicht noch einmal einen Vergleich nahe legen. Weiß war die Aussage des Mannes im ersten Prozess durchgegangen und hatte wahre Sprengsätze durch die dort vorgefundenen Löcher getrieben. Die schlechte Nachricht war, dass sie zu dem Schluss gelangte, das am Tatort vorhandene Blut stamme eher von Elliot Ashford als von irgendwem sonst. Immerhin fand auch sie die Rasierer-These einleuchtend. Er würde morgen den Sachverständigen von Grace Harris auf jeden Fall abschmettern, genauso wie die Keller ihn heute fertig gemacht hatte.

Barretts Befürchtungen wären geringer ausgefallen, hätte er gewusst, dass Grace in eine ähnliche Richtung dachte. Sosehr ihr ein solcher Vergleich auch zuwider war und obwohl sie sich kaum je darauf einließ, stellte er am Ende vielleicht doch für alle Beteiligten den besten Ausweg dar. Doch jetzt war es zuerst an der Zeit, ihre Kronzeugin anzurufen und mit ihr Frieden zu schließen. Sam hatte Recht. Sie hatte sich Amanda gegenüber wirklich unfair und hart verhalten. Schließlich hatte sie schon Zeugen gesehen, die nach dem Ablegen des Eids vor Aufregung nicht einmal mehr fähig waren, ihren eigenen Namen richtig auszusprechen. Amanda hatte immerhin das Recht auf den Grundsatz, im Zweifel für … Sie hob den Hörer ab.

Amanda nahm ihre Entschuldigung gnädig entgegen und Grace fühlte sich nach dem Gespräch wieder sicherer. Genauer gesagt, war sie derart erleichtert, dass sie nicht einmal den Ausdruck der Verzweiflung auf Sams Gesicht bemerkte, als er eintrat und zögernd auf ihren Schreibtisch zukam. Sie nahm lediglich wahr, dass er tropfnass war – schon wieder tobte ein Gewitter über San Francisco.

»Ich habe gerade mit Amanda gesprochen, Sam«, sagte sie. »Ich habe mich entschuldigt und sie hat sich beruhigt. Damit sind wir wieder auf dem richtigen Gleis.«

»Nein, Grace«, erwiderte er. »Wir sind noch immer auf dem Holzweg. Ich habe die Kellnerin, von der sie erzählt hat, bei ›Pat's Seafood Grill‹ nicht gefunden.«

»Ach ja?«, meinte Grace verwirrt und fragend zugleich.

»Und zwar deshalb nicht, weil es dort nämlich gar keine Kellnerinnen gibt. Was ihnen, nebenbei bemerkt, eine Strafverfolgung gemäß Artikel sieben eingetragen hat. In ›Pat's Seafood Grill‹ war nie eine weibliche Angestellte beschäftigt. Noch nicht ein einziges Mal.«

Grace sank in ihrem Sessel zurück, dann legte sie die Stirn an ihre zum Turm gespitzten Finger. »Scheiße«, meinte sie nur.

51

Wie vorhergesehen, nahm Barrett den DNS-Sachverständigen der Anklage namens Axel Janes vor einer dankbaren und aufmerksamen Jury total auseinander. Ashford lächelte und schüttelte ihm am Abend die Hand und Grace bedachte ihn mit einem müden Nicken, das besagte, er habe seine Sache gut gemacht. Nachdem Elliot Ashford abgeführt worden war, packte Barrett seine gesamten Unterlagen so lange ein und wieder aus, bis Grace ebenfalls zum Gehen bereit war.

»Eine Tasse Kaffee?«, fragte er und sie nickte.

Sie gingen zusammen die Straße hinunter ins »Café Roma«. Zuerst fühlte Barrett sich gehemmt. Er bewegte sich verkrampft, ständig schlugen ihm Aktenmappe und Tüten gegen die Beine. Sie fanden einen Tisch etwas zurückversetzt und unterhielten sich etwa zwanzig Minuten über alles Mögliche, wobei sie eine ganze Menge Gemeinsamkeiten entdeckten. Sie diskutierten über Söhne, die vom Weg abkamen, und wie es ist, allein zu leben. Und sie ertappte sich plötzlich dabei, wie sie ihm über ihre Kindheit in New York erzählte und wie sie die vielen Veranstaltungen, das Einkaufen und die Museen dort vermisste.

Als er sie fragte, warum sie weggezogen sei, wechselte sie das Thema und erkundigte sich nach seinen ersten Erfahrungen als Anwalt.

Ihr Interesse und die Erinnerung daran zauberten ein Lächeln auf sein Gesicht. »Die Gegenanwälte bei Zivilrechtsverhandlungen trafen sich hinterher immer in einem italienischen Restaurant namens ›Rocca's‹«, erzählte er. »Dort war es so dunkel, dass man mittags die Speisekarte nicht lesen konnte. Es heißt heute ›Stars‹.«

»Sie schwindeln.«

Als sie ihn um die Milch bat, setzte er automatisch die Tasse ab und reichte ihr das Kännchen mit der rechten Hand. Die Linke ließ er aus Eitelkeit möglichst auf dem Schoß liegen. Der hässliche Fingerstummel dort erinnerte ihn an die begrenzten medizinischen Möglichkeiten auf einem Schlachtfeld. Eine weitere Erinnerung, die er nicht loswurde, war, was er im ungebändigten, blinden jugendlichen Überschwang an jenem Tag getan hatte: Er war ohne zu überlegen auf den spuckenden Gewehrlauf eines Vietcong zugestürmt. Ihn schauderte. Was hatte Mike damals im »Moose's« zu ihm gesagt? Dass er nicht nur vor dem Verlieren Angst habe? Es hatte an ihm genagt, aber erst jetzt erkannte er, dass er sich in Wirklichkeit vor fast allem fürchtete. Gewinnen, verlieren, sogar davor, vor diesen zwölf Mitbürgerinnen und Mitbürgern zu stehen, die ihn womöglich in eine Ecke drängen würden, in die er gar nicht wollte. Wie Schlägertypen, die einen Zehnjährigen verhöhnten, der schon mit dem Gesicht im blutbesudelten Dreck lag.

»Danke«, sagte Grace gerade freundlich. Sie reichte ihm die Milch zurück. »Darauf wäre ich nie gekommen.«

Barrett brachte ein verwirrtes Lächeln zustande. Dann meinte er: »Doch, so war's. Wir kämpften den ganzen Morgen wie wild gegeneinander, dann gingen wir ins ›Rocca's‹, tranken mittags einen über den Durst, gingen wieder zurück und schlugen uns weiter. Wenn möglich, haben wir unsere Fälle beigelegt, wenn es nicht möglich war, haben wir gekämpft – und am Ende waren wir wieder gut Freund. Aber das ist lange her. Ich weiß nicht, wann und wie es kam, dass Anwälte so rücksichtslos miteinander umgehen, aber seither ist alle Zufriedenheit und Freude an der Arbeit verschwunden.«

»Ich weiß, was Sie meinen.«

»Für mich ist die Sache deshalb gelaufen. Das ist mein letzter Fall. Ich sattle auf Immobilien um.«

Sie sah ihn überrascht an, aber nicht so überrascht, wie er

selbst es war, dass er ihr seine Pläne verraten hatte. »Ich kann mir gar nicht vorstellen, dass Sie aufhören …«

»Ich habe meine Gründe«, unterbrach er sie und wechselte dann rasch das Thema. »Hören Sie, Grace, wir haben irgendwie falsch angefangen. Ich möchte, dass wir den Fehdehandschuh begraben, sobald die Endrunde gelaufen ist.«

Sie hob die Hände. Keine Handschuhe.

»Diese eiskalten Fegefeuer zwischen uns«, fuhr er fort, »rauben mir nachts den Schlaf. Versuchen wir es doch mit Höflichkeit, ja?«

»Nichts ist mir lieber.«

Barrett ließ einen Augenblick des Schweigens verstreichen und beschloss dann, noch etwas Konversation zu machen, bevor er auf sein eigentliches Ziel lossteuerte. »Werden Sie die Nachfolge als D. A. antreten, wenn Sie mich fertig gemacht haben?«

»Nicht wenn Jack Kleggs Ambitionen oder mein g-gesunder Menschenverstand die Oberhand behalten.«

»Ich würde keinen Cent darauf wetten, dass das eine oder das andere Sie aufhalten kann.«

»Sie dürfen auch den gesunden Menschenverstand der Wählerschaft nicht außer Acht lassen. Nein, Barrett, ich glaube, davor bin ich gefeit.«

Während Grace nachdenklich ihren Kaffee umrührte, musterte er sie. Kein Ring. Das wusste er. Aber ob sie eine feste Beziehung hatte? »Leben Ihre Eltern noch?«

»Ja. Mein Vater ist Rabbi. Hat mir übrigens verboten, Anwältin zu werden. Von wegen ›Die Frau gehört ins Haus‹ und so.«

»Also mussten Sie sich allein durchbeißen.«

»Mithilfe eines Darlehens.«

»Was hat Sie hierher verschlagen?«

»Das ist eine lange Geschichte. Meine Bewerbungsgespräche für Prozessarbeit bei den besten Kanzleien in der Wall

Street gingen den Bach runter. Es sah immer bestens aus, bis ich das erste Mal ins Stottern kam, dann gaben sie mir ermunternde Ratschläge über tolle Jobs in der Vermögensverwaltung.«

»Nicht gerade das, was Ihnen vorschwebte, was?« Er grinste.

»Ich dachte damals, jeder könne ein Testament formulieren oder eine Firma gründen. Ich wollte verhandeln, vor Gericht. Dort, wo die Leute hingehen, um Gerechtigkeit zu bekommen.«

Ihr aufrichtiges, unbefangenes Bekenntnis rührte ihn an. Er ahnte aber auch, dass ein Gerichtssaal zu den Schauplätzen zählte, an denen jemand ein Zeichen setzen konnte, wie zum Beispiel seinem Vater zu beweisen, dass er im Unrecht war, um schließlich seine widerwillige Anerkennung doch noch zu gewinnen.

»Irgendwann beschloss ich dann, eine Pause einzulegen und einen Freund von früher zu besuchen, einen Mitstudenten an der New Yorker Uni namens Harris, der in San Francisco wohnte. Durch ihn konnte ich mich bei Wilson & Lively vorstellen, einer kleinen Kanzlei. Sie boten mir eine Stelle an und ich griff auf Anhieb zu.«

»Ich glaube, ich weiß, was als Nächstes kam. Der Mann namens Harris fand, sie könnten heiraten, und sie griffen noch einmal zu.«

Sie nickte. »Die beiden einzigen spontanen Handlungen in meinem ganzen Leben. Zwei Jahre später bin ich hier gelandet und er irgendwo anders. Ohne Bedauern.«

»Ich sehe schon kommen, dass Ihre dritte spontane Handlung Sie eines Tages in das Eckbüro im dritten Stock verschlägt.«

»Mir reichen zwei in diesem Leben.« Sie lachte, tief und leise, ein Klang, der ihn bezauberte. »Im Übrigen wäre ich eine lausige Organisatorin.«

»Sie könnten sich sämtliche schwierigen Fälle unter den Nagel reißen. Darin sind Sie echt gut.«

»Danke für die Blumen, besonders von Ihnen. Ich habe Sie einmal im Gerichtssaal gesehen, als ich hier anfing.«

Durch ihre Bemerkung fühlte er sich plötzlich alt. War das Absicht? Ach, Unsinn. »Hinter meiner Einladung in dieses hübsche Lokal hier steckt eine Absicht. Ich möchte Ihnen einen Vergleich vorschlagen. Dieser Fall hat die Steuerzahler bereits genug gekostet. Sie haben bei Lara Ashford einen schwachen Stand und hätten beim ersten Mal verloren, nicht wegen mir, sondern weil das Schicksal zugeschlagen hat. Clay Astin behauptet, dass mein Mandant die Wahrheit sagt und niemanden umgebracht hat, und Sie wissen, er ist gut. Bei Jefferson und Field haben Sie gar nichts in der Hand, bis auf diese Dampfwalze namens Amanda Keller, die mich gestern platt gemacht hat. Natürlich erwarte ich nicht, dass Sie mir bei irgendwas von dem, was ich bisher gesagt habe, zustimmen.«

»Aber das tue ich, Barrett. Zumindest darin, dass Amanda Keller Sie platt gemacht hat.«

Er grinste. »Kurz gesagt, ich möchte noch einmal versuchen, der Sache ein Ende zu bereiten.«

»Warum sollte ich das wollen? Das hatten wir doch schon, Barrett. Ich bin ganz allgemein gegen solche Deals, besonders in einem Fall, in dem mein Chef das Opfer ist. Dazu kommt, dass ich bei meiner letzten Zählung drei Tore Vorsprung hatte.«

»Wir sind noch in der ersten Halbzeit und heute habe ich ein paar Treffer erzielt. Wer gewinnt oder verliert, ist egal, es wird zu einer teuren Berufung und vielleicht einem dritten Verfahren kommen. Irgendwann wird die Öffentlichkeit auf einem Vergleich bestehen. Warum nicht schon jetzt?«

»Was wollten Sie denn vorschlagen? Die Zeit ist verbüßt plus ein zu Herzen gehendes Versprechen seitens Elliot Ashfords, dass er künftig den Leuten nicht mehr mit einer Glasscherbe zu Leibe rückt?«

»Viel schlimmer«, erwiderte er und rang sich ein Lächeln ab. Dann spielte er seinen Trumpf aus: »Freiwilliges Geständnis im Mordfall Lara Ashford. Sechs Jahre.«

»Und vermutlich ist er nach drei Jahren wieder draußen, ja? Wo denken Sie sich derartige Luftschlösser aus?«

»Werden Sie es Klegg mitteilen?«

Ihre Miene verdüsterte sich. »Sie wissen, dass mir nichts anderes übrig bleibt.«

»Ich könnte Ihnen noch mehr verraten, Grace, aber es geht aus persönlichen Gründen nicht.«

»Warum sollte ich mich darüber wundern? Vergessen Sie nicht, dass wir verschiedenen Lagern angehören. Obwohl, ich muss zugeben, Ihre persönlichen Gründe verlocken mich schon ...«

Die Neugier in ihren großen, dunklen Augen schnitt ihm ins Herz und er hätte ihr zu gern von Elliot Ashfords Krankheit erzählt. Da er guten Gewissens nicht die Intimsphäre seines Mandanten zu Markte tragen konnte, beschloss er, es mit seiner eigenen zu tun. »Ich möchte nicht, dass irgendwas in dieser verrückten Auseinandersetzung verhindern kann, dass wir uns besser kennen lernen, wenn das alles hinter uns liegt.«

Sie überraschte ihn mit einem neckischen Kopfnicken. »Also, Mr. Dickson, ich muss sagen, Sie machen mich ganz schön an. Das ist zwar angenehm, aber unklug. Oder zumindest voreilig.«

»Das weiß ich. Noch ein Grund mehr, den Fall jetzt beizulegen.«

Seine Intuition sagte ihm, dass sie seinen Vorschlag insgeheim billigte, sich aber nicht von ihren Prinzipien abbringen lassen würde. Er beschloss, sie nicht weiter zu drängen. Er ließ die Gläser an der Bar noch einmal füllen und sie führten ihr Gespräch fort. Als sie ausgetrunken hatten, erhob sie sich, und sie gingen nach draußen. Dort reichten sie sich die Hand. Es fiel ihm schwer, die ihre loszulassen.

Sie strebten in verschiedene Richtungen auf ihre Autos zu und er behielt sie beim Weggehen im Auge, in der Hoffnung, dass sie sich noch einmal umsehen würde. Auf der Heimfahrt ließ er das Fenster offen und die Dezemberluft hereinwehen. Das Radio lief auf vollen Touren. Zwischendurch schnupperte er an der Hand, dort, wo sie ihn berührt hatte, und lächelte selig wie ein Teenager, der sich zum ersten Mal verliebt hat.

Und Grace ertappte sich zu Hause beim Ausräumen des Geschirrspülers plötzlich dabei, dass sie laut vor sich hin sang, das erste Mal seit Wochen.

Und doch wussten beide trotz ihres Herzbebens, dass es nicht nur unprofessionell war, mitten im Gefecht derlei Gefühle für die gegnerische Partei zuzulassen – sondern auch gefährlich.

Tags darauf eilten Grace und Sam zu einer hastig einberufenen Sitzung mit Jack Klegg. Grace hatte sie angesetzt, um ihrer Pflicht nachzukommen und Klegg über Barretts Vergleichsangebot in Kenntnis zu setzen. Ihre Zweifel an Amanda Keller hatte sie vor dem Gespräch mit Klegg gedämpft. Sie wollte ihrer Kronzeugin eine Chance geben, die Sache mit der Bedienung im »Pat's Grill« zu erklären, bevor sie sie ganz abschrieb. Im Übrigen hatte Klegg bereits genug Auftrieb für seine Bemühungen, den Fall abzuschließen.

Sie rieb sich die roten Augen, während sie auf Klegg wartete, und einen Augenblick empfand sie die Vorstellung, den Fall zu beenden, wie ein wohliges warmes Bad. Sie gab sich kurz dem angenehmen Gedanken hin, dass Aaron wieder zu Hause sein und sie mit Amanda nichts mehr zu tun haben würde. Ihr fiel ein, wie sie Barrett lebendigen Leibes verschlungen hatte. Amanda war clever. Aber war sie auch ehrlich?

Jack Klegg spazierte herein, hörte sich Barretts Angebot an und sagte ohne Umschweife: »Nehmen Sie's an, Grace.«

Bevor sie selbst antworten konnte, erhob Sam Einwände, eindringlicher denn je.

»Ihre Überlegungen in Ehren, Sam«, unterbrach ihn Jack Klegg in herablassendem Ton, »aber Graces Intuition ist sozusagen unfehlbar und sie hat mir mitgeteilt, dass eure Kronzeugin lügt.«

»Ich habe nicht gesagt, dass sie lügt, Jack«, protestierte Grace. »Es gibt bloß ...«

»Ich weiß genau, was Sie gesagt haben, aber es ist höchste Zeit, dass wir diesen Scheißfall abschließen.«

»Mir ist klar, dass ich hier nichts zu sagen habe«, bemerkte Sam und stand auf. »Aber ich arbeite in diesem Büro länger als alle anderen. Hier liegt ein klarer Mordfall vor, Jack, und die Leute werden sofort merken, dass etwas faul ist an der Sache, wenn wir jetzt kneifen.«

»Und warum sollten sie das merken?«

»Weil ich es ihnen mitteilen werde.«

Grace überlegte, ob sie ihn richtig verstanden hatte. Klegg Klegg zog die Augenbrauen zusammen, beherrschte sich aber und fragte neugierig: »Und was genau wollen Sie ihnen mitteilen, Sam?«

»Angefangen damit, dass jemand vom Apparat in Ihrem Büro Anrufe über Nummern getätigt und empfangen hat, von denen die eine auf einen gewissen Julian Gold in Chicago und die andere auf das Hotel Acropolis in Las Vegas läuft.«

»Woher wissen Sie das?«, schnappte Klegg.

»Ich bin Ermittlungsbeamter, oder haben Sie das vergessen?« Dann fügte er noch hinzu: »Ich wusste, dass es Sie interessieren würde, wenn jemand Ihren Apparat benutzt.«

»Gut möglich, dass Sie bald als Privatdetektiv ermitteln können«, fuhr ihn Klegg an und rauschte aus dem Büro.

»Sam, mein Gott«, flüsterte Grace. »Seit wann haben Sie Klegg in Verdacht?«

»Wahrscheinlich an die hundert Jahre, nachdem Sie alles über ihn wussten. Liege ich richtig?«

Sie nickte. »Tatsache ist, dass Earl – kurz bevor er umgebracht wurde – beschlossen hat, die Sache ein für alle Mal mit denen zu bereinigen.«

Nun war es an ihm zu nicken. »Wie auch immer, ich glaube, Sie können Mr. Dickson mitteilen, dass Mr. Klegg sein freundliches Angebot ablehnt. Und nun rate ich Ihnen zu gewinnen.«

»Machen Sie sich keine Sorgen, Sam. Ich glaube, wir haben Mr. Ashford da, wo wir ihn haben wollen.«

»Ich rede von der Wahl!«, rief er. »Ich brauche meine Stelle hier.«

Am Abend suchte Julian Gold überraschend Barrett Dickson auf.

»Ich würde Ihnen ja gerne etwas zu trinken anbieten«, meinte Barrett. »Aber ich mag Sie nicht.«

Gold lächelte. »Immer witzig, unser Mr. Dickson. Allein Ihr bemerkenswerter Sinn für Humor rechtfertigt meine Reise von Chicago, nur um Sie aufzusuchen.«

»Ich nehme an, Sie haben von meinem meisterlichen Kreuzverhör mit Amanda Keller gehört und sind hergekommen, um mich von meinen Verpflichtungen zu erlösen. Sie hätten mich auch fernmündlich feuern können, Julian.«

»Ich habe nicht nur davon gehört, ich habe sogar bereits das Tagesprotokoll durchgeackert. Sie hat Sie förmlich in der Luft zerrissen, Dickson. Peinlich, wie? Dass eine Frau ohne höhere Bildung einen Mann auseinander nimmt, der einst als besonders berüchtigter Kreuzverhörspezialist galt.«

»Ich hätte es nicht schlechter hinkriegen können. Es kann nur noch besser werden. Und das wird es auch.«

»Echt? Das würde mich schwer enttäuschen. Wenn Sie sich

nur etwas zusammennehmen, kriegen Sie's noch bedeutend schlechter hin. Wirklich, Mr. Dickson. Wir zählen darauf.«

»Sie wollen, dass ich ihn den Wölfen zum Fraß vorwerfe? Wo ist der springende Punkt?«

»Der springende Punkt ist, dass Elliot Ashford mit dieser Keller nicht gewinnen kann. Deshalb wollen wir unsere Strategie ändern und sicherstellen, dass ihm die Berufung bleibt.«

Barrett spürte einen scharfen Stich im Magen. Darauf lief es also hinaus. Sie wollten Berufung einlegen, gestützt auf Unzulänglichkeit der Verteidigung. Diese Begründung stand gerade hoch im Kurs. Sie war häufig ebenso erfolgreich für den Angeklagten, der den neuen Prozess dann gewann, wie darin, den Namen des beschuldigten Verteidigers zu ruinieren. »Nein«, erwiderte Barrett fest. »Das tue ich nicht.«

Gold schien seine Reaktion nicht im Geringsten zu erschüttern. »Bei allem Respekt, Mr. Dickson, so wie Ihr Ruf als Anwalt momentan ist, könnte er kaum noch Schaden nehmen. Wir bitten Sie nur, das fortzusetzen, was Sie offenbar besonders gut können, und das ist: nichts. Kein Einspruch, es sei denn, er ist schlecht begründet, nichts als Scheinverhöre bei den Zeugen der Anklage. Dann ein bisschen was von Ihrer Seite zu dem Fall oder eben auch nicht. Sie können sicher sein, dass es nicht zu einer dritten Verhandlung kommen wird und Ihr Mandant nach der Berufung frei ist.«

»Was ist, wenn ich es nicht tue?«

Gold gluckste, sein leises Bauchrednerlachen, bei dem sich seine Lippen weder öffneten noch irgendwie verzogen. »Ach, kommen Sie, Mr. Dickson. Hier geht es um das wirkliche Leben. Weder Ihre Gesundheit noch Ihr Wohlergehen steht auf dem Spiel. Wir reden hier von Anwalt zu Anwalt darüber, wie sich die katastrophale Lage unseres Mandanten und Freundes noch zum Guten wenden lässt.«

»Sie sprechen von meiner Gesundheit und meinem Wohlergehen, Gold«, bemerkte Barrett nun. »Darf ich fragen, wie es darum bei meinem Mandanten bestellt ist?«

»Besser denn je. Was meinen Sie damit?«

Barrett zwang sich zur Vorsicht. Entweder gab sich Gold kühl, wie es so seine Art war, oder aber er wusste nichts von Ashfords Krankheit. »Nichts Bestimmtes«, meinte er schließlich. »Ich dachte nur, am sichersten käme Elliot um die Todeszelle herum, indem er auf vorübergehende Unzurechnungsfähigkeit plädiert.«

»Mit welcher möglichen Begründung?«

»Die Beweisführung sähe folgendermaßen aus: Jemand wie Elliot Ashford hätte niemals ein derart blutrünstiges und brutales Verbrechen begangen, wenn er nicht vorübergehend den Verstand verloren hätte. Wir kaufen uns ein, zwei Seelenklempner, die gegen die Todesstrafe sind, und die wickeln die Geschworenen ein. Wollte den Vorschlag einfach mal rauslassen, jetzt, wo Ihnen anscheinend jeglicher Optimismus abhanden gekommen ist.«

»Mir ist mein Optimismus in keiner Weise abhanden gekommen, Mr. Dickson. Ich habe lediglich aufgezeigt, wie Elliot am ehesten der Todeszelle entgeht. Auf meine Art.«

Barrett rieb sich das Kinn. Wenigstens hatte er etwas herausbekommen. Julian Gold wusste mit absoluter Sicherheit nichts von dieser Krankheit.

»Ich warte immer noch auf eine Antwort«, unterbrach Gold seine Gedanken.

»In Ordnung. Hier haben Sie Ihre Antwort, Mr. Gold: Ficken Sie sich doch alle ins Knie!«

Julian Gold zuckte die Achseln. Dann schritt er zur Tür hinaus und verschwand den Korridor hinunter.

Barrett schloss die Tür und ging in die Küche. Dort wärmte er den abgestandenen Kaffee auf, und als er eingoss, klingelte das Telefon. Die Tasse fiel ihm samt dem Kaffee aus der Hand, so dass er sich verbrühte. Er packte den Hörer und zog die

Schnur so lang, bis er die Hand im Spülbecken unter dem kalten Wasser kühlen konnte. Grace war am Apparat.

»Tut mir Leid, Sie zu Hause zu stören, Barrett.«

»Sie stören überhaupt nicht«, erwiderte Barrett und vergaß den brennenden Schmerz.

»Ich wollte Ihnen nur m-mitteilen, dass ... also, es gibt keinen Vergleich.«

»So.«

»Dann ... sehen wir uns morgen?«

»Klar. Morgen.«

»Danke für den Kaffee gestern. War schön, mit Ihnen zu plaudern.«

»Fand ich auch. Mit Ihnen.«

Sie setzte ein »Auf Wiedersehen« hinzu und hängte ein. Er hatte seine Hand völlig vergessen, aber nun merkte er, dass sich eine große Blase gebildet hatte. Und dass der Schmerz schlimmer und schlimmer wurde.

Grace Harris hatte selten Mitgefühl mit einem Gegner gehabt und ihrerseits niemals Derartiges erwartet. Gerichtspraxis hieß: jeder gegen jeden im Dienste der höheren Gerechtigkeit. Manchmal verlor man, manchmal gewann man, aber im Allgemeinen ging das Recht selbst als Sieger hervor und das war entscheidend. Diesmal, dachte sie, während sie sich um zwanzig nach acht durch den dichten Verkehr in Richtung Wohnung schlängelte, werde ich gewinnen. Aber es würde ein bittersüßer Sieg über jemanden sein, den sie immer lieber mochte.

Sie stellte den Wagen in der Tiefgarage ab und hielt kurz im Erdgeschoss an, um zu sehen, ob Post für sie da war. Sam hatte einen Umschlag in den Kasten gequetscht. Sie klemmte sich die Handtasche unter den Arm und öffnete ihn auf der Stelle. Es war ein Bericht aus *Entertainment Weekly*. Sam hatte eine kurze Bemerkung dazu geschrieben und um eine Mitteilung auf Seite drei einen roten Kreis gezogen:

> Hollywood UPI. Wie Emory Goldsmith, Geschäftsführer von Reprise Productions, heute bekannt gab, wird Amanda Keller in der Verfilmung von David Hellers »Thursday's Wife« mitspielen, die gegenwärtig anläuft. Keller bekam gute Kritiken für ihre TV-Rolle in *»Hope's People«*, verschwand dann aber von der Bildfläche. Sie tauchte vergangene Woche am Gericht von San Francisco als Kronzeugin der Anklage im dreifachen Mordfall Elliot Ashford wieder auf. Auf die Frage, ob sich ihre echte Rolle im Fall Ashford mit ihrer Theaterrolle in *»Thursday's Wife«* vergleichen lasse, meinte Keller: »Spielen *ist* echtes Leben. Es tut gut, wieder dabei zu sein.«

Sams Bemerkung lautete: »Bitte sagen Sie jetzt nicht, Sie hätten es mir ja gleich gesagt.«

52

Die Montagssitzung verlief unspektakulär, ja sogar eher langweilig, abgesehen vom häufigen und heftigen Geplänkel zwischen der Staatsanwältin und dem Verteidiger. Das seltsame, aggressive Verhalten ihres Freundes veranlasste Mike und Lev Heywood zu verdatterten Blickwechseln.

Der Coroner und Chefpathologe Dr. Thomas Yang ließ sich von Barretts ständigen Unterbrechungen, wie sorgfältig er die Autopsie überwacht und wie umsichtig er die geltenden Regeln zur Sicherung von Beweismaterial in einem Mordfall denn beachtet habe, nicht beirren und leierte im Zeugenstand seine Aussage herunter.

Richter Hernandez saß aufrecht in seinem Sessel, die Augen von Langeweile und Neugier gleichermaßen verhangen, und fragte sich, worauf zum Teufel Barrett eigentlich hinauswolle, indem er jeden noch so kleinen Punkt mit derartiger Vehemenz in Zweifel zog. Yang schien ihm einfach nicht wichtig genug, um den Sturm von Einsprüchen und ständigen Anträgen auf Vorvernehmungen zu rechtfertigen, die Barrett während der Befragung des Coroners vorbrachte.

Als Barrett den Coroner dann ins Kreuzverhör nahm, kamen seine Fragen wir aus der Pistole geschossen, so schnell, dass die Protokollführerin den Richter mehrmals zum Eingreifen bewegen musste.

»Sie haben ihn nie gesehen, Dr. Yang? Den Beutel mit dem Beweismaterial?«

»Nur am Tatort.«

»Demnach wurden also Spuren unter den Nägeln gesichert?«

»Ja.«

»Und warum haben Sie Spuren unter den Fingernägeln des Opfers sichergestellt?«

»Erklärt sich das nicht von selbst, Sir? Weil solche Spuren zur Identifizierung des Täters beitragen können.«

»Natürlich erklärt es sich von selbst, Dr. Yang. Aber was sich nicht von selbst erklärt, ist die Frage, weshalb Sie diese Spuren verloren oder … beseitigt haben.«

»Einspruch!«

»Ich ziehe die Frage zurück. Wissen Sie, ob die Hautproben verloren gingen oder ob man sich ihrer absichtlich entledigt hat?«

»Sie gingen natürlich verloren.«

»Und *wer* hat sie verloren?«

»Das weiß ich nicht.«

»Wenn Sie nicht wissen, wer sie verloren hat, können Sie doch auch nicht wissen, ob sie wirklich verloren gingen oder ob sich jemand ihrer entledigt hat, nicht wahr?«

Und so ging es den ganzen Nachmittag weiter, trotz vieler Bemühungen von Grace einzugreifen. Und Coroner Yangs ruhige Arroganz verwandelte sich in eine gereizte Verteidigungshaltung, dann in streitsüchtiges Schimpfen und schließlich in verächtliche Kapitulation.

»Zusammenfassend können wir also sagen, Sir, dass Sie nicht ein Fitzelchen an gerichtsmedizinischem Beweismaterial haben, das Elliot Ashford mit den Morden an Jefferson oder Field in Verbindung bringt?«

»Das kann man allgemein sagen, ja.«

»Es trifft auch im Besonderen zu, nicht wahr?«

»Ich bin der Meinung, dass Lani Jefferson und Earl Field mit derselben Waffe umgebracht wurden wie Lara Ashford, und wenn der Angeklagte Mrs. Ashford umgebracht hat –«

»Nein, Dr. Yang«, unterbrach ihn Barrett und griff nach dem Beweisstück Nummer eins der Anklage. »Das hier ist, nach dem, was Sie in der ersten Verhandlung ausgesagt haben, die Waffe, mit der Mrs. Ashford umgebracht wurde.«

Yang zuckte die Achseln. »Ich wollte sagen, mit der gleichen Art Waffe.«

»Sie *wollten*. Wir haben es hier mit einem Kapitalverbrechen zu tun, Dr. Yang, und Sie werden von der Anklage als Kapazität präsentiert. Ich bitte Sie deshalb, von nun an nur noch zu sagen, was Sie wirklich meinen, und zu meinen, was Sie auch tatsächlich sagen.«

»Einspruch«, rief Grace. »Er argumentiert schon wieder, Euer Ehren.«

»Stattgegeben. Erteilen Sie dem Zeugen keine Belehrungen, Mr. Dickson.«

»Es trifft doch zu, oder nicht«, fuhr Barrett fort, als habe er die Unterbrechung gar nicht wahrgenommen, »dass Sie annehmen, Elliot Ashford habe Jefferson und Field umgebracht, weil Sie der Meinung sind, dass er auch derjenige ist, der Lara Ashford ermordet hat?«

»Ich glaube, dass das zutrifft.«

»Aber es trifft auch zu, nicht wahr, dass wir es nicht beim

Glauben bewenden lassen müssten, wenn Ihnen die verlorenen oder beseitigten Hautproben zur Verfügung ständen? Dann würden wir doch die wahre Identität des Täters kennen, nicht wahr?«

»Aller Wahrscheinlichkeit nach ja, insofern wir eine Verbindung zur DNS einer bestimmten Person herstellen könnten.«

»Nicht aller Wahrscheinlichkeit nach. Wenn wir dies könnten, dann wüssten wir *über jeden Zweifel erhaben* genau, wer Lara Ashford ermordet hat, nicht wahr?«

»Ja, Sie haben Recht.«

»Und ist es dann, Ihrer Meinung nach, nicht auch Tatsache, dass wir über jeden Zweifel erhaben auch genau wüssten, wer die anderen beiden Personen umgebracht hat?«

»Ja.«

»Weil Sie glauben, dass dieselbe Person alle drei Morde begangen hat.«

»Das habe ich bereits mehrmals gesagt.«

»Nur haben wir diese Hautproben aber eben nicht. Also können wir sie auch nicht mit irgendeiner Person in Verbindung bringen. Richtig?«

»Ja, das heißt, nein.«

»Also können Sie nicht sagen und wir nicht über jeden Zweifel erhaben wissen, wer Mrs. Ashford wirklich ermordet hat, nicht wahr? Und damit auch die beiden anderen Opfer!«

»Einspruch«, rief Grace. Aber Thomas Yang schüttelte bereits bedächtig den Kopf. Was alle im Gerichtssaal sahen.

»Was zum Teufel sollte denn das?«, fragte Mike Reasoner, als er sich eine Stunde später im »Bix« neben Barrett setzte. Obwohl es erst fünf Uhr war, drängelten sich in der Bar bereits Börsenmakler, Anwälte und andere Yuppies.

Barrett seufzte und nahm einen Schluck Clausthaler direkt aus der Flasche. »Ich habe ein Problem, Mike. Die haben mir befohlen, auf Tauchgang zu gehen und den Blindgänger zu spielen.«

»Unzulängliche Verteidigung.« Mike nickte kläglich. »Als Grund, um in Berufung gehen zu können. Clever. Könnte in deinem Fall sogar funktionieren. Der Verteidiger hatte praktisch keine Erfahrung im Strafrecht, erst eine einzige Verhandlung in seiner ganzen Laufbahn, bla bla bla.«

»Und diese eine auch noch verloren«, setzte Barrett hinzu.

»Das wird klappen«, bemerkte Mike. »Er wird verurteilt, sie kriegen eine neue Verhandlung und bringen Amanda Keller irgendwie zum Verschwinden.«

»Oder der D. A. ergreift die günstige Gelegenheit und wirft das Handtuch.«

»Ashford ist viel durchtriebener, als ich dachte«, bemerkte Mike. »Das ist brillant.«

»Julian Gold steckt dahinter.«

Mike griff nach seinem Whiskey. »Die reinste Ironie, was? Wir haben dich praktisch in den Fall reingezwungen und du hast unter der Bedingung eingewilligt, dass du den Blindgänger spielen darfst und weiter nichts. Jetzt stehst du in dem Fall allein da, bist nüchtern, gewinnst dein legendäres Talent zurück – und mit einem Mal wollen *sie* dich als Blindgänger.«

»Und?«

»Barrett Bär ist wieder da und der Geschmack eines möglichen Sieges lässt ihm den Mund wässrig werden.«

»Wie poetisch, Mike«, warf Barrett bitter ein, »das Dumme ist nur, dass sie mich niedermachen, wenn ich's nicht tue.«

Mikes Glas blieb kurz vor seinen Lippen abrupt in der Luft stehen. »Sie haben dich bedroht?«

»Golds Andeutungen waren ziemlich klar. Selbst mir.«

»Ach, dann ging es also heute darum, Gold eine Botschaft zu schicken.«

»Ich wollte ihm zu spüren geben, dass ich für niemanden umkippe.«

»Und was willst du jetzt tun?«

»Das wollte ich dich gerade fragen. Mir fehlt einfach der Abstand.«

Der Kellner unterbrach Mikes verstörte Gedanken und führte die beiden an einen frei gewordenen Tisch. Dort fasste Mike seine sorgsam bedachte Antwort in Worte: »Der Teufel soll mich holen, aber ich habe nicht die geringste Vorstellung, was ich an deiner Stelle tun würde, Bär. Vielleicht ist es an der Zeit, den Richter aufzusuchen.«

»Ich habe ja keinen Beweis. Gold würde einfach alles abstreiten.«

Mike nickte und nippte nachdenklich an seinem Drink. Dann meinte er: »Du hältst Ashford doch für unschuldig. Vielleicht solltest du einfach weitermachen, ein bisschen über alles hinwegspielen.«

»Hast du dabei nicht das Opfer vergessen?«

»Keine Sekunde. Elliot Ashford wird gewinnen und freikommen.«

»Ich habe nicht an Ashford gedacht, Mike. Wer rettet meinen Ruf? Wer gräbt die verrotteten Überreste meiner beruflichen Stellung hier aus, wenn ich diesen Fall schmeiße?«

»Was ist mit einem weiteren Vergleichsangebot?«

»Keine Chance. Sie hat schon zwei abgelehnt und selbst nichts geboten.«

Mike klirrte mit den Eiswürfeln in seinem Glas.

»Trinkst du jetzt für zwei, Mike?«

»Der Bekehrte ruft den Saumseligen zur Ordnung, was?«

Barrett gluckste. »Treffer. Sobald dieser Albtraum vorüber ist und ich aus dem Schneider bin, gehe ich mit dir einen oder zwei heben.«

»Als Immobilienmakler«, bemerkte Mike in einem verächtlichen Ton.

»Himmel, das ist ja wohl kein Verbrechen.«

»In deinem Fall«, sagte Mike mit zusammengepressten Lippen, »wäre es ein Schwerverbrechen. Ich weiß nicht, ob du das schon bemerkt hast, Bär, aber ich bin wirklich kein toller Anwalt. Ich habe mein Quantum an Erfolgen eingestrichen, mehr Fälle gewonnen, als mir eigentlich zustehen, sogar ein paar dicke Fische. Ich bin ein verdammt guter Anwalt, ja? Aber ich bin nicht wirklich *hervorragend*, und ich würde alles … alles, du Esel … dafür geben, um nur ein Jahre lang in den Besitz der Gaben zu kommen … der natürlichen Veranlagung, die du so offensichtlich vor die Säue werfen willst.«

Barrett sah seinen Freund düster an und schüttelte dann bedächtig den Kopf.

»Schau mich an, Bär, verdammt noch mal! Du bist mein bester Freund und doch hat es Zeiten gegeben, da habe ich dich für deine Kühnheit gehasst. Weißt du das? Zum Teil, weil ich dich schon immer beneidet habe, vor allem aber, weil das, worum ich dich am meisten beneidet habe, dir nichts bedeutet hat.«

Jetzt konnte sich Barrett ein Lächeln nicht verkneifen.

»Grins nicht so blöd, du Arsch. Du findest das wohl komisch, was?«

»Nein, Mike, ich sehe nur die Ironie darin. Schau, alles, was *ich* mir immer wünschte, ist das, was du hast: ein Zuhause, Frau und Kind, mit denen du reden kannst. Ich würde mich schon mit einem Zuhause begnügen.«

Mike legte ihm die Hand auf den Arm. »Du hattest ein Zuhause, bei C&S. Ich weiß, du bist ausgebüxt, und das aus gutem Grund. Aber die Tür steht noch offen und vielleicht ist es ja das einzige Zuhause, das du je kennen wirst. Wirf das nicht auch noch weg.«

Wieder schüttelte Barrett den Kopf. »Es ist vorbei, Mike. Selbst wenn ich es versuchen würde, weiß ich, dass ich einen Fremden in meinem Bett vorfinden würde.«

»Damit sind wir also wieder bei Steve Wilmer. Oder vielleicht immer noch bei diesem Typen, mit dem Ellen weggelaufen ist? Oder beim Sohn, der allein verschwand? Hör endlich auf, dich zu bemitleiden, und tu was. Es kommt mir vor, als wärst du mir lieber gewesen, als du noch gesoffen hast.«

Barrett warf zwei Zwanziger auf den Tisch und stand auf. »Ich glaube, ich mochte dich auch lieber, als ich noch gesoffen habe.«

Mike zuckte die Achseln. »Phantastisch. Und wohin zum Teufel willst du jetzt?«

Barrett hielt dem ärgerlichen, ängstlichen Blick seines Freundes stand. »Ich will«, sagte er ruhig, »etwas dagegen tun.«

Teil 5
Das Gericht

»Meine Seele ist ein aufgebrochener Acker,
von Schmerz zerfurcht.«

Sara Teasdale

53

Versuchen Sie die Linguini Carbonara«, empfahl Julian Gold seinem blassen, schwitzenden Gegenüber beim Abendessen. »Sie sollen hier ganz ausgezeichnet schmecken.«

»Hier« war ein winziges Restaurant namens »Ciao Bella«, tief versteckt im Santa-Cruz-Gebirge nördlich von Monterey in einem verregneten Tal namens Ben Lomond.

Fünf Minuten zuvor hatte Jack Klegg beim Eintreten durch die großen, offenen Türen verblüfft auf die Einrichtung des Lokals reagiert, die ebenso knallig und auffällig war wie das Äußere bescheiden und dezent. Er fühlte sich ein gehöriges Stück in der Zeit zurückversetzt. »*Twist and Shout*« dröhnte aus versteckten Lautsprechern und die Wände waren nahtlos mit Erinnerungsstücken aus der Welt des Show-Geschäfts und des Sports zugepflastert. Marilyn Monroe wurde offensichtlich eine besondere Verehrung zuteil, doch unter den Hunderten von Porträts entdeckte er auch Plattenhüllen mit Bildern von Pat Boone, Chubby Checkers und Elvis.

Der dröhnende Bass, der seine Ohren auf dem Weg durch die Bar zuwummerte, ließ die Angst, die ihn während des ganzen Tages verfolgt hatte, momentan in den Hintergrund treten. Weshalb hatte ihn Julian Gold zum Essen zitiert? Und weshalb gerade hierher? Hätte er besser gar nicht kommen sollen?

»Ich ... ich bin nicht allzu hungrig, Mr. Gold«, bemerkte er, während der Kellner wartete. »Ich nehme nur ein Glas Chianti und einen Caesar-Salat.«

»Sie sehen nicht gut aus, Jack«, bemerkte Gold. »Die Fahrt über die Hügel hat Ihnen wohl zugesetzt. Es soll auf dieser zwanzig Kilometer langen, kurvenreichen Metzgerstrecke, dem Highway 17, im Monat durchschnittlich einen Toten geben.«

Jack Klegg nickte und lockerte die Krawatte. Sein erstes persönliches Treffen mit dem berühmt-berüchtigten *consigliere*. Und es war noch keine Minute vergangen, bis das Wort »Toter« fiel.

»Ich möchte Ihnen danken, Jack, dass Sie sich hier an diesem relativ abgelegenen Ort mit mir treffen.« Golds krächzende Stimme klang so beruhigend, wie das bei ihm überhaupt möglich war. »Ich habe mir sagen lassen, das Essen hier sei ausgezeichnet, außerdem gehe ich davon aus, dass diese Bergbewohner uns nicht erkennen werden. Wenn Sie erst als D. A. von San Francisco in Amt und Würden sind, wird es für Sie natürlich schwieriger werden, sich Ihre Privatsphäre zu bewahren.«

Kleggs Augen verrieten seine Erleichterung. »Damit könnte ich leben.«

»Mal angenommen, es geht alles gut, dann schätze ich, dass Sie noch sehr lange damit leben können. Bringen wir das Geschäftliche also hinter uns, ja?«

Während der nächsten fünf Minuten hörte Klegg verdutzt zu, wie ihm der *consigliere* eine drastische Wende in seiner Strategie skizzierte. »Wir möchten, dass Ms. Harris und Sie, Jack, Mr. Ashford ans Messer liefern. Um das zu erreichen, erwarten wir, dass Sie jeden Stein umdrehen sowie weder Kosten noch Mühe scheuen, um alle notwendigen gerichtsmedizinischen Experten und technischen Hilfsmittel aufzubieten.«

»Sie wollen, dass Ashford *verurteilt* wird?«

»Nein, aber das entzieht sich sowieso unserer Kontrolle. Nein, wir wollen, dass er auf Unzurechnungsfähigkeit plädiert, und zwar schnell. Wissen Sie, Jack, jetzt, da diese neue Zeugin aufgetaucht ist, schaut es ganz danach aus, als ob unser Freund verurteilt wird. Unser ursprünglicher Plan sah vor, Berufung einzulegen und eine Aufhebung des Urteils wegen Unzulänglichkeit des Rechtsbeistands zu erreichen. Damit könnten Sie, ohne groß dafür kritisiert zu werden, die Anklage fallen lassen, statt den Steuerzahlern die Kosten für einen dritten Prozess aufzubürden.«

»Natürlich«, bestätigte Klegg. »Weshalb aber nun diese Kehrtwende und Volldampf voran?«

»Mr. Dickson hat mir vor kurzem vorgeschlagen, wir könnten auf Unzurechnungsfähigkeit plädieren. Elliot hat zwar abgelehnt, aber mir ist klar geworden, dass es Mr. Rizzo sehr zum Vorteil gereichen würde, wenn wir einen solchen Antrag einreichten.«

»Weil Ashford durch eine solche Verteidigungstaktik vielleicht doch noch gewinnen könnte? Das bezweifle ich.«

»Natürlich nicht deswegen. Mr. Rizzo hat sich entschlossen, von den Bestimmungen im kalifornischen Gesetz zu profitieren, bei denen es um die Auflösung von Firmengruppen geht. Er will sich so die Rückzahlung seiner Sechzig-Millionen-Dollar-Investition sichern. Eine vor kurzem erstellte Bilanz hat ergeben, dass die greifbaren Vermögenswerte – Baumaschinen und Ähnliches – nach einer Liquidation wertvoll genug sind, um die Rückzahlung unserer Investition und sogar noch etwas mehr zu abzudecken.«

»Und das wäre möglich, sofern Elliot Ashford zugibt, dass er unzurechnungsfähig ist?«

»Er wird es nicht nur zugeben, Jack, er wird es bestätigt bekommen. Das kalifornische Gesetz gestattet einem Aktionär mit mehr als dreiunddreißig Prozent des Aktienkapitals, die Auflösung eines Unternehmens zu verlangen, wenn dies zum Schutz seiner Investitionen ›vernünftigerweise notwendig‹ ist. Und man kann ja schließlich nicht erwarten, dass es gut geht, wenn eine multimillionenschwere Firma von einem Geisteskranken geführt wird, nicht wahr?«

»Ich bin zwar kein Wirtschaftsrechtler, aber steht Ihnen

diese Möglichkeit nicht bereits jetzt offen? Ashford ist schließlich des mehrfachen Mordes angeklagt!«

»Ja und nein.« Gold nahm einen Schluck von seinem Rotwein aus der Gegend. »Ja, Sie sind definitiv kein Wirtschaftsjurist, und nein, jetzt können wir nichts dergleichen tun. Laut Verfassung gilt er als unschuldig, bis seine Schuld bewiesen ist. Und bis seine Berufungsmöglichkeiten erschöpft sind und endlich ein Urteil feststeht, wird er seinem Unternehmen mehr als ein Jahr ferngeblieben sein. Und sobald dies der Fall ist, fällt das gesamte Aktienkapital der Resource International automatisch an eine wohltätige Familienstiftung.«

Klegg pfiff leise. »Eine Stiftung?«

»Für Krebsforschung«, erklärte Gold. »Daran starb Elliots alter Herr. Aber wie auch immer: Mit Ihrer Hilfe, Jack, erwarten wir, dass jemand ganz anderer als Begünstigter vom Vermögen der Resource International profitiert.«

Da sie nur zu gut wusste, wie katastrophal es ihren Kollegen in Los Angeles beim Simpson-Prozess ergangen war, trieb Grace tags darauf die Verhandlung seitens der Staatsanwaltschaft zügig und ohne Brimborium voran. Sie wollte sich nicht durch ihre wachsende Popularität dazu verführen lassen, ihren Fall womöglich zu kippen. Obwohl die Verhandlung gegen Elliot Ashford nicht vom Fernsehen übertragen wurde, hatte das öffentliche Interesse am dreifachen Mord und an den sozialen und politischen Verbindungen des Angeklagten einen fiebrigen Höhepunkt erreicht, und Grace war mittlerweile beinahe so berühmt und bekannt wie Marcia Clark, die Anklägerin in L.A. Obwohl sie sich standhaft weigerte, Interviews zu geben, fand sie ein Bild von sich auf der Titelseite von *Newsweek* und wurde von der Presse und Talk-Show-Moderatoren regelrecht verfolgt.

Auch Barrett mied die Öffentlichkeit, wenngleich er weniger gefragt war. Zudem trug er das Seine zu einem zügigen Ablauf bei, indem er bei den Kriminologen, Labor-Technikern und DNS-Experten der Staatsanwaltschaft eine eigenartige – einige fanden »abstruse« – Art des Kreuzverhörs anwandte. Immer wenn Grace die Erstbefragung ihrer Sachverständigen beendet hatte, stellte Barrett nur folgende Fragen:

»Wäre es rein hypothetisch möglich, dass die Blutspuren an den Fingern des Opfers, die Sie Mr. Ashford zuordnen, dorthin gekommen sind, weil Mrs. Ashford, bevor sie ermordet wurde, das Waschbecken ausspülte, nachdem sich Mr. Ashford beim Rasieren geschnitten hatte?«

Sobald diese Frage widerwillig, aber notwendigerweise bejaht wurde, hakte Barrett nach, ob denn das Blut auf dem Handtuch ebenfalls von Mr. Ashfords Missgeschick beim Rasieren herrühren könnte und vor dem Mord hätte dorthin gelangen können. Wieder eine Pause und eine weitere unwillige Bejahung. Dann blickte Barrett jeweils die Geschworenen an, zuckte die Achseln und setzte sich.

Die Knappheit dieses Kreuzverhörs gefiel Gold, der zwar überaus fähig, aber dennoch kein Prozessanwalt war und die neue, schnörkellose Kürze fälschlicherweise als Kapitulation deutete – nämlich in dem Sinn, dass Barrett Dickson sich seinem Befehl beugte und als unzulänglicher Anwalt auftrat. Grace dagegen durchschaute Barretts Strategie, kürzte die Fragen an ihre Sachverständigen aus der Gerichtsmedizin um die Hälfte und rief zwei von ihnen gar nicht erst auf.

»Darf ich Sie fragen, Grace, was zum Teufel für eine Schau Sie beide da eigentlich abziehen?«, wollte Klegg während einer Pause vor dem Gerichtssaal wissen.

»Er spielt Schach, Jack, und ich habe keine andere Wahl, als mitzuziehen. Er weiß, dass er unsere Sachverständigen im Kreuzverhör nicht schlagen kann, deshalb versucht er uns dumm dastehen zu lassen, weil wir die Zeit der Geschworenen verschwenden. Aber das wirklich Tolle an seiner Taktik ist die Tatsache, dass er die Aufmerksamkeit der Jury ausschließlich auf die Fakten lenkt, die seine Argumentation stützen. Ich darf ihm dabei nicht in die Hände spielen.«

»Ich gebe Ihnen nur ungern Tipps, Grace, aber mir gefällt das nicht. Wir müssen in diesem Fall alles geben, was wir können, und wir haben einige verdammt gute Experten.«

Grace registrierte Kleggs offensichtlichen Sinneswandel ebenso verblüfft wie froh. »Ich stimme Ihnen zu, Jack, aber mit Amanda Kellers Aussage – vorausgesetzt, die Jury glaubt ihr – besteht die einzige Gefahr, doch noch zu verlieren, darin, dass wir es von unserer Seite übertreiben. Das will ich vermeiden.«

»In Ordnung, versuchen Sie, die Zeugenaussagen der Sachverständigen zu straffen, wenn Sie meinen, dass dies das Beste ist, aber rufen Sie wenigstens alle in den Zeugenstand. Ich will, dass Ashford mit dem Rücken zur Wand steht, und ich will verflucht noch mal nicht, dass es heißt, wir hätten uns zurückgehalten! Und falls Dickson wieder einmal zu Ihnen kommt und einen Deal vorschlägt, sagen Sie ihm, er soll zum Teufel gehen. Wir werden diesen Fall bis zum Ende durchziehen, Grace.«

Die Nachmittagssitzung verlief gut und nun, da Klegg seine Haltung geändert hatte, meinte Grace ein Licht am Ende des Tunnels zu sehen – bis um fünf Uhr, als Sam in ihr Büro kam und ihr einen handgeschriebenen, undatierten Brief überreichte, bei dessen Lektüre ihr alles Blut aus dem Gesicht wich.

»Der lag bei Earls persönlichen Unterlagen«, erklärte Sam. »Ich sollte Ordnung in seine Sachen bringen, bevor wir alles seiner Tochter übergeben. Ich bin die Papiere durchgegangen und eben erst fertig geworden.«

Der Poststempel auf dem Umschlag wies das Datum 6. Dezember 1997 auf, also eine Woche vor Earls Tod. Der Brief war an Earl Field adressiert und stammte offenbar von Amanda Keller. Im dritten Abschnitt hieß es:

> Wie du hasse auch ich Leute von der Sorte Ashfords: bigotte Zuckersöhnchen reicher Eltern, die durchs

Leben gehen und sich über alle andern erhaben fühlen.

Weiter stand da, ihre Verwicklung in den ersten Prozess sei ihr »vorhergesagt« worden, dann gestand sie ihm ihre besondere Gabe, die Gedanken anderer Menschen lesen zu können, und dass sie sich der Schuld Ashfords »absolut sicher« sei. Am Schluss des Briefes schrieb sie, sie werde alles tun, um zu helfen, »diese Bestie zu verurteilen und Ashford dorthin zu bringen, wo er hingehört«. Am schlimmsten war aber, dass in dem Brief, der einen Tag nach den angeblichen Drohungen Elliot Ashfords gegen Earl Field abgeschickt worden war, kein einziges Wort über eine solche Drohung stand.

Grace gab Sam den Brief zurück und sagte mehr zu sich selbst als zu ihm: »Wir sind erledigt.«

Sam nickte. »Dieses Schreiben Ihnen zu geben, anstatt es in den Schredder zu stecken, war die schwerste Entscheidung, die ich je getroffen habe.«

»Weiß Klegg davon?«

»Ich wollte den Brief zuerst Ihnen zeigen. Er hätte ihn verwendet, um Sie zu einer Absprache zu zwingen.«

Grace schüttelte den Kopf. »Er hat eine Kehrtwende von hundertachtzig Grad vollzogen. Behauptet steif und fest, er will eine Verurteilung. Aber konfrontieren wir doch erst Amanda damit, bevor wir mit ihm reden.«

»Weshalb hat Earl den Brief wohl nie erwähnt?«, wunderte sich Sam.

»Er hielt sie für einen Fall für die Klapsmühle. Ich habe sie einmal wütend weggehen sehen, nachdem Earl sie vor die Tür gesetzt hatte.«

»Vielleicht hatte er ja Recht, als er sie für verrückt hielt.«

»Diese ›Verrückte‹, mein Lieber, hat uns immerhin alle an der Nase herumgeführt.«

Sam wand sich. »Wann wollen Sie sie hier haben?«

»Am liebsten gestern. Ich habe die Sache lange genug vor mir her geschoben. Ms. Hollywood und ich müssen miteinander reden. Kein Ton darüber, was auf der Tagesordnung steht. Ich will ihr Gesicht sehen, wenn ich ihr sage, dass es bei ›Pat's‹ keine Kellnerinnen gibt, und wenn ich sie mit diesem literarischen Glanzstück hier konfrontiere. Barrett Dickson hat noch immer die Möglichkeit, sie noch einmal als Zeugin vorzuladen. Sagen Sie ihr einfach, wir glauben, er werde es tun, und wir wollten sie darauf vorbereiten.«

An diesem Abend kehrte Grace nur widerwillig in ihre Wohnung zurück und wünschte sich mehr denn je, Aaron wäre hier. Sie zog den Mantel aus und ging in die Küche. Nachdem sie sich ein Glas Wein eingegossen hatte, setzte sie sich an den Tisch und schaute in die dunkle Leere hinaus. Die Straßenlampen waren im dichten Nebel kaum zu sehen. Das Frühstücksgeschirr war zwar vorgespült, aber noch nicht abgewaschen und stand verstreut auf der Ablage, wo sie es in aller Eile hingestellt hatte. Vor ihr lag, noch ungelesen, die Morgenzeitung.

Sie wunderte sich, wie alles derart außer Kontrolle hatte geraten können. Nach ihrem Gespräch mit Amanda würde sie den Brief Klegg zeigen müssen und dieser Wurm würde sich einmal mehr winden. Sie sah seine Pressemitteilung bereits vor sich: »Ms. Harris, die seit dem Tod von Earl Field unter großem emotionalem Stress stand, hat den Wert des Beweismaterials überschätzt. Als ihr Fehler an den Tag kam, blieb ihr keine andere Wahl, als die Anklage fallen zu lassen.«

Er würde sie den Medien als Sündenbock präsentieren. Elliot Ashford würde freikommen und Jack Klegg zum District Attorney gewählt werden.

Das Klingeln des Telefons riss sie aus ihren Gedanken. »Hallo, Grace«, ertönte eine bekannte Stimme, die definitiv nicht Aaron gehörte, »ich bin's, Barrett Dickson. Ich muss über ein paar Dinge mit Ihnen reden.«

»In Ordnung.«

»Ich meine privat. Kann ich kurz bei Ihnen vorbeikommen? Es geht nicht am Telefon.«

»Ja, gut«, erwiderte sie und gab ihm ihre Adresse.

Zwanzig Minuten später blickte sie in Barretts rotumrandete Augen. Ein paar Minuten lang plauderten sie über Belanglosigkeiten, wobei sie trotz ihrer eigenen Sorgen eine zunehmende Sympathie für ihn spürte. Sie bot ihm einen Kaffee und ein Stück Obstkuchen an, den sie gekauft hatte. Er nahm beides dankend an, und Grace führte ihn in die Küche, wo er sich auf den Kuchen stürzte, als hätte er seit Tagen nichts gegessen. »Haben Sie den selbst gebacken?«

»Ich bin Anwältin, nicht Köchin ...«

Er lachte. »Ich habe den Eindruck, Sie könnten so ziemlich alles, Grace. Kuchen backen, Mörder überführen ...«

Grace lachte ebenfalls. »Meine kulinarischen Ambitionen sind vor Jahren in den Ruhestand getreten. Ich versuche bloß, eine gute Mutter und eine gute Anwältin zu sein. Das reicht.«

»Darf ich Sie fragen, wie lange Sie schon allein erziehende Mutter sind?«

»Aarons Vater hat uns verlassen, bevor sein Sohn ein Jahr alt war. Das war 1982.«

»Ich bewundere Sie für alles, was Sie geleistet haben, ganz im Ernst.«

Grace tat das Kompliment mit einem Achselzucken ab, obwohl es sie sehr freute. »Also«, meinte sie schließlich, »jetzt, da Sie keinen Hunger mehr haben ... gab es da nicht noch einen Punkt auf der Tagesordnung?«

»Richtig.« Er schob den Teller beiseite. »Zuerst möchte ich Ihnen erklären, weshalb ich in letzter Zeit etwas ... stürmisch war. Ich wurde angewiesen, mich zurückzuhalten. Mein Attila-Gehabe war meine Art, dagegen zu protestieren.«

»Ihre Leute legen also bereits das Fundament für eine Berufung«, bemerkte Grace. Er nickte. »War Amanda wirklich so gut?«

»Sie wissen, dass sie gut war. Wäre ich besser in Form, würde ich jetzt mein Hemd ausziehen und Ihnen die Spuren auf meinem Rücken zeigen, wo sie über mich weggewalzt ist.«

»Na ja, danke, dass Sie es mir gesagt haben. Ich hatte mich schon gefragt, was los ist.«

»Ich habe Ihren Gesichtsausdruck gesehen und wollte, dass Sie es wissen.«

»Ist meine Meinung so wichtig für Sie oder verspürten Sie einfach plötzlich unbändige Lust auf Obstkuchen?«

»Beides, nehme ich an. Was Sie denken, ist mir äußerst wichtig geworden.«

Grace konnte ihre Gefühle nur schwer unterdrücken. Am liebsten hätte sie die Hand ausgestreckt, um ihm über das müde Gesicht zu streichen, und ihm gesagt, wie froh sie sei. Aber jahrelange Disziplin hielt sie zurück und sie so ließ sie ihre Hände weiterhin die leere Tasse umfassen. »Ich bin froh, dass Sie's mir g-gesagt haben«, bemerkte sie schließlich. Sie fühlte eine plötzliche Scheu aufsteigen und wagte nicht, ihm in die Augen zu blicken. Sie beschloss, das Gespräch lieber auf sicherem Boden weiterzuführen. »Wenn Sie allerdings vorhaben, die Hunnen morgen wieder in den Gerichtssaal zu führen, dann vertilge ich wohl besser ein Wildschwein zum Frühstück …«

Barrett lachte, schwieg aber.

Sie schaute ihn an: »Was wollten Sie mir sonst noch sagen? Sie deuteten an, es gäbe ein paar Dinge …«

»Eigentlich wollte ich Ihnen noch einmal einen Vergleich vorschlagen, aber ich kenne Ihre Antwort ja schon. Also vergessen Sie das. Vielleicht wollte ich Sie auch einfach nur sehen.«

Grace spürte, wie ihr Herz wieder schneller schlug. Es tat ihr weh, ihn so niedergeschlagen dasitzen zu sehen – und zu wissen, dass er keine Ahnung hatte, dass die Kronzeugin der Anklage womöglich einen Meineid geleistet hatte.

»So«, meinte sie nur.

Wie durch ihr Zögern ermutigt, lehnte er sich nach vorn über den Tisch und küsste sie auf die Wange. Sie rührte sich nicht, wohl auch aus Überraschung. Er bewegte sich ebenfalls nicht, küsste sie aber noch einmal, diesmal auf den Mundwinkel. Nun rührte sie sich, kam ihm über den Tisch halb entgegen. Ihre Lippen trafen sich zu einem Kuss, der es irgendwie schaffte, Barretts Manöver um den Tisch herum zu überdauern, bis er sie vom Stuhl hochziehen und in die Arme nehmen konnte. Einen Augenblick war Grace völlig benebelt und überwältigt von einer schwindelerregenden Leidenschaft, aber dann gelang es ihr, die Lippen von den seinen zu lösen und ihren Kopf an seiner Brust zu verbergen. Sie hörte sein Herz pochen, fühlte es wie einen Trommelschlag, der ihre Gefühle noch tiefer in Konflikt mit ihrem nüchternen Verstand zog, auf den sie immer so stolz gewesen war. Sie wusste, es war verrückt, aber sie hörte ihm zu, wie er ihren Namen immer und immer wieder flüsterte, und spürte seine zärtlichen Berührungen auf ihrem Haar, ihrem Nacken. Sie erlaubte sich noch weitere zwanzig Herzschläge, dann noch einmal zwanzig. Sie spürte, wie sehr er sie brauchte, und dass auch sie ihn wollte. Sie gestand sich noch zehn weitere Herzschläge zu, aber dann fand sie irgendwie den Willen, sich von ihm zu lösen. »Bitte, Barrett«, hörte sie die Stimme der Vernunft. »Nicht mehr. Nicht jetzt.«

Er lächelte befangen und ließ sie los. »An dieser Stelle müsste ich sagen, dass es mir Leid tut, aber das tut es mir eindeutig nicht. Ich ...«

»Bitte«, wiederholte sie, »bitte, geh jetzt.«

Er hob die Hände, als würde er sich ergeben, und nahm sich zusammen. »Dieser Prozess kann nicht ewig dauern, Grace, und wenn er erst vorbei ist, hoffe ich, dass wir gemeinsam etwas anfangen können. Können wir wenigstens darüber reden?«

Sie schaute ihn nicht an und stellte erleichtert fest, dass sie ihre Gefühle wieder unter Kontrolle hatte. »Schau, Barrett, wenn ein Strafverteidiger und eine Staatsanwältin zusammen Kaffee trinken und einen möglichen Vergleich besprechen, ist das eine Sache. Aber wenn sich die Gegner bei Obstkuchen mitten in einem Mordprozess in den Armen liegen, gilt das nach den Regeln der Professionalität als nicht standesgemäß, und das weißt du genau.«

»Na gut.« Sein Lächeln war verschwunden. »Dann sind wir jetzt also zwei Anwälte, die über einen möglichen Vergleich diskutieren. Das Problem ist, dass du bereits angedeutet hast, dass dieser Punkt auf meiner Tagesordnung ebenso zum Scheitern verurteilt ist wie der Teil, den wir soeben hinter uns gebracht haben.«

Sie sah, dass sie ihn verletzt hatte. »Barrett, es tut mir Leid, alles. Aber ja, ich fürchte, dass dieser F-Fall von einer Jury entschieden wird.«

»Es braucht dir nicht Leid zu tun. Ich habe mich soeben daneben benommen. Was den Fall angeht, so kann ich dir nicht wirklich böse sein, dass du auch da Nein sagst. Du hast schließlich alle Karten in der Hand.«

Einen unberechenbaren Joker mit eingeschlossen, dachte sie beschämt.

»Danke für Kaffee und Kuchen.« Barrett versuchte unbekümmert zu klingen. Bevor er sich zur Tür wandte, lächelte er ihr noch ein letztes Mal traurig zu. Es tat ihr im Herzen weh. Aber sie schwieg, als er den Korridor hinunterschritt. Sie sah ihm noch ein paar Sekunden nach, wie immer fasziniert von der Art, wie er ging, von dieser natürlichen Trägheit in seinem Gang. Dann schloss sie die Tür, bevor er sich umblicken konnte, und lehnte sich dagegen. Es würde eine lange Nacht werden.

54

Als Grace ihre Kronzeugin während der Mittagspause am nächsten Tag begrüßte, versuchte sie eine Herzlichkeit auszustrahlen, von der sie meilenweit entfernt war. Sam hatte sie vorgewarnt.

Amanda war fuchsteufelswild, weil sie von Los Angeles, wo sie ihren Wohnsitz momentan im Hotel »Bel Aire« aufgeschlagen hatte, herzitiert worden war. Sam hatte den ganzen Weg vom Flughafen ihre furiosen Wortattacken über sich ergehen lassen müssen, und dass sie eine Viertelstunde im Büro von Grace hatte warten müssen, weil sich die Morgensitzung über Mittag hinaus zog, hatte ihre Stimmung auch nicht gerade gehoben.

»Nennen Sie mir einen guten Grund, Grace, weshalb Dickson mich noch einmal als Zeugin aufrufen sollte«, forderte sie. »Habe ich seinem Mandanten das letzte Mal etwa noch nicht genug geschadet?«

»Das ist das Standard-Procedere«, beschwichtigte sie Grace. »Er hat vierundzwanzig Stunden lang die Möglichkeit, Sie nochmals aufzurufen. Auch wenn er sie vielleicht gar nicht nutzen wird, ist es für uns doch besser, für alle Fälle gerüstet zu sein.«

»Ich hoffe, Ihnen ist bewusst, dass Sie kaum einen schlechteren Zeitpunkt hätten wählen können.« Amandas Stimme vibrierte noch immer vor Ärger. »Ich hätte heute Morgen eine Serie Fotoaufnahmen abschließen sollen, das Skript für ›Thursday's Child‹ ist soeben bei mir abgeliefert worden und außerdem musste ich eine Verabredung zum Lunch mit dem Regisseur des Films absagen!«

»Sie können mit dem Halb-drei-Uhr-Flug zurück nach Los Angeles zurückkehren, Ms. Keller. Und wir sind Ihnen überaus dankbar, dass Sie gekommen sind.«

»Also? Ich bin am Verdursten. Sam, seien Sie ein Gentleman und besorgen Sie mir bitte ein Evian.«

Grace goss Wasser in ein Glas und reichte es ihr. »Wollen Sie denn nicht mehr, dass Ashford verurteilt wird?«, fragte sie, während Amanda einen Schluck nahm.

»Natürlich will ich, dass die Gerechtigkeit siegt.« Amanda schlug ihre langen Beine übereinander. »Aber das Leben geht weiter, nicht wahr? Ich lebe jetzt in einer Welt, in die Sie gar keinen Einblick haben, Grace. Ich kann mir einfach nicht vorstellen, was Dickson von mir hören will, das seiner Sache auch nur ein bisschen dienlich sein könnte.«

»Nehmen wir einmal an, er weiß von einem Brief, den Sie Mr. Field geschickt haben. Ein Brief, in dem Sie schreiben, Sie würden alles tun, damit der Angeklagte verurteilt wird. Worin aber kein Wort von den Drohungen steht, die Sie unter Eid ausgesagt haben.«

»Ein Brief?« Amanda lachte nervös.

»Ein Brief mit Ihrer Unterschrift.« Grace musste sie, wenn auch zähneknirschend, bewundern. Sie spielte ganz klar auf Zeit und versuchte so zu tun, als ob sie sich erst mal erinnern müsse. Sie war zu clever, um in die Falle zu tappen und den Sachverhalt einfach abzustreiten. Grace musterte sie eingehend: die dunklen, tief liegenden Augen, die nicht ein einziges Mal zuckten, das lange, glänzend blonde Haar, den großen, viereckigen Designer-Goldring und das elegante blaue Kostüm.

»Ja.« Amanda schaute Grace in die Augen. »Ich glaube, ich habe ihm mal geschrieben.«

»Haben Sie ihm mehr als einmal geschrieben?«

»Ich glaube, nur einmal.«

»Erinnern Sie sich, was Sie in dem Brief geschrieben haben?«

»Ich nehme an, Sie haben den Brief, Grace.« Amanda klang kühl. »Und Sie wissen ganz genau, was drin steht.«

»Ich will nur sicher sein, dass Sie es auch wissen, Amanda. Für den Fall, dass Sie danach gefragt werden.«

»Und weshalb sollte Dickson mich danach fragen? Hat er den Brief denn?«

»Nein, aber d-darum geht es jetzt nicht.«

»Worum geht es dann? Erstens weiß Dickson offenbar nichts von diesem so genannten Brief. Und zweitens: Was ist falsch daran, wenn eine besorgte Bürgerin einem Beamten im öffentlichen Dienst schreibt?«

»Das hängt davon an, ob die Autorin des Briefes Kronzeugin der Anklage in einem Mordprozess ist und ob der Brief Feindseligkeit gegenüber dem Angeklagten verrät sowie den Willen, alles zu tun, damit er auch verurteilt wird.«

»Weil ich Ashford eine Bestie oder so was genannt habe? Alle Geschworenen dachten so über ihn. Weil ich kundtat, ich würde alles tun, um meinen Beitrag zu leisten, dass er verurteilt wird? Damit wollte ich bloß sagen, ich sei bereit, mein Leben aufs Spiel zu setzen, damit die Gerechtigkeit siegt! Verstehen Sie denn nicht, Grace, dass ich mit Absicht starke Worte gewählt habe, um seine Aufmerksamkeit zu wecken? Die Wahrheit ist, dass er ... mich nicht sehr ernst genommen hat. Wenn er es nur getan hätte ...«

»Und warum haben Sie dann die Drohungen nicht erwähnt, die schließlich die Grundlage Ihrer Zeugenaussage in diesem Prozess darstellen?«

»Ich weiß nicht. Wahrscheinlich habe ich mir gedacht, dass man so etwas nicht in einem Brief mitteilt. Man weiß ja nie, wer die Post für einen so wichtigen Mann wie Earl Field öffnet. Genau das wollte ich ihm ja persönlich sagen. Aber er hat nicht geantwortet. Dann wurde er ermordet und ich hatte Angst, darüber zu sprechen.«

Grace kam sich allmählich vor wie ein Moralapostel in einer surrealen Komödie. Die Zeugin hatte auf alles eine Antwort parat und der Brief war ihr nicht nur keineswegs peinlich, sondern sie war sogar noch stolz auf ihn. »Haben Sie irgendwelche besonderen Kräfte, Amanda?«

»Wie?«

»Sie schreiben in Ihrem Brief, Sie hätten die Gabe, anderer Menschen Gedanken lesen zu können.«

Amanda lachte, als wolle sie sich entschuldigen. »Habe ich das geschrieben? Ich wollte damit bloß sagen, dass ich viel weibliche Intuition besitze. Schließlich schrieb ich ja einem Mann ....«

Grace fand das nicht witzig. »Sind Sie religiös, Amanda?«

»Nicht wirklich. Ich würde sagen spirituell, nicht religiös. Ist das nicht eine etwas persönliche Frage, Grace?«

»Mr. Dickson wird noch viel persönlicher werden, wenn er Sie noch einmal in den Zeugenstand ruft. Glauben Sie an übersinnliche Wahrnehmung oder Parapsychologie?«

»Nein«, antwortete Amanda kurz angebunden. Sie hatte offensichtlich genug von diesem Verhör. »Aber ich bin oft mit einer Wünschelrute unterwegs und finde Wasseradern, das heißt, wenn ich nicht gerade Voodoo praktiziere oder an einer Teufelsmesse teilnehme. Genügt das?«

»Amanda, das ist notwendig ...«

»Wenn Sie glauben, ich sei eine dieser Krücken, dann zum Teufel mit Ihnen, Grace. Für mich ist dieser Fall sowieso gelaufen!«

»Vielleicht, vielleicht auch nicht. Bitte erklären Sie mir, was Sie meinten, als Sie schrieben, Ihre Verwicklung in diesen Fall beruhe auf ›Vorsehung‹. Glauben Sie an Tarot, Amanda? An Astrologie? I Ging?«

»An all das, wie viele andere Leute auch«, erwiderte Amanda unwirsch. »Was soll das?«

»Glauben Sie, dass Ihre Teilnahme am ersten Prozess zu einem bestimmten Zweck erfolgte? Meinten Sie das mit ›Vorsehung‹?«

Amanda schien plötzlich sehr müde. »Kennen Sie die Wirkung des Mondes auf Ebbe und Flut?«, wollte sie plötzlich von Grace wissen.

»Ja.«

»Können Sie dann daran zweifeln, dass die Bewegungen der Himmelskörper wie Mond und Sterne unsere winzigen, unbedeutenden Körper beeinflussen? Oder dass die Position der Planeten zur Geburtszeit eine völlig logische Grundlage für entscheidende Ereignisse darstellt? Ja, verdammt, ich glaube *wirklich*, dass meine Berufung als Geschworene ein Zeichen war, und Sie sollten dankbar sein, dass ich da war, und aufhören, mich wie eine Geistesgestörte zu behandeln!«

Grace warf Sam einen Blick zu. Er zog kaum merklich die Brauen hoch. Sie entschloss sich, ihrer Intuition zu folgen. »Ich zweifle ernsthaft an dem, was Sie vor Gericht ausgesagt haben, Amanda«, sagte sie mit ruhiger Stimme, die nichts von ihrer wachsenden Besorgnis verriet. »Chefermittler Quon hat Ihre Geschichte über ›Pat's Seafood Grill‹ überprüft. Und dort arbeiten keine Kellnerinnen.«

»Ach, Scheiße.« Amanda sprang auf. »Jetzt reicht's! Kellnerin? Kellner? Wie soll ich mich an solche Einzelheiten erinnern? Bin ich hier eigentlich Zeugin oder Angeklagte?«

»Das kommt darauf an, Amanda. Meineid ist in diesem Staat ein Verbrechen.«

Amanda Kellers Gesicht lief rot an vor Wut und Grace ging davon aus, dass sie diesmal nicht schauspielerte. Sie steuerte stracks auf ihren Schreibtisch zu. »*Was glauben Sie eigentlich, wer Sie sind?* Die Jury? Richterin über meinen Charakter? Zum Glück für mich und die Bürgerinnen und Bürger dieses Staates sind Sie weder das eine noch das andere. Ob ich die Wahrheit gesagt habe – was ich im Übrigen getan habe –, das müssen die Geschworenen und der Richter entscheiden und ganz gewiss nicht Sie!«

Grace wusste, dass sie Recht hatte. Amanda würde, falls Barrett sie noch einmal als Zeugin vorladen sollte, von L.A.

herfliegen und ihn erneut vernichtend schlagen – um dann ihre wieder in Schwung gekommene Filmkarriere weiterzuverfolgen. Grace fasste sich, was angesichts der wutschnaubenden, muskulösen und fast eins achtzig großen Gestalt, die über ihr drohte, nicht gerade einfach war.

»Ms. Keller«, mischte sich Sam Quon nun ein. »Ich glaube, Sie missverstehen uns. Wir sind verpflichtet, jede kleinste Kleinigkeit doppelt und dreifach zu überprüfen – vor allem bei Zeugen, die wir vorgeladen haben. Bitte setzen Sie sich und lassen Sie mich Ihnen noch ein Glas Wasser bringen. Ich bin sicher, wir können alles regeln.«

Doch Amanda stand wie angewurzelt vor dem Schreibtisch von Grace und löste ihren düsteren Blick nicht von deren Augen. Von der Bryant Street tönte eine Autohupe und drei Stockwerke unter ihnen brüllten sich ein paar Leute an. Da erschauerte Amanda plötzlich, drehte sich um und ging zum Fenster hinüber, die Arme fest um den Körper geklammert. »Wenn es hier wirklich ein Missverständnis gegeben hat, tut es mir Leid, wenn ich daran beteiligt war.« Sie ging zu ihrem Stuhl zurück und setzte sich wieder hin. »Ich achte praktisch nie auf Angestellte oder die Bedienung. Also war es in dem Lokal vielleicht ein Kellner und keine Kellnerin. Und was den Brief angeht: Ich wollte einfach helfen. Mr. Field hat mich ein paar Tage zuvor, als ich direkt zu ihm ging, ziemlich rüde behandelt. Vielleicht habe ich alles ja etwas übertrieben, um sein Interesse zu wecken, aber ich bedaure einzig und allein, dass es mir trotzdem nicht gelungen ist.«

Grace beobachtete den plötzlich zerknirschten Ausdruck auf Amandas Gesicht, die zusammengezogenen Brauen, die Unschuld, die ihre gewrungenen Hände vermittelten. Und einmal mehr sah sie das Bild dieser aufgebrachten Amanda vor sich, wie sie Earls Büro vor Wochen verlassen hatte – eine Erinnerung, die dazu beitrug, ihre Version des Sachverhalts zu untermauern. Grace bemerkte, dass Amanda ihr Spray aus der

Handtasche zog. Sie benutzte es aber nicht, sondern schloss bloß die Augen und massierte sich mit der freien Hand den Nacken.

Graces Nacken schmerzte ebenfalls. Und wenn Amanda wirklich die Wahrheit sagte?

»Was nun?« Amanda zupfte abwesend an ein paar Haarsträhnen herum, die ihr über die Augen gefallen waren. »Glauben Sie mir oder nicht, Grace? Sam?«

»Ich weiß es ehrlich nicht, Amanda, aber wie Sie selbst gesagt haben, bin ich nicht die Jury. Ich werde es den Geschworenen überlassen.«

Amanda Keller sprang auf. Auf ihrer mittlerweile wieder ruhigen Miene zeigte sich ein neuer Anflug von Ärger. »Na ja, dann vielen Dank für diese Vertrauenserklärung. Kann ich jetzt gehen?«

Grace stand ebenfalls auf. »Detektiv Quon wird Sie zur Wohnung Ihrer Mutter fahren.«

Amanda packte die Handtasche. »Das ist nicht nötig. Bitte rufen Sie mir einfach ein Taxi.«

Sam ließ also ein Taxi kommen und brachte sie hinaus. Dann kehrte er zu Grace ins Büro zurück. »Und?«

Stille.

»Sie trauen Amanda nicht«, stellte Sam fest.

»Trauen Sie ihr?«

»Sie ist unsere Zeugin, Grace, und in einem hat sie Recht: Sie verhalten sich in diesem Fall immer mehr wie eine Geschworene und nicht wie die raffinierteste Staatsanwältin westlich des Mississippi.«

»Nur weil ich misstrauisch bin gegenüber einer Frau, die uns ständig belügt?«

»Zum Teufel, Grace, Sie haben sie nie gemocht. Geben Sie's zu. Ich bin ebenso kaltschnäuzig wie Sie, aber ich finde Amandas Erklärungen plausibel.«

Grace wusste, dass Sam nur sehr selten fluchte – selbst in

der maßvollsten Form. Wenn er es tat, dann hieß das, dass er ziemlich aufgebracht war.

»Darf ich fragen, was Sie nun zu tun gedenken?«

Grace zuckte die Achseln. »Ich weiß es echt nicht, Sam, aber so wie die Dinge jetzt liegen, stimmt etwas nicht.«

»Schauen Sie, Grace, ich traue dieser Keller auch nicht voll und ganz und ich mag sie überhaupt nicht. Aber Ashford ist so schuldig, wie man nur sein kann, und wenn wir diesen Prozess nicht gewinnen, geht der letzte Rest an Respekt vor unserem Rechtssystem, der nach dem Simpson-Debakel geblieben ist, auch noch den Bach runter. Hören Sie nicht schon, was man sagen wird, Grace? Wieder so ein Typ mit Knete, der das System ausgehebelt hat.«

»Und wenn sie lügt, Sam, und ein Mensch die Giftspritze nur auf Grund ihrer Zeugenaussage kriegt? Haben Sie darüber mal nachgedacht?«

»Diese Bedenken sind sinnvoll«, erwiderte Sam und ging zur Tür, »für einen Strafverteidiger!« Dann hielt er inne, wandte sich um und setzte hinzu: »Aber da ich im Büro des District Attorney angestellt bin, würde ich die Frage etwas anders stellen: Was ist, wenn sie die Wahrheit sagt und ein dreifacher Mörder freikommt? Haben Sie *darüber* mal nachgedacht?«

Sams Worte geisterten noch lange, nachdem er gegangen war, in Graces Kopf herum. Und sosehr sie den Gedanken auch hasste: Sie wusste, sie konnte es nicht länger hinausschieben, Jack Klegg, der schließlich amtierender D. A. war, in die Sache einzuweihen. Sie fand ihn beim Lesen des *Wall Street Journal*. Sie legte ihm also den Sachverhalt kurz dar und beobachtete ihn dann, wie er den Brief las.

»Interessant«, murmelte er und faltete das Schreiben wieder zusammen.

»Ich glaube, Earl hielt sie für eine Irre. Ich habe einmal gesehen, wie sie wutentbrannt aus seinem Büro gerannt kam. Er hatte sie praktisch hinausgeworfen. Ich glaube, wir haben ein echtes Problem mit unserer Star-Zeugin.«

»Laut alldem, was Sie mir gesagt haben, hat sie doch eine logische Erklärung für alles, was in diesem Brief steht. Was meint denn Sam dazu?«

Grace hatte gehofft, er würde diese Frage nicht stellen, aber sie antwortete ehrlich. »Ich respektiere Sams Meinung, Jack, aber meine Intuition sagt mir laut und deutlich, dass sie uns anlügt und dass wir diesen Fall vom Tisch kriegen sollten.«

»Die Verteidigung hat diesen Brief offensichtlich nicht zu Gesicht bekommen?«

»Nein.«

»Und er ist ganz eindeutig nicht so entlastend, dass wir ihn der Verteidigung zeigen müssten, nicht wahr?«

»Ich nehme an, Sie haben Recht – wenn man das Gesetz technisch interpretiert.«

Jack Klegg schob ihr den Brief wieder zu. »Niemand hat Amazing Grace Harris je beschuldigt, etwas anderes zu tun.«

55

Als Barrett Dickson vor seiner Wohnung parkte, fühlte er sich deprimiert und hundemüde von seinem letzten Versuch, Ashford davon zu überzeugen, auf vorübergehende Unzurechnungsfähigkeit zu plädieren. Der hatte sich sogar geweigert, auch nur darüber zu reden. Dennoch beschloss Barrett, es vor der Gerichtsverhandlung am nächsten Morgen noch einmal zu versuchen. Er hatte Ashford gedrängt – mehr, als ein Verteidiger seinen Mandanten je drängen sollte. Elliots Geständnis, es gebe eine neue Frau in seinem Leben, hatte ihn allerdings wieder misstrauisch gemacht: Vielleicht hielt sein Mandant ja alle zum Narren – außer Lev natürlich –, und Armand Ligretti hatte wirklich die Wahrheit gesagt. Wenn das zutraf, dann hatte Ashford auf einem Mafia-Treffen bei den Rizzos tatsächlich eine junge Frau als »die künftige Mrs. Ashford« vorgestellt. Und wenn das zutraf, dann hatte Barrett seine Fähigkeiten und seine Erfahrung dazu verwendet, die Glaubwürdigkeit eines aufrichtigen Zeugen zu zerstören – und das wiederum würde einem möglichen Mörder dazu verhelfen, der Justiz zu entkommen. Wenn das alles zutraf, war der Dickson-Fluch lebendig und quietschfidel.

Er öffnete die Wohnungstür und trat in das kleine Wohnzimmer. Es roch dumpf und abgestanden. Barrett fiel ein, dass er den Müll seit Tagen nicht mehr nach draußen gebracht hatte. Den prall vollen Müllsack schon in der Hand, sah er das blinkende Licht auf seinem Anrufbeantworter. Er stellte den Sack im Korridor ab und drückte auf Wiedergabe. Die letzte Nachricht war von Grace Harris. »Ruf mich an.« Mehr nicht. Weder Name noch Telefonnummer. Doch er brauchte ohnehin weder das eine noch das andere: Sein Herz klopfte wild, als er ihre Privatnummer wählte.

Sie antwortete auf das erste Klingeln und sprach schnell und mechanisch, wie ein Mensch, der eine Entscheidung getroffen hat und handeln will, bevor er seine Meinung wieder ändert. »Ich muss so schnell wie möglich mit dir reden.«

»Zehn Minuten.« Er hängte ein und raste zur Tür hinaus, wo er beinahe über den Müllsack fiel. Um den würde er sich später kümmern.

»Sag nichts, Barrett, hör mir einfach nur zu. Ich habe langsam Bedenken, was … ach Scheiße, das ist so verdammt schwierig!«

Barrett sah, dass sie zutiefst besorgt war. Grace wirkte blass und die Ringe unter ihren Augen waren dunkler als je zuvor, was ihr in seinen Augen eine abgezehrte Schönheit verlieh, die er geradezu unwiderstehlich fand. Er hatte schon einen Anflug von Zärtlichkeit in Grace entdeckt, Verletzlichkeit aber noch nie. Jetzt sah er sie und musste gegen den Drang ankämpfen, diese Frau einfach in die Arme zu nehmen.

»Also. Ich will es dir ganz unumwunden sagen: Ich habe Bedenken, was die Glaubwürdigkeit von Amanda Keller angeht. Es fing mit der mysteriösen Kellnerin an, über die du sie so lange ausgefragt hast. Nun hat sich herausgestellt, dass bei ›Pat's Seafood Grill‹ nur Kellner arbeiten.«

Barrett hatte sie noch nie so beunruhigt gesehen, auch nicht während der Ligretti-Katastrophe. Er beschloss, ihr nicht zu verraten, dass er Lev zu Sam geschickt hatte und dass die illegale Einstellungspraxis dieses Lokals ihn dazu veranlasst hatte, Keller noch einmal als Zeugin aufzurufen.

»Fragen bis jetzt?«, wollte Grace wissen.

»Ja. Hast du noch was von dem Obstkuchen übrig? Ich habe mein Abendessen verpasst.«

Sie lächelte, schüttelte resigniert den Kopf und führte ihn in die Küche. Den restlichen Kuchen hatte sie bereits weggeworfen, aber sie machte ihm Toast und Tee und er plauderte mit ihr, bis sie etwas entspannter wirkte. Ihre Miene blieb jedoch ernst.

»Weshalb erzählst du mir das, Grace? Hast du vergessen, dass ich den Ganoven vertrete?«

»Weil hier mehr auf dem Spiel steht als die Schuld oder Unschuld von Elliot Ashford.«

»Was denn noch?«

»Die Verurteilung eines Mannes auf Grund einer Zeugenaussage, die möglicherweise falsch ist. Die Integrität des amerikanischen Rechtssystems – und unser Anteil daran. Barrett, ich brauche deine Hilfe. Du musst Amanda Keller noch einmal als Zeugin aufrufen.«

»Schon komisch, dass du das sagst. Ich habe ihr die Vorladung heute zustellen lassen.«

»Gut. Ich gebe dir hier einen Brief, den sie Earl Field eine Woche vor seiner Ermordung geschrieben hat und du musst sie zu dem Punkt ins Kreuzverhör nehmen.« Sie schob Barrett den Brief zu.

Barrett atmete geräuschvoll aus. »Stellst du der Gegenpartei entlastendes Beweismaterial zur Verfügung, weil du rechtlich dazu verpflichtet bist?«

»Nein, ich fühle mich moralisch dazu verpflichtet, dir die Möglichkeit zu geben, etwas damit anzufangen.«

»Also nun mal rein hypothetisch: Lass mich sehen, ob ich dich auch richtig verstanden habe. Du bittest mich also, dir behilflich zu sein, deine Kronzeugin zu Fall zu bringen?«

»Hut ab, ich glaube, du hast es erfasst!«

Barrett schüttelte den Kopf. »Was geht hier eigentlich vor, Grace? Sind deine Prozac-Tabletten alle? Dein Eid als Vertreterin des Staates in einem kontradiktorischen System bedeutet mir nichts, ebenso wenig dein geschätztes Rechtssystem, aber ich weiß, wie viel dir beides bedeutet. Du kannst dir ja eine Pistole an die Schläfe setzen, aber erwarte nicht, dass ich abdrücke. Wenn ich deine Zeugin in Stücke reiße, geht dein Fall baden, einschließlich der Anklage für den Mord an Lara, obwohl Amanda Keller dazu keinerlei Verbindung hat.«

»Ich weiß, wie es läuft, Barrett.«

»Und wenn du mir ein Dokument gibst, das einzig und allein aus deinen Akten stammen kann, und ich dieses Dokument verwende, um das Spiel zu gewinnen, dann wirst du nicht nur dieses Spiel verlieren, sondern du könntest dein restliches Leben lang für diese Sportart gesperrt werden. Verstehst du?« Grace schwieg. Barrett legte seine Hand auf die ihre. Sie fühlte sich kalt an. »Hör mir zu, Grace. Es gibt vieles, was du über mich nicht weißt. Sagen wir einfach mal so: Du bist mir zu wichtig, als dass ich daran beteiligt sein möchte, was mit dir geschieht, wenn ich tue, was du von mir verlangst.« Er strich ihr ein paar Strähnen aus dem müden Gesicht. »Du hast inzwischen sicher gemerkt, was ich für dich empfinde, Grace. Ich glaube, ich habe mich schon bei dieser verrückten Kautionsverhandlung in dich verliebt und dann bloß meinen Gefühlen nicht vertraut. Ich habe ein kleines Problem, was das Vertrauen angeht – das ist noch etwas, was du über mich nicht weißt. Aber wie dem auch sei: Fest steht, dass ich niemanden, der mir wichtig ist, für ein System opfere, an das ich nicht mehr glaube, und schon gar nicht für einen Typen wie Elliot Ashford.«

»Er ist dein *Mandant*, Barrett!«

»Als wenn ich das je vergessen könnte.«

Grace stand auf und goss für beide Tee nach.

»Barrett, ist dir bewusst, dass das Timing nicht schlechter sein könnte? Für uns, meine ich.«

Er seufzte. Er wusste, dass sie Recht hatte. »Und Timing ist alles.« Er rang sich ein Lächeln ab.

»Na ja, n-nicht so ganz … alles.«

»Ich verstehe«, sagte er, obwohl er nicht wirklich verstand und nicht sehen wollte, was – oder wer – ihnen im Weg stand. Er merkte, wie sein Gesicht vor Verlegenheit rot anlief, und wünschte sich, er könnte seine unbedachten Worte zurücknehmen. Zum Teufel, es ließen sich schließlich genug Gründe aufzählen, weshalb sie sich nicht mit einem so ausgebrannten Typen wie ihm einlassen wollte, der einen abgewrackten Ford Mustang fuhr und in der Aktenmappe irgendwelche Maklerlisten herumschleppte und keine Aufsehen erregenden Fälle. Er hätte es wissen müssen.

»Ich glaube nicht, dass du mich verstehst«, unterbrach Grace seine Selbstzerfleischung. »Teilweise ist es deine offensichtliche Verachtung für unser Rechtssystem, von dem ich ein Teil bin. Das stört und kränkt mich, Barrett. Es stört und kränkt mich sogar sehr.«

»Grace, laut Meinungsumfragen denkt die Mehrheit genau wie ich.«

»Aber bei diesen Leuten handelt es sich nicht um Prozessanwälte. Sie sehen nur sensationelle Fälle, die unsere schlechteste Seite zum Vorschein bringen. Aber du weißt es besser, Barrett, und trotzdem verachtest du das System, als wäre das etwas Ehrenvolles. Ich sehe diese Verachtung wie einen Orden an deiner Brust und das kränkt mich. Wenn du das System lächerlich machst, machst du damit auch mich lächerlich. Doch das scheinst du nicht zu verstehen. Vielleicht hältst du mich für naiv oder dumm oder was auch immer, aber ich glaube an das System der Strafjustiz, und ich halte es auch in Ehren. Das ist dasselbe, was Churchill über die Demokratie gesagt hat, Barrett: ›Es ist das schlechteste System der Welt …‹«

»›… abgesehen von allen anderen, die jemals ausprobiert wurden‹«, ergänzte Barrett. »Ich weiß, ich weiß, aber wie die Demokratie kann es auch ausgenutzt werden, Grace. Ich weiß das, weil ich es selbst getan habe, und gute Menschen sind heute deshalb tot.«

Grace blickte ihn perplex, aber unerschütterlich an. »Willst du deinen Mandanten dieser Liste hinzufügen? Ihn in der Todeszelle sehen, weil du es unterlassen hast, eine Zeugin der Anklage, die lügt, zu entlarven? Vielleicht gewinne ich im Mordfall Lara Ashford, vielleicht auch nicht, Barrett, aber Amanda Keller ist alles, was ich bei Jefferson und Field ins Feld führen kann. Du warst einmal einer der größten Prozessanwälte, Barrett, du hast mich inspiriert, und ich war mir sicher, dass ich auf dich zählen kann. Du bist mir wichtig und dein Ruf ist mir wichtig, auch wenn er dir vielleicht egal ist. Du kannst mir behilflich sein und etwas für dein Ansehen tun, indem du einen Fall gewinnst, den du sonst verlieren wirst. Eine weitere Niederlage kannst du jetzt wahrhaftig nicht gebrauchen. Wirst du mir also helfen, Barrett?«

Barrett war zornig. »Wie ich schon gesagt habe, Grace, ein gescheitertes System lässt sich nicht reparieren, indem man seine Regeln missachtet. Man muss das ganze System verlassen.«

»Das ist der einfache Weg.«

»Der Weg der Feiglinge?«

»Das habe ich nicht gesagt.«

»Du hast vieles nicht gesagt«, bemerkte Barrett entnervt und griff nach seinem Mantel, »aber ich kann auch zwischen den Zeilen lesen. Ich werde dir nicht helfen, dich selbst zu zerstören, Grace, auch wenn ich dadurch einer werden würde, auf den du stolz sein könntest.«

Grace blickte verwirrt drein.

»Ich will beileibe keiner sein, für den du dich schämen musst, Grace, aber ich habe abgeschlossen mit der Justiz. Ich bin … ich bin nicht mehr der, der ich einmal war, verstehst du? Und niemand weiß das besser als ich. Also vergiss es.« Er schob den Brief wieder über den Tisch und wollte aufstehen. Doch Grace sprang auf und packte ihn mit verblüffender Kraft am Arm.

»Sie nennen dich Bär«, rief sie jetzt zornig, »dabei bist du bloß ein sturer Bock! Ich tu' das hier zum Wohl des Rechtssystems und für deinen verdammten Mandanten, nicht für dich! Verstehst du denn nicht, dass deine Sturheit mir meine moralischen Optionen nimmt? Wegen deinem männlichen Macho-Denken willst du nicht zulassen, dass *mir* was Schlimmes geschieht oder *dir* was Gutes! Aber vergiss mich mal eine Minute lang und vergiss den brillanten Anwalt, der sich irgendwo in deinem ausgebeulten Anzug verbirgt: Und verwehre deinem Mandanten nicht die Möglichkeit eines fairen Prozesses!«

Barrett ging zur Tür. »Dieses Gespräch hat nie stattgefunden, Grace. Danke für den Tee und das unangebrachte Mitleid. Wir sehen uns vor Gericht.«

56

Barrett sah am nächsten Morgen sofort, dass Elliot Ashford vor Wut schäumte. Er stürmte wie ein Kampfstier mit Speeren im Nacken aus der Zelle in den Gerichtssaal.

»Was zum Teufel haben Sie Julian Gold gesagt, Dickson? Er hat darauf bestanden, dass ich auf Unzurechnungsfähigkeit plädiere; behauptet, das sei meine einzige Chance. Und Sie hätten das vorgeschlagen!«

»Ich habe ihm gesagt, Ihre einzige Chance bestehe darin, auf Unzurechnungsfähigkeit zu plädieren«, antwortete Barrett, »und offensichtlich stimmt er mir zu, dass dies in Ihrem Interesse wäre. Aber Ihre Chorea Huntington habe ich nicht erwähnt. Darauf gebe ich Ihnen mein Wort. Setzen Sie sich, Elliot, und lassen Sie uns diese Angelegenheit ein für alle Mal in Ruhe auf die Reihe bringen.«

»Da gibt es nichts auf die Reihe zu bringen, Barrett. Ich sage es noch einmal ganz laut und deutlich. Erstens: Keine Verteidigung auf Grund von Unzurechnungsfähigkeit, weil ich nämlich nicht unzurechnungsfähig bin. Zweitens: Feuern Sie Dr. Weiss und hören Sie auf, mit meinem Blut herumzuexperimentieren! Können Sie mir folgen?«

»Ja, Elliot, aber das ist die ganz falsche Richtung. Wir brauchen die Zeugenaussage von einem Sach ...«

»Und ich brauche meine Intimsphäre! Mein Blut ist meine Sache. Ebenso meine Blutlinie, meine Abstammung. Glauben Sie ernsthaft, meine künftige Frau will einen Sohn mit mir, wenn Sie mich hier heraushauen und sie annehmen muss, ich sei eine Art genetisches Monster?«

Barrett schaute zum Gerichtsdiener hinüber, der seinem Blick auswich. »Beherrschen Sie sich, Elliot. Ich muss Ihnen wohl nicht sagen, welche Konsequenzen es hat, wenn die Affäre mit einer anderen Frau jetzt ans Tageslicht kommt –

vor allem, wenn sie schon vor Laras Ermordung bestanden hat.«

»Und ich muss die Konsequenzen für uns beide wohl auch nicht wiederholen, Dickson, wenn Carmine erfährt, dass da ein Mann mit Namen, Daten, Orten und gewissen Ereignissen im Kopf herumläuft, der manchmal durchdreht!«

Barrett ignorierte die versteckte Drohung. »Er hat aber keine Ahnung, in Ordnung? Jetzt hören Sie mir mal genau zu, Elliot. Was der Anklage bis jetzt fehlt, ist ein klares Motiv für den Mord an Lara. Weiß sonst noch jemand von dieser Frau?«

»Tony. Sonst niemand.«

»Und was ist mit der Party, die Ligretti beschrieben hat?«

»Machen Sie sich doch nicht lächerlich. Glauben Sie ernsthaft, ich würde Linda mit in dieses Schlangennest nehmen? Sie war nicht dort. Natürlich hatte ich Frauen – Affären für eine Nacht –, aber Linda weiß nicht einmal, dass ich Verbindung zu diesen Kreisen habe.«

»Na schön, Tatsache bleibt jedenfalls, dass Sie in der Todeszelle allein mit Ihren heiß ersehnten Fortpflanzungswünschen sitzen werden, wenn Sie nicht auf Unzurechnungsfähigkeit plädieren – oder zumindest die DNS-Sachverständige als Zeugin akzeptieren.«

Elliot Ashford grinste, so boshaft er konnte. »Guter Witz, Sie Klugscheißer. Wenigstens bin ich dann noch am Leben. Aber was ist mit Ihnen?«

Nach der Gerichtssitzung wartete Grace grimmig auf Amanda. Sie hatte ihre Beweisführung am frühen Nachmittag abgeschlossen und Barrett hatte dem Gericht zuvor mitgeteilt, dass er Amanda Keller am folgenden Tag als erste Zeugin noch einmal aufrufen wolle. Amanda hatte auf Sams diesbezügliche Information mit offensichtlicher Besorgnis reagiert und darauf bestanden, Grace zu treffen.

»Was wird er mich fragen, Grace?«, wollte sie eindeutig nervös wissen, als Sam sie hereinführte. »Hat er den Brief?«

»Nein, den Brief hat er nicht.«

Grace sah, wie sich Erleichterung auf dem Gesicht ihrer Zeugin breit machte. »Weshalb wollten Sie mich treffen?«

»Wollen Sie mich nicht auf das Verhör morgen vorbereiten?«

»Ich habe Sie schon beim ersten Mal gründlich vorbereitet«, erwiderte Grace. »Ich bin überzeugt, Sie werden sich vortrefflich schlagen.«

Sams normalerweise ausdrucksloses Gesichts verriet ebenso viel Überraschung wie das von Amanda und Grace wusste, was er dachte. Hatte sie sich nicht drei mühselige Vorbereitungssitzungen lang intensiv und in allen Details mit Amanda beschäftigt, bevor sie zum ersten Mal in den Zeugenstand getreten war? Stundenlange Pseudoverhöre, alle möglichen Fragen, die Barrett Dickson ihr vielleicht stellen könnte?

Sie wandte ihre Augen von Sam ab und beobachtete, wie Amanda reagierte. Sie erinnerte sich, dass sie weder bei den früheren Treffen noch als sie im Zeugenstand war, Anzeichen von Unsicherheit hatte erkennen lassen. Jetzt aber zitterten ihre Finger leicht, als sie sich über ihr blutleeres Gesicht strich.

»Ja, ist das alles? Sie wollen mich überhaupt nicht vorbereiten?«

Grace setzte sich wieder hinter ihren Schreibtisch. »So viel zu Ihrer Vorbereitung, Amanda Keller: Sagen Sie ganz einfach die Wahrheit.«

»Sie werfen sie also ins kalte Wasser?«, wollte Sam wissen, nachdem er Amanda ins »Ritz-Carlton« gebracht hatte. »Einfach so?«

»Sie braucht keine Vorbereitung«, erwiderte Grace ruhig. »Er hat nicht genug in der Hand, um ihr an den Karren fahren zu können, und sie wird ihn platt walzen – mal wieder.«

»Ist das denn so schlecht? Es gewinnen einmal die Guten? Der Glaube an das Rechtssystem ist wiederhergestellt? Verbrechen zahlen sich nicht aus und all das?«

»Ich weiß nicht mehr so recht, was geschehen soll, Sam.«

Am anderen Ende der Stadt, in Telegraph Hill, saß Barrett an seinem Küchentisch und versuchte zu entscheiden, wie er die Kronzeugin der Anklage am besten ins Verhör nehmen sollte. Die Sache mit »Pat's Seafood Grill« würde ihr bestimmt schaden, aber er wusste auch, dass er mehr brauchte, um ihre Glaubwürdigkeit wirklich zu erschüttern. Er rief Lev an. »Ich nehme die Keller morgen ins Kreuzverhör. Gibt's was Neues?«

»Tut mir Leid, nein. Wollen Sie, dass ich diesen Reporter von *California Confidential* anrufe? Soll ich noch mal versuchen, ihn herzubekommen, damit er zu seinen Notizen aussagt?«

»Könnten Sie nicht heute Abend noch zu ihm hin? Sie wissen, dass ein Anruf nichts bringt.«

»Schauen Sie auf die Uhr. Heute Abend ist nicht mehr weit von morgen entfernt ...«

Barrett wusste, dass er Lev nicht zu sagen brauchte, dass es jede Menge Nachtflüge nach L. A. gab. Natürlich würde er ihn darum bitten, wenn er nicht in einer so verzweifelten Lage wäre.

»Ich rufe Sie später an, falls ich was erreiche«, tönte Levs müde Stimme durch den Apparat. »Und morgen melde ich mich sowieso von L. A. aus.«

»Danke, Lev. Dafür stehe ich in Ihrer Schuld.«

»Eintausend Dollar plus Spesen, um genau zu sein.«

Barrett verabschiedete sich und überdachte seine Situation. Die Kellnerin-Kellner-Sache – darauf war sie wohl vorbereitet –, wahrscheinlich auch auf die angebliche Romanze mit Earl Field. Aber beides zusammen würde ihre Glaubwürdigkeit zumindest etwas trüben, wenn auch nicht völlig untergraben. Und das war es, was er benötigte, um dem Fall eine neue Wende zu geben.

57

Sie sind bereits vereidigt worden, Ms. Keller«, bemerkte Richter Hernandez, »und ich möchte Sie daran erinnern, dass Sie auch jetzt unter Eid stehen.«

»Ich habe verstanden, Euer Ehren.« Amanda prangte in einer Calvin-Klein-Jacke, einer weißen Bluse von Valentino und einem mittellangen Rock.

Es war neun Uhr und Barrett überkam ein leichter Schwindel, als er sich erhob. Lev Heywood hatte um halb acht angerufen. Es war ihm gelungen, den besagten Reporter aufzuspüren, als er in Brentwood frühmorgens endlich die Haustür öffnete, um die Morgenzeitung hereinzuholen. Doch als er ihm drohte, die Polizei zu rufen und dann versuchte, ihm die Zeitung um die Ohren zu schlagen, hatte Lev gewusst, dass seine Mission gescheitert und sein Ausflug vergebens gewesen war.

Richter Hernandez schaute auf Barrett Dickson hinunter und wartete darauf, dass er etwas sagte. Barrett sah zu Grace hinüber, doch sie mied seinen Blick. Mike saß zur moralischen Aufrüstung hinten im Gerichtssaal und Julian Gold in der letzten Reihe. »Mr. Dickson?«, bemerkte der Richter endlich fragend.

»Ja, Euer Ehren.« Er räusperte sich und schlenderte hinter dem Anwaltstisch hervor. »Ms. Keller, wir haben lang und breit über die Drohungen gesprochen, die der Angeklagte nach Ihren Aussagen in Ihrer Gegenwart zwei Opfern gegenüber geäußert haben soll. Erinnern Sie sich daran?«

»Ja.«

»Ich möchte dort anknüpfen, wo wir aufgehört haben. Sie haben ausgesagt, dass Sie hörten, wie Mr. Ashford in ›Pat's

Seafood Grill‹ eine Bemerkung über Mr. Field fallen ließ. Darf ich Sie bitten, unser Gedächtnis hinsichtlich dessen aufzufrischen, was Mr. Ashford exakt gesagt haben soll?«

»Er sagte so etwas wie, er werde mit dem – hier benutzte er ein hässliches Schimpfwort – abrechnen, und zwar ein für alle Mal.«

Barrett verbarg seine Enttäuschung: praktisch Wort für Wort, was sie beim letzten Mal ausgesagt hatte. »Und Sie gaben an, eine Kellnerin könnte etwas davon mitgehört haben. Erinnern Sie sich?«

»Oh, habe ich Kellnerin gesagt?«, warf sie mit gewinnendem Lächeln ein. »Es könnte auch ein Kellner gewesen sein. Ich war ziemlich durcheinander wegen Ashfords Drohung. Es kann eine Sie oder ein Er gewesen sein. Also, wenn ich jetzt noch einmal recht darüber nachdenke …«

»Dann war es vermutlich ein Er, richtig?«, unterbrach Barrett sie mit dem gleichen schlauen Blick. Zumindest ließ er sie damit wissen, dass ihm klar war, dass sie log.

»Also, ja, ich glaube ja. Ein Er.«

»Sie erzählten uns auch, dass diese Kellnerin, aus der jetzt ein Kellner geworden ist, langes blondes Haar hatte, wissen Sie das noch?«

»Nun, heutzutage haben viele Männer lange Haare, Mr. Dickson.« Sie strahlte ihn an.

»Sagen Sie, Ms. Keller: Wann haben Sie herausgefunden, dass in ›Pat's Seafood Grill‹ keine Kellnerinnen arbeiten? War das, nachdem Sie erkannt hatten, dass Sie die Geschworenen vorige Woche angelogen haben?«

Ein Raunen ging durch die Galerie. Amanda warf einen Blick zu Grace Harris hinüber. Barrett sah, dass Grace die Augen auf ihren Notizblock gerichtet hielt und etwas darauf kritzelte.

»Ich lüge nicht, Sir. Ich habe gesagt, dass ich durcheinander war.«

»Ich verstehe«, gab er zurück. »Sie sind in diesem Fall nicht ganz unvoreingenommen, Ms. Keller, nicht wahr?«

Diesmal wanderten Amandas Augen mit einem besorgten Ausdruck zu Grace hinüber und Barrett fragte sich, ob sie wohl befürchtete, dass Grace ihm den Brief gegeben haben könnte. Gut, sollte sie das ruhig denken. »Ich halte mich für völlig unvoreingenommen, Sir.«

Barrett lehnte sich an eine Ecke des Anwaltstischs und hantierte an einer Tonbandkassette herum, die er soeben aus der Tasche gezogen hatte. Amandas Blick zuckte darüber hinweg und trübte sich dann erheblich. Ja, dachte er, bieten wir ihr doch mal etwas, worüber sie sich Sorgen machen kann. »Ist es nicht eine Tatsache, dass Sie mit einem der mutmaßlichen Opfer des Angeklagten eine … persönliche Beziehung unterhielten?«

»Mit Sicherheit nicht.«

Jetzt hob Grace zum ersten Mal ruckartig den Kopf. Dann wandte sie sich um und sah den hinter ihr platzierten Sam Quon an. Er zuckte die Achseln, was so viel bedeutete wie: Ich habe keine Ahnung, worauf er hinaus will. Barrett klopfte mit der Kassette zweimal leise auf die Tischplatte, steckte sie dann wieder ein und angelte ein Sensationsblatt aus seiner Aktenmappe heraus. »Sie wurden von der Zeitschrift *California Confidential* interviewt, nicht wahr?«

»Ja, ich glaube schon.«

»Am 17. Januar oder so?«

»Ich denke, das trifft zu.«

»Von einem gewissen Mr. Danone?«

»Ja.«

»Dieses Interview wurde doch auf Band aufgezeichnet, nicht wahr?«

»Das weiß ich nicht mehr. Ich habe Dutzende von Interviews im Zusammenhang mit meinem neuen Filmprojekt gegeben. Kann schon sein.«

Barrett klopfte auf die Tasche, in der die Kassette soeben verschwunden war, und sagte: »Ja, Ms. Keller« – um gleich darauf eine ganze Litanei von Aussagen aus dem besagten Artikel herunterzuleiern, welche die Zeugin samt und sonders als wahr und zutreffend bezeichnet hatte. »Haben Sie Mr. Danone auch Dinge anvertraut, die in diesem Artikel nicht erwähnt werden?«

»Aber selbstverständlich. Es wird doch nie alles gedruckt.«

»Richtig. Wenn Sie zu Mr. Danone in diesem Interview gesagt hätten, dass Sie eine Romanze mit Earl Field unterhalten ... wäre das ebenfalls wahr und zutreffend?«

»Aber ich habe davon gar nichts zu ihm gesagt. Ich habe Mr. Field ja kaum gekannt.«

»Sie räumen also ein, dass alles, was Mr. Danone in seiner Geschichte schreibt, wahr ist, bestreiten jedoch jetzt, unter Eid, dass Sie ihm anvertraut haben, Sie seien mit Mr. Field liiert?«

»Ich kann mir nicht vorstellen, dass ich so etwas gesagt haben sollte.«

Aus dem Augenwinkel bemerkte Barrett eine gebückte Gestalt, die sich hinten im Saal leise erhob. Der absurde Gedanke, Gold mache sich bereit, ihn umzubringen, schoss ihm durch den Kopf, doch dieser holte nur sein Handy heraus und eilte in den Korridor. Wahrscheinlich um Carmine Rizzo anzurufen, dachte er.

»Fällt Ihnen ein Grund ein, warum Mr. Danone auf den Gedanken kommen könnte, Sie hätten ihm dergleichen erzählt?«

Immer noch kein Einspruch.

»Nein, außer dass Sensationsreporter eine Bande von Aasgeiern sind.«

»Ich habe an Ihrer Einschätzung nichts auszusetzen, Ms. Keller. Nehmen Sie nun einmal an, Mr. Danone habe das Interview auf Band aufgezeichnet und Sie würden sich selbst hören, wie Sie Ihre persönliche Beziehung zu Mr. Field schildern.

Würde das Ihr Gedächtnis möglicherweise dahingehend auffrischen, ob Sie Mr. Danone erzählt haben, dass Sie eine Affäre mit Mr. Field unterhielten?«

Mehrere Personen auf der Galerie schnappten hörbar nach Luft. Grace verharrte in eisernem Schweigen. Richter Hernandez räusperte sich in ihre Richtung. Und mit einem Mal senkte sich eine vollkommene Stille über den Gerichtssaal. Die Atmosphäre war zum Schneiden gespannt.

Amanda starrte Grace nun offen an, doch die Stellvertretende D. A. schien wieder von etwas anderem in Anspruch genommen, diesmal von einem Fingernagel. Der Blick der Zeugin wanderte daraufhin zu der Tasche, in der Barrett die Tonbandkassette verstaut hatte. Sie war sehr blass, als sie den Handrücken zitternd an ihr Gesicht legte und sich mit einer bittenden Miene an den Richter wandte – der seinerseits weiterhin angespannt Grace ansah. Als Amanda ihre Antwort nicht mehr länger hinauszögern konnte, hatte ihre Stimme jede Spur ihrer bisherigen Überlegenheit verloren. »Es wäre möglich«, brachte sie schließlich hervor. »Ich kann mich nicht an alles erinnern, was ich in den vielen Interviews gesagt habe.«

Barrett beschloss, aufs Ganze zu gehen. »Ms. Keller, es entspricht doch den Tatsachen, dass Sie eine intime Beziehung mit Mr. Field unterhielten, dies aber bei Ihrer Vernehmung vor zwei Wochen vorsätzlich verschwiegen, nicht wahr?«

Amanda lief dunkelrot an. Als sie antwortete, klang ihre Stimme aufgewühlt: »Mr. Dickson, Ihre Frage ist brutal und beleidigend. Sie sind kein Gentleman.«

»Stellen wir das außer Debatte. Und nun beantworten Sie mir meine Frage.«

»Ist es derart falsch, das Andenken und den Ruf eines Toten zu schützen?«

»Darüber werden die Geschworenen zu befinden haben, Ms. Keller. Ihrer Antwort entnehme ich jedoch, dass Sie mit

Mr. Field ein Verhältnis unterhielten und diese Tatsache vor zwei Wochen bei Ihrem ersten Auftritt hier verschwiegen haben, außerdem, dass Sie logen, als ich Sie vor ein paar Minuten zu diesem Punkt befragte. Ist meine Annahme richtig?«

Nach einem weiteren unbehaglichen Schweigen nickte Amanda und fügte leise hinzu: »Also, ja, aber einzig aus dem vollkommen guten Grund, den ich gerade genannt habe.«

»Weil Sie befürchteten, Sie könnten jedermann gegenüber für voreingenommen gehalten werden, dem Earl Fields gewaltsamer Tod zur Last gelegt wird?«

Der Blick des Richters haftete nun eisern auf Grace und in seinen Augen standen Fragen und Vorwürfe. Bevor Amanda die letzte Frage noch beantworten konnte, winkte er die Staatsanwältin und den Verteidiger zu sich, schickte die Protokollführerin jedoch wieder weg. »Sie wissen beide, dass ich mich kaum je in die Art einmische, wie Staatsanwaltschaft und Verteidigung bei einem Fall vorgehen«, bemerkte er leise, während sich die zwei zu ihm vorbeugten, »aber ich muss sagen, Ms. Harris, dass Sie Barrett Dickson – und somit womöglich auch seinen Mandanten – mit einem Mord davonkommen lassen. Ich bitte um eine Erklärung, bevor ich selbst eingreife und Einspruch erhebe.«

Grace wartete einen Moment, da der Gerichtsdiener dem Richter gerade einen Zettel reichte. Dann schaute sie Barrett an und sagte: »Ich kann das Gericht nicht davon abhalten, welche Einsprüche auch immer zu erheben, wenn das Gericht sie als erforderlich erachtet, um den Bestimmungen zu genügen.«

John Hernandez überflog den Zettel und blickte Grace dann noch verwirrter an. »Sie haben es vielleicht nicht bemerkt, Ms. Harris, aber der Interims-District Attorney sitzt hinten im Saal, kurz vor einem Schlaganfall. Er scheint Ihre … Taktik auch nicht zu begreifen. Ich muss kurz ein Telefonat führen, lasse die Geschworenen jedoch im Saal bleiben. Nutzen Sie die Zeit, um Ihre Gedanken zu ordnen, Ms. Harris. Wenn Sie immer noch nicht anfangen, Einspruch zu erheben, wenn wir die Verhandlung wieder aufnehmen, werde ich es tun.«

Barrett räusperte sich und sagte: »Das ist rein hypothetisch, Euer Ehren. Ich bin mit meinem Kreuzverhör fertig.«

Grace schoss Barrett einen ärgerlichen Blick zu, als Hernandez den Geschworenen mitteilte, dass er kurz in das Richterzimmer gerufen werde. Er wies sie an, Platz zu behalten, entfernte sich dann flink vom Richterstuhl und ließ Grace und Barrett im Sitzungssaal stehen.

»Gut gemacht, Herr Verteidiger«, flüsterte Grace, »angesichts des beschränkten Materials, mit dem Sie zu arbeiten beliebten. Wo haben Sie das Tonband her, von Tower Records?«

Barrett zuckte unbeteiligt die Achseln.

»Der älteste Trick der Welt«, fuhr sie beinahe grinsend fort. »Und jetzt hören Sie mir mal gut zu, Sie genialer Dickkopf: Earl hat den Brief, eine Woche bevor er ermordet wurde, erhalten, undatiert, aber per Post. Sie bezeichnet Ashford darin als ›Bestie‹ und behauptet, sie könne Gedanken lesen. Sie ist verrückt, Barrett, und eine pathologische Lügnerin obendrein.«

Barrett warf kurz den Kopf in den Nacken und zog sich dann zurück. Sie folgte ihm und trieb ihn förmlich zum Anwaltstisch, wo er sich hinsetzte.

»Es gibt hier keine Verstecke, Großmaul«, flüsterte sie und beugte sich über ihn. »Im Brief werden keinerlei Drohungen erwähnt, Barrett. Kein Wort davon. Sie hat sich das alles ausgedacht!«

»Verdammt noch mal, Grace. Das hatten wir doch schon alles«, fuhr er sie an. »Es tut mir Leid, wie ich die Sache behandelt habe, aber meine Meinung dazu hat sich nicht geändert. Ich bin fertig mit meinem Kreuzverhör.«

»Aber sie ist noch nicht fertig! Du hast sie bloß ein bisschen verwundet, Barrett, aber jetzt hat sie Angst. Sieh doch, wie sie uns beobachtet. Sie glaubt fest, dass ich dir den Brief gegeben habe, und du kannst sie dazu bringen, dass sie den Inhalt preisgibt, selbst wenn du das Schreiben nicht einmal in die Hand nimmst!«

Barrett schüttelte den Kopf. »Klegg weiß sofort, dass ich die Information direkt aus dem Brief oder mündlich von dir bekommen haben muss. So oder so wirst du gefeuert. Vielleicht fliegst du sogar aus der ganzen Juristerei raus. Und nun verschwinde bitte endlich von meinem Platz!«

Grace beugte sich weiter zu ihm vor. Wer den beiden zusah, musste denken, dass sie einander spinnefeind waren und über eine Verfahrensfrage bei der Beweisaufnahme stritten. »Du bist ein Anfänger, wenn es darum geht zu erkennen, was in der Jury während eines Strafprozesses vorgeht, Barrett. Ich kann dir versichern, dass dein Mandant noch nicht aus dem Schneider ist. Du wirst es dir nie verzeihen, wenn er in die Todeszelle wandert, und ich mir auch nicht. Du musst Amanda Keller selbst dann fertig machen, wenn du die Geschworenen so aufwiegeln willst, dass sie Elliot Ashford den Mord an seiner Frau anhängen. Ich sehe das richtig, vertrau mir.«

»Was das Vertrauen betrifft, bin ich leider schon immer beeinträchtigt, aber das ist jetzt nicht der springende Punkt, Grace. Ich weiß verdammt genau, worauf du aus bist, und es ist sogar löblich, aber ich werde dir dennoch nicht dabei helfen. Und trotz der Tatsache, dass mein Mandant schuldig sein könnte, habe ich verdammt viel für ihn getan. Aber ich werde nicht zulassen, dass du dich ruinierst. Also verschwinde jetzt endlich!«

Sie grinste plötzlich. »Und ich werde nicht zulassen, dass du *mich* nicht machen lässt.«

John Hernandez kehrte an seinen Platz zurück und auch Grace ging gemächlich zu ihrem Stuhl. »Haben Sie weitere Fragen, Mr. Dickson?«

»Keine weiteren Fragen, Euer Ehren. Ich bin durch.«

»Vielen Dank, Mr. Dickson. Kann ich die Zeugin dann entlassen?«

»*Nein*, Euer Ehren!« Grace sprang auf und trat unter den verdutzten Mienen sämtlicher Zuschauer im Gerichtssaal auf ihre Kronzeugin zu. »Ms. Keller, nur drei Kleinigkeiten. Erstens hat Ihnen Mr. Dickson vorgeworfen, Sie seien voreingenommen. *Sind* Sie gegen Mr. Ashford voreingenommen?«

»Aber nicht im Geringsten«, antwortete Amanda sichtlich erleichtert.

»Sie hegen ihm gegenüber keine persönliche Abneigung?«

»Nein.«

»Sie haben sich nie negativ über ihn geäußert, nicht wahr?«

Amandas Augen verengten sich. »Nein, nie.«

»Gut. Und ich gehe davon aus, dass Sie hier bezeugt haben, was Sie mit eigenen Ohren hörten, also keine Spekulationen oder Vermutungen.«

»Richtig.«

»Sie behaupten weder, dass Sie über geheime Informationsquellen verfügen, noch über besondere Kräfte oder derlei Fähigkeiten, ja?«

»Selbstverständlich nicht«, bekräftigte Amanda.

»Hervorragend. Als Letztes, Ms. Keller: Entgegenkommenderweise haben Sie eine Romanze mit Mr. Field zugegeben und Ihre verständlichen Gründe, diese geheim zu halten …«

»Einspruch, Euer Ehren«, warf Barrett ergeben ein.

»Stattgegeben«, verfügte Richter Hernandez. »Es bleibt Ihnen, meine Damen und Herren Geschworene, überlassen, darüber zu befinden, ob diese Gründe ›verständlich‹ sind. Bitte ignorieren Sie die Charakterisierung der Staatsanwältin.«

»Selbstverständlich«, beeilte sich Grace im Ton übertriebener Reue zu versichern. »Was ich eigentlich sagen wollte, Ms. Keller, ist Folgendes: Sie haben diese Beziehung, um Mr. Fields Ruf zu schützen, vor seinem Tod ebenso geheim gehalten wie danach. Trifft das zu?«

»Absolut.«

»Sie haben niemandem Briefe gezeigt, die Sie ihm oder die er Ihnen geschrieben hat?«

»Nein.«

»Und zwar, um seinen Ruf zu schützen.«

»Ja.«

»Sehr gut. Keine weiteren Fragen mehr«, sagte Grace und fügte leichthin hinzu: »Sie sind dran, Herr Verteidiger.«

Barrett schaute sie an, bemerkte den Anflug eines Lächelns und wandte sich, fast unmerklich den Kopf schüttelnd, wieder ab. Nach außen hin hatte sie lediglich routinemäßig ihre Zeugin wieder rehabilitiert, gleichzeitig jedoch den Ball an ihn zurückgeschlagen, so dass ihm nichts anderes übrig blieb, als ihn auch anzunehmen. Sie trickste ihn erbarmungslos aus, damit er seinen eigenen, verfluchten Fall gewann!

»Mr. Dickson«, ertönte Richter Hernandez' Stimme.

Barrett fühlte aller Augen im Saal auf sich, aber noch viel stärker den Griff seines Mandanten um seinen Arm und dessen Atem am Ohr. »Barrett«, wisperte Elliot Ashford aufgeregt. »Diese Keller lügt. Ich schwöre bei meiner Mutter, ich habe niemals jemandem gedroht. Sie *lügt*!«

»Ich weiß verdammt gut, dass sie lügt. Jetzt halten Sie schon den Mund!«, gab Barrett zurück. »Ich versuche nachzudenken, ja?« Sein Problem bestand darin, den Geschworenen klar zu machen, dass Amanda Keller die Drohungen gehört haben könnte, *bevor* sie den Brief schrieb, doch diese dann nicht erwähnte. So viel hatte Grace ihm verraten. Aber der Brief war nicht datiert, was Keller wahrscheinlich noch wusste. Aber das viel größere Problem für ihn war, Keller auszutricksen, ohne Grace damit reinzureiten. In seinem Kopf schwirrten lauter Fragen ohne Antworten umher. Die Gespenster vergangener Ängste und Misserfolge lähmten seine Anstrengungen, klar zu denken. Wie hatte er bloß zulassen können, in eine solche Lage zu geraten. Sein Herz schlug wie wild in seiner Brust.

»Mr. Dickson?«, wiederholte der Richter.

Barrett stand langsam auf und ging dann steifbeinig auf die Kronzeugin der Anklage zu. »Höchstens ein, zwei Fragen, Euer Ehren. Ms. Keller, ich möchte noch einmal auf den Punkt einer möglichen Voreingenommenheit zurückkommen. Auf Ms. Harris' diesbezügliche Frage haben Sie geantwortet, Sie hätten sich über den Angeklagten nie negativ geäußert. Erinnern Sie sich daran?«

»Ja.«

»Wenn ich mich recht entsinne, benutzten Sie im Zusammenhang mit der Sensationspresse vorhin den Ausdruck ›Aasgeier‹. Würden Sie dies als negativ bezeichnen?«

»Ja, ich denke schon.«

»Hier also meine Frage. Haben Sie meinen Mandanten jemals mit einem Aasgeier oder irgendeinem anderen Tier verglichen?«

Er sah, dass ihre Augen sich wieder verengten. »Ich kann mich nicht erinnern«, meinte sie schließlich. »Wahrscheinlich ist das sogar möglich, in Anbetracht der Dinge, die er mir gegenüber geäußert hat.«

»Könnten Sie ihn, zum Beispiel, als Bestie bezeichnet haben?«

»Möglich.«

»Und trifft es zu, dass Sie diese ›Bestie‹ für diese Straftaten verurteilt sehen wollten?«

»Aber sicher, Mr. Dickson. Wer wollte das nicht, wenn er sich solche Drohungen anhören musste.«

»Darauf komme ich gleich zurück, Ms. Keller. Sie haben zu Ms. Harris soeben gesagt, dass Sie weder über andere vertrauliche Informationsquellen noch über besondere Kräfte verfügen, dass sie also nur diese Drohungen hörten. Erinnern Sie sich?«

Amanda Kellers Gesicht lief wieder rot an, diesmal vor Zorn, den sie kaum mehr im Zaum halten konnte. Die Geschworenen würden das nicht übersehen, da war Barrett sich sicher. Sie *mussten* sich fragen, was hier vorging.

»Können Sie mir sagen, worauf ich mit diesen Fragen abziele, Ms. Keller? Können Sie … meine Gedanken lesen?«

Sie linste zornig zu Grace Harris hinüber. Barrett bemerkte, dass ihr Atem flach und hastig ging. Sie rang förmlich nach Luft. »Also wirklich … Mr. Dickson … ich habe keine Ahnung … was Sie damit meinen.«

»Meine letzten Fragen beziehen sich auf die Briefe, die Sie Ms. Harris gegenüber erwähnten. Wie viele waren das?«

Amandas Miene erstarrte. »Nur ein einziger.«

»Haben Sie ihn geschrieben, oder Mr. Field?«

»Ich habe ihn geschrieben.«

»Er hat Ihnen nicht geschrieben?«

»Nein.«

»In Ordnung. Wann haben Sie diesen Brief geschrieben. Vor oder nach seiner Ermordung?«

»Ich habe keine Ahnung. Ich habe kein Datum darauf geschrieben und ich habe den Brief seitdem nicht wieder zu Gesicht bekommen.«

»Ich nehme an, dass eine Absicht dieses Briefes an Mr. Field darin bestand, ihm mitzuteilen, dass Sie bereit seien, gegen den Angeklagten auszusagen?«

»Ja.«

»Und Sie behaupten immer noch, Sie seien nicht voreingenommen gewesen?«

»Ich habe als besorgte Bürgerin gehandelt.«

»Für mich hört sich das eher an, als wären Sie darum besorgt gewesen, dass Mr. Ashford auch wirklich verurteilt wird!« Während Amanda den Kopf schüttelte, trat Barrett nun, da er den Köder an der Angel hatte, auf sie zu und fügte mit erhobener Stimme hinzu: »Erwarten Sie wirklich, dass diese Geschworenen hier eine Frau, die sich anbietet, der Ermittlungsbehörde bei der Verurteilung einer ›Bestie‹ zu helfen, und die dann gegen diesen Menschen aussagt, als unvoreingenommene Zeugin betrachten?«

Sie wich vor ihm zurück. Dann presste sie eine Hand auf ihre Brust und ihr Atem ging in hektisches Keuchen über. Barrett wusste, dass ihn die Geschworenen allmählich als Schinder sahen, andere hielten ihn wohl einfach für total blöd, aber er blieb stehen, wo er war, und starrte Amanda Keller aus einem halben Meter Entfernung in die Augen. Sie würde den Köder jetzt entweder schlucken – oder ausbüxen.

Mit einem selbstbewussten, strahlenden Lächeln erwiderte sie schließlich: »Ich fürchte, Mr. Dickson, Sie wissen nicht viel über die menschliche Natur. Und dann haben Sie wohl auch vergessen, was ich vor ein paar Minuten ausgesagt habe. Wie können Sie behaupten, eine Frau, die solche Dinge sagt, sei voreingenommen, wenn sie jemanden vorher viel Schlimmeres sagen hörte! Diese schrecklichen Drohungen! Das hässliche Wort! Wer immer gehört hätte, was ich gehört habe, hätte ebenfalls gesagt, was ich gesagt habe, hätte ihn ebenso bezeichnet, wie ich ihn bezeichnet habe!«

Bingo! dachte Barrett. Obwohl vermutlich weder sie selbst noch die Geschworenen in dem Moment begriffen hatten, dass die Kronzeugin der Anklage Elliot Ashford soeben den Schlüssel zur Freiheit in die Hand gedrückt hatte.

»Kommen wir nun auf den undatierten Brief zurück, den Sie Mr. Field geschickt haben. Sie haben darin die Drohungen, die Sie gehört haben, nicht erwähnt, richtig?«

»Das weiß ich nicht mehr.«

»Hielten Sie die Drohung nicht für wichtig – als besorgte Bürgerin?«

»Also, wenn ich sie schon vorher gehört hätte, dann hätte ich sie mit Sicherheit auch erwähnt.«

»Und da Sie sich nicht mehr an das Datum erinnern können, wissen Sie auch nicht mehr, ob Sie den Brief vorher oder danach geschrieben haben. Ist das so?«

»Genau, Sir«, antwortete sie, und ihre Miene entspannte sich sichtlich.

»Dann, Madam, sehe ich nun allerdings ein Problem. Sie haben mir vor einer kleinen Weile erzählt, der Grund, den Sie in Ihrem Brief erwähnten, weshalb Sie nämlich dazu beitragen wollten, dass Mr. Ashford verurteilt wird, sei nicht Ihre Voreingenommenheit gegen Mr. Ashford gewesen, sondern die *Drohungen*, die Sie ihn gegen Sie und Ms. Jefferson aussprechen hörten!«

Ein leises Gemurmel lief in der Galerie durch die Reihen, dem nicht Richter Hernandez mit seinem Hammer ein Ende bereitete, sondern Barrett selbst mit erhobener Hand. Er war nun so sehr Herr der Lage, dass sich alle im Saal auf ihn konzentrierten. Amanda sah aus, als sei alle Kraft aus ihr gewichen.

»Dann muss der Brief also geschrieben worden sein, *nachdem* Sie diese Drohungen hörten, Ms. Keller, womit wir den wahren Grund vor uns haben, weshalb Sie diese Drohungen in dem Brief an den D. A. nicht erwähnten, nicht wahr?«

Sie gab keine Antwort und er näherte sich ihrem Gesicht bis auf wenige Zentimeter.

»Weil es nämlich gar keine Drohungen gab, Ms. Keller.«

Sie starrte ihn inzwischen mit unverhohlenem Hass an und begann wieder unkontrolliert zu atmen. Mehrere Geschworene beugten sich auf ihren Plätzen vor und es schien eine volle Minute zu vergehen, bevor Amanda den Richter anblickte und keuchte: »Muss ich diese unverschämten Fragen über meine Privatkorrespondenz beantworten? Ja, ist denn hier gar nichts mehr heilig?«

»Sofern dagegen nicht Einspruch erhoben wird, Ms. Keller«, gab Hernandez mit einem Seitenblick auf Grace zur Antwort, »müssen Sie alle Fragen beantworten, wenn Sie können.«

Sie versuchte es, aber dann funkelte sie den Richter plötzlich wütend an: »So behandeln Sie also eine besorgte Bürgerin, die ihr Leben riskiert, um … ja, verdammt noch mal, diese *Bestie* dahin zu bringen, wo sie hingehört!« Gespenstische Stille breitete sich im Gerichtssaal aus. Amanda wandte ihren nun von ungezügeltem Hass erfüllten Blick Barrett zu. »Und *was* glauben Sie eigentlich, wer Sie sind, Sir?«, fuhr sie ihn an. »Ich bin eine anständige Frau! Eine geachtete Schauspielerin! Nicht *ich* bin hier angeklagt.«

»Im Augenblick schon, Ms. Keller«, bemerkte Barrett leise. »Und ich verurteile Sie dazu, nach Hollywood zurückzukehren, wo Ihre schauspielerischen Fähigkeiten mehr Anklang finden dürften als hier und heute.« Damit ging er an seinen Platz zurück, während sich auf der Galerie erneut ein geräuschvolles Gewirr erhob, das selbst mehrere Hammerschläge hintereinander nur mit Mühe zum Verstummen brachten.

»Haben Sie noch weitere Fragen, Ms. Harris?«

»Nein, Euer Ehren.«

»Dann können Sie gehen, Ms. Keller«, sagte John Hernandez und setzte unheilvoll hinzu, »für den Augenblick.«

Grace schaute auf, als Amanda aus dem Zeugenstand trat. Obwohl sie aussah, als bedürfte sie dringend eines Reanimationsteams, gelang es ihr, einen letzten wutentbrannten Blick auf die Staatsanwältin zu werfen, als sie an ihr vorbeiwankte. Doch Grace nahm das kaum wahr, denn sie sah gerade ihre Karriere vor ihrem geistigen Auge den Bach runtergehen. So meisterhaft sich Barrett geschlagen und die Informationsquelle für die Kenntnisse, mit denen sie ihn versorgt hatte, verheimlicht hatte – sie wusste, dass Jack Klegg sich nicht hinters Licht würde führen lassen. Für sie war die Sache endgültig gelaufen. Sie warf einen flüchtigen Blick zu Barrett hinüber, in dessen Miene sich nicht Sieg, sondern Verzweiflung widerspiegelte. Der zögerliche Krieger, den sie zum Kampf gezwungen hatte.

Danach folgten ihre Augen dem Auszug der Geschworenen. Sie glühten vor Erregung. Nun hatten sie alles gesehen. So dachten sie zumindest. Doch zu den Dingen, von denen sie keine Ahnung hatten, als sie den Gerichtssaal verließen, zählten die folgenden: Der verharrende Ausdruck vollkommener Verwirrung auf Richter Hernandez' Gesicht. Die hochgezogenen Augenbrauen von Sam Quon, unter denen hervor er Grace Harris anstarrte. Mike Reasoners unverhohlene Daumenhoch-Zeichen in Richtung Barrett Dickson. Barrett Dicksons Versuch, Elliot Ashford davon abzuhalten, dass er ihn in die Arme schloss. Grace Harris' kaum wahrnehmbares Nicken in Richtung Barrett Dickson. Julian Golds mörderischer Blick in Richtung Jack Klegg. Jack Kleggs mörderischer Blick in Richtung Grace Harris. Barrett Dicksons bedächtige Bewegung, mit der er eine Kassette von Eric Clapton in seiner Aktenmappe verstaute.

58

Während der Mittagspause saß Richter John Hernandez allein in seinem Zimmer und sann darüber nach, ob ihm die Verhandlung soeben entglitten sei.

Was war mit dieser Keller los? Und worauf war Grace Harris aus gewesen? Warum hatte sie nicht Einspruch erhoben, als ihre eigene Zeugin regelrecht verhackstückt wurde? Und hätte er früher eingreifen sollen? Hätte er den Kampf beenden sollen, als ihm klar wurde, dass Grace das Handtuch geworfen hatte?

Er konnte der Versuchung, die Mittagsnachrichten anzuschalten, nicht widerstehen und natürlich hatten sie sich schon alle darauf gestürzt. Wenn in einem Gerichtssaal etwas schief lief, war die Reaktion der Medien so einheitlich wie beim Synchronschwimmen. Gott sei Dank hatte er wenigstens die voyeuristischen Fernsehkameras aus dem Gerichtssaal verbannt.

Im Lauf der Nachmittagssitzung herrschte jedoch wieder langweilige Stille und er konnte sich erneut in seinem Sessel zurücklehnen. Der mit Hochspannung erwartete Auftritt von Nobelpreisträgerin Sandra Weiß war auf nachdrückliches Bestehen des Angeklagten hin ausgesetzt worden, so dass Barrett mit Menghettis Sachverständigem aus dem ersten Verfahren vorlieb nehmen musste. Richter Hernandez bemerkte, dass zwei der Geschworenen vor sich hin dösten, während der kahlköpfige und übergewichtige Toxikologe zwei volle ermüdende Stunden lang eine dreiteilige Attacke gegen die Beamten am Tatort und im städtischen Labor ritt: »Korruption, Kontamination, Konspiration.«

Hinten im Gerichtssaal machte auch Jack Klegg einen entspannten Eindruck, zum ersten Mal an diesem Tag. Die morgendliche Verhandlung hatte ihn ausgesprochen erzürnt und mit grimmigen Vorahnungen erfüllt, doch ein Anruf von Julian Gold in der Mittagspause hatte ihn dann beruhigt. Als er den Hörer auflegte, wurde ihm erst so richtig klar, dass die ganze Sache nicht besser hätte laufen können, wenn er sie selbst inszeniert hätte. Nun, da es ganz den Anschein hatte, als würde Elliot Ashford bald freikommen und das Steuer bei Resource International wieder übernehmen, hatte sich Julian Gold auf die neue Entwicklung eingestellt und sah von einer Klage auf Unzurechnungsfähigkeit ab. Selbst seine, Kleggs, politischen Aussichten standen jetzt günstiger, denn Grace Harris' mehr als seltsame Abkehr von ihrer Kronzeugin würde alles Übel der unausweichlichen Niederlage auf sie allein abwälzen und somit die zugkräftigste Gegnerin bei den bevorstehenden Wahlen außer Gefecht setzen.

Auf derlei Trost konnte Amanda Keller nicht zählen. Kochend vor Wut lag sie im dritten Stock in der Nähe der Büros der

Staatsanwaltschaft auf der Lauer. Als Grace Harris endlich kurz vor sieben Uhr abends in dem öffentlich zugänglichen Korridor auftauchte, ging sie neben ihr her.

»Ich dachte mal, wir seien Freundinnen geworden, Grace«, sagte sie.

Sie kam Grace ruhig, fast herzlich vor, ihr Verhalten wirkte allerdings einstudierter denn je. »Und ich habe Sie mal für jemanden gehalten, dem man vertrauen kann«, gab sie zur Antwort, ohne ihr Tempo zu verringern, mit dem sie auf den Aufzug zuschritt. »Offensichtlich haben wir uns beide getäuscht.«

»*Sie* haben sich getäuscht, wenn Sie meinen, Sie könnten mich wie eine Fliege verscheuchen, nachdem Sie mich und meinen Ruf ruiniert haben. Ich werde das nicht zulassen. Ich habe Ihnen vertraut, Grace, und Sie haben mich, verdammt noch mal, belogen. Sie haben Dickson den Brief gegeben und sind dann dagesessen und haben zugesehen, wie er mich fix und fertig macht.«

Grace ging ungerührt weiter. Der Aufzug schien hundert Meter weit entfernt.

»Hier, die Nachmittagsausgabe des *Examiner*, Grace. Haben Sie sie gesehen?« Grace Harris schüttelte den Kopf. Amanda Keller hielt ihr die erste Seite vor die Nase. In der Mitte prangte ein großes Foto der »Kronzeugin der Anklage« auf der Treppe vor dem Gerichtsgebäude und darüber die dicke Schlagzeile: SCHAUSPIELERIN ODER SCHMIERENKOMÖDIANTIN?

»Da drin steht mehr oder weniger, ich sei eine Spinnerin und hätte mir das alles ausgedacht, bloß um bekannt zu werden!« Sie fauchte regelrecht und schlug sich mit der Zeitung gegen die Hüfte. Da, endlich, waren sie beim Aufzug. »Sehen Sie, Grace«, wimmerte sie nun, »was heute Morgen vorgefallen ist, kann mich in Hollywood erledigen.«

»Falls Ihnen das ein Trost ist, Ms. Keller«, gab Grace zur Antwort, während sie rasch auf den Aufzugsknopf drückte, der nach unten wies, »Ihre ... Ihre Machenschaften haben auch mich erledigt, und zwar hier in San Francisco.«

»Dann lassen Sie sich besser möglichst schnell etwas einfallen, damit wir beide aus diesem Schlamassel herauskommen.«

»Es gibt keinen Ausweg, Amanda, weder für Sie noch für mich.«

»Selbstverständlich gibt es einen. Rufen Sie mich noch einmal als Zeugin auf, dann kriegen wir gemeinsam das Ganze wieder hin.«

»Humpty-Dumpty wieder hinzukriegen wäre einfacher ...«

»Lassen Sie das!«, fuhr Amanda sie plötzlich an. »Hören Sie mir gefälligst zu, wenn ich mit Ihnen rede. Haben Sie das geschnallt? Sie tun auf der Stelle, was ich Ihnen sage, oder Sie werden es bereuen.«

»Wollen Sie mir drohen, Amanda?«

»Genau das tue ich«, antwortete sie, ebenso eisig wie zuvor. Grace spürte, wie ihre Erschöpfung in Anspannung überging, aber das durfte sie sich nicht anmerken lassen. »Mir reicht es jetzt wirklich, Ms. Keller. Warum gehen wir nicht zusammen hinunter in den ersten Stock und erzählen jetzt dem Dienst habenden Beamten, was Sie mit mir zu tun gedenken?«

»Ach, stellen Sie sich nicht so an, Grace. Ich meinte doch bloß ... ich meinte eben nur, dass ich vielleicht ... also, dass ich meinen Anwalt in Los Angeles fragen könnte, welche Rechte ich bei dieser Sache eigentlich habe. Sonst nichts.«

»Sehr gut. Sie werden nämlich einen brauchen, falls ich beschließe, gegen Sie vorzugehen.« Mit diesen Worten ging Grace um Amanda herum und vereitelte so deren Versuch, ihr den Weg in den sich gerade öffnenden Aufzug zu versperren.

Amandas Augen weiteten sich. »Gegen mich vorgehen? Das ist ja Irrsinn!«

»O nein, Amanda. Irrsinn wäre, sich mit Ihnen auch nur noch eine Minute länger abzugeben. Und jetzt gehen Sie mir bitte aus dem Weg.« Grace sah erleichtert, dass der Aufzug bereits voller Leute war. Doch kurz bevor die Tür sich schloss, trat Amanda ebenfalls ein.

»Bitte, Grace«, wisperte sie flehentlich, »ich kann alles erklären, wenn Sie mir nur zuhören.«

Der Aufzug fuhr hinunter, so langsam wie noch nie, jedenfalls kam es Grace so vor. Als sich die Tür im Erdgeschoss endlich öffnete, trat sie in den Flur und eilte in den rückwärtigen Trakt des Gebäudes, in der hoffnungsvollen Annahme, Amanda Keller würde durch den Hauptausgang verschwinden.

»Selbst in den Zeitungen steht, Sie hätten es nicht geschafft, mich in Schutz zu nehmen.«

»Sie hätten sich ohne weiteres selbst in Schutz nehmen können, wenn Sie einfach die Wahrheit gesagt hätten.« Grace wusste, dass sie sich von ihr einwickeln ließ, konnte ihren Ärger jedoch nicht unterdrücken. »Das nennt man W-a-h-r-h-e-i-t, Amanda. Und das bedeutet, nicht zu lügen: in Bezug auf sich selbst, auf Earl, auf das, was Sie getan haben …«

Amanda packte sie plötzlich heftig am Arm. »In Bezug auf Earl? Was wollen Sie damit sagen? Wovor, meinen Sie, soll ich mich in Acht nehmen?«

»Geben Sie meinen Arm frei, Amanda, oder ich lasse Sie auf der Stelle verhaften, verdammt noch mal!«

Amanda erstarrte förmlich. Ihr Blick heftete sich starr auf Grace, das Gesicht wie eingefroren, bis auf die Augen. Sie waren tief dunkel vor Wut. Aber Grace bemerkte noch etwas anderes darin und das war: Angst. »Wie können Sie mich derart behandeln, Grace? Ich dachte, wir seien Freundinnen! Ja, sehen Sie denn nicht, dass ich Ihre Freundschaft jetzt mehr denn je brauche?«

Grace schüttelte ihre Hand ab und entfernte sich. Erleichtert stellte sie in der Spiegelung in der Glasscheibe fest, dass Amanda rasch dem Hauptausgang zustrebte.

Als Grace am folgenden Morgen mit Sam das Büro von Jack Klegg betrat, fand sie den Interims-District-Attorney über mehrere Zeitungen gebeugt, die auf dem großen Sitzungstisch ausgebreitet lagen.

»Glückwunsch, Grace!«, rief er ihr zu. »Mein erster Fall als D. A., und schon fällt die Presse über uns her.«

Jedes Blatt hatte seinen eigenen Dreh gefunden, die Vorgänge des Vortags ins Lächerliche zu ziehen.

»Interims-D. A., Jack«, stellte Grace richtig.

»Was?«

»Oder habe ich etwa die Wahl verpasst? Sie sind immer noch als Interims-District-Attorney tätig.«

»Sie haben ihm den Brief gegeben, nicht wahr?«

»Nein«, antwortete Grace wahrheitsgemäß, was Klegg ihr, wie sie genau wusste, allerdings ohnehin nicht abkaufen würde.

»Sie haben Amanda Keller verdammt noch mal nicht in Schutz genommen. Sie haben sie auf dem Silbertablett serviert und Dickson hat sie zerfleischt.«

»Das sehen Sie richtig.« Welch für eine Ironie, dachte sie. Nun habe ich so lange dafür gekämpft, dass Ashford verurteilt wird, und jetzt muss ich mich hier von einem Typen zusammenstauchen lassen, der ihn wahrscheinlich am liebsten gleich auf freien Fuß gesetzt hätte.

»Und wie wollen Sie diesen Kram in Ihrem Plädoyer verbraten?«, fragte er. »Ich habe der Presse erzählt, dass wir von nun an zusammenarbeiten, also sehen Sie zu, dass es was taugt.«

»Ich werde nicht mit Ihnen zusammenarbeiten und ich werde den ›Kram‹ auch nicht ›verbraten‹. Amanda Keller ist eine Lügnerin, die bis gestern alle an der Nase herumgeführt hat. Das gefällt mir ebenso wenig wie Ihnen, Jack, doch meine Entschuldigung – und ich sage ausdrücklich: Entschuldigung – dafür, dass ich mich für sie als unsere Zeugin verbürgt hatte, wird darin bestehen, dass ich sie in meinem Plädoyer vollkommen übergehe.«

Kleggs Augen flogen zu Sam hinüber. »Sie nimmt mich doch auf den Arm, oder?«

»Das glaube ich nicht«, meinte dieser.

»Tun Sie nur nicht so leidgeprüft, Jack. Ich werde so oder so ein fulminantes Plädoyer halten und Sie werden als Einziger davon profitieren. Ashford kommt ohnehin frei, ich kriege die ganze Schmach für unsere Niederlage ab und Sie werden zum District Attorney gewählt. Somit bekommen Sie alles, was Sie je wollten.«

Klegg konnte sich sein schiefes Gegrinse nicht verkneifen, das sie noch jedesmal gereizt hatte. »Gut, gut. Versprechen Sie mir also nur, dass Sie wenigstens eine kleine Erklärung hinsichtlich der Keller einflechten. Sonst stehen wir echt dumm da.«

Jetzt lächelte sie etwas schief. »Haben Sie Schiss, die Wähler könnten einen neuen Besen finden? Und den Stall gleich ganz ausmisten?«

»Tun Sie, was ich gesagt habe. Das ist ein Befehl. Erklären Sie die Sache mit Keller und legen Sie in Ihrem Plädoyer ein wenig Zerknirschung an den Tag. Sonst teile ich der Presse mit, Sie hätten absichtlich verloren, Sie hätten die Staatsanwaltschaft verraten, indem Sie Ihrem Gegner Beweismaterial zuspielten. Und versuchen Sie mir ja nicht einzureden, Sie hätten ihm diesen gottverdammten Brief nicht gegeben. Das weiß ich besser. Ich werde dafür sorgen, dass man Ihnen die Zulassung entzieht und Dickson vielleicht dazu.«

»Ach Gott, Jack«, stöhnte Grace, »wie werde ich Sie vermissen, wenn ich hier erst raus bin.«

59

Mr. Dickson«, hörte er eine Stimme hinter sich, die er langsam zu fürchten begonnen hatte, »es ist jemand hier, der Sie sprechen will.«

Barrett drehte sich ungeduldig um. Richter Hernandez konnte jeden Augenblick den Gerichtssaal betreten. Er sah Julian Gold neben einem untersetzten, kräftigen Mann Mitte Sechzig stehen, der sich seine noch glimmende Zigarre weit in den Mundwinkel gesteckt hatte. Obwohl er nur knapp eins sechzig groß war, drückte seine robuste Gestalt Kraft aus. Er hatte einen kugelrunden Kopf, dichtes aschgraues Haar und Augen von der gleichen Farbe. Er lächelte Barrett zu wie jemand, der weiß, dass man ihn nicht groß vorzustellen braucht, und schüttelte ihm fest und herzlich die Hand.

»Mr. Rizzo, nehme ich an.« Barrett versuchte, seine Hand dem enthusiastischen Griff zu entwinden.

»Ich freue mich, doch noch Ihre Bekanntschaft zu machen, Mr. Dickson«, erwiderte er mit einer unpassend hohen Stimme. »Ich weiß, dass Sie im Moment sehr beschäftigt sind, aber ich wollte Ihnen meine Aufwartung machen. Sie haben für meinen Freund Elliot hervorragende Arbeit geleistet und ich möchte, dass Sie wissen, wie sehr ich mich in Ihrer Schuld fühle.«

»Ich wünschte, ich könnte sagen, es war mir ein Vergnügen.«

Elliot Ashford funkelte ihn an.

»Ich weiß, ich weiß«, bemerkte Carmine Rizzo und beugte sich mit verschwörerischer Miene zu ihm vor. »Der Typ kann einem ganz schön auf den Wecker gehen, was? Aber sehen Sie, ich bin an allem schuld. Elliot wäre gar nicht in diese Lage geraten, wenn ich meinen Dummkopf von Sohn hätte herkommen und einmal in seinem verkrachten Leben die Wahrheit hätte sagen lassen.«

»Tony war also tatsächlich an jenem Abend in Nappa?«

»Aber ja, klar war er dort, dieser Blödmann. Ich habe den Eintrag des Piloten gesehen und die datierten, von Elliot unterschriebenen Dokumente. Die beiden waren an dem Abend zusammen.«

»Mr. Rizzo«, fragte Barrett, »was ist an der Geschichte von Armand Ligretti dran? Mr. Gold hat Ihnen doch bestimmt von seiner Zeugenaussage berichtet.«

Carmines Miene verzog sich wie im Schmerz. »Dieses Schwein! Er hat uns monatelang an der Nase herumgeführt, aber wenigstens nicht Sie, Gott sei Dank. Klar, Elliot hatte eine Frau dabei, wie wir alle; ich in der Nacht sogar zwei, hm. Aber diese Bemerkung über ›die künftige Mrs. Ashford‹! Klar hab' ich die auch gehört, aber von Tony und nicht von Elliot. Tony führte Elliots Begleitung an diesem Abend rein und sagte: ›Hier ist sie, Jungs, die künftige Mrs. Ashford.‹ Ein Scherz, nichts weiter. Aber diese miese Ratte muss es gehört haben.« Bevor Barrett sich ausdenken konnte, was er als Nächstes erwidern sollte, schüttelte ihm Carmine Rizzo wieder heftig die Hand, dann wandte er sich um und verschwand in die schützende Obhut von Gold und zwei Leibwächtern.

Barrett wandte sich ebenfalls ab. Er begegnete dem anklagenden Blick seines Mandanten. »Sie haben mir nicht geglaubt«, sagte er leise. Er sah richtig gekränkt aus, eine Gemütsbewegung, die Barrett an ihm bisher noch nie aufgefallen war.

»Ich hatte meine Zweifel, aber das hat meine Anstrengungen ja nicht beeinträchtigt, oder? Also braucht es Sie auch nicht zu bekümmern.«

Elliot Ashford legte Barrett die Hand auf den Arm. »Es bekümmert mich aber doch.«

»Bitte sich zu erheben!«, rief der Gerichtsdiener, und Richter Hernandez betrat den dicht gedrängten Saal. Der voraussichtlich letzte Verhandlungstag begann. Lev Heywood und Mike Reasoner saßen in der ersten Reihe, links, direkt hinter Barrett. Der musterte die Menge und erspähte zwei Richter, die Sprecherin des kalifornischen Abgeordnetenhauses, einen TV-Star aus einer Krimiserie, die in San Francisco spielte, den Interims-District-Attorney, Julian Gold, Carmine Rizzo sowie Amanda Keller, die neben einem makellos gepflegten Herrn saß, den Barrett nicht kannte und für ihren Berater oder ihren Agenten hielt. Volles Haus also.

»Sind von Seiten der Verteidigung weitere Zeugen vorgesehen, Mr. Dickson?«, fragte Richter Hernandez.

Barrett verneinte und schlug den Ball damit in Graces Hälfte des Spielfelds. Sie bejahte und Barrett war beeindruckt von ihrer kurzen, aber treffsicheren Art der Widerlegung: Zuerst kam Dr. Theodore Benton, ein Toxikologe, der den DNS-Beweis stützte, dass das Blut am Tatort von Elliot Ashford stammen müsse. Dann folgte Dr. Paul Jankowitz, der kundtat, dass die Menge an Elliot Ashfords Blut, die am Tatort gefunden wurde, es unwahrscheinlich erscheinen lasse, dass sie von einer kleinen Verletzung beim Rasieren herrührte. Die Geschworenen nahmen von den beiden kaum Kenntnis, übrigens auch von Grace Harris nicht. Es waren alles Leute, die ihre Pflicht tun und dann nach Hause gehen wollten. Aber Barrett wusste, dass Grace – nicht ihm – der Sieg selbst dann zustand, wenn die Jury Elliot Ashford für nicht schuldig befinden sollte. Sie würde in der Niederlage einen bitteren Sieg erringen, während er mit einem Sieg eine ebenso bittere Niederlage würde einstecken müssen.

Grace schloss ihre Beweisführung ab. Es war Zeit für die Plädoyers. Ohne zu zögern erhob sie sich. Ihre Haltung war untadelig und selbstbewusst, als sie auf die erwartungsvoll dasitzende Jury zuging und begann.

Nie hatte er sie so vehement und klar erlebt. Erbarmungslos bläute sie den Geschworenen die Sache mit Elliots Blut am Tatort ein, seine Lügen und seinen Versuch, in der ersten Verhandlung Renee Babcock zu einem Meineid anzustiften. Als sie aus dem Beweismaterial der Anklage noch das letzte Detail herausgeholt hatte, ging sie hinüber zum Tisch, nahm Beweisstück Nummer eins zur Hand und begab sich damit wieder zu den Geschworenen.

»Zum Schluss, meine Damen und Herren, möchte ich Ihnen nahe legen, dass weder der enorme Reichtum des Angeklagten noch seine Fähigkeit, sich Zeugenaussagen zu erkaufen, weder seine politische Vergangenheit« – die Aufzählung gewann mehr und mehr an Tempo und Lautstärke –, »noch seine einflussreichen Beziehungen, weder die Beredsamkeit seines Verteidigers noch irgendetwas anderes die Tatsache ändern kann, dass Elliot Ashford am 7. August 1997, kurz nach einem heftigen Streit mit seiner Frau Lara Ashford« – hier legte sie eine Pause ein und blickte den Angeklagten starr an – »diese zuerst peinigte und dann tötete.«

Elliot Ashford starrte zurück, ohne zu blinzeln, und eine unbehagliche Stille trat im Saal ein.

Dann wandte sich Grace wieder der Jury zu. Langsam hob sie die glänzende Glasscherbe über ihren Kopf, die Spitze auf die Geschworenen gerichtet, und bewegte sie in einem flachen Bogen auf ihre Gesichter zu, wobei sie dafür sorgte, dass auch niemandem entging, als welch grausame und tödliche Waffe diese Scherbe benutzt werden konnte. »Diese, diese Glasscherbe hier hat er in ihren zarten, hilflosen Körper gestoßen«, rief sie aus und zerschnitt mit einem Mal die Luft zwischen sich und den Geschworenen, die mit weit aufgerissenen Augen dasaßen. »Wieder und immer wieder hat er ihr den Körper zerschnitten, bis sie schließlich ihr Leben aushauchte.«

Barrett, ebenfalls beeindruckt, bemerkte, dass die Geschworene namens Lloyd kurz davor stand, in Tränen auszubrechen, und dass einige andere sehr blass geworden waren. Mit vor

Anteilnahme heiserer Stimme forderte Grace Harris zum Schluss alle auf, den Angeklagten des vorsätzlichen Mordes schuldig zu sprechen, und nahm wieder Platz.

Erst nachdem Barrett seine Notizen überflogen hatte, stellte er fest, dass sie Amanda Keller mit keinem Wort erwähnt hatte. Großer Gott, fuhr es ihm durch den Kopf, hat sie die Geschworenen womöglich umgedreht? Vermutlich nicht. Aber was immer diese Schlauberger gestern über sie geschrieben hatten, eines war klar: Amazing Grace Harris war heute wieder voll da. Sie hatte getan, wozu sie sich, was Amanda Keller anging,verpflichtet gefühlt hatte, und handelte wieder als Staatsanwältin. Sie würde ihm, Barrett, in dieser letzten Runde kein Pardon gewähren. Er fühlte sich von ihrer Kraft und ihrem Feuer überwältigt und von ihrer Unverwüstlichkeit in die Schranken gewiesen. Gleichzeitig stieg ein neues, nagendes Gefühl in ihm auf. Ihr hervorragendes Plädoyer versetzte ihn in Unruhe. Obwohl es rein emotionales Hokuspokus war – etwas anderes blieb ihr schließlich gar nicht übrig –, mit dem sie die irrationale Komponente in den Köpfen der Geschworenen manipulierte, sie hatte es verflucht wirkungsvoll hingekriegt. Noch immer standen ihre Worte im Raum und luden die Atmosphäre mit einer derart belastenden Intensität auf, dass auch er sich förmlich in seinen Stuhl gedrückt fühlte.

Richter Hernandez' Stimme riss ihn aus seinen Gedanken. »Ihre Beweisführung, Mr. Dickson?«

Er erhob sich und blickte die Geschworenen an. Nun ruhten aller Augen auf ihm und warteten auf seinen Zauber. Fast hatte er vergessen, wie unersättlich Geschworene in ihrem Verlangen nach Worten sein konnten, die sie mitrissen; Worten, die sie verwirrten wie auch erregten. Mit ihrer erwartungsvollen Stille forderten sie mehr Aufmerksamkeit als eine Division von West-Point-Generälen. Und angesichts der zahlreichen Gelegenheiten im Lauf von zig Jahren wusste er, dass diese zwölf schweigenden Gestalten einen Verteidiger aussaugen konnten, bis er ganz leer war und zu einer Hülse verkam. Er hatte es selbst erlebt.

Und da traf es ihn plötzlich wie ein Schlag. Die Abrechnung. Er hatte sich die Schuld an Ellens Selbstmord zugeschrieben, um einen Vorwand zu haben, diesem Raubtierblick der Geschworenen zu entkommen, den überwältigenden Ansprüchen seiner Mandanten, der Möglichkeit, dass er unterliegen könnte, der Notwendigkeit, sich Woche für Woche neu zu beweisen. *Ich bin nicht feige!*

Grace hatte nicht viel Überzeugungskraft benötigt, um ihn dazu zu bewegen, ihre Kronzeugin fertig zu machen. Lediglich genügend Beharrlichkeit, damit es nicht aussah, als wäre er ein echter Scheißkerl. Er hatte sie nicht kränken wollen – in dem Punkt war er ehrlich gewesen –, aber er hätte es letztendlich nicht verwinden können, erneut zu verlieren. Es kümmerte ihn nicht mehr, ob er gewann, aber mit der Angst vor dem Verlieren konnte er nicht leben.

»Mr. Dickson?«

Er schaute Grace noch einmal an und diesmal begegnete sie seinem Blick. Er konnte ihn nicht enträtseln. Es war auch nicht nötig. Jetzt musste er die Sache allein ausfechten. Kein Zögern jetzt, bei Gott. Seine geliebte Gegnerin forderte kein Mitleid. In diesem Augenblick durfte es nichts anderes geben als die Geschworenen und ihn und das, was er einst so gut gekonnt hatte. Die mögliche Saat irrationaler Zweifel, die sie so wirkungsvoll ausgesät hatte, musste so rasch wie möglich als das entlarvt werden, was sie war – emotionaler Humbug, Samenkörner, die auf Felsboden fielen. Danach würde er seine eigene Saat ausstreuen – jenen *begründeten* Zweifel – in die fruchtbare Furche hinein, die sie ihm geschaffen hatte.

Grace hatte ihn beobachtet und die Zeichen gedeutet. Sie wusste, dass sie verlieren würde. Nun ärgerte es sie doch, denn sie hatte etwas Hoffnung geschöpft, dass Elliot Ashford zumindest am Mord an Lara Ashford schuldig gesprochen werden könnte. Aber schließlich konnte sie es Barrett nicht verübeln, dass er die Waffe, die sie ihm gegen seinen Willen förmlich aufgezwungen hatte, nun auch benutzte. Und doch fühlte sie sich gekränkt, dass er sie genommen hatte und nun so aggressiv handhabte. Kann sein, dass ich auf dieses Gefühl hätte vorbereitet sein sollen, nachdem ich mit dem strengen Grundsatz gebrochen hatte, der mein Leben über vierzig Jahre lang bestimmt hat, dachte sie. Habe ich etwa erwartet, dass es angenehm sein würde?

»Ich werde mich kurz fassen, meine Damen und Herren. Am Anfang möchte ich die Frage hervorheben, die sich wohl jedermann hier stellt: Was ist aus der Kronzeugin der Anklage geworden? Ja, meine Damen und Herren, Sie werden sich gewiss wundern, warum die Staatsanwaltschaft sämtliche Zeugen ausführlich erwähnte, aber auf diese eine nicht einging – die einzige Zeugin, auf deren Aussage die Anklage in allen drei Mordfällen steht oder fällt. Ja: ich sage, *in allen drei*!

Die Staatsanwaltschaft will Sie glauben machen, dass Elliot Ashford den ersten Mord begangen hat, weil der Sachverhalt in den beiden anderen Fällen – Glasscherbe, Peinigung, Art der dem Opfer zugefügten Wunden – praktisch identisch war. Und die Staatsanwaltschaft will Sie ebenfalls glauben machen, dass er die beiden letzten Morde begangen hat, weil die Kronzeugin angeblich gehört hat, wie er den Opfern drohte. Von Ihnen, meine Damen und Herren, wird also erwartet, dass Sie der Kronzeugin in den Mordfällen Jefferson und Field solchen Glauben schenken, dass Sie vergessen, auf wie schwachen Füßen die Beweislage im Fall von Lara Ashfords Tod steht!«

Grace zuckte zusammen, als sie sah, wie die Geschworene Nummer acht, Mary Lloyd, offensichtlich die Kandidatin für die Rolle der Sprecherin, daraufhin leicht nickte.

»Ich muss Ms. Harris für ihre Phantasie loben. Das Ganze kommt mir vor wie eine Szene aus einem Hollywood-Streifen. Eine blendende Kulisse, abgerundet durch die liebenswerte

Hauptfigur, Amanda Keller. Haben Sie jemals eine solche Kulisse gesehen? Sie sind so wirklichkeitsgetreu, dass man schwören könnte, alles ist echt. Und dennoch täuscht man sich. Denn wenn man sich diese Kulisse von hinten anschauen könnte, würde man dort nichts finden. Weil nämlich nichts da ist. Diese bloße Fassade der Anklage hätte durchaus dazu führen können, dass ein Unschuldiger zum Tod verurteilt wird, hätte die Hauptdarstellerin – zur Zeit wohl die heißeste und höchstbezahlte Interview-Partnerin in Hollywood – ihren Text nicht vergessen.« Grace bemerkte, dass Barrett sich beim nächsten Satz zu ihr umdrehte. »Sie wurde nämlich als Lügnerin entlarvt. Ja, meine Damen und Herren: als Lügnerin. Als ›intime Freundin‹ von Earl Field dürstete Ms. Keller so sehr nach Rache, dass sie hierher kam, um als Zeugin das zu tun, was ihr als Geschworene verwehrt geblieben war: Elliot Ashford schuldig zu sprechen. Und damit Sie glaubten, ihre Aussage sei objektiv und daher vertrauenswürdig, hat sie versucht, ihr Verhältnis mit Earl Field zu verheimlichen.

Doch Ms. Keller hatte noch ein weiteres Motiv für ihr Märchen über Elliot Ashford. Ein altes und sehr verlockendes: Ruhm und Reichtum. Darin war sie erfolgreich, selbst wenn ihre wahre Begabung auch mehr im Erfinden von Geschichten als in deren schauspielerischer Umsetzung liegen mag. Zum Glück jedoch unterlief ihr zumindest in unserem Stück ein Fehler und sie wurde von der Wahrheit eingeholt – und das ist schließlich alles, was wir hier brauchen.

Richter Hernandez wird Ihnen sagen, dass Sie Elliot Ashford nicht verurteilen können, wenn Sie auch nur *einen* begründeten Zweifel an den ihm zur Last gelegten Taten hegen. Doch die Verteidigung braucht sich nicht allein auf das Konzept des begründeten Zweifels zu verlassen. Denn sind Sie sich nicht sicher, dass Amanda Keller Sie angelogen hat? Und wie war das mit dem anderen Kronzeugen, Armand Ligretti, in der ersten Verhandlung? Erinnern Sie sich an seine wundersame

Aussage, die ich Ihnen vergangene Woche vorgelesen habe? Sind Sie sich nicht *sicher*, dass er gelogen hat?«

Barrett war nun richtig in Schwung gekommen und ließ keinen dem Zorn des Gerechten in seinen Worten und in seinem flammenden Blick entkommen. »Ich weiß genau, weshalb die Anklage Ms. Keller nicht erwähnt hat. Auch ich will mich nicht weiter mit ihr befassen. Ich möchte nur anmerken, dass sie versucht hätte, den Mord an ihrem Geliebten jedem x-beliebigen anzuhängen, wenn sie das nur nach Hollywood gebracht hätte. Wenn Sie sie diese Frau auf der Leinwand sehen, dann können Sie sagen: ›Ich habe sie gekannt, als …‹ Ich habe sie gekannt, als sie den Zeugenstand als Sprungbrett für ihre Filmkarriere benutzte.

Amanda Keller ist es nicht wert, dass wir uns auch nur eine Minute länger mit ihr beschäftigen. Doch wenn Sie sich in den Beratungsraum zurückziehen, um über Elliot Ashfords Schicksal zu entscheiden, dann stellen Sie sich folgende Frage: Weshalb hätte sich die Staatsanwaltschaft auf derart falsche, verräterische Zeugen verlassen – wenn nicht, weil sie erkannt hat, was wir alle hier jetzt erkennen: dass ihre Anklage auf derart schwachen Füßen steht, dass ihr nichts anderes übrig bleibt. Demnach bestehen nicht nur begründete Zweifel hinsichtlich des Versagens der Anklage, meine Damen und Herren, sondern es besteht berechtigte Sicherheit!

Sie werden sich fragen«, fuhr er danach unvermittelt entspannt und beiläufig fort, »was wirklich geschehen ist. Wer denn nun diese Menschen wirklich umgebracht hat. Ich gebe zu, dass das niemand weiß. Das wirkliche Geschehen ist Sache der Polizei, wenn auch die Stümperhaftigkeit, mit der sie die Hautproben unter den Fingernägeln von Lara Ashford verloren oder beseitigt hat, ihre Ermittlungen erschweren wird. Diese Wirklichkeit aber liegt jenseits unseres Wissens. Es ist weder an Ihnen noch an mir, den wirklichen Mörder zu finden. An mir ist es, darauf hinzuweisen, dass es nicht Elliot Ashford war. Und an Ihnen ist es – zu erkennen, wenn Ihnen jemand ins Gesicht lügt. Die einzige Person, die Elliot verletzt hat, meine Damen und Herren, war er selbst – beim Rasieren nämlich.«

Grace sah, wie zwei Geschworene zustimmend lächelten. Sie spürte, dass sie ihm glaubten, dass er sie überzeugt hatte. Daran bestand kein einziger begründeter Zweifel. Wie sollte sie die Jury in ihrem Schlussplädoyer nur dazu bringen, wenigstens das klare Beweismaterial gegen Elliot Ashford in Betracht zu ziehen? Gab es ein kleines Schlupfloch in Barretts ›wirklichem Geschehen‹? Ja, möglicherweise schon.

Barrett kam mit einem zusammenfassenden Rückblick auf sein bestes Beweismaterial sowie einem weiteren Angriff auf die Schlampigkeit der Polizei und des Labors zu Ende. Dann ging er auf die Geschworenen zu und stützte die Hände auf das Geländer. »Meine Damen und Herren, wir sind hier nicht im Kino. Wir befinden uns in einem Gerichtssaal. Wir führen hier kein Stück auf. Sicher, wenn wir unsere Arbeit hier getan haben, können wir wie Schauspieler nach Hause gehen. Wir werden Abendbrot essen, vielleicht fernsehen. Aber wenn Sie Elliot Ashford des Mordes für schuldig befinden, wird er in ein *echtes* Gefängnis wandern, mit *echten* Gittern und einem sehr *echten* Tod entgegen. Aber ich weiß, das wird nicht geschehen. Denn die Anklage gegen ihn liest sich wie ein schlechtes Drehbuch für eine miserable Schauspielerin. Meine Damen und Herren, stellen Sie ihr das Zeugnis aus, das sie verdient. Ich fordere Sie dringend auf, all jenen Leuten eine Botschaft zu senden, die vorhaben könnten, unser Rechtssystem zu benutzen, um bekannt, berühmt und reich zu werden. Ich fordere Sie dringend auf, Elliot Ashford nicht schuldig zu sprechen!«

Im Saal war kein Laut zu hören. Grace hatte eine derartige Stille schon etliche Male miterlebt und wusste, was sie bedeutete.

»Ihr Schlussplädoyer, Ms. Harris«, rief Richter Hernandez

und aller Blicke richteten sich nun auf die stellvertretende District Attorney.

Grace erhob sich, schritt am Richterpult vorbei und bezog ihren Standort direkt vor Barrett. »Als Erstes möchte ich auf den Vorwurf der Verteidigung zurückkommen, ich hätte es in meiner Beweisführung unterlassen, Ms. Keller zu erwähnen, und zwar deshalb, weil der Verteidiger über Ms. Keller und mich mehr gesagt hat als über seinen eigenen Mandanten. Mr. Dickson hat versucht, Ihnen weiszumachen, hier sei die Zeugin die Angeklagte – und vielleicht sogar ich.

Am meisten scheint ihn die Glaubwürdigkeit von Ms. Keller zu beschäftigen sowie die Frage, weshalb ich die Verhandlung in meinen eröffnenden Bemerkungen nicht verlängert habe, indem ich auf ihrer Beziehung zu Mr. Field herumgeritten bin. Dies werde ich jetzt tun. Nicht weil dieser Punkt Mr. Dickson zu beunruhigen scheint, sondern möglicherweise einige unter Ihnen.«

Sie ging nun auf die Geschworenen zu, so lässig, als sei sie zu Hause in ihrem Wohnzimmer. Barrett spürte erneut, wie ihn eine Welle der Bewunderung überkam. »Erinnern Sie sich an Mr. Dicksons Frage, was wohl in Wirklichkeit geschehen sei? Wer diese Menschen *wirklich* umgebracht hat? Wissen Sie noch, was er da sagte? Er sagte, Sie sollten es der Polizei überlassen. Das heißt, Sie sollten sich um die Wirklichkeit nicht kümmern. Lassen Sie mich Ihnen aber versichern, meine Damen und Herren, dass Sie ebendeshalb hier sind. Um sich um die Wirklichkeit zu kümmern! Aus diesem Grund ist der Richter hier. Aus diesem Grund sind wir alle hier. Um herauszufinden, was wirklich geschehen ist. Um die *Wahrheit* zu finden!

Wenn wir die Wirklichkeit in anderen Lebensbereichen auch manchmal ignorieren, so dürfen wir das doch keinesfalls im Gerichtssaal tun, meine Damen und Herren. Denn wenn wir das tun, verraten wir unsere Demokratie. Die Achtung vor dem Rechtssystem ist der Kern jeder Demokratie. Und das

Fundament, auf dem unser Rechtssystem ruht, ist die Suche nach der Wahrheit – die Wirklichkeit, um die sich nicht zu kümmern Mr. Dickson Ihnen rät.

Deshalb fordere ich Sie Mr. Dicksons Ratschlag zum Trotz auf: Sehen Sie der Wirklichkeit ins Auge, meine Damen und Herren Geschworene. Ja, Amanda Keller ist als hoffnungslos verworrene Zeugin aufgetreten. Weshalb? Ich nehme an, dass ihre Verwirrung im Kreuzverhör Ausdruck ihrer Verzweiflung war. Amanda Keller hatte sich tragisch insgeheim in Earl Field verliebt, in einen Mann, der im Rampenlicht der Öffentlichkeit stand und mit einer anderen Frau verlobt war. Und deshalb hat sie diese Liebe verheimlicht. Und in ihrer Trauer über seinen Tod beschloss sie nicht zuzulassen, dass irgendetwas seinen guten Ruf trüben sollte. Also behielt sie ihr Geheimnis für sich. War das so durch und durch schlecht?«

Barrett sah, wie ein Geschworener unwillkürlich mit dem Kopf nickte. Gut gemacht, dachte er. Aber wie wollte sie das Verschweigen der Drohungen entschärfen? Und das Problem mit der Kellnerin? Und dass sie mich angeschnauzt hat?

»Der wirkliche Grund, weshalb ich in meinem Eröffnungsplädoyer nicht auf Ms. Keller eingegangen bin«, fuhr Grace gerade fort, »der wirkliche Grund ist, dass das übrige Beweismaterial, das wir vorgelegt haben, mehr als ausreichend ist, um jeden begründeten Zweifel an der Schuld des Angeklagten auszuräumen. Doch wie können wir nun aus den uns vorliegenden Beweismitteln erkennen, dass der Angeklagte des Mordes an Lara Ashford schuldig ist? Meine Damen und Herren Geschworene, ich werde Ihnen diese Möglichkeiten aufzählen.

Als Erstes findet sich das Blut des Angeklagten überall. Das Badezimmer, das Lara Ashfords Folterkammer wurde, war über und über mit Blut bespritzt – mit dem ihren und mit dem seinen. Kann die Verteidigung allen Ernstes annehmen, dass Sie glauben, jemand könne derart viel Blut durch einen winzigen Schnitt beim Rasieren verlieren, der schon drei Stunden später am Verheilen und kaum noch zu sehen ist? Ich glaube nicht, meine Damen und Herren, aber ich überlasse es Ihnen zu entscheiden, wie es *wirklich* war.

Zum Zweiten haben wir es hier mit häuslicher Gewalt mit eindeutig sexuell motivierter Rache zu tun, von der Lara Ashfords gepeinigter Körper deutlich Zeugnis ablegte. Sie haben die Aussage der Hausangestellten vernommen. Mehrmals fiel der Name von Senator Dwight Clifton während des lauten Streits zwischen den Eheleuten, den sie kurz vor dem Tod von Mrs. Ashford gehört hat. Hatte sie sich für ein Treffen mit Mr. Clifton zurechtgemacht? Natürlich hat er dies bestritten, aber er musste immerhin zugeben, dass er an dem Abend hier in der Stadt war, um Finanzmittel für ein Projekt zu beschaffen. Nur ein Zufall? Ich glaube nicht, meine Damen und Herren, aber die Wirklichkeit ist Ihre Domäne – weder jene des Richters noch meine und schon gar nicht die von Mr. Dickson.

Dann hat Mr. Dickson auf die erste Verhandlung verwiesen«, fuhr Grace fort. »Ich möchte Ihnen die Abschriften, die ich Ihnen vorgelesen habe, in Erinnerung rufen und bitte Sie, sich die folgende Frage zu stellen, sobald Sie das Beratungszimmer betreten: Behauptet ein Unschuldiger wirklich, er sei im Kino gewesen, um dann, sobald ihm nämlich nachgewiesen wird, dass dies reine Erfindung ist, jemandem 50 000 Dollar für ein gefälschtes Alibi anzubieten? Ich glaube nicht, doch es ist an Ihnen zu entscheiden, wie es wirklich war.

Ich stelle Ihnen anheim, ob Elliott Ashford seine Frau Lara in einem Anfall von Eifersucht ermordet hat, meine Damen und Herren, um sich sodann an die Arbeit zu machen und die Polizei hinters Licht zu führen, damit die Beamten – und Sie – ihn für unschuldig halten. Hat das geklappt? Ich glaube es nicht, aber es ist an Ihnen zu entscheiden, wie es wirklich war.

Jawohl, der Angeklagte hat den Mord an Lara Ashford begangen und wahrscheinlich auch die beiden anderen, beinahe identischen Verbrechen: jenes an Lani Jefferson als Zeichen für die übrigen Geschworenen und jenes an Earl Field, um einer seit langem bestehenden persönlichen und politischen Rivalität ein Ende zu bereiten, wobei seine Feindseligkeit noch zusätzlich angestachelt wurde, weil der District Attorney es wagte, ihn vor Gericht zu stellen.

Über eines noch müssen Sie sich im Klaren sein: Sollten Sie einen begründeten Zweifel an der Schuld des Angeklagten in den Mordfällen Jefferson und Field hegen, dürfen Sie dennoch auf keinen Fall zulassen, dass dies Ihr Urteil über die Beweislage im Fall Lara Ashford beeinflusst.«

Brillant, dachte Barrett, wie sie den Geschworenen in den Fällen Jefferson und Field einen Ausweg anbietet, indem sie die beiden Morde, die Keller stützt, aufs Spiel setzt und in erster Linie auf eine Verurteilung im Fall Lara Ashford abzielt. Hofft auf ein salomonisches Urteil. Mir geben sie Jefferson und Field und sie bekommt dafür Ashford. Scheiße. Ihm wurde wieder mulmig zu Mute und ein Blick auf Elliot Ashford zeigte ihm, dass sich dieser ebenfalls Sorgen machte. Himmel, würde er diesen Fall tatsächlich verlieren, trotz ihrer Riesenhilfe? Er erkannte entsetzt, wie sehr er sich wünschte – wie sehr er es brauchte –, jetzt zu gewinnen. Sollte er auch noch den Prozess verlieren, nachdem er schon jede Aussicht auf eine Verbindung mit Grace – und ein großes Stück seiner Selbstachtung – verloren hatte?

Noch einmal ergriff Grace nun die Glasscherbe. Noch einmal ging sie damit auf die Geschworenen zu. Sie sprach leise, doch ohne drohenden Unterton. »Können wir uns die Schmerzen vorstellen, die Lara Ashford von der Hand dieses Mannes erlitt, bevor der Tod sie endlich erlöste? Können Sie sich vorstellen, wie sie voller Angst und Qual schrie? Lara Ashford schreit jetzt wieder, meine Damen und Herren Geschworene, sie schreit von dem Ort, wo sie für immer ihren Frieden gefunden hat. Sie schreit nach Gerechtigkeit. Und sie schreit nach Ihnen, denn niemand sonst kann ihr nun noch dazu verhelfen. Sie dürfen diese Straftaten unvorstellbarer Grausamkeit nicht ungesühnt lassen. Ich fordere Sie auf, den Angeklagten des vorsätzlichen Mordes schuldig zu sprechen.«

Grace Harris nahm wieder Platz und die schneidende Spannung nach ihren Worten löste sich erst, als Richter Hernandez die Geschworenen in die Mittagspause entließ.

Das war stark, dachte Barrett, trotz seiner Sorgen, verdammt stark. Aber vielleicht reichte es doch nicht aus, um das Hemmnis begründeter Zweifel zu überwinden, auf deren Notwendigkeit der Richter die Geschworenen gleich hinweisen würde. Und dann fragte er sich, ob dies womöglich das erste Plädoyer war, in dem Grace Harris nicht ein einziges Mal ins Stottern geraten war.

Nachdem die Geschworenen ihre Instruktionen erhalten hatten und in ihrem Raum eingeschlossen worden waren, um die Beratung aufzunehmen, teilte der Gerichtsdiener der Staatsanwältin und dem Verteidiger mit, dass der Richter sie in seinem Zimmer zu sprechen wünsche. Grace, die gerade ihre Unterlagen in die Aktenmappe packte, drehte sich um und sah Barrett an und sie wechselten einen Blick verzweifelten Eingeständnisses. Wie konnte sie ihm erklären, dass sich durch ihr Drängen, ihr zu helfen, das zu tun, was sie für richtig hielt, eine Kluft zwischen ihnen aufgetan hatte, die sich nicht mehr überbrücken ließ?

Eine vertraute Stimme von hinten riss sie aus ihren Gedanken. »Hallo, Grace«, rief Amanda Keller und lehnte sich an das Geländer.

»Hallo, Ms. Keller«, antwortete Grace. »Tut mir Leid, ich kann nicht mit Ihnen sprechen.«

»Ich möchte bloß eines wissen: Wo habe ich mich vertan?«

Grace warf die letzten Akten in die Mappe. »Das spielt jetzt keine Rolle mehr, Amanda.«

»Gott verdammt noch mal, es spielt sehr wohl eine Rolle, für mich nämlich! Drehen Sie sich wenigstens um und schauen Sie mich an! Und für Sie zählt es ebenfalls!«

»Im Augenblick zählen für mich genau drei Dinge, Amanda: ein heißes Bad, meinen Sohn wiederzusehen und Ihnen im Leben nie wieder zu begegnen.« Damit schritt sie auf die Tür zum Richterzimmer zu, wobei sie versuchte, ein nagendes Gefühl der Bedrohung abzuschütteln.

John Hernandez bot ihnen beiden einen Drink aus einer Karaffe an, die er von einer Eichenholztheke holte. Barrett lehnte dankend ab, obwohl ihm nichts willkommener gewesen wäre. Er fühlte sich von der Irrwitzigkeit des Ganzen völlig benommen und fand es am besten, diesen Zustand möglichst lang aufrechtzuerhalten.

»Aber, meine verdiente Gegnerin könnte nach dem Anschiss, den sie soeben von ihrer Kronzeugin bekommen hat, sicher einen gebrauchen«, meinte er.

Grace lächelte matt. »Für sie bin ich die Böse, die ihr Comeback in Hollywood vereitelt hat.« Sie setzte sich John Hernandez gegenüber und nahm das Glas, das er ihr reichte. Barrett blieb neben ihr stehen. Ihm war seltsam zu Mute und er war viel zu aufgeregt, um sich zu setzen.

Der Richter prostete ihnen beiden zu. »Grace, würden Sie, nun, da unsere Arbeit beendet ist und die Sache in den Händen der Geschworenen liegt, die Güte haben, mir zu erklären, was mit Amanda Keller los ist?«

Grace nippte an ihrem Drink und Barrett hörte sie tief Atem holen. Dann kam allmählich wieder Farbe in ihr Gesicht. »Ich versuche das immer noch selbst herauszufinden. Zunächst mal hat sie natürlich gelogen. Und jetzt will sie wissen, wo sie ›sich vertan‹ hat.«

»Klingt, als würde sie zugeben, dass sie Sie von Anfang an an der Nase herumgeführt hat«, bemerkte Hernandez. »Sie haben das Problem mit ihr im Plädoyer sehr gut in den Griff bekommen. Aber ich fürchte, sie hat Sie bei den Geschworenen erledigt.«

»Grace«, begann Barrett, »ich hoffe, du weißt ...«

»Aber selbstverständlich«, unterbrach sie ihn und warf ihm einen Blick zu. »Du hattest keine andere Wahl, als mich im Plädoyer zu vierteilen. Ich hätte es mit dir in der umgekehrten Situation nicht anders gehalten – wenn auch sehr viel raffinierter.« Sie versuchte zu lächeln.

Es waren ihre ersten Worte zu ihm seit der Vernehmung von Amanda Keller, und er war gerührt, dass sie die katastrophale Situation mit Humor zu nehmen versuchte. Er antwortete schließlich: »Ich hatte es nie – in all den Jahren in diesem harten Geschäft – niemals mit einer derart starken Gegnerin zu tun.«

»Um Himmels willen«, platzte Hernandez heraus, »Sie brauchen ja wohl nicht *beide* so düster in die Welt zu schauen. Herrgott, Barrett, Sie sehen noch niedergeschlagener aus als Grace, dabei werden Sie wahrscheinlich gewinnen, es sei denn, ich habe mich in den Geschworenen völlig getäuscht. Sie haben die Keller im Kreuzverhör doch niedergemacht!«

Richter Hernandez' Vorhersage erwies sich als richtig. Nach nicht einmal dreistündiger Beratung kehrten die Geschworenen mit ihrem Urteil in den noch immer gerammelt vollen Gerichtssaal zurück.

»Wir, die Geschworenen im Fall das Volk gegen Elliot Ashford«, las der Gerichtsdiener mit lauter Stimme vor, »sprechen den Angeklagten *nicht schuldig* in allen Punkten.«

Es herrschte unerwartete Stille im Saal, als der Richter den Geschworenen dankte und sie dann entließ. Grace nahm von Sam Beileidsbezeugungen entgegen und erntete tröstliche Blicke von zwei Geschworenen. Sie vermied es, Jack Klegg anzuschauen, und wollte auch Barretts Blick nicht begegnen.

Aber wie üblich kam er mit ausgestreckter Hand auf sie zu. »Es tut mir Leid, Grace«, sagte er und ergriff die ihre. »Die ganze Sache tut mir Leid. Wenn es auch ein noch so schwacher

Trost ist, ich glaube, dass er wirklich unschuldig ist und dass du das Richtige getan hast.«

»Ich bereue nichts«, erwiderte sie. »Aber du musst mir nachsehen, dass ich diese Niederlage nicht gelassener einstecken kann. Ich hatte gehofft, die Geschworenen bei Lara Ashford zu überzeugen.«

»Elliot hatte ein Alibi, konnte es aber nicht nutzen und ließ es auch uns nicht verwenden. Da wurde er eben erfinderisch.«

Grace nahm ihre Mappe und eilte davon, um wie geplant durch das Richterzimmer zu entkommen. »Ich denke, dass der Beste gewonnen hat«, sagte sie zum Abschied leichthin.

»O nein«, erwiderte er. »Ich bin der Meinung, dass wir beide von einer Frau geschlagen wurden.«

Der Richter hatte eine rasche Freilassung vom Gelände angeordnet, so dass der Bürger Elliot Ashford ebenso rasch auf demselben Weg wie Grace hinausgeschleust werden und dadurch den fast hundertfünfzig Medienleuten und Fotografen entgehen konnte, die sich auf der Treppe zum Gerichtsgebäude versammelt hatten.

So schlüpften die Staatsanwältin, der Strafverteidiger und der Exangeklagte samt einer Eskorte von Beamten zur Seitentür des Richterzimmers hinaus, bestiegen einen Aufzug zum Erdgeschoss, wo sie wortlos und schnellen Schrittes durch die Korridore des Gebäudes hasteten und schließlich in das fahle Tageslicht hinaustraten, wo Sam Quons Stadtauto und Carmine Rizzos graue Limousine in der Harriet Street hintereinander geparkt auf sie warteten. Die wenigen Presseleute, die ihren Plan vorausgesehen hatten, standen, von einer Kette von Polizeibeamten in Schranken gehalten, unter ihren Regenschirmen auf der anderen Straßenseite.

Sam empfing Grace ebenfalls mit einem Regenschirm. Sie trennte sich von der Polizeibegleitung und gerade als sie einsteigen wollte, hörte sie noch einmal Barretts Stimme.

»Grace«, rief er, atemlos vom Gerenne durch die Flure, »geht es dir gut?«

Sein besorgter, müder Blick rührte sie. Erst wollte sie sich mit einem kurzen »ja, ja« begnügen, doch dann beschloss sie, ihm rundheraus die Wahrheit zu sagen. »Barrett, ich habe mich entschlossen zurückzutreten. Ich werde Aaron in Florida abholen und mich dann in New York nach einer Stelle umsehen. Ich habe mein Anwaltsexamen dort gemacht, also dürfte es nicht so schwierig werden, Arbeit zu finden.«

Beim Einsteigen bemerkte sie seinen entsetzten Blick, aber sie gebot Sam abzufahren. Als sie am Ende der Harriet Street abbogen, sah sie, dass er immer noch wie angewurzelt dort stand – allein, im prasselnden Regen, so steif und reglos wie der Baum neben ihm.

Elliot Ashfords Gebrüll weckte Barrett aus seiner Benommenheit. »Dickson! Himmel Herrgott, sind Sie taub? Es ist Zahltag, Sie Großmaul. Kommen Sie in einer Stunde zu mir ins Hotel. Dann liegt Ihr Scheck bereit!«

Barrett blickte zu dem grauen Riesenschlitten hinüber. Eine getönte Scheibe senkte sich geräuschlos und Julian Golds Kopf erschien, Carmine Rizzos Profil kaum wahrnehmbar daneben. Gold blickte Barett an und nickte ihm kurz zu. »Das hätten wir«, bemerkte er, während Ashford einstieg.

Ich werde das Geld nehmen, dachte Barrett. Aber was ich wirklich will, jetzt, da er frei ist und nicht wieder angeklagt werden kann, ist, ein für alle Mal der Wahrheit auf die Spur zu kommen.

60

Nur immer hereinspaziert, Herr Verteidiger«, rief Elliot Ashford mit einer theatralischen Armbewegung aus und Barrett betrat das geräumige Wohnzimmer der Suite seines

Mandanten im »Hotel St. Francis«. »Wir müssen uns beeilen«, fügte dieser hinzu. »Es gibt eine Siegesparty, unten am Wasser.«

»Kein Problem«, meinte Barrett und sah zu, wie Ashfords Hand in die Tasche seines Bademantels fuhr und einen Scheck herauszog. Barrett hatte noch nie einen Honorarscheck gesehen; sie gingen sonst immer direkt an die Buchhaltung der Kanzlei. Er fühlte sich durch die Übergabe auf eine seltsame Weise beschmutzt und ließ das Papier, ohne es anzuschauen, rasch in seiner Hosentasche verschwinden.

»Ich möchte, dass wir in Kontakt bleiben, alter Knabe«, sagte Ashford, während er sich einen Drink eingoss und ihm dann zuprostete. »Gut gemacht und danke schön. Übrigens ist die Kanzlei bereits bezahlt und das hier ist ein Scheck über eine Million. Persönlicher Bonus.« Er nahm einen Schluck und als keine Antwort von Barrett kam, klickte er auf eine der zahlreichen TV-Fernbedienungen in seiner Suite. Barrett spürte eine schale Enttäuschung, weil Ashford ihm nichts zu trinken anbot. Es wäre ihm eine Genugtuung gewesen, einen Siegestrunk von diesem arroganten Typen abzulehnen.

Überraschung war das allerdings keine für ihn. Aus langer Erfahrung wusste er, dass Angeklagte sich von ihrem Verteidiger nach einem positiven Verhandlungsausgang rasch distanzieren und den Sieg dem unerbittlichen Arm der Gerechtigkeit zuschreiben, anstatt ihn als das Produkt eines fähigen Anwalts anzuerkennen. Schließlich würde so ein stillschweigendes Eingeständnis bedeuten, dass die Anklage irgendwie berechtigt gewesen war. »Klar, dass ich gewonnen habe«, sagten die Mandanten meist beiläufig bei einem Cocktail. »Die Fakten sprachen ja alle für mich.«

»Ich möchte Sie als meinen *consigliere* anheuern«, warf Ashford nun ebenso beiläufig in die Runde.

»*Consigliere?*«, erwiderte Barrett. »Ich habe mich gerade

erst überzeugt, dass Sie nicht der Mafia angehören, Elliot. Nur eine lose Verbindung.«

»Hab' doch bloß Spaß gemacht. Für Carmine bin ich nur wichtig, weil er einen Riesenanteil von meiner Firma besitzt. Aber nach dem, was in diesem Prozess gesagt wurde, sind sich doch alle sicher, dass ich ganz dick mit drin hänge, da kann ich behaupten, was ich will. Kommen Sie, alter Knabe, Sie wissen doch, wie es ist. Mitgehangen, mitgefangen. Aber was die weitere Zusammenarbeit mit Ihnen betrifft, so meine ich das schon ernst.«

»Nein, danke.«

»Warum nicht? Sie haben mein Geld bereits einmal genommen. Sie werden es auch das nächste Mal einstecken.«

»Es gibt kein nächstes Mal, Elliot.«

»Wo liegt das Problem, alter Junge?« Elliot drehte sich um und schaute Barrett an. »Sie haben soeben den ›Jahrhundertprozess‹ dieses Monats gewonnen, nebenbei auf die Schnelle eine Million eingestrichen und sich einen Platz in *Larry King Live* und *The Today Show* gesichert. Die New Yorker Verlagshäuser werden Sie beknien. Ihr Telefon wird sich zu Tode klingeln.«

Barrett ging durch den Kopf, wie wenig ihm das hämische Gegrinse seines Mandanten künftig fehlen würde, die spiegelnden Gläser seiner getönten Brille und vor allem sein Gehabe, das so deutlich die Unbesiegbarkeit des Reichtums verkündete. Er blickte aus dem Fenster über den Union Square. Ein Meer von aufgespannten Schirmen wogte wie schwarzbunte Blumen im Regen. Er wünschte sich, wie die anderen am Gericht zu sein. Nichts fragen, nichts sagen. Die Arbeit erledigen, das Geld nehmen und verschwinden. Doch er zögerte. Er musste es wissen. »Für Sie zu arbeiten hat keine Zukunft. Sie werden bekanntlich bald einen guten Totengräber brauchen, keinen Anwalt.«

Ashford, der gerade einen Schluck aus seinem Glas trinken

wollte, hielt wie versteinert inne. »Das weiß ich, Herr Verteidiger. Nur zu gut.«

Selten hatte Barrett dringender einen Drink benötigt. Er ging einen Schritt auf die Tür zu, aber nur einen Schritt. Jahre wenig überzeugender Beteuerungen verlogener Mandanten sowie Geständnisse nach dem Prozess und sogenannte Bekenntnisse auf dem Totenbett hielten ihn auf. »Sie hatten schon verschiedentlich Ausfälle.« Es war keine Frage, sondern eine Feststellung.

Elliot Ashford nahm einen großen Schluck. »Mehrere. Einen zum schlimmstmöglichen Zeitpunkt.«

»Ja, schlimmstmöglich für Ihre Frau«, erwiderte Barrett. »Dennoch haben Sie es geschafft, nach Napa ...«

»Schon seltsam, wie sich die Dinge manchmal entwickeln, nicht wahr? Ich habe Field nicht umgebracht. Ich habe den Scheißkerl zwar gehasst, aber ermordet habe ich ihn nicht. Jefferson auch nicht. Ich habe noch immer nicht die geringste Ahnung, wer die beiden umgebracht hat und weshalb. Aber ich nehme an, jemand wollte, dass die Morde auf mein Konto gehen. Welch eine Ironie, nicht? Wären die beiden nämlich nicht umgebracht worden, wäre ich womöglich nicht hier in diesen halbwegs anständigen Räumlichkeiten, als freier, wenn auch todkranker Mann. Sozusagen beim Interview nach dem Match in der Garderobe mit meinem siegreichen Anwalt.«

Barrett starrte auf Ashfords Hinterkopf. Er wartete auf mehr, auf den ganzen Rest. Wie er es getan hatte. Und weshalb. Doch der andere wandte sich bloß noch ganz von ihm ab und stellte den Fernseher lauter.

Amanda bezahlte ihre Rechnung und verließ das »Ritz«, gehetzt von den Medienleuten, die eine Erklärung zum Angriff der Verteidigung auf sie forderten und wissen wollten, weshalb die Staatsanwaltschaft nicht eingeschritten war.

»Haben Sie Earl Field wirklich geliebt?«, brüllte eine Stimme hinter ihr her, als sie sich in eine wartende Limousine flüchtete. »Weshalb hat Grace Harris Sie durch den Wolf gedreht?«, schrie eine andere. »Erwarten Sie, dass Harris Sie wegen Meineids anzeigt?«, eine dritte.

Sie sank in sich zusammen und benutzte hastig ihr Spray, das ihr jedoch keine Erleichterung verschaffte. Sie schloss die Augen, um das Gefunkel nicht mehr zu sehen, das ihren Blick wie mit Stahlsplittern durchdrang. Doch das gleißende Licht flackerte außen wie innen weiter.

Sie suchte in der Wohnung ihrer Mutter Zuflucht und stellte entsetzt fest, wie rasch Lucinda Keller, die vor Channel Two saß, wieder die Oberhand gewann. »Herzlichsten Glückwunsch, meine Liebe. Du hast es fertig gebracht, dich noch unbeliebter zu machen als Mark Fuhrman im Simpson-Prozess. Ich traue mich überhaupt nicht mehr aus dem Haus.«

»Als würdest du jemals rausgehen! Wo solltest du denn schon hingehen, und wer sollte dich dann erkennen?«

»Du bist grausam, Amanda, selbst für deine Verhältnisse. Aber ich muss wissen, was mit dieser Grace Harris ist.«

»Gar nichts. Sie ist bloß dagehockt und hat zugesehen, wie Dickson mich fertig machte.« In diesem Moment klingelte das Telefon. »Nicht rangehen, Mutter!«

Beim letzten Anruf, den sie im »Ritz« bekommen hatte, war Emory Goldsmith am Apparat gewesen. Nicht eine seiner Sekretärinnen, sondern er höchstpersönlich. Was zum Teufel denn los sei, wollte er wissen. Die Presse mache sie ja zur Schnecke! Es heiße, sie lüge nicht nur wie gedruckt, sondern sei wahrscheinlich komplett durchgeknallt! Seine Geldgeber »motzten«, meinte er und fügte hinzu, ein bisschen Koks wäre ja noch okay, aber für unzuverlässige und unzurechnungsfähige Leute sei ihnen ihr Geld zu schade. In den Zeitungen von L. A. stehe sogar, sie werde möglicherweise wegen Meineids angeklagt. Heute sei eben alles anders, die Filmindustrie sei von Erbsenzählern beherrscht, und sie sollte die Sache gefälligst auf die Reihe bringen und ihn sofort anrufen, wenn sie so weit sei.

Dumm war nur, dass sich die Dinge gar nicht mehr auf die Reihe bringen ließen. Sie hörte innerlich eine Stimme fortwährend schreien: Kriegst du eigentlich überhaupt nichts geregelt? Übelkeit stieg in ihr auf, doch als sie ins Bad gehen wollte, wurde ihr so schwindlig, dass sie auf das Sofa zurücksank. Ihr Kopf dröhnte und die Lichtblitze waren auch wieder da, direkt vor ihren Augen. Was glauben Sie eigentlich, wer Sie sind? »Ich bin Amanda Keller, verdammt noch mal!«

Ihre Mutter warf ihr einen noch unbehaglicheren Blick zu. »Mit wem redest du, Kind?«

»Du hast mich gefragt, wer ich bin, du vertrocknete alte Ziege, und da hab' ich es dir gesagt. Wer zum Teufel bist *du*?«

»*Ich* weiß genau, wer ich bin. Eine behinderte Frau mit einer grausamen und undankbaren Tochter, die offensichtlich wieder reif ist für die Klapsmühle!«

Amanda blickte vollkommen starr in das ruhige Gesicht ihrer Mutter.

»Du hast schon richtig gehört. Die Klapsmühle. Verdammt richtig. Hör also lieber sofort auf mit dem Unsinn, wenn du nicht mehr von diesen Elektroschocks willst, die du als Kind schon bekommen hast.«

Amandas Gesicht verzerrte sich. Seit langem hatte sie es aufgegeben, diese Erinnerungen vor sich selbst zu verbergen, doch sie und ihre Mutter hatten niemals über die Zeit damals gesprochen. Ein Aufschub von über zwanzig Jahren. »Warum hast du mich damals weggeschickt, Mutter?«, brachte sie endlich heraus.

»Zu deinem eigenen Wohl.« Die Stimme ihrer Mutter klang hart.

»Ich erinnere mich, dass mein Name in der Zeitung stand«,

sagte Amanda plötzlich mit schmerzlich monotoner Stimme. »Ich habe ihn gefunden, er hatte den Lauf des Gewehrs noch im Mund.«

»Natürlich warst du das, Kind«, entgegnete Lucinda. »Und kein Wunder, nicht wahr, wo du das Ding schließlich da reingesteckt hattest.«

Ein grimmiges Grinsen glitt über Amandas Gesicht. »Sieh da, sieh da, die alte Hexe hat es von Anfang an gewusst.«

»Selbstverständlich. Eine Bürde mehr, die ich Jahr für Jahr zu tragen hatte.«

»Ein Mädchen muss sich selbst schützen, wenn ihre Mutter das nicht für sie macht.«

»Ich wusste nicht, was er tat.«

»Du wolltest es gar nicht wissen. Du hast einfach nicht sehen wollen, was er mit mir machte, und dann hast du nicht sehen wollen, was ich mit ihm machte. Außer dass du mich in die Klapsmühle gesteckt hast.«

Lucinda sträubte sich. »Du kannst mir nicht vorwerfen, dass ich dich dahin gebracht habe. Ich hätte dich schließlich auch in eine Erziehungsanstalt stecken können. Du hast ihn kaltblütig ermordet!«

»Und ich bin mir sicher, du hast volle zehn, vielleicht fünfzehn Minuten um deinen lieben Ehemann getrauert, der es sichtlich nicht über sich brachte, die Finger von seiner kleinen Schönheitskönigin zu lassen. Am besten hätte ich dich auch gleich erledigt, wo ich schon mal dabei war. Mein Kopf steht immer noch unter dem Strom, den sie mir reingepumpt haben, auf deine Veranlassung hin.«

Lucinda erhob sich mühsam auf ihre Gehhilfe und humpelte auf ihr Zimmer zu. Amanda stöhnte auf und ließ den Kopf in den Nacken sinken. Sie spürte, wie ihre Lider flatterten, und gestattete ihren Gedanken, die Wände von Zeit und Raum um sich herum zu sprengen, wie sie es als Kind in der Anstalt immer getan hatte. Sie ließ die köstliche Erinnerung über den

Bildschirm ihres Bewusstseins flimmern, erlaubte der Sehnsucht, den Brand in ihrem Kopf zu löschen.

Der Mann schläft, tief und trunken. Er hört nicht, wie die Tür sich öffnet. Er sieht den glänzend schwarzen Lauf seiner Zwölf-Kaliber-Flinte nur wenige Zentimeter vor seinem Gesicht nicht. Riecht weder das Metall, noch fühlt er den Stahl an den Lippen. Erst als die Flinte zwischen seine Zähne stößt. Doch dem Schmerz wird keine Zeit bleiben, sein vom Alkohol betäubtes Gehirn zu erreichen, bevor dieses gegen das Kopfbrett spritzt.

61

Barrett saß in seinem Büro bei Caldwell & Shaw und liebkoste ein Anchor Steam aus einer Sechserpackung, die er in einer Lebensmittelhandlung um die Ecke erstanden hatte. Er wünschte, es wäre Ketel Kamazaki oder drei Finger hoch Patrone Tequila. Ihm war ganz danach, sich einen anzusaufen. Grace würde weggehen, sich so weit wie möglich von der Stätte ihres gemeinsamen Vergehens entfernen. Dieser Scheiß-Ashford. Ob er ihr sagen sollte, dass er seine Frau tatsächlich umgebracht hat? Das wäre das Ende für immer und ewig.

Da er sonst nirgendwo hingehen konnte, hatte er beschlossen, seinen Schreibtisch in der Kanzlei auszuräumen, sich aber vorher, auf dem Weg ins Büro, in der Empfangshalle eine Zeitung geschnappt. Er wollte wissen, was sie über ihn schrieben. Was *konnten* sie überhaupt über ihn schreiben? Dass er richtig zu singen im Stande war? Dass er alle Texte des Sergeant-Pepper-Albums und die einiger Dylan-Songs plus Hoagy Carmichaels »*Stardust*« auswendig wusste? Dass er – außerhalb des Gerichtssaals, wo er ab sofort so ziemlich hundert Prozent seiner Zeit zubringen wollte – ganz umgänglich war und dass er soeben eine Million einkassiert und dafür einem Ehefrauenschlächter zur Freiheit verholfen hatte? Und dass er die Hilfe seiner Gegnerin benötigt hatte, weil er ohne sie nicht mal dieses wahre Glanzstück auf die Reihe gekriegt hätte?

Er überflog noch einmal den Absatz, wo in dem Artikel von Lani Jefferson die Rede war: dass »sie offensichtlich während ihrer Fitness-Übungen auf einem Trainingsfahrrad von hinten an den Haaren gepackt und dann in nahezu identischer Weise erstochen wurde wie Lara Ashford«. Er las den Satz noch einmal. Irgendetwas bohrte in ihm. Trainingsfahrrad. Nein, dachte er, das kann nicht sein. Und doch spürte er, wie sich ihm die Nackenhaare sträubten. Noch einmal las er den Absatz durch. Dann hob er den Hörer ab und rief im »Stars« an, wo er mit Lev und Mike zu einer Fete eingeladen war. Er bat den Barkeeper, Leviticus Heywood zu holen.

»Lev? Hier Barrett. Sie trainieren doch die ganze Zeit. Wie viele verschiedene Trainingsfahrräder gibt es?«

»Also, das weiß ich nun wirklich nicht. Mindestens zwanzig oder so, nehme ich an.«

»Das habe ich mir auch gedacht. Funktioniert der Draht zu Ihrem Kumpel bei der Polizei noch?«

»So viel ich weiß, ja.«

»Tun Sie mir einen Gefallen. Rufen Sie ihn an und bitten Sie ihn, den Ermittlungsrapport über Jeffersons Tod durchzusehen. Ich möchte wissen, auf was für einem Typ Trainingsfahrrad sie gesessen hat, als sie ermordet wurde.«

»Schon in Ordnung. Bleiben Sie, wo Sie sind. Ganz ruhig. Ich werde ihn nämlich gleich losschicken, damit er statt dessen *Sie* abholt.«

»Keine Witze, Lev. Ist Mike da?«

»Ja.«

»Gut. Ich bin bei C&S. Bevor Sie mit Ihrem Kumpel von der

Polizei reden, sagen Sie Mike, er soll *subito* hierher kommen und seinen PC anwerfen.«

»Hey, schalten Sie einen Gang runter, Mann. Das sagen Sie ihm besser selbst, ich meine angesichts der Tatsache, dass das Ganze nicht den geringsten Sinn erkennen lässt.«

»Einverstanden. Holen Sie ihn.« Barrett trommelte beim Warten mit den Fingern auf die Schreibtischplatte.

»Barrett? Super! Kommst du auch zu der Party?«

»Mike, ich bin im Büro. Du musst sofort kommen. Ich brauche dich hier. Du musst in den PC rein und Lexis, Nexis, Texas oder weiß der Geier was eingeben, wie ihr Typen eben herauskriegt, ob in irgendeinem Bericht seit dem 5. November 1997 die Marke des Trainingsfahrrad erwähnt wird, auf dem die Jefferson umgebracht wurde.«

»Was?«

»Mike, es ist wichtig. Ich hab heute im *Examiner* etwas entdeckt, das mich nachdenklich macht.«

»Barrett? Der Zufall will's, dass ich genau diese Ausgabe zur Hand habe. Ich bitte dich deshalb, jetzt die Seite eins aufzuschlagen und so aufmerksam wie möglich die Schlagzeile zu lesen. Du wirst feststellen, dass nicht nur der Prozess vorbei ist, sondern dass du auch noch gewonnen hast.«

»Es ist nicht vorbei, Mike.«

»Jetzt mach aber mal halblang, Bär. Weshalb sollte ich die angenehme Gesellschaft unseres gemeinsamen Kumpels Leviticus Heywood aufgeben und ins Büro kommen, wo du doch eh schon dort bist?«

»Zwei Gründe, Mike: Erstens weiß ich nicht, wie man einen PC startet. Zweitens, weil ich jetzt sofort in Levs Büro gehe, um die Verhandlungsprotokolle durchzugehen. Mir ist es ernst, Mike. Ich glaube, ich bin etwas Wichtigem auf der Spur. Ruf mich bei Lev sofort an, wenn du die Antwort gefunden hast, und sag Lev, er soll dasselbe tun, sobald er seinen Polizeikumpel gesprochen hat. Nimm ein Taxi. Lass den Wagen stehen, wo er ist.« Barrett legte auf, stopfte den Artikel in die Tasche und rannte zum Aufzug.

Amanda war wieder in ihrem Zimmer, die kurze Euphorie verflog. Sie saß zusammengekauert auf dem Bett, gegen das Kopfende gelehnt, und hatte die Tür mit einem Stuhl verbarrikadiert. Sie konnte das ständige Zittern einfach nicht unterdrücken. So verharrte sie eine halbe Stunde lang. Die Arme um die Knie geschlungen, schaukelte sie vor und zurück, vor und zurück, während auf ihren Kopf ein Trommelfeuer von schmerzhaften Geschossen niederging – begangene Fehler und Reue, Krankheit, Erniedrigung und Notzucht – mein Gott, ein ganzes Leben an Erfahrungen schoss ihr durch den Kopf und fast alle waren sie schrecklich.

»Ich gehe da nicht wieder hin«, schrie sie. Dann kroch sie in den Kleiderschrank und angelte einen Schuhkarton von einem Brett herunter, an das ihre Mutter nicht heranreichte. So viele Jahre waren vergangen und nicht einmal Lucinda wusste, dass Amanda die Schusswaffe noch besaß, die ihr das Filmstudio vor elf Jahren verschafft hatte. Sie hatte sie nie benutzt. »Ich gehe da nicht wieder hin«, wiederholte sie mechanisch. Hektisch umkreiste sie mit der geladenen Pistole in der Hand mehrmals das Bett.

Dann legte sie die Waffe weg und musterte sich im Spiegel, hob einen Arm. Ihr Spiegelbild hob ebenfalls einen Arm. Also war sie nicht verrückt, aber sie sah fürchterlich aus. Doch immer noch besser als diese Grace Harris, diese Nutte! Sie besaß zwar kein superschlaues Juraexamen, aber sie war mindestens so clever! Hatte sie ewig an der Nase herumgeführt. Und jetzt hatte diese Ziege doch die Oberhand gewonnen. Da gab es keinen Zweifel. Was hatte sie gesagt? Sie hätten sich selbst in Schutz nehmen können, Amanda.

»Mit Grace Harris muss etwas geschehen!«, rief sie dann laut. »Zu meinem Besten.«

Um Viertel nach sieben schloss Barrett die Tür zu Lev Heywoods Büro auf und ging direkt zum Anrufbeantworter. Lev hatte bereits einen Erfolg zu melden. Auf dem Band hieß es, es habe sich bei dem Fahrrad um eine LifeSpin gehandelt, hergestellt von einer Firma namens Health-Ease, die das Modell mittels Fernsehwerbung im Direktverkauf anbiete.

Barrett ging sämtliche Akten durch, bis er die Schachtel mit den Verhandlungsprotokollen fand, nach denen er suchte. Lev rief an, um zu fragen, ob alles in Ordnung sei, und Barrett sagte, er könne nach Hause gehen.

Eine halbe Stunde später rief auch Mike an. Er klang immer noch etwas angeheitert, jedoch klar im Kopf. Außerdem hörte er sich enttäuscht an. »Bär, es wird nicht ein einziges Mal erwähnt, was für ein Rad es war. Tut mir Leid. Ich habe alles durchgesehen, sogar die Archive der Lokalzeitungen.«

»Ist gut«, erwiderte Barrett. »Hervorragend. Danke, Mike. Ich rufe dich später zu Hause an. Ich glaube, ich bin an was … heiliger Himmel!« Da war es, direkt vor seiner Nase. Wo es schon immer gewesen war.

Amanda hatte keine Ahnung, wie lange sie schon auf dem Bett gelegen hatte, als das schrille Klingeln des Telefons sie zusammenzucken ließ. Lass es klingeln. Doch sie hörte, wie ihre Mutter abhob und jemanden grüßte.

»Amanda«, flüsterte sie kurz darauf in Richtung ihres Zimmers. »Es ist Emory Goldsmith! Er weiß, dass du hier bist, und besteht darauf, dass du mit ihm sprichst.«

Amanda wandte den Kopf ab, versuchte die Wörter auf ihre Bedeutung abzuklopfen. Goldsmith. Hollywood. Hollywood Goldsmith. Dann fiel ihr mit schmerzhafter Macht plötzlich alles wieder ein. An jede Einzelheit erinnerte sie sich: der Prozess, das Kreuzverhör, wie Harris herausfand, was sie getan hatte, und wie Goldsmith sie angerufen und gesagt hatte, sie sei nichts wert, solange sie »die Sache nicht auf die Reihe bringe«. Und all das nur, weil Grace Harris, diese verdammte Nutte, sie verraten und verkauft hatte.

»Amanda!« Ihre Mutter brüllte jetzt. »Hast du gehört? Der wartet nicht ewig!«

»Sag ihm, ich rufe in einer Stunde zurück.«

Als Amanda zehn Minuten später aus ihrem Zimmer kam, hatte sie eine Sporttasche bei sich. Sie war auf dem Weg, die Sache auf die Reihe zu bringen.

Barrett schlug das Herz bis zum Hals, als er mit zitternden Händen die Seite 973 im Tagesprotokoll vom Mittwoch, dem 11. Februar 1998, überflog. Es stand alles da, genau wie es ihm seine bohrende innere Stimme als Möglichkeit längst zugeflüstert hatte.

Er hatte Amanda Keller über die Drohungen ausgefragt, die sie in »Pat's Seafood Grill« gehört haben wollte, und sie hatte ausgesagt, dass Ashford sie anfuhr, ob sie etwas gehört habe, und sie erwiderte, nein, sie habe nichts gehört. Barrett las die Passage noch einmal, um ganz sicher zu sein.

Frage (von Mr. Dickson): »Jawohl, Euer Ehren. Bitte fahren Sie fort, Ms. Keller. Was hat er zu Ihnen gesagt?«

Antwort (von Ms. Keller): »Da hat er zu mir gesagt, es sei besser, ich vergäße, dass ich ihm je begegnet bin, wenn ich nicht auf einem LifeSpin sterben wolle wie Lani Jefferson.«

Frage: »Sollte damit das Trainingsfahrrad gemeint sein, auf dem Ms. Jefferson in ihrem Wohnzimmer trainierte, als sie ermordet wurde?«

Antwort: »Ja.«

Mein Gott, dachte Barrett, es ergibt alles einen Sinn. Nur ein Fitness-Freak wie Amanda Keller würde sich so etwas bei einem Mordfall gemerkt haben. Aber warum Jefferson? Hatte sie Jefferson umgebracht, weil sie den Geschworenen Beine machen wollte? Damit sie die »Bestie« auch wirklich schuldig sprachen? Oder um als Geschworene bekannt zu werden?

Oder beides? Und dann war die Verhandlung geplatzt und hatte einen oder auch beide Pläne vereitelt, was eine neue Strategie erforderlich machte. Amanda Keller war als Kronzeugin der Anklage in einem Mordfall aufgetreten, den sie selbst begangen hatte! Hatte sie auch Field umgebracht, und zwar so, dass es aussah, als hätte die »Bestie« es getan, und dann die Drohungen erfunden, um den Sachverhalt zu bestätigen?

Und dann traf es ihn wie ein Schlag: Amanda Kellers Gesicht, wie er es auf dem Weg in das Richterzimmer nach der Urteilsverkündung gesehen hatte. Ihr Blick, als sie Grace anherrschte, sie habe ihr ihre Karriere in Hollywood vermasselt.

Er wählte Graces Nummer, bekam aber nur den Beantworter. War sie ausgegangen? Hatte sie das Telefon umgestellt? Sollte er ihr eine Nachricht hinterlassen? Er legte auf und wählte noch einmal. Ging es ihr gut? Drehte er allmählich selber durch? Der Schweiß lief ihm herunter, aller Schwindel war weg, aber in seinem Kopf hämmerte es. Schließlich warf er den Hörer auf die Gabel und stürzte die Treppe hinunter.

Amanda verließ wie beiläufig den Bürgersteig vor dem Haus, in dem Grace lebte, und ging neben einem älteren Herrn die Treppe zur Wohnungstür hinauf. Sie hatte seit einer Stunde gewartet, dass jemand auftauchte.

»Bitte«, sagte der Alte.

»Oh, vielen Dank, das ist sehr freundlich«, erwiderte sie und betrat durch die Sicherheitstür vor ihm das Treppenhaus. Sie war sich gewiss, dass er den Aufzug benutzen würde, und ging deshalb die Treppe zu Fuß nach oben. Keine Minute und schon stand sie im verlassenen Korridor im vierten Stock und drückte die Klingel von Wohnung 4B.

Seit der Sitzung, als Grace sie vorbereitet hatte, wusste sie genau, wo sich alles befand. Sie schickte ein Stoßgebet gen Himmel, dass Grace allein zu Hause war, damit sie nicht zu schießen brauchte. Das würde Aufsehen erregen. Sie wünschte, sie hätte einen Schalldämpfer wie die im Film immer.

Grace hörte die Klingel mit einiger Überraschung. Niemand hatte unten geläutet. Sie blickte durch den Spion und murrte. Herrgott, ausgerechnet sie! Wo ich ohnehin gerade dachte, der Tag könne nicht mehr schlimmer werden. Sie öffnete die Tür, ließ die Sicherheitskette jedoch vorgelegt.

»Hallo, Grace«, strahlte Amanda sie an. »Ich hoffe sehr, Sie nehmen es mir nicht übel. Ich war gerade in der Gegend und dachte, Sie hätten vielleicht eine Minute Zeit, um ... also, ich möchte die Sache mit Earl und mir klären.«

»Wie sind Sie unten reingekommen?«

»Ich wollte mich gerade bei Ihnen melden, da kam ein Herr und wir sind zusammen ins Haus gegangen. Tut mir Leid, dass ich so unhöflich hereinplatze, aber ich fliege heute noch nach L. A. zurück und weiß, dass ich kein Auge zutun würde, ohne Ihnen zu erklären, was heute im Gericht vorgefallen ist.«

»Ich bin im Augenblick nicht in der Lage, Sie zu empfangen, Amanda. Kommen Sie bitte das nächste Mal, wenn Sie in der Stadt sind, in mein Büro.«

»Grace, bitte. Lassen Sie mich herein. Nur eine Minute. Ich habe Ihnen etwas mitzuteilen, das endlich einen Sinn in das ganze Chaos bringt, das ich angerichtet habe. Ich weiß, wie Ihnen zu Mute sein muss, so wie ich mich verhalten habe, aber Sie sind für mich wichtig geworden und ich kann einfach nicht nach L. A. zurück, ohne dass Sie mir verzeihen oder mich wenigstens verstehen. Dann gibt es auch noch etwas, von dem Earl wollte, dass Sie es wissen. Außerdem es ist ziemlich zugig hier draußen im Flur.«

Grace betrachtete eingehend das zerknirschte Gesicht der Frau vor ihr und hatte fast Mitleid mit ihr. Dazu kam, zugegeben, eine gewisse Neugier, was Earl betraf. »Also gut, eine Minute«, meinte sie schließlich und hakte die Sicherheitskette aus. Aber statt Amanda in die Wohnung zu bitten, trat sie unversehens in den Korridor und blockierte so die Tür. Sie hatte Essensduft aus der Wohnung von Randy und Kry nebenan gerochen – in Rufweite.

»Also Grace, ich werde mich kurz fassen. Aber was ich Ihnen über Earl sagen will, ist äußerst vertraulich. Wir sollten deshalb wirklich aus diesem Durchzug hier raus.«

»Nein, das geht nicht. Was immer Sie mitzuteilen haben, können Sie mir hier erzählen.«

Unvermittelt verzog sich Amandas Gesicht vor Wut. »Da bin ich anderer Meinung«, stieß sie hervor, öffnete ihre Tasche und holte ihre 38er heraus.

Grace zog vor Schreck scharf die Luft ein, nicht nur wegen der Schusswaffe. Sie hatte auch noch einen anderen Gegenstand erspäht, der sich in der übergroßen Tasche befand: eine Glasscherbe mit einem Stück Leder am breiteren Ende.

»Keinen Mucks, Grace! Und jetzt gehen wir nach drinnen.«

»Mein Gott«, murmelte Grace, »*Sie* waren es.«

Unten, vor dem Hauseingang, drückte Barrett auf die Klingel der Wohnung 4B mit dem Schild »G. Harris«. Keine Antwort. Er drückte noch einmal. Und noch einmal. Sie war wahrscheinlich gar nicht zu Hause – oder stand vielleicht unter der Dusche. Plötzlich kam er sich reichlich lächerlich vor. Zuerst wollte er wieder zu seinem Wagen zurückgehen, dann besann er sich anders und begann sämtliche Knöpfe auf der Messingplatte zu drücken.

»Was nun?«, fragte Grace, in einem Ton, der ihre Angst Lügen strafte.

»Ich bin in der Tat gekommen, um Ihnen etwas mitzuteilen, Grace«, bemerkte Amanda, die Pistole auf die kleinere Frau vor ihr gerichtet. »Als Erstes dürfen Sie sich freuen zu erfahren, dass Ihre Gemeinheit mich meine Rolle in ›Thursday's Child‹ gekostet …«

»Das ist ja völlig absurd«, unterbrach sie Grace. »Sie heulen hier wegen einer Hollywood-Rolle herum, nachdem Sie gegen einen Mann ausgesagt haben, dem Morde zur Last gelegt werden, die Sie selbst begangen haben?«

»Damit kommen wir zum zweiten Punkt, weswegen ich da bin. Lassen Sie uns hineingehen, Grace. Zeit für Elliot Ashford, sich an einer weiteren Anklägerin zu rächen, die versuchte, ihn in die Todeszelle zu verfrachten.«

Grace rührte kein Glied. »Diesmal wird Ihnen niemand glauben, Amanda. Lassen Sie mich Hilfe für Sie holen.«

Amanda Keller stieß ein trockenes Lachen aus. »*Sie* holen Hilfe für *mich*? Sie sind gut! *Ich* habe hier die Knarre in der Hand. Los jetzt, gehen Sie rein!«

»Das funktioniert nicht.«

»Weshalb?«

»Ashfords Vorgehensweise«, meinte Grace und blickte auf die Pistole. »Er hat die Leute nie erschossen.«

»Das Ding hier soll bloß sicherstellen, dass ich reinkomme«, grinste Amanda. »Mr. Ashfords bevorzugte Waffe ist hier, in meiner Tasche.«

»Nun«, bemerkte Grace und zog leise die Tür hinter sich ins Schloss, »dann wird Mr. Ashford wohl nichts anderes übrig bleiben, als die Sache hier im Treppenhaus zu erledigen. Entschuldigen Sie meine mangelnde Gastfreundschaft, Amanda, aber ich fürchte, ich habe uns beide ausgesperrt.«

Der gelassene Ausdruck auf Amandas Gesicht verschwand. »Machen Sie sofort auf, Sie Nutte«, flüsterte sie und schlug Grace mit der Waffe voll ins Gesicht. »Schluss mit dem Geschwafel. Sie regen mich auf! Hören Sie auf damit!«

Grace taumelte gegen die Tür, die Hand an die Wange gepresst. Sie wollte etwas sagen, konnte jedoch kaum Luft holen. Aber sie wusste, dass sie das Gespräch irgendwie in Gang halten musste. »Es tut mir Leid, Amanda«, keuchte sie. »Beruhigen Sie sich, ja? Ich werde aufhören. Aber womit eigentlich?«

»Machen Sie die Tür auf, verdammt noch mal!«, fuhr Amanda sie an. »Und zwar sofort!«

»Ich habe keinen Schlüssel, Amanda.« Grace kehrte die Taschen ihres Bademantels nach außen. »Aber hören Sie … es ist noch nicht zu spät … Lassen Sie mich Ihnen helfen.«

»Mir helfen?« Amanda grinste höhnisch. »Das hatten wir doch schon. Sie wollen also, dass es hier draußen passiert, Gracie? Na ja, warum nicht.«

Während sie sprach, stellte sie die Tasche langsam ab. Dabei wich weder ihr Blick noch der Lauf der Pistole von Graces Gesicht. Dann ging sie in die Knie und langte mit der freien Hand geschickt nach dem selbst gebastelten Ledergriff am breiteren Ende der Glasscherbe.

Grace versuchte zur Seite auszuweichen, doch Amanda erhob sich rasch und rammte ihr den Lauf der 38er in den Hals, direkt unter dem Kinn. Dann klemmte sie die Glasscherbe zwischen die Zähne und riss Grace den Bademantel vorne auseinander, bis ihre nackten Brüste zum Vorschein kamen.

»Zuerst die Ritualtätowierung für die hübschen Titten. Ist ja wohl Elliots Markenzeichen, oder nicht?«

Instinktiv hob Grace die Hände, um sich zu bedecken. Sie spürte einen scharfen Schmerz an der Brust, als die Scherbe ihr die Haut aufschlitzte.

»Nehmen Sie Ihre verfluchten Hände weg, Kindchen«, wisperte Amanda, »sonst drücke ich ab, todsicher!«

Grace gehorchte. Verschwommen bemerkte sie, wie das Blut ihren weißen Bademantel durchtränkte. Noch immer presste die 38er ihr das Kinn hart nach oben, aber sie sah dennoch, wenn auch hilflos, wie Amanda mit der Scherbe auf ihre linke Brust zielte. Dann kam der stechende Schmerz, als Amanda ihr mit flachen, spitzen Stichen die Haut aufschnitt, einmal, und dann ein zweites Mal.

»Bitte tun Sie das nicht, Amanda«, keuchte sie und versuchte trotz des Schlages auf den Kopf und der Schmerzen von den Stichwunden bei Bewusstsein zu bleiben. »Wir können … das noch in Ordnung bringen.«

Doch Amanda hörte nicht mehr zu. »Das habe ich bei Jefferson nicht getan, solange sie noch bei Bewusstsein war. Musste sie gleich erledigen. Earl ebenso. Interessant. Aber es reicht jetzt mit dem Vorspiel«, setzte sie selbstvergessen hinzu. Die Lider halb geschlossen, sah Grace, wie der tödliche Eispickel aus Glas auf ihre Kehle zukam.

»Grace!«, schrie Barrett, der gerade den Treppenabsatz am Ende des Korridors erreichte und auf die beiden Frauen zustürmte. Er sah, dass Amanda sich zu ihm umdrehte und dass Grace sogleich nach der Pistole griff, als sie die Glasscherbe dabei einen Moment von ihr entfernte.

Doch Amanda war zu durchtrainiert und stark und drückte Grace mit dem linken Arm gegen die Wand. Dann richtete sie gelassen ihre rechte Hand aus, um zu zielen, und befahl: »Bleiben Sie stehen, Goldjunge – diese Waffe hier ist geladen.«

Doch Barrett zögerte kaum und setzte seinen selbstmörderischen Lauf den Korridor hinunter fort. Dann knallte ein Schuss und er fühlte, wie ihn die Kugel in die Schulter traf, doch er rannte einfach weiter, im Zickzack, wie sie es ihm beim Militär eingebläut hatten. Weniger als acht Meter trennten ihn noch von Grace, die sich unter der blutroten Glasscherbe wand und um sich trat. Amanda schoss noch drei Mal und Barrett spürte, wie die Kugel sein Brustbein zerschmetterte. Die Gewalt des Aufpralls warf ihn für ein, zwei Schritte aus dem Tritt und er hörte sich vor Schmerz laut aufschreien, dennoch setzte er seinen Ansturm fort, brüllend wie ein Irrer und mit den Armen wild in der Luft herumrudernd, da traf ihn der fünfte Schuss in den Magen. Bleibt nur noch einer im Magazin, dachte er wirr. Er war jetzt noch drei Meter entfernt und der Lauf zeigte direkt auf sein Gesicht.

Doch Amanda kam nicht mehr dazu, den letzten Schuss abzufeuern. Er stürzte sich auf sie und alle drei fielen zu Boden,

Amanda ganz unten. Barrett hielt ihr die Arme fest und sah, wie Grace sich auf die Knie rappelte. Amandas Kräfte überwältigten ihn fast und er nahm mit Erleichterung wahr, dass Grace jetzt mit der Handkante auf ihren Arm und das Handgelenk einhieb, bis ihr die Glasscherbe endlich aus der Hand fiel. Barrett half mit einem Schlag auf Amandas Kopf nach, der sie k. o. schlug – und ihn selbst beinahe auch.

Kry linste zaghaft aus der Wohnungstür und vom Treppenabsatz her warfen Nachbarn aus anderen Stockwerken neugierige Blicke auf die blutige Szenerie. Fünf Minuten später hatte die Polizeizentrale im fünften Geschoss des Gerichtsgebäudes bereits drei Anrufe auf die Notrufnummer 911 erhalten.

Amanda war weggebracht worden. Barrett lag flach auf dem Boden, völlig benebelt. Grace bettete seinen Kopf mühsam in ihren Schoß, während ein Polizeibeamter ihr Tun ängstlich verfolgte.

»Fehlt dir was?«, flüsterte Barrett.

»Mir geht es gut«, erwiderte sie. »Nicht reden jetzt. Der Krankenwagen ist unterwegs.«

»Das … besiegelt … die Sache«, keuchte er. »Ich muss … mir eine andere … Arbeit suchen. Offenbar … hat ihr … mein Kreuzverhör … nicht besonders gefallen.«

»Ich bin auch fast ausgerastet. Aber ruh dich jetzt aus. Die Sanitäter kommen gleich.«

»Er hat es getan, Grace«, flüsterte Barrett kaum hörbar. »Ich bin unter anderem hergekommen, um es dir zu sagen. Elliott Ashford hat es getan.«

»Nein, mein Lieber, Amanda hat es getan. Sie hat die Tat gestanden.«

»Field und Jefferson, ja. Aber er … hat seine Frau umgebracht. Der Scheißkerl hat mich drangekriegt.«

»Und sie mich«, lächelte Grace. »Das heißt, wir können

nicht Gedanken lesen, sondern nur Prozesse führen und unsere Arbeit tun.«

Barrett lächelte ebenfalls. Der Schock hielt den Schmerz von ihm fern. Er spürte ihre Hand auf seiner klammen Stirn und nahm verschwommen wahr, dass sie voller Blut war. Er wusste nicht, ob von ihr oder von ihm. Er hörte, wie jemand Grace zu überreden versuchte, sich hinzulegen. Dann fühlte er, wie ihm die Sinne schwanden.

»Ich wollte dir noch etwas anderes sagen …«

In der Ferne tönte das Heulen einer Sirene, dem etwas näher das Bellen eines Hundes antwortete. Seine Stimme hatte sich in einen Traum verloren. Er befand sich wieder in Vietnam, bei Pleiku, als Patrouillenführer, und suchte im verbrannten Gras nach einem verlorenen Fingerstummel. Und diesmal fand er ihn.

62

Am zweiten Tag, den er auf der Intensivstation des Ralph K. Davies Medical Center verbringen musste, war eine schwache Spur Farbe in Barretts Gesicht zurückgekehrt. Sie hatten ihn am Brustbein operiert und eine Kugel entfernt, die nur knapp die Leber verfehlt hatte. Ein dritte hatte beim Durchschlagen der Schulter eine Fleischwunde hinterlassen.

Seine Gesichtsfarbe verbesserte sich noch, als er feststellte, dass Grace bei ihm saß. Sie trug einen Verband um den Kopf, wo Amanda ihr den Schlag mit der Pistole verpasst hatte, und hielt seine Hand. Und soeben bahnte sich Leviticus Heywood einen Weg durch das Zimmer.

»Himmel, kann ich denn nicht mal eine oder zwei Stunden nach Hause gehen, ohne dass Sie sich gleich den Arsch aufreißen lassen? Oh, Ms. Harris, entschuldigen Sie.«

Barrett lächelte seinen Kumpel schwach an. »Zum Glück

war es was weniger Wichtiges als mein Arsch«, flüsterte er und drehte sich dann Grace zu. »Lev weiß, dass ich an dieser Stelle meist meinen Kopf verstecke.«

Bevor Grace sich vorstellen konnte, schwirrte eine Schwester mit einer jungen Assistenzärztin herein und bestand darauf, dass Lev das Zimmer sofort verlasse. »Kommen Sie morgen wieder«, bemerkte sie gereizt. »Ich schmeiße ihn hier um acht Uhr früh raus. Dann kann sich jemand anderer mit ihm herumschlagen und Sie sind ihm willkommen.«

»Schon gut.« Lev hielt die Hände hoch. »Ich ergebe mich und verschwinde. Tut mir Leid, dass ich nicht zur Stelle war, um Sie zu beschützen.«

Als er gegangen war, erzählte Grace Barrett, was inzwischen alles vorgefallen war. Caldwell & Shaw hatte ein Privatzimmer für ihn organisiert und er sollte morgen dorthin verlegt werden. Mike hatte versucht, zu ihm zu kommen, um ihm mitzuteilen, dass Winston Cray vorzeitig zurückgetreten war, damit er, Mike, unverzüglich in den Exekutivausschuss gewählt werden konnte. Auf Winston Crays Antrag, Mike Reasoner als vollberechtigten Partner aufzunehmen, war dieser sogar zum Leitenden Geschäftsführer ernannt worden. Steve Wilmer blieb im Ausschuss, bis seine Zeit abgelaufen war, aber ein Zurück zum Professionalismus und zur Höflichkeit von früher lag, laut Mike, »in der Luft«.

Barrett grunzte zufrieden. »Schön für Mike.«

»Schön für dich, Barrett. Mike will, dass ich dir auch noch sage, dass sie eine Ecke bei C&S für dich freihalten, bis du im Stande bist, wieder in die Kanzlei einzutreten.«

Barrett lachte, verzog dann aber vor Schmerz das Gesicht. »Keine Scherze mehr, bitte.«

»Das ist kein Scherz. Sie wollen dich wiederhaben. Mir geht es übrigens genauso.«

»Sie wollen dich auch haben?«

»*Ich* will dich wiederhaben. Auf den Beinen.« Sie lächelte

ihn rätselhaft, mit verführerisch halbgeschlossenen Lidern an. Trotz des Morphiums, das in seinen Arm tröpfelte, erregte ihn dieser Blick.

»Solche Rede führt zu rascher Genesung«, bemerkte er belehrend und nahm ihre Hand. »Nun sag bloß, du gehst nicht weg von San Francisco?«

»Ich gehe nirgendwohin. Es tut mir Leid, dass ich dich nach der Verhandlung so abserviert habe. Sämtliche Vorschriften zu brechen ist für die Tochter eines Rabbi gar nicht so einfach. Doch die Erfahrung, wie rasch du oder ich oder wir beide ums Leben hätten kommen können, hat alles wieder ins richtige Licht gerückt. Verzeihst du mir?«

»Ihr Antrag liegt dem Gericht vor, Frau Staatsanwältin. Was mich daran erinnert, dass ich dir das zweite nicht zu Ende erzählt habe, was ich dir in der Nacht noch sagen wollte.«

»Bevor dir meinetwegen die Sinne schwanden?«

»Also … ja … aber nicht aus Langeweile«, meinte er noch, dann schloss er die Augen und schlief ein.

Als in der folgenden Woche durchsickerte, was geschehen war, sah sich Grace von einem wahren Ansturm bedrängt, bei den Juni-Wahlen für die Nachfolge von Earl Field zu kandidieren. Die Presse nannte ihr mutiges Verhalten während Amanda Kellers mörderischem Angriff »heldenhaft« und »von beispielloser Kühnheit«. Das *National Law Journal* sah in ihr »das neue Vorbild der Anklagevertretung – hart, aber maßvoll sowie furchtlos und flexibel«. Grace sann über die Ironie bei all dem nach. Sie hatte sich verschworen, um einen Schuldigen frei zu bekommen, und stand dafür auf jedermanns Wunschliste für die Wahl zur D. A.

Es gab bald kein Halten mehr. Was als beharrliche, aber stille Frauenbewegung begonnen hatte, artete in eine Flutwelle von landesweiter Unterstützung aus, der Zeitungen und Magazine Nahrung boten, indem sie lang und breit ihre Siege vor Gericht aufzählten. Das *People Magazine* würzte die Gerüchteküche mit ihrer romantischen Verbindung mit ihrem Gegner in diesem Meilenstein der Prozessgeschichte – wie er ihr nämlich geholfen habe, die Mörderin Keller in eine Falle zu locken, um sie dann zu überwältigen. Die Anwaltskammer wollte hinsichtlich der D. A.-Kandidaten eine Wahl abhalten, fand aber niemanden, der gegen sie anzutreten gewillt war.

Grace versuchte das alles nicht zu ernst zu nehmen, doch als ihre Mutter anrief und sagte, sie sei stolz auf sie, brach sie trotzdem in Tränen aus. »Vater betet für dich, Liebling«, fuhr ihre Mutter fort und flüsterte: »Ich habe gehört, wie er einem Freund am Telefon sagte, du würdest Justizministerin von San Francisco.«

»Sag ihm …«, schnupfte Grace und hielt weitere Tränen zurück, »ich sei auch stolz auf ihn.«

Die Nase wie immer im Wind der öffentlichen Meinung und ob seines Drecks am Stecken, schockierte Jack Klegg seine Gefolgschaft mit der Ankündigung, er werde die Kandidatur von Grace Harris unterstützen.

Dieser Trend hielt an und Grace fuhr am Mittwochabend mit Aaron über die Bay Bridge, um ihr traditionelles wöchentliches Abendessen wiederzubeleben.

»Ich weiß, dass du dich betrogen fühlst, weil du keinen Vater und eine ständig gestresste Mutter hast«, bemerkte sie nach einem gemeinsamen Bier. »Ich will wissen, was du davon hältst, wenn ich als D. A. kandidiere. Falls ich gewinne, wird mir die Arbeit noch mehr Zeit abverlangen, und ich will deshalb nicht ohne deine Unterstützung antreten.«

Aaron schaute sie nachdenklich an, dann langte er über den Tisch nach ihrem Glas und nahm einen Schluck. »Du hast bereits tonnenweise Unterstützung, Mom, und ich darf noch nicht einmal wählen.«

»Du weißt, wovon ich rede. Ob du dich damit abfinden

kannst, mit eher noch weniger Aufmerksamkeit von mir zurechtzukommen als bisher.«

Aaron griff wieder hinüber, doch diesmal legte er seine Hand auf die ihre. Sie sah verdutzt, wie groß seine Hände geworden waren, wie erwachsen sie wirkten. »Wenn du es weiterhin aushältst mit so einem nervtötenden Sohn, der sämtliche Gebote der Thora übertreten hat«, meinte er schließlich und hielt ihrem Blick unverwandt stand – mit Augen, die sie mehr an ihren als an seinen Vater erinnerten. Sie nickte und war erleichtert, als er grinsend hinzufügte: »Wer war denn hier die letzten drei Jahre eine Nervensäge, die sich gewaschen hat?«

63

Grace saß draußen im »Sam's« in Tiburon und wärmte sich die Hände an einem Irish Coffee. Dabei sah sie zu, wie ein paar Segelboote, den Nordwest-Wind im Rücken, tapfer aus dem Hafen des Jachtklubs von San Francisco ausliefen. Da kam Barrett um die Ecke geschlendert, etwas zu spät, dafür aber mit einem Dutzend Rosen in der Hand.

»Für Sie, Madame«, sagte er mit einer ungelenken Gebärde.

»Ach sind die schön! Schau doch, sie gehen erst gerade auf.«

Barrett nickte. »Das habe ich schon gesehen.« Er setzte sich neben sie.

»Was ist der Anlass dieser romantischen Anwandlung?«

Er lächelte lustvoll. »Vorige Nacht. Hab' sie sehr genossen.«

»Ach, ja.« Sie errötete etwas. »Die dritte spontane Handlung meines Lebens.«

»Vergiss die vierte nicht.«

Sie schlug ihm spielerisch auf die Hand. »Hast du über das nachgedacht, was wir besprochen haben?«

»Ob ich die Sozietät annehmen soll, die Doug Young mir angeboten hat?«

Sie nickte. »Er ist gut und geradlinig und hat solide Erfahrungen als Strafverteidiger. Und so unverdient es scheint, klopft alle Welt auch bei dir wieder an. Ihr beide würdet gut zusammenpassen.«

»Ich weiß nicht. Ich bin mir nicht sicher. Ich habe eher daran gedacht, als Wahlkampfmanager bei dir anzuheuern. Allerdings kommt es mir so vor, als würdest du gar keinen brauchen.«

»So weit ich mich erinnere, sprechen wir hier über deine berufliche Zukunft, nicht über meine.«

»Mir gefällt der Artikel im *National Law Journal*«, schwärmte er, ohne auf ihre Bemerkung einzugehen. »Dort steht, du seist ›furchtlos und flexibel‹.«

»Das weißt du besser.«

»Wörter wie ›flexibel‹ könnten deinem Ruf als eiserne Jungfrau ein Ende bereiten.«

»Meinem Stottern übrigens auch. Zumindest im Moment.«

»Das habe ich bereits festgestellt.«

»Tust du dich nun mit Doug zusammen?«

»Ich würde gerne, nur bin ich mir in einem nicht sicher.«

»Sind wir wieder beim Gotteskomplex? Bei der Anfälligkeit unseres Rechtssystems? Der Aura des Vornehmen, die das Hausieren mit Grundstücken umweht?«

Barrett schüttelte grinsend den Kopf. »Nein, nein, den Dickson-Fluch habe ich begraben. Und ein Problem mit dem Rechtssystem hatte ich nur, weil ich erwartet habe, es müsse vollkommen sein. Eine derart schwere Bürde darf man aber keinem Unterfangen aufladen, an dem unvollkommene Menschen beteiligt sind.«

»Wie bitte?« Sie schaute ihn herausfordernd an.

»Du bist natürlich ausgenommen.« Er lächelte immer noch.

»Kein System, das jemanden wie dich hervorbringt, kann durch und durch schlecht sein.«

»Und worüber bist du dir nun nicht sicher?«

Barrett griff nach ihrer Hand. »Ich bin mir nicht sicher, ob es gut ist, zwei Gesetzeskundige in ein und derselben Familie zu haben.«

Sie nahm seine Hand und küsste sie. »Falls das ein Antrag war, Barrett Dickson, dann nehme ich ihn an.«

»Sie sind sich bewusst, dass hier von lebenslänglich die Rede ist?«

Nun kamen ihr doch die Tränen. »Auf einen anderen Handel würde ich mich mit Ihnen auch gar nicht einlassen, Herr Verteidiger. Und jetzt lass uns gehen.«

Epilog

Als Amanda Keller nach ihrer Verurteilung zu lebenslänglicher Haft ohne Bewährung unter schwerer Bewachung zum Polizeiauto gebracht wurde, das sie ins Fontera-Frauengefängnis fahren sollte, vernahm sie es – leise zuerst, dann lauter, je näher sie dem Fahrzeug kam. Eine Menschenmenge hatte sich versammelt, zu Hunderten waren sie gekommen und viele von ihnen schrien: »A-man-da, A-man-da, A-man-da!«

Die Absperrung war durchbrochen worden und überall schwirrten Presseleute umher. Amanda versuchte ihnen zuzuwinken, während sie hörte, wie die Stahltür hinten am Auto mit einem Knarren aufging und sie die erste Stufe des Treppchens betrat, das hineinführte. Sie schirmte die Augen gegen die Abendsonne ab – und sah sie, hörte, wie sie ihren Namen sangen. Viele trugen Schilder, auf denen stand: »LASST AMANDA FREI!« Andere hielten Plaketten gegen Kindesmissbrauch hoch. Fast alles Frauen. Überall Kameras.

Zeitungen aus aller Welt hatten über die Urteilsverkündung berichtet und viele zitierten Amanda auf der ersten Seite.

»Ich bin nicht verrückt«, hatte sie beharrlich zum Richter gesagt. »Tatsache ist, dass ich mich nie besser gefühlt habe. Wirklich. Sicher ist es furchtbar, dass diese Leute sterben mussten, aber man könnte es irgendwie als Selbstverteidigung bezeichnen.«

»Selbstverteidigung?«

»Dadurch, dass ich sie umbrachte, habe ich mir selbst das Leben gerettet. Mir das Leben *geschenkt*, um genau zu sein.

Mir Macht verliehen. Mich endlich zu einem ganzen Menschen gemacht. Die Ironie dabei ist, dass *Sie*, nun da ich endlich ein richtiger Mensch bin, vielleicht *mich* umbringen müssen. Was der Sache den perfekten Sinn verleiht, nicht wahr?«

An dieser Stelle hatte der Richter die Angeklagte noch einmal aufgefordert, mit der Anwaltschaft zusammenzuarbeiten, weiteren Gutachten zuzustimmen und auf Unzurechnungsfähigkeit zu plädieren. Doch Amanda hatte ihn nur gekränkt angesehen und gesagt: »Mir fehlt rein gar nichts. Ich sehe zum ersten Mal in meinem Leben völlig klar, wenn ich auch zugeben muss, dass da manchmal eine Art Dunstschleier ist, so wie beim Mond im Winter.«

Während das Publikum Blicke wechselte, wollte der Richter von ihr wissen, ob sie für die Urteilsverkündung bereit sei. Sie zuckte die Achseln und fragte ihn, was er ihr denn noch Schlimmeres antun könne, da sie doch einen Vater hatte, der ihr die Unschuld gestohlen, einen Ehemann, der ihr die Karriere vermasselt, und eine Mutter, die ihr das Denken ausgetrieben habe, noch bevor sie alt genug war, es selbst überhaupt zu versuchen. Bevor der Richter eine Antwort anbringen konnte, fügte sie hinzu, wenn er sie zum Tod verurteile, so könnte sie damit leben – und brach darüber in heiseres Gelächter aus.

Niemand lachte indes, als sie die Stufe zum Wagen hinaufstieg, der sie nach Fontera bringen sollte. Ein anschwellender Chor der Begeisterung empfing sie, die Schilder tanzten über ihrem Kopf und viele Stimmen riefen ihren Namen.

Ein seltsames Lächeln umspielte ihre Lippen, während sie auf die Menge hinuntersah. Mit einem raschen Blick in die Runde stellte sie fest, dass das Licht für Fotos ungünstig war. Sie fuhr sich mit der Zunge über die Lippen und brachte sich für die surrenden Kameras in Positur, indem sie den Kopf so perfekt zurückwarf, wie sie es einst gelernt hatte.

»A-man-da, A-man-da!«, brüllten sie.

Sie winkte, so gut es mit den verfluchten Handschellen eben ging, und badete in der begeisterten Herzlichkeit der Menge – im Ruhm, den ihr nun niemand mehr nehmen konnte. Morgen würde sie im *Chronicle* lesen, sie sei nun zum dritten Mal an einem Mordprozess beteiligt. Aber diesmal nicht nur als Ersatzgeschworene, ja nicht einmal nur als Kronzeugin, beides wichtige, aber dennoch nur Nebenrollen. Nein, diesmal war sie der Star, unangefochten.

Als die Wachbeamten ihr bedeuteten, in den Wagen zu steigen, schenkte sie den Kameras und dem Publikum das, weswegen die Leute, wie sie wusste, gekommen waren: ihr außergewöhnliches Lächeln.

Und dann schenkte sie ihnen noch etwas anderes, etwas, das noch nie jemand gesehen hatte: Tränen, echte Tränen. Tränen der Begeisterung, die ihr über die Wangen strömten. Amanda lächelte noch einmal und hob die Hände in den Handschellen hoch über den Kopf, die eine zur Faust geballt, die andere mit zwei gereckten Fingern. Zum Sieg!

Inhalt

JOHN MARTEL

DER AUFTRAG

Roman

Der kalifornische Provinzanwalt Seth Cameron, an der Law School einst einer der Ersten seines Jahrgangs, hat einen hoffnungslos erscheinenden Fall gewonnen und erhält das Angebot, in einer renommierten Sozietät in San Francisco zu arbeiten. Seth, der sich, vor allem aber seinem Vater schon immer beweisen wollte, was in ihm steckt, wittert die Chance, es den Staranwälten in der Montgomery Street endlich zeigen zu können. Widerstrebend folgt ihm seine Freundin Rosie in die Metropole, wo ihn bei Miller & McGrath ein fünfzehn-stündiger Arbeitstag und die Aussicht auf eine Teilhaberschaft erwarten. Was Seth freilich nicht ahnen konnte, ist, daß er sofort zwischen die Fronten von Senior- und Juniorpartner der Kanzlei gerät, weil seine Anstellung ohne Wissen des arroganten Seniorchefs Anthony Treadwell erfolgte, der auf den Anwalt aus der Provinz als einen »Cowboy« herabblickt. Doch dann erhält Seth den Auftrag, der seinen Traum von der Teilhaberschaft in greifbare Nähe rückt ...

Knaur Taschenbuch